형제는 1950년대부터 소설적 발상을 주고받기 시작했고, 힘을 합쳐 쓴 첫 작품은 『외부로부터』로 1958년 잡지 《기술-청년들》에 발표되었다. 이듬해인 1959년에는 첫 단행본 『선홍빛 구름의 나라』가 출간되었고, 이후 『신이 되기는 어렵다』(1964) 『월요일은 토요일에 시작된다』(1964) 등 대표작들을 내놓으며 전성기를 맞았다.

젊은 시절 형제는 소련의 이념에 긍정적인 공산주의자들이었다. 그러나 차츰 혁명과 소련 체제에 의구심을 가졌고, 1968년 '프라하의 봄'을 목도하면서 소련 이념에 대한 환상을 잃는다. 그즈음의 작품은 검열과 비평가들의 혹평에 시달렸다. 이 같은 상황에 굴복해 글쓰기를 중단하는 것을 패배라 여긴 그들은 의도적으로 중립적이며 비정치적인 작품을 계속해서 써 나갔지만, 그조차 검열에서 자유롭지 않았다.

초기 작품에서는 기술과 문명의 진보가 초래한 도덕성 및 인간성 상실, 역사 앞에서의 개인의 책임이라는 철학적 문제를 탐구했고 후기로 갈수록 소비에트 관료제도 고발, 전체주의 사회에 대한 비판과 풍자에 더불어 통제와 감시로 고통받는 인간의 위기의식을 다양하게 제기했다.

스트루가츠키 형제의 작품은 발표될 때마다 큰 반향을 일으켰다. 『노변의 피크닉』(1972)은 안드레이 타르콥스키에 의해 영화 〈잠입자〉(1979)로 만들어졌다. 알렉산드르 소쿠로프는 『세상이 끝날 때까지 아직 10억 년』(1976)을 토대로 영화 〈일식의 날〉(1988)을 촬영했다. 그 외에도 여러 작품이 영화화되었다. 형제의 작품은 33개국 42개 언어로 번역되어 있다.

저주받은
도시

Г Р А Д
ОБРЕЧЕННЫЙ

저주받은 도시

아 르 카 디
스 트 루 가 츠 키

·

보 리 스
스 트 루 가 츠 키

─────────

이 보 석   옮 김

현대문학

차례

저주받은 도시

제1부
청소부

제1장   11
제2장   48
제3장   94
제4장   135

제2부
수사관

제1장   165
제2장   223
제3장   252
제4장   291

제3부
편집자

제1장   331
제2장   372
제3장   405

제4부 제1장 443
고문관 제2장 489
제3장 531

제5부 제1장 565
연속성의 단절 제2장 608
제3장 656
제4장 705

제6부
결말 735

보리스 스트루가츠키 후기 779
드미트리 글루홉스키 해제 789
옮긴이의 말 799
스트루가츠키 형제 작품 목록 807

일러두기

1. 이 책은 2019년 아스트출판사에서 발행된 *Град обреченный/Grad obrechennyi* 를 번역한 것이다.

2. 작가들의 의도를 존중하여 원문에서 일반명사이나 두문자를 대문자로 쓴 것은 고딕체로, 대문자로만 이루어진 단어는 보통보다 큰 글자로 표시했다. 또한 지명으로 쓰인 명사구는 붙여쓰기했다. 그 밖에 「해제」 원문의 이탤릭체는 기울임체로 표시했다.

3. 작중에 인용된 성경 구절은 한국 성서공동번역위원회가 편찬한 『공동번역성서』를 참고했음을 밝혀 둔다.

4. 외래어 표기는 한국어 어문 규범의 외래어 표기법과 용례를 따랐다.

5. 이 책의 주는 모두 옮긴이 주이다.

Г Р А Д
ОБРЕЧЕННЫЙ

"붕어들, 어떻게 지내나요?"
"별일 없습니다. 고마워요."
발렌틴 카타예프, 『기린 라디오』

……나는 네가 한 일과 네 수고와 인내를 잘 알고 있다.
또 네가 악한 자들을 용납할 수 없었으며
사도가 아니면서 사도를 사칭하는 자들을 시험하여
그들의 허위를 가려낸 일도 잘 알고 있다……
『요한묵시록(아포칼립스)』

제1부

청소부

제1장

쓰레기통들은 녹슬고 찌그러져서는 낡은 뚜껑을 덮고 있었고 뚜껑이 열린 틈새로는 신문지가 튀어나오고 감자 자루가 비어져 흘러내렸다. 닥치는 대로 입에 넣은 칠칠치 못한 펠리컨의 부리 같았다. 들 수 없을 만큼 무거워 보였으나, 실제로는 왕과 둘이서 한 번에 들어 올려 팔을 내밀고 기다리는 도널드에게 건네 적재함의 끄트머리에 세워 놓도록 하기까지 그리 힘들지 않았다. 다만 손가락을 조심해야 했다. 쓰레기통을 건네고 나면 도널드가 그 쓰레기통을 적재함 안쪽에 가져다 세워 놓는 동안 장갑을 바로잡고 잠시 코로 숨을 들이켤 새가 있었다.

활짝 열린 정문에서 습한 밤의 한기가 밀려왔고 아파

트 진입로의 아치 천장에는 먼지가 잔뜩 끼어 줄에 매달려 있는 노란 알전구가 흔들렸다. 그 빛 속에서 왕의 얼굴은 황달을 앓는 사람 같았고 도널드의 얼굴은 챙이 넓은 카우보이모자 그늘에 가려 보이지 않았다. 가로로 쩍쩍 갈라져 줄무늬가 생기고 칠이 다 벗겨진 회색 벽과 아치 천장 밑의 먼지투성이 거미집 뭉치, 그리고 실제 크기의 저속한 여자 그림들이 보였다. 관리실 문 옆에는 빈 유리병과 과일 절임이 들었던 병들이 잔뜩 널브러져 있었고 왕은 이것들을 모아다가 잘 분리수거 하곤 했다……

마지막 쓰레기통을 올릴 순서가 되자 왕은 빗자루와 쓰레받기를 가져와 아스팔트 바닥에 남아 있는 쓰레기들을 모으기 시작했다.

"왕, 그만 좀 꾸물댑시다." 도널드가 짜증스럽게 말했다. "매번 그렇게 치우는군요. 그래 봐야 더 깨끗해지지도 않을 텐데."

"모름지기 청소부라면 비질을 해야죠." 안드레이가 오른쪽 손목을 돌리며 훈계조로 말했다. 그는 손목의 느낌을 살폈다. 힘줄이 살짝 늘어난 것 같았다.

"어차피 또다시 쌓일 거요." 도널드가 지긋지긋하다는 듯 말했다. "우리가 돌아오기도 전에 이전보다 더 쌓여 있을 거요."

청소부

왕은 모은 쓰레기들을 마지막 쓰레기통에 넣고 쓰레받기를 탁탁 턴 다음 뚜껑을 닫았다.

　　"다 됐습니다." 왕이 진입로를 돌아보며 말했다. 진입로는 이제 깨끗했다. 왕은 안드레이를 보며 미소 지었다. 그런 다음 도널드 쪽으로 고개를 들고서 입을 열었다. "말씀드릴 게 있는데요……"

　　"빨리 올려요, 빨리!" 도널드가 재촉하며 소리쳤다.

　　하나, 둘. 안드레이와 왕이 쓰레기통을 획 들어 올렸다. 셋, 넷. 도널드가 쓰레기통을 잡고 끙 신음 소리를 내더니 앗 외마디 비명을 지르며 놓쳐 버렸다. 쓰레기통이 기우뚱 기울더니 꽹음을 내면서 아스팔트로 떨어졌다. 들어 있던 쓰레기들이 마치 대포에서 발사된 듯 10미터 밖까지 날아갔고 쓰레기통은 맹렬히 속을 비우며 정문까지 우당탕 굴러갔다. 공허한 메아리가 벽 사이로 보이는 까만 하늘을 향해 소용돌이쳐 올라갔다.

　　"아니, 제기랄. 큰일 날 뻔했네." 겨우 몸을 피한 안드레이가 내뱉었다. "그렇게 잡으면 어떻게 해요……!"

　　"제가 하려던 말은, 그 쓰레기통 손잡이가 망가졌다는 거였어요." 왕이 짤막하게 말했다.

　　왕은 빗자루와 쓰레받기를 들고 치우기 시작했고 도널드는 적재함 끄트머리에 쭈그려 앉아 양다리 사이로 팔을 툭 내려뜨렸다.

"빌어먹을······" 도널드가 공허하게 중얼거렸다. "빌어먹을 것들."

도널드는 요 며칠간 확실히 이상했는데, 이날 밤은 특히 더 심했다. 그래서 안드레이는 교수들, 그러니까, 교수들이 실제로 일할 능력이 있는가에 대한 자신의 생각을 말하지 않았다. 그는 쓰레기통을 다시 화물차 옆으로 가져간 다음 작업용 장갑을 벗고 담배를 꺼냈다. 텅 빈 쓰레기통에서 참을 수 없는 악취가 났고 그는 서둘러 담배에 불을 붙인 다음에야 도널드에게도 담배를 권했다. 도널드는 말없이 고개를 저었다. 분위기를 띄워야 했다. 안드레이는 타 버린 성냥을 쓰레기통에 던지고는 이야기를 하기 시작했다.

"옛날 옛적 한 작은 마을에 두 분뇨 수거원들이 살았습니다. 아버지와 아들이었죠. 그들이 사는 곳에는 배수 시설이 없고 분뇨 구덩이만 있었어요. 그들은 분뇨를 양동이로 퍼다가 가져온 통에 옮겨 수거하곤 했는데, 아버지 쪽이 더 연륜 있는 전문가였으니 아버지가 구덩이로 내려가고 아들은 위에서 양동이를 내려 주었죠. 그러던 어느 날 아들이 분뇨가 든 양동이를 놓쳐서 그게 아버지를 덮쳤지 뭡니까. 아버지는 얼굴을 문지르고는 아들을 올려다보며 분노해서 이렇게 말했답니다. '이 허수아비 같은 녀석. 쓸모없는 놈. 멍청한 자식! 정신머리가 눈곱만큼도 없어 갖고는. 평생 그렇게 멀대처럼 거기 그대로 서 있어라!'"

안드레이는 도널드가 미소라도 지으리라 생각했다. 도널드는 대체로 밝고 사교적인 데다 침울한 모습을 보이는 법이 없었다. 뭐라고 할까, 대조국전쟁♦에 참여했던 대학생 군인과 비슷한 구석이 있는 사람이었다. 하지만 지금 도널드는 그저 기침을 하고는 공허하게 말할 뿐이었다. "모든 구덩이를 치울 수는 없지." 그리고 쓰레기통 옆에서 남은 쓰레기를 모으던 왕은 꽤나 이상하게 반응했다. 그가 문득 궁금하다는 듯 물었다.

"네가 살던 곳에선 그게 얼마였어?"

"뭐가 얼마냐는 거야?" 안드레이는 왕의 질문을 이해하지 못했다.

"똥 말이야. 비쌌어?"

안드레이는 잘 모르겠다는 듯 웃었다.

"글쎄, 뭐라고 해야 할지…… 누구 똥인가에 따라 다르겠지만……"

"네가 살던 곳에선 값이 다 달라?" 왕이 깜짝 놀랐다.

♦ 제2차 세계대전을 의미한다. 당시 독일군과의 전쟁에서 큰 피해를 입었
    으나 결국 나치 독일군을 저지했다는 자부심에 러시아 내에서는 대조국
    전쟁이라는 표현을 더 자주 쓴다.

"우리는 똑같았거든. 그럼 누구 똥이 제일 비싸?"

"교수 똥이지." 안드레이가 느릿느릿 말했다. 그저 자제를 못 했다.

"아하!" 왕은 다시 쓰레받기를 쓰레기통에 대고 털고는 고개를 끄덕였다. "그렇구나. 하지만 내가 살던 시골에는 교수가 없어서, 그래서 가격이 같았나 봐. 양동이 하나에 5위안이었어. 쓰촨성은 그랬고, 장시성에서는 8, 혹은 9위안까지 가기도 했지."

안드레이는 그제야 왕의 말을 이해했다. 그는 문득, 중국인들은 식사에 초대받으면 후에 반드시 초대받은 집의 마당에서 장을 비워야 하는 게 진짜냐고 물어보고 싶었지만, 당연히 물어볼 수 없었다.

"지금은 어떨지 모르겠네." 왕이 말을 계속했다. "마지막에는 시골에 살지 않아서…… 그런데 어째서 교수 똥이 제일 비싸지?"

"농담이었어." 안드레이가 미안해했다. "우리가 살던 곳에선 그런 걸 사고팔지 않아."

"사고팝니다." 도널드가 말했다. "안드레이, 당신은 그것도 모르는군요."

"당신은 그런 걸 다 아시네요." 안드레이가 발끈했다.

불과 한 달 전, 그는 도널드와 격렬한 논쟁을 벌였다. 안드레이는 미국인이 툭하면 러시아에 대해 자신이 이해할 수 없는 말을 하는 데 대단히 흥분했었다. 그때 안드레이는 도널드가 자신에게 그저 거짓말을 한다고, 허스트◆스러운 낭설을 반복한다고 굳게 단정했다. "그런 허스트스러운 얘기를 하시다니요. 그만하세요!" 안드레이는 도널드의 말을 외면했었다. 그런데 조금 뒤 그 모자란 자식, 이쟈 카츠만이 나타났고 그는 그저 논쟁에서 물러나 이를 갈 수밖에 없었다. 제기랄, 저들은 어떻게 그 모든 걸 알고 있는 거지. 안드레이는 스스로의 무력함을 자신은 1951년에서, 저들은 1967년에서 온 탓으로 돌렸다.

"당신은 참 행복한 사람이군요." 도널드가 불쑥 이렇게 말하고는 일어서서 운전칸 옆 쓰레기통들 쪽으로 갔다.

안드레이는 어깨를 으쓱하고는 그의 말이 남긴 꺼림칙한 기분을 애써 떨쳐 내면서 장갑을 끼고 왕을 도와 고약한 냄새가 나는 쓰레기들을 모으기 시작했다. 그래, 나는 알지 못한다. 안드레이가 생각했다. 뚱이라니. 그러는 당신은 적분이 뭔지 알까? 허블상수가 뭔지 알까? 누구나 모르는 게 있지 않은가……

◆ 윌리엄 랜돌프 허스트(1863~1951). 옐로저널리즘의 시초에 있다고 여겨지는 미국 언론인. 그의 언론사가 쓴 선정적인 기사들은 미국–스페인 전쟁의 원인으로 꼽힌다.

왕이 마지막 쓰레기 조각들을 털어 넣었을 때 길가로 난 정문에 경관 겐시 우부카타의 균형 잡힌 형체가 등장했다.

"여기입니다." 그가 어깨 너머 누군가에게 말한 다음 안드레이 일행을 발견하고는 두 손가락으로 경례했다. "안녕하십니까, 청소부 여러분!"

길의 어둠에서 누런빛의 원으로 한 여자가 들어오더니 겐시 옆에 섰다. 스무 살이나 됐을까 싶은, 상당히 어려 보이는 여자였다. 키도 아주 작아서 키 작은 경관의 어깨에 머리가 겨우 닿을 정도였다. 목둘레가 넓고 품이 큰 스웨터에 딱 붙는 짧은 치마를 입었으며 창백하고 앳된 얼굴에는 두껍게 바른 입술이 선명하게 도드라졌고 어깨 위로 밝은색의 기다란 머리카락이 드리워 있었다.

"겁먹지 마세요." 겐시가 친절하게 웃으며 여자에게 말했다. "우리 청소부들입니다. 제정신일 때는 전혀 위험하지 않답니다…… 왕, 이쪽은 셀마 나겔이야. 새로 왔어. 너희 아파트 18호로 입주하라는 지시를 받았고. 18호 비어 있지?"

왕은 장갑을 벗으며 그들에게 다가갔다.

"비어 있어." 왕이 말했다. "오래전부터 비어 있지. 안녕하세요, 셀마 나겔. 관리인입니다. 왕이라고 해요. 혹시 필요한 게 있으면 여기 관리실로 오세요."

"열쇠 좀 줘." 겐시가 왕에게 말했다. "갑시다. 제가 바래다드리지요." 그리고 여자에게 말했다.

"됐어요." 그녀가 지친 목소리로 입을 열었다. "혼자 갈게요."

"편하신 대로." 겐시가 말하고는 또 경례를 했다. "여기, 짐 가방입니다."

겐시에게서 짐 가방을 받아 들고 왕에게서는 열쇠를 건네받고 나서 여자는 고개를 흔들어 눈을 가린 머리카락을 치운 다음 질문을 던졌다.

"어떤 문이죠?"

"바로 앞에 있는 문요." 왕이 말했다. "바로 저기, 불 켜진 창문 아래에 있는 문이에요. 5층이고요. 혹시 뭐 드시고 싶진 않나요? 차 한잔 하시겠어요?"

"아니요. 괜찮아요." 여자는 이렇게 말하고는 또다시 머리를 흔들고 아스팔트 위로 또각또각 굽 소리를 내며 곧장 안드레이 쪽으로 걸어갔다.

안드레이는 길을 내주며 물러섰다. 그녀가 지나갈 때 진한 향수 냄새에 더해 화장품 향 같은 것이 풍겼다. 그는 누런빛의 원을 통과하는 그녀의 뒷모습을 내내 쳐다보았다. 그녀의 치마는 스웨터보다 조금 더 내려오는 정도로 아주 짧았고 아무것도 걸치지 않은 다리는 하얬다. 안드레이는 그녀가 아치를 지나 어두운 마당으로 들어설

때, 마치 다리에서 빛이 나는 것 같다고 생각했다. 어둠 속에서 그녀의 하얀 스웨터와 하얗게 어른거리는 다리만 보였다.

조금 뒤 문이 끼익 열리고 삐걱대다가 쿵 닫히는 소리가 들렸고 안드레이는 무의식적으로 담배를 꺼내 피우면서 그 부드럽고 하얀 다리가 계단을 한 단 한 단 내디디며 올라가는 모습을, 매끄러운 종아리와 무릎 아래 파인 부분을 머릿속에 그려 보았다…… 정신이 나갈 것만 같다…… 그녀가 위로, 더 위로, 한 층, 또 한 층 올라가 18호 앞에 멈춰 섰고 마침 그 맞은편이 16호인데…… 제기랄, 침대보라도 갈아 둘 걸 그랬나. 3주째 갈지 않아 베갯잇이 발싸개처럼 때가 탔는데…… 그런데 그 여자의 얼굴이 어땠더라? 이럴 수가, 그 여자의 얼굴이 전혀 떠오르지 않았다. 다리만 기억났다.

안드레이가 모두, 심지어 기혼자인 왕마저 아무 말이 없다는 것을 깨달은 바로 그 순간 겐시가 불쑥 입을 열었다.

"우리 가족 중에 마키 대령이라는 오촌 어른이 있었어. 전前 제국군의 대령이었지. 처음에는 오시마 각하의 부관으로 2년 동안 베를린에 있었어. 그다음에는 체코슬로바키아에 주재하는 군 공보관으로 임명됐고 독일군의 프라하 침공 때 현장에 있었어……"

왕이 안드레이에게 고개를 끄덕여 보였고 둘은 단숨에 쓰레기통을 들어 올려 적재함에 성공적으로 안착시켰다.

　"……그 후에는," 겐시가 담배에 불을 붙이며 천천히 말을 이었다. "얼마간 중국 전투에 참가했는데, 내가 알기로는 남부, 광둥 쪽이었던 것 같아. 그러고 나서는 필리핀에 상륙한 사단을 지휘했고 그 유명한, 도널드, 이런 얘기 해서 미안합니다만, 미군 포로 5천 명을 대상으로 '죽음의 행진'을 조직하기도 했지…… 그다음에는 만주로 발령받아서 사할린 방호강화지역의 책임자로 임명됐는데 거기서 마키 대령이 글쎄, 기밀 유지라는 명목으로 중국인 일꾼 8천 명을 광산에 몰아넣고 폭파시켰어…… 왕, 이런 얘기 해서 미안…… 그러고 나서 마키 대령은 러시아인들의 포로가 됐는데 러시아인들은 그를 교수형에 처하거나, 혹은 역시 교수형을 받도록 중국에 인도하는 대신 고작 강제수용소에 10년간 넣어 놨지……"

　겐시가 이 이야기를 늘어놓는 동안 안드레이는 적재함으로 올라가 도널드를 도와서 쓰레기통을 정렬하고, 화물차 옆면을 올려 고정시키고, 다시 땅으로 뛰어내려 도널드에게 담배를 대접하는 것까지 끝냈다. 이제는 겐시 앞에 세 명이 서서 그의 얘기를 듣고 있었다. 바랜 작업복을 입은 도널드 쿠퍼는 키가 크고 등이 굽었고 길쭉한 얼굴의 입가에는 주름이 파여 있었으며 턱은 뾰족하고 회색 수염이 듬성듬성 나 있었다. 잘 기운 솜옷을 입은 왕은 체구가 딱 바라지고 땅딸막했으며 목이 거의 안 보일 정도로 짧고 넓적한 데다 불그스름한 얼굴에는 작은 들창코와 온화한 미소, 그리고 부은 눈꺼풀 사이로 보이는 까만 눈이 있었다. 안드레이는 문득 자신들이 각기 다른 나라의 각기 다른 시간대에서 왔음에도 이렇게 한자리에 모여 대단히 중요한 단 하나의 과업을 이루기 위해 각자 자기 자리에서 일하고 있다는 생각에 짜릿한 기쁨을 느꼈다.

"……지금은 벌써 늦었지. 마키 대령은 자기가 알던 여자들 중 최고가 바로 러시아 여자라고 단언했어. 하얼빈에서 본 이주자들 말이야." 겐시가 이야기를 마무리했다.

겐시는 입을 다물고 담배꽁초를 땅에 떨어뜨리고는 반짝반짝 빛나는 첼시부츠 밑창으로 열심히 비벼 댔다.

안드레이가 말했다.

"아까 그 여자는 러시아인이 아니잖아? 이름은 셀마에 성은 나겔인데."

"그래, 스웨덴인이야." 겐시가 말했다. "하지만 그게 그거지 뭐. 머릿속에서는 같이 연상돼서 한 얘기야."

"그럼 이제 출발합시다." 도널드가 이렇게 말하고는

운전칸에 올라탔다.

"저기, 겐시." 안드레이가 화물차 손잡이를 잡으며 말했다. "넌 전에 무슨 일을 했어?"

"주물 공장 관리인이었어. 그 전에는 장관이었는데 공공……"

"아니, 여기에서 말고 거기에서……"

"아, 거기에서? 거기서는 '하야카와' 출판사의 직원이었지."

도널드가 시동을 걸자 낡은 화물차가 짙은 하늘색 배기가스 뭉텅이들을 내뿜으며 덜컹거리기 시작했다.

"오른쪽 전조등이 안 들어오는데!" 겐시가 소리쳤다.

"처음부터 안 켜졌어." 안드레이가 대답했다.

"그럼 고쳐야지! 다음에 또 보면 벌금 물릴 거야!"

"정말 성가시게 구는군……"

"뭐라고? 안 들려!"

"운전사 말고 강도나 잡으라고!" 안드레이가 덜컹거리는 소리와 쇠붙이들이 흔들리는 소리에 묻히지 않도록 고래고래 소리쳤다. "우리 전조등을 문제 삼다니! 너희 같은 식충이들이 언제쯤이나 다 사라질까!"

"금방일 거야!" 겐시가 소리쳤다. "이제 정말 금방이야. 100년도 안 걸릴걸!"

안드레이는 그에게는 주먹을 휘두르고 왕에게는 손

을 흔든 다음 도널드 옆자리에 털썩 앉았다. 화물차는 앞으로 급발진하면서 정문의 아치 벽에 차체 옆면을 긁혔고 중앙로로 진입해서는 오른쪽으로 급하게 방향을 틀었다.

안드레이는 자리의 튀어나온 용수철이 엉덩이를 찌르지 않도록 더 편하게 자세를 잡고서 흘끗 도널드를 봤다. 도널드는 챙이 앞으로 오도록 모자를 쓰고 뾰족한 턱을 든 채 왼손은 운전대에, 오른손은 변속기어에 얹고 꼿꼿이 앉아 최고 속도로 밟고 있었다. 그는 언제나 이렇게 '최대 허용 속도'로 달렸는데 아스팔트 군데군데 파인 곳에서도 속도를 늦출 생각이 없었으므로 파인 곳이 나올 때마다 짐칸의 꽉 찬 쓰레기통들은 쿵쿵댔고 녹이 슨 쓰레기통 뚜껑들은 덜컹거렸으며 안드레이는 두 다리로 지탱하려 애를 쓴 것이 무색하게 부웅 떴다가 정확히 그 망할 용수철 위로 떨어지곤 했다. 예전에는 이 모든 것이 유쾌한 말다툼으로 이어졌으나 지금 도널드는 아무 말도 없이 얇은 입술을 굳게 오므리고는 안드레이 쪽은 보지도 않았고, 그 때문에 이 일상적인 균열에 어떤 악의 어린 의도가 있는 것만 같았다.

"돈, 무슨 일 있어요?" 안드레이가 마침내 입을 열었다. "치통이에요?"

도널드는 어깨를 살짝 으쓱해 보이고는 아무런 대답

청소부

도 하지 않았다.

"정말로요, 요새 좀 달라 보여요. 티가 난다고요. 혹시 제가 무슨 실수라도 했어요?"

"그게 무슨 소리입니까, 안드레이." 도널드가 이를 악물며 말했다. "왜 당신 때문이라고 생각하는 겁니까?"

안드레이는 그의 말에서 꺼림칙한 기분을, 심지어는 분노와 모멸감을 느꼈다. 그러니까, 너 같은 코흘리개가 어떻게 교수인 나를 화나게 할 수 있느냐는 말인가……? 그때 도널드가 다시 입을 열었다.

"내가 빈말로 당신더러 행복한 사람이라고 했던 게 아닙니다. 실제로 당신은 질투의 대상일 수밖에 없으니. 모든 게 당신을 비껴가지요. 혹은 당신을 통과해서 갑니다. 그런데 그게 나에겐, 나를 마치 증기 롤러처럼 뭉개고 가는 것 같아요. 성한 뼈가 하나도 안 남았습니다."

"대체 무슨 말이에요? 전혀 이해가 안 되는데요."

도널드는 입술을 일그러뜨리며 입을 다물었다. 안드레이는 그를 바라보다가 멍하니 앞에 펼쳐진 길을 보다가 다시 도널드를 흘끗 쳐다봤고 정수리를 긁적인 다음 시무룩해서 말했다.

"정말 하나도 모르겠어요. 이렇게 모든 게 잘되고 있는데……"

"그러니 부럽다는 겁니다." 도널드가 거칠게 말했다.

"이 이야기는 그만합시다. 신경 쓰지 마시지요."

"어떻게 신경을 안 써요?" 안드레이가 완전히 풀이 죽어 말했다. "제가 어떻게 신경을 쓰지 않을 수 있겠어요? 항상 같이 있는데…… 당신이랑 저랑 친구들이랑…… 물론 우정이라고 하기엔 거창하죠. 너무 거창한 말이니까요…… 그냥 동료라고 해요…… 그러니까 저라면, 무슨 일이 생기면 당신에게 말할 거예요…… 도움을 청하는데 거절하는 사람은 없잖아요! 당신도요. 만약 제게 무슨 일이 생기면, 제가 도와 달라고 하면 도와줄 거잖아요? 거절하지 않을 거잖아요. 그렇잖아요?"

도널드는 기어에 올려놓았던 오른손으로 안드레이의 어깨를 가볍게 두드렸다. 안드레이는 아무 말도 하지 않았다. 그는 복받치는 감정을 느꼈다. 모든 것이 다시 좋아졌고 모든 것이 정상이다. 도널드도 정상이다. 평범한 우울감이었나 보다. 사람이 우울할 때가 있지 않은가? 그저 자기애가 불쑥 치밀었던 거다. 명색이 사회학 교수인데 여기에선 쓰레기통들이나 치우고 그 전에는 창고에서 짐꾼으로 일했으니. 도널드로서는 물론 이런 상황이 불쾌하고 굴욕스러울 텐데 그런 기분을 누구에게 말하겠는가. 타인이 그를 이리로 보낸 게 아니니 불평하기도 어렵고…… 무슨 일이 되었든 주어진 일에 충실하라는 말은 쉽지만…… 뭐, 됐다. 이제 이 생각은 그만하자. 알아서 해결하겠지.

화물차는 이미 안개가 내려앉아 미끄러운 휘록암 위를 달렸고 주위 건물들은 점점 낮아지고 낙후했으며 길을 따라 이어지는 가로등들도 점점 흐릿해지고 빈도 또한 줄었다. 앞에 늘어선 가로등들은 안개에 싸인 뿌연 점하나로 모였고 포장도로며 인도에는 왜인지 단 한 사람도, 관리인조차 보이지 않았다. 십칠번골목 끄트머리에서야 '빈대 사육장'이라는 별명으로 더 유명한 낮고 볼품없는 호텔 앞에서 말이 매인 짐마차를 마주쳤는데, 그 안에서는 누군가가 머리까지 방수포를 뒤집어쓰고 자고 있었다. 새벽 4시, 가장 깊이 잠들어 있을 시간이었다. 새카만 건물의 그 어떤 창에도 불빛이 비치지 않았다.

왼쪽 앞, 호텔 진입로에서 화물차 한 대가 불쑥 튀어나왔다. 도널드는 그 차를 향해 깜빡이등을 켜고는 휙 앞서 나갔고, 역시 청소부가 타고 있던 그 화물차는 길을 돌아 나온 다음 도널드와 안드레이를 추월하려 했으나 상대를 잘못 봤다. 어떻게 도널드의 상대가 될 수 있겠는가. 결국 뒤 유리창으로 전조등만 반짝이면서 속절없이 뒤처졌다. 도널드는 불타는지역에서 또 다른 청소부를 추월했다. 딱 좋은 타이밍이었다. 불타는지역 이후로는 낡은 차를 망가뜨리지 않으려면 도널드가 속도를 줄일 수밖에 없는 자갈길이었으니 말이다.

여기서는 벌써 텅 빈 화물차들을 간간이 마주칠 수 있었다. 쓰레기장에서 나오는 길이라 더는 서두를 이유가 없는 화물차들이었다. 얼마 후 전조등 불빛에 불분명한 형체가 보이더니 포장도로로 나왔다. 안드레이가 좌석 아래에 손을 넣어 무거운 연장을 꺼냈으나 알고 보니 양배추골목까지 태워 달라는 경찰이었다. 안드레이도 도널드도 방향을 모른다고 하자 덩치가 좋고 얼굴이 크고 밝은색 머리카락이 제복 모자 아래로 삐쭉삐쭉 삐져나온 중년 경찰관은 자기가 길을 알려 주겠다고 했다.

그는 안드레이 쪽 발판에 서서 창틀을 잡았고 가는 길 내내 불만스럽다는 듯 코를 킁킁댔다. 그 경찰관이야말로 묵은 땀 냄새를 풍기고 있으면서 무슨 냄새를 맡는다는 건지 모를 일이었다. 순간 안드레이는 이 **도시** 구역의 수도가 이미 끊겼다는 사실을 떠올렸다.

그들이 얼마간 말없이 가던 중 경찰관이 휘파람으로 오페라 곡조를 불더니 난데없이 자정에 어떤 가여운 자가 양배추골목과 두번째왼쪽골목이 만나는 곳에서 폭행을 당하고 금니를 몽땅 뽑혔다는 이야기를 했다.

"당신들은 일을 제대로 안 하시네요." 안드레이가 경찰관에게 화를 냈다.

그러잖아도 이런 사건에 이성을 잃는 안드레이는 경찰관의 어투를 들으니 그를 한 대 치고 싶어졌다. 이 경찰관에게는 살인 사건이든, 피살자든, 살인자든 다 똑같다는 것을 알 수 있었기 때문이다.

경찰은 황당해하며 넓적한 얼굴을 돌리고는 물었다.

"네 녀석, 설마하니 지금 나한테 어떻게 일해야 하는지 가르치는 건가?"

"제가 알려 드릴 수도 있는 거 아닌가요." 안드레이가 말했다.

경찰은 불만스러운 듯 얼굴을 찡그리고는 휘파람을 짧게 불고 이렇게 말했다.

"선생 납셨네, 선생 납셨어……! 어딜 가나 선생들이 있단 말이지. 그렇게 가르쳐 대고. 쓰레기를 치우면서 선생질이나 하고 말이야."

"제가 가르치려 들겠다는 게 아니라……" 안드레이가 언성을 높이기 시작했으나 경찰관이 말을 잘랐다.

"이제 파출소로 돌아가면," 경찰이 차분히 알렸다. "너희 차고에 전화해서 네놈 차의 오른쪽 전조등이 안 켜진다고 말할 거야. 알아들어? 전조등도 안 켜고 다니면서 경찰더러 어떻게 일해야 하는지 가르치려 든다고. 머리에 피도 안 마른 게."

갑자기 도널드가 갈라지는 건조한 목소리로 웃음을 터뜨렸다. 경찰관도 호탕하게 웃고 나서는 다정한 어조로 말하기 시작했다.

"나 혼자 40개 건물을 책임져. 알아들어? 무기 소지는 금지됐고. 그런데 네 녀석은 우리더러 대체 뭘 어쩌라는 거야? 이제 골목길이 아니라 집에 있어도 사람들을 죽이기 시작할 텐데."

"그게 대체 무슨 말이에요?" 안드레이는 깜짝 놀랐다. "그런 조치에는 항의했어야죠. 요구했어야죠……"

"'항의'했고 '요구'했지…… 네 녀석 여기 새로 왔나?" 경찰이 이죽거렸다. "잠깐만, 기사 양반." 그가 도널드를 불렀다. "정지. 여기서 내리면 됩니다."

발판에서 뛰어내린 그는 뒤돌아보지 않고 썰룩대는 걸음걸이로 기울어진 나무 집들 사이 깜깜한 틈으로 향했다. 멀리서 가로등 하나가 외로이 불을 밝히고 있었고 그 아래에 사람들이 모여 있었다.

"세상에, 다들 머리가 어떻게 된 거 아니에요?" 화물차가 다시 움직이자 안드레이가 격분해서 말했다. "어떻게 그럴 수가 있어요. 도시가 건달들 천지인데 경찰한테 무기가 없다니요! 그럴 수는 없어요. 겐시도 옆구리에 총집을 차고 있었잖아요. 그럼 그 총집은 뭐예요, 거기 담배나 넣어 갖고 다니는 거예요?"

"샌드위치일 거요." 도널드가 말했다.

"도저히 이해가 안 되네요." 안드레이가 말했다.

"이런 해명문이 발표된 적이 있습니다. '폭력배들이

무기 갈취를 목적으로 경찰을 공격하는 사건이 증가하여⋯⋯' 뭐 이런 식이었지요."

안드레이는 자리에서 들썩이지 않기 위해 다리에 힘을 꽉 준 채 얼마간 생각에 잠겼다. 자갈길이 거의 끝나가고 있었다.

"제 생각엔, 너무나 바보 같은 조치예요." 안드레이가 마침내 입을 열었다. "어떻게 생각하세요?"

"내 생각도 같습니다." 도널드가 한 손으로 불편하게 담배를 피우며 대답했다.

"그런데 그렇게 차분하세요?"

"나는 이미 초탈해서." 도널드가 말했다. "당신이 여기 오기도 전, 아주 옛날에 발표된 겁니다."

안드레이는 머리를 긁적이고는 인상을 썼다. 그 발표가 예전에는 의미 있었을 수도 있지만, 그게 어쨌다는 건가? 그러니까, 경찰만이 그 몹쓸 놈들의 유일하고도 매력적인 미끼였다는 얘기다. 무기를 회수하려면 당연히 모두에게서 회수해야 했을 테고. 물론 문제는, 그 멍청한 발표가 아니라 경찰 수가 적고 작전 횟수가 적다는 것이다. 덫을 하나 제대로 놓아서 그 더러운 놈들을 한 방에 쓸어버렸어야 했다. 경찰 수를 늘렸어야 했다. 그럼 나도 자원했을 거고⋯⋯ 당연히 도널드도 자원했을 텐데⋯⋯ 시장에게 건의해야겠다. 잠시 후 그의 생각은 갑자기 다른 방향으로 흘러가기 시작했다.

"저기, 도널드. 당신은 사회학자잖아요. 전 물론 사회학은 학문이 아니라고 생각하지만…… 제가 예전에 말씀드렸듯이 사회학은 그 어떤 방법론도 절대 될 수 없다고 생각하고요…… 그래도 물론 저보다는 아시는 게 훨씬 많잖아요. 그러니까, 어디서 이런 쓰레기 같은 놈들이 우리 **도시**로 오는지 설명해 주세요. 어떻게 그놈들이, 그러니까 살인자들이나 폭력배들, 도둑들이 여기로 오는 걸까요…… 설마 **인도자**들은 자신들이 누구를 이곳으로 데려오는지 모르는 걸까요?"

"아마 알았을 겁니다." 도널드는 새카만 물이 차 있는 무시무시한 구덩이를 단숨에 넘으며 대수로울 것 없다는 듯 대답했다.

"그렇다면 어째서 이런 일이 일어나는 거죠……?"

"날 때부터 도둑인 사람은 없습니다. 도둑이 되는 거지. 그리고 당신도 잘 알듯이, '**실험**에 무엇이 필요한지 어떻게 알겠습니까? **실험**은 **실험**입니다……'" 도널드는 잠시 말을 멈췄다. "축구는 축구고요. 공은 둥글고 구장은 네모나고 가장 잘하는 사람은 이기는……"

가로등이 사라지고 이제 그들은 도시의 거주 지역을 등지고 있었다. 깨진 도로 양옆으로 방치된 폐허들이 이어졌다. 기이하게 부서진 기둥들이 초라한 기반에 내려

앉았고, 창문 자리가 그저 뻥 뚫려 있는 벽에는 들보가 얹혀 있었으며, 잡초와 썩은 통나무 더미, 무성히 자란 쐐기풀과 가시 식물들, 덩굴식물에 뒤덮여 질식할 것 같은 시들시들한 나무들이 보였다. 얼마 후 앞에 또다시 흐릿한 불빛이 보였다. 도널드는 오른쪽으로 운전대를 꺾어 마주 오는 텅 빈 화물차를 조심스럽게 스쳐 갔고 진흙으로 가득 찬 깊은 철길에서 잠시 공회전을 하다가 마침내 줄 끝에 있는 화물차의 빨간 불빛에 바짝 붙어 섰다. 그는 시동을 끄고 시계를 봤다. 안드레이도 시계를 봤다. 거의 4시 반이었다.

"한 시간은 서 있겠네요." 안드레이가 기운차게 말했다. "앞에 누가 있는지 보러 가 볼까요."

그들 뒤로 또 다른 화물차가 다가와 멈춰 섰다.

"혼자 가십시오." 도널드는 좌석 등받이에 깊숙이 기대고선 모자챙으로 얼굴을 가렸다.

그러자 안드레이도 등을 기대고는 엉덩이 아래 용수철 위치를 조정하고서 담배를 피우기 시작했다. 앞에서는 쓰레기통들을 내리는 작업이 한창이었다. 쓰레기통 뚜껑들이 덜그럭댔고 검수원이 고음으로 소리쳤다. "여덟…… 아홉……" 가로등에는 촛불 천 개를 모아 놓은 듯 밝은 전등이 납작한 동판 아래서 흔들거렸다. 그러더니 갑자기 크게 고함치는 소리가 들렸다. "어디로 가는 거야, 이 개자식아……! 되돌려 놔! 이 멍청한 새끼……! 이빨 나가고 싶어……?" 오른쪽 왼쪽으로 압착된 쓰레기 더미들이 솟아 있었고 밤바람이 끔찍한 썩은 내를 실어 왔다.

불쑥 귓가에 익숙한 목소리가 울렸다.

"안녕하십니까, 오물 처리반! 위대한 **실험**은 잘되고 있어요?"

실물 크기의 이쟈 카츠만이었다. 부스스한 몰골에 뚱뚱하고 지저분하며 언제나처럼 기분 나쁠 정도로 즐거워 보였다.

"그거 들었어요? 범죄 척결 계획안 말이에요. 경찰을 해체한다네요! 대신 밤마다 광인들을 거리로 내보낸다나요. 범죄자들이랑 깡패들은 끝이죠. 이제 밤에는 광인만 집에서 나갈 수 있을걸요!"

"기발할 것 없는 계획이네." 안드레이가 건조하게 말했다.

"기발하지 않다고?" 이쟈는 발판에 서서는 운전칸으로 머리를 쑥 들이밀었다. "그 반대야! 엄청나게 기발하지! 추가 비용이 들지 않잖아. 광인들을 거주지로 돌려보내는 건 아침마다 관리인들의 일이 될 테니까……"

"그럼 추가로 1리터짜리 보드카 한 병은 줘야 할 거야." 안드레이가 끼어들자 이쟈는 알 수 없는 고양감에

청소부

복받쳤다. 이쟈는 가르랑대며 이상한 소리를 내고 킥킥 웃고 침을 튀기면서 공기로 손을 닦기 시작했다.

도널드가 갑자기 저음으로 욕설을 내뱉더니 문을 박차고 내려 어둠 속으로 사라졌다. 이쟈는 즉시 킥킥대던 것을 멈추고는 걱정스레 물었다.

"도널드한테 무슨 일 있어?"

"나도 몰라." 안드레이가 음울하게 말했다. "너 때문에 속이 안 좋아진 거 아닐까…… 사실 벌써 며칠째 저런 상태이긴 해."

"정말?" 이쟈가 운전칸 너머 도널드가 사라진 쪽을 바라보았다. "안됐네. 좋은 사람인데. 그저 적응을 잘 못했을 뿐이지."

"적응을 잘하는 사람이 있어?"

"나는 적응을 잘하는 편이고. 너도 적응을 잘하고. 왕도 적응을 잘하고…… 도널드는 최근에 늘 짜증을 냈잖아. 왜 쓰레기를 쌓는 데 줄을 서야 하느냐고, 뭣 하러 여기 검수원이 있느냐고, 저 검수원이 대체 뭘 세는 거냐면서 말이야."

"사실 짜증 낼 만하지." 안드레이가 말했다. "정말이지, 백치주의도 아니고."

"그래도 넌 그런 걸 갖고 신경질을 내지는 않지." 이쟈가 반박했다. "너는 검수원이 자기 의지로 저 일을 하는 게 아니라는 걸 아주 잘 이해하잖아. 그는 수를 세기 위해 여기에 있는 거니까 수를 세는 것뿐이라고. 게다가 그가 제대로 세지 못하면 너도 알다시피 줄이 생기고. 줄은, 줄이지 뭐……" 이쟈가 또다시 가래 소리를 내며 침을 튀겼다. "물론 도널드가 지도층이었다면 쓰레기를 내리는 데 편하도록 경사가 있는 좋은 길을 깔고 검수원은, 저 몸집 좋은 덩치는 경찰서로 들어가 건달들을 잡도록 했을 거야. 아니면 전방의 농부들에게 보내거나……"

"그게 뭐." 안드레이가 참을성 없이 말했다.

"그게 뭐냐니? 도널드는 지도층이 아니잖아!"

"그럼 지도층은 왜 그렇게 하지 않는데?"

"그럴 이유가 없으니까?" 이쟈가 즐거운 듯 소리쳤다. "생각해 봐! 쓰레기를 치우고 있나? 치우고 있지! 쓰레기 양을 확인하나? 확인하지! 체계적으로? 체계적으로. 월말이면 쓰레기 매립양이 보고되지. 지난달보다 쓰레기양이 얼마만큼 늘었다고 말이야. 장관도 만족하고 시장도 만족하고 다들 만족하는데 도널드는 불만스러워해. 그를 여기로 밀어 넣은 사람은 아무도 없는데, 스스로 온 건데도……!"

앞 화물차가 푸른 가스 뭉텅이를 내뿜으며 15미터 정도 앞으로 갔다. 안드레이는 서둘러 운전대를 잡고 주위를 봤다. 도널드는 어디에도 보이지 않았다. 그래서 그는

청소부

조심스럽게 시동을 켠 다음 길에서 세 차례 공회전을 해 가며 겨우겨우 15미터 정도 전진했다. 그러는 동안 이쟈 는 옆에서 걸어서 따라왔는데, 차가 부르르 떨 때마다 소 스라치게 놀라면서 옆으로 피했다. 잠시 후 이쟈는 성경 에 대해 뭔가 얘기하기 시작했으나 안드레이는 거의 듣 지 않았다. 그는 방금 한껏 긴장하는 바람에 온몸이 땀에 젖어 있었다.

환한 전등 아래에서는 여전히 쓰레기통 뚜껑들이 덜 그럭거렸고 욕설이 울렸다. 운전칸 지붕 위로 뭔가가 날 아와 부딪쳐 튕겨 나갔으나 안드레이는 신경 쓰지 않았 다. 뒤에서 건장한 오스카어 하이데만이 자신과 한 조인 아이티 출신 흑인과 함께 다가오더니 담배를 빌렸다. 어 둠 속에서는 거의 보이지 않는, 실바라는 이름의 흑인이 하얀 이를 드러내며 웃었다.

이쟈는 그들과 이야기하기 시작했는데, 왜인지 실바 를 통통 마쿠트◆라 불렀고 오스카어에게는 토르 헤위에 르달◆◆이란 사람에 대해 물었다. 실바가 무시무시한 표

◆ '통통 마쿠트'는 아이티의 독재자 프랑수아 뒤발리에가 1951년에 정권 보호를 목적으로 창설한 민병대 명칭이다.

◆◆ 토르 헤위에르달(1914~2002). 노르웨이의 탐험가이자 인류학자. 1947년 뗏목 콘티키호를 타고 태평양을 횡단했고, 1970년 뗏목 라호로 대서양을 횡단하여 인류의 이주설을 입증했다.

정을 짓더니 손가락으로 안경 모양을 만들고는 자동소총 쏘는 시늉을 했고 이쟈는 배를 부여잡으며 그 자리에서 총 맞은 연기를 했다. 안드레이는 그 상황을 하나도 이해할 수 없었는데 보아하니 오스카어도 마찬가지인 듯했다. 게다가 오스카어가 아이티와 타히티를 혼동한다는 게 곧 밝혀졌다.

차 지붕으로 또 뭔가가 떨어져 굴렀고 난데없이 커다랗게 뭉쳐진 쓰레기 뭉치가 보닛 위에 떨어졌다가 튕겨 나가며 산산이 바스러졌다.

"이봐! 그만해!" 오스카어가 어둠에 대고 고함쳤다.

앞에서는 또다시 사람들이 고래고래 외치는 소리가 들렸고, 욕설의 수위가 갑자기 상상 이상의 수준으로 치달았다. 사건이 일어난 것이다. 이쟈는 앗 하고 애처롭게 소리치고는 배를 부여잡고 고꾸라지듯 웅크렸다. 더 이상 장난이 아니었다. 안드레이는 문을 열고 밖으로 나가다가 머리에 빈 통조림 깡통을 맞았다. 아프지는 않았지만 화가 치밀었다. 실바는 몸을 수그리고 어둠 속으로 미끄러져 들어갔다. 안드레이는 머리와 얼굴을 가리고서 주위를 살펴보았다.

아무것도 보이지 않았다. 왼쪽 쓰레기 더미에서 녹슨 깡통들, 썩은 나뭇조각, 심지어는 벽돌 파편이 우박처럼 날아왔다. 유리가 쨍그랑 깨지는 소리가 들렸다. 야만스

청소부

러운 성난 포효가 일렬종대로 늘어선 화물차들 위로 울렸다. "어떤 미친놈이 행패야?!" 마치 합창이라도 하듯 여러 목소리가 동시에 울렸다. 차에 시동이 걸리자 엔진들이 부르르 떨기 시작했고 전조등이 켜졌다. 앞뒤로 불안하게 들썩이는 화물차도 있었다. 이제는 빈 병과 벽돌이 통째로 날아오는 쓰레기 언덕 방향으로 차체를 돌려 전조등 빛을 비춰 볼 셈인 듯했다. 또 어떤 사람들은 실바처럼 몸을 수그리고 어둠 속으로 돌진했다.

이쟈가 얼굴을 일그러뜨리고는 울 것 같은 표정으로 뒷바퀴 옆에 웅크린 채 배를 더듬는 모습이 안드레이의 눈에 얼핏 들어왔다. 안드레이는 운전칸으로 들어가 좌석 밑에 있던 연장을 집어 들고는 다시 밖으로 튀어나왔다. 개자식들의 대가리를, 대가리를 박살 내 주겠어! 눈앞에 수십 명의 청소부들이 엎드려 바닥을 짚고 광분하여 언덕을 기어오르는 광경이 보였다. 운전사 중 누군가 차를 옆으로 돌리는 데 성공해 전조등이 울퉁불퉁한 언덕을 비춘 것이다. 오래된 가구 파편이 삐죽삐죽 나와 있었고 걸레와 종이 쪼가리들이 너저분하게 흩어져 있었으며, 깨진 유리 조각이 반짝거렸고 그 위로, 새카만 하늘을 배경으로 굴착기 버킷이 높이 들려 있었다. 버킷에서 은빛으로 반사되는 커다란 회색 뭔가가 움직였다. 안드레이는 얼어붙은 채 그 광경을 응시했고 바로 그때 절망에 찬 비명들이 그 모든 소음을 덮었다.

"악마들이다! 악마들이야! 사람 살려……!"

곧 해진 걸레와 종이 쪼가리들이 휘몰아치는 가운데 언덕에서 사람들이 먼지기둥을 일으키며 엄청나게 빠른 속도로 서로를 타고 넘으면서 우르르 기어 내려왔다. 정신이 나간 눈빛, 쩍 벌린 입들, 휘젓는 팔들. 어떤 사람은 양손으로 머리를 감싸고 팔꿈치 사이로 고개를 숙인 채 혼란에 찬 비명을 지르며 안드레이를 지나치다가 바퀴자국이 파인 곳에서 중심을 잃고 넘어졌지만, 발딱 일어서서 온 힘을 다해 멀리, 도시를 향해 달려갔다. 또 어떤 사람은 색색거리며 안드레이 차의 그릴과 앞차의 트렁크 사이로 비집고 들어왔다가 그대로 끼어서 오도 가도 못하게 되었고 빠져나가려고 애를 쓰다가 역시, 짐승같이 비명을 지르기 시작했다. 그러다 돌연 사방이 고요해지더니 오로지 엔진이 웅웅대는 소리만 들렸다. 그때 공기를 가르는 채찍처럼 날카로운 발포음이 울렸다. 그리고 안드레이의 눈앞에서, 쓰레기 더미 위 푸르스름한 전조등 빛 속에서 키가 크고 마른 누군가가 화물차들을 등진 채 양손에 권총을 들고서 쓰레기 언덕 너머 어둠 속 어딘가로 한 발, 또 한 발 쏘는 모습이 보였다.

그는 완벽한 정적 속에 다섯 발인가 여섯 발을 쐈고 조금 뒤 어둠에서 인간이 내는 소리가 아닌 듯한 수천의 비명이 들려왔다. 마치 3월의 고양이 2만 마리가 한꺼번에 확성기에 대고 울부짖는 것 같은 성난 소리, 야옹거리는 소리, 구슬픈 울음소리였다.◆ 마른 사람은 뒷걸음치다가 발을 헛디뎌 우스꽝스럽게 양팔을 휘저으며 언덕 아래로 굴렀다. 안드레이 역시 뭔가 억누를 수 없는 공포를 예감하며 뒷걸음쳤고, 순간 언덕이 움직이는 것을 봤다.

갑자기 그곳에서 믿기지 않도록 기이하게 뒤틀린, 은빛으로 반짝이는 회색 망령들이 꿈틀대기 시작했다. 수천 쌍의 눈동자들이 빨간빛을 발했고, 분노하여 드러낸 100만 개의 축축한 이빨들이 번쩍였고 털이 수북하고 놀랍도록 긴 팔들이 수풀이 움직이듯 움직였다. 전조등 불빛 위로 두터운 먼지 벽이 솟구치더니 파편과 돌멩이, 유리병, 쓰레기 더미가 산사태처럼 일렬로 늘어선 화물차들을 덮쳤다.

안드레이는 가만히 있을 수 없었다. 그는 운전칸으로 들어가 구석에 처박혀서는 마치 악몽을 꾸는 듯 연장을 든 채로 정신이 나가 있었다. 완벽하게 아무것도 이해하지 못하던 그는 웬 까만 형체가 열린 문을 가리자 자기

◆　러시아에서는 겨울이 끝나고 봄이 시작되며 생명이 약동하는 3월에 특히 고양이들의 구애하는 소리가 더 크다고 하여 '3월의 고양이 울음소리'라는 표현이 있다.

목소리도 듣지 못하면서 비명을 질러 댔다. 그리고 자신에게 저항하며 다가오는 말랑하고 무시무시한 무언가를 쇠붙이로 때리기 시작했고 이쟈가 "멍청아, 나야!"라고 애처롭게 비명을 질러 그에게 다시 감각을 일깨워 주기 전까지 멈추지 않았다.

이쟈는 운전칸으로 들어와 문을 세게 닫은 다음 의외로 평온하게 말했다.

"너 저게 뭔지 알아? 원숭이들이야. 이런 젠장!"

처음에 안드레이는 그의 말을 이해하지 못했고, 그다음에는 이해했으나 믿을 수 없었다.

"뭐라고?" 그는 발판으로 나가 서서 운전칸 바깥을 내다보았다.

정말로, 원숭이들이었다. 덩치가 크고 털이 수북하며 대단히 흉포하게 생겼으나, 악마도 아니고 유령도 아닌 고작 원숭이들이었다. 안드레이는 수치심과 안도감으로 갑자기 열이 올랐다. 그때 뭔가 무겁고 딱딱한 것이 정확히 그의 한쪽 귀를 치는 바람에 그의 다른 쪽 귀가 운전칸 지붕에 부딪쳤다.

"모두 차로 돌아가십시오!" 앞쪽 어디에선가 권위적인 목소리가 소리쳤다. "진정하십시오! 원숭이들입니다! 무서워할 것 없습니다! 차로 돌아가서 후진하십시오……!"

화물차 대열에서는 지옥도가 펼쳐졌다. 화물차 머플러에서 요란한 소리가 났고 전조등이 켜졌다 꺼졌다를 반복했고 엔진은 다양한 소리로 울부짖고 푸르스름한 배기가스가 별 한 점 없는 하늘로 뭉게뭉게 올라갔다. 어둠 속에서 온통 까맣고 번들거리는 얼굴이 불쑥 튀어나왔고 누군가의 손이 안드레이의 어깨를 꽉 잡더니 강아지 흔들듯 흔들다가 운전칸으로 밀어 넣었고, 바로 그때 앞에 서 있던 화물차가 후진하다가 쾅 소리를 내며 그릴을 들이받았고 뒤 화물차는 앞으로 돌진해 적재함을 북 치듯이 치는 바람에 쓰레기통들이 불안한 소리를 내며 흔들거렸다. 이쟈가 안드레이의 어깨를 잡고 다그쳤다. "운전할 수 있어? 없어? 안드레이! 운전할 수 있느냐고?" 그리고 푸르스름한 연기 속에서 누군가 숨넘어갈 듯 비명을 질렀다. "살인이야! 사람 살려!" 권위적인 목소리는 계속 고함쳤다. "진정하십시오! 뒤차는 후진하십시오! 서두르십시오!" 그리고 위에서, 오른쪽에서, 왼쪽에서 딱딱한 것들이 쓰레기통 뚜껑 위로 우수수 떨어졌고 쓰레기통에 요란하게 부딪쳤고 유리들이 쨍그랑 깨졌다. 사이렌 소리가 쉴 새 없이 늘어지며 울렸고 음산하게 야옹대는 비명은 더 크게, 점점 더 크게 울렸다.

이쟈가 불쑥 말했다. "그럼 난 간다……" 그러더니 양손으로 머리를 감싸고 차에서 내렸다. 그는 도시 방향으로 돌진하던 차에 치일 뻔했다. 떨어져 굴러다니는 쓰레기통들 사이로 검수원의 일그러진 얼굴이 어렴풋이 보였다. 잠시 후 이쟈의 모습이 사라지자 도널드가 나타났다. 모자는 없었고 초췌해져서는 온통 먼지를 뒤집어쓰고 있었다. 그는 좌석에 권총을 던지고는 운전대를 잡고 시동을 건 다음 밖으로 몸을 빼고 후진했다.

어쨌거나 일종의 질서가 잡힌 모양이었다. 혼돈에 빠진 비명이 잦아들었고 엔진도 규칙적으로 울렸으며 화물차 행렬 전체가 조금씩 뒤로 움직이고 있었다. 돌과 유리병 세례도 어느 정도 잠잠해진 듯했다. 원숭이들은 쓰레기 언덕 위에서 펄쩍펄쩍 날뛰고 서성였으나 아래로는 내려오지 않았다. 그저 그 위에서 사나운 아가리를 쩍 벌리고 소리를 질러 대고 차들을 향해 놀리듯 엉덩이를 내밀었으며 엉덩이들은 전조등 빛을 받아 반짝였다.

화물차는 점차 속도를 내던 중 오물 구덩이에 빠져 또 공회전을 하다가 도로에 진입했고 방향을 틀었다. 도널드는 끼긱거리며 속도를 변환한 다음 엔진을 최대로 가동하고서 문을 쾅 닫고 좌석에 등을 기댔다. 앞쪽으로는 전력을 다해 줄행랑치는 화물차들의 빨간 불빛이 어둠 속에서 날뛰고 있었다.

빠져나왔다. 안드레이가 안도하며 조심스럽게 귀를 만져 보았다. 귀는 부어올라 화끈거렸다. 이럴 수가, 원숭이라니! 원숭이들이 어디서 온 거지? 게다가 그렇게 커다란 원숭이라니…… 그것도 저렇게나 많이……! 애초에 이곳에는 원숭이 자체가 없었다…… 물론 이쟈 카츠만을 원숭이로 치지 않는다면 말이다. 그런데 어째서 원숭이들이란 말인가? 호랑이도 아니고……? 그가 자리에서 몸을 들썩이던 바로 그때 화물차가 크게 흔들렸다. 안드레이는 위로 부웅 떴다가 딱딱하고 이질적인 것 위로 떨어졌다. 그는 엉덩이 밑으로 손을 넣어 권총을 뺐다. 안드레이는 잠시 상황을 파악하지 못하고 그것을 바라보기만 했다. 권총은 까맸고 그다지 크지 않았으며 총신은 얇고 손잡이는 양각되어 있었다. 잠시 후 도널드가 불쑥 입을 열었다.

"조심하십시오. 이리 내놔요."

안드레이는 권총을 건넨 다음 도널드가 몸을 굽히고 그 무기를 작업복 뒷주머니에 찔러 넣는 모습을 바라보았다. 안드레이는 갑자기 땀이 나기 시작했다.

"그러니까 당신이 거기서…… 쏜 거예요?" 안드레이가 갈라지는 목소리로 물었다.

도널드는 대답하지 않았다. 그는 정상 작동하는 유일한 전조등을 깜빡이며 화물차를 또 한 대 추월했다. 사거리에서는 꼬리를 구부린 원숭이 몇 마리가 그릴 앞을 아슬아슬하게 지나쳐 갔으나 안드레이는 거기에 신경 쓸

여력이 없었다.

"돈, 총은 어디서 났어요?"

도널드는 이번에도 대답하지 않았고 그저 한 손으로 이상한 동작을 했다. 존재하지 않는 모자챙을 눈 쪽으로 옮기려는 듯한 손짓이었다.

"저기요, 돈." 안드레이는 단호히 말했다. "우리가 지금 시청에 가는 길이잖아요. 가서 총을 반납하고 어떻게 그걸 손에 넣게 되었는지 설명해요."

"헛소리는 집어치우십시오." 도널드가 얼굴을 찡그리며 대꾸했다. "담배나 내놔요."

안드레이는 바로 담뱃갑에 손을 갖다 댔다.

"헛소리가 아니에요." 안드레이가 말을 이었다. "전 아무것도 알고 싶지 않아요. 당신의 침묵은, 뭐 그거야 개인 사정이니까요. 그래도 저는 당신을 믿어요…… 하지만 도시에서 무기를 갖고 있는 건 강도들뿐이라고요. 전 이런 말은 하고 싶지 않지만, 그래도 저는 도대체 이해가 안 돼요…… 그러니 무기를 반납하고 전부 설명해야 해요. 그리고 제 말이 다 헛소리라고 하지도 마요. 저는 당신의 최근 상태가 어땠는지 안다고요. 어서 가서 모든 걸 말해 버리는 게 나아요."

도널드는 잠시 고개를 돌려 안드레이의 얼굴을 응시했다. 그의 눈빛에 무엇이 담겼는지, 비웃음인지 고통인지 알 수 없었으나 그 순간 그는 안드레이에게 아주 늙은 사람으로, 완전히 시들어 버린 것 같고 또 왜인지 쫓겨난 사람으로 보였다. 안드레이는 당황했고 혼란스러웠지만 이내 마음을 다잡고는 힘주어 말했다.

"반납하고 모두 얘기하는 거예요. 모두!"

"원숭이들이 도시로 오고 있다는 걸 알고 있습니까?" 도널드가 물었다.

"그게 뭐 어쨌다는 거예요?" 안드레이는 혼란스러웠다.

"맞습니다. 그게 뭐 어쨌다는 걸까요?" 도널드는 이렇게 말하고는 기분 나쁜 웃음을 터뜨렸다.

제2장

원숭이들은 이미 도시에 들어와 있었다. 원숭이들은 코니스 위를 돌아다녔고 가로등에 주렁주렁 매달렸으며 사거리에서 덥수룩하게 무리 지어 춤을 추고 창문에 달라붙고 도로에서 떨어져 나온 자갈을 던져 댔고 속옷 바람으로 뛰쳐나온 혼비백산한 사람들을 쫓아다녔다.

도널드는 적재함에 피난민들을 태우느라 몇 차례 화물차를 세웠다. 쓰레기통들은 버린 지 오래였다. 한번은 화물차 앞으로 짐마차에 매인 광분한 말 한 마리가 뛰어들었는데 그 짐마차에 방수포를 뒤집어쓰고 자던 사람은 이제 없었다. 그 자리에는 커다란 은빛 원숭이 한 마리가 앉아서는 펄쩍펄쩍 뛰고 기다랗고 털이 북슬북슬한 팔을 흔들며 째지는 비명을 질러 대고 있었다. 안드레이는 짐 마차가 쾅 소리를 내며 가로등에 부딪친 다음 줄이 끊어진 말이 계속 달려 나가고 원숭이는 잽싸게 가장 가까운 수도관으로 옮아가 지붕 위로 사라지는 모습을 봤다.

시청 앞 광장은 혼돈의 도가니였다. 차량들이 들어오고 나갔고 경찰관들이 뛰어다녔고 이성을 잃은 속옷 바람의 사람들이 서성댔으며 입구에서는 사람들이 한 관리를 벽으로 몰아세우고 고함치면서 뭔가를 요구했고 그 관리는 지팡이로 사람들을 찌르고 서류 가방을 휘둘렀다.

"난리군." 도널드가 말하고는 차에서 훌쩍 뛰어내렸다.

그들은 건물로 뛰어들자마자 사복을 입은 사람들, 경찰복을 입은 사람들, 아래 속옷만 입은 사람들의 거대한 무리 속에서 서로를 놓쳤다. 무수한 목소리들이 웅성거렸고 담배 연기로 앞이 뿌옜다.

"이해하셔야 해요! 이런 차림으로는, 속옷 바지만 입고서는 안 됩니다!"

"……당장 무기고를 열어서 무기를 나눠 줘야 합니다…… 제기랄, 그러면 경찰들한테만이라도 나눠 주라고요……!"

"경찰서장 어딨소? 방금 여기 있었는데……"

"제 아내가 남아 있어요. 아시겠어요? 연로한 장모님도 남아 있다고요!"

"자, 별일 아니오. 원숭이들이라니. 그래 봐야 원숭이일 뿐 아니오……"

"생각해 보세요. 잠에서 깼더니 누군가 창턱에 앉아 있는 거예요……"

"경찰서장 어딨어? 그 엉덩이 무거운 놈 지금 자고 있는 거 아냐?"

"우리 골목에는 가로등이 하나뿐이었어요. 그런데 그 등을 떨어뜨렸죠."

"코발렙스키! 12호 방으로 오게. 당장!"

"그래도 이해하셔야 해요. 속옷 바지만 입고선……"

"운전할 수 있는 사람 있습니까? 운전기사님들! 모두 광장의 광고대 앞으로 가 주세요!"

"이런 제기랄, 경찰서장은 어디 있는 거야? 그 개자식이 내뺀 거야, 뭐야?"

"그러니까, 이렇게 합시다. 사람들을 모아서 주물 공방으로 가요. 거기서, 그러니까, 이런 철로 된 봉들, 공원 울타리로도 쓰이는 이런 봉들을 가져오는 겁니다…… 전부 가져와요, 전부! 그리고 바로 이곳으로 돌아오십시오……"

"그 털북숭이 낯짝을 갈겨 줬지. 그러다 손까지 다쳤

청소부

다니까, 젠장…… 그런데 그놈이 소리치는 거야. '세상에! 뭐 하는 짓인가? 날세, 나! 프레디……!' 이런 제기랄, 망했다고 생각했지……"

"공기총도 쓸모가 있을까요?"

"72지구로 차 석 대를 보낸다! 73지구에는 다섯 대……!"

"2차 시까지 장비 착용을 허가하라고 지시해 주십시오. 나중에 반납할 수 있도록 증서를 써서요!"

"저기, 그놈들이 꼬리를 달고 있습니까? 아니면 제가 헛것을 본 겁니까……?"

안드레이는 사람들을 비집고 밀치며 복도 벽에 바짝 붙어 앞으로 나아가면서 사람들의 발을 수도 없이 밟았고 자신도 다른 사람에 부딪치고 끼었으며 밀쳐졌다. 처음에는 도널드가 참회하고 무기를 반납하는 자리에 보호자 겸 증인으로 가 있어야 한다는 생각에 그를 찾아다녔으나 이 정도로 난리가 난 것을 보니 원숭이들의 침공이 대단히 심각한 사건이라는 데 생각이 미쳤고 곧 자신은 운전도 못 하고, 그 비밀스러운 봉이 있다는 주물 공방의 위치도 모르고 누군가에게 제복 착용 연장을 허가해 줄 수도 없으니 이곳에서 아무에게도 필요 없는 존재라는 생각이 들어 속상했다. 안드레이는 자신이 직접 본 것이라도 전해야겠다고 생각했다. 자신의 증언이 유용할 수도 있지 않나. 하지만 사람들은 그의 말을 조금도 듣지 않거나 그에게 말을 하라고 해 놓고는 끼어들어 자기 말을 해 댔다.

안드레이는 씁쓸해하며 제복과 속옷 바지들 중에 아는 사람이 없음을 확인했다. 머리에 피 묻은 천을 동여맨 흑인 실바가 잠깐 보이나 싶다가 곧 사라졌고 그러는 와중에도 뭔가가 분명 진행되고 있었다. 누군가가 누군가에게 지시를 내리고 어딘가로 보냈으며 목소리들이 점점 커졌고 어조에 담긴 확신도 점점 커졌고 속옷 바지들이 점차 사라지는 대신 제복들은 눈에 띄게 늘었다. 어느 순간 안드레이는 심지어 규칙적인 부츠 굽 소리와 군가가 들리는 것 같았으나 이동용 금고가 떨어져 우당탕탕 계단을 굴러 내려가 식량관리국의 문에 부딪치는 소리일 뿐이었다……

그때 안드레이는 아는 얼굴을 발견했다. 전에 도량형 회의 회계부에서 같이 일했던 동료로, 지금은 공무원인 자였다. 안드레이는 사람들을 밀치고 그에게 다가가서는 그를 벽에 밀어붙이고 단숨에 말을 쏟아 냈다. 나는 안드레이 보로닌인데 같이 일했던 것 기억하느냐고, 지금은 쓰레기 오물 운반 일을 하고 있다고, 아무도 찾을 수가 없어서 그러는데, 날 일손이 필요한 곳으로 보내 달라고, 인력이 필요할 것 아니냐고…… 공무원은 얼마간 그의 말을 듣고는 얼빠진 표정으로 인상을 구기더니 미약하게나마 빠져나가려는 시도를 하다가 돌연 안드레이를 밀치고 소리쳤다. "당신을 어디로 보내라는 겁니까? 뭡니까. 내가 뭘 운반 중인지 안 보입니까? 결재 서류라고 하지 않았습니까!" 그러더니 도망치듯 복도를 내달렸다.

안드레이는 조직적으로 진행되는 작업에 참여하려고 몇 번 더 시도했으나 모두 그를 거부하거나 밀쳤다. 다들 허둥지둥했고 한자리에 차분하게 서서 자원자 명단을 작성할 사람이, 그러니까, 말 그대로 단 한 명도 없었다. 안드레이는 마음을 굳게 먹고서 문이란 문은 죄다 열어 보기 시작했다. 뛰어다니지도 소리치지도 팔을 휘젓지도 않는 책임자를 누구라도 찾을 수 있지 않을까 하는 생각에서였다. 상식적으로는 여기 어딘가에 본부라 할 만한 곳이, 이 모든 급박한 작업들을 지시하는 곳이 있어야만 했다.

첫 번째로 문을 열어 본 방은 비어 있었다. 두 번째 방을 열었더니 속옷 바지만 입은 사람이 전화기에 대고 고함을 쳐 대고 있었고 또 다른 사람은 욕을 하며 딱 맞는 사무관용 가운을 여미고 있었다. 가운 아래로 딱 달라붙는 경찰 바지와 수선에 수선을 거듭한 티가 나는 끈 없는 경찰용 첼시부츠가 보였다. 세 번째 사무실을 열고 안을 들여다보니 분홍색 무언가에 달린 단추가 눈에 들어왔는데 그게 살집 있는 여성의 나체가 분명하다는 것을 깨닫자마자 황급히 고개를 돌려 나왔다. 그래도 네 번째 방에는 **인도자**가 있었다.

그는 창턱에 발을 올리고 무릎을 끌어안고 앉아서는 창 너머로 어둠 속에서 전조등이 반짝이며 휙휙 지나가는 것을 보고 있었다. 안드레이가 들어가자 그는 온화하고 발그레한 얼굴을 돌렸고 언제나처럼 눈썹을 조금 추켜세우고는 미소를 지었다. 그 미소를 본 순간 안드레이는 마음이 놓였다. 화가 누그러지고 날카로운 감정은 사라졌다. 결국 모든 것은 반드시 형태를 갖추고 자기 자리에 있을 것이며 훌륭한 결말을 맞으리라는 게 분명해졌다.

"보세요." 안드레이가 양팔을 벌리고는 역시 웃어 보였다. "전 아무에게도 필요 없더라고요. 운전도 할 줄 모르고 학교가 어디 있는지도 모르고⋯⋯ 난리 통이에요. 하나도 모르겠어요⋯⋯"

"그렇지요." **인도자**가 공감했다. "끔찍한 난리 통입니다." 그는 창턱에서 다리를 내리더니 허벅지 밑에 손바닥을 깔고 앉아 아이처럼 다리를 흔들었다. "교양도 없고. 부끄럽습니다. 진중하고 다 큰 사람들이, 자기 분야에 식견이 있는 사람들이 대부분일진대⋯⋯ 다시 말해, 조직성의 부족이지요! 내 말이 맞나요, 안드레이? 다시 말해,

중요한 문제들을 놓치지요. 대비도 안 하고…… 규율도 부족하고…… 물론 관료주의도 문제고요."

"맞아요!" 안드레이가 말했다. "바로 그거예요! 제가 앞으로 어쩌기로 했는지 아세요? 전 이제 누군가를 찾거나 설명하지 않을 거예요. 대신 막대기를 하나 집어 들고 나가겠어요. 부대에 합류할 거예요. 절 받아 주지 않는다면 혼자 가죠, 뭐. 저쪽에 여자들이 남아 있다고요…… 아이들이랑요……"

안드레이가 한 마디 할 때마다 **인도자**는 짤막하게 고개를 끄덕였다. 그는 더 이상 미소 짓지 않았다. 그의 표정은 이제 진중했고 이해심이 서려 있었다.

"그런데 한 가지 걸리는 점이 있어요……" 안드레이가 얼굴을 찡그리며 말했다. "도널드는 어떻게 된 거예요?"

"도널드?" **인도자**가 눈썹을 추켜세우며 되물었다. "아, 도널드 쿠퍼 말입니까?" 그는 웃었다. "물론 당신은 도널드 쿠퍼가 이미 체포되어 자기 죄를 고백했으리라 생각하겠지만…… 천만에요. 지금 도널드 쿠퍼는 자원자 부대를 조직해 그 뻔뻔한 침공에 대항하려 하고 있습니다. 그리고 물론 그는 폭력배가 아니고 범죄를 저지른 적도 없으며 총은 그저 암시장에서 알람 기능이 있는 앤티크 시계와 교환한 것일 뿐이지요. 어쩌겠습니까? 평생 주머니에 총을 넣고 살아왔고, 그게 익숙한걸요!"

"그래서였군요!" 안드레이가 엄청난 안도감을 느끼며 말했다. "당연히 그렇겠네요! 저는 도무지 믿기지가 않아서 그저 생각으로는…… 뭐, 이제는 됐습니다!" 안드레이는 나가려고 몸을 돌렸다가 멈춰 섰다. "그런데 말이에요…… 물론 비밀이 아니라면요, 뭣 하러 이 모든 일이 일어나는지 말씀해 주실 수 있나요? 원숭이들요! 그것들은 대체 어디서 온 거죠? 그것들은 대체 뭘 증명하는 건가요?"

인도자는 한숨을 내쉬고는 창턱에서 내려왔다.

"당신은 이번에도 나에게 질문을 던지는군요. 안드레이, 그것도 내가……"

"아니에요! 다 이해합니다!" 안드레이가 가슴에 손을 얹으며 절박하게 말했다. "저는 그저……"

"잠시만요. 당신은 내가 말 그대로 대답해 줄 수 없는 질문을 또 던지고 있어요. 이해하셔야 합니다. 나는 대답할 수 없어요……! 건축물의 부식, 기억합니까? 물이 담즙으로 변해 버린 사건은 기억하시는지요…… 어쨌든 그건 당신이 오기 전 일이고…… 이제는 보다시피, 원숭이들입니다…… 당신은 언제나 어떻게 이런 일이 가능한지 내게 파묻곤 했죠. 다양한 국적의 사람이 모두 같은 언어로 말하는데 다들 그걸 이상하게 생각하지 않는다고

청소부

했어요. 그리고 당신이 겐시에게, 당신은 러시아어로 말하고 있으며 겐시 자신은 일본어로 말하고 있다는 걸 증명해 냈을 때, 당신 스스로 얼마나 놀랐는지, 얼마나 혼란에 빠졌는지, 아니 심지어는 겁먹었는지 기억합니까? 하지만 지금은 보다시피 익숙해졌고 그때 가졌던 의문은 이제 머릿속에 떠오르지도 않지요. **실험** 조건 중 하나였던 겁니다. **실험**은 **실험**일진대 여기서 더 무슨 말이 필요할까요?" 그가 미소를 지었다. "그러니 가 보세요. 가요, 안드레이. 당신이 있어야 할 곳은 저쪽입니다. 무엇보다도 행동을 해야 합니다. 모두 자기 자리에서 할 수 있는 모든 것을 해야 합니다!"

안드레이는 방을 나섰다. 아니, 나섰다기보다는 이젠 비어 있는 복도로 뛰어든 것에 가까웠고, 광장으로 난 현관 계단을 내려간 다음 곧 가로등 아래 주차된 화물차 주위에 모여 있는 사무적이고 차분한 무리를 발견하고는 망설임 없이 그 사이로 들어가 앞으로 비집고 나아갔다. 그의 손에는 무거운 금속 창이 쥐어졌다. 이제 무기를 들게 된 그는 스스로 강하다고, 중요한 전투에 나갈 준비가 되어 있다고 느꼈다.

멀지 않은 곳에서 누군가 쟁쟁한 목소리로—아주 익숙한 목소리였다!—세 명씩 줄을 서라고 명령했고 어깨에 창을 지고 달려간 안드레이는 잠옷 상의 위로 멜빵을 멘 육중한 라틴아메리카인과 구겨진 제복을 입은 금발의 깡마른 지식인 사이에 자리 잡았다. 지식인은 대단히 신경질적이었다. 그는 끊임없이 안경을 빼서 안경알에 입김을 불고 손수건으로 닦은 다음 양손으로 위치를 조정해 가며 다시 코에 걸치기를 반복했다.

부대는 인원 총 서른 명으로 그다지 큰 규모는 아니었다. 명령을 내리던 자는 프리츠 가이거였는데, 한편으로는 상당히 기분 나쁜 일이었으나 다른 한편으로는 프리츠 가이거가 과거 파시스트의 패잔병이긴 해도 지금은 어쨌든 걸맞은 자리에 있다는 것을 인정하지 않을 수 없었다.

프리츠는 전 히틀러 국방군의 하사관답게 표현에 거침이 없었으며 그런 그의 말을 듣는 일은 상당한 고역이었다. "줄 맞춰-서!" 그는 마치 연대 제식훈련이라도 지휘하듯 온 광장이 쩌렁쩌렁 울리도록 소리쳤다. "거기 당신, 거기, 슬리퍼 신은 사람! 그래, 당신! 배 집어 넣고……! 아니 당신은 뭔데 막 교미를 끝낸 암소처럼 다리를 쩍 벌리고 있나? 아니라고? 막대기들은 다리 옆에 딱 붙인다……! 어깨 말고 다리 옆! 멜빵 멘 계집이 따로 없군! 차-렷! 나를 따라 한 발 행진…… 멈추-고! 다시…… 전-진!" 그럭저럭 대열이 움직였다. 뒷사람이 곧 안드레이의 발을 밟았고 안드레이는 비틀거리다가 지식

청소부

인의 어깨를 쳤다. 지식인은 당연하게도 또 닦고 있던 안경을 떨어뜨렸다. "등-신!" 안드레이가 참지 못하고 지식인에게 내뱉었다. "조심 좀 합시다!" 지식인이 새된 목소리로 비명을 질렀다. "어쩌면 좋아……!" 안드레이는 그가 안경 찾는 것을 도왔고 분에 겨워 씩씩대며 뛰어온 프리츠에게는 꺼지라고 했다.

안드레이는 연신 감사 인사를 하며 휘청거리는 지식인과 둘이서 대열을 따라잡았고 그 상태로 20미터 더 가서 "차량들에 나누어 탑승하라"는 명령을 들었다. 그런데 차량은 단 한 대, 희석한 시멘트를 운반하는 데 쓰는 특수 대형 화물차뿐이었다. 사람들은 차에 올라타자마자 발밑이 찰박거리고 질척인다는 것을 알게 됐다. 슬리퍼를 신은 자가 힘겹게 차체를 다시 넘어 내리더니 이 차를 타고는 아무 데도 가지 않을 거라 소리 높여 선언했다. 프리츠는 그에게 다시 적재함으로 올라타라고 명령했다. 그는 한층 더 목소리를 높여 자신은 슬리퍼만 신고 있으며 발이 다 젖었다고 반박했다. 프리츠는 그를 새끼 밴 암퇘지라고 욕했다. 축축한 슬리퍼를 신게 된 자는 눈 하나 깜짝 않고서 마침 자신은 돼지가 아니라고, 돼지였다면 그 진흙탕 속에서 이동하는 데 동의했을지도 모르겠다며 대들었다. 그러더니 기꺼이 이 돼지우리를 타고 가겠다고 한 모두에게 진심으로 사과한다고 덧붙였다……

그때 라틴아메리카인이 갑자기 적재함에서 뛰어내리더니 프리츠의 발밑으로 경멸하듯 침을 내뱉고 엄지손가락들을 멜빵 아래 찔러 넣고선 유유히 가 버렸다.

이 모든 것을 지켜보면서 안드레이는 일종의 고소함을 느꼈다. 슬리퍼 신은 사람의 행동을, 더군다나 멕시코인의 행동을 용인하는 것은 아니다. 분명 둘 다 동무답지 못했고 완전히 소시민같이 굴었다. 하지만 체면이 구겨진 우리의 하사관이 이제 어떻게 나올지, 벌어진 상황을 어떻게 수습할지 몹시 궁금했다.

안드레이는 체면이 구겨진 하사관이 명예롭게 상황을 해결했음을 인정할 수밖에 없었다. 프리츠는 한 마디도 하지 않고 한 발의 굽을 중심축으로 하여 뒤돌아서는 운전사 옆 발판에 올라서서 명령했다. "출발!" 화물차가 움직이기 시작한 바로 그때 태양이 켜졌다.

옆 사람을 계속 잡아 가며 간신히 두 다리로 지탱하던 안드레이는 고개를 돌려 선홍빛 디스크가 늘 있던 자리에서 천천히 타오르는 것을 지켜보았다. 처음에는 약동하듯 떨리다가 이내 점점 선명해지더니 주홍빛, 노란빛, 흰빛으로 차올랐고 일순간 꺼졌다가 바로 다시 전력으로 빛을 발하며 켜졌다. 더 이상 응시할 수 없을 정도였다.

새날이 밝았다. 한 치 앞을 볼 수 없도록 별 한 점 없이 까맣던 하늘이 흐릿한 회색빛을 띠더니 공기가 뜨거

청소부

워졌고 마치 사막에서 불어온 듯 더운 바람 냄새가 풍겨 왔다. **도시**는 무無였다가 돌연 밝고 화사한, 푸른 그림자가 줄무늬를 드리운 거대하고 넓은 공간으로 변한 것 같았다…… 층층이 쌓인 집 위에 층층이 집이 쌓였고, 건물들 위로 건물들이 쌓여 있었는데 비슷하게 생긴 건물은 하나도 없었다. 오른편으로는 하늘로 이어지는 달궈진 **노란 벽**이 보이기 시작했고 왼편의 지붕들 위로는 바다처럼 푸른 공허가 펼쳐졌는데, 그 순간 목이 말랐다. 즉시 많은 사람들이 습관적으로 손목시계를 봤다. 8시 정각이었다.

화물차를 타고 오래 가지는 않았다. 원숭이 군단이 아직 여기까지는 오지 못했는지 거리는 고요했고 이렇게 이른 시각이면 으레 그렇듯 텅 비어 있었다. 어떤 집들의 창문은 활짝 열려 있었는데 잠에서 깬 사람들이 졸린 표정으로 기지개를 펴면서 무심하게 화물차를 바라보았다. 머릿수건을 쓴 여자들이 창턱에 매트리스를 널었고 어떤 베란다에서는 힘줄이 보일 정도로 마른 늙은이가 턱수염을 흩날리며 줄무늬 팬티 바람으로 열심히 체조를 하고 있었다. 혼란이 아직 여기까지 미치지는 않았지만, 16지구가 가까워질수록 겁에 질린 만큼 화도 나 있는 봉두난발의 피난민들이 보이기 시작했다. 그중 몇몇은 등에 짐을 지고 있었다. 이들은 화물차를 보더니 멈춰 서서 손을 흔들며 뭐라고 외쳤다. 화물차는 요란하게 덜컹거리며 네번째왼쪽길로 꺾다가 짐 가방을 실은 이륜 손수레를 밀고 가는 늙은이 한 쌍을 칠 뻔하고 멈췄다. 곧 모두가 원숭이들을 발견했다.

원숭이들은 네번째왼쪽길이 마치 자기 집인 양, 정글이나 그들이 사는 저쪽 어딘가인 양 행동했다. 꼬리를 구부리고 느릿느릿 무리 지어 보도에서 보도로 옮겨 다녔고 신나서 코니스를 뛰어다니고 가로등으로 올라가고 열중해서 서로 이를 잡아 주고 광고판으로 뛰어들고 쟁쟁하게 소리를 질러 대고 인상을 쓰고 싸웠으며 거리낌 없이 사랑을 나누었다. 은빛 도적단이 식료품 상점을 털었고, 꼬리 달린 악동 두 마리가 공포로 창백해진 채 현관에 굳어 있는 여자에게 다가갔고, 귀엽게 생긴 털북숭이 한 마리는 교통정리원의 부스에 자리를 잡고서 안드레이에게 교태를 부리듯 혀를 쏙 내밀었다. 따뜻한 바람이 먼지 뭉치, 이불에서 빠진 깃털, 종잇장, 털 뭉치, 그리고 이미 도처에 진동하는 짐승 냄새를 실어 왔다.

안드레이는 넋이 나가 프리츠를 쳐다봤다. 프리츠가 이거는 얼굴을 찡그리고는 노련한 사령관의 표정으로 펼쳐진 광경을 지켜보고 있었다. 운전기사가 시동을 끄자 도래한 고요가 조금도 도회적이지 않은 야생의 소리로, 으르렁거리고 야옹거리고 낮게 가르랑대며 우는 소리,

꺽꺽대고 쩝쩝대고 꿀꿀대는 소리로 가득 찼다······ 그때 원숭이들에 포위되어 있던 여자가 갑자기 온 힘을 다해 비명을 질렀고 프리츠는 행동을 개시했다.

"하차한다!" 그가 명령했다. "어서, 서둘러! 한 줄로 움직인다······ 뭉쳐서 가지 말고 한 줄로 맞춰 간다! 전진! 저놈들을 때리고 쫓아낸다! 이곳에 단 한 마리도 남지 않도록! 머리와 등을 친다! 찌르지 말고 때려라! 앞으로, 빠르게! 멈추지 말고! 거기! 너! 거기······!"

안드레이는 제일 먼저 튀어 나간 사람들 중 하나였다. 그는 줄 맞춰 서는 대신 쇠막대기를 더 편하게 잡고서 곧장 여자를 도우러 돌진했다. 꼬리 달린 불한당들은 안드레이를 발견하고 악마 같은 웃음을 터뜨리더니 번쩍이는 엉덩이를 놀리듯 흔들어 대며 길을 따라 겅중겅중 뛰어 달아났다. 여자는 계속해서 비명을 지르며 온 힘을 다해 눈을 꼭 감고 주먹을 꽉 쥐고 있었으나 이제 위협이 될 만한 것은 없었기에 안드레이는 그 여자를 내버려 두고 가판대를 털고 있는 강도들 쪽으로 방향을 틀었다.

이 커다란 원숭이들은 이런 짓을 많이 해 본 듯했는데, 특히 꼬리가 석탄처럼 까만 녀석은 나무통 위에 앉아 통 속으로 털이 수북한 기다란 앞발을 어깻죽지까지 넣었다가 소금에 절인 오이를 꺼내 와작와작 먹어 대면서 가판대 합판을 열정적으로 뜯는 친구들에게 종종 침을 뱉었다. 안드레이가 다가오는 낌새를 알아챈 까만 꼬리는 씹던 것을 멈추고 호색한처럼 씩 웃었다. 안드레이는 그 비웃음이 정말로 불쾌했으나 물러설 수는 없었다. 안드레이는 쇠막대기를 힘차게 휘두르며 "꺼져라!"라고 고함친 다음 돌진했다.

까만 꼬리가 이빨을 한층 더 드러내며 웃더니—그 녀석의 송곳니는 말향고래의 것 같았다—느릿느릿 나무통에서 뛰어올라 몇 걸음 물러서고는 자기 겨드랑이 밑을 깨물기 시작했다. "꺼지라고! 빌어먹을!" 안드레이는 더 크게 고함쳤고 쇠막대기를 크게 휘둘러 나무통을 쳤다. 그러자 까만 꼬리는 옆으로 슬금슬금 가더니 단숨에 2층 코니스로 뛰어올랐다. 상대가 겁을 먹자 기세등등해진 안드레이는 가판대로 뛰어들어 쇠막대기로 벽을 힘껏 쳤다. 벽에 금이 갔고 까만 꼬리의 친구들이 사방으로 흩어졌다. 전투 지역이 정리되자 안드레이는 뒤를 돌아보았다.

프리츠의 전투 규정은 무너졌다. 전사들은 텅 빈 거리를 우왕좌왕 서성거렸고 건물 진입로를 기웃댔고 멈춰서서 머리를 치켜들고는 코니스들에 앉아 있는 원숭이들을 봤다. 조금 떨어진 곳에서는 좀 전의 그 지식인이 머리 위로 막대기를 휘두르면서 다리를 저는 원숭이를 천천히 쫓아가며 포장도로에 먼지를 일으키는 모습이 보였

청소부

다. 겁먹은 원숭이는 속도를 내지 못한 채 지식인보다 두 걸음 앞서가고 있었다. 딱히 싸울 상대가 없었다. 프리츠마저 혼란에 빠졌다. 그는 화물차 옆에서 인상을 쓰며 손가락을 깨물어 댔다.

원숭이들은 얌전해지려다가 자신들이 위험하지 않다는 것을 눈치채고는 다시 소리를 질러 대고 벅벅 긁고 사랑을 나누기 시작했다. 그중에서 특히 뻔뻔한 원숭이들은 아래로 내려와 욕설을 의미하는 게 틀림없는 표정을 지어 보이고 모욕하듯 엉덩이를 내밀었다. 안드레이는 다시 까만 꼬리를 발견했다. 녀석은 어느새 도로 반대편의 가로등에 앉아 자지러지게 웃고 있었다. 그 가로등을 향해 그리스인으로 보이는, 키가 작고 까무잡잡한 자가 위협하며 다가갔다. 그는 쇠막대기를 든 손을 높이 올렸다가 온 힘을 다해 까만 꼬리 쪽으로 던졌다. 가로등이 깡 하고 울리면서 진동음이 울렸고 유리가 깨졌으며 까만 꼬리는 이 예기치 않은 상황에 1미터는 펄쩍 뛰어올랐다가 하마터면 떨어질 뻔했으나 노련하게 꼬리로 매달린 다음 전과 같은 자세를 잡더니 등을 구부리고선 그리스인에게 물똥을 발사했다. 안드레이는 구역질이 차올라 뒤돌아섰다. 가능하리라 생각하지 않았던 패배의 기운이 완연했다. 안드레이는 프리츠에게 다가가 작은 목소리로 물었다.

"저기, 이제 어떻게 하지?"

"누가 알겠어." 프리츠가 화를 냈다. "화염방사기라도 가져왔어야 하는데……"

"벽돌이라도 가져올까요?" 작업복 차림의 여드름투성이 청년이 다가와 물었다. "제가 벽돌 공장에서 일하거든요. 차가 있으니 30분 안에 돌아올 겁니다……"

"아닙니다." 프리츠가 권위적으로 말했다. "벽돌은 필요 없습니다. 유리가 모두 깨질 테고 저놈들이 그 벽돌을 우리에게 도로 던질 테니까요…… 안 됩니다. 화약 같은 것이 필요합니다…… 미사일이라든가 폭탄이라든가…… 독가스라도 몇십 통 있어야 하는데!"

"어떻게 도시에 폭탄이 있을 수 있겠습니까?" 무시하는 듯한 어조의 저음이 울렸다. "독가스라니요. 차라리 원숭이들이 그냥 있는 편이 낫겠습니다……"

지휘관 주위로 사람들이 모여들었다. 까무잡잡한 그리스인만 외따로 떨어져 있었다. 그는 끔찍한 저주를 퍼부으며 소화전 수도로 몸을 씻는 중이었다.

안드레이는 까만 꼬리와 그 친구들이 다시 가판대로 슬금슬금 다가가는 것을 곁눈질로 지켜보았다. 건물 창가에는 공포에 질려 창백하거나 흥분해 얼굴이 빨개진 주민들이 모습을 드러내기 시작했다. 대부분 여자였다. "아니, 뭘 멀뚱히 서 있는 거예요?" 창가에서 성난 목소

청소부

리들이 소리쳤다. "당신들은 남자잖아요……! 저놈들을 쫓아내라고요……! 저것 봐요, 가판대를 약탈하고 있는 데……! 남성분들, 뭣 하고들 서 있어요? 거기 당신, 금발! 지휘는 하고 있는 거예요……? 전봇대같이 서서 뭐하는 거예요……? 맙소사, 애들이 울고 있다고요! 우리가 나갈 수 있게 좀 해 봐요……! 남자라면서요! 원숭이 따위에 겁을 집어먹다니……!" 남성들은 음울한 표정으로 부끄러운 듯 이를 갈았다. 분위기가 가라앉았다.

"소방관! 소방관을 부릅시다!" 독가스보다는 원숭이가 낫다던, 무시하는 어조의 저음이 힘주어 말했다. "사다리랑 호스를 가져오게 합시다……"

"무슨 소립니까. 이곳에 소방관이 그리 많지도 않은데……"

"소방관은 중앙로에 있습니다."

"횃불이라도 밝혀 볼까요? 저놈들이 불을 무서워할지도 모르지 않습니까!"

"젠장! 어떤 빌어먹을 자식이 경찰한테서 무기를 뺏은 겁니까? 무기를 지급해야 한다고요!"

"여러분, 우리 집으로 안 갑니까? 지금 생각해 보니 제 아내가 혼자 있는데……"

"집어치워요. 다들 아내가 있어요. 저 여자들도 다들 누군가의 아내고요."

"그게 그렇다고 해도……"

"지붕 위를 공격해 보면 어떨까요? 이를테면 뭔가로 저놈들을 지붕에서……"

"어떻게 할 건데? 이 머저리야. 설마 쇠막대기를 사용하려고?"

"이런 쓰레기들!" 갑자기 무시하는 어조의 저음이 증오스럽다는 듯 내뱉더니 달려 나가 온갖 고초를 겪은 가판대를 향해 자신의 쇠막대기를 힘껏 던졌다. 합판 벽이 뻥 뚫렸고 까만 꼬리 일당은 화들짝 놀라 쳐다보고는 잠시 주춤하다가 다시 오이와 감자를 먹기 시작했다. 창가의 여자들이 비웃음을 터뜨렸다.

"이런." 누군가 진중한 어조로 말했다. "그래도 우리가 여기에 있어서 저놈들이 이동을 하지 않는 것 같습니다. 말하자면, 우리가 저놈들의 움직임을 억제하고 있는 거죠. 그나마 다행입니다. 우리가 여기 있는 동안은 감히 더 깊숙이 들어가지 못할 테니까요……"

다들 주위를 둘러보더니 시끄럽게 웅성대기 시작했다. 이들은 금세 진중한 이의 입을 다물렸다. 첫째, 진중한 자가 여기에 있는데도 원숭이들은 어쨌든 중심부로 들어가고 있지 않은가. 둘째, 자신들이 여기 있어서 원숭이들이 움직이지 않는다면 진중한 자는 여기서 밤이라도 새울 셈인가? 여기서 살 텐가? 여기서 잘 텐가? 여기서 똥을 싸고 오줌을 눌 텐가……?

그때 느긋한 말굽 소리와 무겁게 삐거덕거리는 소리가 울렸고 모두들 길이 시작되는 곳을 보고는 입을 다물었다. 포장도로 위로 말 두 마리가 끄는 짐마차가 천천히 다가오고 있었다. 짐마차 옆으로는 투박한 방수 장화를 신은 발이 튀어나와 있었는데, 위에서는 불에 그슬린 러시아 군복 상의에 역시 그슬린, 몸에 딱 달라붙는 면바지를 입은 건장한 남자가 졸고 있었다. 기운 머리는 헝클어진 연갈색 머리카락에 뒤덮여 있었고 거대한 구릿빛 손이 느슨히 고삐를 잡고 있었다. 말들은―한 마리는 밤색이고 다른 한 마리는 회색 점박이였다―느릿느릿 다리를 옮겼는데, 역시 졸면서 걷는 듯했다.

"시장에 가나 보군." 누군가 존경스럽다는 듯 말했다. "농부야."

"그래, 친구들, 농부들은 태평하군. 언제 저것들이 농부들이 사는 곳까지 가겠어……"

"그래도, 밭에 가 있는 원숭이들이 상상되는데……!"

안드레이는 호기심 어린 눈빛으로 농부를 응시했다. **도시**에 온 이래 농부를 본 것은 처음이었지만, 그들에 대한 이야기는 많이 들었다. 농부들은 대단히 음울하고 야만적이라고 했다. 멀리 떨어진 낙후한 지역에 살고 있으며 거기서 습지와 정글과 가혹한 투쟁을 벌이면서 도시에는 가사에 필요한 것을 살 때만 온다고. 그리고 도시인과 달리 절대 직업을 바꾸지 않는다고 했다.

짐마차가 천천히 다가왔고 마부는 푹 숙인 고개를 간간이 들고 때때로 잠에서 덜 깬 듯 입맛을 쩝쩝 다시며 고삐를 살짝 당겼다. 그 전까지만 해도 상당히 평화로운 분위기였던 원숭이들이 돌연 심상치 않게 화를 내며 흥분했다. 말들을 보고 흥분했는지, 아니면 자신들의 거리에 알 수 없는 무리가 존재하는 상황이 마침내 지겨워졌는지 모르겠지만, 갑자기 웅성대면서 몸을 들썩이고 송곳니를 드러냈으며 과격한 몇 마리는 배수관을 타고 지붕에 기어 올라가서는 기와를 부수기 시작했다.

기와 파편 하나가 마차를 몰던 농부의 어깨뼈 사이에 명중했다. 농부는 몸을 부르르 떨고는 똑바로 앉아 시뻘건 눈을 번쩍 뜨고 주위를 돌아보았다. 가장 처음 그의 눈에 들어온 것은 짐마차 뒤에서 별 소득 없는 추격을 마치고 쓸쓸히 돌아가는 안경 낀 지식인이었다. 농부가 말없이 고삐를 내던지고(말들이 바로 멈췄다) 짐마차에서 뛰어내려 뒤돌아 자신을 화나게 한 자에게 돌진하려는데, 바로 그때 또 다른 기와 파편이 지식인의 정수리로 떨어졌다. 지식인은 신음 소리를 내며 쇠막대기를 떨어뜨리고는 양손으로 머리를 감싸고 주저앉았다. 농부는 혼란스러운 듯 멈춰 섰다. 농부가 서 있는 포장도로 주위로 벽돌 조각들이 날아와 주홍빛 파편으로 쪼개져 날렸다.

"부대, 대피하라!" 프리츠가 우렁차게 명령을 내리고서 가장 가까운 건물 진입로로 뛰었다. 모두들 사방으로 흩어졌고 안드레이는 사각지대인 벽에 딱 붙어서 농부가 깜짝 놀라 주위를 살피는 모습을 유심히 지켜봤다. 농부는 무슨 상황인지 전혀 파악하지 못한 듯했다. 그의 흐릿한 시선이 광란하는 원숭이들이 달라붙은 코니스와 배수관을 따라 미끄러졌다. 그는 인상을 쓰고 머리를 흔들더니 잠시 뒤 다시 눈을 크게 뜨고 큰 소리로 내뱉었다.

"이런 거지 같은!"

"피해!" 사방에서 농부에게 외쳤다. "이봐, 턱수염! 이리로! 대가리 맞고 싶지 않으면 오라고, 이 습지대에서 온 머저리 같으니⋯⋯!"

"이게 도대체 뭐요?" 농부가 엎드려 안경을 찾고 있던 지식인에게 몸을 돌리며 큰 소리로 물었다. "여기 있는 게 대체 뭡니까?"

"원숭이잖습니까." 지식인이 화를 내며 대답했다. "신사 양반, 직접 보고도 모르시겠습니까?"

"아니 당신네 사는 곳은 질서가 참 잘 잡혀 있군." 농부는 이제야 완전히 잠이 깨어서는 놀란 듯 말했다. "언제나 뭔가를 생각해 내서는⋯⋯"

습지대의 아들은 이제 철학적이고 온화한 인간이 되어 있었다. 자신이 받은 모욕이 심각한 일은 아니었다고 납득한 그는 이제 코니스와 가로등을 날뛰어 다니는 털북숭이 악당들을 보고 대단히 놀라워할 뿐이었다. 그는 그저 단호히 머리를 흔들고 턱수염을 긁었다. 그때 드디어 안경을 찾고 쇠막대기를 주운 지식인이 쏜살같이 안전한 곳으로 몸을 피해서 농부는 길에 혼자, 혈혈단신으로 남아 털북숭이 저격수들의 유일하고도 상당히 매력적인 표적이 되었다. 곧 그에게 극도로 불리한 상황임이 밝혀졌다. 큰 파편들이 그의 발 언저리로 수없이 떨어졌고 그보다 자잘한 부스러기들이 그의 헝클어진 머리와 어깨로 후드득 떨어졌다.

"이게 대체 뭐 하는 짓인가!" 농부가 포효했다. 파편이 그의 이마에 부딪쳤다. 농부는 입을 다물고 부리나케 짐마차로 뛰어들었다.

마침 안드레이 맞은편이었다. 안드레이는 농부가 당장 짐마차에 되는대로 앉아 고삐를 흔들어 자기가 살던 습지대로, 이 위험한 곳으로부터 멀리 달아날 것이라 예상했다. 하지만 턱수염이 난 농부는 고삐를 흔들 생각이 없어 보였다. "염병할, 더러운 놈들······"이라 중얼거리며 덜덜 떨면서 매우 능숙한 동작으로 서둘러 짐마차 짐칸의 연결 핀을 뽑아 버렸다. 안드레이는 그의 넓은 등

청소부

너머를 볼 수 없어서 그가 무엇을 하는지 몰랐으나 그 광경을 보던 건너편 건물의 여성들이 갑자기 일제히 비명을 지르더니 창문을 탁 닫고 모습을 감췄다. 안드레이가 눈 깜짝할 새도 없었다. 턱수염이 난 농부는 가볍게 쪼그려 앉았고 구멍 뚫린 금속 덮개에 싸인, 윤기가 반지르르한 굵은 총신이 그의 머리 위로 지붕을 향해 솟아올랐다.

"멈-추시오!" 프리츠가 고함쳤고 안드레이는 그가 오른쪽 어딘가에서 짐마차를 향해 경중경중 뛰어 다가오는 것을 봤다.

"이런 쓰레기 같은, 염병할……" 턱수염이 중얼거리면서 대단히 복잡하고 빠르게 손을 놀리자 미끄러지듯 철컥거리고 절그럭거리는 쇳소리가 들렸다. 안드레이는 굉음과 발사를 예감하며 온몸을 긴장시켰는데 지붕 위의 원숭이들도 뭔가 낌새를 감지한 듯했다. 원숭이들은 움직임을 멈추고 꼬리를 깔고 앉아서는 불안한 듯 고개를 돌리고 딱딱거리며 자기들끼리 의견을 주고받았다.

그러나 프리츠가 어느새 짐마차 옆에 와 있었다. 그는 턱수염의 어깨를 잡아채고는 명령하듯 했던 말을 반복했다.

"멈추시오!"

"기다려 보시오!" 턱수염이 잡힌 어깨를 으쓱하며 침울하게 웅얼댔다. "좀 기다려 보시오. 내가 저놈들을, 저

꼬리 달린 놈들을 날려 버릴 테니……"

"명령이다. 멈춰!" 프리츠가 으르렁댔다.

그러자 턱수염이 그에게로 얼굴을 들어 올리더니 천천히 몸을 일으켰다.

"이건 또 뭔가?" 턱수염이 대단히 경멸적인 어투로 음절을 늘이며 물었다. 그의 키는 프리츠와 비슷했으나 어깨와 골반은 훨씬 더 넓었다.

"무기는 어디서 났습니까?" 프리츠가 날카로운 목소리로 물었다. "소지 허가서를 보여 주십시오!"

"아니 이런 애송이를 봤나!" 턱수염이 대단히 놀라서는 말했다. "허가서를 보여 달라니! 이거나 먹어라, 이 금발 꼬맹아!"

프리츠는 상스러운 손짓은 무시했다. 그는 턱수염의 눈을 정면으로 노려보며 도로 전체가 쩌렁쩌렁 울리도록 소리쳤다.

"루머! 보로닌! 프리자! 집합!"

자기 성을 들은 안드레이는 놀랐으나 곧 벽에서 몸을 떼어 서둘러 짐마차로 다가갔다. 다른 쪽에서 땅딸막하고 어깨가 처진 루머가―과거에 프로 권투 선수였다―종종걸음으로 왔고 프리츠의 친구인 키가 작고 깡마른 오토 프리자가 열심히 뛰어왔다. 귀가 심하게 튀어나온, 허약한 청년이었다.

청소부

"할 테면 해 보게, 해 보라고……" 이 군대식 정렬을 지켜보던 농부가 비웃으며 말했다.

"다시 한번 허가서를 강력하게 요청하는 바입니다." 프리츠가 얼음장 같은 친절한 목소리로 반복했다.

"그냥 꺼지는 게 어떻겠소." 턱수염이 지루하다는 듯 대답했다. 그는 이제 주로 루머를 바라보고 있었고 손은 우연인지 생가죽을 엮어 만든 꽤나 인상적인 채찍의 손잡이에 올라가 있었다.

"여러분, 여러분!" 안드레이가 걱정스럽게 말했다. "자자, 군인분도요, 관둬요. 다투지 말자고요. 우리는 시청에서 왔으니까……"

"시청 같은 소리 하네." 군인이 루머를 머리부터 발끝까지 삐딱한 시선으로 훑으며 말했다.

"그럼 대체 뭐가 문제길래 그러시오?" 그가 대단히 허스키한 목소리로 조용히 물었다.

"잘 아시겠지만," 프리츠가 턱수염에게 말했다. "도시 경계 안에서는 무기 소지가 금지되어 있습니다. 게다가 기관총 아닙니까. 허가서가 있다면 보여 주십시오."

"그런데 허가서를 요구하는 당신은 대체 누구요? 경찰? 게슈타포 같은 건가?"

"우리는 자위대입니다."

턱수염이 피식 웃었다.

"자위대에서 나왔으면 방위나 하면 될 것을, 누가 방해라도 했소?"

정상적이고 논리적이며 신중한 대화가 무르익었다. 부대 사람들이 차츰 짐마차 주위로 몰려들었다. 지역의 남성 거주민들도 현관에서 나왔다. 누구는 난로 집게를, 누구는 부지깽이를, 누구는 탁자 다리를 뽑아 들고 왔다. 그들은 호기심 어린 표정으로 턱수염과, 방수포에 싸여 우뚝 솟아 있는 무시무시한 기관총, 그리고 방수포 아래에서 반짝거리는 유리 재질의 둥그런 무언가를 봤다. 킁킁대며 냄새를 맡기도 했는데, 농부가 특유의 냄새에 둘러싸여 있었기 때문이다. 농부 주위에서는 특이한 냄새가 났다. 땀 냄새, 마늘 소시지 냄새, 술 냄새였다……

안드레이는 자신이 감격하고 있다는 데 놀라며 겨드랑이 부분은 닳고 목깃에 동색 단추(잠그지 않았다)가 하나만 남은 바랜 군복 상의와 오른쪽 눈썹으로 기울어진 오성 달린 낯익은 군모, 튼튼한 방수 군화를 응시했다. 덥수룩한 수염만이 어우러지지 않았다…… 순간 이 모든 것들이 프리츠에게는 전혀 다른 감정과 기억을 불러일으키리란 생각이 들었다. 안드레이는 프리츠를 쳐다봤다. 그는 꼿꼿이 서서 입술을 일자로 다물고 코는 무시하듯 찡그리고는 회색의 강철 같은, 진정한 아리아인의 눈빛으로 턱수염을 얼려 버릴 기세였다.

"우리에게는 허가서를 주지 않았소." 그때 턱수염이 채찍을 만지작거리며 느릿느릿 대답했다. "우리에게는 염병할 뭣도 주지 않고 그저 당신들을, 식충이들을 먹여 살리라고만 하지……"

"그건 그렇다 칩시다." 뒷줄에서 낮은 목소리가 웅웅 거렸다. "그런데 기관총은 어디서 난 겁니까?"

"뭐요, 기관총? 그건 말하자면 도시와 시골의 접점이 랄까. 일등품을 일정량 주고 기관총을 받은 거요. 전부 정직하게 문제없이 진행된 거래였지……"

"아닙니다." 낮은 음이 웅웅거렸다. "기관총이라니, 그게 무슨 장난감도 아니고 당신들 밭에서 쓸 탈곡기 같 은 것도 아니지 않습니까……"

"제 생각에는 말입니다." 진중한 목소리가 끼어들었 다. "농부들한테 마침 무기를 허가한 것 같군요!"

"무기는 그 누구에게도 허용되지 않습니다!" 프리자 가 빽 소리 지르고는 얼굴이 새빨개졌다.

"바보 같은 짓이지요!" 진중한 목소리가 대꾸했다.

"바보 같은 짓이 분명하지." 턱수염이 말했다. "당신 이 우리 습지대에 있었다면, 밤에, 그것도 발정기 때 있 었으면……"

"누가 발정기를 겪는데요?" 안경을 든 지식인이 앞줄 로 비집고 나오며 지대한 흥미를 드러냈다.

"겪어야 할 놈이 겪겠지요." 농부가 경멸 조로 대답했다.

"아니 아니, 잠깐만요……" 지식인이 급히 말을 이었다. "전 생물학자인데요, 제가 아직도……"

"입 다무십시오." 프리츠가 지식인에게 말했다. "그리고 당신은," 그는 턱수염을 보며 말을 이었다. "절 따라와 주시기 바랍니다. 괜한 유혈 사태를 피하려면 따라오십시오!"

그들의 시선이 엇갈렸다. 훌륭한 턱수염은 자신만이 알아볼 수 있는 특징을 알아보고는 누구와 얽히게 된 것인지 이해했다. 그가 독살스러운 미소를 짓자 턱수염이 갈라졌다. 그는 악랄하고도 모멸적인 어조로 내뱉었다.

"우유, 개난, 있듭미까?◆ 히틀러가 죽었어요!"

그는 유혈 사태를 눈곱만큼도 두려워하지 않았다. 괜한 것이든 뭐든.

프리츠는 턱을 얻어맞은 것만 같았다. 고개를 숙인 그의 창백한 얼굴이 새빨개지고 광대가 불룩거렸다. 순간 안드레이는 프리츠가 턱수염에게 달려들리라 예상하며 그들 사이를 막아서기 위해 앞으로 가기까지 했으나 프리츠는 자제했다. 그의 얼굴에서 피가 다시 빠져나갔고 그는 건조한 목소리로 선언했다.

"그건 이 일과 관련이 없습니다. 절 따라와 주시죠."

청소부

"저 사람을 내버려 둬요, 가이거!" 저음의 목소리가 말했다. "농부가 틀림없잖습니까. 어떻게 그럴 수 있습니까. 농부들에게 시비를 걸다니요!"

그러자 주위 사람들이 모두 고개를 끄덕이며 그렇다고, 분명 농부라고, 그는 떠날 거고 기관총도 가져갈 거라고, 폭도 같은 게 아니라고, 실제로 그렇지 않느냐며 웅성거렸다.

"우리는 원숭이들을 물리쳐야 하거늘 여기서 경찰 놀이나 하고 있군요." 진중한 자가 덧붙였다.

경직된 분위기가 순식간에 풀렸다. 다들 원숭이를 떠올렸다. 원숭이들은 이곳이 자신들이 살던 정글인 양 다시 마음대로 쏘다니고 있었다. 지역 주민들도 자위대가 해결하기를 기다리다 지친 모양이었다. 지역 주민들은 이 부대가 뭘 해결할 리 없으니 어떻게든 스스로 건사해야겠다고 결심한 듯했다. 여성들은 지갑을 들고 사무적으로 입술을 다문 채 발걸음을 재촉하며 아침 일을 보러 갔는데, 그중 대다수가 빗자루나 자루걸레를 들고 있었다. 들러붙는 원숭이들에게 휘두르기 위해서였다. 가판대 주인은 상점 진열장의 빗장을 뜯어내고 박살 난 자신

♦ 러시아 시골 사람들에게 먹을 것을 요청하던 패전한 독일 군인들을 흉내 내는 발음이며, 자주 사용된다.

의 매대 주위를 둘러보고는 끙 한숨을 쉬고 등을 긁고 나서 뭔가를 계산하는 모습이었다. 버스 정류장에는 줄이 늘어섰고 멀리서 첫 버스가 나타났다. 운전사는 교통법규라고는 통 모르는 원숭이들을 쫓기 위해 도시의 규범을 어겨 가며 경적을 울렸다.

"자, 여러분." 누군가 말했다. "이 상황에 익숙해져야 할 것 같습니다. 그럼 집으로 갈까요, 지휘관?"

프리츠는 음울한 표정으로 흘끗 길가를 봤다.

"어쩔 수 없지요……" 그가 평범한 사람의 목소리로 말했다. "각자 집으로 해산합시다."

그는 몸을 돌려 양손을 주머니에 찔러 넣고는 앞장서서 화물차로 향했다. 부대가 그의 뒤를 따랐다. 성냥 긋는 소리와 라이터 켜는 소리가 들렸고 누군가 걱정스러운 목소리로 물었다. 일터에 늦었는데 어떻게 하느냐고. 확인증이라도 받을 수 있으면 좋겠다고…… 그때 진중한 자가 대답했다. 오늘은 다들 직장에 늦을 텐데 뭣 하러 확인증이 필요하겠느냐고. 짐마차 주위에서의 대화가 잦아들었다. 안드레이와 습지대에서 도대체 누가 발정기를 겪느냐며 설명해 달라고 버티는 안경 낀 생물학자만 남아 있었다.

턱수염은 기관총을 들어 도로 감싸면서 거만하게 설명했다. 형제, 습지대에서는 홍악들이 발정기를 겪네.

청소부

아, 홍악은 악어같이 생긴 것들이고. 악어 본 적 있나? 악어처럼 생겼는데, 털로 덮여 있어. 이렇게 빨갛고 뻣뻣한 털로 말이지. 그런데 그놈들이 발정기일 때는, 형제, 가능한 한 멀리 피해 있어야 하지. 첫째, 그것들은 덩치가 황소만 하고. 둘째, 그 짓거리를 하는 동안에는 아무것도 못 보거든. 집도 집이 아니게 되고 헛간도 헛간이 아니게 되고 전부 나뭇조각으로 산산조각 내는 거야……

지식인의 눈동자가 불타올랐고 그는 한껏 벌린 손가락으로 안경을 끊임없이 바로잡으며 열심히 들었다. 프리츠가 화물차에서 소리쳤다. "이봐! 안드레이! 탈 거야, 말 거야?" 지식인은 화물차를 뒤돌아보고 손목시계를 보더니 끙 한숨을 내쉬고서 사과와 감사의 말을 웅얼거리기 시작했다. 그러고 나서 턱수염의 손을 잡고 힘껏 흔들고는 달려가 버렸다. 안드레이는 남아 있었다.

왜 남았는지 안드레이 자신도 알 수 없었다. 향수 비슷한 감정이 밀려왔다. 러시아어가 그리워서는 아니었다. 주위에서 다들 러시아어로 말하니 말이다. 턱수염이 조국의 현신으로 느껴졌느냐 하면, 그것도 전혀 아니다. 하지만 그에게는 안드레이의 뿌리 깊은 애수를 자극하는 무언가가 있었다. 심술궂고 늙은 도널드나 유쾌하고 열정적이지만 결국에는 타인인 겐시나 언제나 다정하고 늘 우호적이지만 상당히 주눅 들어 사는 왕에게서는 느낄 수 없던 것이었다. 프리츠, 그 나름대로 훌륭한 사람이지만 이러니저러니 해도 어제의 무자비한 적이었던 프리츠에게서는 더더욱 그렇고…… 안드레이는 이 의뭉스러운 '누군가'에게 자신이 애수를 느끼고 있다는 생각조차 하지 못했다.

턱수염이 안드레이를 흘끗 보더니 물었다.

"동향인인가?"

"레닌그라드◆ 사람이에요." 안드레이가 어색해하며 말했고 그 어색함을 해소하기 위해 담배를 꺼내 턱수염에게 권했다.

"그런가……" 그가 담뱃갑에서 담배를 빼며 말했다. "동향인이군. 형제, 나는 볼로그다 출신이네. 체레포베츠라고 들어 봤나? 우리 집안은 대대로 체레포베츠 사람들이지……"

"그렇군요!" 안드레이가 엄청나게 기뻐했다. "어마어마한 규모의 금속 공장이 막 완공된 곳이잖아요!"

"아, 그런가?" 턱수염은 다소 무심하게 대꾸했다. "그러니까, 그 도시도 가동시켰다는 거군…… 뭐, 그러라지. 그런데 자네는 여기서 뭘 하고 있나? 이름은 뭐고?"

안드레이는 이름을 밝혔다.

"나는, 보다시피 농사를 짓네." 턱수염이 말을 이었다. "여기 식으로 농부라 하지. 유리 콘스탄티노비치, 성

청소부

은 다비도프일세. 술 한잔 할 텐가?"

안드레이는 머뭇거렸다.

"조금 이른 것 같은데요……"

"이른 시간일 수도 있겠군." 유리 콘스탄티노비치가 수긍했다. "나는 시장도 가 봐야 해서. 어제저녁에 도착했는데, 바로 공방으로 갔지. 예전부터 나에게 기관총을 주기로 했었거든. 그래서 총을 확인해 보고 그들에게 그러니까, 넓적다리 고기랑, 밀주를 넘기고 있는데 태양이 꺼진 걸세……" 다비도프는 이 얘기를 다 늘어놓으면서 짐 싸기를 마치고 고삐를 다시 쥐고는 짐마차에 옆으로 앉아 말을 몰았다. 안드레이는 옆에서 걸었다.

"그래." 유리 콘스탄티노비치가 말을 이었다. "그때, 그러니까 태양이 꺼졌네. 그쪽이 이렇게 말하더군. '갑시다. 제가 좋은 데를 압니다.' 우리는 그리로 가서 마시고 요기를 했지. 그런데 도시의 보드카 상태가 어떤지 자네도 알지 않나. 하지만 나에게는 밀주가 있으니까. 그들은, 그러니까, 음악을 제공하고 나는 술을 제공했지. 당연히 여자들도……" 다비도프는 회상하며 턱수염을 썰

♦ 지금의 상트페테르부르크. 1914년 페트로그라드로 도시 이름이 바뀌었다가 1924년에는 블라디미르 일리치 레닌의 죽음을 기려 레닌그라드로 바뀌었고 1991년부터 다시 상트페테르부르크로 불리게 되었다.

룩이더니 목소리를 낮췄다. "형제, 우리 습지대에서는 여자랑 하기가 아주 힘들어. 과부가 한 명 있는데, 그래서, 우리는 그 여자한테 가지…… 남편이 재작년에 익사했거든…… 그런데 상황이 어떻게 돌아가게 되는지 아나. 달리 없으니 그리로 가긴 가는데, 다음번에 가면 그 여자의 탈곡기도 고쳐 주고 수확도 같이 하고 트랙터도 고쳐 주고 있는 거야…… 이런 염병할!" 그는 짐마차에 매달린 원숭이에게 채찍을 휘둘렀다. "그러니까 저쪽 우리네 삶은, 형제, 전시 상황이랑 비슷해. 무기가 없으면 절대 안 돼. 그런데 자네와 얘기하던 그 금발은 누군가? 독일인?"

"독일인이에요." 안드레이가 말했다. "하사관이었는데 쾨니히스베르크 부근에서 포로가 되었다가 이곳으로 왔다고 해요……"

"보니까 면상이 별로던데." 다비도프가 말했다. "그놈들, 그 개자식들이 나를 곧장 모스크바까지 쫓아냈지. 엉덩이 절반을 완전히 없애서는 병원에 처박아 넣었어. 뭐, 다음에 나도 복수했지만 말일세. 나는 전차 운전병이었네. 알겠나? 마지막으로는 프라하 근교에서 발포를 했고……" 그는 또다시 턱수염을 손가락에 말았다. "자네가 한번 말해 보게, 이게 무슨 운명인지! 맙소사, 이런 곳에서 마주치다니!"

"아니에요. 프리츠는 나쁜 사람이 아니에요. 일을 잘 하고요." 안드레이가 말했다. "그리고 용감해요. 물론 거들먹거리는 걸 좋아하기는 하지만 힘이 넘치는 좋은 일꾼이죠. 제 생각엔 **실험**에 아주 유용한 사람 같아요. 지휘를 할 줄 아는 사람이거든요."

다비도프는 얼마간 아무 말 없이 말을 도닥였다.

"지난주에 그자가 혼자서 우리 습지대에 왔었네." 그가 드디어 입을 열었다. "우리는 코발스키네에 모였지. 코발스키 역시 농부고 폴란드 사람이고 우리 집에서 10킬로미터 떨어진 곳에 사는데 그의 집이 크고 좋아. 그래…… 그래서 거기 모였네. 그런데 그자가 우리에게 헛소리를 하더군. 우리더러 **실험**을 올바르게 이해하고 있느냐며 말일세. 그러더니 자신은 시청에서, 농업 담당국에서 왔다고 했네. 보아하니, 아니나 다를까, 우리가 올바르게 이해를 하고 있다면, 세금을 좀 올리면 좋겠다는 얘기였네…… 그런데 자네, 결혼은 했나?" 다비도프가 뜬금없이 물었다.

"아니요." 안드레이가 대답했다.

"오늘 밤에 묵을 곳이 필요해서 물어봤네. 내일 아침에도 여기서 처리할 일이 하나 있거든."

"저희 집에서 주무세요!" 안드레이가 말했다. "그런 걸 뭘 물어보고 그러세요? 와서 자고 가세요. 공간은 충분하니 와 주시면 기쁠 거예요……"

"나도 그렇다네." 다비도프가 웃으며 말했다. "이러니 저러니 해도 동향인은 동향인이구먼."

"주소 적어 두세요." 안드레이가 말했다. "어디 쓸 곳은 있으세요?"

"그냥 말하게." 다비도프가 말했다. "외울 테니."

"주소는 쉬워요. 중앙로 105번지 16호예요. 마당에서 바로 들어오시면 돼요. 제가 집에 없으면 관리실에 가 보세요. 거기 왕이라는 중국인이 있을 텐데, 열쇠를 맡겨 놓을게요."

안드레이는 다비도프가 무척 마음에 들었다. 모든 면에서 견해가 일치하지는 않는 듯했음에도 말이다.

"자네는 몇 년생인가?" 다비도프가 물었다.

"1928년생요."

"러시아에서는 언제 왔고?"

"1951년에요. 여기 온 지 4개월밖에 안 됐어요."

"오호. 나는 러시아에서 1947년에 이리로 왔지…… 안드류하◆, 러시아의 시골은 어떤가. 좀 살 만해졌나?"

"당연하죠!" 안드레이가 말했다. "복구도 다 마쳤고요. 물가는 매년 낮아지고 있어요…… 전쟁 이후에 직접 시골에 가 본 적은 없지만, 영화나 책을 보면 지금 시골 상황은 풍족해요."

청소부

"흠……영화라니." 다비도프가 의심스러워했다. "영화는, 그건 뭐랄까……"

"아니에요. 왜 그렇게 생각하세요…… 도시에는, 상점에는 없는 게 없어요. 배급표 제도는 예전에 없어졌고요. 상점에 진열할 걸 다 어디서 갖고 오겠어요? 시골에서겠지요……"

"그건 그렇지." 다비도프가 말했다. "시골에서겠지…… 아는지 모르겠는데, 나는 최전방에서 싸웠네. 아내는 없어. 죽었거든. 아들은 행방불명이 됐고. 시골은 텅 비어 있었네. 뭐, 그건 우리가 해결할 수 있을 거라고 생각했네만. 전쟁에서는 누가 이겼나? 우리가 이겼지! 그러니까 이제 우리 세상 아닌가. 나더러 시골 마을 대표 자리에 앉으라더군. 승낙했지. 그런데 시골에는 여자밖에 없어서 결혼할 필요도 없었네. 1946년을 어떻게든 살아 냈고, 이제 좀 편해지리라 생각했지……" 그는 갑자기 입을 다물더니 안드레이가 있다는 것을 까맣게 잊은 듯 오랫동안 침묵했다. "전 인류를 위한 행복이라!" 그가 예기치 않은 순간에 내뱉었다. "자네는 어떤가, 그걸 믿나?"

♦ 안드레이의 애칭. 작중에서는 이 외에 안드류샤, 안드류쇼노체크, 안드류셰치카, 안드류흐로도 불린다.

"당연하죠."

"나도 믿었네. 하지만 시골은, 그곳은 죽었어. 실패 같은 거라 생각하네. 전쟁 전까지는 가슴팍을 쥐더니 전쟁 후에는 목을 움켜쥐었지. 아아, 그들이 이렇게 우리를 죽이겠구나, 생각했네. 그리고 알다시피 삶이란 게 장군 견장만큼이나 암담한 것이지 않나. 이제 막 술을 마셔 보려는데 갑자기 **실험**이라는 걸세." 그가 한숨을 내쉬었다. "그러니까 자네는 그들이 **실험**에 성공하리라 생각하나?"

"그들이라니요? 우리가 하는 거잖아요?"

"그래, 우리가 한다고 치지. 그게 성공하리라 보나?"

"성공해야만 해요." 안드레이가 힘주어 말했다. "모든 건 우리 하기에 달렸고요."

"우리 하기에 달린 일은 이미 우리가 하고 있지. 저기에서도 했고, 여기서도 하는 중이고…… 물론, 불평하면 안 되겠지만 말일세. 인생이 힘겨워도, 다 다르지 않나. 중요한 건 자기 자신이네. 자기 자신. 이해했나? 그리고 뭔가 귀찮은 게 오면 그걸 변기로 떨어뜨릴 수도 있는 거지. 그리고 내버려 두는 거야……! 자네 당적이 있나?" 그가 대뜸 물었다.

"전 공산주의청년동맹원입니다. 유리 콘스탄티노비치, 세상을 너무 암울하게 보고 계신 것 같아요. **실험**은 **실험**이에요. 어렵고, 실수도 많지만 어쩔 수 없겠지요.

　　　　　　　　　　　　　　　　청소부

각자가 자기 자리에서, 각자가 할 수 있는 모든 것을 하는 수밖에요."

"그럼 자네는 무슨 일을 하고 있나?"

"청소부예요." 안드레이가 자랑스럽게 말했다.

"중요한 자리군." 다비도프가 말했다. "자네 전공은 있나?"

"제 전공은 아주 특수해요. 천문학요."

안드레이는 머뭇거리며 말하고는 다비도프가 코웃음 치리라 생각하면서 흘끗흘끗 봤지만, 그는 그 반대로 대단히 흥미로워했다.

"정말로 천문학이라고? 형제, 그럼 자네는 그들이 우리를 어디로 데려온 건지 알겠군. 여기는 행성 같은 곳인가? 그러니까, 별인가? 우리 습지대에서는 저녁마다 이 문제로 논쟁이 벌어지네. 그러다 결국 싸움까지 가지. 맙소사! 밀주를 실컷 들이켜고는 끝장을 보는 거야…… 그러니까, 이렇게 생각하는 쪽이 있네. 그러니까, 우리는 **지구** 내의 수족관 같은 곳에 있다고. 이렇게 커다란 수족관인데 그 안에 든 게 물고기가 아니라 사람이라는 거지. 맙소사! 자네는 과학적 관점에서 어떻게 생각하나?"

안드레이는 목뒤를 긁고는 빙그레 웃었다. 그의 집에서도 바로 그 문제로 거의 싸움까지 가곤 했다. 밀주를 마시지 않고도 말이다. 그리고 수족관과 정확히 같은 얘기를, 이쟈 카츠만이 킬킬거리고 침을 튀기며 여러 번 떠벌렸었다.

"뭐라고 해야 할지……" 안드레이가 입을 열었다. "모든 게 복잡해요. 이해가 안 되죠. 과학적 관점에서는 한 가지만 말씀드릴 수 있어요. 이곳이 다른 행성일 리 없어요. 항성일 리는 더더욱 없고요. 제 생각에 이곳은 전부 인공적으로 만들어졌고 천문학과는 아무런 접점이 없어요."

다비도프가 고개를 끄덕였다.

"수족관이구먼." 그가 확신했다. "이곳은 태양도 램프 같은 거고 하늘까지 닿아 있는 이 노란색 벽도 그렇고…… 그런데, 이 골목으로 가면 시장이 나오나?"

"시장이 나와요." 안드레이가 말했다. "제 주소 기억하시죠?"

"기억하네. 저녁때 가지……"

다비도프가 말에 채찍질을 하고 휘파람을 불자 짐마차가 굉음을 내며 골목으로 사라졌다. 안드레이는 집으로 향했다. 멋진 사내야, 그는 벅차올랐다. 군인이라니! 물론 자진해서 **실험**에 참여한 건 아니고 힘든 일에서 도망쳐 온 사람이지만, 그건 내가 판단할 문제가 아니지. 부상을 입고 가정이 무너졌는데 방황할 수도 있지 않나……? 여기서도 삶이 그리 잘 풀리지는 않는 것 같은

데. 그처럼 흔들리는 사람이 이곳에 다비도프 혼자만은 아니다. 아주 많다……

중앙로에는 원숭이들이 벌써 사방에 있었다. 안드레이가 원숭이들에 익숙해진 건지 원숭이들이 변한 건지 모르겠으나, 어쨌든 원숭이들은 몇 시간 전처럼 파렴치하지는 않은 데다 두려운 존재는 더더욱 아니었다. 원숭이들은 볕이 드는 곳에 평화로이 무리 지어 자리를 잡고서 떠들며 서로 이를 잡아 주었고, 앞으로 사람이 지나가면 털이 수북한 까만 앞발을 내밀며 애원하듯 눈물이 맺힌 눈을 깜빡여 보였다. 도시에 갑자기 거지들이 잔뜩 생긴 것 같았다.

아파트 정문에서 안드레이는 왕을 발견했다. 왕은 정문 옆 기둥밑동에 우울하게 등을 구부리고 앉아 무릎 사이로 고생한 팔들을 떨구고 있었다.

"쓰레기통들은 잃어버렸지?" 왕은 고개를 들지 않고 물었다. "어떻게 됐는지 좀 봐……"

안드레이는 아파트 진입로를 들여다보고는 경악했다. 쓰레기가 전등에 닿을 정도로 쌓여 있었다. 관리실까지는 좁디좁은 길만 겨우 나 있었다.

"세상에!" 안드레이는 허둥지둥했다. "내가 지금…… 잠깐만…… 지금 어서 갔다 올게……" 그는 몸서리를 치며 어젯밤에 도널드와 어떤 길로 다녔는지, 어디서 도망자들이 적재함에 있던 쓰레기통들을 던져 버렸는지 기억해 내려 애썼다.

"괜찮아." 왕이 희망을 잃은 목소리로 말했다. "벌써 위원회가 다녀갔어. 쓰레기통 번호를 적어 갔고 저녁까지는 갖다 주겠다고 했어. 물론 저녁까지 가져올 리가 없지만 아침에는 가져올지도 모르잖아? 안 그래?"

"왕, 그게 말이야." 안드레이가 말했다. "지옥 그 자체였거든, 생각하면 부끄럽지만……"

"알아. 무슨 일이 있었는지 도널드가 말해 줬어."

"도널드가 벌써 집에 왔어?" 안드레이가 반가워했다.

"응. 아무도 들여보내지 말라던데. 치통이라고 했어. 나는 도널드한테 보드카 한 병을 줬고, 그는 받아 갔지."

"그랬구나……" 안드레이가 다시 한번 쓰레기 더미를 돌아보며 말했다.

갑자기 그는 참을 수가 없었다. 신경질을 부리고 비명을 지르고 싶었다. 몸을 씻고 싶었고 냄새 나는 작업복을 벗어 던지고 싶었으며, 내일 이 쓰레기들을 다 삽으로 퍼 날라야 한다는 것을 잊고 싶었다…… 주위의 모든 것이 끈적거리며 악취를 풍겼고 안드레이는 한 마디도 없이 마당을 지나 계단을 뛰어서, 세 단씩 뛰어서 올라갔다. 초조한 마음에 몸을 떨며 자신의 집 앞에 당도한 그는 고무 발판 아래에서 열쇠를 꺼내 문을 열어젖혔고 향기로운 화장수 잔향이 남은 서늘한 공기가 그를 부드럽게 감싸 안았다.

제3장

안드레이는 옷부터 벗었다. 전부 다 벗었다. 그는 작업복과 속옷을 구깃구깃 뭉쳐서 지저분한 잡동사니 상자로 던져 넣었다. 지저분한 것을 지저분한 것으로 덮은 것이다. 그다음에는 실오라기 하나 걸치지 않은 알몸으로 부엌 중앙에 서서 주위를 둘러보다가 새로이 마주한 불쾌함에 몸을 떨었다. 부엌은 더러운 식기투성이였다. 구석에는 그릇들이 쌓여 있었는데, 거미줄처럼 드리운 푸르스름한 곰팡이가 친절하게도 그 안의 까만 덩어리를 가려 주고 있었다. 식탁은 뿌옇게 손때가 탄 술잔들과 컵들, 그리고 과일 통조림이 들어 있던 병들로 가득했다. 개수대는 식기와 음식물 쓰레기로 꽉 차 있었다. 식탁 의자들 위에서는 까맣게 변한 냄비와 기름에 전 프라이팬, 채반, 주전자가 악취를 내뿜었다. 안드레이는 개수대로 가 물을 틀었다. 아, 행복하다! 따뜻한 물이 나오다니! 그는 설거지를 시작했다.

설거지를 마친 그는 물걸레를 잡았다. 그는 마치 자신의 몸에서 때를 벗겨 내듯 정갈하고도 열정적으로 닦았다. 그러나 다섯 개 방을 전부 닦을 수는 없었다. 그는 부엌과 식당, 침실까지만 청소하기로 했다. 나머지 방들은 약간 당혹스러운 표정으로 슬쩍 들여다봤을 뿐이다. 그는 이 방들에 아직 적응하지 못했고 뭣 하러 한 사람에게 방들을, 그것도 이렇게 쓸데없이 크고 낡은 방들을 많이 줬는지 이해할 수 없었다. 안드레이는 그 방들의 문을 꼭 닫고 의자들로 막아 놓았다.

이제 가게에 가서 저녁에 먹을거리를 좀 사 올 차례였다. 다비도프가 올 것이고 평소에 어울리던 무리에서도 몇 명 올 테니…… 하지만 우선 씻기로 했다. 이제는 찬물만 나왔지만, 그래도 기분 좋았다. 그다음에는 침대에 깨끗이 빨린 침대보를 깔았다. 깨끗한 리넨 침대보와 바삭바삭 풀을 먹인 것 같은 베갯잇을 보고 침대에서 풍기는 산뜻한 향을 느끼자 그는 오랫동안 잊고 지내던 깨끗함에 깨끗한 몸을 누이고 싶은 충동을 참을 수 없었고, 그렇게 했다. 싸구려 용수철들이 비명을 질렀고 오래되어 반질반질한 나무가 갈라지며 소리를 냈다.

기분이 정말로 좋았다! 서늘하고 향기롭고 침대가 삐걱거리는 가운데 오른쪽, 겨우 손이 닿는 곳에는 담배 한 갑과 성냥이 있었고 왼쪽의 같은 거리에 있는 작은 선반에는 엄선한 추리소설들이 꽂혀 있었다. 손이 닿는 곳에 재떨이가 없다는 사실이 조금 언짢았고 선반의 먼지 닦는 일을 깜빡했다는 것을 알게 되었으나, 이는 이미 사소한 문제들이었다. 그는 애거사 크리스티의 『열 명의 흑인 소년들』*을 꺼내 담배를 피우며 읽기 시작했다.

잠에서 깼을 때 밖은 아직 밝았다. 그는 귀를 기울였다. 아파트 건물과 집 안은 고요했다. 수리하지 않은 수도꼭지들에서 꽤 많은 양의 물이 똑똑 떨어지는 울림만이 기묘한 소리의 짜임을 만들어 냈다. 주위까지 청결하니 만족감이 이루 표현할 수 없을 정도였다. 조금 뒤 문 두드리는 소리가 났다. 그는 덩치가 크고 그을린, 건초와 갓 마신 술 냄새를 풍기던 다비도프를 떠올렸다. 다비도프가 층계참에서 말의 고삐를 당겨 쥐고 서서 뚜껑이 열린 밀주 병을 들고 있는 모습이 그려졌다. 또 한 차례 문 두드리는 소리가 나자 그는 완전히 잠에서 깨어났다.

"나가요!" 안드레이는 소리친 다음 벌떡 일어나 침실을 뛰어다니며 바지를 찾았다. 전에 살던 사람들이 놓고 간 줄무늬 파자마 바지가 손에 잡혔다. 그는 서둘러 다리를 넣고 바지를 올렸다. 허리 고무줄이 헐거워 바지춤을 잡고 있어야 했다.

예상과 달리 현관 밖에서는 정겨운 욕설도, 말이 우는 소리도, 액체가 꿀렁꿀렁 넘어가는 소리도 들리지 않았다. 미리 웃음을 띤 안드레이는 빗장을 풀고 문을 활짝 열었다가 신음 소리를 내며 한 걸음 물러섰고 나머지 한 손으로도 망할 바지춤을 붙들었다. 그의 앞에는 아까 본 셀마 나겔이, 18호에 들어온 신입이 서 있었다.

"집에 담배 있어요?" 셀마가 붙임성이라고는 찾아볼 수 없는 목소리로 물었다.

"네…… 들어오세요……" 안드레이가 뒷걸음치며 웅얼거렸다.

그녀는 집 안으로 들어오더니 처음 맡는 가향을 풍기며 그를 지나쳤다. 그녀는 식당으로 갔고 그는 문을 쾅 닫고는 절망적으로 "잠시만요, 기다려 주세요. 금방 갑니다!"라고 외친 다음 침실로 뛰어들었다. 이럴 수가, 이럴 수가, 이럴 수가. 그가 혼잣말을 했다. 이럴 수가, 이럴 수가, 이럴 수가, 어떻게 이런 일이…… 그러나 그는 눈곱만큼도 부끄럽지 않았으며 오히려 이토록 청결하게 씻은 몸을, 넓은 어깨와 윤기 나는 피부, 그리고 멋지게 자

♦ 『그리고 아무도 없었다』(1939)의 초판 제목.

리 잡은 이두근과 삼두근을 보여 줬다는 사실이 기뻤다. 옷을 입어야 해서 아쉬울 지경이었다. 하지만 어쨌거나 옷은 입어야 했고 그는 여행 가방을 뒤지다가 체조용 바지와 등과 가슴 부분에 'ЛУ'라고 자수가 놓인, 잘 빨린 푸른 스포츠 점퍼를 꺼냈다. 잠시 후 귀여운 셀마 나겔의 앞에 등장했을 때에는 이런 모습이었다. 탄탄한 가슴과 딱 바라진 어깨에 걸음걸이는 느긋했고 내민 손에는 담배 한 갑이 들려 있었다.

귀여운 셀마는 무심한 표정으로 담배를 가져와 라이터를 켜서 피우기 시작했다. 그녀는 안드레이를 쳐다보지도 않았으며 세상 모든 일에 관심이 없는 듯했다. 낮에 보는 셀마는 사실 그렇게 귀엽지도 않았다. 그녀의 얼굴은 조화롭지 않은 편이었고 심지어 조금 투박했으며 코는 낮고 위로 들린 데다 광대뼈는 너무 컸고 커다란 입에는 립스틱이 너무 두껍게 발려 있었다. 하지만 그녀의 다리는, 거의 끝까지 드러난 그녀의 다리는 그 누구보다도 우월했으며 모든 찬사를 넘어설 정도였다. 그러나 안타깝게도 나머지는 도무지 봐 줄 수가 없었다. 누가 저렇게 헐렁한 옷을 입혔는지 모르겠다. 스웨터라니. 게다가 목줄 같은 것도 하고 있었다. 잠수부들처럼.

그녀는 근사한 다리 위에 근사한 다리를 얹어 꼬고는 소파에 깊숙이 앉아 군인처럼 불붙은 쪽을 손바닥으로 가리며 담배를 쥔 채 무심한 표정으로 둘러보았다. 안드레이는 체면을 차리지는 않되 우아한 자세로 식탁 끄트머리에 앉아 역시 담배를 피우기 시작했다.

"안드레이라고 해요." 그가 말했다.

셀마는 자신의 무심한 눈빛을 그에게 돌렸다. 그녀의 눈은 지난밤과 달랐다. 커다랗지만 전혀 까맣지 않았고 속이 들여다보일 듯한 창백한 푸른색이었다.

"안드레이, 라." 셀마가 되뇌었다. "폴란드인인가요?"

"아니요. 러시아인입니다. 당신은 셀마 나겔이죠, 스웨덴에서 왔고요."

셀마가 고개를 끄덕였다.

"스웨덴에서 왔어요…… 어제저녁 파출소에서 맞고 있던 게 당신이죠?"

안드레이는 어안이 벙벙했다.

"무슨 파출소요? 전 아무한테도 맞은 적 없는데요."

"저기, 안드레이." 셀마가 말했다. "왜 이곳에서는 내 기계가 작동을 안 할까?" 그녀는 불쑥 무릎 위에 성냥갑보다 조금 더 큰 래커 칠 한 상자를 올려놓았다. "주파수를 어떻게 맞춰도 지직거리고 울부짖는 소리만 나던데. 들을 만한 건 안 나오고."

조심스럽게 셀마의 상자를 집어 든 안드레이는 그것이 라디오임을 확인하고는 깜짝 놀랐다.

"세상에!" 그가 중얼거렸다. "이거 설마 라디오 수신기인가?"

"그걸 내가 어떻게 알겠어?" 그녀는 그에게서 라디오를 뺏어 들었다. 갈라지는 듯 지지직대는 방전 소리와 음울하게 울부짖는 소리가 울렸다. "그냥, 작동을 안 해. 이런 것도 본 적 없어?"

안드레이는 고개를 흔들었다. 잠시 후 그가 입을 열었다.

"이게 너희 집에서 작동할 리 없지. 여기는 라디오 방송국이 딱 하나 있는데, 유선으로 직접 방송하거든."

"이런." 셀마가 말했다. "그럼 대체 뭘 하고 지내니? 상자도 없고……"

"무슨 상자?"

"당연히 텔레비전이지…… 티브이……!"

"아, 맞아. 금방 생길 것 같지는 않네."

"말도 안 돼!"

"축음기를 들이는 것도 방법이야." 안드레이가 민망해하며 말했다. 그는 불편했다. 정말이지 이게 뭔가. 라디오도 없고 텔레비전도 없고 영화도 없고……

"축음기? 그건 또 뭔데?"

"축음기 몰라?" 안드레이는 깜짝 놀랐다. "그러니까, 그라모폰 말이야. 레코드판을 놓고……"

"아, 턴테이블 말이구나……" 셀마가 별 감흥 없이 말했다. "전축은 없나 보지?"

"잠깐." 안드레이가 말했다. "네 눈에는 내가 뭐, 라디오 중계실로 보여?"

"넌 정말 야만스럽구나." 셀마 나겔이 선언했다. "한마디로, 딱 러시아인이네. 뭐, 좋아. 넌 축음기를 틀고 아마 보드카도 마실 거고. 또 뭘 하고 지내지? 오토바이를 타나? 아니면 여긴 오토바이도 없나?"

안드레이는 화가 치밀었다.

"나는 여기에 오토바이나 타려고 온 게 아니야. 일하러 온 거지. 그러는 너는 여기서 뭘 할 셈인지 참 궁금하네."

"일하러 왔다, 라……" 셀마가 말했다. "파출소에서 왜 맞았는지나 이야기해 볼래? 마약이라도 했니?"

"파출소에서 맞은 적 없다니까! 도대체 어디서 들은 소리야? 게다가 우리 파출소에서는 구타를 하지 않는다고. 여기가 스웨덴인 줄 알아?"

셀마가 휘파람을 불었다.

"이런 이런." 그녀가 비웃듯 말했다. "그럼, 내가 헛것을 봤나 보네."

셀마는 재떨이에 꽁초를 버리고는 새 담배에 불을 붙이고 일어서더니 어쩐지 우스운 모양새로 가볍게 춤을 추며 방 안을 돌아다녔다.

"여기엔 네가 오기 전에 누가 살았어?" 그녀가 커다란 타원형 액자에 담긴, 무릎에 삽살개를 앉힌 보랏빛 부인의 초상화 앞에 멈추며 물었다. "우리 집에 살던 사람은 분명 성도착자였을 거야. 구석마다 포르노그래피에 벽에는 사용한 피임 기구가 걸려 있지를 않나, 옷장에는 가터벨트를 잔뜩 수집해 뒀더라고. 페티시스트였는지 오럴 도착자였는지는 모르겠지만……"

"거짓말, 전부 거짓말이야, 셀마 나겔." 안드레이가 딱딱하게 굳어서 말했다.

"내가 뭣 하러 거짓말을 하겠어?" 셀마가 깜짝 놀랐다. "누가 살았길래? 몰라?"

"시장! 현 시장이 거기 살았어. 알아들어?"

"아하." 셀마가 동요 없이 말했다. "알 만하네."

"뭘 아는데? 네가 뭘 아는데?!" 안드레이는 얼굴이 새빨갛게 달아올라 고래고래 소리쳤다. "네가 여기서 대체 뭘 이해할 수 있는데?!" 그는 잠시 입을 다물었다. 이렇게 얘기해서는 안 됐다. 속으로 삭여야 했다.

"그 사람 나이는 아마 쉰 안팎일 거야." 셀마가 뻔하다는 듯 말했다. "노화가 코앞에 닥쳐와서 발악하는 거지. 지금이 절정일 테니!" 그녀는 웃음을 터뜨리더니 다시 삽살개를 안은 여인의 초상화를 바라보았다.

침묵이 찾아왔다. 안드레이는 이를 갈며 시장에게 측은함을 느꼈다. 시장은 몸집이 크고 위엄이 있는 분위기에 얼굴은 흔치 않은 호감형이었으며 머리카락은 멋진 회색이었다. 그는 도시의 열성분자 모임에서 말을 참 잘했다. 억지력에 관해, 자랑스러운 금욕주의에 관해, 영혼의 힘에 관해, 굳건함과 내면에 도덕성을 충만하게 하는 일에 관해 말했다. 층계참에서 마주칠 때면 항상 따뜻하고 마른 큰 손을 내밀어 악수를 청했으며 한결같이 친절하게 그리고 조심스럽게 밤마다 자신의, 시장의 타자기 소리가 거슬리지는 않는지 물었다······

"내 말을 안 믿는구나!" 불쑥 셀마가 말했다. 그녀는 더 이상 초상화를 보지 않고 화난 기색이 어린 의아한 표정으로 안드레이를 쳐다보고 있었다. "믿든 안 믿든 마음대로 해. 아무튼 난 그것들을 직접 치우기 싫거든. 사람을 고용할 수는 없을까?"

"고용할 수 없느냐니······" 안드레이가 퉁명스럽게 그녀의 말을 반복했다. "헛소리 마!" 그가 화를 냈다. "직접 치워. 그 흰 손으로 달리 할 일도 없잖아."

둘은 얼마간 말없이 서로를 적의 어린 시선으로 마주 보았다. 조금 뒤 셀마가 눈길을 돌리며 중얼거렸다.

"날 대체 왜 여기로 데려온 건지! 여기서 뭘 하라고?"

"특별할 거 없어." 안드레이가 말했다. 그는 자신의 적의를 극복했다. 한 인간을 도와야 했다. 그는 이미 새로 온 자들을 볼 만큼 봤다. 별의별 사람들을. "모두가 하는 일을 너도 하면 되지. 직업소개소로 가서 노동수첩을 작성하고 접수대에 제출해…… 거기 직업 분배기가 설치되어 있거든. 그런데 저쪽 세계에선 무슨 일을 했어?"

"폭스테일러." 셀마가 말했다.

"뭐?"

"글쎄, 그걸 어떻게 설명해야 할지…… 하나 둘, 하면 다리를 벌리는 거야……"

안드레이는 또다시 굳었다. 머릿속에서 거짓말, 이라는 소리가 들려왔다.

이 여자가 개소리만 하고 있지 않은가. 날 놀리고 있다.

"돈은 많이 벌었고?" 그가 비꼬았다.

"바보네." 그녀의 말투는 차라리 상냥했다. "돈을 벌려고 한 게 아니었어. 그냥 궁금했어. 지루했으니까……"

"어떻게 그럴 수가 있지? 너희 부모님은 뭘 하고 계셨고? 이렇게나 젊은데, 한창 배울 수 있었을 시기에……" 안드레이가 씁쓸하게 내뱉었다.

"뭣 하러?" 셀마가 물었다.

"뭣 하러, 라니? 사람이 되려면 배워야지…… 넌 기

술자도 될 수 있었고, 선생님도 될 수 있었고…… 공산당에 들어갈 수 있었을지도 몰라. 사회주의를 위해 투쟁했을 수도 있고……"

"맙소사, 주여……" 셀마가 갈라지는 목소리로 나직이 내뱉고는 나무가 베여 넘어가듯 소파에 털썩 쓰러져 손바닥에 얼굴을 파묻었다. 안드레이는 깜짝 놀랐지만, 동시에 자부심과 자신에게 놓인 막중한 책임감을 느꼈다.

"괜찮아, 괜찮아……" 안드레이는 주춤주춤 셀마에게 다가갔다. "과거는 과거일 뿐이니까. 그뿐이야. 절망할 필요 없어. 어쩌면 오히려 잘된 일일 수도 있지. 여기서 전부 만회할 테니까 말이야. 나한테는 친구들이 아주 많은데, 다들 인간미가 넘치는 사람들이거든……" 그는 순간 이쟈를 떠올리고는 인상을 찌푸렸다. "우리가 도와줄게. 함께 싸우자고. 이곳에 할 일이 얼마나 많은데! 질서는 없지, 말썽은 많지, 불결하기 짝이 없고. 정직한 사람 하나하나가 귀해. 이리로 도망쳐 오는 시답지 않은 떨거지들이 얼마나 많은지 상상도 못 할걸! 물론 대놓고 물어보지는 못하지만, 묻고 싶은 충동이 종종 든다니까. 네놈을 뭐 하러 이리로 데려왔는지 아느냐고, 네놈이 대체 뭣 하러 여기 있느냐고, 네놈은 누구한테 필요한 거냐고……"

이제는 완전히 친근감을, 심지어는 형제애까지 느낀 안드레이가 셀마의 어깨를 두드리려는 순간 그녀가 얼굴에서 손을 떼지 않고 물었다.

"그럼, 모든 사람이 그렇지는 않다는 얘기네……?"

"그렇다니?"

"다 너 같은 바보는 아니라는 거지."

"참 나!"

안드레이는 식탁에서 벌떡 일어나 방 안을 빙빙 돌기 시작했다. 이 부르주아 여자가. 게다가 창녀라니. 호기심에 그런 일을 했다니, 맙소사…… 그러나 셀마의 솔직함은 그에게 감명마저 불러왔다. 솔직함은 언제나 좋지 않나. 얼굴을 맞대고, 바리케이드를 넘는 거다. 말하자면, 이쟈처럼 우리 편도 당신 편도 아닌 듯, 마치 구더기처럼 미끌미끌하며 모든 곳에 스며들지 않고……

셀마는 그의 등 뒤에서 킥킥거렸다.

"대체 왜 왔다 갔다 한 거야?" 그녀가 말했다. "네가 그 정도로 바보인 게 내 탓은 아니잖아. 그래도 어쨌든, 미안."

안드레이는 약해지는 마음을 다잡기 위해 허공에 손바닥을 결연히 휘둘렀다.

"이봐." 그가 입을 열었다. "셀마, 넌 아주 제멋대로 자라서 널 갱생시키려면 아주 오래 걸릴 거야. 너한테 개인적인 감정이 있다고는 부디 생각하지 말고. 말하자면, 널 그런 상태까지 몰고 간 자들에 대한 개인적인 감정이지 너한테는 아무런 유감 없어. 넌 여기에 있으니까 우리 동료야. 너는 일을 잘하게 될 거고, 우리는 좋은 친구가 될 거야. 일을 잘하게 된다고 말한 건, 그렇게 될 수밖에 없기 때문이고. 그러니까, 여기 우리가 있는 곳은 군대식이거든. 못하면 알려 주고, 배우기 싫다하면 강제하지!" 그는 자신의 연설이 만족스러웠다. 학부의 모범 공산당원이었던 료샤 발다예프가 주말 자원 노동자♦들 앞에서 했던 연설에 비견할 만했다. 그때 그는 셀마가 마침내 얼굴에서 손바닥을 떼고는 두려움이 섞인 호기심 어린 표정으로 자신을 바라보고 있음을 알아차렸다. 안드레이는 다 이해한다는 듯 그녀에게 눈을 깜빡였다. "그래. 우리는 강요할 거야. 어떻게 생각해? 예전에 엄청난 게으름뱅이들이 건설 현장으로 온 적이 있었는데 처음부터 가게나 숲으로 빠질 생각만 하더라고. 그래 봤자라고! 어찌나 가소롭던지! 그거 알아? 노동은 원숭이도 사람으로 만들어……"

"여긴 항상 원숭이들이 거리에 나다녀?" 셀마가 물었

♦ 소련에서 공공의 선을 위해 휴일에 무급으로 노동에 자원하던 사람들을
   일컫는다. 초기에는 열정적으로 자원자들이 참여했다고 한다.

다.

"아니." 안드레이의 표정이 어두워졌다. "오늘 나타났
어. 네 도착을 기념하나 보지."

"그것들도 사람으로 만들 건가?" 셀마가 짧게 물었다.

안드레이는 자신의 감정을 애써 숨기며 코웃음을 쳤
다.

"글쎄. 어쩌면 정말로 사람으로 만들어야 할지도 모
르겠네. **실험**은 **실험**이니까."

모욕적일 정도로 미쳐 돌아가는 이 모든 상황 속에서
이성의 핵이 결여된 판단은 아닌 것 같다고, 저녁때 사람
들에게 얘기를 꺼내 봐야겠다고 안드레이는 어렴풋이 생
각했다. 하지만 순간 또 다른 생각이 떠올랐다.

"저녁에는 뭐 할 거야?" 그가 물었다.

"글쎄. 되는대로. 여기서는 대개 뭘 하는데?"

문 두드리는 소리가 났다. 안드레이는 시계를 봤다.
벌써 모임이 시작되는 시간인 7시였다.

"너 오늘은 우리 집에서 보내." 그가 셀마에게 통보하
듯 말했다. 이 입만 산 생명체한테는 단호하게 구는 수밖
에 없다. "엄청 즐거우리라고는 보장 못 하지만, 흥미로
운 사람들이랑 만나게 될 거야. 그렇게 할 거지?"

셀마는 한쪽 어깨를 으쓱해 보이고는 머리를 매만지
기 시작했다. 안드레이는 문을 열어 나갔다. 이제는 문을

걷어차는 소리가 들리고 있었다. 이쟈 카츠만이었다.

"너희 집에 여자가 있어?" 그는 문간에서부터 대뜸 물었다. "그리고 초인종은 도대체 언제 달 건지 알고 싶습니다만?"

모임에 나타날 때는 언제나 그러듯 이쟈는 단정히 빗은 머리에다 풀을 먹여 빳빳한 셔츠를 입고 반짝이는 커프스단추를 달고 있었다. 말끔하게 다린, 폭이 좁은 넥타이는 코와 배꼽을 잇는 선에 극도로 정확히 맞춰져 있었다. 그래도 안드레이는 도널드나 겐시였더라면 더 좋아했을 것이다.

"들어와, 헛소리꾼." 그가 말했다. "오늘은 웬일로 가장 먼저 나타났네?"

"너희 집에 여자가 있다는 걸 알았거든. 얼른 보고 싶어서 왔지." 이쟈가 두 손을 비비면서 킬킬거렸다.

그들은 식당으로 들어갔고 이쟈는 성큼성큼 셀마를 향해 걸어갔다.

"이쟈 카츠만입니다." 그가 부드러운 목소리로 자기소개를 했다. "청소부지요."

"셀마 나겔이에요." 셀마가 손을 내밀며 나른하게 대답했다. "창녀예요."

이쟈는 만족스러워하면서 쿵쿵거리는 소리까지 내더니 셀마가 내민 손에 정중히 키스했다.

"그건 그렇고!" 이쟈가 안드레이를 돌아봤다가 다시 셀마를 보며 말했다. "들었어요? 지역책임위가 해결안을 검토 중이랍니다." 그는 손가락을 치켜올리더니 목청을 높였다. "'도시 경계 내 포악한 원숭이들의 거대한 무리가 야기한 상황을 바로잡기 위한 방안'이라더군요…… 하! 모든 원숭이들을 등록시키고 철제 목줄과 금속 이름표를 달아 준 다음 앞으로 그 원숭이들을 책임 기관, 또는 개인에게 일임한다는 내용이에요!" 그는 킥킥거렸고 돼지 같은 소리를 내더니 가는 신음 소리를 늘여 내며 오른손 주먹으로 쫙 벌린 왼손을 치기 시작했다. "엄청나죠! 모든 공장들이 일을 다 뒷전으로 미루고 긴급히 목줄이랑 이름표를 만들고 있다니까요. 시장 각하는 개인적으로 성체가 된 원숭이 세 마리를 입양하고는 시민들에게 자신의 선례를 따를 것을 촉구했다네요. 안드레이, 너는 원숭이 들일 거야? 셀마가 반대하겠지만 **실험**의 요구가 그런데! 셀마, 당신은 **실험**이 다름 아닌 **실험**이라는 걸 의심하지 않길 바라요. **실험**은 실현도 아니고, 실효도 아니고 경험도 아니고 바로 **실험**이니까요……?"

안드레이는 꼴깍꼴깍 침 넘어가는 소리와 끙끙대는 소리를 뚫고서 겨우 말했다.

"닥쳐. 제발 헛소리 좀 그만하라고……!"

안드레이가 가장 우려하던 상황이었다. 이런 니힐리

　　　　　　　　　　　　　청소부

즘이라든가 불성실한 태도는 멀쩡한 사람에게 가장 파괴적인 영향을 끼칠 수 있다. 물론, 이를 악물고 노력은 못할망정 이렇게 집들을 전전하며 조롱하고, 오른쪽이고 왼쪽이고 사방에 침을 뱉고 다니는 모습이 얼마나 매력적으로 보일까마는……

이쟈는 조롱을 멈추고선 흥분 상태로 방 안을 돌아다니기 시작했다.

"어쩌면, 헛소리가 맞을지도 모르지." 그가 말했다. "그럴지도 모르지. 하지만 안드레이, 넌 늘 그렇듯 지도층의 심리는 눈곱만큼도 모르는구나. 네 생각에는 지도층의 일이 뭔 것 같아?"

"지도하는 거겠지!" 안드레이가 도전에 응해 답했다. "헛소리를 지껄이는 게 아니고, 수다를 떠는 게 아니고, 지도하는 거겠지. 시민과 조직의 행동을 조율하고……"

"그만! 행동을 조율한다면, 무엇을 목적으로? 그 조율의 최종 목표가 뭐지?"

안드레이는 어깨를 으쓱했다.

"뻔하잖아. 만인을 위한 복지, 질서, 앞으로 나아가기 위한 최적의 조건 마련……"

"오!" 이쟈가 또다시 손가락을 올렸다. 그의 입은 살짝 열렸고 두 눈은 휘둥그레졌다. "오!" 그가 같은 소리를 한 번 더 내고는 입을 다물었다. 셀마는 감동한 눈빛으로 이쟈를 쳐다봤다. "질서라고!" 그가 선언하듯 말했다. "질서라고!" 그의 눈이 한층 더 커졌다. "그런데 세상에, 지금 네가 믿는 도시에는 셀 수 없이 많은 원숭이 무리가 나타나고 있어. 그놈들을 쫓아낼 수도 없지. 그럴 만한 힘이 없으니까. 중앙 배급으로 원숭이들을 먹이는 것 또한 불가능해. 식량이나 자원이 부족하거든. 원숭이들은 길에서 구걸을 할 거야. 비명을 지르며 무질서를 야기하겠지. 그런데 이곳에 구걸하는 거지는 있어선 안 되거든! 원숭이들은 똥도 싸겠지만 뒤처리는 하지 않을 테고 그 똥들을 치우려 할 사람도 없을 거야. 그럼 여기서 어떤 해결책이 가능할까?"

"글쎄, 적어도 목줄 채우는 건 아니지." 안드레이가 말했다.

"맞아!" 이쟈가 인정했다. "목줄을 채우는 건 물론 해결책이 아니지. 가장 먼저 쥐어짜 낸 실무적인 해결책은 이거야. 원숭이의 존재를 숨기는 것. 원숭이들이 전혀 없는 듯 행동하기. 하지만 안타깝게도 이 방법 또한 불가능해. 원숭이들은 너무 많고 세상이 뒤바뀌기 전까지 우리의 정치체제는 아직 민주주의거든. 그러던 중 단순하기가 이루 말할 수 없는 방안이 하나 떠오른 거야. 원숭이들의 존재를 체계화하기. 혼돈과 말썽을 법의 틀에 욱여넣는, 그런 방식으로 원숭이들을 우리 선한 시장 특유의

견고한 질서의 일부로 만드는 거야! 동냥질을 하고 말썽을 피우는 무리와 패거리 대신에 사랑스러운 애완동물을 제시하면서. 우리는 모두 동물을 사랑하잖아! 빅토리아 여왕도 동물을 사랑했고 다윈도 동물을 사랑했어. 심지어 베리야♦도 어떤 동물은 사랑했다고 하고 히틀러는 말할 것도 없고……"

"우리 나라의 왕 구스타브도 동물을 사랑해요." 셀마가 덧붙였다. "고양이들을 키우죠."

"멋지군요!" 이쟈가 주먹으로 손바닥을 치며 탄성을 질렀다. "구스타브왕은 고양이를 기르고 안드레이 보로닌은 애완 원숭이를 기르고. 동물을 아주 사랑한다면 두 마리를 키울 수도 있겠네요……"

안드레이는 침을 뱉고는 먹을 게 얼마나 남아 있는지 살피기 위해 부엌으로 갔다. 그가 찬장을 뒤지고 먼지가 잔뜩 내려앉은 봉지에 든 딱딱하고 까맣게 굳은 덩어리들을 살펴보면서 조심스럽게 냄새를 맡는 동안 식당에서는 이쟈의 목소리가 끊임없이 울렸고 셀마의 쨍한 웃음소리, 이어 이쟈가 언제나 내는 킁킁 소리와 꿀꺽대는 소리가 들려왔다.

♦ 이오시프 비사리오노비치 스탈린이 서기장일 당시의 엔카베데(내무인민위원회) 수장이었던 라브렌티 파블로비치 베리야를 말한다.

먹을 게 하나도 없었다. 이미 싹이 나기 시작한 감자 한 자루와 수상한 청어 통조림에 돌처럼 딱딱하게 굳은 빵 한 덩어리가 전부였다. 안드레이는 부엌장 서랍으로 가 현금을 세어 보았다. 앞으로 절약한다고 치고, 친구를 초대하는 대신 다른 집에 손님으로 놀러 가면서 살면 다음 봉급 때까지 버틸 수 있을 딱 그 정도의 액수가 남아 있었다. 저놈들 때문에 죽게 생겼네. 안드레이가 우울하게 생각했다. 제기랄. 아니다. 내가 탈탈 털어 주겠다. 나한테 저놈들을 먹여야 할 의무가 있는 것도 아니고. 이 원숭이 같은 자식들!

그때 또다시 문 두드리는 소리가 났고 안드레이는 음산하게 비죽비죽 웃으며 문을 열러 갔다. 지나는 길에 그는 셀마가 식탁 위에서 손바닥을 허벅지 아래에 깔고 앉아서는 두껍게 화장한 입이 귀에 걸릴 정도로 활짝 웃는 것을 봤다. 이런 개 같은 년, 개 같은 년. 셀마의 앞에 서서 원숭이 같은 앞발을 휘저으며 헛소리를 지껄여 대는 이쟈는 말끔함이라고는 이미 찾아볼 수 없는 모습이었다. 넥타이 매듭은 돌아가 오른쪽 귀 아래에 있었고 머리카락은 쭈뼛쭈뼛 서 있었으며 소매는 때가 타 있었다.

나가 보니 독일 국방군의 하사관이었던 프리츠 가이거가 같은 국방군 소속 일반 병사였던 친구 오토 프리자를 데리고 와 있었다.

"왔네?" 안드레이가 음침하게 웃으며 그들을 맞이했다.

프리츠는 즉각 안드레이의 인사를 독일 장교의 위엄에 대한 공격으로 받아들이고 얼굴을 굳혔으나 부드럽고 원만한 오토는 그저 뒷굽을 부딪치며 경례를 하고 붙임성 있는 미소를 띠었다.

"그 어조는 뭐야? 돌아갈까?" 프리츠가 차갑게 물었다.

"먹을 건 좀 들고 왔어?" 안드레이가 물었다.

프리츠는 아래턱을 움직이며 깊이 생각하는 듯한 몸짓을 했다.

"먹을 거?" 그가 되물었다. "글쎄, 어떨지……" 그는 묻는 듯한 표정으로 오토를 봤다. 오토는 곧 수줍게 웃으며 승마 바지 주머니에서 납작한 병을 꺼내더니 안드레이에게 내밀었다. 통행증처럼 상표가 잘 보이도록.

"그래, 들어와……" 안드레이는 목소리를 누그러뜨리며 병을 받았다. "그런데 친구들, 집에 먹을 게 하나도 없다는 건 알아 둬. 아니면, 혹시 돈 좀 있어?"

"집에 들여보내 주긴 할 거지?" 프리츠가 물었다. 그는 귀가 정면을 향하도록 고개를 살짝 돌리고 있었다. 식당에서 터져 나오는 여성의 웃음소리를 들었기 때문이다.

안드레이는 그들을 현관으로 들여보낸 다음 말했다.

"돈 줘. 술 사 오게 돈 좀 달라고!"

"오토, 우리는 여기서도 배상금을 피할 수가 없네." 프리츠가 지갑을 꺼내며 말했다. "여기!" 그는 안드레이에게 지폐 몇 장을 내밀었다. "오토에게 장바구니라도 주고 뭘 사 와야 하는지 말해. 오토가 다녀올 테니까."

"잠깐만. 그렇게까지 서두르진 말자고." 안드레이는 이렇게 말한 다음 그들을 식당으로 안내했다. 뒷굽이 맞부딪쳐 울리고 매끈히 빗은 머리가 숙여지고 군대식 찬사가 우렁차게 울려 퍼지는 동안 안드레이는 이쟈를 한쪽으로 끌고 가 정신 차릴 틈도 주지 않고 주머니를 몽땅 뒤졌고, 이쟈는 눈치도 못 챈 것 같았다. 그저 귀찮은 듯 뒷걸음치면서 이제 막 하기 시작한 우스운 이야기를 고래고래 소리치며 끝맺고 있었다. 주머니에서 나오는 족족 전부 거두어들인 안드레이는 조금 떨어진 곳에서 배상금을 세어 봤다. 아주 많지는 않지만 적지도 않은 금액이었다. 그는 주위를 둘러봤다. 셀마는 변함없이 식탁 위에 앉아 다리를 흔들고 있었다. 우울했던 기색은 온데간데없이 즐거워하고 있었다. 프리츠는 그녀에게 담뱃불을 붙여 줬고 이쟈는 큼큼 목을 가다듬고는 고음을 내 보며 새로운 이야기를 늘어놓을 준비를 했고 오토는 긴장한 데다 본인의 처세술에 자신이 없어서 얼굴이 새빨개졌고 커다란 귀를 눈에 띌 정도로 움찔대며 방 중앙에 우뚝 꼿꼿이 서 있었다.

안드레이는 오토의 옷소매를 잡고 "너 없어도, 네가 없어도 잘 돌아가⋯⋯"라고 말하며 부엌으로 잡아끌었다. 오토는 항의하지 않았으며 차라리 만족한 듯 보였다. 그는 부엌에 들어서자마자 일에 착수했다. 안드레이에게서 채소용 바구니를 받아 들고는 그 안에 담겨 있던 쓰레기를 쓰레기통에 털어 버리고(안드레이가 한 번도 할 생각이 없었던 일이다) 신속하고 깔끔하게 바구니 바닥에 날짜 지난 신문지를 깔았다. 또 순식간에, 지난달 안드레이가 "안에 토마토소스가 있을 수도 있는데⋯⋯"란 말만 하고 정작 찾지는 못한 시장 가방을 찾아내서는 만일에 대비해 콩포트가 들어 있던 유리병을 대강 헹궈 넣고 여분의 날짜 지난 신문을 넣었다("혹시 가게에 포장지가 없을 수도 있잖아⋯⋯"). 그동안 안드레이가 한 일이라곤 주머니에 있던 돈을 다른 주머니로 옮겨 넣고 초조히 발을 바꿔 몸무게를 지탱하며 그 우울한 인간에게 "그래⋯⋯ 가게에 있을 거 같은데⋯⋯ 어쨌든 이만 나가자⋯⋯"라고 말한 것이 전부였다.

"그런데 너도 가려고?" 짐을 다 챙긴 오토가 조심스럽게 놀라움을 표했다.

"응. 왜?"

"아니, 나 혼자서도 할 수 있는데." 오토가 말했다.

"그래, 혼자서도 할 수 있겠지…… 둘이서 하면 더 빨라. 너는 진열대로 가고 나는 계산대로 가고……"

"그건 그러네." 오토가 말했다. "그래, 당연히 그렇겠다."

그들은 까만 복도를 지나 까만 계단을 내려갔다. 내려가다가 원숭이 한 마리를 놀라게 하고 말았는데, 그 가여운 동물은 순간 창밖으로 튕겨져 나가 떨어져 죽은 것은 아닌지 걱정을 샀지만, 이내 아무 일도 없다는 듯 소방용 계단에 매달려서는 이를 한껏 드러냈다.

"먹다 남은 거라도 갖다 줄 걸 그랬나." 안드레이가 생각에 잠겨 있다가 말했다. "남은 음식이라면 엄청나게 많은데……"

"내가 다녀올까?" 오토가 흔쾌히 물었다.

안드레이는 그저 그를 바라보다가 "쉬어!" 하고 구령을 외치고는 가던 길을 갔다. 계단에서는 벌써 악취가 나고 있었다. 사실 전에도 항상 냄새가 나곤 했는데, 이제는 새로운 냄새가 더해졌고 한 층 더 아래로 내려가 보니 그 냄새의 원인이, 그것도 여럿 있었다.

"왕이 할 일이 늘었네." 안드레이가 말했다. "이제 관리인이 되면 안 되겠는데. 너는 지금 무슨 일을 해?"

"장관 동무." 오토가 음울하게 대답했다. "벌써 사흘

째야."

"어떤 장관?" 안드레이가 궁금해했다.

"그러니까…… 직업교육부."

"일은 어려워?"

"하나도 모르겠어." 오토가 고달프게 말했다. "문서가 엄청 많아. 명령서에 보고서에…… 계산 장부에 예산서에…… 같이 일하는 사람들 모두 하나도 몰라. 다들 이리저리 뛰어다니면서 서로 질문을 해 대지…… 잠깐, 어디로 가는 거야?"

"상점."

"아니야. 호프슈타터 씨네 가자. 그 사람 물건이 더 싸기도 하고 어쨌든 독일인이니까……"

그들은 호프슈타터의 가게로 갔다. 호프슈타터는 중앙로와 구페르시아거리가 만나는 골목에서 채소 가게와 식료품점을 섞어 놓은 듯한 가게를 운영했다. 안드레이도 몇 번인가 가 보았으나 매번 빈손으로 돌아서야 했다. 호프슈타터의 가게는 물건은 적고 손님을 골라서 팔기 때문이었다.

가게는 텅 비었고 선반들에는 분홍빛 겨자무가 든 동일한 병들이 일렬로 진열되어 있었다. 안드레이가 먼저 들어서자 호프슈타터는 계산대 너머에서 창백하고 퉁퉁 부은 얼굴을 들더니 곧바로 말했다. "마감했습니다." 그때 문손잡이에 장바구니가 걸렸던 오토가 급히 들어왔고 창백하고 퉁퉁 부은 얼굴에는 미소가 번졌다. 가게 마감은 물론 미뤄졌다. 오토와 호프슈타터가 가게 깊숙한 곳으로 들어가더니 그곳으로부터 바스락대는 소리와 이동용 상자가 끼익거리며 움직이는 소리, 와르르 감자 담는 소리, 내용물이 꽉 찬 유리병이 달그락거리는 소리, 그리고 곧 꺼질 듯한 목소리가 들려왔다……

안드레이는 할 일 없이 가게 안을 둘러보았다. 그렇다. 사적인 가게를 운영하는 호프슈타터 씨는 사정이 안 좋아 보였다. 저울은 당연히 적정 규정을 통과하지 않은 것이었고 위생 상태도 별로였다. 하지만 나와는 상관없는 일이지. 안드레이가 생각했다. 모든 게 바로잡히면 호프슈타터 같은 자들은 바로 망할 것이다. 어쩌면 지금도 이미 망했다고 볼 수 있겠다. 최소한 그는 모든 손님에게 물건을 팔 수 없다. 본모습을 숨기고 겨자무를 여기저기 놔뒀지만. 이자에게 겐시를 보낼 걸 그랬다. 못된 국수주의자가 여기 암시장을 열었다고. '독일인들만' 상대로 장사한다고……

오토가 구석에서 몸을 내밀고는 속삭였다. "돈 줘! 어서!" 안드레이는 재빨리 그에게 꼬깃꼬깃 뭉쳐진 지폐를 주었다. 오토 역시 재빠른 동작으로 몇 장 챙기더니 나머지는 안드레이에게 돌려주고 다시 깊숙한 곳으로 사라졌다. 그는 곧 매대 뒤에서 나타났는데 가득 찬 시장 가방과 장바구니 때문에 양손이 한껏 처져 있었다. 오토의 뒤로 달덩이 같은 호프슈타터의 얼굴이 흐릿하게 보였다. 오토는 땀에 푹 젖어서는 줄곧 미소를 띠고 있었고 호프슈타터는 다정하게 말했다. "또 와요, 젊은이들. 언제나 환영이라오. 진정한 독일인들을 만나면 언제나 즐겁지요…… 그리고 가이거 씨한테도 특별히 안부 전해 주시고…… 다음 주에는 돼지고기가 좀 들어올 거요. 가이거 씨한테 3킬로그램 빼놓겠다고 전해 주시오……" "그렇게 하겠습니다, 호프슈타터 씨." 오토가 대답했다. "모두 정확히 전달할 테니 걱정 마세요. 호프슈타터 씨…… 엘자 양에게 안부 전해 주는 것 잊지 마시고요…… 저희 안부를, 특히 가이거 씨의 안부를요……" 둘은 가게 문간까지 이런 이중창 같은 대화를 이어 갔고 안드레이는 무거운 시장 가방을 오토의 손에서 가져왔다. 시장 가방에는 깨끗한 당근과 튼실한 비트와 사탕무가 빼곡히 담겨 있었고 그 아래로부터 밀랍으로 봉한 병이 튀어나와 있었으며 위에는 파와 셀러리, 딜, 파슬리가 얹어져 있었다.

그들이 골목 모퉁이를 돌자 오토는 장바구니를 인도에 잠시 내려놓더니 커다란 격자무늬 손수건을 꺼내 숨을 몰아쉬며 얼굴을 닦기 시작했다.

"잠깐만…… 잠깐 숨 좀 돌리고…… 후……"

안드레이는 담배에 불을 붙인 다음 오토에게도 담뱃갑을 내밀었다.

"이런 당근은 어디서 샀어요?" 남성용 가죽 재킷을 입은 여자가 지나가다 말고 물었다.

"없어요, 없어." 오토가 황급히 대답했다. "마지막 걸 집어 온 거예요. 가게는 벌써 문 닫았어요…… 제기랄, 그 대머리 악마가 진을 다 빼놨네……" 그가 안드레이에게 말했다. "내가 거기서 대체 무슨 헛소리를 한 거지! 프리츠가 알면 내 대가리를 뽑을 텐데…… 내가 무슨 말을 지껄였는지 벌써 기억도 안 나……"

무슨 말인지 전혀 이해하지 못하고 있는 안드레이에게 오토는 내막을 간략히 설명해 주었다.

에르푸르트에서 채소 판매상으로 일하던 호프슈타터는 일생 동안 희망에 가득 차 있었으나 일생 동안 불운했다. 1932년 웬 유대인이 길 맞은편에 최신식 채소 가게를 열어 호프슈타터를 파산시키자 그는 스스로를 진정한 독일인이라 인식하고는 돌격대에 입단했다. 돌격대에서 그는 승진할 뻔했고 1934년에는 이미 좀 전에 언급한 유대인의 면상을 자기 손으로 갈기고 사업체를 집어삼킬 뻔했지만, 바로 그때 룀이 실각했고 호프슈타터는 제명됐다. 그때 이미 결혼을 한 상태로, 이미 밝은 금발의 사

　　　　　　　　　　　　　청소부

랑스러운 딸 엘자가 자라고 있었다. 그는 그 후 몇 년 동안 근근이 살다가 군대에 징집됐고 유럽을 점령할 뻔했으나 뎅케르크에서 전투기를 타다 격추되었고 폐에 커다란 파편이 박혀 파리가 아닌 드레스덴의 한 군 병원으로 가게 됐다. 그곳에 1944년까지 입원해 있다가 퇴원하려는 찰나 드레스덴을 하룻밤 만에 폐허로 만들어 버린, 연합군의 그 유명한 공습이 일어났다. 그는 극심한 공포를 겪어 머리카락이 전부 빠져 버렸고, 또 직접 얘기한 바에 따르면, 정신이 조금 이상해졌다. 그 후 호프슈타터는 다시 고향 도시 에르푸르트로 돌아가 서독으로 도망치려면 도망칠 수 있었을 시기를, 그 최고로 괴로웠던 시기를 자기 집 지하실에 틀어박혀 보냈다. 마침내 바깥세상으로 나오겠다고 결심했을 때에는 이미 모든 게 끝난 뒤였다. 채소 가게를 허가받기는 했지만, 가게를 확장하는 것은 꿈도 꾸지 못할 일이었다. 1946년, 아내가 죽고 나서 호프슈타터는 사리분별이 흐려진 상태로 **인도자**의 설득에 넘어가 자신이 무슨 선택을 하는지도 모른 채 딸과 함께 이쪽 세계로 이주했다. 여기서 그는 어느 정도 상태를 회복했지만 아직까지도 자신이 동독에서 독일인들을 보내던, 중앙아시아 어딘가에 있는 거대한 특수 집중 수용소에 와 있는 것은 아닌지 의심한다. 정신이 완전히 회복되지는 않았다는 얘기다. 그는 진정한 독일인을 숭배하며 자신에게 그들을 알아보는 특별한 감각이 있다고 믿었고 중국인과 아랍인, 흑인을 죽음보다 두려워하며 그들이 이곳에 존재한다는 것을 이해하지 못하고 알지도 못한다. 그는 누구보다도 가이거 씨를 존경하고 떠받든다. 어떻게 된 일인가 하면, 호프슈타터의 가게를 드나들기 시작한 어느 날, 오토가 장바구니를 채우는 사이 인물이 휜한 프리츠가 제대로 된 결혼에 대한 희망을 버리고 악에 받쳐 살던 밝은 금발의 엘자에게, 그 짧은 시간에 군대식으로 추파를 던진 것이다. 그때부터 정신 나간 대머리 호프슈타터의 가슴속에는 그 위대한 아리아인이, 총통을 떠받치는 기둥이자 유대인들의 위협인 프리츠가 마침내 불행한 호프슈타터 일가를 정신없이 몰아치는 물결로부터 구해 물살 고요한 곳으로 데려다주리라는 맹목적인 희망이 싹텄다.

"……프리츠라니!" 오토는 무거운 장바구니를 드느라 힘이 빠진 팔을 수시로 바꿔 들며 한탄했다. "프리츠는 호프슈타터의 가게에 한 달에 한 번, 아니 두 번, 먹을 게 다 떨어졌을 때만 가선 그 멍청한 여자를 더듬는 게, 그게 다인데…… 반면에 난 그 가게에 매주 한 번, 어쩔 때는 두 번, 아니 세 번도 간다고…… 호프슈타터가 바보긴 해도 수완이 있어서 농부들이랑 연줄이 아주 대단하거든. 그의 가게 상품들은 일등품인 데다 비싸지도 않고…… 그래서 나는 결국 실언을 하고 만 거야! 엘자에 대한 프리츠의 호감이 영원하리라 장담했어. 세계적인 유대주의가 무참히 끝나리라 장담했고. 위대한 제국군이 그 채소 가게를 향해 굳건히 진격하리라고도 장담했고…… 이제는 나 스스로도 무슨 말을 했는지 헷갈리는데, 내가 그 사람을 완전히 미쳐 버리게 만든 것 같아. 양심에 찔리긴 하지. 미친 노인네를 완전히 미쳐 버리게 만들고 말았으니. 오늘은 나한테 이런 걸 묻더라고. 이 원숭이들이 무엇을 의미하느냐고 말이야. 그럼 나는 생각하지도 않고서 아무 말이나 지껄여. 낙하 부대라고, 아리아 민족의 작전이라고. 그랬더니 세상에, 그가 나를 껴안고서 병나발이라도 불듯 쪽쪽 키스를 해 대지 뭐야……"

"그런데 엘자는 왜?" 안드레이가 호기심을 내비치며 물었다. "엘자는 미치지 않았잖아?"

오토의 뺨이 붉어지더니 귀가 움찔거렸다.

"엘자는……" 그가 헛기침을 했다. "난 그쪽 방면에서도 말처럼 열심이지. 엘자한테는 다 똑같거든. 프리츠든 오토든 이반이든 아브람이든…… 그 여자가 서른 살인데 호프슈타터는 나나 프리츠만 보게 해."

"그렇다면 너랑 프리츠가 아주 저질이네." 안드레이가 진심으로 말했다.

"그보다 더 저질일 수 없겠지!" 오토가 우울하게 수긍했다. "가장 끔찍한 건 말이야, 어떻게 하면 거기서 빠져나올 수 있을지 상상이 안 된다는 거야. 나는 나약하고 강단도 없어서."

그들은 입을 다물었고 오토는 집 앞에 도착할 때까지 그저 장바구니를 든 팔을 바꿔 가며 숨을 헐떡일 뿐이었다. 그는 위층으로 올라가지 않았다.

"이거 갖고 올라가서 큰 냄비에 물 좀 받아 줘." 오토가 말했다. "가게에 다녀올 테니 돈 좀 주고. 통조림을 구할 수도 있잖아." 그는 눈길을 피하며 웅얼거렸다. "그리고 아까 얘기…… 프리츠한테는…… 하지 마…… 알면 날 가만두지 않을 거야. 뭐랄까, 프리츠는 모든 걸 완벽히 숨기기를 좋아하거든. 누군들 그걸 좋아하지 않겠느냐마는 말이야."

그들은 갈라졌고 안드레이는 장바구니와 시장 가방을 끌고 까만 계단을 올라갔다. 장바구니는 호프슈타터가 포환을 넣은 것은 아닐까 싶을 만큼 무거웠다. 그렇지, 형제. 안드레이가 분노하며 생각했다. 이런 일들이 일어나는데 **실험**이 다 뭔가. 저 오토란 놈과 프리츠란 놈을 데리고 무슨 **실험**을 한단 말인가. 맙소사, 개 같은 놈들이다. 명예도 없고 양심도 없는 것들. 어디 출신이더라? 그는 씁쓸하게 생각했다. 독일 국방군, 히틀러유겐트였지. 쓰레기들. 아니다, 프리츠랑 이야기를 해 봐야겠다. 이대로 둘 수는 없다. 눈앞에서 사람이 도덕적으로 부패하고 있는데 그래서는 안 된다. 프리츠도 사람이 될 수 있다! 분명 그렇다! 어쨌거나 프리츠가 그때 날 구하지 않았나. 그들이 내 어깨뼈 아래에 단도를 찔러 넣을 수도 있었다. 그럼 난 끝장이었겠지. 모두가 옷에 실례를 하고 모두가 손을 위로 뻗고 있는데 프리츠만이…… 아니, 그는 사람이다! 그를 위해 싸워야 한다……

그는 원숭이가 볼일을 보고 간 흔적에 발이 미끄러졌고 욕설을 내뱉고 나서 발밑을 보며 가기 시작했다.

겨우 부엌에 들어가서야 그는 집 분위기가 완전히 바뀌었다는 것을 깨달았다. 식당에서는 축음기가 끼긱대며 돌아갔다. 식기 울리는 소리가 들렸다. 춤추는 사람들의 스텝 밟는 소리가 들렸다. 그리고 이 모든 소리를 뒤덮는 낯익은 저음이 울렸다. 목소리의 주인공은 유리 콘스탄티노비치였으니. "형제, 자네는, 웬 경제니 사회학이니 이런 말을 할 것 없네. 그것들 없이도 살 수 있어. 그런데 자유는 말일세, 형제. 그건 달라. 자유를 위해서라면 내 한 몸 희생할 수 있지……"

가스레인지 위에서는 벌써 큰 냄비에 물이 펄펄 끓는 중이었고 부엌 식탁에는 날을 간 칼이 바로 쓸 수 있게 놓여 있었으며 오븐에서는 구운 고기 요리가 황홀한 냄새를 풍겼다. 부엌 구석에는 속이 꽉 찬 거적 자루 두 개가 서로 기대어 있었고 그 위에는 기름때가 묻은 그슬린 솜옷과 낯익은 채찍, 그리고 웬 마구가 얹어져 있었다. 낯익은 기관총도 세워져 있었다. 당장 사용할 수 있게 정비된 기관총의 탄약통에는 납작하고 까만 탄알 클립이 달려 있었다. 식탁 아래에는 기름에 번들거리는 약 3리터들이 병과 옥수수자루, 지푸라기들이 비스듬히 놓여 있었다.

안드레이는 장바구니와 시장 가방을 던져 놨다.

"거기, 게으름뱅이들!" 그가 소리쳤다. "물이 끓잖아!"

다비도프의 낮은 목소리가 잦아들고 문가에 얼굴이 상기된 셸마가 눈을 빛내며 등장했다. 그녀의 어깨 위로 프리츠가 우뚝 서 있었다. 보아하니 둘이 춤을 추고 있었던 것 같은데 이 아리아인은 아직 자신의 커다랗고 붉은 앞발을 셸마의 몸에서 뗄 생각이 없어 보였다.

"호프슈타터가 안부 전해 달라던데! 엘자가 네가 안 들른다고 걱정한대…… 아기가 세상에 나온 지 곧 한 달째네!" 안드레이가 말했다.

"멍청한 농담은 관둬!" 프리츠는 부정하면서도 손은 치웠다. "오토는 어딨어?"

"정말로 물이 끓잖아!" 셸마가 놀랐다. "이제 저걸로 뭘 하지?"

"칼 들어." 안드레이가 말했다. "그리고 감자를 깎아.

그리고 프리츠, 넌 감자샐러드를 아주 좋아하는 것 같던데. 그러니까 그걸 만들어. 나는 가서 집주인 역할 좀 할테니."

안드레이가 식당으로 나가려는데 이쟈 카츠만이 문간에서 그를 붙잡았다. 이쟈의 얼굴이 환희로 빛나고 있었다.

"너 말이야!" 그가 킥킥대고 침을 튀기며 속삭였다. "어디서 저렇게 멋진 사람을 만난 거야? 저들이 사는 농장들 말이야, 진정 서부 개척 시대 같지 뭐야! 미국식 자유민들이 살던!"

"러시아 자유민도 전혀 뒤떨어지지 않거든." 안드레이가 적대적으로 말했다.

"암! 그렇고말고!" 이쟈가 소리쳤다. "'유대인 카자크들이 일어났고 비로비잔에 쿠데타가 벌어졌고, 우리의 도시 베르디치우를 장악하려는 자는 배에 부스럼이 일지니…… !'♦"

"그만둬." 안드레이가 엄격하게 말했다. "난 그거 안좋아해…… 프리츠, 너에게 셀마와 카츠만을 맡길 테니지휘해. 더 빨리들 하라고. 배가 고파 죽겠어. 힘이 하나도 없네…… 아니, 여기서 고함치지 말고. 오토는 오면

♦ 작자 미상의 민요.

문 두드릴 거야. 얼른 통조림을 사 온다며 갔어."

이렇게 모든 것을 제자리에 배치한 안드레이는 식당으로 서둘렀고 들어서자마자 유리 콘스탄티노비치와 뜨거운 악수를 나눴다. 유리 콘스탄티노비치는 역시 벌건 얼굴에 진한 냄새를 풍겼는데 식당 한가운데서 방수 장화를 신은 다리를 쩍 벌리고 서서는 손을 군복 혁대 밑으로 찔러 넣고 있었다. 그의 눈빛은 즐거워 보였고 약간 흥분한 듯했다. 안드레이는 이런 눈빛을 용맹한 사람들에게서, 열심히 일하기를 좋아하고 술을 잘 마시고 이 세상 그 무엇도 두려워하지 않는 사람들에게서 자주 봤다.

"자!" 다비도프가 말했다. "말한 대로 이렇게 내가 왔네. 병은 봤나? 자네한테 주는 거야. 감자도 자네 거야. 두 자루. 그것들을 주고 물건 하나를 받곤 했었는데. 나한테 그런 게 다 무슨 소용인가 생각했지. 좋은 사람에게 주자고. 그자들은 이곳의 돌로 만든 저택에서 썩어 가는 듯 살고 있네. 밝은 빛도 못 보면서…… 이봐, 안드레이, 내가 방금 겐시, 일본 사람한테 얘기했네. 모두들, 다 관두라고 말일세! 이곳에 아쉬울 게 뭔가? 아이들이랑 부인이랑, 애인이랑 다 데리고 당장 우리가 사는 곳으로 오라고 했지……"

당직 근무를 마치고 온 겐시는 아직 제복 차림이긴 했으나 단추를 다 풀고 있었고 한쪽 팔을 불편하게 움직이

청소부

면서 식탁에 크기가 제각각인 그릇들을 놓는 중이었다. 그의 왼팔에는 붕대가 감겨 있었다. 그는 미소를 짓더니 다비도프에게 고개를 끄덕여 보였다.

"이렇게 될 거예요, 유라." 겐시가 말했다. "이다음에는 오징어들이 습격할 거고 그렇게 되면 우리는 모두 함께 당신들이 사는 습지대로 도망치게 되겠죠."

"아니 뭣 하러 그…… 그 뭐야…… 그걸 기다리나. 오징거인가 뭔가는 집어치우게. 당장 내일 아침에 빈 짐마차를 타고 가자고. 짐마차가 텅 비어 있으니 세 가족은 탈 수 있어. 그런데 자네는 결혼 안 했댔지?" 다비도프가 안드레이에게 물었다.

"신이 도왔죠." 안드레이가 말했다.

"그럼 저 여자는 자네랑 무슨 관계인가? 여자 친구가 아니라고?"

"새로 온 사람이에요. 지난밤에 도착했어요."

"그럼 더 좋지 않은가? 호감 가고 또 예의도 바른 처자던데. 데리고 가자고, 응? 우리가 사는 곳에는 공기가 있어. 그곳엔 우유가 있다고. 자네는 아마 벌써 1년은 신선한 우유를 마시지 못했겠지. 내가 항상 물어본다니까. 왜 당신네 가게에는 우유가 없습니까? 라고. 내가 사는 곳에는 한 사람 앞에 암소가 세 마리씩 있어서 우유를 국가에도 내고 나도 마시고 돼지들한테도 먹이고 땅에도 뿌려 준다고…… 우리가 사는 곳으로 이사 오면 말일세, 아침에 일어나 들판으로 나가면 암소가, 그것도 자네의 암소가 우유를 두 단지나 줄 걸세, 응?" 그는 힘차게 양쪽 눈을 차례로 깜빡이더니 호쾌한 웃음을 터뜨리며 안드레이의 어깨를 쳤다. 그는 힘찬 발걸음으로 마루를 삐걱거리며 방을 가로지르더니 축음기를 끄고 돌아왔다. "공기는 또 어떤 줄 아나? 자네들이 사는 이곳엔 공기가 없어. 사육장이라고. 이곳, 자네들의 공기는…… 겐시, 뭣 하러 고생인가? 그 여자를 불러다가 차리라고 하지."

"셀마는 부엌에서 감자를 깎는 중이에요." 안드레이는 웃으며 말하다가 퍼뜩 정신을 차리고는 겐시를 도와주기 시작했다. 다비도프는 정말로 자기 사람 같았다. 정말 친근한 사람이었다. 1년은 족히 알고 지낸 듯했다. 그런데 정말로, 습지대로 가는 것은 어떨까? 우유가 중요한 건 아니지만 그곳의 삶이 분명 더 건강하기는 할 것이다. 다비도프만 봐도 마치 동상처럼 우뚝 서 있지 않나!

"누가 문을 두드리는군." 다비도프가 말했다. "내가 열러 나갈까, 아니면 자네가 열겠나?"

"제가 지금 나갈게요." 안드레이가 말하며 현관으로 갔다. 문밖에는 왕이 와 있었다. 왕은 이제 솜옷이 아니라 무릎까지 내려오는 푸른 능직 셔츠를 걸치고 머리에는 와플 무늬로 짜인 수건을 두르고 있었다.

"쓰레기통들이 돌아왔어!" 그가 기쁜 듯 미소 지으며 말했다.

"그러든가 말든가." 안드레이도 그보다 덜 기뻐한 것은 아니었다. "쓰레기통들은 널 기다려 줄 테니 일단 안으로 들어와. 근데 왜 혼자야? 메이링은 어디 있고?"

"집에 있어. 엄청 지쳤거든. 자는 중이야. 아들이 조금 아팠어." 왕이 말했다.

"그래 들어와. 왜 이러고 서 있어…… 가자, 내가 좋은 사람을 소개해 줄게."

"우리 벌써 인사했어." 왕이 식당으로 들어가며 말했다.

"아, 와냐♦!" 다비도프가 기뻐하며 소리쳤다. "자네도 왔군! 그래," 그가 겐시를 돌아보며 말했다. "안드레이가 좋은 청년일 줄 알았다니까. 보게, 안드레이의 집에는 좋은 사람들만 모이지 않나. 자네도 그렇고, 저 유대인도 그렇고…… 이름이 뭐더라…… 뭐, 이제 제대로 연회를 열어 보지! 저기서 뭣들 하는지 좀 보고 오겠네. 할 일이 하나도 없을 텐데, 일들을 나눠 갖고는……"

왕은 재빨리 겐시를 식탁에서 밀어내고는 능숙한 움직임으로 가지런히 식기를 놓기 시작했다. 겐시는 자유

♦　중국인의 성 '왕'의 러시아식 애칭.

133

로운 손과 이를 사용해 붕대를 다시 감았다. 안드레이가
나서서 도왔다.

"웬일로 도널드가 안 오네." 안드레이가 걱정스러운
듯 말했다.

"집에 틀어박혀 있어. 방해하지 말라던데." 왕이 대답
했다.

"친구들, 최근에 도널드가 왜인지 우울해해. 뭐, 내 알
바 아니지만. 그런데 겐시, 팔은 어쩌다 그런 거야?"

겐시는 얼굴을 살짝 일그러뜨리고는 대답했다.

"원숭이한테 물렸어. 그 못된 놈이 뼈에 닿을 정도로
물었지."

"정말?" 안드레이가 깜짝 놀랐다. "순한 녀석들인 줄
알았는데……"

"순하기는 한데…… 잡아서 목줄을 매려 한다고 생각
해 봐……"

"목줄이라니?"

"행정명령 507번. 모든 원숭이들을 등록하고 번호가
기재된 목줄을 착용시킨다. 목줄은 내일 주민들에게 나
눠 줄 거야. 우리는 스무 개 채웠고 나머지는 옆 파출소
에 넘겼으니 거기서 알아서 하겠지. 그런데 입은 왜 헤벌
리고 서 있어……? 잔이나 가져와. 잔이 부족하네……"

제4장

태양이 꺼졌을 시점에는 모인 사람들 모두가 거나하게 취한 상태였다. 순식간에 어둠이 들이닥치자 안드레이는 식탁에서 일어나 바닥에 놓인 냄비들에 발을 걸려가며 전기 스위치에 도달했다.

"놀라지 말아요, 귀여운 아가씨." 그의 등 뒤에서 프리츠가 웅얼거리는 소리가 들렸다. "여기선 늘상 있는 일이죠……"

"불 들어올 거라고!" 안드레이가 또박또박 발음하려 애쓰며 발표했다.

천장에 달린 먼지 낀 전등에 갑작스레 불이 들어왔다. 불빛은 진입로에 있던 전등처럼 미약했다. 안드레이가 돌아서서 사람들을 봤다.

　모든 것이 훌륭했다. 식탁의 상석, 높은 식당 의자에
는 30분 전 안드레이에게 영원히 유라 삼촌이 되어 주기
로 한 유리 콘스탄티노비치 다비도프가 몸을 살짝살짝
흔들며 앉아 있었다. 유라 삼촌의 꽉 다문 입술 사이에는
연기를 내뿜는 두툼한 궐련이 물려 있었고 그의 오른손
에는 독한 술이 가득 담긴 각진 잔이 들려 있었으며 왼손
의 투박한 집게손가락은 옆에 앉은 이쟈 카츠만의 코앞
에서 흔들리고 있었다. 이쟈 카츠만은 이미 넥타이와 재
킷을 벗고 있었는데 수염과 셔츠 가슴팍에는 고기 소스
의 흔적이 보였다.

　유라 삼촌의 오른쪽에는 왕이 얌전히 앉아 있었다. 그
의 앞에는 제일 작은 접시가 놓였고 그 위에는 조그마한
고기 조각이 올라 있었으며 접시 옆에는 제일 울퉁불퉁
한 포크가 자리해 있었다. 독한 술을 담은 잔은 가장자리
가 깨진 것을 자진해 쓰겠다고 했다. 고개를 푹 숙인 채
눈이 감긴 그의 얼굴은 상기되어 복에 겨운 미소를 띠고
있었다. 왕은 평온을 즐기고 있었다.

　눈빛이 예리한 겐시는 얼굴이 벌게져서는 신 양배추
를 맛있게 먹으며 오토에게 신나서 얘기하는 중이었다.
오토는 흐려지는 정신에 맞서 영웅적인 투쟁을 벌이고
있었으며 승리를 거머쥘 때마다 우렁찬 목소리로 탄성을

질렀다. "맞아요! 당연하지요! 맞아요! 오, 그렇고말고
요!"

셀마 나겔, 그 스웨덴 창녀는 진정 미녀였다. 소파에
앉아 부드러운 팔걸이에 다리를 걸치고 있었는데 그 빛
나는 다리는 마침 당찬 프리츠 하사관의 가슴께에 위치
했고 프리츠의 눈빛은 불타올랐으며 완전히 흥분하여 빨
간 반점이 온몸에 피어 있었다. 그는 꽉 채운 잔을 그녀
에게 들이밀며 건배를 하고 말을 편하게 놓자고 할 기회
를 엿보고 있었으나 셀마는 그의 잔을 자기 잔으로 밀면
서 웃음을 터뜨렸고 때때로 자기 무릎에 얹힌 프리츠의
털북숭이 손을 다리를 흔들어 떨어냈다.

셀마의 맞은편 옆, 안드레이가 앉았던 의자는 그냥 비
어 있었지만, 도널드를 위해 준비해 둔 의자는 우울하게
비어 있었다. 안드레이는 도널드가 없어서 아쉬웠다. 하
지만! 우리는 견딜 것이며 이 또한 지나갈지니! 우리는
더한 일도 겪었었고…… 그의 사고 회로는 살짝 엉켰으
나 그래도 대체로 비극성이 조금 가미된 용감한 기분 상
태였다. 그는 자기 자리로 돌아가 잔을 들고 소리쳤다.

"건배사를 하겠어!"

아무도 그를 신경 쓰지 않았다. 오토가 등에 물린
말같이 고개를 쳐들고 나서 이렇게 외쳤을 뿐이었다. "그
래! 오, 그래!"

"내가 여기에 왜 왔느냐면, 믿었기 때문이네!" 킥킥대는 이쟈에게 굽은 손가락을 코밑에서 치울 틈도 주지 않고 유라 삼촌이 저음의 목소리를 쩌렁쩌렁 울리며 말했다. "왜 믿었느냐면, 더 이상 믿을 게 없었기 때문이지. 그런데 러시아인은 무언가는 믿어야 한단 말일세. 이 말 이해했나, 형제? 아무것도 믿지 않으면, 보드카만 남는단 말일세. 여자를 사랑하려고 해도 믿어야 해. 자기 자신을 믿어야지. 믿음이 없으면, 제대로 넣지도 못한다고……"

"그렇죠, 맞아요!" 이쟈가 화답했다. "유대인에게서 신에 대한 믿음을 지운다면, 그리고 러시아인에게서 선한 차르에 대한 믿음을 지운다면 무슨 짓을 할 수 있게 될지 누가 알겠어요……"

"아니…… 잠깐! 유대인은, 그 문제는 특수한 거고……"

"중요한 건, 오토, 긴장하지 않기예요." 그때 겐시가 만족스러운 표정으로 양배추를 와삭와삭 씹으며 말했다. "어쨌든, 그 어떠한 교육도 없고, 있을 수도 없어요. 생각해 봐요. 모두가 끊임없이 직업을 바꾸는데, **도시**에 뭣하러 직업교육이 필요하겠어요?"

"오, 맞아요!" 오토가 잠시 정신을 차리고는 대답했다. "제가 똑같은 얘기를 장관님한테 했어요."

　　　　　　　　　　　청소부

"장관은 뭐래요?" 겐시가 독한 술이 담긴 잔을 잡고는 차를 마시듯 몇 모금 홀짝였다.

"장관님은 대단히 흥미로운 생각이라며 더 발전시켜 가져오라고 했어요." 오토는 코를 벌렁거렸고 그의 눈이 눈물로 촉촉이 젖었다. "그런데 전 그 일을 제쳐 두고 엘자에게 갔죠……"

"……전차가 2미터 앞으로 다가온 찰나," 프리츠가 셀마의 흰 다리에 독한 술을 부으며 웅웅거렸다. "전부 떠오르더군요……! 아가씨, 당신은 아마 믿지 못할 거예요. 살아온 날들이 눈앞을 스쳐 지나갔지만…… 전 군인이지요! 총통의 이름으로 싸우는!"

"당신네 총통은 한참 전에 죽었다니까요!" 셀마가 웃느라 눈물을 흘리며 프리츠를 밀쳤다. "화형 시켰다고요, 당신네 총통을……!"

"아가씨!" 프리츠가 위협적으로 턱을 내밀었다. "진정한 독일인의 가슴속에는 총통이 살아 있습니다! 총통은 평생 살아 있을 겁니다! 당신은 아리아인 아닙니까. 그러니 이해하시겠죠. 러시아 전차가…… 3미터 앞으로 다가왔을 때…… 저는 총통의 이름으로……!"

"총통 타령은 이제 그만 좀 해!" 안드레이가 그에게 고함쳤다. "얘들아! 아니 이 개자식들아, 건배사 좀 들으라고!"

"건배사?" 유라 삼촌이 번뜩 깨어났다. "그래! 어서 하게, 안드류하!"

"이 자리에 있는 모두를 위하여!" 돌연 오토가 겐시를 밀치며 소리쳤다.

"넌 닥쳐!" 안드레이가 불만스럽게 말했다. "이쟈, 그만 좀 히죽거려! 난 진지하다고! 겐시, 제기랄······! 얘들아, 내 생각에 우리는 마셔야 할 것 같아······ 이미 마시긴 했는데, 그러니까 얼렁뚱땅 마셨는데, 진지하고 근본적으로 우리의 **실험**을 위하여, 우리가 하는 옳은 일을 위하여 마셔야 해. 그리고 특히······"

"우리가 이룩한 모든 승리에 영감을 준 스탈린 동지를 위하여!" 이쟈가 소리쳤다.

안드레이는 하려던 말을 완전히 잊었다.

"아니야······ 아니라고······" 안드레이가 웅얼댔다. "넌 왜 끼어들고 그래? 아니, 물론 스탈린을 위해야겠지만······ 젠장, 완전히 까먹었잖아······ 나는, 그러니까, 우정을 위하여 마시자고 할 생각이었다고. 이 머저리야!"

"괜찮아. 괜찮네, 안드류하!" 유라 삼촌이 말했다. "좋은 건배사야. **실험**을 위해서도 마셔야 하고 우정을 위해서도 마셔야지. 젊은이들, 잔을 들게, 우정을 위하여 마시고 모두 잘되기를."

"난 스탈린을 위하여 마시겠어!" 셀마가 허리를 꼿꼿

이 세웠다. "마오쩌둥을 위해서도. 이봐, 마오쩌둥, 듣고 있어? 내가 널 위하여 마신다고!" 셀마가 왕에게 소리쳤다.

왕은 몸을 부르르 떨고는 애처롭게 웃었고 잔을 들어 입술만 축였다.

"쩌둥?" 프리츠가 위협적인 목소리로 물었다. "그건 또 누구지?"

안드레이는 단숨에 잔을 비우고 귀가 약간 먹먹해져서는 서둘러 포크로 안줏거리를 찍었다. 모든 대화가 마치 다른 방에서 들려오는 듯했다. 스탈린이라…… 그래, 물론이다. 어떤 연결 고리가 있는 건 분명하다…… 전에는 왜 그 생각을 못 했을까! 우주적 규모의 현상들이다. 연결 고리가, 상호 연계성이 분명히 있을 텐데…… 말하자면, 이렇게 문제를 설정해 보자. 가령, **실험**의 성공과 스탈린 동지의 건강을 놓고 양자택일한다면…… 물론 카츠만은 스탈린이 죽었다고 하겠지만, 그게 핵심은 아니다. 스탈린이 살아 있다고 가정해 보자. 그리고 내 앞에 선택지가, **실험**과 스탈린의 과업이라는 선택지가 있다고 해 보자…… 아니, 쓸모없는 생각이다. 이런 문제 설정은 맞지 않는다. 스탈린의 과업을 스탈린의 체제하에서 이어 갈 것인가, 혹은 스탈린의 과업을 전혀 다른, 비일상적인 조건에서, 그 어떠한 이론도 예견하지 못한 조건에서 이어 갈 것인가. 문제를 이렇게 설정해야 맞을 것이다……

"그런데 **인도자**들이 스탈린의 과업을 이어 간다고는 어떻게 생각하게 된 거야?" 갑자기 이쟈의 목소리가 그에게 닿자 안드레이는 자신이 생각을 소리 내어 말하고 있었음을 깨달았다.

"그게 아니면 달리 무슨 과업이 있겠어?" 그가 놀랐다. "**지구**상에 과업은 단 하나잖아. 공산주의 건설! 그게 곧 스탈린의 과업이었고."

"기초 과목 낙제점을 드립니다." 이쟈가 말했다. "스탈린의 과업은 한 나라에 공산주의를 건설하는 거였고, 이는 곧 제국주의와의 투쟁과 사회주의 진영의 전 세계적 확대였거든. 네가 이런 과업들을 이곳에서 실현할 방법은 없을 것 같은데."

"지-루해라!" 셀마가 신음하듯 내뱉었다. "음악 좀 틀어 줘요! 춤을 춰야겠어!"

하지만 안드레이는 이미 아무것도 보지 못하고 듣지 못하는 상태가 됐다.

"넌 도그마 신봉자야!" 안드레이가 꽥 소리쳤다. "탈무드를 신봉하고 성경은 겉핥기밖에 못 하는 인간이지! 그리고 뭣보다도, 넌 형이상학자야. 넌 형태 말고는 아무것도 보지 못해. **실험**이 무슨 형태인들 적용해 보지 않았겠느냐고! 그래도 그 내용은 단 하나여야 하고 최종 결과도 오직 하나여야 해. 노동하는 농부들과 연합하여 프롤레타리아의 독재 체제를 정립하는 것……"

"노동하는 지식인이랑도 연합해야지!" 이쟈가 덧붙였다.

"지식인이라니 그게 무슨 말이야…… 지식인은 무슨 빌어먹을 지식인이냐고……!"

"그래, 맞아. 다른 시대 얘기지." 이쟈가 말했다.

"지식인은 무능해! 노예 계층이야. 권력자에게 봉사하는 노예." 안드레이가 날카롭게 말했다.

"나약한 놈들의 무리지! 나약한 놈들과 수다쟁이들은 기강 해이와 조직 와해의 고질적 원인이고!" 프리츠가 소리쳤다.

"바로 그거야!" 안드레이는 자기 말을 지지해 주는 이가 유라 삼촌이었다면 더 좋아했겠지만, 프리츠가 편들어 줘서 좋은 점도 있었다. "그래, 가이거를 봐. 가이거는 어쨌든 우리 계급의 적이지만 입장만큼은 완벽하게 일치하지. 그러니까, 모든 계급에게 있어 지식인은 똥이야." 안드레이가 이를 악물었다. "난 그놈들이 싫어…… 힘없는 안경잡이들, 수다쟁이들, 그리고 무위도식하는 자들을 더는 참아 줄 수가 없어. 그놈들한텐 정신력도 없고 믿음도 없고 도덕성도 없고……"

"'교양'이라는 말을 들으면 난 권총을 들겠어!" 프리츠가 쇳덩이 같은 목소리로 선언했다.

"어라, 그건 아니지!" 안드레이가 말했다. "여기서는 우리의 의견이 갈리는구나. 그런 생각은 관둬! 교양은 해방된 민족의 위대한 유산이라고. 여기서는 변증법적으로……"

근처 어디에선가 축음기가 울렸고 술에 취한 오토는 비틀거리며 술에 취한 셀마와 춤을 추었으나 안드레이는 신경 쓰이지 않았다. 가장 훌륭하고 또 그가 세상에서 이 모임을 가장 좋아하는 이유이기도 한, 논쟁이 시작됐기 때문이다.

"교양 얘기는 집어치워!" 이쟈가 빈 의자에서 다른 빈 의자로 뜀뛰기를 해 안드레이에게 가까이 다가가며 빽 소리쳤다. "그건 우리 **실험**과 아무런 관련이 없어. **실험**의 과제가 무엇인가? 이게 문제지! 네가 한번 얘기해 봐."

"난 이미 얘기했어. 공산주의 사회 모델 구축하기!"

"**인도자**들한테 공산주의 사회 모델이 대체 뭣 하러 필요하겠는지 생각 좀 해 봐, 이 아둔한 대가리야!"

"왜 필요가 없는데? 왜?"

"내 생각은 이러네." 유라 삼촌이 말했다. "**인도자**들은 진짜 인간이 아니야. 그들은, 뭐랄까, 다른 종족이라고나 할까…… 그들이 우리를 수족관에…… 아니면 동물원 같은 곳에 넣어 놓고는…… 어떻게 되는지 보고 있지."

"스스로 생각하신 건가요, 유리 콘스탄티노비치?" 이쟈가 지대한 관심을 내비치며 고개를 돌렸다.

유라 삼촌은 오른쪽 광대뼈를 만지작거리며 애매하게 대답했다.

"논쟁 중에 도출됐지."

이쟈는 주먹으로 식탁을 내려치기까지 했다.

"충격적인걸요!" 그가 열의에 차 말했다. "어쩌다가? 어떻게 해서요? 아주 다양한 사람들에게서, 그것도 대체로 꽤나 순응적으로 사고하는 사람들에게서 어쩌다 **인도자**들이 인간이 아니라는 생각이 나왔을까요? 그러니까 **실험**이 일종의 높은 곳에 임하는 힘들에 의해 이뤄지고 있다는 생각 말이에요."

"난 대놓고 물어본 적도 있어." 겐시가 끼어들었다. "당신들 외계인이에요? 라고. 직접적인 대답은 하지 않았으나 사실상 부정한 것도 아니지."

"내가 들은 얘기로는 규격이 다른 인간이라던데." 안드레이가 말했다. **인도자**가 화제가 되니 타인과 가족 얘기를 하는 양 마음이 불편해졌다. "근데 내가 정확히 이해했는지는 모르겠어…… 비유였을 수도 있고……"

"하지만 나는 그러고 싶지 않아!" 불쑥 프리츠가 선언했다. "나는 벌레가 아니야. 나는 나라고. 아아!" 그는 팔을 흔들었다. "내가 포로가 아니었어도 이곳으로 왔을까?"

"정말 왜일까?" 이쟈가 말했다. "어째서일까? 나도 언제나 내적 갈등 비슷한 걸 하고 나 스스로도 여기서 대체 무슨 일이 일어나는지 모르겠어. 어쩌면 그들의 목표는 결국 우리의 목표와 비슷할지도 몰라……"

"내 말이 바로 그거야!" 안드레이가 기뻐했다.

"아니, 그 말이 아니야." 이쟈가 천천히 손을 휘저었다. "네 말처럼 다 그렇게 단순하지는 않아. 그들은 인류를 파악하려는 거야. 알겠어? 파악하려 한다고! 그런데 우리가 당면한 제일 큰 문제가 뭔가 하면, 역시 같아. 인류를, 우리 자신을 파악하는 것. 어쩌면 그들은 직접 우리를 파악하면서, 우리가 우리 자신을 파악하는 걸 도울 수도 있으려나?"

"아, 아니야, 친구들!" 겐시가 고개를 휘저으며 말했다. "아, 현혹돼서는 안 돼. 그들은 **지구** 식민지화를 준비하는 중이고 우리를 통해 미래 노예들의 심리를 연구하는 거야……"

"겐시, 어째서 그런 생각을 해?" 안드레이가 절망적으로 말했다. "어째서 그런 무서운 가정을 하는 거야? 내

청소부

생각엔, 그들에 대해 생각하는 것 자체가 부정한 일이 야……"

"그래, 내가 정말로 그렇게 생각하는 건 아니야." 겐 시가 답했다. "다만 왠지 이상한 기분이 들거든…… 원 숭이들이라든가, 물의 변질이라든가, 매일매일 벌어지는 일상적인 소란이라든가 하는 모든 것이…… 어느 화창 한 아침에는 우리의 언어를 뒤섞어 버릴지도 몰라…… 그들은 체계적으로 우리를 어떤 가혹한 세계로, 우리가 앞으로 언제나 영원히 살아야 할 세계로 밀어 넣고 있는 것만 같아. 오키나와처럼…… 어렸을 때였고 전쟁이 일 어났고 우리 오키나와 학교에서는 방언으로 말하는 게 금지되었지. 오로지 표준 일본어로만 말하게 했어. 그러 다 언젠가 한 소년이 방언을 쓰다 걸렸는데, 목에 '나는 제대로 말하는 법을 모릅니다'라고 쓰인 팻말을 걸고 있 게 했어. 그래서 그 애는 팻말을 걸고 다녔고."

"그래, 이해해……" 이쟈가 미소를 띤 채 목에 난 사 마귀를 당기고 잡아 뜯으며 말했다.

"난 이해할 수 없어!" 안드레이가 선언했다. "전부 곡 해하는 것 같아…… **실험**은 **실험**이라고. 물론, 우리는 아무것도 이해하지 못해. 하지만 우리가 이해해서는 안 되잖아! 그게 기본 조건이라고! 왜 원숭이들이 왔는지, 왜 직업을 바꿔야 하는지, 그걸 우리가 이해하는 날에는…… 그 이해가 우리의 행동을 결정할 테고 **실험**은 그 순수성을 잃고 망할 거야. 자명한 일이잖아! 넌 어떻게 생각해, 프리츠?"

프리츠는 밝은 금발을 흔들었다.

"모르겠어. 난 그 문제에는 관심이 없어서. 저기서 그들이 뭘 원하는지에는 관심 없어. 내가 뭘 원하는지에 관심이 있지. 그리고 나는 이 난장판에 질서를 세우고 싶어. 너희 중 누군가, 누구였는지는 기억이 안 나는데, **실험**의 모든 과제가 가장 에너지 넘치고 가장 일을 열심히 하고 가장 단단한 사람들을 걸러 내는 일이라고 말했었지…… 입만 나불대지 않고, 밀가루 반죽처럼 늘어져 있지 않고, 철학을 하지 않는, 믿음이 확고한…… 그런 사람들을 걸러 내는 일이라고. 나 같은 사람, 혹은 안드레이 너 같은 사람들 말이지. 그리고 그렇게 걸러 낸 자들은 **지구**로 다시 던져 버릴 거야. 이곳에서 흔들리지 않았다면 저곳에서도 흔들리지 않을 테니까……"

"아주 그럴싸한데!" 안드레이가 곰곰이 곱씹으며 말했다. "꽤 그럴듯하다."

"하지만 도널드는," 왕이 조용히 입을 열었다. "**실험**이 이미 진작 실패했다던데."

모두들 그를 쳐다봤다. 왕은 아까의 그 평온한 자세로, 머리를 어깨에 대고 얼굴은 천장을 향한 자세로 눈을 감고 앉아 있었다.

"**인도자**들이 오래전에 자기 의도에 엉겼고 할 수 있는 건 전부 다시 시도해 보았으나 이제는 스스로도 뭘 하고 있는 건지 모른다고 했어. 도널드는 이렇게 말했어. 완전한 실패라고. 지금은 그저 관성으로 굴러가는 거라고."

안드레이는 아연해져서는 손을 목뒤로 가져가 긁어 댔다. 도널드가 그런 말을 했다고! 어쩐지 넋이 나가서 다니더니…… 다른 사람들도 말이 없었다. 유라 삼촌은 천천히 궐련을 또 한 개비 말았고 이쟈는 미소를 굳힌 채 사마귀를 꼬집고 잡아당겼고 겐시는 다시 양배추를 와삭 거리며 먹기 시작했고 프리츠는 턱뼈를 앞으로 뺐다가 제자리로 돌렸다가 하면서 왕을 뚫어져라 응시했다. 안 드레이의 머릿속에 분열은 이렇게 시작된다는 생각이 스 쳤다. 이런 대화에서 시작되는 거다. 불이해는 불신을 낳 는다. 불신은 죽음을 낳고. 아주, 아주 위험한 상황이다. **인도자**가 분명히 말했다. 가장 중요한 일은 이상을 뒤돌 아보지 않고 마지막까지 믿는 거라고. 불이해가 **실험**의 불변 조건임을 인정하는 거라고. 물론, 그게 가장 어렵다 고 했다. 이곳에 있는 사람 대다수는 진정으로 단련된 이 상을 품고 있지 않으며 빛나는 미래가 반드시 오고야 말 리라는 진정한 확신이 없다고도 했다. 그들은 오늘 힘들 고 어렵고 내일도 그럴지라도, 그다음 날은 반드시 별빛

찬란한 하늘을 보리라는 것을, 우리의 거리에서 축제가 열리리라는 것을 믿지 못한다고 했다……

"난, 못 배운 사람이네." 열심히 혀로 침을 묻혀 담배를 붙이던 유라 삼촌이 불쑥 말을 꺼냈다. "궁금하지 않을 수도 있겠지만, 나는 4학년까지 마쳤고, 저기 이쟈한테도 말했지만, 솔직히 여기로 그냥 도망쳐 온 걸세…… 자네처럼……" 그가 담배로 프리츠를 가리켰다. "자네는 포로였기에 길이 열린 거고 나는, 그러니까 집단농장에서 길이 열린 셈이지. 나는, 전쟁 때를 제외하면 평생 시골에서 살았고 평생 빛을 못 보고 살았네. 그런데 여기서는 본 거야! 그들이 **실험**이니 뭐니 무슨 대단한 생각을 하든 말든, 형제들, 솔직히 내가 이해할 수 있는 일도 아니고 그렇게 궁금하지도 않네."

"그런데 나는 이곳에 자유로운 인간으로서 존재하고 이 자유를 건드리지 않는 한은 나 역시 아무도 건드리지 않을 걸세. 그런데 농부들의 생활환경을 바꾸려는 자가 생기면, 이것 하나는 분명히 약속할 수 있네. 우리는 너희 도시를 돌 하나도 돌 위에 남지 않도록 다 무너뜨릴 거라고.♦ 우리는 너희에게, 이런 제기랄, 원숭이 같은 존재가 아니라고. 우리는 너희가, 이런 제기랄, 우리한테 목줄을 채우게 두지 않을 거라고……! 그래. 바로 이런 얘기를 하고 싶었네, 형제들." 그가 프리츠를 노골적으로 바라보며 말했다.

이쟈는 부산스럽게 킥킥댔고 또다시 불편한 침묵이 내려앉았다. 안드레이는 유라 삼촌의 말에 조금도 놀라지 않았으며 유리 콘스탄티노비치의 삶이 아주 고됐구나 짐작했다. 그가 빛을 못 봤다고 말할 정도면 그에게 특별한 일이 있었으리라고, 그걸 캐묻는 건, 그것도 지금 캐묻는 건 멍청한 짓이라고 생각했다. 그래서 안드레이는 그저 이렇게 말했다.

"우리가 그런 문제들을 너무 이르게 제기하고 있는 것 같네요. **실험**은 그렇게 오래 걸리지 않을 거고 그동안 할 일이 아주 많으니 우리는 일을 하며 정의를 믿고 있어야겠지요……"

"**실험**이 오래 걸리지 않으리란 얘긴 어디서 들었어?" 이쟈가 비웃으며 끼어들었다. "**실험**은 100년은 지속될 거야. 최소한이 그래. 아마 훨씬 더 오래 진행되겠지만, 일단 100년은 내가 장담하지."

"네가 그걸 어떻게 아는데?"

"북부로 멀리 나가 본 적은 있어?" 이쟈가 물었다. 안드레이는 혼란스러웠다. 여기서 왜 북부 얘기가 나오는

◆ 『마태오 복음』 24장 2절, 『마르코 복음』 13장 2절, 『루가 복음』 21장 6절.

지 전혀 이해할 수 없었다.

"북부 말이야!" 이쟈가 채근했다. "태양 쪽, 습지대와 들판이 있고 농부들이 있는 곳을 남쪽이라고 해 보자고. 그럼 반대편, **도시** 깊숙이 들어가는 구석은 북쪽이겠지. 너 쓰레기장 밖으로는 전혀 나가 보지 않았구나…… 그 밖으로도 계속 도시에 도시가 이어지는데. 거대한 지역이랑 멀쩡한 궁들이랑……" 그가 킥킥 웃었다. "궁이랑 농가랑. 물론 지금 거기엔 아무도 없어. 물이 없거든. 그런데 한때는 사람들이 살았고 그 '한때'가 말이지, 상당히 오래전이야. 내가 거기에 있는 빈집들에서 그런 내용을 기록한 문서들을 찾았는데, 세상에 놀라워라! 벨리아리야 2세란 왕 들어 봤어? 그래, 네 생각대로야! 그곳을 다스렸던 사람이더라고. 그런데 그가 그곳을 다스렸던 시대에 이곳은," 그가 손톱으로 식탁을 톡톡 쳤다. "습지대였고, 이쪽으로 농노들을 보냈었다는군…… 아니면 노예나. 그게 최소한 100년 전 이야기야……"

유라 삼촌은 머리를 까닥거리더니 혀를 쯧쯧 찼다. 프리츠가 물었다.

"더 북부로 가면 뭐가 있지?"

"더 멀리는 안 가 봤어." 이쟈가 말했다. "하지만 나는 아주 멀리 다녀온 사람들을 알고 있지. 100 내지 150킬로미터 이상 갔을 거고. 또 많은 사람들이 가서 돌아오지 않았어."

"거기는 뭐가 있는데?"

"**도시**." 이쟈가 잠시 입을 다물었다. "정말이지 그곳에 대해 지어낸 이야기를 참 많이들 늘어놓지. 그래서 나는 직접 확인한 기간만 말하는 거야. 이곳이 시작된 지 100년은 확실히 넘었어. 내 친구 안드류샤, 이해했니? 100년이야. 어떤 실험이든 100년은 우습다고."

"아니 그래, 잠깐만······" 안드레이가 혼란스러워하며 웅얼거렸다. "하지만 포기하지 않았잖아!" 그가 기운을 차렸다. "새로운 사람들을 계속 데려오고 또 데려온다는 말은 집어치우지 않았다는, 절망하지 않았다는 뜻이잖아! 설정한 과제가 너무 어려웠던 것뿐이야." 그는 새로운 생각을 머릿속에 떠올리고는 더더욱 생기를 띠었다. "그리고 봐. 그들의 시간 단위가 어떤지 네가 어떻게 알아? 어쩌면 우리의 1년이 그들에게는 1초일 수도 있잖아······?"

"그런 건 전혀 모르겠네." 이쟈가 어깨를 으쓱했다. "나는 네가 살고 있는 세계를 설명하려 노력할 뿐, 그뿐이야."

"그만!" 유라 삼촌이 단호히 그의 말을 끊었다. "의미 없는 말장난은 그만하세······! 이봐, 청년! 이름이 어떻게 되더라····· 오토! 여자는 두고 우리한테····· 아니다, 완전히 취했군. 병을 깨게 생겼으니 직접 가지……"

유라 삼촌은 높은 식당 의자에서 내려가 식탁 위의 텅 빈 주전자를 들고 부엌으로 향했다. 셀마는 다시 자기 자리에 풀썩 앉더니 또다시 다리를 머리 위로 쳐들고 장난스럽게 안드레이의 어깨를 툭툭 쳤다.

"계속 그 의미 없는 얘기나 질질 끌 거야? 엄청 지루해졌잖아…… 실험 얘기에 또 실험 얘기나 하고…… 담배나 줘!"

안드레이는 그녀에게 담뱃불을 붙여 주었다. 예기치 않게 끊긴 대화가 그에게 어떤 불쾌한 앙금을 남겨 기분이 이상했다. 뭔가가 끝까지 말해지지 않았고 뭔가가 잘 이해되지도 않았으며 그에게 설명할 기회도 주어지지 않았고 의견이 통일되지도 않았다…… 게다가 겐시가 이렇게나 우울하게 앉아 있는 것은 드문 일이었다…… 우리는 스스로에 대해 지나치게 많이 생각한다. 그게 문제다! **실험**은 **실험**으로 봐야 하는데, 모두가 자기 생각만 관철시키려 하고, 자기 입장만 고수하고. 하지만 단결해야 한단 말이다. 단결해야……!

그때 유라 삼촌이 식탁에 새로 가져온 술을 쿵 내려놓았고 안드레이는 그 모든 생각들을 머릿속에서 몰아냈다. 그들은 한 잔씩 마셨고 안주를 집어 먹었고 이쟈는 우스운 이야기를 했고 모두들 큰 소리로 웃어 댔다. 유라

　　　　　　　　　　　　청소부

삼촌도 우스운 이야기를 하나 했는데, 끔찍할 정도로 저속했지만 아주 웃겼다. 왕조차 웃었고 셀마는 웃다가 힘이 빠져 버렸다. "요구르트 단지에……" 그녀는 손바닥으로 눈물을 닦으며 흐느꼈다. "요구르트 단지에 그게 안들어간대……!" 안드레이는 주먹으로 식탁을 내려치고는 엄마가 즐겨 부르던 노래를 부르기 시작했다.

> 마시는 이에게 술을 따라 주어라
> 안 마시는 이에겐 술을 주지 마라
> 신들이 만족할 때까지 술을 마시자
> 우리를 위하여, 당신들을 위하여, 늙은 유모를 위하여
> 유모는 센 술은 조금씩 마시는 거라 했다네♦

노래를 아는 사람들도 합세해 같이 불렀고, 그 뒤에는 프리츠가 광기 어린 눈을 커다랗게 뜨고서 오토와 함께 처음 듣지만 훌륭한 노래를 고래고래 불러 댔다. 낡아 버린 옛 세상의 흔들리는 뼈대에 대한, 웅장한 군가였다. 안드레이가 감격해 따라 부르려는 것을 보고 이쟈는 손바닥을 비비며 킥킥대면서 꼴깍꼴깍 침 넘기는 소리를 냈고 유라 삼촌은 갑자기 자신의 음흉한 밝은색 눈을 노

♦ 우크라이나 민요.

155

골적으로 셀마의 맨넓적다리에 고정한 채 곰 같은 목소
리로 울부짖기 시작했다.

> 시골길을 걷는구려
> 장난치며 노래하며
> 내 심장을 흔드는구려
> 잠을 잘 수 없게 만드는구려……!

청중의 반응은 열광적이었고 유라 삼촌은 마저 불렀
다.

> 여인들이여, 스스로도 알지 않소
> 그대들이 얼마나 매력적인지
> 언약을 하고 지키지 않고
> 전부 거짓으로 말하다니……

그러자 셀마가 팔걸이에 얹었던 다리를 내리고 프리
츠를 밀치더니 화를 냈다.

"난 당신한테 아무런 언약도 한 적 없고요, 당신이 내
게 필요하다는 말도 한 적 없……"

"그래, 나라고 뭐……" 유라 삼촌은 굉장히 무안해했
다. "그냥 노래가 그런 걸세. 셀마, 당신도 나한테 그렇게

필요한 건 아니라고……"

사고를 무마하기 위해 그들은 다시 한 잔씩 마셨다. 안드레이는 머리가 핑핑 돌았다. 그는 흐릿한 정신으로 자신이 축음기를 들고 가고 있으며 지금 떨어뜨리는 중이라는 것을 인식했다. 축음기는 정말로 바닥에 떨어졌으나 아무런 타격도 받지 않은 듯 오히려 더 크게 울리기 시작했다. 조금 뒤 그는 셀마와 춤을 추고 있었는데 셀마의 허리는 따뜻하고 말랑거렸으며 가슴은 의외로 단단하고 컸다. 굉장히 기분이 좋아지는 깜짝 선물을 받은 것만 같았다. 그 이상하고 꼬불거리는 털 스웨터의 주름 아래에 훌륭하게 형태가 잡힌 무언가가 있었다는 것을 알게 되다니. 그들은 춤을 췄고 그는 그녀의 허리를 잡았고 그녀는 손바닥으로 그의 뺨을 감싸고는 이렇게 말했다. 당신은 아주 훌륭한 청년이고 아주 마음에 든다고. 그는 감사의 표시로 그녀에게 사랑한다고, 언제나 사랑했다고 이제 그녀를 어디로도 보내지 않겠다고 했다…… 유라 삼촌은 주먹으로 식탁을 세게 내려치더니 선언했다. "어쩐지 추워졌는데 우리가 잘 시간이 아닌가……" 그는 이제 완전히 고개를 숙인 왕을 껴안고는 러시아식으로 세 번 뺨에 진한 키스를 퍼부었다. 조금 뒤 안드레이는 방 중앙에 있었고 셀마는 다시 식탁에 앉아 완전히 힘이 빠진 왕에게 빵 부스러기를 던져 대며 마오쩌둥이라 놀리고 있었다. 그 장면을 본 안드레이는 〈모스크바-베이징〉*을 불러야겠다는 생각을 했고, 즉시 그 멋진 노래를 평소보다 열정적으로 부르기 시작했는데 그 후에 갑자기 그들이 이쨔 카츠만과 대치해 서 있는 것을, 무섭게 눈을 굴리며 점점 목소리를 낮추고 낮추며, 집게손가락들을 내밀면서 악의 어린 속삭임을 반복하고 있는 것을 봤다. "그들은 우-리 소리를 듣는다……! 우리 소리를 듣는다……!" 잠시 후 그들과 이쨔는 왜인지 소파 하나에 다닥다닥 붙어 앉아 있었고 그들 앞 식탁에는 겐시가 발을 흔들며 앉아 있었다. 안드레이는 열띤 목소리로 겐시에게 이곳에서 자신은 무슨 일이든 할 각오가 되어 있다고, 이곳에서는 어떤 일을 해도 특별한 만족감을 느낀다고, 자신은 청소부로 일하면서 기분이 너무 좋다고 말하고 있었다……

"봐 봐. 나는 청-소부다!" 안드레이가 힘겹게 내뱉었다. "청-소, 청-소부!"

이쨔는 그의 귀에 침을 튀기며 뭔가 불쾌하고 모욕적인 이야기를 끊임없이 되풀이했다. 안드레이가, 그 자신이 사실은 스스로 청소부라는 데 배덕한 굴욕감을 느끼는 것뿐이라고("……그래, 나는 처-엉소부라고!"), 이렇게 똑똑하고 사리에 밝고 능력 있고 훨씬 더 큰일을 할 수 있을 자신이 어쨌든 끈기 있게, 존엄하게, 다른 사람들과 달리 자신의 무거운 십자가를 지고 있다는 착각에 빠져 있다고…… 조금 뒤 셀마가 나타나서는 안드레이를 위로했다. 그녀는 부드럽고 상냥했으며 그가 바라는 모든 것을 해 줬고 그를 거부하지도 않았다. 그때 그의 감각이 달콤하고 공허하게 침전하기 시작했고 바닥에서 솟아올랐을 때 그의 입술은 퉁퉁 붓고 말라 있었으며 셀마는 이미 그의 침대에서 잠들어 있었다. 그는 다정하게 그녀의 치마를 바로잡아 준 다음 이불을 덮어 줬고 자기 옷매무새를 가다듬고 당당하게 걸으려 노력하면서 식당으로 돌아가다가 목뒤에 총을 맞아 죽은 것같이 지독히도 불편한 자세로 의자에 앉아 자고 있던 불운한 오토의 쭉 뻗은 다리에 걸려 넘어졌다.

식탁에는 이미 약 3리터들이 술이 유리병째 올라와 있었고 즐거운 참가자들 모두 산발이 된 머리를 괴고 앉아 사이좋게 작은 목소리로 노래를 부르고 있었다. "저기 아득한 초원에서 역마차 마부가 얼어 죽었지……"♦♦ 프리츠의 창백한 아리아인적인 눈동자에서 굵은 눈물방울이 떨어졌다. 안드레이가 노래에 합세하려는 순간 문 두드리는 소리가 울렸다. 그가 문을 열자 머리를 스카프

♦ 소비에트 시절, 소련과 중국의 관계가 친밀했을 때 작곡되었다.

♦♦ 러시아 민요.

로 감싸고 치마를 입고 맨발에 신발을 신은 여자가 관리인이 이곳에 있느냐고 물었다. 안드레이는 왕을 흔들고는 그가 지금 어디에 있으며 그를 찾는 사람이 있다는 것을 설명해 주었다. "고마워, 안드레이." 왕이 안드레이의 말을 귀 기울여 듣고 나서 말했다. 그러고는 느릿느릿 뒤창을 끌며 멀어졌다. 남은 사람들은 '마부' 노래를 마저 불렀고 유라 삼촌은 "집이 우울하면 안 되니" 또 마시자고 말했으나 곧 프리츠가 잠들어 잔을 맞부딪칠 상대가 없다는 것을 알게 됐다. "끝났군." 유라 삼촌이 말했다. "그러니까, 마지막 잔이군……" 그러나 그들이 마지막 잔을 마시기 전, 갑자기 진지해진 이쟈 카츠만이 난데없이 독창을 시작했는데 안드레이는 그게 무슨 노래인지 전혀 알지 못했으나 유라 삼촌은 완벽하게 알고 있는 듯했다. '아베 마리아!'라는 후렴구가 있는, 마치 다른 행성에서 온 듯 가사가 기이한 노래였다.

> 예언자를 추방했네, 코미 공화국으로
> 그는 서둘러 대가리를 명아주에 박았지
> 그 음울한 수사관은 지방위원회에서
> 한 달 테베르다행 포상 여행을 받았다네◆

이쟈가 노래를 마치자 얼마간 고요해졌는데 조금 뒤

청소부

유라 삼촌이 돌연 무시무시한 소리를 내며 커다란 주먹으로 식탁 상판을 내려치더니 대단히 복잡한 욕설을 내뱉고 잔을 잡아 건배사도 없이 비워 버렸다. 겐시는 그 자신만이 이해할 수 있을 의식의 흐름에 의해 엄청난 불쾌감과 분노가 담긴 새된 목소리로 다른 노래를, 행진가가 틀림없는 노래를 불렀다. 모든 일본군이 중국 만리장성 옆에서 일제히 오줌을 싸면 고비사막 위로 무지개가 뜨리라는, 제국군이 오늘은 런던에 내일은 모스크바에 아침에는 시카고에서 차를 마시리라는, 야마토의 아들들은 갠지스강에 가 낚싯대로 악어를 낚는다는 내용의 가사였다…… 이내 그는 입을 다물었고 담배를 피우려다가 성냥 몇 개를 부러뜨리고 나서 뜬금없이 오키나와에서 친하게 지내던 한 소녀 얘기를 시작했다. 그 소녀는 열네 살이었고 맞은편 집에 살았다. 어느 날 술 취한 군인들이 그 아이를 강간했는데 아이의 아버지가 경찰서에 가서 호소하자 헌병들이 나타나서는 아버지와 딸을 끌고 갔고 그 이후로 겐시는 그들을 보지 못했다고 했다……

◆　소비에트 시기에 활동했던 시인이자 극작가, 음유시인인 알렉산드르 아르카디예비치 갈리치(1918~1977)의 노래 〈스탈린에 관하여〉 제6장의 일부이다. 한편 갈리치는 필명으로, 그는 오랫동안 소련의 주요 작가로 여겨졌으나 당국과 마찰이 생겨 소비에트작가연맹에서 제명되고 작품이 소련 내 판매 금지 처분을 당한 후 집필을 못 하게 된다.

모두 침묵했고 왕이 식당을 슬쩍 들여다보더니 겐시에게 눈짓을 해 불러냈다.

"세상살이가 그러네……" 유라 삼촌이 음울하게 말했다. "보라고. 유럽도, 우리 러시아도, 황인종이 사는 곳도, 어디든 다 똑같네. 권력은 공정하지 않고. 아니, 형제들, 난 거기서 아무것도 잃은 게 없네. 난 이곳이 더 좋아……"

겐시가 창백하고 불안한 표정으로 돌아와 혁대를 찾기 시작했다. 그의 제복 단추가 다 채워져 있었다.

"무슨 일 있어?" 안드레이가 물었다.

"응. 있어." 겐시가 총집 위치를 바로잡으며 날카롭게 대답했다. "도널드 쿠퍼가 총으로 자살했어. 약 한 시간 전에."

제 2 부

수사관

제1장

안드레이는 갑자기 극심한 두통을 느꼈다. 그는 짜증을 내며 꽉 찬 재떨이에 담배꽁초를 짓누르고는 책상 가운데 서랍을 열어 알약이 없나 들여다봤다. 알약은 없었다. 뒤죽박죽 섞인 오래된 종이 위에 군용 권총이 놓여 있었고 구석에는 온갖 자잘한 사무용품이 너덜너덜한 종이 상자에 담겨 있었으며 몽당연필과 담배꽁초, 부러진 담배가 나뒹굴고 있었다. 그것들을 보니 두통만 심해졌다. 안드레이는 서랍을 탁 닫고는 양 손바닥으로 눈을 덮어 머리를 괸 채 손가락 틈 사이로 피테르 블로크를 보기 시작했다.

피테르 블로크, 꼬리뼈로 불리는 이 남자는 약간 떨어

진 자리에 놓인 등받이 없는 의자에 앉아 불긋한 손을 뼈가 앙상한 무릎에 얌전히 올린 채 침착하게 눈을 깜빡였고 때때로 입술에 침을 묻혔다. 두통이 없는 것은 분명했으나, 목이 마른 듯했다. 담배도 피우고 싶은 것 같고. 안드레이는 겨우 얼굴에서 손을 떼고 목이 긴 물병에서 미지근한 물을 따른 다음 가벼운 경련을 억누르고 반 컵을 마셨다. 피테르 블로크가 혀로 입술을 축였다. 그의 잿빛 눈은 여전히 속을 알 수 없이 공허했다. 단추가 풀린 그의 셔츠 목깃 위로 튀어나온 조금 지저분하고 마른 목에서 커다랗고 두드러진 울대뼈가 아래로 내려갔다 다시 턱 아래까지 치솟았다.

"그래서요?" 안드레이가 말했다.

"모르겠습니다." 꼬리뼈가 갈라지는 목소리로 대답했다. "그런 건 조금도 기억나지 않습니다."

개자식. 안드레이가 생각했다. 짐승 새끼.

"어떻게 된 일인지 살펴볼까요?" 안드레이가 말했다. "양털골목에 위치한 건식료품점에서 작업을 하셨지요. 작업을 할 때, 누구랑 같이 했는지 기억하시지요. 좋습니다. 카페 드레퓌스에서도 작업했고 언제였고 누구랑 함께 있었는지도 기억하시지요. 그런데 호프슈타터의 상점은 어째서인지 잊으셨군요. 마지막으로 간 곳이었는데 말입니다, 블로크 씨."

"모르겠습니다, 수사관님." 꼬리뼈가 혐오감이 담긴 공손한 어조로 반박했다. "죄송하지만, 누군가 절 모함하는 겁니다. 저는, 저희는 카페 드레퓌스 이후로는 그 일에서 손을 뗐어요. 그러니까, 최종적인 교화와 유익한 취업의 길을 택했습니다. 그러니까, 그 이후로 그런 종류의 일은 더 하지 않았다는 겁니다."

"호프슈타터는 당신을 알아봤는데요."

"진짜 죄송합니다만, 수사관님." 이제 꼬리뼈의 목소리에는 분명하게 빈정거림이 묻어났다. "호프슈타터가 조금 이상하다는 걸 알 만한 사람은 다 알지 않습니까. 그러니까 그가 전부 혼동한 겁니다. 그의 가게에 몇 번 가긴 했습니다. 거기서 감자랑 파를 샀어요…… 죄송합니다만, 저는 그의 머리가 온전치 않다는 걸 진작 눈치챘습니다. 일이 이렇게 될 줄 알았다면, 그 가게에 안 갔을 텐데 결국 이렇게 되다니……"

"호프슈타터의 딸도 당신을 알아봤습니다. 당신이, 바로 당신이 직접 그녀를 칼로 위협했다더군요."

"그런 일 없었습니다. 무슨 일이 있기는 했습니다만, 말씀하신 건 사실과 전혀 다릅니다. 그 여자가 제 목에 칼을 들이댔어요. 그게 실제로 있었던 일입니다! 어느 날엔 저를 자기네 광에 가두려는데 겨우 빠져나왔다니까요. 성적으로 뭔가 문제가 있는 여자여서 그 여자만 보면 옆 동네 남자들도 구석으로 숨어 버려요……" 꼬리뼈가 또다시 혀로 입술을 축였다. "뭣보다도 제게 이렇게 말했어요. 광으로 들어가라고, 양배추를 직접 골라 가라고요……"

"이미 다 들은 이야기군요. 24일에서 25일로 넘어가는 밤에 무엇을 했고 어디 있었는지 다시 한번 말씀해 주시지요. 태양이 꺼진 시점부터 상세하게요."

꼬리뼈가 시선을 들어 천장을 봤다.

"봅시다." 그가 얘기를 시작했다. "태양이 꺼졌을 때 전 뜨개천길과 두번째길에 있는 술집에 앉아 카드놀이를 하는 중이었습니다. 그러다가 잭 리버가 다른 술집으로 가자길래 우리는 길을 나섰다가 도중에 잭네로 방향을 틀었어요. 그의 밝히는 부인도 데려가려고요. 그러다가 발이 묶여 그냥 잭의 집에서 마시게 됐습니다. 잭은 진탕 마셨고 그 밝히는 여자는 그를 침대에 눕히더니 저를 쫓아냈어요. 저는 잠을 자러 집으로 가는 도중에, 엄청 취한 상태였고 해서 웬 놈들과 얽히게 됐는데 말입니다. 그놈들은 세 명으로, 역시 취해 있었어요. 그중 제가 아는 사람은 아무도 없었고 생전 처음 보는 얼굴들이었습니다. 그놈들이 절 흠씬 두들겨 팼고 그 이후로는 기억이 없지요. 아침에야 바로 그 절벽가에서 정신을 차리고선 겨우 집에 돌아온 겁니다. 자려고 누웠는데 이렇게 연행되었고요……"

안드레이는 사건 기록지를 뒤지다 의사 소견서를 찾아냈다. 벌써 기름때가 살짝 묻어 있었다.

"선생님이 취한 상태였다고만 적혀 있군요." 안드레이가 말했다. "의사 소견서에는 당신이 구타당했다는 기록이 없습니다. 구타의 흔적 또한 발견되지 않았고요."

"그 말은 즉, 그놈들이 솜씨 좋게 때렸다는 말이군요." 꼬리뼈가 그럴 수 있다는 듯 말했다. "그놈들은 스타킹에 모래를 채워 넣어 두었습니다…… 아직도 갈비뼈 마디마디가 아프네요…… 그런데 절 병원에 입원시키지는 못할망정…… 이제 여기서 제가 죽으면 그 책임을 지게 되실 겁니다……"

"사흘 동안 멀쩡하다가 영장을 보자마자 아파지시다니요……"

"어떻게 멀쩡했겠습니까? 힘이 하나도 없을 정도로 아팠고 더 이상 참을 수 없게 되어 호소하기 시작한 겁니다."

"거짓말은 관두시지요, 블로크 씨. 듣고 있기 민망합니다……" 안드레이가 지친 어조로 말했다.

그는 이 비열한 인간 때문에 구역질이 났다. 강도, 폭력단을 말 그대로 현장에서 덮쳤거늘 어떻게 해도 잡아넣을 수가 없다니…… 내 경험이 부족해서 그렇다. 다른 수사관들은 이런 놈들을 두 번 만에 해치우던데…… 그러는 동안에도 꼬리뼈는 애절하게 한숨을 쉬고 애원하듯 얼굴을 뒤틀고 동공을 이마로 까뒤집었으며 약하게 신음하고 자리에서 들썩이는 꼴이 그럴싸하게 졸도하여 물 한 잔 받고 감방으로 자러 가려는 모양이었다. 안드레이는 손가락 사이로 그 구역질 나는 수작을 증오에 찬 눈길로 지켜보았다. 그래, 어디 한번 해 봐라, 해 봐. 안드레이가 생각했다. 바닥에 구토라도 했다가는, 네놈에게, 개 같은 네놈에게 기름종이 한 장을 주고 다 닦게 만들어 주겠다……

　문이 활짝 열리더니 상급 수사관 프리츠 가이거가 확신에 찬 발걸음으로 들어왔다. 그는 몸을 웅크린 꼬리뼈를 무심한 눈빛으로 한 번 훑고는 책상으로 다가가 문서 위에 걸터앉았다. 그는 물어보지도 않고 안드레이의 담뱃갑에서 몇 개비 빼더니 하나는 입에 물고 나머지는 자신의 얇은 은색 담뱃갑에 가지런히 넣었다. 안드레이가 성냥을 그었고 프리츠는 몸을 빼 불을 붙이고는 고맙다는 표시로 고개를 까닥한 다음 담배 연기를 천장으로 길게 내뿜었다.

　"부장이 너한테 '까만 노래기들' 사건을 넘겨받으라던데." 프리츠가 조용히 말했다. "물론, 네가 괜찮다면 말이야." 그는 목소리를 더 낮추더니 의미심장하게 입술을 오므렸다. "부장이 검찰총장한테 제대로 깨졌나 봐. 지금 모든 수사관들을 불러다가 한마디씩 하는 중이거든. 곧 네 차례가 올 거야……"

그는 한 모금 더 빨아들이고는 꼬리뼈를 쳐다봤다. 수사관들이 뭐라고 속닥거리나 엿들느라 목을 빼고 있던 꼬리뼈는 바로 몸을 웅크리며 애처로운 신음을 내기 시작했다. 프리츠가 물었다.

"저건 다 처리한 거지?"

안드레이는 고개를 저었다. 부끄러웠다. 지난 열흘새 프리츠가 사건을 넘겨받으러 온 일이 벌써 두 번째다.

"그래?" 프리츠가 깜짝 놀랐다. 그는 몇 초간 가늠하듯 꼬리뼈를 보더니 들릴 듯 말 듯 한 목소리로 물었다. "내가 좀 개입해도 되지?" 그러더니 대답도 듣지 않고 책상에서 가볍게 뛰어내렸다.

그는 피조사자에게 바짝 다가가 담배를 멀리 들고서 친절한 표정으로 몸을 굽혔다.

"여기저기 다 아프죠?" 프리츠가 온정적인 어조로 물었다.

꼬리뼈가 확인해 주듯 신음 소리를 냈다.

"물 마시고 싶죠?"

꼬리뼈가 또다시 신음하며 떨리는 손을 뻗었다.

"담배도 피우고 싶을 테고?"

꼬리뼈가 이상한 낌새를 알아채고 한쪽 눈을 살짝 떴다.

"여기저기 다 아프다는군! 불쌍해라." 프리츠가 안드레이에게 돌아보지 않고 말했다. "사람이 괴로워하는 모습은 참 보기 안쓰럽단 말이야. 여기가 아프다고 하고…… 여기도 아프다 하고…… 또 여기도 아프다 하고……"

프리츠는 같은 말을 다양한 높낮이로 반복하며 담배를 들지 않은 손으로 알 수 없는 동작을 잠깐 했다. 꼬리뼈가 애처로운 신음을 갑자기 멈추더니 깜짝 놀란 듯한 갈라지는 목소리로 헉헉거리기 시작했고 얼굴이 창백해졌다.

"일어나, 개새끼야!" 프리츠가 예기치 않은 고함을 버럭 지르고는 한 걸음 물러섰다.

꼬리뼈가 벌떡 일어서자마자 프리츠가 그의 배에 날카롭고 강한 일격을 가했다. 꼬리뼈의 몸이 반으로 접혔고 프리츠는 손바닥으로 바람 가르는 소리를 내며 그의 턱을 후려쳤다. 꼬리뼈는 뒤로 휘청하며 의자를 쓰러뜨리고 그대로 엎어졌다.

"일어나!" 프리츠가 다시 고함쳤다.

꼬리뼈는 숨을 헐떡이고 흐느끼며 바닥에서 정신없이 허우적댔다. 프리츠가 그에게 한달음에 다가가서는 목깃을 잡고 단숨에 다리가 공중에 뜰 정도로 들어 올렸다. 꼬리뼈의 안색은 이제 완전히 창백해져 초록빛마저 돌았고 동공은 커다랗게 열려서 정신이 나간 것 같았으며 땀을 흠뻑 쏟고 있었다.

안드레이는 혐오감에 얼굴을 찌푸리고 눈길을 떨궜고 떨리는 손가락으로 담뱃갑을 뒤지며 담배를 잡으려 애썼다. 뭔가를 하긴 해야 했는데 뭘 해야 할지 알 수 없었다. 프리츠의 행동은 저급하고 비인도적이었으나 사법 기관을 뻔뻔하게 비웃고 있는 사회의 부스럼인 이 날강도, 이 건달 놈은 그보다 더 저급하고 더 비인도적인 짓을 했을 테다……

"이런 대접을 받아 불만스럽겠지?" 프리츠의 간사한 목소리가 들렸다. "아마 탄원할 생각도 있을 것 같군. 그러니 말해 주지. 내 이름은 프리드리히 가이거야. 상급 수사관 프리드리히 가이거……"

안드레이는 억지로 눈을 들었다. 꼬리뼈는 온몸이 뒤로 쏠려서 쭉 펴진 채 서 있었고 프리츠는 그에게 바짝 붙어 서서 몸을 굽히고 양손을 허리에 얹은 채 무섭게 위협하고 있었다.

"탄원할 테면 해 봐. 내가 지금 누구 밑에서 일하는지는 알 테고…… 내가 예전에는 누구 밑에서 일했는지 아나? SS 제국 지도자인 하인리히 힘러였어! 힘러라는 성

은 들어 봤나? 내가 어디서 일했는지는 아나? 게슈타포
라는 조직에서 일했지! 그리고 그 조직에서 내 별명이 뭐
였는 줄은 아나……?"

전화기가 울렸다. 안드레이가 수화기를 들었다.

"수사관 보로닌입니다." 그가 잇새로 말했다.

"마르티넬리입니다." 공허한 목소리가 숨을 헐떡이며
말했다. "내 방으로 오세요, 보로닌. 지금 당장."

안드레이가 수화기를 내려놓았다. 부장실에 가면 호
되게 꾸중 들으리라는 것을 알았지만, 지금 이 사무실에
서 나갈 수 있다는 사실이 기뻤다. 꼬리뼈의 정신 나간
눈빛과 프리츠의 난폭하게 움직이는 턱뼈와 이 고문실
의 숨 막히는 분위기로부터 멀리 벗어날 수 있어 기뻤다.
프리츠는 뭣 하러…… 게슈타포니 힘러니 얘기하는 걸
까……

"부장이 호출했어." 안드레이가 자신의 목소리가 아
닌 듯한, 왜인지 삐걱거리는 목소리로 말하며 자기도 모
르게 책상 서랍을 열어서 권총을 총집에 넣었다.

"행운을 빌어." 프리츠가 돌아보지 않고 말했다. "여
기엔 내가 있을 테니 걱정 말고."

안드레이는 문을 향해 빠르게 걸어가 얼른 복도로 나
갔다. 어둑한 아치 천장 아래에 서늘하고 향긋한 고요가
감돌았고 기다란 정원용 벤치에는 허름한 남성들 몇 명

수사관

이 당직자의 엄중한 눈빛을 받으며 앉아 있었다. 안드레이는 일렬로 이어지는 굳게 닫힌 조사실 문들을 지나고 얼마 전에 들어온 신입 수사관들 몇몇이 모여 궐련을 끊임없이 피우며 자신의 사건을 서로 열띠게 설명하는 층계참을 지나 3층으로 올라가 부장실 문을 두드렸다.

부장은 가라앉아 있었다. 살찐 볼은 늘어졌고 듬성듬성 남은 이는 위협하듯 드러나 번뜩였다. 그는 힘겨운 듯 입으로 색색 숨을 쉬면서 안드레이를 흘끗 바라봤다.

"앉으십시오." 그가 퉁명스럽게 말했다.

안드레이는 무릎에 손을 올리고 앉아 창문에 시선을 고정했다. 쇠창살이 달린 창의 유리 너머로 불투명한 어둠이 있었다. 벌써 11시군. 안드레이가 생각했다. 내가 그 더러운 놈한테 몇 시간이나 허비한 건지……

"지금 맡고 있는 사건이 몇 개나 됩니까?" 부장이 물었다.

"여덟 건입니다."

"이번 분기가 끝날 때까지 몇 건 마무리될 것 같습니까?"

"한 건 마무리될 것 같습니다."

"좋지 않군요."

안드레이는 대답하지 않았다.

"보로닌, 일을 잘 못하는군요. 아주 좋지 않습니다!"

부장이 새된 소리로 말했다. 그는 숨이 가빠 힘들어했다.

"저도 압니다." 안드레이가 고분고분 말했다. "영 익숙해지지 않습니다."

"익숙해지고도 남았을 시간 아닙니까!" 부장이 목청 높여 갈라지는 목소리로 색색대며 고함쳤다. "여기서 일한 지 벌써 꽤 됐는데 이제껏 사소한 사건 세 건밖에 처리하지 못했다니요. 보로닌, 당신은 **실험**에 대한 의무를 이행하지 않고 있습니다. 당신한테는 일을 배울 사람도, 조언을 구할 수 있는 사람도 있지 않습니까…… 봅시다. 그러니까, 당신 친구가 일하듯, 그러니까…… 음…… 프리드리히…… 뭐더라…… 물론 그 친구한테도 그 나름의 부족한 점은 있겠지만, 당신이 그 친구한테 단점만 배우지는 않을 것 아닙니까. 장점을 취할 수도 있겠지요, 보로닌. 당신들은 우리 기관에 같은 시기에 왔는데, 그는 벌써 열한 건이나 종결했습니다."

"저는 그렇게 못 합니다." 안드레이가 우울하게 말했다.

"배우십시오. 배워야지요. 우리 모두는 배우는 중입니다. 당신의…… 그러니까…… 그 프리드리히도 법학부 출신이 아니지만, 일을 꽤나 잘하고 있지 않습니까…… 그이는 벌써 상급 수사관입니다. 형사부 차장으로 임명할 때라는 의견까지 나오고 있고…… 그렇습니다. 그런데 보로닌, 당신한테 실망했습니다. **건물** 사건은 어떻게 되어 가는 중입니까?"

"조금도 진전이 없습니다." 안드레이가 말했다. "그건 사건이 아닙니다. 그건, 그러니까 헛소문, 또는 괴담 같은 거예요……"

"목격자 증언이 있는데 어떻게 그게 괴담입니까? 피해자가 있지 않습니까? 사람들이 사라지고 있습니다, 보로닌!"

"전설과 소문에 기반한 사건을 어떻게 수사하라는 말씀이신지 모르겠습니다." 안드레이가 우울하게 대답했다.

부장은 바람이 빠지듯 힘겹게 기침을 했다.

"뇌를 움직여야지요, 보로닌." 그가 색색거렸다. "소문과 전설이라, 맞는 말입니다. 괴담이라, 그렇습니다. 그런데 왜 이런 소문이 생기는 겁니까? 그게 누구에게 필요한 일입니까? 소문이 어디서 흘러나오고 있습니까? 누가 만들어 낸 겁니까? 누가 퍼뜨리고 있습니까? 어째서일까요? 그리고 무엇보다도, 사람들이 어디로 사라지는 걸까요? 내 말 알아듣겠습니까, 보로닌?"

안드레이는 숨을 가다듬고 말했다.

"알아들었습니다, 부장님. 하지만 제가 맡기에 적합한 사건은 아닌 것 같습니다. 저는 평범한 형사사건을 맡고 싶어요. 도시에 몹쓸 놈들이 넘쳐 나는데……"

"나는 토마토나 키우고 싶습니다!" 부장이 말했다. "토마토라면 사족을 못 쓰는데 여기서는 왜인지 얼마를 준대도 토마토를 못 구하니…… 보로닌, 당신은 지금 일을 하는 중이고, 당신이 뭘 하고 싶은지는 아무도 관심이 없는 가운데 **건물** 사건을 수사하라고 지시받은 겁니다. 그 사건을 수사하십시오. 당신이 능력 없다는 건 나도 압니다. 다른 상황이었다면 **건물** 사건을 당신에게 맡기지 않았겠지요. 지금 같은 상황이니 맡기는 겁니다. 왜냐고요? 당신이 우리 사람이니까요, 보로닌. 왜냐하면 당신은 여기서 대충 시간이나 때우는 게 아니라, 투쟁하고 있으니까! 당신은 스스로를 위해서가 아니라 **실험**을 위해 이곳으로 왔으니 말입니다. 그런 사람은 거의 없어요, 보로닌. 그래서 나는 당신에게 당신 직급은 알 수 없는 얘기를 하고 있는 겁니다."

부장은 의자에 깊숙이 기대어 얼마간 말없이 앉아 있었다. 색색거리는 소리가 더 심해지더니 그가 이를 활짝 드러내며 씩 웃었다.

"우리가 폭력단들과 공갈범들과 깡패들을 상대로 싸운다는 건 누구나 아는 사실이고, 옳은 일이고, 또 해야만 하는 일입니다. 하지만 보로닌, 그들은 가장 큰 위험 요인이 아닙니다. 첫째로, 이곳엔 **반反도시**라는 자연현상이 있습니다. 들은 적 있습니까? 못 들어 봤군요. 그렇겠지요. 들어 봤으면 안 됩니다. 당신도 그걸 그 누구에게도 말해서는 안 되고요! **반도시**는 00등급의 업무 기밀이니까요. 북부에 부락들이 존재한다는 보고를 들었습니다. 하나인지 둘인지 여럿인지는 알려진 바 없고요. 그러나 그들은 우리에 관한 모든 걸 알고 있습니다! 우리를 침략할 가능성도 있지요, 보로닌. 아주 위험한 상황입니다. 그렇게 되면 우리의 **도시**는 끝장입니다. **실험**도 끝장이고말고요. 지금 첩자질이 자행되고 있고, 태업을 일으키려는 시도나 분열을 조장하려는 시도가 있고, 혼란스럽고 지저분한 소문들이 퍼지고 있습니다. 어떤 상황인지 알겠습니까, 보로닌? 보아하니 알아들은 듯하군요. 그럼 이어 말하겠습니다. 이곳에, 바로 이 **도시**에, 우리 곁에, 우리 중에 **실험**을 위해서가 아니라 다른 이유로, 다소 계산적인 이유로 온 자들이 살고 있습니다. 니힐리스트들, 내부의 은둔자들, 믿음을 잃은 분자들, 아나키스트들이지요. 이들 중에 활발히 활동하는 자는 거의 없지만, 소극적이어도 위험하기는 마찬가지입니다. 도덕적 해이를 일으키고 이상을 파괴하고 한 계층이 다른 계층을 적대하게 만들고 파괴적인 회의주의를 야기합니다. 이를테면, 당신도 잘 아는 카츠만이라는 자가 그렇지요……"

안드레이가 몸을 부르르 떨었다. 부장은 부은 눈두덩이 사이로 그를 힘겹게 쳐다봤고 잠시 입을 다물었다가 다시 입을 열었다.

"이오시프* 카츠만 말입니다. 흥미로운 사람이더군요. 그가 자주 북쪽에 가 얼마간 시간을 보내고 돌아온다는 보고가 들어왔습니다. 그러면서도 자기 본업은 소홀히 한다던데, 뭐 그건 우리가 관여할 일은 아니지요. 그보다 문제는 그가 하고 다니는 말들입니다. 무슨 얘긴지 당신도 분명히 잘 알겠지요."

안드레이는 엉겁결에 고개를 끄덕이다가 퍼뜩 정신을 차리고서 표정을 굳혔다.

"계속해 볼까요. 당신에게 가장 중요한 부분일 겁니다. **건물** 근처에서 그가 목격됐다고 합니다. 두 번이나. 한 번은 그가 거기서 나오는 걸 봤다는군요. 내가 적절한 예를 들고 또 그와 **건물** 사건을 잘 연관시킨 것 같군요. 이 사건을 수사해야 합니다, 보로닌. 이 사건은 지금 다른 누구에게도 맡길 수 없습니다. 당신만큼 믿을 만한 사람들과 당신보다 훨씬 똑똑한 사람들이 있지만, 그들은 바빠서 말입니다. 모두, 단 한 명도 빠짐없이, 그것도 일이 턱 아래까지 차 있습니다. 그러니 보로닌, 당신이 **건물** 사건에 집중해 주십시오. 다른 사건들에서는 손을 뗄 수 있도록 해 주겠습니다. 내일 16시 정각에 이리로 와서 수

수사관

사 계획을 보고하세요. 이제 가 봐도 됩니다."*

안드레이가 일어섰다.

"아! 조언 하나 하지요. '추락하는 별들' 사건을 눈여겨보십시오. 반드시 눈여겨보세요. 연결 고리가 있을 수도 있습니다. 지금 그 사건은 차추아가 맡고 있으니 그에게 들러 알아보십시오. 조언도 구하고."

안드레이는 어정쩡하게 몸을 굽혀 인사하고는 문으로 향했다.

"또 한 가지!" 부장의 말에 안드레이는 문간에 멈춰 섰다. "**건물** 사건은 검찰총장이 각별히 주목하는 건이라는 점을 알아 두십시오. 각별히 말입니다! 그러니 당신 말고도 검찰에서 또 다른 누군가가 그 사건을 수사할 겁니다. 당신의 개인적인 호나 불호 때문에 놓치는 부분이 없도록 하십시오. 이제 가도 좋습니다, 보로닌."

안드레이는 문을 살며시 닫고 벽에 기대어 섰다. 내면에 불확실한 공허감이, 뭐라 정의하기 어려운 감정이 느껴졌다. 그는 꾸중을, 상사에게 꾸중을, 날카로운 책망을 들으리라 예상했고 어쩌면 해고당하거나 경찰로 소속을 변경하게 될 수도 있다고 생각했다. 그런데 상사는 그러기는커녕 사실상 자신을 추켜세웠고 다른 사람들 가운데

♦   이쟈는 이오시프의 애칭이다.

특별하다고 해 주었으며 가장 중요하게 여겨지는 사건을 신임해 맡겼다. 불과 1년 전, 청소부였을 때라면 업무상 질책을 받으면 우울의 구렁텅이로 빠지고 중요한 임무를 받으면 크나큰 희열과 뜨거운 열정을 느꼈을 것이다. 하지만 지금은 알 수 없는 어두움이 마음속에 자리 잡고 있었다. 그는 조심스럽게 자신을 살펴보려 애쓰는 동시에 또 다른 한편으로 피할 수 없는, 이런 새로운 상황에서는 마땅히 직면할 수밖에 없는, 난처하고 불편한 심경을 더듬으려 애썼다.

이쟈 카츠만, 그는…… 수다쟁이다. 헛소리꾼이고. 말버릇은 좋지 못하고 신랄하다. 냉소주의자다. 하지만 ―부정할 수 없게도―청렴하며 정이 많고 특히나 멍청할 정도로 사심 없고 세상 물정 모르는 인물이다…… **건물** 사건이라니. **반도시**라니. 제기랄…… 그래, 한번 파헤쳐 보자……

자기 사무실로 돌아간 안드레이는 프리츠가 있는 것을 보고는 어리둥절한 표정을 지었다. 프리츠는 그의 책상에 앉아 그의 담배를 피우면서 그의 금고에서 꺼낸 그의 사건들을 열심히 살펴보는 중이었다.

"그래서, 된통 깨졌어?" 프리츠가 눈을 들어 그를 보며 물었다.

안드레이는 대답하지 않고 담배를 꺼내 불을 붙이고

는 몇 차례 힘껏 들이마셨다. 그러고 나서 앉을 곳을 찾아 둘러보다가 등받이 없는 의자가 비어 있는 것을 발견했다.

"그런데 그놈은 어디 있어?"

"유치장에." 프리츠가 대수롭지 않은 일이라는 듯 대답했다. "하룻밤 유치장에서 지내라고 보내면서 먹을 것도 마실 것도 주지 말고 담배도 피우지 못하게 하라고 지시했지. 그놈은 자백했고, 참 착하게도 혐의를 전부 인정한 데다 우리가 아직 몰랐던 두 명의 이름도 불었어. 그래도 마지막에는 그 불쌍한 놈을 교육시켜 줘야 할 거 아냐. 조서는 너에게 주지……" 그는 서류철 몇 개를 옮겼다. "조서를 내가 철해 놨으니 직접 찾아봐. 내일 검찰에 전달할 수 있을 거야. 그자의 진술 중에 흥미로운 것도 있던데 언젠간 쓸모가 있을 수도 있고……"

안드레이는 담배를 피우며 저 길고 말쑥한 얼굴을, 뾰족하고 멀건 두 눈을 쳐다봤고 진정한 남성의 커다란 손이 확신에 차 움직이는 것을 멍하니 감상했다. 최근 프리츠는 성장했다. 이제 그에게서 거만한 젊은 하사관의 모습은 거의 찾아볼 수 없었다. 거친 뻔뻔함은 방향성이 뚜렷한 확신으로 바뀌었다. 더 이상 농담에 기분 나빠 하지 않고 얼굴도 굳히지 않았으며 머저리처럼 반응하지도 않았다. 한때는 셀마에게 자주 찾아갔었는데, 그들 사이에 작은 마찰이 생기자 안드레이가 그에게 몇 마디 했었다. 후에 그는 조용히 물러났다.

"날 왜 그렇게 뚫어져라 쳐다보는 거야?" 프리츠가 우호적인 어투로 궁금하다는 듯 물었다. "크게 혼난 후라 아직 정신이 돌아오지 않은 거야? 괜찮아, 친구. 상사의 꾸중은 부하 직원에게 큰 축복이라고!"

"저기 말이야." 안드레이가 입을 열었다. "여기서 오페레타를 읊은 이유가 뭐야? 힘러니 게슈타포니…… 수사 중에 그런 얘기를 왜 해?"

"오페레타라니?" 프리츠가 오른쪽 눈썹을 추켜세웠다. "친구, 그건 총을 쏘는 것과 같은 효과가 있다고!" 그는 펼쳐져 있던 사건 기록지를 탁 덮더니 책상에서 일어섰다. "네가 왜 그걸 이해하지 못하는지 놀라울 따름인걸. 장담하는데, 네가 그 자식에게 체카*나 게페우**에서 근무한 적이 있다고 했으면, 그의 코앞에 코털 가위를 철컥철컥 흔들며 그 얘기를 했으면 그놈은 네 부츠에 키스라도 했을걸…… 내가 너한테서 사건을 꽤 많이 넘겨받았는데도 아직 이렇게나 많이 쌓여 있네. 넌 이 사건들을 1년 안에 종결하지 못하겠지…… 그러니까 내가 이 사건들을 가져갈 테니 나중에 어떻게든 정산하자고."

안드레이는 고맙다는 표정으로 그를 바라봤고 프리츠는 친근한 눈짓으로 답했다. 프리츠는 탁월한 청년이다. 좋은 동료고. 그렇다면, 그처럼 일해야 하는 것 아닐까? 아까 그 쓰레기 같은 놈을 무르게 대할 이유가 어디 있단 말인가! 사실 서방에서는 저런 놈들을 다룰 때 체카의 반지하실을 들먹이며 죽을 만큼 겁에 질리도록 만들었다. 그러니 특히나 꼬리뼈 같은 더러운 짐승 새끼에게는 무슨 수단을 쓰든 괜찮지 않겠는가……

"뭐 물어볼 거 있어?" 프리츠가 물었다. "없어? 그럼 나 간다."

그는 겨드랑이에 서류철들을 끼고 책상에서 일어섰다.

"맞다!" 안드레이가 퍼뜩 정신을 차렸다. "혹시 **건물** 사건도 챙긴 건 아니지? 그건 두고 가……!"

"**건물** 사건? 친구, 내 이타성이 그렇게까지 대단하지는 않아. **건물** 사건은 네가 스스로 어떻게든 해 보라고……"

"그래." 안드레이가 음울하고 결연하게 대답했다. "직접 해결해야지…… 그건 그렇고," 그는 문득 떠올렸다.

◆   러시아어로 '반혁명 방해 공작 대처를 위한 국가특수위원회'의 약자. 일련의 소련 공안 기관들로 이어지는 첫 번째 조직이다. 1917년 10월혁명 뒤에 레닌에 의해 설립되었으며 1922년 게페우로 승계되었다.

◆◆ 러시아어로 '국가정치총국'의 약자. 소련의 비밀경찰로, 반혁명 인사를 찾아내고 처벌하는 일을 했다. 1934년에 엔카베데로 바뀌었다.

"'추락하는 별들' 사건이 대체 뭔지 알아? 사건명은 어디서 들어 본 것 같은데 무슨 사건이었는지, 그 별들이 뭘 의미하는지는 기억이 안 나……"

프리츠는 인상을 찌푸리고는 호기심 어린 표정으로 안드레이를 쳐다봤다.

"그런 사건이 있긴 하지." 그가 입을 열었다. "설마 그 사건을 너에게 맡긴 건 아니지? 만약 그렇다면 넌 망한 거야. 그건 지금 차추아가 맡고 있을 텐데 해결될 기미가 전혀 없어."

"아니야." 안드레이가 한숨을 쉬었다. "그 일을 내가 맡지는 않았어. 부장이 한번 알아보래서. 제의적인 연쇄 살인이었던가? 아닌가?"

"아니야. 전혀 아니야. 물론 그렇다고 할 수도 있지만. 친구, 그 사건은 벌써 몇 년째 진행 중이야. **벽** 아래에서 종종 산산조각 난 사람들이 발견되지. **벽**에서, 높은 곳에서 떨어진 게 틀림없는 사람들이……"

"아니 어떻게 **벽**에서 떨어질 수가 있지?" 안드레이가 놀랐다. "타고 올라가는 게 가능하기나 해? 미끄럽잖아…… 게다가 뭣 하러? 끝이 보이지 않을 정도로 높은데……"

"그러니까 말이야! 처음에는 저쪽, 저 위에도 우리 같은 도시가 있는 게 아닌가 하는 가설이 있었어. 거기에 사는 사람들이 자기네 절벽에서 떨어지는 거라고. 우리도 심연으로 떨어질 수 있으니 말이야. 그런데 그 후에 두 번이나 시체들의 신원이 파악된 거야. 알고 보니 우리 사람들, 여기에 사는 사람들이었어…… 그들이 어떻게 그 위로 올라갔는지는 여전히 밝혀지지 않았어. 아직까지는 무모한 절벽 오르기 선수들이었나, 라고 생각할 수밖에. **도시**에서 벗어나 위로 올라가려고 했던 사람들이라고 말이야…… 하지만 또 다른 측면으로는…… 아무튼, 아주 어두운 사건이야. 죽은 사건이지. 내 의견은 그래. 어쨌든, 난 이만 가 봐야겠어."

"고마워. 잘 가." 안드레이가 말했고 프리츠는 나갔다.

안드레이는 소파로 자리를 옮겨 **건물** 사건을 제외한 모든 서류철을 금고에 넣은 다음 잠시 손으로 얼굴을 괴고 앉아 있었다. 조금 뒤 수화기를 들고 번호를 누르고 나서 잠시 기다렸다. 늘 그렇듯 오래도록 전화를 받지 않았고 마침내 연결되더니 낮은 목소리가, 술에 취한 게 틀림없는 남성의 목소리가 물었다. "여보세요?" 안드레이는 수화기를 귀에 바짝 갖다 대고 아무 말도 하지 않았다. "여보세요! 여보세요?" 술에 취한 목소리가 소리치다 입을 다물었고 그저 힘겨운 숨소리와 멀리서 셀마가 부르는 애달픈 노랫소리가 들렸다. 유라 삼촌이 우리에게 알려 준 노래였다.

> 일어나렴, 일어나렴, 카탸
>
> 배가 정박해 있구나
>
> 두 척은 파랗고
>
> 한 척은 하늘빛이구나……

안드레이는 수화기를 내려놓고 신음 소리를 냈다. 그는 볼을 비비며 씁쓸한 어조로 중얼거렸다. "더러운 창녀 같으니, 버릇을 못 고치는군……" 그러고 나서 서류철을 열었다.

건물 사건은 안드레이가 청소부였을 때, **도시**의 어두운 이면에 대해서는 아무것도 몰랐을 때 이미 시작됐다. 16지구, 18지구, 32지구에서 갑자기 사람들이 차례로 사라지기 시작했다. 그들은 아무런 흔적도 남기지 않고 사라졌으며 이들의 증발에는 그 어떠한 체계도, 의미도, 법칙도 없었다. 올레 스벤손. 43세. 이 제지 공장 노동자는 저녁에 빵을 사러 나갔다가 돌아오지 않았고 빵 가게에도 들른 적이 없었다. 스테판 치불스키. 25세. 경찰관. 밤에 근무 중이던 위치에서 사라졌고 중앙로와 금강석길이 만나는 지점에서 그의 어깨띠가 발견되었다. 그 외 다른 흔적은 없었다. 모니카 루리. 55세. 재봉사. 자기 전 반려

견인 포메라니안을 산책시키러 나갔다. 포메라니안은 다친 데 없이 즐거운 상태로 돌아왔으나 재봉사는 돌아오지 않았다. 비슷한 일은 계속 이어져 마흔 명 이상이 사라졌다.

실종된 사람들이 사라지기 전 어떤 집으로 들어가는 것을 봤다는 목격자들이 상당히 빨리 나타났고, 묘사를 들어 보니 동일한 집 같았는데 이상한 점은, 목격자들이 그 집의 대략적인 위치를 제각각 다르게 증언했다는 것이었다. 요제프 훔볼트. 63세. 이발사. 그는 개인적으로 알고 지내던 레오 팔토스의 눈앞에서 두번째오른쪽골목과 회색돌골목이 만나는 지점에 위치한 3층 벽돌 건물로 들어갔고 이때를 끝으로 요제프 훔볼트를 본 사람은 아무도 없다. 그 이후에 실종된 32세의 농부 시몬 자호츠코가 바로 그 건물로 들어갔다고 테오도어 부흐라는 자가 증언했으나 그가 말한 건물의 위치는 세번째왼쪽길로, 가톨릭 성당에서 멀지 않은 곳이었다. 다비드 므크르챤은 까진도자기골목에서 오랜 직장 친구인 41세 오물 처리사 레이 도드를 우연히 만나 비료와 가정사, 그 외 잡다한 것들에 대해 얘기를 나누었다고 했다. 그러다가 레이 도드가 "잠깐만 기다려 줘. 내가 들를 곳이 있거든. 빨리 나오려고 노력해 보겠지만, 5분이 지나도 안 나오거든 먼저 가. 늦어지는 거니까……"라고 말한 후 빨간 벽돌로 지어진, 창에 분필 칠이 잔뜩 되어 있는 건물로 들어갔다. 므크르챤은 15분 동안 기다리다가 결국 가던 길을 갔고 레이 도드는 흔적도 없이 영원히 사라졌다⋯⋯

모든 목격자들의 진술에 빨간 벽돌로 된 집이 등장했다. 어떤 이들은 3층 건물이라 했고 또 다른 이들은 4층 건물이라 했다. 어떤 이들은 창에 분필 칠이 되어 있었다고 하고 또 다른 이들은 창에 창살이 있었다고 했다. 목격자들이 지목한 위치가 일치하는 경우는 없었다.

도시에 소문이 돌았다. 우유 가게 앞에 늘어선 줄에서, 이발소에서, 그리고 동네 식당에서는 도시를 배회하다 평범한 건물들 사이에 자리를 잡고 무시무시한 아가리를 벌리고선 숨죽인 채 부주의한 사람들을 기다리는 **끔찍한 붉은 건물**에 대한 갓 태어난 전설이 불길한 속삭임이 되어 입에서 입으로 전해졌다. 허기진 벽돌 배에서 빠져나와 살아난 사람들의 지인의 친척의 친구라는 자들이 나타났다. 그들은 끔찍한 이야기들을 늘어놓았고 그 증거로 2층, 3층, 심지어는 4층에서 떨어지는 바람에 생긴 상처와 골절을 내보였다. 이 모든 소문과 이야기에 따르면 집 내부는 텅 비어 있다. 강도들이나 사디스트 도착자들, 털북숭이 흡혈 괴물이 숨어서 기다리는 것은 아니다. 하지만 돌로 된 내장 같은 복도가 갑자기 수축하여 희생양을 납작하게 짓누를 기회를 엿본다고 한다. 발밑에서는 새카만 구멍들이 얼음장 같은 무덤의 악취를 내뿜으며 열린다고 한다. 보이지 않는 힘이 음울하게 수축하는 길과 터널로 사람을 밀어 넣어 마지막 남은 돌 틈새로 기어 들어가 끼게 만든다고 한다. 벽지가 다 터진 텅빈 방들에서는 천장에서 떨어진 회칠 조각들 사이로 끔찍하게 썩어 버린 부서진 뼈들이 피가 딱딱하게 굳은 넝마 위로 툭 튀어나와 있다고 한다……

처음에 안드레이는 이 사건이 재미있기까지 했다. 그는 지도에서 **건물**을 봤다고 증언한 장소들을 찾아 가위표를 쳤고 그 가위표들 간 법칙을 찾으려고 노력했고 열 번은 족히 달려 나가 그 장소들을 조사했는데, **건물**이 있던 위치에는 방치된 작은 정원이라든가, 건물 사이 공터, 혹은 비밀이나 수수께끼와는 거리가 먼 평범한 주거 건물이 있을 뿐이었다.

붉은 건물을 태양 빛 아래에서 본 사람이 한 명도 없다는 점이 신경 쓰였다. 목격자의 절반 이상이 다소 술에 취한 상태에서 **건물**을 봤다는 점이 신경 쓰였다. 증언할 때마다 사소하긴 하지만 반드시 말이 바뀌는 부분이 있다는 점이 신경 쓰였다. 일어나는 사건이 완전히 무의미하고 또 규칙성이 없다는 점이 특히 신경 쓰였다.

이 사건과 관련해 이쟈 카츠만은 체계적인 이데올로기가 부재하는, 100만 명의 도시는 자신만의 도시 전설을 가질 수밖에 없다고 말했다. 너무나 확신에 찬 어조로 전설이라 말했지만, 실제로 사람들이 사라지고 있지 않은가! 물론 도시에서 사람이 사라지기란 굉장히 쉽다. 사람을 절벽에서 밀기만 하면, 그렇게 하면 흔적을 전혀 남기지 않을 수 있다. 하지만 누가, 대체 왜 미용사를, 중후한 재봉사를, 소상인들을 심연으로 밀어뜨렸단 말인가? 돈도 없고 명성도 없는, 사실상 적이 없는 사람들을? 어느 날에는 겐시가 정말 그럴싸한 의견을 낸 적이 있다. 모든 얘기를 종합해 볼 때, **붉은 건물**이 정말로 존재한다면 그건 **실험**의 요소임에 틀림없다고. 그렇다면 그게 무엇인지 설명하려는 노력은 무의미하다고 했다. **실험**은 **실험**이므로. 결국 안드레이도 그 관점에 안주하기로 했다. 할 일은 많았고 **건물**의 사건 기록지가 1,000쪽을 훌쩍 넘어가자 안드레이는 그 서류철을 금고 맨 밑바닥에 넣고서 아주 가끔, 목격자 진술을 끼워 넣을 때만 꺼냈다.

그런데 오늘 부장과의 대화는 완전히 새로운 관점을 제시했다. 사람들에게 혼란과 테러 분위기를 조장하려는 (혹은 그런 임무를 지시받은) 자들이 도시에 정말로 존재한다면 **건물** 사건의 아주 많은 부분이 설명된다. 목격자라고 나서는 사람들의 진술이 일치하지 않는 것도 전달 과정에서 소문이 왜곡되었기 때문이라고 쉽게 설명된다. 실종 사건은 테러 분위기를 부추기기 위한 평범한 살인 사건으로 변모한다. 헛소리와 위험한 속삭임과 거짓의 혼돈 속에서 지금도 계속 활동 중일 정보원들을, 불길한 안개를 드리우는 중심을 찾아야 한다……

안드레이는 빈 종이 한 장을 꺼내 천천히, 한 단어 한 단어, 한 꼭지 한 꼭지 계획안을 써 내려갔다. 곧 결과물이 나왔다.

주요 과제 : 소문의 진원지 찾기. 그들을 체포하고 그들을 지휘하던 중심부 밝혀내기.

기본적인 수사 방침 : 이전에 멀쩡한 정신으로 진술했던 모든 목격자들 재수사하기. **건물**에 들어가 봤다고 주장하는 자들을 차례로 밝혀내고 신문하기. 이들과 목격자들 사이의 연결 고리 찾기……

고려할 사항 : (1)기관 자료 (2)진술 간 불일치……

안드레이는 연필을 깨문 채 실눈을 뜨고 전등을 바라보며 또 하나를 기억해 냈다. 페트로프에게 연락하기. 이 페트로프란 자는 한때 안드레이를 아주 성가시게 한 적이 있었다. 페트로프는 아내가 사라지자 왜인지 **붉은 건물**이 아내를 집어삼켰다고 믿었다. 그 후로 그는 모든 일을 내팽개치고 그 **건물**을 찾는 데 몰두했다. 검찰에게 셀 수 없을 정도로 많은 기록을 보냈으며 그 기록들은 그대로 수사부로 전달되어 안드레이에게 왔다. 밤마다 도시를 배회하는 통에 몇 번인가는 불순한 의도가 있다는 의혹을 받고 경찰서에 잡혀가기도 했으며 거기서 난동을 피워 열흘간 갇혀 있다 나와 다시 수색에 돌입하고는 했다.

안드레이는 그를 비롯한 두 명의 목격자에게 호출장을 썼고 그것들을 당직자에게 주면서 당장 전달하라고 지시한 다음 차추아에게 갔다.

살이 뒤룩뒤룩 오른 거구에 이마는 거의 없다시피 했지만 코는 대단히 큰 캅카스인 차추아가 사건 자료들로 팽팽하게 부풀어 오른 서류철들에 둘러싸인 채 사무실 소파에 누워 자고 있었다. 안드레이가 그를 쿡쿡 찔렀다.

"아!" 차추아가 잠에서 깨며 목쉰 소리를 냈다. "무슨 일이야?"

"아무 일 없어." 안드레이가 화를 내며 말했다. 그는 이제 이렇게 풀어진 이들을 참을 수 없었다. "'추락하는 별들' 사건 좀 보여 줘 봐."

차추아는 반색하며 일어나 앉았다.

"자네가 넘겨받게?" 그가 자신의 범상치 않은 코를 맹렬히 벌렁대며 물었다.

"아니, 그렇게 기뻐할 것 없어." 안드레이가 말했다. "그냥 보려는 것뿐이니까."

"그냥 보기만 할 게 뭐 있어?" 차추아가 열렬히 말했

수사관

다. "그 사건을 아예 갖고 가! 자네는 잘생겼고 젊고 힘이 넘치니 부장이 모두에게 자넬 본받으라 말한다고. 자네라면 그 사건을 금방 해결할 거야. **노란 벽**에 올라가서 바로 해결해 버리는 거지! 뭘 그러고 서 있어⋯⋯?"

안드레이는 그의 코를 보고 있었다. 그의 코는 커다랗고 높았고 미간에는 불긋불긋한 힘줄이 얽혀 있었으며 콧구멍에서는 까맣고 **뻣뻣한** 코털이 삐죽삐죽 튀어나와 있었다. 그 코는 차추아와는 무관한 자신만의 생을 살고 있었다. 코는 수사관 차추아의 걱정 따위는 조금도 알고 싶지 않은 눈치였다. 코는 주위 모든 이들이 얼음처럼 차가운 카헤티◆의 술을 큰 잔에 따라 마시기를, 육즙이 줄줄 흐르는 샤실리크와 아삭아삭하고 촉촉한 샐러드를 먹기를, 손가락으로 소매 끝을 잡고서 열정적으로 "앗싸!"라 소리치며 춤추기를 원하고 있었다. 코는 향긋한 밝은 금발에 파묻히고 싶어 했고 한껏 드러낸 풍만한 가슴 위에 드리워지고 싶어 했다⋯⋯ 아아, 그 코는 많은 것을 하고 싶었다. 삶을 사랑할 줄 아는 위대한 쾌락주의자 코다. 코의 무수한 욕망은 그의 독립적인 움직임과 혈색의

◆ 중세 후기에서 근세까지 동부 조지아에 존재했던 왕국. 이 지역에서는 고대로부터 전해져 내려오는 와인 양조법인 크베브리를 이용한 와인 산업이 발달했다.

변화와 직접 내는 다양한 소리에서 노골적으로 드러났다……

"……그리고 그 사건을 종결지으면 말이야," 차추아가 낮은 이마 아래의 올리브색 눈동자를 굴리며 말했다. "세상에! 자네에게 얼마나 큰 영광이겠어! 자네가 얼마나 존경받겠느냐고! 자네 지금 내가 **노란 벽**에 스스로 올라갈 수 있었으면, 그 사건을 가져가라고 제안했겠나, 라고 생각하고 있지? 이 차추아는 절대로 자네에게 이 사건을 넘기려 하지 않았을 거야! 이건 금맥 같은 사건이거든! 이 사건은 자네한테만 맡으라고 하는 거야. 많은 수사관들이 와서 나한테 그 사건을 넘겨 달라고 부탁했어. 안 된다고 나는 생각했지. 너희 중 아무도 이 사건을 해결하지 못할 거라고. 딱 한 사람 보로닌만 해결할 수 있다고 생각했어……"

"알았어, 알았다고. 말장난은 그만하고. 서류나 줘봐. 여기서 네 장단에 맞춰 줄 시간 없어." 안드레이는 불쾌해하며 말했다.

차추아는 끊임없이 말을 늘어놓고 푸념하고 안드레이를 치켜세우며 게으르게 몸을 일으켰고 발을 질질 끌며 쓰레기로 뒤덮인 바닥을 지나 금고에 도달해 그 안을 뒤지기 시작했다. 안드레이는 그의 넓디넓은 살찐 어깨를 보며 생각했다. 차추아는 아마 부서에서 가장 성과가 뛰어난 수사관 중 하나일 텐데, 가장 높은 사건 종결률을 자랑하는 정말 독보적인 수사관인데 '추락하는 별들' 사건만큼은 어떻게 해도 진전시키지 못했다. 그 사건을 진전시킨 이는 아무도 없었다. 차추아도, 그의 전임자도, 그의 전임자의 전임자도……

차추아는 기름때가 묻은 두툼한 서류철을 잔뜩 들고 왔고 그들은 함께 최근 문서를 넘겨 보았다. 안드레이는 신원이 확인된 희생자 두 명의 이름과 신원 미상의 희생자들에게서 발견된 두드러진 특징들 몇 가지를 깨끗한 종이에 꼼꼼히 옮겨 적었다.

"이런 사건이 다 있나!" 차추아가 혀를 끌끌 차며 탄식했다. "시체 열한 구라니! 그런데 자넨 안 맡겠다고 하고. 아니야, 보로닌. 자네는 자네의 행복이 어디 있는지 모르고 있어. 너희 러시아인들은 언제나 바보였지. 저쪽 세계에서도 바보였고 이쪽 세계에서도 바보고……! 그런데 이 사건은 왜 찾은 거야?" 갑자기 그가 관심을 보이며 물었다.

안드레이는 최대한 조리 있게 자신의 의도를 설명했다. 차추아는 핵심을 곧바로 파악했으나 딱히 감탄하지는 않았다.

"그래, 그렇게 한번 해 봐……" 차추아가 건성으로 말했다. "잘 모르겠네. 자네가 맡은 그 **건물**은 뭘까, 그리고 내가 맡은 **벽**은 뭘까. **건물**은, 그건 상상으로 지어낸 거지만 **벽**은 여기서 1킬로미터만 가면 바로 보이지…… 아니, 보로닌. 우리는 이 사건을 해결하지 못할 거야……"

안드레이가 문에서 나가기 직전 차추아가 그의 뒤에 대고 말했다.

"그래도 뭔가 알게 되면 바로 말해 줘……"

"알았어. 당연하지." 안드레이가 말했다.

"저기 말이야." 차추아가 곰곰이 살찐 이마를 찡그리고 코를 움찔거리며 말했다. 안드레이는 멈추어 서서 그 다음 말을 기다리며 그를 쳐다봤다. "오래전부터 물어보고 싶었는데 말이야……" 차추아의 표정이 심각해졌다. "자네가 있던 페트로그라드가 1917년에 아주 혼란스러웠잖아. 결국 어떻게 됐어?"

안드레이는 침을 뱉고 나서 캅카스인의 만족에 겨운 우레와 같은 웃음소리를 뒤로하고 문을 쾅 닫았다. 차추아의 장난에 또 말려들다니. 저 자식이랑 말도 섞지 말아야 하는데.

사무실 앞 복도에는 깜짝 선물이 그를 기다리고 있었다. 극도의 공포로 곤두선 사람이 졸음이 채 가시지 않은 눈을 하고서 추운 듯 외투를 꼭 여민 채 벤치에 앉아 있었던 것이다. 전화기 책상에 앉아 있던 당직자가 벌떡 일어서더니 우렁차게 말했다.

수사관

"수사관님! 수사관님의 지시에 따라 목격자 에이노 사리가 출두했습니다!"

안드레이는 얼빠진 얼굴로 당직자를 응시했다.

"내 지시라니?"

당직자 역시 다소 어리둥절해했다.

"수사관님이 직접 말씀하시지 않았습니까……" 그는 기분이 상했다. "30분 전…… 제게 호출장을 당장 전달하라고 명령하셨는데요……"

"맙소사. 호출장이라니! 제기랄, 호출장을 당장 전하라고 했지만! 내일 말이었네, 아침 10시!" 안드레이는 창백한 얼굴로 미소 짓는 에이노 사리와 그의 바지 한쪽에서 비어져 나온 하얀 속바지 고무줄을 흘끗 보고는 다시 당직자에게 시선을 돌렸다. "그래서 다른 목격자들도 지금 데리고 오는 중인가?" 안드레이가 물었다.

"그렇습니다. 저는 지시받은 대로 이행했습니다." 당직자가 우울하게 대답했다.

"자네 일은 보고하겠어." 안드레이가 겨우 자제하며 말했다. "그럼 자네를 거리로 내보내 아침마다 광인들을 쫓아다니게 하겠지. 그때가 되면 자네는 자네가 한 짓의 대가를 치를 거야…… 그럼," 그가 사리 쪽을 돌아보며 말했다. "이왕 이렇게 됐으니, 들어가실까요……"

그는 에이노 사리에게 등받이 없는 의자를 가리킨 다

음 책상에 앉아 시계를 봤다. 밤 12시를 막 지난 시각이었다…… 힘겨운 내일에 대비해 푹 잘 수 있으리라는 희망이 절망 속에 증발해 버렸다.

"자, 봅시다." 그가 한숨을 내쉬면서 **건물** 사건 서류철을 열고는 두툼한 조서와 제출용 보고서, 참고 자료, 증거물 분석 보고서를 넘겨 가며 사리(43세, 제2시립극장 소속 색소폰 연주자, 이혼)의 이전 진술들을 꺼내 다시 한번 눈을 굴렸다. "자, 봅시다." 그가 했던 말을 반복했다. "제가 선생님이 한 달 전 경찰서에서 하신 증언과 관련해 확인할 게 있어서요."

"말씀하세요, 말씀하세요." 사리가 준비됐다는 듯 앞으로 몸을 빼고 여성스러운 몸짓으로 잠그지 않은 외투를 가슴께에서 꼭 여몄다.

"선생님께서는, 지인 엘라 스트룀베리가 올해 9월 8일 23시 40분에 **붉은 건물**이라 불리는 곳에 들어가는 모습을 눈앞에서 보았으며 그것이 당시 앵무새거리의 115호 식료품점과 슈트렘 약국 사이에 위치했다고 증언하셨습니다. 맞습니까?"

"네, 네. 맞습니다. 정확히 그렇게 말했습니다. 그저 날짜가 조금…… 정확한 날짜는 이제 기억이 나지 않네요. 어쨌든 한 달은 넘은 일이니까요……"

"그건 중요하지 않습니다." 안드레이가 말했다. "당

시에는 선생님께서 기억하셨고 다른 증언들과도 일치하니까요…… 제가 요청드리고 싶은 건 이겁니다. 다시 한 번 소위, 그 **붉은 건물**을 자세히 묘사해 줄 수 있으십니까……"

사리는 고개를 옆으로 기울이고는 곰곰이 생각에 잠겼다.

"그러니까, 이렇게요." 그가 입을 열었다. "3층이었습니다. 진홍색의 오래된 벽돌로 된 집이었어요. 병영처럼 생겼는데 아시겠어요? 창문들은 이렇게 좁고 또 높이 달려 있었어요. 아래층 창문들은 전부 분필로 칠해져 있었고 지금 생각해 보니 불은 안 켜져 있었어요……" 그는 또다시 잠깐 생각에 빠졌다. "제가 기억하는 바로는요, 불이 켜진 창이 하나도 없었던 것 같아요. 그리고 음…… 입구가 있었어요. 돌로 된 계단이 입구에 있었는데 두 단이었는지 세 단이었는지…… 문은 엄청나게 육중해 보였고…… 고풍스러운 조각이 새겨진 황동 손잡이가 달려 있었고요. 엘라는 그 손잡이를 잡고는, 세상에, 엄청 낑낑대며 문을 당겼어요…… 번지수는 못 봤어요, 그런 게 쓰여 있었는지도 모르겠고요…… 한마디로, 전체적인 인상으로는 지난 세기 후반쯤에 지어진 낡은 국영 건물 같았어요."

"그렇군요." 안드레이가 말했다. "선생님께서는 앵무

새거리에 자주 가십니까?"

"그때가 처음이었습니다. 그리고 분명, 마지막이 되었고요. 저는 거기서 꽤 떨어진 곳에 살고 그런 외곽 지역에는 가지 않는데 그때는 어쩌다 보니 그렇게, 그러니까, 엘라를 데려다주게 됐어요. 파티가 열렸는데 제가 엘라를…… 음…… 그러니까…… 챙기는 모양새가 되어 바래다주게 된 거지요. 저희는 꽤 다정하게 이야기를 나누며 가고 있었는데 갑자기 엘라가 '그럼 이제 헤어질 시간이에요'라고 하더군요. 그녀는 제 볼에 키스를 하고는 제가 정신을 차리기도 전에 이미 그 집으로 들어가 버렸어요. 저는 솔직히, 그때는 엘라가 거기 사는 줄 알았어요……"

"알겠습니다." 안드레이가 말했다. "파티에서는 아마 술을 마셨겠죠?"

사리는 애처롭게 손바닥으로 무릎을 쳤다.

"아니에요, 수사관님." 그가 말했다. "한 방울도 안 마셨습니다. 저는 술을 마시면 안 되거든요. 의사의 권고 사항이에요."

안드레이는 안됐다는 듯 고개를 끄덕였다.

"그런데 혹시 그 건물에 굴뚝들이 있었는지는 기억하십니까?"

"당연히 기억합니다. 사실, 왜인지 그 건물의 외형이

뇌리에 박혀 지금도 제 눈앞에 있는 것만 같거든요. 지붕은 기와로 되어 있었고 굴뚝 세 개가 꽤나 높이 솟아 있었어요. 아마 하나에서는 연기가 올라왔던 것 같고 그 순간에는, 이러니저러니 해도 난로로 난방을 하는 집이 아직 많이 남아 있구나, 하고 생각했죠……"

지금이다. 안드레이는 조서 위에 연필을 가로로 조심스럽게 내려놓고 약간 앞으로 몸을 기울인 후 한껏 가늘게 뜬 눈으로 색소폰 연주자 에이노 사리를 지그시 응시했다.

"선생님의 증언에는 모순이 있습니다. 첫째, 증거물 분석 보고서에 따르면 선생님께서는 앵무새거리에서 3층 건물의 지붕도, 굴뚝도 볼 수가 없었습니다."

거짓말을 늘어놓던 색소폰 연주자 에이노 사리의 아래턱이 툭 떨어졌고 두 눈은 동요하여 바삐 움직였다.

"다음으로, 수사 과정에서 밝혀진 바에 따르면 앵무새거리는 밤에 조명을 켜지 않으므로, 선생님께서 대체 어떻게 새카만 어둠 속에서, 가장 가까운 가로등이 300미터 밖에 있는 곳에서 그렇게 세세하게 볼 수 있었는지 의문입니다. 건물 색, 오래된 벽돌, 동으로 만든 문고리, 창문의 형태, 그리고 마지막으로, 굴뚝에서 피어오르는 연기까지 말이지요. 이 모순을 설명해 주셨으면 합니다만."

에이노 사리는 잠시 말없이 입을 벌렸다 다물었다 반복했다. 조금 뒤 그는 덜덜 떨면서 마른침을 삼키고는 말을 시작했다.

"하나도 이해가 안 됩니다…… 말씀을 듣고 나니 정말 혼란스러워서…… 전혀 생각도 못 했어요……"

안드레이는 그다음 말을 기다리며 가만히 있었다.

"정말, 어떻게 이전에는 그 생각을 못 했을까요…… 정말로, 앵무새거리는 완전히 깜깜했는데 말입니다! 집들은 물론이고 발밑의 인도도 안 보였어요…… 지붕도 마찬가지고요…… 저는 그 집 바로 앞에, 현관 계단에 서 있었는데…… 지붕이며 벽돌이며 굴뚝에서 나오던, 달빛에 비친 듯 아주 하얀 연기까지 아주 명확하게 기억나거든요……"

"정말 이상하군요." 안드레이가 딱딱한 목소리로 말했다.

"문손잡이도요……! 황동으로 되어 있었고 손을 많이 탄 듯 엄청 반들거렸고…… 꽃들과 나뭇잎이 굉장히 정교하게 얽힌 무늬가 새겨져 있었어요…… 그림을 그릴 수 있었다면 지금이라도 그려 보일 수 있을 정도입니다…… 그런데 완벽한 어둠 속이긴 했어요. 저는 엘라의 표정을 분간할 수 없었고 그저 목소리로만 그녀가 미소 짓고 있다는 걸 느꼈고……"

에이노 사리의 커다란 눈 속에 뭔가 새로운 생각이 스친 듯했다. 그가 가슴에 손을 얹었다.

"수사관님!" 그는 애원하듯 말했다. "머릿속이 지금 너무나 혼란스럽지만, 제가 스스로에게 불리한 증언을 하고 있고 수사관님을 의심하게 만들고 있다는 건 잘 알고 있습니다. 하지만 저는, 정직한 사람이고 제 부모님도 정말로 정직하고 또 신실한 분들이셨어요…… 저는 지금 거짓 한 점 없는 진실을 말씀드리고 있어요! 모든 게 정말 말씀드린 대로였어요. 그저 전에는 미처 그런 의문을 갖지 못했을 뿐이에요. 깜깜한 어둠 속에서 바로 집 앞에 서 있었는데 어떻게 벽돌을 하나하나 기억하는지, 굴뚝이 솟은 지붕을, 어떻게 그게 마치 바로 옆에 있는 것처럼 봤는지…… 굴뚝 세 개도 그렇고 연기도 그렇고……"

"흠……" 안드레이가 손가락으로 책상을 톡톡 쳤다. "혹시 직접 본 게 아닌 것은 아닙니까? 혹시 누가 선생님께 얘기해 준 건 아닐까요……? 스트룀베리 씨 사건 이전에 **붉은 건물**에 대해 들어 보신 적 있습니까?"

에이노 사리의 두 눈이 또다시 방황하며 움직였다.

"어…… 기억이 나지 않습니다……" 그가 입을 뗐다. "그 후로는 기억이 나지 않아요. 엘라가 실종된 후, 제가 경찰서에 갔을 때…… 이미 수색이 공표되었을 때……

그러고 나서는 많은 얘기들이 있었어요. 하지만 그 전에는…… 수사관님!" 그가 장엄하게 말했다. "제가 그 전에, 엘라가 실종되기 전에 **붉은 건물** 얘기를 들은 적이 없다고 맹세할 수는 없지만, 들은 기억이 전혀 없다는 건 맹세할 수 있습니다."

안드레이는 펜을 들어 조서를 쓰기 시작했다. 그러면서 그는 피조사자에게 판에 박힌 절망을 안겨 주고 사법 기관의 흠결 없는 기계와도 같은 절차에 따라 피할 수 없는 운명을 맞으리라는 예감을 안겨 줄, 두드러지게 단조롭고 관료주의적인 목소리로 말했다.

"스스로도 잘 아시겠지만, 사리 씨, 수사부는 선생님의 증언을 납득하지 못합니다. 엘라 스트룀베리는 흔적 없이 사라졌고 그분을 마지막으로 본 사람이 선생님입니다, 사리 씨. 이 자리에서 그토록 상세히 묘사해 주신 **붉은 건물**은 앵무새거리에 존재하지 않습니다. 선생님의 **붉은 건물** 묘사는 기본적인 물리법칙에 위배되기 때문에 사실과 다르다고 할 수 있겠습니다. 마지막으로, 수사부가 아는 바에 따르면 엘라 스트룀베리는 전혀 다른 지역에, 앵무새거리에서 멀리 떨어진 곳에 살았습니다. 물론 그 자체는 선생님이 거짓말을 한다는 증거가 될 수 없겠지만 의심을 불러일으키기에는 충분합니다. 저는 일련의 상황이 확실해질 때까지 선생님을 구금해야만 하겠습니다…… 조서를 읽어 보고 서명해 주십시오."

에이노 사리는 한 마디도 하지 못하고 책상으로 다가와서는 읽지도 않고 조서에 한 장 한 장 서명했다. 손가락 사이의 연필이 떨렸고 좁은 턱도 축 늘어져서 역시 덜덜 떨리고 있었다. 서명을 마치고 다리를 질질 끌며 등받이 없는 의자로 돌아간 그는 털썩 앉아 두 손을 꼭 모아쥐고 말했다.

"수사관님, 다시 한번 강조하고 싶습니다만, 저는 증언을 하면서……" 그의 목소리가 갈라졌고 그는 다시 한번 침을 꿀꺽 삼켰다. "저는 증언을 하면서 스스로에게 불리한 말을 하고 있다는 걸 알았습니다. 이야기를 지어내거나 거짓말을 할 수도 있었을 거예요…… 애초에 수색에 참여하지 않았을 수도 있고요. 제가 엘라를 데려다주러 나갔다는 건 아무도 몰랐으니까요……"

"선생님의 그 말씀은," 안드레이가 무심한 목소리로 말했다. "이미 조서에 잘 들어가 있습니다. 선생님이 결백하다면 두려워하실 필요 없을 겁니다. 지금부터 유치장으로 안내하겠습니다. 여기 종이와 연필을 드리지요. 선생님께서는 수사부뿐 아니라 스스로를 도울 수도 있을 겁니다. 누가, 언제, 어디서, 어떤 상황에서 선생님과 **붉은 건물**에 대해 이야기를 나누었는지 아주 자세히 쓰신다면 말입니다. 엘라 스트룀베리가 사라지기 전이든 그 이후든 상관없습니다. 아주 자세히 쓰셔야 합니다. 어디에 사는 누가, 정확히 며칠 몇 시에 어디서 어떤 계기로 어떤 목적으로 어떤 어조로 이야기했는지 쓰십시오. 이해하셨습니까?"

에이노 사리는 고개를 끄덕이고는 거의 들리지 않게 "네"라고 답했다. 안드레이는 그의 눈을 빤히 쳐다보며 말을 이었다.

"저는 선생님이 **붉은 건물**에 관한 그 모든 상세한 정보를 다른 어딘가에서 들었다고 확신합니다. 어쩌면 선생님께서는 그걸 직접 보신 적이 아예 없을 수도 있고요. 누가 선생님께 그런 세세한 정보를 알려 줬는지 기억해 내시길 강력히 권고합니다. 누가, 언제, 어떤 상황에서였는지요. 어떤 목적이었는지도요."

그는 벨을 눌러 당직자를 불렀고 색소폰 연주자는 끌려 나갔다. 안드레이는 양손을 비볐고 조서에 구멍을 뚫어 서류철에 끼운 뒤 뜨거운 차를 내오라고 하면서 다음 목격자를 불렀다. 그는 스스로가 만족스러웠다. 어쨌든 상상력과 기초 기하학 지식은 유용하다. 에이노 사리가 늘어놓은 거짓말은 모든 과학 법칙에 의해 폭로된 것이나 다름없으니.

다음 목격자는 마틸다 후사코바(62세, 집에서 뜨개질 일을 함, 과부)라는 여성이었는데 훨씬 수월할 것 같았다. 몸집이 큰 이 노파는 백발로 덮인 작은 머리에 발그레한 볼과 영리해 보이는 눈을 갖고 있었다. 조금도 졸리거나 겁을 먹은 것 같지 않았고 오히려 반대로 모험을 하게 되어 신이 난 듯했다. 검찰청에 색색의 실패와 뜨개바늘 바구니를 챙겨 등장한 노파는 사무실에 들어서자마자 등받이 없는 의자에 우뚝 앉아 안경을 끼더니 뜨개질을 시작했다.

"파니* 후사코바, 수사부가 아는 바로는," 안드레이가 입을 열었다. "얼마 전 부인께서 프란티셰크라는 분에게 일어난 일을 친구들에게 얘기하고 다니셨습니다. **붉은 건물**이란 곳에 들어가게 되어 여러 모험을 하고 겨우 빠져나온 분 이야기 말입니다. 맞습니까?"

늙은 마틸다는 웃더니 능숙하게 뜨개바늘 하나를 다른 바늘에 걸치고 뜨개질감에서 눈을 떼지 않고 말했다.

"맞우, 맞아. 그것도 여러 번 얘기하기는 했는데 그게 어쩌다가 수사부에까지 알려졌는지 궁금하구려…… 내가 아는 사람 중에 사법부 사람은 없을 텐데……"

"이걸 말씀드려야겠군요." 안드레이가 믿음직스러운 목소리로 말했다. "현재 **붉은 건물**에 대한 수사가 진행 중

♦ 봉건시대 폴란드, 벨라루스, 우크라이나에서 지주나 귀족의 성 앞에 붙여 쓰던 호칭. 남자에게는 판, 결혼한 여자에게는 파니를 붙였다.

이고 저희는 그 건물에 들어갔던 사람을 단 한 명이라도 찾아 어떻게든 접촉해 보려고 노력하는 중입니다."

마틸다 후사코바는 그의 말을 듣고 있지 않았다. 그녀는 무릎에 뜨개질감을 올려놓고 골똘히 벽을 쳐다보았다.

"대체 누가 얘기했을까?" 후사코바가 말하기 시작했다. "리자 집에는 믿을 만한 사람들만 있었는데, 설마 카르멘이 그 후에 어디 가서 얘기를 떠벌렸나…… 수다쟁이 할멈이니…… 아니면 프리다네인가?" 그녀가 고개를 저었다. "아니, 프리다일 리가 없겠구려. 류바네에 어떤 노인네가 드나들곤 했는데…… 아주 인상이 더러운 노인네였어. 눈도 늘 피하고 항상 류바 돈으로 술을 마시고…… 이럴 줄은 몰랐구려……! 여기서도 누가 누구랑 있는지 알아야 한다니…… 독일 놈들이 왔을 때는 앉아서 입을 딱 닫고 있어야 했지. 1948년 이후에도 또다시 입을 딱 닫고 보기만 해야 했우. 황금빛 봄이 왔을 때는 입을 아주 조금은 열어도 됐지. 그런데 세상에, 러시아인들이 전차를 타고 와서는 또 닥치라고, 또 조용히 하라고 했고…… 그러다 여기로 오게 됐는데, 여기도, 그러니까, 똑같구먼……"

"잠시만요, 파니 후사코바." 안드레이가 끼어들었다. "부인께선 상황을 잘못 알고 계신 것 같습니다. 제가 알기로 부인께선 범죄를 저지르신 적이 없습니다. 저희는 부인을 그저 목격자로, 조력자로 보고……"

"아이고 젊은이! 조력자는 무슨 조력자요? 경찰은 경찰이지."

"아닙니다!" 안드레이가 신뢰를 주기 위해 가슴에 손을 얹었다. "저희는 범죄자 집단을 쫓고 있습니다! 그들이 사람들을 약탈할 뿐 아니라, 정황상 사람들을 죽이는 것 같습니다. 그들의 마수에 걸렸다 나온 사람은 수사부에 이루 말할 수 없는 큰 도움을 줄 수 있고요!"

"젊은이, 혹시," 노파가 말했다. "혹시 그 **붉은 건물**이 존재한다고 믿는 거요?"

"부인께선 믿지 않으십니까?" 안드레이는 조금 어리둥절하여 물었다.

노파가 대답할 새가 없었다. 사무실 문이 열리더니 복도에서 흥분한 목소리들이 흘러들었고 열린 문 사이로 까만 머리의 땅딸막한 자가 들어오더니 복도에 대고 소리쳤다. "그래요, 시급하다니까요! 당장 말해야 합니다!" 안드레이는 인상을 썼고 사람들이 그자를 복도로 끌어낸 뒤 문이 쾅 닫혔다.

"죄송합니다. 주위가 산만했네요." 안드레이가 말했다. "부인께선 그러니까, 스스로는 **붉은 건물**을 믿지 않는다고 말씀하시려던 겁니까?"

연로한 마틸다가 뜨개바늘을 계속 움직이며 한쪽 어깨를 으쓱해 보였다.

"아니 다 큰 성인이 어떻게 그걸 믿을 수 있겠우? 세상에, 집이 장소를 옮겨 다닌다는데, 집 안의 문들에는 다 이빨이 달려 있고 계단을 올라가면 지하실에 도착한다는데 말이우…… 물론, 이곳에서는 무슨 일이든 일어날 수 있지. **실험**은 **실험**이니까. 하지만 그래도 이건 너무하지 않우…… 아니, 믿을 수 없구려. 대체 젊은이는 왜 내가 그런 허황된 이야기를 믿을 거라 생각한 거요? 물론 도시마다 사람들을 집어삼키는 집들이 있기는 하지만, 우리네 도시에도 그런 집이 없을 수는 없겠지만, 그래도 그런 집들이 장소를 옮겨 다닐 리는 없잖우…… 그리고 거기 계단은 아주 평범한 것 같던데."

"잠깐만요, 파니 후사코바. 그렇다면 뭣 하러 그 허황된 이야기를 사람들에게 퍼뜨리고 다니신 겁니까?" 안드레이가 말했다.

"사람들이 듣는데 말하지 않을 이유가 있우? 사람들은, 특히나 우리 같은 노인들은 심심하다우……"

"그러니까 그 얘기를 직접 지어내신 겁니까?"

연로한 마틸다가 대답하려고 입을 열었을 때 안드레이의 귓전에 절박한 전화벨이 울렸다. 안드레이는 욕을 내뱉고는 수화기를 들었다.

수사관

"안드류-쇼노-체크……" 수화기에서 완전히 취한 셀마의 목소리가 들렸다. "내가 그들을 전부 쫓아…… 쫓아냈어. 왜 안 와?"

"미안한데," 안드레이는 입술을 깨물며 노파를 곁눈질했다. "내가 지금 아주 바쁘니까……"

"난 그러기 싫-은-데!" 셀마가 선언했다. "난 널 사랑하고 널 기다리고 있어. 네 집에서 취한 채 다 벗고 있어서 추워……"

"셀마." 안드레이가 송화구에 바짝 대고 목소리를 낮췄다. "바보 같은 짓 그만해. 난 지금 무척 바쁘다고."

"그래도 넌 나 같은 여자는 이 변…… 변소 같은 세상에서 차…… 찾을 수 없을걸. 내가 여기 이렇게 전부 다 벗고서…… 한껏 웅크리고 있어…… 알몸으로……"

"30분 후에 갈게." 안드레이가 황급히 말했다.

"바보! 30분…… 뒤에는 이미 자고 있을 텐데…… 누가 30분 후에 오겠다는 거야?"

"알았으니까 끊어, 셀마." 안드레이는 이 문란한 여자에게 사무실 전화번호를 알려 줬던 날과 시간을 저주하며 말했다.

"꺼져!" 갑자기 셀마가 고함치더니 전화를 뚝 끊었다. 전화기가 부서져라 수화기를 쾅 내려놓은 것 같았다. 안드레이는 미칠 듯이 화가 나 어금니를 꽉 물고는 조심스럽게 수화기를 내려놓은 다음 몇 초간 차마 눈을 들지 못하고 앉아 있었다. 여러 생각이 산만하게 흩어졌다. 조금 뒤 그가 헛기침을 했다.

"그럼." 그가 입을 열었다. "음…… 그러니까, 부인께선 그냥 무료해서 그러셨다는 거군요……" 안드레이가 마침내 마지막 질문을 기억해 냈다. "그러니까, 부인께서 그 프란티셰크의 이야기를 직접 지어냈다는 말씀이십니까?"

노파가 대답하기 위해 또다시 입을 열었지만 이번에도 대답하지 못했다. 문이 활짝 열리더니 문간에 당직자가 나타나 늠름한 목소리로 보고했다.

"수사관님, 실례하겠습니다! 도착한 목격자가 수사관님에게 당장 신문을 시작해 달라고 하는데요, 왜냐하면……"

안드레이의 눈이 뭔가에 씐 듯 탁해졌다. 그는 두 주먹을 쥐고 온 힘을 다해 책상을 내려치고는 자기 귀가 먹먹할 정도로 고래고래 고함쳤다.

"당직자, 이게 대체 무슨 행동인가! 규정 모르나? 페트로프인지 뭔지 하는 작자를 지금 어디 들이미는 건가? 지금 여기가 자기 집 화장실인 것 같나? 뒤로-돌아! 앞으로-가!"

당직자는 온 적도 없었던 듯이 사라졌다. 안드레이

는 입술이 분노로 떨리는 것을 느끼며 굳은 손으로 물병에서 물을 따라 쭉 들이켰다. 미친 듯이 소리를 질렀더니 목이 따끔따끔했다. 그는 곁눈질로 노파를 봤다. 연로한 마틸다는 아무 일도 없었던 양 개의치 않고 뜨개질 중이었다.

"죄송합니다." 안드레이가 웅얼웅얼 말했다.

"괜찮아요, 젊은이." 마틸다가 다독였다. "당신한테 화나지 않았우다. 조금 전에 내가 그 모든 걸 다 지어낸 거냐고 물었지요. 아니요, 젊은이. 직접 지어내지 않았우. 어떻게 그런 걸 상상하겠우! 세상에나, 올라가면 지하실에 도달하는 계단이라니…… 나는 꿈에서도 그런 건 보지 못했우다. 들은 대로 이야기했을 뿐이지……"

"그럼 정확히 누가 부인께 그런 얘기를 했습니까?"

노파는 뜨개질을 멈추지 않고 머리를 흔들었다.

"그건 이제 기억나지 않는다우. 줄 서 있을 때 어떤 여자가 해 준 얘기였는데, 그 프란티셰크라는 자가 그 여자의 지인의 사위라나. 물론 그것도 거짓말이겠지. 줄을 서 있다 보면 그런, 신문에서는 읽을 수 없는 이야기를 엄청 듣게 되니 말이우……"

"그럼 그게 대략 언제 일이죠?" 안드레이가 조금씩 정신을 차리고는 흥분해서 지나치게 몰아붙이고 만 것을 이미 후회하며 물었다.

"두 달 전이었을 거요…… 아니, 어쩌면 석 달 전인가."

그렇다, 나는 신문을 망쳤다. 안드레이는 우울해하며 생각했다. 그 너절한 놈 때문에, 그 머저리 같은 당직자 때문에 제기랄, 내가 신문을 망쳤다. 아니, 이대로 두지 않겠다. 내가 그 당직자 자식을, 그 등신을 혼내 주겠다. 아주 혼쭐을 내 주겠다. 그놈은 추운 아침마다 광인들을 쫓아다니게 될 거다…… 뭐, 그래. 그런데 이 노파는 이제 어떻게 하지? 입을 열 생각이 전혀 없고 이름도 이야기하지 않으려 드는데……

"파니 후사코바, 그런데 말입니다." 그가 다시 시도했다. "그 여자의 이름이 정말로 조금도 기억 안 나십니까?"

"기억 안 난다우, 젊은이. 전혀 기억이 안 나요." 연로한 마틸다가 빛에 반사되어 번쩍이는 뜨개바늘을 계속해서 힘차게 움직이며 즐겁다는 듯 말했다.

"혹시 부인의 친구분들은 기억하시지 않을까요……"

뜨개바늘의 움직임이 조금 느려졌다.

"부인께서는 친구분들에게 그 이름을 말씀하셨을 테니까요. 그렇지 않습니까?" 안드레이가 말을 이었다. "친구분들의 기억력이 더 좋을 수도 있지 않습니까?"

마틸다는 이번에도 한쪽 어깨를 으쓱하더니 대답하

지 않았다. 안드레이는 의자 등받이에 몸을 기댔다.

"파니 후사코바, 상황을 정리해 보자면 이렇군요. 그 여자의 이름은 부인께서 잊어버렸거나 저희에게 말씀하지 않으려 하십니다. 그런데 부인의 친구분들은 그 이름을 기억할 수도 있습니다. 그러므로 저희로서는 부인께서 친구분들에게 언질을 주지 않으시도록 얼마간 부인을 여기에 붙들어 둬야만 하겠습니다. 부인 스스로, 혹은 친구분들 중 누군가가 부인이 누구에게서 그 이야기를 들었는지 기억해 내실 때까지 구금해야 할 것 같습니다."

"마음대로 하시구려." 파니 후사코바가 유순하게 대답했다.

"그렇지만 말입니다." 안드레이가 말했다. "계속 기억을 해 보려 노력해 주십시오. 그동안 저희는 부인 친구분들에게 물어볼 거고 사람들은 계속해서 사라질 테고 불한당들은 즐거워하며 손을 비비겠죠. 이 모든 일은 부인의 수사기관에 대한 이상한 편견 때문에 발생하는 겁니다."

연로한 마틸다는 아무런 대답도 하지 않았다. 그저 주름진 입술을 꽉 다물었다.

"지금 얼마나 이상한 상황이 되고 있는지 부디 아셔야 합니다." 안드레이가 계속해서 부인의 양심을 찔렀다. "저희는 낮이고 밤이고 인간쓰레기들과, 더러운 놈들과,

사기꾼 놈들과 씨름해야 합니다. 그런데 이곳에 온 정직한 사람이 아무리 노력해도 저희를 도와주려 하지 않는다니요. 그게 대체 뭡니까? 야만 아닙니까! 게다가 부인의, 죄송합니다만, 그 유치한 꿍꿍이는 아무 의미가 없어요. 부인께서 기억 못 하시더라도 친구분들이 기억해 낼 테고 그렇게 되면 어쨌든 저희는 그 여자의 이름을 알아내 프란티셰크에까지 도달할 테고, 그자는 저희가 그 근원을 찾도록 돕겠지요. 강도들이 그를 위험한 목격자로여겨 살해하지 않을 때의 얘기지만 말입니다…… 게다가 그가 죽으면 그 죄는 부인에게, 파니 후사코바에게 있는 겁니다! 재판에서는 물론이고 법률적으로도 유죄는아니겠지만, 양심상, 인간적으로 죄인이 되는 거예요!"

이 짧은 연설에 자신의 모든 확신을 불어넣은 안드레이는 힘이 빠져 담배를 피우기 시작했고 시계의 숫자판을 슬쩍슬쩍 몰래 보면서 기다렸다. 그는 딱 3분 기다리기로 마음먹었다. 이렇게까지 했는데도 이 황당무계한 노파가 불지 않는다면, 이 늙은 나무 그루터기 같은노인네를 유치장에 넣을 테다. 법에 어긋나기는 하지만. 그래도 이 망할 사건의 수사를 강화하기는 해야 하지 않나…… 노파 한 명 조사하는 데 시간을 얼마나 쓸 수 있겠는가? 유치장에서의 하룻밤이 어떤 사람들에게는 아주 마법과도 같은 효과를 발휘한다…… 월권을 행사했다고 불쾌한 일이 생길 수도 있지만…… 하지만 그런 일은 없을 테고 이 노파는 탄원하지 않을 테니 괜찮다…… 안 그러게 생겼으니…… 뭐, 불쾌한 일이 생겨 봐야 검찰총장이 개인적으로 이 사건에 관심이 있다고 하니 엄청 깨지지는 않겠지. 경고는 하겠지만 내가 뭐, 그들에게 감사 인사나 받자고 일하나? 경고할 테면 하라지. 이 망할 사건을 조금이라도 진전시킬 수 있다면…… 아주 조금이라도 진전시킬 수 있다면 나는……

그는 담배를 피우며 친절하게도 담배 연기를 흐트러뜨렸다. 초침은 맹렬히 시계판 위를 달렸고 파니 후사코바는 계속 침묵하며 그저 조용히 뜨개바늘을 달그락달그락 움직였다.

"그럼," 4분이 지나자 안드레이가 말했다. 그는 단호한 동작으로 꽉 찬 재떨이에 꽁초를 꾸욱 눌렀다. "부인을 구금할 수밖에 없겠습니다. 수사에 협조하지 않은 죄입니다. 파니 후사코바, 물론 부인 마음입니다만, 이런 행동은 조금 유치하달까요…… 여기 조서에 서명해 주십시오. 그 뒤에 유치장으로 데려갈 겁니다."

연로한 마틸다를 끌고 가자(그녀는 안드레이에게 잘 자라고 작별 인사를 했다) 안드레이는 뜨거운 차를 받지 못했다는 데 생각이 미쳤다. 그는 복도로 몸을 빼고서 당직자에게 오래도록 매섭게 그의 의무를 일깨워 준 다음 목격자 페트로프를 데려오라 지시했다.

목격자 페트로프는—땅딸막했고 직사각형에 가까운 체형에 까마귀처럼 까맸으며 겉만 봐서는 영락없는 불한당, 영락없는 마피아였다—등받이 없는 의자에 완고히 앉아 한 마디도 하지 않고 안드레이가 차를 홀짝이는 모습을 화가 난 눈빛으로 비스듬히 흘겨보았다.

"페트로프 씨, 대체 왜 그러십니까?" 안드레이가 온화하게 말을 걸었다. "사무실로 쳐들어오고 말썽을 일으키고 제 업무를 방해하더니 지금은 또 조용히 계시다니요……"

"당신 같은 식충이들과 이야기할 게 뭐가 있겠소?" 페트로프가 악의에 차 말했다. "아까 엉덩이를 움직였어야지. 지금은 이미 늦었소."

"대체 무슨 긴급한 일이길래 그러십니까?" 안드레이가 '식충이'를 비롯한 그 비슷한 단어들은 귓등으로 흘려보내며 물었다.

"당신이 여기서 수다나 떨고 있을 동안, 그 지긋지긋한 규정을 따를 동안 내가 **건물**을 봤단 말이오!"

안드레이는 조심스럽게 티스푼을 잔에 놓았다.

"어떤 건물 말씀이십니까?" 그가 물었다.

"당신, 대체 뭐 하는 사람이오?" 페트로프가 순간 분개했다. "지금 나랑 농담하자는 거요? 무슨 건물이냐니…… **붉은 건물** 말이오! 바로 그거! 그 망할 것이 바로 중앙로에 서 있고 사람들이 그리로 들어가는데 당신은 차나 마시고…… 웬 멍청한 노인네들이나 못살게 굴고……"

"잠시만요, 잠시만……!" 안드레이가 서류철에서 도시 설계도를 꺼내며 말했다. "어디서 보셨다고요? 언제였죠?"

"방금, 날 여기로 데려올 때 봤소…… 내가 그 머저리에게 '세워요!'라고 했지만, 아랑곳없이 차를 몰더군…… 여기 와서는 당직자에게 말했소. 어서 그리로 경찰을 보내라고. 하지만 당직자 역시 꿈쩍도 안 했소……"

"어디서 보셨다고요? 장소가 어떻게 됩니까?"

"시너고그 아시오?"

"네." 안드레이는 지도에서 시너고그를 찾으며 말했다.

"시너고그랑 작은 영화관 사이에, 거기 그런 낡은 게 하나 있었소."

지도에는 시너고그와 영화관 '새로운 환상' 사이에 분수대와 놀이터가 있는 작은 공원이 표시되어 있었다. 안드레이는 연필 끝을 깨물었다.

"언제 그걸 보셨다고요?" 그가 물었다.

"12시 20분이었소." 페트로프가 음울하게 말했다.
"그런데 지금은 거의 1시군. 그게 당신을 기다려 줄
지…… 15분 후, 20분 후에 달려갔는데 이미 그 자리에
없었던 적도 있소……" 그는 절망적으로 손사래를 쳤다.

안드레이가 전화기를 들고 지시했다.

"사이드카가 달린 모터사이클과 경찰관 한 명을 대기
시키세요. 지금 당장."

수사관

제2장

　모터사이클은 부서진 아스팔트에 튕겨 가며 굉음과 함께 중앙로를 내달렸다. 안드레이는 몸을 웅크리고서 사이드카의 앞 유리에 얼굴을 숨겼지만 별 도움은 안 되어 세찬 바람을 그대로 맞았다. 외투를 잘 붙들고 있어야 했다.

　때때로 추위에 파리해진 광인들이 인상을 쓰고 춤을 추듯 스텝을 밟으며 인도에서 튀어나와 뭐라고 고함을 쳤지만, 엔진 소음에 묻혀 들리지 않았다. 모터사이클을 모는 경찰관은 그럴 때마다 잠깐 멈춰 서서 잇새로 욕을 내뱉고는 날카롭게 뻗은 손길들을 쳐 내고 줄무늬 윗도리들의 그물망을 피해 다시 질주했고 안드레이의 온몸은 뒤로 휘청했다.

길에는 미친 사람들뿐이었다. 그 외에는 지붕에 주황색 표시등을 달고 천천히 달리는 순찰차를 한 번 마주치고 시청 앞 광장에서 우스꽝스럽게 뛰어다니는 북슬북슬하고 거대한 원숭이 한 마리를 본 게 전부였다. 원숭이는 온 힘을 다해 뛰고 있었고 그 뒤를 줄무늬 잠옷을 입은 면도 안 한 자들이 꽥꽥 소리치고 귓가가 쟁쟁하도록 비명을 지르면서 쫓고 있었다. 고개를 돌린 안드레이는 그들이 결국엔 원숭이를 붙잡고, 그들의 수가 점점 불어나더니 원숭이의 앞발 뒷발을 잡아 사방으로 당기며 끔찍한 장송곡에 맞춰 흔들기 시작하는 광경을 목격했다.

드문드문 가로등을 지나 죽은 듯 불빛 하나 없는 까만 구역을 내달린 후 미색 시너고그가 흐릿하게 그 거대한 모습을 드러냈고 안드레이는 **건물**을 보았다.

그것은 굳건하고도 당당하게, 마치 언제나, 몇십 년 동안 이 공간을 차지하고 있었던 양 종교적 상징들이 그려진 시너고그의 벽과 지난주 야간에 포르노를 상영해 벌금을 내게 된, 다 허물어져 가는 작은 영화관 사이에 자리 잡고 있었다. 어제 낮만 해도 시들시들한 나무들이 서 있던, 불결하고 커다란 시멘트 받침 위로 볼품없는 물줄기를 뿜는 분수가 있던, 밧줄 그네에 여러 인종의 아이들이 매달려 소리를 지르던 곳이었다.

그것은 실제로 붉었고 벽돌로 지어졌으며 4층 높이에 아래층 창문은 나무 덧창으로 막혀 있었는데 2층과 3층의 몇몇 창문에서는 노란빛과 분홍빛 등이 비쳤다. 지붕은 아연 도금한 양철로 싸여 있었고 단 하나뿐인 굴뚝 옆에는 도파기 몇 개가 가로로 달린 기이한 안테나가 설치되어 있었으며 현관에는 정말로 네 단짜리 돌계단이 놓여 있었고 황동 손잡이가 반들거렸다. 바라볼수록 어떤 장엄하고 음울한 곡조가 귓가에 점점 더 분명히 들려왔고 **건물** 안에서 음악을 연주하는 듯했다던 여러 목격자들의 증언이 얼핏 떠올랐다……

안드레이는 제복모의 챙을 매만져 시야를 가리지 않도록 한 다음 모터사이클을 몰고 온 경찰관을 쳐다봤다. 음울한 뚱보가 인상을 팍 쓰고 높이 올린 목깃에 고개를 파묻고 앉아선 졸린 표정으로 잇새에 문 담배를 피우고 있었다.

"저거 보이나?" 안드레이가 속삭이듯 물었다.

뚱보는 불편하게 고개를 돌렸다가 목깃을 바로 세웠다.

"예?"

"집 말이야. 보이느냐고?" 안드레이가 화를 내며 물었다.

"눈이 멀지 않았으니까요." 경찰관이 음울하게 대답

했다.

"전에도 이걸 여기서 본 적이 있나?"

"없습니다." 경찰관이 말했다. "여기서는 못 봤습니다. 다른 곳에서는 봤지요. 그런데 그게 뭐 어쨌다는 겁니까? 이 구역의 밤에는 저것보다 더한 것들도 나타나는데요……"

안드레이의 귓가에서 음악이 비통하게 울부짖었기에 경찰관이 하는 말은 잘 들리지 않았다. 성대한 장례식이 거행되고 있었다. 수천에 수천 명의 사람들이 가까운 사람들과 사랑하는 사람들을 보내며 눈물을 흘렸고 울부짖는 음악은 그들로 하여금 진정하지 못하도록, 떨쳐 내지 못하도록, 벗어나지 못하도록 했다……

"여기서 기다리게." 안드레이가 경찰관에게 말했고 경찰관의 대답은 들리지 않았으나 놀라운 일은 아니었다. 경찰관은 모터사이클과 함께 길 건너편에 남아 있었고 안드레이는 이미 황동 손잡이가 달린 높은 참나무 문 앞 계단에 서 있었기 때문이다.

안드레이는 중앙로 오른편의 안개 낀 어둠과 중앙로 왼편의 안개 낀 어둠을 보았고 만일에 대비해 이 모든 것들과 작별 인사를 한 후 반들반들 빛나는, 섬세한 장식이 새겨진 손잡이에 장갑 낀 손을 댔다.

문 뒤에는 차분한 분위기의 그리 넓지 않은 로비가 있

었고 흐릿한 노란 조명 아래 야자수처럼 사방으로 펼쳐진 옷걸이에는 제복 코트와 외투와 트렌치코트들이 풍성하게 걸려 있었다. 발밑에는 하얗게 바래 무늬를 알아볼 수 없는 카펫이 깔렸고 넓은 대리석 계단에는 빨갛고 부드러운 카펫이 깨끗하게 닦인 철제 난간들에 맞대어 깔려 있었다. 벽에는 그림들이 걸려 있었으며 오른편의 참나무 가림막 뒤에도 뭔가가 있었다. 가까이에서 누군가가 안드레이로부터 공손히 서류철을 가져가더니 이렇게 속삭였다. "위층으로 올라가시지요……" 안드레이는 도대체 무슨 상황인지 파악할 수 없었을 뿐만 아니라 내내 시야를 가리던 제복모의 챙이 굉장히 방해되어 발밑만 볼 수 있었다. 계단을 중간쯤 올라갔을 때 안드레이는 이 망할 제복모를 금줄을 달고 있던, 구레나룻이 허리에 닿을 듯 길던 좀 전의 그 화려한 자에게 맡겨 옷걸이에 걸도록 할 걸 그랬다고 생각했으나 이미 늦었다. 이곳은 무엇이든 제때 하지 않으면 아예 못 하도록 정해져 있었고 자신의 선택이나 행동을 번복하는 일은 허용되지 않았다. 그는 마지막 단을 오른 후 안도의 한숨을 내쉬며 제복모를 벗었다.

문간에 안드레이가 등장하자 모두 일어섰으나 그는 그들을 보지 않았다. 안드레이는 오로지 자신의 파트너만을, 군복풍의 옷을 입고 반짝반짝 크롬 무두질한 가죽

부츠를 신은, 신경 쓰일 정도로 누군가를 닮은 듯하되 생전 처음 마주하는, 그리 키가 크지 않은 연로한 남자만을 쳐다봤다.

모두들 움직임 없이 벽을 따라 서 있었다. 대리석 벽은 금빛과 자줏빛, 그리고 선명한 여러 빛깔의 깃발들이 드리워져 장식되어 있었는데…… 아니, 여러 빛깔이 아니라 전부 붉은 바탕에 금색을 섞은, 오로지 붉은 바탕에 금색뿐인 깃발들이었으며 보이지 않을 정도로 아득한 천장에서는 북부의 경이로운 광휘를 구현한 듯한 커다란 자줏빛과 금빛이 섞인 천들이 늘어져 있었다. 그들은 반원형 벽감이 파인 벽 아래에 붙어 서 있었고 어둑한 벽감 안에는 거만하면서도 수줍음을 타는 반신상들이, 대리석이나 석고, 동, 금, 공작석, 스테인리스로 만들어진 반신상들이 숨어 있었다…… 그곳에서 무덤과도 같은 한기가 흘러나와 모두들 추위에 몰래 손을 비비고 몸을 들썩였으나 부동자세로 정면을 보며 서 있었고 군복풍의 옷을 입은 연로한 파트너, 그의 상대만이 하얗게 센 묵직한 머리를 살짝 떨구고 왼손으로 오른손 손목을 잡아 뒷짐을 진 채 천천히 소리 없이 텅 빈 홀 중앙을 돌아다녔다. 안드레이가 입장할 때도, 모두 일어서서 한동안 서 있을 때도, 겨우 들릴 듯한 안도와 같은 한숨이 홀의 아치 천장 아래 금빛과 자줏빛에 엉켰다가 사라질 때에도 그 사람은 계속 걸어 다녔고 그러다 갑자기, 걸음을 내딛다 말고 멈춰 서더니 대단히 신중하고도 웃음기 하나 없는 표정으로 안드레이를 쳐다봤다. 안드레이는 그의 골격 큰 머리에 숱이 부족한 회색 머리카락과 좁은 이마를, 부풀어 오른 콧수염, 역시 숱은 얼마 없으나 잘 빗겨 있는 콧수염과 노란빛이 돌고 군데군데 파인 듯 매끄럽지 않은 얼굴과 무심한 표정을 보았다.

자기소개도, 환영사도 필요 없었다. 그들은 자개로 장식된 탁자에 앉았다. 안드레이는 검은 말이었고 연로한 파트너는 흰 말, 아니 희다기보다는 사실 미색에 가까운 말이었다. 얼굴이 매끄럽지 않은 파트너는 털 없는 자그마한 손을 뻗어 두 손가락으로 폰을 잡고 첫수를 두었다. 안드레이도 즉시 자신의 폰을, 조용하고 믿음직스러운 왕Wang을, 언제나 자신을 평온히 두기만을, 그 하나만을 바라던 왕을 마주 놓았다. 여기서라면 왕은 어느 정도는, 사실 꽤나 의심스럽고 상대적이기는 하지만, 안정을 보장받을 수 있을 테고 여기서라면, 피할 수 없는 사건의 한복판에서라면, 왕에게는 힘들기는 하겠지만, 바로 여기서라면 오래도록, 가능하다면 끝없이 오래도록 그를 돕고 보호하고 지킬 수 있을 터였다.

두 폰이 이마를 맞대고 대치하는 중이었다. 서로를 건드릴 수도 있고 아무런 의미가 없는 말을 주고받을 수도 있고 그저 조용히, 스스로를 자랑스럽게 여기며 있을 수도 있었다. 평범한 폰들인 바로 자신들이 앞으로 펼쳐질 게임의 중요한 축이라며 자랑스러워할 수도 있었다. 하지만 서로에게는 아무 짓도 할 수 없었다. 그들은 서로에게 중립이었으며 체급도 달랐다. 제복 차림이 아닌, 언제나처럼 어깨에 머리를 파묻은 키가 작은 황인종 왕 대 펠트 조끼에 털모자를 썼으며 말을 오래 타서 다리가 휘고 콧수염이 북슬북슬하고 광대뼈가 두드러진, 날카로운 눈빛이 약간 사시인 단단한 남자였다.

체스보드 위는 다시 평형 상태였고 이대로 꽤 오래 지속될 터였다. 안드레이는 그의 파트너가 대단히 신중한 성격에 항상 사람을 가장 귀하게 여긴다는 사실을 알았다. 그러므로 당분간 왕에게는 아무런 위협이 없을 것이었다. 안드레이는 열에서 왕을 찾아내 그에게 살짝 미소를 보냈지만 도널드의 주의 깊고 우울한 눈빛과 마주치고는 바로 눈길을 돌렸다.

파트너는 고민에 빠져 자개로 장식한 탁자 상판에 기다란 귈런 물부리를 느릿느릿 톡톡 두드렸고 안드레이는 다시 한번 벽 앞에 꼼짝 않고 줄지어 서 있는 사람들을, 이번에는 자기 사람들이 아니라 경쟁자가 지휘하는 사람들을 흘끗 봤다. 대부분 처음 보는 이들이었다. 의외로 턱수염을 기르고 코안경을 걸치고 유행 지난 넥타이를 매고 제복에 조끼를 입은 지식인 같은 자들과 견장에 마름모 계급장이 여럿 있고 비단 리본에 훈장이 달린, 예사롭지 않은 군복을 입은 군인들이었다…… 그는 대체 어디서 이런 자들을 모아 온 것일까, 안드레이는 적잖이 놀라워하면서 전진한 하얀 폰을 다시 한번 쳐다보았다. 이 말은 적어도 잘 아는 자이기는 했다. 어른들이 수군대던 말에 따르면, 한때 전설적인 영광을 누렸으나 자신에게 지워진 희망에 부응하지 못하여 이제는, 말하자면, 무대에서 물러난 인물이었다. 그 스스로도 그 사실을 잘 알고 있지만 딱히 애석해하지는 않는 듯 보였다. 그는 휜 다리로 마루를 단단히 딛고서 자신의 어마어마한 콧수염을 손가락으로 돌리며 주위를 곁눈질했다. 그에게서 보드카와 말의 땀 냄새가 코를 찌르듯 풍겼다.

파트너가 체스보드 위로 손을 뻗더니 또 다른 폰을 옮겼다. 안드레이는 눈을 질끈 감았다. 이렇게 나올 줄은 전혀 몰랐다. 이렇게 바로? 이 사람은 대체 누구지? 감탄을 자아내는 동시에 거만함 같은 것이 느껴져 거부감이 이는 창백하고 아름다운 얼굴에는 푸른빛이 도는 코안경이 씌워져 있었고, 우아하게 곱슬곱슬한 턱수염, 훤한 이마 위에 얹어진 숱 많은 흑발이 보였다. 안드레이는 이자를 본 적이 없었고 누구인지 몰랐으나 조끼를 입은 휜 다리 사내에게 권위적으로 절도 있게 말하고 조끼 입은 사내는 확신에 찬 조련사 앞에 서 있는 거대한 야생 고양이처럼 살짝 사시인 눈을 돌리며 콧수염과 광대뼈 근육을 씰룩이기만 하는 것으로 미루어 중요한 인물인 듯했다.

그러나 안드레이는 그들의 관계에까지 신경 쓸 틈이 없었다. 왕, 일생을 시달린 작은 왕, 이제는 머리가 어깨에 완전히 파묻힌 왕, 이미 최악을 예상하는 왕, 자신의 각오에 굳건히 순응하는 왕의 운명이 결정 났기 때문이다. 이제 남은 선택지는 셋이다. 왕이 죽게 두거나, 왕이 죽이도록 하거나, 지금 상태로, 둘의 목숨을 불확정성 속에 두거나. 마지막 수는 고급 전략 용어로 '퀸스 갬빗 디클라인드'라고도 한다. 안드레이도 이 전략을 알고 있었다. 교습서에서 권장하는 수라는 것도 알았고 기본적인 수라는 것도 알았다. 하지만 게임이 계속되는 긴 시간 내내 왕이 죽음을 앞둔 공포에 질려 차갑게 땀범벅이 된 채 아슬아슬한 위험 속에 있으리라는, 왕에게 가해지는 압박감이 점점 커지고 커져 마침내 도저히 참을 수 없게 되고 커다란 피고름이 터져 왕이 흔적도 남지 않고 사라지고 말리라는 생각을 떨칠 수가 없었다.

그렇게 두지 않겠어. 안드레이가 생각했다. 게다가 나는 코안경을 쓴 저 인물을 전혀 모르는데, 그가 어떻게 되든 알 게 뭔가. 나의 천재적인 파트너도 저 인물을 희생시키기로 결심하기 전 고작 몇 분 생각했을 뿐인데 내

수사관

가 왜 그를 불쌍히 여겨야 하나…… 안드레이는 게임 판에서 흰 말을 치우고 그 자리에 자신의 검은 말을 놓았는데 바로 그 순간 갑자기 조끼를 입은 야생 고양이가 생에 처음으로 조련사의 눈을 똑바로 마주 보더니 담배를 많이 피워 누레진 이를 드러내며 적의 어린 비웃음을 보내는 장면을 목격했다. 곧 피부가 까무잡잡한, 올리브처럼 까무잡잡하고 러시아인도 유럽인도 아닌 듯한 인물이 열에 끼어들어 푸른 코안경 쪽으로 미끄러지더니 녹이 슨 커다란 삽을 휘둘렀다. 코안경이 푸른 빛줄기를 그리면서 옆으로 날아갔고 창백한 얼굴을 한, 위대한 연단과 실패한 독재자의 사람은 작은 목소리로 신음을 내뱉으며 다리가 꺾였다. 그의 크지 않은 유려한 몸이 열대의 태양에 달구어진, 아주 낡아 이가 빠진 계단으로 굴러떨어져 하얀 먼지와 선홍빛 진득한 피에 뒤덮였다…… 안드레이는 숨을 고르고 목에 걸리적거리는 덩어리를 삼키고는 다시 체스보드를 바라보았다.

벌써 하얀 폰 두 개가 나란히 서 있었다. 중앙은 천재 전략가에 의해 완전히 장악되었고 구석에서는 닥치고야 말 파멸을 예고하는 반짝이는 눈빛이 왕의 가슴을 똑바로 조준하고 있었다. 오래 고민할 수 없었거니와 이제는 왕에게만 영향을 미칠 일도 아니었다. 단 한 번만 주춤해도 하얀 비숍이 작전지역으로 치고 나올 것이다. 비숍은 이미 오래전부터 그리로 진출하기를 꿈꿨다. 이 키가 크고 늘씬한 미남은 훈장과 깃발, 계급장, 견장으로 치장하고 있었다. 얼음처럼 서늘한 눈과 소년처럼 도톰한 입술을 가진 이 당당한 미남은 젊은 군대의 자랑이고 젊은 나라의 자랑이자, 훈장과 계급장과 견장 줄에 뒤덮인 서방 군사학을 따르는 똑같이 거만한 자들을 능가하는, 그들의 경쟁자였다. 그런 그가 왕에게 무슨 볼일이란 말인가? 그는 왕 같은 자들 수십 명을 자기 손으로 죽였다. 지저분하고 이가 들끓는, 굶주리고 그를 맹목적으로 믿는 왕 같은 자들 수천 명이 그의 말 한 마디에 분개해 욕설을 내뱉으며 전차와 기관총 앞으로 뛰어들었다. 그중 기적적으로 살아남은 자들은 이제 잘 먹고 지내 살이 올랐고 지금도 다시 뛰어들 각오가 되어 있고, 또 그 모든 것을 처음부터 반복할 각오가 되어 있다……

아니, 그에게는 왕도, 중앙도 내줘선 안 된다. 그래서 안드레이는 대기 중이던 폰을 누군지 보지도 않고 급히 전진시켰다. 안드레이는 오로지 한 가지만을, 왕을 숨기고 보호하는 것, 뒤에서라도 그를 지켜 주는 것, 위대한 전차병에게 왕이 그의 영향권에 있긴 하지만 그의 쪽으로 더 전진시키지 않으리라는 의도를 보여 주는 것만을 생각했다. 위대한 전차병은 안드레이의 의도를 알아차렸고 그의 빛나는 눈빛은 다시 잠에 취한 듯 아름답고 무거운 눈꺼풀에 덮였으며 그는 잊은 듯, 분명히 그렇게 잊은 듯했다. 불현듯 안드레이는 무시무시하게 내리치는 섬광과 함께 이곳의 결정권자는 그들이 아니라는 것을 깨달았다. 결정을 내리는 건 폰도, 비숍도, 룩도 퀸도 아니었다. 잠시 후 털 한 올 없는 작은 손이 천천히 체스보드 위로 올라가자마자, 이제 무슨 일이 일어날지 알아차린 안드레이는 목쉰 소리로 신음하듯 말했다. 게임의 고결한 규칙에 맞도록 "내가 바로잡겠어……" 안드레이는 손가락이 덜덜 떨릴 정도로 황급히 왕과 그의 뒤에 있던 자의 자리를 바꿨다. 행운이 안드레이에게 창백한 미소를 보냈다. 왕을 지켜 냈다. 안드레이와 6년 동안 한 책상을 썼던 발카 소이페르티스가, 어쨌거나 1949년에 위궤양 수술을 받다 이미 죽은 소이페르티스가 왕을 대신했다.

천재적인 파트너의 두 눈썹이 천천히 위로 올라가더니 반점이 있는 갈색 눈이 놀랍고 가소롭다는 듯 가늘어졌다. 당연히 그는 전술적으로, 그리고 전략적으로는 더더욱 의미가 없어 보이는 안드레이의 수가 우습고 이해가 안 가는 듯했다. 그는 작고 연약한 손을 계속 움직이다가 비숍 위에서 멈추더니 몇 초 망설이며 고민한 끝에 확신에 차 래커 칠을 한 비숍의 머리를 잡았고 그의 비숍은 앞으로 돌진해 검은 폰을 조용히 건드리면서 밀어내고 그 자리를 차지했다. 천재적인 전략가는 더욱 느릿한 움직임으로 죽은 폰을 체스보드 밖으로 옮겼고 하얀 가운을 입은 사무적이고 진지한 사람 무리가 발카 소이페르티스가 누워 있는 병원용 침대를 순식간에 둘러쌌다. 안드레이의 눈앞에 병으로 쇠약해진 그의 어두운 옆모습이 마지막으로 스쳤고 이동식 침대는 수술실 문 뒤로 사라졌다……

안드레이는 위대한 전차병에게 눈길을 돌렸고 그의 잿빛 투명한 눈 속에서 공포를, 그 자신도 느끼고 있는 괴로운 혼란을 보았다. 전차병은 연신 눈을 깜빡이며 천재적인 전략가를 바라보았으나 아무것도 이해하지 못했다. 그는 거대한 차량과 대인원을 이동시키는 범위 내에서 사고하는 데 익숙했다. 그는 순진하고 또 단순하게도 타인의 땅을 확신에 차 가로지르는 그의 장갑 함대가, 다발식 엔진을 장착하고 폭탄과 낙하산병들을 가득 채운 날아다니는 요새가, 타인의 땅 위 구름 속을 헤엄치는 요새가 영원토록 모든 것을 결정하리라는 사고에 익숙했으며 이 구체적인 꿈이 필요한 순간에 언제든 이뤄질 수 있도록 최선을 다해 왔다…… 물론 종종 천재적인 전략가가 정말로 천재적인지, 장갑차가 공격해야 할 시점과 공격이 향해야 할 방향을 동시에 결정할 수 있는지 빤한 의심을 해 본 적도 있었다. 그래도 어떻게 다른 이도 아닌 자신을, 이토록 유능하고 이토록 강인한, 다시없을 인물을 희생시킬 수 있는지, 엄청난 노력과 노동을 기울여 이룩한 그 모든 것을 어떻게 희생시킬 수 있는지 조금도 이해하지 못했다(그리고 이해할 새도 없었다)……

안드레이는 재빨리 그를 체스보드 밖으로 멀리 치우고 그가 있던 자리로 왕을 옮겼다. 하늘색 군모를 쓴 자들이 열을 비집고 들어가더니 위대한 전차병의 어깨와 팔을 거칠게 잡고 무기를 압수한 다음 그의 아름답고 귀티 나는 얼굴을 철썩 때리고 돌 감옥으로 연행했다. 천재적인 전략가는 의자 등받이에 기대앉아 만족스레 얼굴을 찡그리고는 배 위에 양손을 얹고서 엄지손가락을 돌렸다. 그는 만족하고 있었다. 폰에게 비숍을 넘겨 놓고 대단히 만족하고 있었다. 순간 안드레이는 이 전략가의 눈에는 모든 것이 다르게 보인다는 것을 깨달았다. 전략가는 유려하고 예기치 않은 방식으로 걸리적거리던 비숍을 제거했고 덤으로 폰을 얻은 것이다. 바로 이것이 그의 눈에 보이는 상황이었다……

위대한 전략가는 전략가 이상이었다. 전략가는 언제나 자신이 짠 전략의 틀 안에서 맴돈다. 하지만 위대한 전략가는 그 어떤 틀에도 구애되지 않는다. 그에게 전략은 게임의 사소한 요소였을 뿐이고 안드레이의 시점에서와 마찬가지로 우연한 것, 우연히 변덕스럽게 놓은 수일 뿐이었다. 위대한 전략가가 위대한 이유는 모든 규칙을 지키며 게임 할 줄 아는 자가 이기지 않는다는 것을, 필요한 순간에 그 어떤 규칙에도 얽매이지 않고 상대방은 모르는 자신만의 규칙들을 게임에 적용하고, 필요한 순간에는 그 규칙에서마저 벗어나는 자가 이긴다는 것을 알기 때문이었다(어쩌면 날 때부터 알았을지도 모른다). 자신의 말이 상대의 말보다 덜 위험하다고 말한 자 누구인가? 개소리다. 자신의 말이 상대의 말보다 훨씬 더 위험하다. 킹을 보호해야 한다고, 체크에서 벗어나야 한다고 말한 자 누구인가? 개소리다. 필요한 순간 나이트라든가 심지어는 폰으로 대체할 수 없는 킹은 없다. 마지막 행에 도달한 폰은 퀸이 되어야 한다고 말한 자 누구인가? 개소리다. 때로는 그냥 폰으로 두는 편이 훨씬 유용하다. 다른 폰들에게 귀감이 되도록 낭떠러지 끝에 서 있게 두는 편이 좋다……

  망할 제복모가 안드레이의 시야를 더, 점점 더 가렸다. 그는 주위에서 일어나는 일을 파악하기가 점점 버거워졌다. 하지만 홀에서 단정한 고요가 사라졌음을 들었다. 그릇 달그락거리는 소리, 여러 목소리들이 웅웅대는 소리, 오케스트라가 음정을 맞추는 소리가 들려왔다. 강렬한 음식 냄새도 새어 들어왔다. 누군가 째지는 목소리로 온 집 안이 울리도록 소리쳤다. "조디! 나 엄청 목마르거등! 어서 퀴아소 한 단이랑 바인애플 좀 갖다 져……!"

수사관

"실례합니다." 누군가 귓가에서 관료적인 격식을 차려 말하면서 안드레이와 체스보드 사이로 들어왔다. 까만 옷자락들과 윤이 나도록 닦은 첼시부츠가 어른거리더니 높이 든 하얀 손이 빼곡히 채워진 쟁반을 들고 머리 위를 지났다. 그러더니 또 다른 하얗고 낯선 손이 안드레이의 팔꿈치 옆에 샴페인 한 잔을 두었다.

천재적인 전략가는 자신의 궐련을 피울 수 있게 될 때까지 톡톡 치고 또 주물렀다. 그러고 나서 불을 붙였다. 코털이 무성한 콧구멍에서 푸르스름한 연기가 흘러나와 숱이 부족한 부풀어 오른 콧수염에 얽혔다.

그러는 동안에도 게임은 진행되고 있었다. 안드레이는 열심히 방어하고 후퇴하고 속임수를 쓴 덕에 아직까지는 이미 죽은 자들만 죽도록 할 수 있었다. 방금은 총알이 심장을 관통했던 도널드가 체스보드에서 치워졌고 탁자 위 샴페인 잔 옆에 그가 남긴 권총과 유서가 놓였다. '기뻐하며 오지 말고 슬퍼하며 가지 마라. 권총은 보로닌에게 전해 주시오. 언젠간 쓸모 있을 테니.' 벌써 아버지와 형이 할머니의 시체를, 오래된 침대보로 둘둘 감아 꿰맨 예브게니야 로마노브나의 시체를 얼음장 같은 계단으로 끌고 내려가 마당의 시체 더미 위에 얹었다…… 아버지는 피스카툽카 어딘가에 위치한 형제의 묘에 시체를 묻었고 음울한 운전사는 뒷자리 하나에 최대한 많이 매장하기 위해 살을 에는 듯한 바람으로부터 면도하지 않은 얼굴을 숨기며 얼어붙은 시체들 위로 로드롤러를 왔다 갔다 몰아 평평하게 다졌다······ 그리고 위대한 전략가는 너그럽게, 즐겁게, 악랄한 기쁨을 느끼면서 자신의 말과 타인의 말을 처단했고 턱수염을 기르고 훈장을 단, 그의 말끔한 사람들은 스스로 자신의 관자놀이를 쐈고 창밖으로 몸을 던졌고 끔찍한 고문을 받다 죽었고 퀸이 되기 위해 서로를 밟아 가며 전진했으나 폰으로 남았다······◆

그러는 동안 안드레이는 자신이 대체 무슨 게임에 참여하고 있는지, 게임의 목적이 뭔지, 규칙이 뭔지, 왜 이 모든 일이 일어나게 됐는지 이해해 보려 애썼다. 또, 어쩌다 자신이 위대한 전략가의 적이 되어 버렸느냐는 물음이 영혼의 가장 깊숙한 곳에 닿기라도 할 듯 큰 소리로 울려 댔다. 그가 속한 군대의 믿음직스러운 군인이자 언제든 그를 위해 죽을 각오가 되어 있고 그를 위해 살인이라도 할 각오가 되어 있고 그의 목표 말고 다른 목표는 전혀 모르는 자신이, 그가 정한 방식 말고는 그 어떠한 방식도 믿지 않는 자신이, 위대한 전략가의 계획과 **세계**의 계획이 다르지 않다고 생각하는 자신이 어쩌다 위대한 전략가의 적이 되어 버렸을까. 그는 아무 맛도 느끼지 못하며 샴페인을 허겁지겁 마셔 버렸고 순간 눈을 멀게

하는 섬광이 그를 내리쳤다. 그랬다. 자신은 위대한 전략
가의 적이 아니었다! 그럼 그렇지. 그게 핵심이었다! 자
신은 그의 동맹자이자 그의 믿음직스러운 조력자였고,
바로 그게 이 게임의 핵심 규칙이었다! 경쟁자들이 아니
라 바로 파트너들이, 동맹자들이 게임을 하고 있었으며
게임은 단 하나의 유일한 출구를 향해 나아가고 있었다.
아무도 지지 않고 모두가 이길 뿐이었다…… 물론 승리
의 순간까지 살아남지 못한 자들은 예외겠지만……

　뭔가 그의 다리에 닿더니 탁자 아래에서 소리가 들렸
다. "실례합니다만, 발 좀 치워 주세요……" 안드레이가
발밑을 봤다. 까만 웅덩이가 반짝였고 그 옆에 머리가 벗
어진 난쟁이가 까만 얼룩이 잔뜩 묻은 크고 마른 걸레를
쥐고 엎드려 부산스럽게 몸을 움직이고 있었다. 안드레
이의 시야가 흐려졌고 그는 다시 체스보드 위를 보았다.
죽은 자들은 이미 전부 희생시켰고 산 자만 남아 있었다.
위대한 전략가는 탁자 맞은편에서 흥미롭다는 듯 그를
지켜보았으며 심지어는 인정한다는 듯 고개를 끄덕이면

◆　안드레이의 체스 상대는 스탈린을, 말을 오래 타서 휜 다리에 콧수염이
　북슬북슬한 폰은 세묜 미하일로비치 부됴니 원수를, 코안경을 쓴 폰은
　피켈에 찍혀 살해된 레프 다비도비치 트로츠키를, 위대한 전차병 비숍
　은 대숙청 때 처형당한 미하일 니콜라예비치 투하쳅스키 원수를 암시한
　다.

서 듬성듬성 남은 작은 이를 드러내 상냥한 미소를 짓는 것만 같았다. 그때 안드레이는 더 이상 할 수 없다는 것을 직감했다. 게임들 가운데 가장 숭고하며 위대한 게임이고 언젠가 인류가 스스로에게 제시했던 위대한 목적을 기치로 내건 게임이지만, 안드레이는 더 이상 할 수 없었다.

"나갔다 오겠습니다." 그가 갈라지는 목소리로 말했다. "잠시만요……"

너무나 작은 목소리가 나와 스스로에게도 겨우 들릴 정도였음에도 모두 곧바로 그를 쳐다봤다. 홀에 또다시 정적이 엄습했고 제복모의 챙이 왜인지 더 이상 시야를 가리지 않았기에 이제 그는 자신의 사람들을 모두, 아직 살아 있는 이들을 모두 선명하게, 눈을 마주치며 바라볼 수 있었다.

바랜 군복 윗도리를 활짝 풀어 헤친 덩치 큰 유라 삼촌이 궐련을 타닥타닥 태우며 음울한 표정으로 안드레이를 응시하고 있었다. 분홍색 레이스 속옷을 입은 엉덩이가 보일 정도로, 다리를 들고 소파에 파묻혀 앉은 셀마가 술에 취해 미소 짓고 있었다. 겐시가 이해한다는 듯 심각한 표정으로 그를 바라보고 있었고 겐시의 옆에는 헝클어진 머리에 언제나처럼 면도를 전혀 하지 않은 몰골의 볼로디카 드미트리예프가 초점 잃은 눈으로 멍하니 있었다. 일어나자마자 또다시 마지막 비밀 출장을 떠난 세바바라노프가 앉았던 높고 고풍스러운 의자에는 이제 귀족적인 매부리코의 보리카 치스탸코프가 까탈스럽게 인상을 쓰고 앉아 있었고 금방이라도 "왜 어디 아픈 코끼리처럼 소리치는 거야?"라고 물어볼 것만 같았다. 가장 가깝고 가장 소중한 이들이 모두 여기 있었다. 그리고 모두 그를 바라봤는데, 모두 다른 눈빛으로 바라보고 있었음에도 그들의 시선에는 무언가 공통된 것이, 안드레이에 대한 공통된 태도 같은 것이 있었다. 공감일까? 신뢰? 측은함? 아니, 다 아니었고 그는 그게 뭔지 미처 알아내지 못했다. 순간 잘 아는 익숙한 얼굴들 사이에서 생전 처음 보는 사람을, 얼굴이 노랗고 눈이 약간 사시인 아시아인을 발견했기 때문이다. 아니, 왕과는 다른, 세련되고 우아하다는 느낌마저 주는 아시아인이었으며 이 처음 보는 인물의 등 뒤에는 아주 작고 지저분한 데다 넝마를 걸친, 부랑아처럼 보이는 아이가 몸을 숨기고 있었……

안드레이는 일어서서 끽 소리가 나도록 의자를 날카롭게 밀고는 그들 모두에게 등을 돌리고 위대한 전략가 쪽으로, 그를 향해 알 수 없는 몸짓을 보인 다음 누군가의 어깨들과 배들을 비집고 누군가를 밀치며 서둘러 홀을 나가려 했다. 누군가는 안드레이를 진정시키려는 양 멀지 않은 곳에서 이렇게 중얼거렸다. "뭐, 그건 규칙상 허용되니 생각할 시간을, 고민할 시간을 주지…… 타이머만 멈춰 두면 되니……"

힘이 쭉 빠지고 땀에 흠뻑 젖어 층계참에 도달한 안드레이는 더운 열기를 내뿜으며 타오르는 난로 옆으로 깔린 카펫에 주저앉았다. 제복모의 챙이 또다시 시야를 가렸기에 그는 저 난로는 뭔지, 그 주위로 앉아 있는 사람들은 누군지 알아보려는 시도조차 하지 않았다. 그저 얻어맞은 것 같은 자신의 축축한 몸에 닿는 부드럽고 건조한 열기를 느꼈으며 구두에 묻은, 말랐지만 아직 끈적이는 얼룩을 봤고 장작이 타닥타닥 타오르는 안락한 소리를 가르면서 누군가 느릿느릿 자신의 부드러운 목소리를 스스로 들어 가며 맛깔나게 이야기하는 것을 들었다.

"……생각해 봐. 어깨가 이렇게 넓은 미남이었고 영예훈장을 세 번 받았다니까. 게다가 말이야, 그 훈장에 단 리본은 아무에게나 주는 게 아니었어. 그걸 수여하는 경우는 소비에트 연방 영웅보다 적었다고. 즉, 아주 훌륭한 동무였지. 공부도 잘했고 말이야. 그런데 그에게는 이상한 점이 하나 있었어. 하루는 그가 장군인지 육군 원수인지의 아들이 연 오두막 파티에 왔는데 참석자들이 거의 짝지어서 자리를 뜨게 되었거든. 그런데 그는 그저 조용히 현관에 서서 모자를 비스듬히 돌리고는 안녕, 인사만 하는 거야. 처음에는 그에게 쭉 사귀는 여자가 있나

수사관

보다 했지. 그런데 아니었어. 글쎄 친구들이 공공장소에서, 그러니까 고리키 공원이라든가 이런저런 클럽에서 그를 몇 번 마주쳤는데 악명이 자자한 매춘부랑, 그것도 매번 다른 매춘부랑 함께였다는 거야! 나도 한 번 마주친 적이 있었어. 여자 보는 눈이 왜 그 모양인지! 볼품없고 깡마른 다리에 스타킹을 감고는 서투르게 화장한 꼴이라니…… 끔찍했어…… 요즘 같은 화장품은 없을 때니까 거의 구두약으로 눈썹을 칠하는 수준이었지…… 어쨌든 딱 봐도 메잘리앙스*였어. 하지만 그는 아무렇지도 않아 보였어. 다정하게 여자의 팔짱을 끼고 데려가면서 뭔가 거짓을 속삭이는 것 같았지. 그 여자는 말 그대로 녹아내렸고 자랑스러워했고 수줍어했어. 다시 말하자면, 행복해서는 어쩔 줄 모르더군…… 그러던 어느 날 우리 독신자 클럽 친구들이 그를 몰아붙였어. 얘기 좀 해 보라고, 여자 보는 눈이 왜 그 모양이냐고, 어떻게 그 계…… 아니, 여자들이랑 다니는 게 꺼림칙하지 않을 수 있느냐고, 최고의 미녀들이 자네를 애타게 원하는데…… 아, 이것도 말해 둬야겠군. 우리 대학에는 사범학부가 있었는데, 뭐랄까, 특권층이 모이는 곳으로 최고위층 집안 딸들만 뽑았거든…… 처음에 그는 농담으로 대답을 회피하다가 결국 포기하고는 놀라운 얘기를 들려주더군. 그가 말했어. 동무들, 나도 내가 모든 자질을 갖췄다는 걸 알고 있어. 외모도 좋고 훈장도 받았고 다부지고. 스스로도 알고 있고 그런 내용을 적은 편지도 많이 받았지. 그런데 계기가 있었어. 문득 여성들의 불행을 본 거야. 전쟁 기간 내내 여자들은 그 어떠한 빛도 보지 못하고 굶주려 살았고 남자들이 도맡던 일을 하며 혹사당했잖아. 그들은 불쌍하고 못생겨서는 아름답다는 것이, 구애를 받는다는 것이 뭔지도 몰랐어. 그래서 나는 몇몇에게나마 평생의 추억거리가 될 강렬한 경험을 선사하기로 한 거야. 나는 전차 운전사나 '낫과 망치'의 노동자나 불행한 교사들을 만나. 전쟁이 일어나지 않았더라도 특별한 행복은 기대할수 없었겠지만, 수많은 남자들이 죽임 당하는 지금은 막막하기만 할 여자들을 말이야. 나는 그 여자들과 이삼일밤을 보내고 사라져. 물론, 긴 출장을 다녀온다든가 그비슷한 거짓말을 하고 작별 인사를 하지. 그럼 그들은 그빛나는 추억과 함께 남는 거야…… 그들의 인생에 조금이라도 빛나는 불꽃이 있도록. 고상한 윤리적 관점에서는 내 행동이 어떻게 보일지 모르겠지만, 나는 내가 그렇게 함으로써 우리 남성들의 의무를 조금이나마 이행한다는 기분이 들어…… 그가 이렇게 얘기하자 우리는 충격받았지. 잠시 후에는 당연하게도 논쟁이 시작됐지만, 어쟀든 그 이야기는 우리에게 범상치 않은 인상을 남겼어. 그리고 그는 곧 어딘가로 사라졌지. 우리 중 많은 이들이 그렇게 사라졌어. 군에서는 사령부의 명령에 어디로, 왜 가야 하느냐고 물어보지 않거든…… 그 후로 난 그를 보지 못했어……"

나도 그랬다. 안드레이가 생각했다. 나도 그를 더 이상 보지 못했다. 편지가 두 통 왔다. 하나는 엄마에게, 하나는 나에게. 그 후 엄마에게 부고가 날아들었다. '귀하의 아들, 세르게이 미하일로비치 보로닌은 사령부의 군사 명령을 이행하던 중 명예롭게 전사하였습니다.' 한국에서 일어난 일이었다. 위대한 전략가가 처음으로 미국 제국군과 겨루며 자신의 힘을 시험했던 한국의 맑은 분홍빛 하늘 아래에서. 전략가는 자신의 위대한 게임을 했고 세료자♦는 자신의 그 많은 영예훈장들과 함께 그곳에 남았다……

하고 싶지 않다, 안드레이가 생각했다. 나는 이 게임에 참여하고 싶지 않다. 어쩌면 모든 게 이래야 하는지도 모른다. 어쩌면 이 게임을 하지 않고서는 안 되는지도 모르겠다. 어쩌면. 아마 그럴 것이다. 그럼에도 나는 할 수 없다…… 그럴 수가 없다. 배우고 싶지도 않다…… 어

♦ 세르게이의 애칭.

쩌면 좋단 말인가, 안드레이가 씁쓸하게 생각했다. 그러니까, 나는 나쁜 군인일 뿐이다. 정확히는, 군인일 뿐이다. 고작 군인이다. 사고할 줄 모르는, 그렇기에 맹목적으로 복종하는 군인 말이다. 나는 위대한 전략가의 파트너나 동맹자가 아니라 그의 거대한 기계 속 자그마한 부품에 불과하며 내가 있어야 할 자리는 그의 이해할 수 없는 게임 탁자가 아니라 왕의 옆자리, 유라 삼촌과 셀마의 옆자리다…… 나는 능력이 고만고만한 보잘것없는 천문학자고 만일 내가 실트 성류星流와 멀리 떨어져 있는 이중성二重星 사이의 연관 관계를 증명했다면 그것만으로도 나 자신에게는 너무나, 너무나 큰 사건이었을 테다. 하지만 위업을 수행하며 위대한 결정을 내리는 것은……

바로 그때 안드레이는 자신이 더 이상 천문학자가 아니라는 사실을, 자신은 검찰의 수사관이란 사실을, 적잖은 성취를 이루어 냈다는 사실을 상기했다. 자신은 조직이 따로 만든 특별한 수사법을 써서 이 비밀스러운 **붉은 건물**을 표적해 잠입했고 그 악랄한 비밀을 밝혀내고 우리 삶의 이 악한 현상을 뿌리 뽑는 데 필요한 모든 초석을 깔았다……

그는 손을 짚고 살짝 몸을 일으켜 계단을 한 단 내려갔다. 지금 게임 탁자로 돌아가면 다시는 **건물** 밖으로 나갈 수 없겠지. 이것이 나를 삼킬 것이다. 자명한 일이다. 이미 여럿 삼켰고, 그에 관한 목격자 증언도 있다. 하지만 나간다고 끝이 아니다. 우선 내 사무실로 돌아가 이 실타래를 풀어야 한다. 그게 내 의무다. 그게 내가 지금 반드시 해야만 하는 일이다. 나머지는 전부 환영일 뿐……

그는 두 단 더 내려갔다. 환영에서 벗어나 업무로 복귀해야 했다. 이곳의 모든 것은 우연이 아니다. 이곳의 모든 것은 아주 잘 짜여 있다. 이것은 마지막 승리에 대한 믿음을 부수고 윤리와 의무란 개념을 희석하려는 선동자들이 만들어 낸 끔찍한 환영이었다. **건물** 옆 지저분한 영화관의 이름이 '새로운 환상'인 것도 우연이 아니다. 새롭다니! 포르노그래피에 새로운 게 있을 리 없는데 새롭단다! 알 만하다! 게다가 다른 쪽에는 무엇이 있었던가? 시너고그였다……

그는 급히 계단을 내려가 '출구'라 쓰인 문에 도달했다. 문고리를 잡았을 때 이미, 끼익대는 용수철의 저항을 이겨 내며 몸을 기울였을 때 이미 그는 불현듯 저 위에서 자신을 응시하던 눈빛에 담겨 있던 공통된 무언가의 정체를 깨달았다. 질책이었다. 그들은 그가 돌아오지 않으리라는 것을 알았다. 그 자신도 몰랐는데 그들은 정확하게 알고 있었다……

그는 밖으로 뛰쳐나가 안개 긴 축축한 공기를 허겁지

겁 들이켰고 사무치는 행복을 느끼며 이곳의 풍경이 모두 이전과 같음을 보았다. 중앙로 오른편에도 왼편에도 안개 긴 어둠이 있었으며 길 건너편 손이 닿을 듯 가까운 곳에는 사이드카를 장착한 모터사이클과 고개를 목깃에 파묻고 완전히 잠이 든 운전 담당 경찰관이 있었다. '덩치 큰 친구가 곯아떨어졌군.' 안드레이는 감동했다. '지쳤나 보다.' 그때 그의 안에서 커다란 목소리가 들려왔다. '타이머!' 그제야 게임의 중요하고도 가장 무서운 규칙이 기억난 안드레이는 신음을 내뱉으며 절망해 눈물을 터뜨렸다. 바로 이렇게 지식이 좀 있는 유약하고 갈팡질팡하는 자들을 막고자 특별히 만든 규칙이었다. 게임을 도중에 그만두는, 기권하는 참가자는 자신의 말을 모두 잃는다는 규칙이었다.

안드레이는 "안 돼!" 하고 절규하며 돌아서서 황동으로 된 손잡이로 손을 뻗었다. 그러나 이미 늦었다. 집이 멀어지고 있었다. 집은 시너고그와 '새로운 환상'의 뒷마당에 내려앉은 새카만 어둠으로 천천히 뒷걸음쳐 들어가고 있었다. 선명하게 바스락거리고 삐걱거리고 끼익거리며, 유리창이 덜컹거리고 발코니의 바닥 골조가 신음하는 소리를 내며 미끄러져 들어갔다. 지붕에서 기와 하나가 떨어지더니 현관의 돌계단에 부딪쳐 산산이 부서졌다.

안드레이는 온 힘을 다해 황동 문고리를 꽉 잡았지만, 문고리는 문의 나무에 연결된 듯 자라났다. 건물이 점점 빠르게 움직였고 안드레이는 떠나는 열차를 쫓아가듯 손잡이에 매달린 채 뛰었다. 안드레이는 문고리를 세게 잡아당기고 뽑다가 갑자기 뭔가에 걸려 넘어졌는데 그의 굽은 손가락들이 동으로 된 매끈한 타래에서 떨어졌다. 그는 뭔가에 머리를 세게 부딪쳤다. 엄청난 고통에 눈에서 불꽃이 튀고 머릿속에서 뭔가가 뚝뚝 끊어지는 소리가 들리는 와중에도 그는 집이 뒷걸음치며 하나둘 불을 꺼 창문들이 어두워지고 시너고그의 노란 벽을 돌아 모습을 감췄다가 불쑥 나타나 마지막 두 개 남은 환한 창문으로 마치 이쪽을 바라보는 것 같던 장면을, 그 두 개의 창문에서도 불이 꺼지고 어둠이 내려앉는 장면을 보았다.

제3장

안드레이는 빌어먹을 시멘트 분수대 벤치에 앉아 벌써 미지근해진 축축한 손수건으로 오른쪽 눈 위에 심하게 난 상처를 더듬어 눌렀다. 그는 아주 고통스러웠다. 머리를 부딪친 부분은 두개골이 터진 것은 아닐지 걱정될 정도였고 깨진 무릎은 쓰라렸으며 타박상을 입은 팔꿈치에는 아무런 감각이 없었으나 몇몇 징후를 보니 곧 아픔을 호소할 것이 틀림없었다. 그렇지만 이 모든 것이 어쩌면 잘된 일일 수도 있다. 이 모든 것이 지금 벌어지고 있는 일에 난폭한 현실성을 선명하게 부여했기 때문이다. 그 어떤 **건물**도 없었고 **전략가**도 없었으며 탁자 아래 검고 끈적거리는 웅덩이도 없었고 체스도 없었고 그

수사관

어떠한 배신도 없었다. 그저 한 사람이 어둠에서 서성이며 멍하니 있다가 빌어먹을 분수대의 낮은 시멘트 턱에 걸려 넘어져 시멘트 바닥에다가 멍청한 대가리를 박고 그 밖의 여러 상처들을 얻은 것이다······

사실 안드레이는 실제로는 모든 게 정말로 그렇게 단순하지 않음을 물론 아주 잘 알고 있었으나 어쩌면 그저 서성이다가 발이 걸려 넘어졌을 뿐일지도 모른다고 생각하면 기분이 좋았다. 그럼 모든 것이, 심지어는 우습게 보이고 적어도 편리해지므로. 이제 어떻게 하지. 그는 막막했다. 그러니까, 내가 그 **건물**을 찾았고 그다음에는 그 안으로 들어갔고 직접 내 두 눈으로 봤다····· 그러고 나서는 어떻게 됐지? 뜬소문, 전설, 선전 같은 것에 대한 그따위 헛소리들을 내 머릿속에, 내 아픈 머릿속에 쑤셔 넣지 마라. 그게 첫 번째다. 쑤셔 넣지 말라고······ 그런데 사실 내 탓인 것 같다. 모든 이의 머릿속을 들쑤신 건 바로 나니까. 당장 그······ 이름이 뭐라라····· 플루트를 연주한다던 자를 풀어 줘야 한다. 그런데 그의 지인이었던 엘라도 그곳에서 체스를 뒀을까······? 제기랄, 머리가 깨질 것 같다······

손수건이 완전히 뜨뜻해졌고 안드레이는 신음하며 몸을 일으켜 절뚝거리면서 분수대로 걸어가 가장자리에서 몸을 굽히고는 얼음장 같은 물이 뿜어져 나오는 곳 아래에 축축한 걸레 같은 손수건을 대고 있었다. 누군가 세게, 성난 듯 상처를 안에서 두드렸다. 그게 어떻게 전설인가. 그게 어떻게 환영인가…… 그는 손수건을 꼭 쥐고서 다시 한번 통증 부위에 갖다 대고는 길 건너편을 봤다. 뚱보는 여전히 자고 있었다. 기름진 염병할 놈. 안드레이가 분노했다. 지금은 근무시간 아닌가. 내가 네놈을 뭣 하러 데려왔겠나? 여기서 처자라고 데려왔겠나? 나는 여기서 백번이라도 살해당할 수 있었는데…… 물론 이 가축 같은 자식은 실컷 처자고 일어나 내일 아침 검찰청에 가서 아무 일도 없었던 것처럼 보고하면 됐겠지. 수사관이 밤중에 **붉은 건물**로 들어가더니 나오지 않았다고…… 지금 당장 양동이 한가득 얼음물을 채워서 저 뚱뚱한 쓰레기 자식의 목깃에 통째로 부어 주면 얼마나 황홀할지 안드레이는 잠시 상상해 보았다. 벌떡 깨어나겠지. 군대 훈련소에서도 비슷한 장난을 했다. 누군가 곯아떨어지면 그의 구두 한 짝에서 신발 끈을 길게 빼 남성의 중요한 부위에 묶는다. 그러고는 그 커다랗고 더럽고 투박한 구두를 그의 면상 위에 얹는다. 그럼 피해자는 잠에 취한 채 괴성을 지르고 화를 내며 구두를 힘껏 던졌다. 아주 웃겼는데.

안드레이가 벤치로 돌아갔더니 이웃이 한 명 나와 있었다. 옷이 온통 까만색인, 심지어 셔츠까지 까만 자그맣고 깡마른 사람이 무릎에 유행이 지난 중산모를 놓고 다리를 꼬고 앉아 있었다. 시너고그의 경비인 듯했다. 안드레이는 힘겹게 그의 옆에 앉아 축축한 손수건 너머로 상처 가장자리를 조심조심 더듬었다.

"좋소이다." 그 사람이 연로한 목소리로 또렷이 말했다. "그럼 이제 어쩔 거요?"

"특별할 것 없지요." 안드레이가 말했다. "모조리 붙잡아야죠. 전 이 사건을 이대로 내버려 두지 않을 겁니다."

"그리고 그다음에는?" 노인은 집요했다.

"모르겠습니다." 안드레이가 잠시 생각하고는 대답했다. "어쩌면, 이런 거지 같은 일이 또 일어날 수도 있겠죠. **실험**은 **실험**이니까요. 그리 오래 지속되지는 않을 겁니다."

"영원히 계속될 거요." 노인이 정정했다. "그 어떤 종교를 봐도 알 수 있듯, 그건 영원히 지속될 거요."

"지금 종교 얘기가 왜 나오죠." 안드레이는 수긍하지 않았다.

"설마 지금도 그렇게 생각하고 있는 거요?" 노인은 깜짝 놀랐다.

"당연하죠. 언제나 그렇게 생각했습니다."

"좋소이다, 그 얘기는 아직 하지 마십시다. **실험**은 **실**

험이고, 밧줄은 한낱 노끈에 불과할지니……◆ 이곳에서는 많은 이들이 그렇게 자신을 위안하곤 합디다. 거의 모두가 말이오. 게다가 그런 건 그 어떤 종교도 내다보지 않았지요. 한데 나는 다른 얘기를 하고 싶구려. 어째서 이곳에서도 우리에게 자유의지가 남아 있는 거요? 절대악이 지배하는 왕국, 문에 '희망은 뒤로하고 들어오라……'◆◆라고 쓰여 있는 왕국에 말이오."

안드레이는 노인의 다음 말을 기다리다가 못 참고 말했다.

"전부 뭔가 이상하게 생각하고 계시네요. 이곳은 절대악의 왕국이 아닌데요. 우리가 바로잡아야 할 혼돈에 가깝다고 할 수 있겠지요. 그런데 우리에게 자유의지가 없다면 이 혼돈을 어떻게 바로잡을 수 있겠습니까?"

"재미있는 생각이구려." 노인이 사려 깊게 대답했다. "나는 그렇게 생각해 본 적은 단 한 번도 없소이다. 그러니까, 우리에게 또 한 번의 기회가 주어졌다는 말이구려? 벌칙분대◆◆◆에 보내진 것처럼…… 영원토록 끝나지 않을, 선과 악의 전투에서 최전방으로 나가 자신의 과오를 피로 씻어 내는 거구먼……"

"여기서 '악에 맞선다'는 얘기가 왜 나옵니까?" 안드레이가 약간 흥분하며 말했다. "악은, 그건, 일종의 의도가 있는……"

"당신은 마니교도구먼!" 노인이 그의 말을 잘랐다.

"전 공산당원입니다!" 크나큰 믿음과 확신이 왈칵 흘러넘치는 것을 느끼며 안드레이는 더욱 흥분해 반발했다. "악은, 언제나 계급적 산물입니다. 순수한 악은 없어요. 하지만 이곳에서는 모든 게 엉켜 있죠. **실험**이니까요. 우리에게 혼돈이 주어진 거예요. 우리가 그걸 바로잡지 못해서 저쪽 세계가 처한 상황으로, 계급 분열과 그 비슷한 거지 같은 일들이 벌어지는 상황으로 회귀하거나, 혼돈의 고삐를 쥐고 그걸 소위 공산주의라는 새롭고 훌륭한 인간관계의 형태로 바꾸어 나가거나 하는 겁니다……"

노인은 충격을 받아 얼마간 아무 말도 못 했다.

"세상에." 마침내 그가 대단히 놀랍다는 듯 입을 열었다. "누가 그런 생각을 했겠소. 누가 그런 걸 예상이나 했겠느냔 말이오…… 공산주의 프로파간다가 이곳에서 진행되고 있다니! 교회의 분리 종파도 아니고, 이건……" 그는 잠시 말을 잇지 못했다. "그러고 보니, 공산주의 이

◆ 러시아 시인 이반 이바노비치 헴니체르(1745~1784)의 우화집 『형이상학자』에 나오는 구절로, 가짜 지식을 비웃는 표현으로 사용된다.

◆◆ 알리기에리 단테의 『신곡 : 지옥편』 제3곡 9행.

◆◆◆ 소련에서 전시 중에 범죄를 저지른 사람들을 징벌의 의미로 보내는 군분대이다.

념은 초기 기독교 이념과 유사한……"

"거짓말입니다!" 안드레이가 화를 내며 반발했다. "사제들이 지어낸 이야기예요. 초기 기독교는, 타협의 이데올로기이자 노예들의 이데올로기입니다. 하지만 우리는 반란자들이란 말입니다! 우리는 이곳을 돌 하나도 돌 위에 남지 않도록 다 무너뜨릴 거예요. 그러고 나서 그곳으로, 집으로 돌아가서 이곳에서 모든 걸 재건했듯 그곳도 재건할 겁니다!"

"당신은, 루시퍼구려." 노인이 경건한 공포심을 담아 탄성을 질렀다. "고고한 영혼이구려! 설마 타협하지 않았던 거요?"

안드레이는 조심조심 손수건을 서늘한 쪽으로 뒤집어 누른 다음 의혹에 찬 눈길로 노인을 바라봤다.

"루시퍼라고요……? 그러는 당신은 대체 누굽니까?"

"난 무가치한 자요." 노인이 간명하게 대답했다.

"음……" 뭐라 반박하기 어려웠다.

"나는 아무도 아니오." 노인이 분명히 말했다. "나는 저쪽 세계에서도 아무도 아니었고 이쪽 세계에서도 아무도 아니오." 그는 잠시 입을 다물었다. "당신이 내게 희망을 불어넣었소이다." 그가 갑자기 선언했다. "그렇소. 그래요, 그래! 이상하오만, 참으로 이상하오만…… 당신 얘길 듣고 있자니 얼마나 기뻤는지! 당신은 모를 거요.

분명, 우리에게 자유의지가 남아 있다면 뭣 하러 타협을 하고 또 끈질긴 고통을 겪어야만 합니까……? 아, 오늘 만남이 내가 이 세계로 온 이래 가장 의미 있는 사건이오……"

안드레이는 미심쩍어하며 그를 유심히 보았다. 늙은이가 날 농락하는 걸까…… 아니, 그런 것 같지는 않다…… 시너고그의 경비가 맞나……? 그래, 시너고그였지!

"죄송한데요." 안드레이가 속내를 숨기며 물었다. "여기 오랫동안 앉아 계셨어요? 그러니까, 이 벤치에 말입니다."

"아니, 별로 오래 안 앉아 있었소이다. 처음에는 저기 입구 쪽 의자에 앉아 있었소. 저기에 의자가 있거든…… 그러다가 집이 멀어지고 나서야 이 벤치로 옮겨 왔지."

"그렇군요." 안드레이가 말했다. "그럼 집을 보셨겠군요?"

"당연하지 않소!" 노인이 자랑스레 대답했다. "그걸 보지 않을 수 없지. 나는 앉아서 음악을 들으며 울었다오."

"우셨다고요……" 안드레이는 뭐가 뭔지 파악하려 참으로 노력했다. "저기, 혹시 유대인이십니까?"

노인이 몸을 부르르 떨었다.

"맙소사, 아니오! 왜 그런 걸 물으시오? 나는 가톨릭 신자요. 로마가톨릭교의 신실하고 또—슬프게도!—부족한 아들이오…… 물론 나는 유대교에 전혀 유감이 없소. 하지만…… 그런데 그런 건 왜 물으시오?"

"그러니까," 안드레이가 대답을 회피했다. "그러니까, 이 시너고그와는 아무런 관련도 없으신 겁니까?"

"없을 거요." 노인이 말했다. "내가 이 작은 공원에 자주 앉아 있고 때때로 시너고그의 경비가 이리로 온다는 점만 제외하면 말이오……" 그는 부끄러운 듯 킥킥댔다. "우리는 함께 종교 논쟁을 하오……"

"그럼 그 **붉은 건물**은 대체 뭡니까?" 두개골이 아파 눈을 감으며 안드레이가 말했다.

"**집** 말이오? 글쎄, **집**이 나타나면 우리는 당연히 여기 앉아 있을 수 없소이다. 그러니 우리는 그게 갈 때까지 기다려야 하지."

"그러니까 그걸 한 번만 보신 게 아니군요?"

"당연히 아니지요. 밤중에 오지 않는 일이 드물다오…… 사실 오늘은 그게 여기 평소보다 좀 더 오래 있기는 했지……"

"잠시만요." 안드레이가 말했다. "그럼 그게 대체 뭐 하는 집인지 아세요?"

"모를 수 없지." 노인이 조용히 말했다. "예전에 저쪽 세상에서 살 때 회화나 글에서 여러 차례 봤소이다. 성 안토니우스의 고백에 상세히 묘사되어 있지. 물론 그 글은 정전으로 인정받지 못했지만 지금은…… 우리 가톨릭 신자들에겐…… 어쨌든 한마디로, 나는 그걸 읽었소. '그리고 또 내게 집이 생겼으매 그 집은 살아 있고 움직였으며 낯짝 두꺼운 줄 모르는 행위를 하였고 창을 통해 들여다보니 방 안을 돌아다니고 잠을 자고 음식을 먹는 사람들이 있더라……' 내가 얼마나 정확히 인용했는지는 장담 못 하오만 원래 텍스트와 아주 비슷하긴 하오…… 그리고 또 히로니뮈스 보스가 있지…… 나라면 그를 성 히로니뮈스 보스라 했을 거요. 나는 그에게 많은 걸 빚졌소. 그가 나를 이에 대비시켰으니……" 그는 손으로 자기 주위를 넓게 훑었다. "그의 특출한 그림들이란…… 틀림없이 신이 그를 이리로 보냈던 거요. 단테처럼…… 그건 그렇고, 단테가 쓴 것으로 추정되는 원고가 남아 있는데, 거기에도 그 집이 언급된다오. 묘사가 어땠더라……" 노인은 두 눈을 감고 쫙 펼친 다섯 손가락을 이마로 올렸다. "음, 그러니까…… '그리고 나의 동행인은 말라 뼈만 앙상한 손을 뻗어……' 음, 이게 아닌데…… '어둑한 평온 속에 있는 헐벗은 피투성이 육체들이 뒤엉켜 있는 것을……' 흐음……"

"잠시만요." 안드레이가 마른 입술을 축이며 말했다.

"대체 무슨 말씀을 하시는 거예요? 여기서 왜 성 안토니우스와 단테 이야기가 나오지요? 대체 무슨 말씀을 하고 싶으신 겁니까?"

노인이 깜짝 놀랐다.

"나는 뭘 말하려던 게 아니오." 그가 말했다. "당신이 나에게 **집**에 대해 묻길래 나는…… 물론 나는 신께서 영원한 지혜와 가없는 선을 베풀어 이전 생에서도 날 깨우쳐 주시고 나를 준비시키신 것에 감사해야만 하오. 나는 이곳에서 아주, 아주 많은 것을 알아 가고 있고, 이곳에 와 있으면서도 자신이 어디 있는지 이해하지 못하고 이해할 힘도 없는 자들을 생각하면 가슴이 미어지오. 존재에 대한 지긋지긋한 몰이해와 지은 죄에 대한 지긋지긋한 이해라니. 당연히 그 또한 창조주의 위대하고 현명한 뜻일 수 있소. 자기가 지은 죄는 평생 의식하면서도 배상할 생각은 없는…… 보시오, 예를 들어 생각해 보구려. 젊은이, 대체 왜 신께서 당신을 이 구렁텅이로 떨어지게 한 것 같소?"

"무슨 말씀을 하고 계신지 모르겠습니다." 안드레이가 음울하게 웅얼거렸다. '이곳에 최소한 광신도는 없는 줄 알았는데.' 그가 생각했다.

"부끄러워할 것 없소." 노인이 격려하듯 말했다. "여기서 그걸 숨겨 봐야 의미가 없소이다. 이미 재판이 열렸던 것이니…… 나 같은 경우는, 민족의 죄인이었소. 배반자, 밀고자였고 나는 내가 사탄의 수하들에게 넘긴 사람들이 괴롭힘 당하고 죽임 당하는 걸 봤소이다. 1944년에 나는 교수형에 처해졌지." 노인은 잠시 입을 다물었다. "당신은 언제 죽었소?"

"저는 안 죽었습니다……" 안드레이는 오싹했다.

노인은 미소를 지으며 고개를 끄덕였다.

"그래, 많이들 그렇게 생각하오." 그가 말했다. "하지만 그건 헷갈리는 거지. 역사에 사람들을 산 채로 하늘로 던져 버렸다는 기록은 있지만, 사람들을—그것도 형벌로!—산 채로 지옥에 던져 버렸다는 얘기는 그 누구도 들은 적이 없소."

안드레이는 충격받은 표정으로 노인을 바라보며 그의 말을 들었다.

"당신은 잊었을 뿐이오." 노인이 말을 이었다. "전쟁이 일어났고 거리에 폭탄이 떨어졌고, 당신이 방공호로 달려가는 중에 갑자기 충격과 고통이 덮쳤고, 모든 것이 사라진 거요. 그 후 당신은 나긋나긋하게, 비유적 수사를 쓰는 천사의 환영을 본 다음 이리로 온 거지……" 그는 입술을 내밀고는 또다시 다 알겠다는 듯 고개를 끄덕였다. "그렇군, 그래. 바로 여기서도 이런 식으로 자유의지에 대한 감각이 발생하는 거군. 이제야 알겠소. 그건 관성이오. 관성일 뿐이오, 젊은이. 당신은 내가 잠시 흔들릴 정도로 대단히 확신에 차서 말했소이다…… 혼돈을 체계화하느니 새로운 세계니…… 아니, 아니오. 관성일 뿐이오. 그건 시간이 흐르면 사라질 거요. 지옥은 영원하다는 것을, 돌아갈 수 없다는 것을, 그리고 당신이 이제 겨우 첫 번째 굴레에 있다는 것을 잊지 마시오."

"진심으로…… 하시는 말씀인가요?" 안드레이의 목소리가 어린 수탉처럼 갈라졌다.

"당신 스스로도 알고 있지 않소." 노인이 부드럽게 말했다. "당신은 이 모든 걸 너무나 잘 알고 있소! 그저 젊은이, 당신은 무신론자라 자신의 길지도 않았던 일생 동안 실수했다는 걸 인정하고 싶지 않은 거요. 당신의 어리석고도 무지한 선생들은 당신에게 이 앞에는 아무것도 없다고, 공허라고, 부패뿐이라고 가르쳤소. 보답이나 잘못에 따른 배상도 이뤄지리라 기대해선 안 된다고 가르쳤지. 그리고 당신은 그 허접한 사상을 받아들였소이다. 왜냐하면 당신에게는 그것들이 그토록 쉽고 그토록 명료했고, 무엇보다도 너무나 젊고 대단히 건강한 육체를 지닌 당신에게 죽음은 먼 추상일 뿐이었기 때문이오. 당신은 악을 행하면서도 언제나 벌을 회피할 수 있으리라 생각했소. 왜냐하면 당신을 벌할 수 있는 건 오직 당신 같은 사람들이니. 그런데 당신은 어쩌다 선을 행하기라도 하면 당신 같은 자들에게 즉각 보상을 요구했지. 당신은 우스웠소이다. 지금은 물론 그걸 이해하고 있는 것 같군. 당신의 표정을 보니 알겠소……" 노인이 갑자기 웃었다. "우리 지하에 기술자가 하나 있었는데, 유물론자였소. 나는 그 친구와 사후 세계를 놓고 자주 언쟁했소이다. 세상에, 그가 어찌나 날 비웃던지! 그는 이렇게 말하곤 했소. '아저씨. 우리는 천국에서야 이 의미 없는 논쟁을 끝낼 거 같네요……' 나는 이곳에서 계속 그를 찾고 또 찾고 있거늘 어디서도 못 봤소이다. 어쩌면 그의 농담 속에 진실이 있었는지도 모르지. 어쩌면 그는 정말 수난자로서 천국에 갔을지도 모르겠소. 그의 죽음은 실로 수난이었으니…… 그리고 나는 이곳에 있고 말이오."

"삶과 죽음에 대한 심야 토론인가요?" 돌연 귓가에 익숙한 목소리가 개굴거리더니 벤치가 흔들렸다. 평소처럼 행색이 지저분하고 머리가 헝클어진 이쟈 카츠만이 큰 동작으로 안드레이의 다른 쪽 옆에 털썩 앉아서는 왼손으로는 커다랗고 빛나는 서류철을 잡고 오른손으로는 사마귀를 당기기 시작한 참이었다. 그리고 언제나 그랬듯이 어딘지 도취된 흥분 상태였다.

안드레이는 가능한 한 대수롭지 않게 들리도록 애를 쓰며 말했다.

"여기 나이 지긋한 분께서는 우리 모두가 지금 지옥에

있다고 생각하셔."

"나이 지긋하신 분 말씀이 전적으로 옳아." 안드레이의 말에 이쟈가 즉각 대꾸하며 킥킥거렸다. "적어도 말이야, 여기가 지옥이 아니라도 말이지, 일어나는 일들을 보면 별반 다르지 않다고. 그런데 판 스투팔스키, 제 이전 생의 행적에서는 절 여기로 보낼 만한 과오를 하나도 찾지 못했다는 걸 인정하셔야 할 겁니다! 저는 간통조차 하지 않았어요. 제가 그 정도로 멍청했다고요."

"판 카츠만," 노인이 말했다. "당신이 자기 자신이 저지른 그 치명적인 과오를 전혀 모르고 있다는 건 아주 잘 알겠소!"

"물론 제가 모르는 걸 수도 있지요." 이쟈가 가볍게 수긍했다. "너 몰골을 보니," 그가 안드레이에게로 관심을 돌렸다. "**붉은 건물**에 다녀왔구나. 그래, 어땠어?"

그 순간 안드레이는 정신이 번쩍 들었다. 그 끈적거리고 반투명한 악몽의 필름이 터져 녹아내린 듯 머리의 통증이 사그라들어 이제 주위의 모든 것을 정확하고도 선명하게 파악할 수 있었다. 중앙로는 더 이상 어둑하거나 안개에 싸여 있지 않았고 모터사이클을 몬 경찰관도 자고 있기는커녕 빨간 담뱃불을 밝히고는 벤치 쪽을 보며 인도를 서성이고 있었다. '맙소사.' 안드레이는 겁에 질릴 지경이었다. '내가 여기서 뭘 하고 있는 거지? 나는 수사관인데, 시간이 가고 있는데, 나는 여기서 이 광인이랑 수다나 떨고 있고. 아니 여기에 카츠만이 있으니까……잠깐, 카츠만? 카츠만이 어떻게 여기에 있지?'

"내가 어디 있었는지 어떻게 알았어?" 안드레이가 날카롭게 물었다.

"어렵지 않게 추측할 수 있지." 이쟈가 킥킥대며 대답했다. "네가 거울을 봤으면……"

"진지하게 묻는 거야!" 안드레이가 언성을 높이면서 말했다.

노인이 불쑥 몸을 일으켰다.

"좋은 밤 되시오, 판들." 노인이 유려하게 머리 위로 중산모를 들어 올리며 말했다. "좋은 꿈 꾸시오들."

안드레이는 노인에게 신경도 쓰지 않았다. 그는 이쟈를 보고 있었다. 그리고 이쟈는 사마귀를 잡아당기고 제자리에서 가볍게 뛰면서 귀에 웃음을 걸치고 벌써 숨이 넘어갈 것처럼 캑캑대고 낑낑대며 멀어져 가는 노인의 뒷모습을 바라보았다.

"어떻게 알았느냐니까?" 안드레이가 물었다.

"대단한 인물이야!" 이쟈가 갈라지는 목소리로 감탄했다. "아, 진짜 인물이라니까! 넌 바보야, 보로닌. 넌 항상 그렇듯 아무것도 모르는구나! 저 사람이 누군지 알아? 그 유명한 판 스투팔스키, 유다 스투팔스키잖아! 우치◆의 게슈타포에게 248명을 넘겼고 두 번이나 잡혔으나 두 번이나 수를 써서 빠져나가고는 자기 죄를 다른 사람에게 뒤집어씌웠지. 독립 후에 마침내 그를 잡아 신속하고 공정한 재판정에서 판결을 내렸는데 그때도 빠져나갔지 뭐야! **인도자**들이 그를 곤경에서 구해 이리로 보내는 편이 유용하겠다고 판단한 거지. 다양성이 중요하니까. 이곳에서 그는 정신병원에 살면서 광인 행세를 하고 있지만, 사실은 사랑해 마지않는 자신의 그 전문 분야에서 활발한 활동을 펼치고 있지…… 넌 저 노인이 우연히 여기, 이 벤치에 마침 네 옆에 앉은 거라고 생각해? 그가 지금은 누구 밑에서 일하는 줄은 알아?"

"닥쳐!" 안드레이는 이쟈와 대화할 때면 자신을 이기고 튀어나오던 낯익은 호기심과 흥미를 의지력으로 억누르고는 말했다. "나는 그런 것들에 전혀 관심 없어. 넌 어떻게 여기 있는 건데? 대체 어떻게, 제기랄, 내가 **건물**에 다녀온 걸 아느냐고?"

"나도 거기 있었거든." 이쟈가 차분히 대답했다.

"그래. 거기서 무슨 일이 있었는데?" 안드레이가 말했다.

"글쎄, 거기서 무슨 일이 있었는지는 네가 더 잘 알겠지. 네 관점에서 그 안에서 벌어진 일을 내가 어떻게 알겠어?"

"네 관점에서는 무슨 일이 일어났는데?"

"너랑 상관없잖아." 이쟈는 무릎에 놓인 어마어마하게 두터운 서류철을 바로잡으며 말했다.

"서류철은 거기서 가져온 거야?" 안드레이가 손을 뻗으며 물었다.

"아니." 이쟈가 말했다. "거기서 가져온 거 아냐."

"안엔 뭐가 들었는데?"

"저기 말이야," 이쟈가 말했다. "그게 너랑 무슨 상관이지? 날 왜 물고 늘어져?"

이쟈는 무슨 일이 일어나고 있는지 아직 이해하지 못하고 있었다. 사실 안드레이 자신도 무슨 일이 일어나고 있는 것인지 제대로 이해하지 못한 채 이제 어떻게 행동할지 미친 듯이 머리를 굴렸다.

"이 서류철에 뭐가 들었는지 알아?" 이쟈가 말했다. "내가 구 시청사를 뒤졌거든. 여기서 15킬로미터 떨어져 있는 구 시청사 말이야. 하루 종일 그곳을 뒤지는데 태양이 꺼지더니 흑인 엉덩이같이 까매진 거야. 거기는 조명이라고는, 알다시피 벌써 20년째 없잖아…… 거기서 헤매고 헤매다가 가까스로 중앙로로 나왔는데 사방은 온통

♦ 폴란드 제3의 도시로, 1940년 4월 제2차 세계대전 당시 독일 점령 지역 중 최초로 게토가 만들어졌다.

폐허고 거친 목소리들이 울부짖고……"

"너 말이야, 설마 옛 폐가를 뒤지는 짓이 금지라는 거 몰라?" 안드레이가 말했다.

이쟈의 두 눈에서 열의가 사그라졌다. 그는 찬찬히 안드레이를 바라봤다. 그가 이해하기 시작한 것 같았다.

"너 설마," 안드레이가 말을 이었다. "우리에게 전염병을 들여올 셈이야?"

"말하는 톤이 마음에 들지 않는데. 어쩐지 나한테 얘기하는 톤이 이상한걸." 이쟈가 비죽 웃으며 말했다.

"나는 네가 마음에 들지 않아!" 안드레이가 말했다. "넌 대체 왜 **붉은 건물**이 전설이라는 생각을 나한테 주입시켰지? 넌 그게 전설이 아니라는 사실을 알았던 거 아냐. 나한테 거짓말을 했어. 대체 왜?"

"지금 뭐 하자는 거야. 신문이야?" 이쟈가 물었다.

"네 생각엔 뭐 하는 것 같은데?" 안드레이가 물었다.

"내 생각엔, 네가 머리를 심하게 박은 것 같은데. 차가운 물로 씻고 제정신을 찾아야 할 것 같아."

"서류철 이리 내." 안드레이가 말했다.

"지옥으로 꺼져 버려!" 이쟈가 일어서며 말했다. 그는 아주 창백해졌다.

안드레이도 일어섰다.

"나랑 같이 가지." 안드레이가 말했다.

"그럴 생각 없는데." 이쟈가 날카롭게 대답했다. "체포 영장을 제시해."

그러자 안드레이는 증오심으로 몸이 차가워져서는 이쟈에게서 눈길을 거두지 않은 채 천천히 권총집을 열고 총을 꺼냈다.

"앞으로 가." 그가 명령했다.

"머저리 새끼……" 이쟈가 웅얼거렸다. "완전히 미쳤군……"

"닥쳐!" 안드레이가 으르렁댔다. "앞으로 가!"

그는 총신으로 이쟈의 옆구리를 찔렀고 이쟈는 고분고분 절뚝거리며 길을 건넜다. 다리를 쓸렸는지 심하게 절고 있었다.

"넌 수치심을 이기지 못하고 뒈질 거야." 이쟈가 어깨 너머로 말했다. "수치스러워서 어쩔 줄 모를걸……"

"조용히 하라고!"

그들이 모터사이클로 다가가자 경찰관은 재빨리 사이드카 덮개를 벗겼고 안드레이는 총신으로 그쪽을 가리켰다.

"앉아."

이쟈는 아무 말 없이 대단히 굼뜨게 착석했다. 경찰관은 재빨리 안장으로 뛰어들었고 안드레이는 총을 권총집에 넣고는 그 뒤에 앉았다. 엔진이 낮게 울리더니 탈탈대면서 가스를 내뿜었고 모터사이클이 휙 방향을 돌려 파인 곳을 뛰어넘었으며, 지친 몸으로 이슬이 내려 축축한 거리를 멍하니 돌아다니던 광인들을 놀라게 하면서 검찰청을 향해 질주했다.

안드레이는 사이드카에 웅크리고 앉은 이쟈를 보지 않으려 노력했다. 처음에 욱했던 감정이 지나가고 이제는 불편함 같은 게 느껴졌다. 어쩐지 전부 지나치게 급히, 지나치게 서둘러, 바닥이 빠진 요람에 토끼를 넣고 흔들던 곰 이야기에서처럼 정신없이 진행되는 것 같았다. 뭐, 차차 파악하면 되겠지……

검찰청 로비에서 안드레이는 이쟈 쪽은 쳐다보지도 않고 경찰관에게 연행해 온 사람을 등록시킨 후 위층 당직자에게 올려 보내라고 지시한 다음 세 단씩 계단을 올라 사무실로 갔다.

가장 분주한 때인 4시가 가까워지고 있었다. 복도 벽 앞에는 피조사자들과 증인들이 서 있거나 윗면이 닳아 번들거리는 기다란 벤치에 앉아 있었다. 모두들 하나같이 우울하고 졸려 보였고 거의 모두가 경련하듯 하품하며 눈을 흐리멍덩하게 뜨고 있었다. 당직자들은 때때로 의자에 앉은 채 온 건물이 울리도록 소리쳤다. "대화하지 마시오! 대화하지 말라고!" 인조가죽으로 싸인 조사실 문 뒤에서는 타자기 치는 소리와 웅얼거리는 목소리들,

애처로운 절규가 들려왔다. 습하고 비위생적이었으며 어둑했다. 안드레이는 의식이 흐릿해졌고 갑자기 카페테리아로 달려가 뭔가 기운이 날 만한 것을 마시고 싶었다. 진한 커피나 보드카 한 잔이라도. 그 순간 그는 왕을 발견했다.

왕은 한없이 참을성 있게 기다리는 자세로 벽 앞에 쪼그려 앉아 등을 기대고 있었다. 독특한 솜옷을 입은 그는 머리를 어깨로 바싹 움츠려 귀가 목깃 밖으로 튀어나올 정도였다. 둥그렇고 털이 없는 얼굴은 평온해 보였다. 그는 졸고 있었다.

"여기서 뭐 하고 있어?" 안드레이가 놀란 목소리로 물었다.

왕은 눈을 뜨더니 가뿐하게 일어나 미소를 띠고 말했다.

"체포됐어. 호출을 기다리는 중이고."

"체포됐다고? 무슨 혐의로?"

"태업." 왕이 조용히 말했다.

옆에서 졸던 더러운 트렌치코트를 입은 건장한 사내도 눈을, 정확히는 한쪽 눈을 떴다. 다른 쪽 눈은 보라색 멍이 들어 부어 있었기 때문이다.

"태업이라니?!" 안드레이는 깜짝 놀랐다.

"노동에 대한 권리를 저버렸다고……"

"제112조, 여섯 번째 항을 보면," 멍이 든 사내가 사무적으로 설명하기 시작했다. "습지대 생활 6개월 처방이고, 뭐 그런 거죠."

"입 다무십시오." 안드레이가 그에게 말했다.

건장한 사내는 안드레이에게 자신의 멍을 보이며 코웃음을 치고는(안드레이는 그때 자기 이마의 상처를 상기했고 또렷이 느꼈다) 목쉰 소리로 친절히 말했다.

"조용히 할 수도 있겠지요. 모든 것이 말하지 않아도 분명하다면 입을 다물지 않을 이유가 뭐 있겠습니까?"

"대화하지 마시오!" 멀리서 당직자가 엄하게 고함쳤다. "벽에 기대어 있는 사람 누구야? 당장 몸 떼!"

"잠시만." 안드레이가 왕에게 말했다. "널 어디로 호출했는데? 여기야?" 그는 22호 방 문을 가리키며 누구의 사무실이었는지 기억하려 애썼다.

"그래요." 건장한 남자가 기다렸다는 듯 목쉰 소리로 말했다. "우리를 22호 방으로 불렀습니다. 벌써 30분째 벽 앞에 서 있는 중이고."

"잠깐만 기다려." 안드레이가 다시 한번 왕에게 말하고는 문을 밀었다.

책상에는 신입 수사관이자 프리드리히 가이거의 개인 경호원이고 이전에는 중량급 권투 선수이고 뮌헨의 마권업자였던 하인리히 루머가 앉아 있었다. 안드레이

가 물었다. "지금 시간 괜찮아?" 루머는 대답하지 않았
다. 그는 대단히 바빴다. 그는 납작한 코가 달린 짐승 같
은 얼굴을 한쪽 어깨에 기댔다가 또 다른 어깨로 옮기면
서 집중하느라 색색 숨을 내쉬고 앓는 소리까지 내며 커
다란 와트만지에 뭔가를 그리는 중이었다. 안드레이는
문을 닫고 곧장 책상으로 다가갔다. 루머는 포르노그래
피 엽서를 베끼고 있었다. 와트만지와 엽서에는 격자가
빼곡히 그어져 있었다. 작업을 이제 막 시작했는지, 와트
만지에는 전반적인 윤곽뿐이었다. 어마어마한 노동을 앞
두고 있었다.

"짐승 자식, 근무 중에 뭐 하는 거야?" 안드레이가 꾸
짖듯 물었다.

루머가 화들짝 놀라 눈을 들었다.

"아, 너구나……" 그가 눈에 띄게 안도하며 말했다.
"무슨 일인데?"

"넌 일을 이렇게 해?" 안드레이가 씁쓸하게 말했다.
"사람들이 널 기다리는데 너는……"

"누가 날 기다리는데?" 루머가 몸을 부르르 떨었다.
"어디서?"

"네 피조사자들이 기다린다고!" 안드레이가 말했다.

"아…… 그게 뭐?"

"됐어." 안드레이는 화를 냈다. 아마도 이놈을 창피하

게 만들어 줘야겠지만, 프리츠가 널 보증했다고, 자신의 정직한 이름을 걸고 너같이 게으른 머저리를, 등신을 보증했다고 이 짐승 같은 놈에게 상기해 줘야 했겠지만, 안드레이는 지금 그렇게 하는 것은 자신의 권한을 벗어나는 일이라고 생각했다.

"그 이마의 상처는 누가 낸 거야? 아주 제대로 가격했는걸……" 루머는 직업적 흥미를 보이며 안드레이의 상처를 살폈다.

"신경 쓰지 마." 안드레이가 급히 말했다. "내가 왜 왔는지나 말할게. 왕리홍 사건, 네가 맡았어?"

"왕리홍?" 루머는 상처 보던 것을 중단하고는 골똘히 생각에 잠겨 손가락 하나를 오른쪽 콧구멍에 쑤셔 넣었다. "그게 대체 무슨 사건인데?" 그가 조심스럽게 물었다.

"네가 맡았어, 안 맡았어?"

"그걸 왜 묻는데?"

"네가 여기서 짐승 같은 짓을 하는 동안 왕이 네 문 앞에 앉아 기다리고 있으니까!"

"이게 왜 짐승 같은 짓이야?" 루머는 기분이 상했다. "잘 봐 보라고. 가슴 좀 봐! 와우! 멋지지?"

안드레이는 정색하며 포르노그래피를 치웠다.

"사건 기록지 갖고 와 봐." 그가 주문했다.

"무슨 사건?"

"왕리훙 사건 기록지를 가져와 보라고!"

"그런 사건 기록지 따위는 없어!" 루머가 화를 냈다. 그는 책상 중간 서랍을 열고는 그 안을 들여다봤다. 안드레이도 들여다봤다. 서랍은 정말로 텅 비어 있었다.

"네 사건 기록지들은 대체 어디 있는 거야?" 안드레이가 화를 억누르며 말했다.

"그게 너랑 무슨 상관인데?" 루머가 공격적으로 대꾸했다. "네가 내 상사라도 되냐."

안드레이는 단호히 수화기를 들었다. 루머의 돼지 같은 눈에 동요가 일었다.

"잠깐만." 그가 커다란 앞발로 황급히 전화기를 감싸며 말했다. "어디로 거는데? 왜 거는데⋯⋯?"

"지금 당장 가이거에게 걸 거야." 안드레이가 악랄하게 말했다. "가이거가 멍청한 네놈의 뇌를 갈겨 주도록⋯⋯"

"기다려 봐." 루머가 안드레이에게서 수화기를 뺏으려 하면서 웅얼댔다. "정말 왜 그래⋯⋯ 뭐 하러 가이거한테 전화를 걸어? 우리 둘이서 이 정도 일을 해결 못 하겠어? 이해가 되게 설명해 보라고. 원하는 게 뭐야?"

"왕리훙 사건을 나한테 넘겨."

"그 중국인 말이야? 관리인?"

"그래!"

"아니, 처음부터 그렇게 말했어야지! 지금 밖에서 대기하는 그 누구에 관해서도 사건 기록지는 없어. 방금 데려왔다고. 나는 왕부터 신문을 시작할 거고."

"무슨 혐의로 왕을 연행했는데?"

"직업을 바꾸기 싫다잖아." 루머가 조심조심 안드레이와 그가 놓지 않은 수화기를 끌어당겼다. "태업이야. 3주기째 관리인으로 일하고 있다고. 제112조 알지……?"

"알아." 안드레이가 말했다. "하지만 특수한 경우라고. 그들은 항상 뭔갈 헷갈리잖아. 첨부 자료는 어디 있어?"

루머는 요란하게 색색대며 마침내 안드레이에게서 수화기를 빼앗아 제자리에 되돌려 놓은 다음 다시 책상에 앉아 오른쪽 서랍을 열고서 커다랗고 단단한 어깨로 가린 채 뒤지다가 종이 한 장을 꺼내더니 땀을 흠뻑 흘리며 안드레이에게 건넸다. 안드레이는 문서를 빠르게 훑었다.

"여기에는 왕을 정확히 너에게 배정한다는 얘기는 없는데." 그가 말했다.

"그래서?"

"그러니까 내가 왕을 데려갈게." 안드레이는 이렇게 말하고는 서류를 주머니에 넣었다.

루머가 겁먹었다.

"나한테 등록되어 있다고! 당직자가 그렇게 처리했어."

"그럼 당직자한테 전화를 해서 보로닌이 왕리훙을 데려갔다고 말해. 그럼 재등록을 하겠지."

"네가 직접 전화해. 왜 내가 전화해야 하지? 네가 데려가는 거니까 네가 해. 나한테는 데려간다는 확인서 하나 써 주고." 루머가 심각하게 말했다.

5분 후에는 모든 형식적인 절차가 끝나 있었다. 루머는 확인서를 서랍에 넣고는 안드레이를 봤다가 포르노그래피를 봤다.

"젖꼭지 좀 보라고! 끝내주지!"

"넌 끝이 안 좋을 거다, 루머." 안드레이가 나가며 예언했다.

복도에서 그는 말없이 왕의 팔꿈치를 잡고 데려갔다. 왕은 아무것도 묻지 않고 따랐으며 안드레이는 문득 왕이라면 처형장도, 고문실도, 그 어떠한 굴욕적인 자리에도 바로 지금처럼 이렇게 아무 말 없이 고분고분 따라가리라는 생각이 들었다. 안드레이는 그것을 이해할 수 없었다. 왕의 타협에는 뭔가 동물적인 것이, 인간에는 미치지 못하나 동시에 고귀하고 뭐라 설명하기 어려운 존경심을 불러일으키는 무언가가 있었다. 왜냐하면 이 타협의 이면에는 발생하는 사건의 대단히 깊고 은밀하며 영원한 핵심에 대한 어떤 초자연적인 이해가, 영원한 무용성, 즉 저항의 무가치성에 대한 이해가 있는 것 같았기 때문이다. 서양은 서양이고, 동양은 동양이다. 이 문구는 기만적이고 불공정하며 비하적이기까지 하지만, 이 경우에는 왜인지 적절한 듯했다.

안드레이는 자기 사무실에 들어가 왕을 의자에, 피조사자들이 앉는 등받이 없는 의자가 아니라 책상 옆 비서용 의자에 앉히고 자신도 앉은 다음 말했다.

"그러니까, 무슨 일이 있었던 거야? 얘기해 줘."

그러자 왕은 자신의 유려하고 나긋나긋한 목소리로 바로 이야기를 시작했다.

"일주일 전에 관리실로 지역 담당 노동부 전권 대리인이 와서는 내가 다양한 노동을 할 권리에 관한 법률을 심각하게 어기고 있다는 사실을 일깨웠지. 그의 말이 맞아. 나는 실제로 그 법을 심각하게 어겼으니까. 직업소개소에서 세 차례 소환장이 날아왔고 나는 소환장을 세 차례 버렸어. 전권 대리인은 앞으로도 계속 내가 직무유기를 한다면 대단히 불행한 일이 닥칠 거랬어. 그때 난 생각했지. 기계가 사람을 전 직장에 남겨 두는 경우도 있지 않은가, 라고 말이야. 그길로 나는 직업소개소로 가서 내 노동수첩을 직업 분배기에 넣었어. 운은 따르지 않았지.

구두 공장장 임명장을 받은 거야. 하지만 나는 새로운 직업은 갖지 않기로 마음을 정하고 갔기에 관리인 일을 계속했어. 그리고 오늘 저녁 경찰관 두 명이 와서 나를 이리로 끌고 왔지. 이렇게 된 일이야."

"알—겠어." 안드레이가 말을 늘였다. 그는 아무것도 이해할 수 없었다. "저기, 차 마실래? 여기로 차와 샌드위치를 갖다 달라고 할 수 있거든. 공짜로."

"그런 폐를 끼칠 수는 없어. 그러지 않아도 돼." 왕이 거절했다.

"폐는 무슨……!" 안드레이는 욱해서 전화로 차 두 잔과 샌드위치를 주문했다. 그러고 나서 수화기를 내려놓은 다음 왕을 쳐다보며 조심스럽게 물었다. "왕, 그래도 나는 잘 이해가 안 돼. 어째서 공장장이 되고 싶지 않은 거지? 존경받는 직책이잖아. 새로운 직업을 갖게 되면 여러 이점이 있을 거야. 너는 아주 책임감 있고 성실하니까…… 내가 그 공장을 아는데, 절도 사건이 끊이질 않아. 구두를 상자째 가져가는 일도 있고…… 네가 공장장이면 그런 일은 없을 거 아냐. 게다가 거기 가면 임금도 훨씬 높다고. 너한테는 어쨌든 부인도 있고 아이도 있잖아…… 뭐가 문제야?"

"그래, 너는 이해하기 힘들 거라 생각해." 왕이 묵묵히 생각에 잠겨 대답했다.

"여기서 이해하고 말 게 뭐가 있어?" 안드레이가 성급히 말했다. "한평생 쓰레기를 모으는 것보다야 공장장이 되는 게 당연히 좋잖아. 게다가, 습지대에서 6개월을 일하는 것보다는 당연히 나을 테고……"

왕이 동그란 머리를 끄덕였다.

"아니, 더 좋지 않아." 왕이 말했다. "더 떨어질 곳이 없는 자리에 있는 편이 가장 좋아. 넌 이해 못 해, 안드레이."

"왜 반드시 떨어진다고 생각해?" 안드레이가 혼란스러워하며 물었다.

"왜인지는 나도 몰라. 하지만 분명히 그렇게 돼. 그게 아니라면 차라리 당장 떨어지는 편이 낫겠다는 생각이 들 정도로 노력을 해 가며 버텨야 하지. 나는 알아. 그 모든 걸 다 겪었어."

졸린 표정의 경찰관이 차를 내왔고 비틀거리며 경례하고는 옆으로 걸어 복도로 나갔다. 안드레이는 왕 앞에 거뭇해진 잔 받침과 잔을 놓아 주었고 샌드위치를 밀어 주었다. 왕은 고맙다고 인사하고는 찻잔을 들고 홀짝거린 다음 가장 작은 샌드위치를 집었다.

"넌 그저 책임을 두려워하는 거야." 안드레이가 혼란에 빠져 말했다. "물론, 미안한 얘기지만, 다른 사람들을 생각하면 그다지 공평하지 않아."

"난 언제나 사람들에게 선만을 행하려 해." 왕이 차분히 반박했다. "책임이라면, 나는 엄청난 책임을 짊어지고 있어. 내 아내와 아이."

"맞는 말이야." 안드레이가 또다시 조금 혼란스러워하며 말했다. "물론 그렇지. 그런데 너도 동의하겠지만, **실험**은 우리 모두에게 요구를 하고……"

왕은 경청하며 고개를 끄덕였다. 안드레이가 말을 마치자 그가 이렇게 말했다.

"네 말 이해해. 너는 네 식대로 옳아. 그런데 너는 여기 건설을 하러 왔지만, 난 여기로 도망쳐 온 거거든. 넌 투쟁과 승리를 추구하지만 나는 안정을 추구하고. 우리는 아주 달라, 안드레이."

"안정이라니, 그게 무슨 의미야? 너는 스스로를 기만하는 거야! 네가 안정을 원했다면 번듯한 직책을 맡아서 아무 걱정 없이 살았겠지. 여기엔 번듯한 직장이 차고 넘치잖아. 그런데 너는 가장 더럽고 가장 인기 없는 직업을 고르고는 성실하게 일하고, 힘도, 시간도 아낌없이 쓰면서…… 그러는 네가 무슨 안정을 찾는다는 거야!"

"영혼의 안정 말이야, 안드레이! 영혼의 안정!" 왕이 말했다. "나 자신과, 그리고 **세계**와 맺는 관계에 있어서의 안정 말이야."

안드레이가 손가락으로 책상을 빠르게 두드렸다.

"그러니까, 너는 평생을 이렇게 관리인으로 살겠다는 거야?"

"꼭 관리인일 필요는 없어." 왕이 말했다. "내가 처음 여기 떨어졌을 때는 창고의 짐꾼이었거든. 그다음에 기계가 날 시장 비서로 임명했지. 나는 거부했고 습지대로 보내졌어. 거기서 6개월 일한 다음 법에 따라 돌아와서는 전과자로서 가장 낮은 직책을 받았지. 그러고 나서 기계가 또 날 위로 올려 보냈어. 나는 직업소개소장한테 가서 너한테 설명한 그대로 털어놓았었어. 그는 유대인이었는데, 절멸수용소에서 여기로 온 사람이었고 내 말을 아주 잘 이해했지. 그가 소장으로 있는 동안은 나를 내버려 뒀어." 왕은 잠시 입을 다물었다. "그런데 두 달 전 그가 사라졌어. 시체로 발견되었다던데 아마 너도 그 사건을 알 거야. 그리고 모든 게 처음으로 되돌아갔지…… 난 괜찮아. 습지대에서 일을 하고 다시 관리인으로 돌아오면 돼. 이제 훨씬 수월할 거야. 아들도 많이 컸고 습지대에 가면 유라 삼촌도 도와줄 테고……"

그때 안드레이는 자신이 왕을 노골적으로, 무례하게, 마치 앞에 앉아 있는 게 왕이 아니라 웬 야만적인 생명체라는 듯이 보고 있음을 깨달았다. 그런데 왕은 실제로도 야만스럽지 않은가. 맙소사. 안드레이는 생각했다. 저런 철학적 경지에 다다르려면 어떤 삶을 살아야 하는 걸까?

아니다, 나는 왕을 도와야 한다. 그래야만 한다. 그러나 어떻게……?

"좋아." 마침내 안드레이가 입을 열었다. "마음대로 해. 그렇다고 네가 습지대에 가야 하는 건 절대 아니지. 혹시 지금 직업소개소장이 누구인지 알아?"

"오토 프리자." 왕이 말했다.

"뭐라고? 오토? 그런데 뭐가 문제야……?"

"그래. 물론 나도 오토에게 가 볼까 했지만, 그는 너무 어리잖아. 오토는 아무것도 이해하지 못하고 또 모든 걸 두려워하니까."

안드레이는 전화번호부를 가져와 번호를 찾은 다음 수화기를 들었다. 꽤 오래 기다려야 했다. 오토가 마멋처럼 자고 있나 보다. 드디어 뚝뚝 끊기는, 놀라고 화가 난 듯한 목소리가 응답했다.

"소장 오토 프리자입니다."

"안녕, 오토." 안드레이가 말했다. "보로닌이야. 검찰청에서 전화하고 있고."

침묵이 도래했다. 오토가 몇 차례 헛기침을 하는 소리가 들렸다. 그러더니 조심스럽게 입을 열었다.

"검찰청입니까? 네, 듣고 있습니다."

"뭐야, 잠에서 덜 깼어?" 안드레이가 화를 냈다. "엘자가 널 이렇게 녹초로 만든 건가? 나라고, 안드레이! 보로닌!"

"아, 안드레이?!" 오토가 전혀 다른 목소리로 말했다. "정말이지, 이 밤중에 무슨 일이야? 세상에, 심장이 두근댄다고…… 무슨 일인데?"

안드레이는 상황을 설명했다. 그리고 기대했던 대로 전부 일사천리로 해결됐다. 오토는 모든 사항에 전적으로 동의했다. 그렇다, 그는 언제나 왕이 자기 자리에 있다고 생각했다. 그렇다, 그는 당연하게도 왕이 공장장이 될 수는 없다고 여겼다. 그는 그 정도로 보잘것없는 직책에 머무르겠다는 왕의 의지에 분명히, 또한 순수하게 감동했다. ("우리한테 저런 사람이 많아야 하는데 다들 산을 타는 사냥꾼처럼 위로 올라가려고만 한단 말이지……!") 그는 왕을 습지대로 보내는 결정에 화를 내며 반대했을 뿐만 아니라 법과 관련해서는, 법의 상식적인 정신을 죽은 문자로 바꿔 놓는 바보들과 관료주의적 멍청이들에 대한 숭고한 분노에 휩싸였다. 어쨌든 법은 여러 요령 좋은 치들이 위로 올라가는 것을 막기 위해 존재하므로, 아래에 남아 있고 싶어 하는 사람들의 경우에는 해당되지 않으며 해당되어서도 안 된다. 직업소개소장은 이 모든 것을 아주 완벽하게 이해했다. "그래!" 오토가 다시 말했다. "오, 그래. 당연하지!"

사실 안드레이는 오토가 자신이, 안드레이 보로닌이

무슨 제안을 하더라도, 가령 왕을 시장으로 임명하라든 가 반대로 독방에 넣으라고 해도 동의했으리라는 찝찝하고 우스우면서도 불쾌한 인상을 받았다. 오토는 언제나 안드레이에게 병적으로 고마워한다는 느낌을 주곤 했는데, 아마도 안드레이가 그들 무리에서 유일하게 오토를 인격체로 대하기 때문일 것이다…… 어쨌든, 결국 가장 중요한 것은 행동이었다.

"내가 지시할 테니까." 오토가 열 번째로 반복했다. "안드레이, 넌 마음 푹 놓고 있어도 돼. 내가 지시하면 앞으로 아무도 왕을 건드리지 않을 거야."

그렇게 결정됐다. 안드레이는 수화기를 내려놓고 왕에게 나갈 때 필요한 통행증을 써 주었다.

"지금 바로 갈 거야?" 그가 글자를 쓰면서 물었다. "아니면 태양이 켜질 때까지 기다릴래? 생각해 봐. 지금 밖은 위험하다고……"

"고맙습니다." 왕이 우물거렸다. "고맙습니다……"

안드레이가 깜짝 놀라 고개를 들었다. 왕이 그의 앞에 서서 가슴에 손을 얹고 연신 꾸벅였다.

"그런 중국식 인사는 관두라고." 안드레이가 불쾌해하고 불편해하며 투덜거렸다. "내가 너에게 뭐, 자선이라도 베풀었어?" 그는 왕에게 통행증을 내밀었다. "그리고 정말로 지금 바로 가려고?"

왕은 또다시 꾸벅 숙이며 통행증을 받았다.

"바로 가는 게 좋을 것 같아." 그는 사과하듯 말했다.
"지금 바로. 청소부들이 아마 도착해 있을 거야……"

"청소부들이라……" 안드레이가 되뇌었다. 그는 샌드위치가 놓인 접시를 봤다. 샌드위치는 크고 신선했으며 고급 햄이 들어 있었다. "잠깐만." 그는 서랍에서 오래된 신문지를 꺼내 샌드위치를 쌌다. "가져가서 메이링에게 줘……"

왕은 가볍게 사양했고 지나친 걱정을 한다며 웅얼거렸지만, 안드레이는 샌드위치를 왕의 가슴 주머니에 쑤셔 넣고 어깨를 감싸 문으로 데려갔다. 안드레이는 마음이 지독히도 불편했다. 모든 게 어딘가 잘못되고 있었다. 오토도 왕도 자신의 행동에 어쩐지 이상하게 반응했다. 그는 그저 모든 것이 올바르고 합리적이도록 정의롭게 처리하고 싶었을 뿐인데 웬 자선을 베풀고 제 식구 감싸기를 하고 연줄을 행사한 꼴이 되어 버렸다…… 그는 사태의 공식성과 합법성을 강조할 만한 건조하며 사무적인 단어들을 급히 떠올렸다…… 갑자기 머릿속에 떠오른 것 같았다. 그는 멈춰 서서 턱을 치켜들고는 왕을 내려다보며 차갑게 말했다. "왕 씨. 검찰의 이름으로 귀하를 불법 연행한 것에 심심한 사과를 표하는 바입니다. 이런 일이 다시는 재발하지 않으리라 약속드립니다."

수사관

그는 정말로 마음이 불편해졌다. 내가 무슨 헛소리를 한 거지. 첫째로, 엄격히 따지자면, 연행은 불법 조치가 아니었다. 솔직히 말해서 완전히 합법적이었다. 둘째로, 보로닌 수사관은 그 어떠한 것도 약속할 수 없다. 그럴 권한이 없다…… 그때 그는 문득 왕의 눈을 봤다. 이상한, 특유의 이상함이 대단히 익숙한 시선이었고, 안드레이는 갑자기 모든 것을 떠올리고는 그 기억 때문에 온몸이 후끈거렸다.

"왕." 예기치 않게 그에게서 쉰 목소리가 나왔다. "물어보고 싶은 게 있어, 왕."

그는 잠시 입을 다물었다. 멍청하고 의미 없는 질문이었다. 하지만 이제 와서 물어보지 않을 수도 없었다. 왕은 참을성 있게 그를 올려다보고 있었다.

"왕." 그가 헛기침을 하고는 말했다. "오늘 새벽 2시에 어디 있었어?"

왕은 동요하지 않았다.

"정확히 2시에 나를 데리러 왔어. 나는 계단을 닦는 중이었고."

"그럼 그 전에는?"

"그 전에는 쓰레기를 치웠어. 메이링이 도와준 다음 자러 갔고 나는 계단을 닦으러 갔지."

"그래." 안드레이가 말했다. "그럴 줄 알았어. 그래.

잘 가, 왕. 일이 이렇게 돼서 미안해…… 아니다, 잠깐만
기다려. 내가 데려다줄게……"

제4장

이쟈를 부르기 전, 안드레이는 생각을 재정비했다.

우선 선입견을 버리고 이쟈를 대하기로 했다. 이쟈가 냉소적이고 아는 척을 많이 하는 수다쟁이며 세상 모든 것을 비웃을 준비가 되어 있다는, 그리고 비웃고 있다는 사실, 단정치 못하고 이야기를 할 때 침을 튀기면서 혐오스럽게 킥킥거리고 기둥서방처럼 과부와 지내고 무슨 수로 먹고사는지 모르겠다는 사실, 이 모든 것들이 지금은 수사에 아무런 영향도 끼쳐서는 안 된다.

카츠만이 **붉은 건물**과 그 비슷한 기이한 현상에 관해 혼란스러운 소문을 퍼뜨리는 자에 불과하다는 일차원적인 생각도 아예 머릿속에서 지워 버려야 했다. **붉은 건물**

은 실재다. 의문스럽고 환상적이고 대체 누구에게 필요한 건지 모르겠지만, 실재였다. (이때 안드레이는 구급함을 열고 작은 거울을 보며 진물이 나는 상처에 초록 연고를 발랐다.) 그런 면에서 카츠만은 일단 목격자다. 그는 **붉은 건물**에서 뭘 했을까? 그곳에 얼마나 자주 가는 걸까? 그곳에 대해 무슨 이야기를 할까? 거기서 무슨 서류철을 갖고 나온 걸까? 서류철을 거기서 갖고 나오지 않았다는 말이 사실일까? 정말로 구 시청사에서 갖고 온 걸까……?

가만, 가만! 카츠만은 그런 이야기를 여러 번 했었다…… 물론 명확하게 말하지는 않았고 북부로 탐사를 다녀왔다며 말하곤 했다. 거기서 그는 뭘 한 걸까? **반도시도** 북쪽 어딘가에 있다는데! 아니, 카츠만을 연행한 건 충동적인 결정이기는 했지만, 잘한 일이다. 언제나 이렇지 않나. 모든 것은 단순한 호기심에서 비롯된다. 호기심 많은 누군가가 부적절한 곳에 코를 들이밀고는 비명도 못 질러 보고 잡혀 들어가는 거다…… 어째서 그는 극구 서류철을 내주려 하지 않았을까……? 서류철은 거기서 가져온 게 분명하다. 그리고 **붉은 건물**도 거기서 왔다! 이 부분에서 부장은 뭔가를 놓쳤다. 뭐, 이해는 간다. 부장은 사실관계를 몰랐으니까. 또 그는 거기에 가 보지 않아도 됐으니까. 그렇다. 소문의 확산은 무서운 일이지만,

그 어떠한 소문보다도 무서운 것이 **붉은 건물**이다. 사람들이 들어갔다가 영원히 사라져서가 아니라, 때때로 사람들이 거기서 나오기에 무서운 것이다! 나와서, 돌아와서 우리 사이에 섞여 산다. 카츠만이 그러하듯……

안드레이는 지금 뭔가 중요한 지점을 포착했다는 느낌이 들었으나 끝까지 파고들어 분석할 용기는 없었다. 그저 황동 손잡이가 달린 문으로 들어갔을 때의 안드레이 보로닌과 그 문에서 나온 후의 안드레이 보로닌이 완전히 다른 사람이라는 것만 알았다. 그곳에서 그 내부의 무언가가 망가졌고 그는 무언가를 영원히 잃었다…… 그는 이를 꽉 물었다. '아니, 신사 여러분. 여기서 당신들은 잘못 생각했습니다. 나를 들여보내서는 안 됐어요. 우리를 이렇게 간단히 망가뜨릴 수는 없습니다…… 매수할 수는 없습니다…… 분열할 수는 없습니다……'

그는 비죽 웃고는 깨끗한 종이를 가져와 대문자로 쓰기 시작했다. '붉은 건물-카츠만, 붉은 건물-반도시, 반도시-카츠만'. 전부 이렇게 연결이 된다. 부장님, 당신이 틀렸습니다. 우리가 찾아야 하는 건 소문의 출처가 아닙니다. 우리가 찾아야 하는 건 **붉은 건물**에서 살아서, 다치지 않고 나온 자들입니다. 그들을 찾아서 잡고 격리하거나…… 면밀히 감시해야 합니다…… 그는 이렇게 썼다. '**건물 방문-반도시**'. 그러니까 파니 후사코바는 어쨌든 본인이 말한 그 프란티셰크에 관해 아는 걸 모조리 털어놔야 할 거다. 플루트 연주자는 풀어 줘도 될 것 같고. 뭐 좋다, 그들을 어떻게 할지 생각할 때가 아니다…… 부장한테 전화하는 게 좋을까? 수사 방향을 다시 설정했으니 축복해 달라고? 그러기엔 좀 이르겠지. 일단 카츠만의 입을 여는 데 성공하면…… 그는 수화기를 집어 들었다.

"당직자? 연행된 카츠만을 36호 내 사무실로."

……그런데 카츠만에게 자백을 받는 건 필수가 아니라 선택일지도 모른다. 서류철이 있으니. 이번에는 빠져나가지 못하리라…… 순간 안드레이의 머릿속에 여러 번 술을 함께 마시고 지내던 자신이 카츠만의 신문을 맡는 게 그다지 윤리적이지 않다는 생각이 스쳤다…… 하지만 마음을 다잡았다.

문이 활짝 열렸고 연행된 카츠만이 이를 씩 드러낸 채 번들거리는 주머니에 양손을 넣고 절뚝거리면서 신문실로 들어왔다.

"앉으십시오." 안드레이가 턱짓으로 등받이 없는 의자를 가리키며 건조하게 말했다.

"감사합니다." 연행된 자가 더 활짝 웃으며 대답했다. "완전히 제정신으로 돌아오지는 않았나 보군요……"

이 비열한 놈은 천하태평이었다. 그는 앉아서 목의 사

마귀를 잡아당기더니 호기심 어린 눈빛으로 사무실을 둘러봤다.

그 순간 안드레이는 몸이 차갑게 식었다. 연행된 자가 서류철을 들고 있지 않았다.

"서류철은 어딨습니까?" 그가 진정하려고 애쓰며 말했다.

"서류철이라니요?" 카츠만이 뻔뻔하게 되물었다.

안드레이는 수화기를 휙 집어 들었다.

"당직자! 연행된 카츠만의 서류철은 어디 있나?"

"무슨 서류철 말씀이십니까?" 당직자가 멍청하게 물었다. "지금 확인해 보겠습니다…… 카츠만…… 여기 있네요…… 연행된 카츠만에게서 압수한 물품은 손수건 두 장, 텅 빈 지갑, 중고……"

"목록에 서류철이 있나?" 안드레이가 사납게 물었다.

"서류철은 없습니다." 당직자가 기어드는 목소리로 말했다.

"목록을 가져오게." 안드레이가 새된 목소리로 말하고는 수화기를 내려놓았다. 그는 곁눈질로 카츠만을 보았다. 증오심에 귓가가 웅웅댔다. "유대인 놈들이 하는 짓거리란……" 그가 억누르며 겨우 내뱉었다. "이 개자식, 서류철은 어디로 숨겼어?"

카츠만이 즉각 대답했다.

"'그녀는 그의 팔을 잡고 여러 차례 물었다. 당신, 서류철 어디에 숨겼어?'♦"

"이렇게 나온다는 거지……" 안드레이가 힘겹게 콧김을 씩씩 내뿜으며 말했다. "첩자 자식…… 이렇게 나와 봐야 좋을 게 없을 거야……"

이쟈의 얼굴에 충격이 스쳤다. 하지만 몇 초 뒤에는 다시 특유의 농락하는 듯한 혐오스러운 비웃음을 띠고 있었다.

"어떻게 그럴 수가! 어떻게!" 그가 말했다. "비영리단체 '조인트'♦♦의 대표 이오시프 카츠만이오니 뜻대로 하시지요. 때리지는 말고요. 전부 얘기할 테니까요. 기관총들은 베르디치우에 숨겨져 있고 숨겨 둔 곳은 뼛조각을 올려 표시해 두었답니다……"

공포에 질린 당직자가 목록을 앞으로 쭉 내밀며 들어왔다.

"여기 서류철은 없습니다." 그가 안드레이 앞 책상 가장자리에 목록을 놓고 물러서며 웅얼거렸다. "제가 등록처에 전화를 해 봤는데 거기에도……"

"알았네. 나가 보게." 안드레이가 잇새로 말했다.

그는 깨끗한 신문지訊問紙를 가져와 눈을 들지 않고 물었다.

"이름과 성, 부칭은?"

"카츠만, 이오시프, 미하일로비치."

"생년?"

"1936년."

"민족?"

"그렇군." 카츠만이 킥킥거렸다.

안드레이는 눈을 들어 보았다.

"그렇군, 이라니요?"

"안드레이, 들어 보라고." 이쟈가 말했다. "오늘 대체 너한테 무슨 일이 일어나고 있는지 모르겠는데 말이야, 네가 나 때문에 경력을 완전히 망치리라는 건 알아 두라고. 옛 우정을 생각해서 말해 주는 거니까……"

"질문에나 대답하십시오!" 안드레이가 목소리를 꾹 억누르고 말했다. "무슨 민족입니까?"

"의사 티마슈크가 훈장을 압수당했던 일◆◆◆을 기억하

◆ 러시아의 극작가 겸 희곡 비평가인 아르카디 티모페예비치 아베르첸코 (1880~1925)가 잡지 《사티리콘》의 기획 면 「사티리콘의 우편함」에서 썼던 '그녀는 그의 팔을 잡고 여러 차례 물었다. 당신, 돈 어디에 숨겼어?'를 약간 변형한 것이다. 이 구절은 러시아에서 자주 쓰인다.

◆◆ 미국유대인공동분배위원회JDC. 1914년 설립된 단체로 미국 뉴욕에 본부를 두고 있으며 전 세계 각지의 유대인을 대상으로 지원 및 구호 활동을 한다.

◆◆◆ 1952년 의사 리디야 페도시예브나 티마슈크는 저명한 의사들이 소비에트 지도자를 살해했고, 또한 살해하려는 음모를 꾸미고 있다고 스탈린

는 게 좋을 거야." 이쟈가 말했다.

안드레이는 의사 티마슈크가 누군지 전혀 몰랐다.

"무슨 민족이냐고!"

"유대인." 이쟈가 혐오감을 담아 말했다.

"국적은?"

"소비에트."

"종교?"

"없음."

"소속 정당?"

"없음."

"교육 수준은?"

"고등교육. 레닌그라드 게르첸 사범대 졸업."

"전과 이력?"

"없음."

"떠날 당시 지구력은?"

"1968년."

"떠날 당시 위치는?"

"레닌그라드."

"떠난 이유는?"

"호기심."

"**도시**에 거주한 기간은?"

"4년."

"현재 직업은?"

"공공시설 운영 통계 담당자."

"이전 직업도 말해 주십시오."

"다양한 직업들이었어. **도시**의 상급 고문서 관리자, 시립 도살장 사무 담당자, 청소부, 대장장이. 여기까지인 것 같군."

"가족 관계는?"

"내연남." 이쟈가 히죽 웃으며 대답했다. 안드레이는 펜을 내려놓고 담배에 불을 붙이고는 푸르른 연기 너머로 연행된 자를 지그시 바라보았다. 이쟈는 이를 드러내고 웃었고 이쟈는 헝클어져 있었고 이쟈는 뻔뻔했지만, 안드레이는 그를 아주 잘 알았기에 그가 긴장한 상태임을 눈치챘다. 보아하니, 솔직히 서류철에서 손쉽게 벗어났는데도 왜인지 긴장하고 있었다. 보아하니, 그는 이제 자신을 정말로 수사 중이란 사실을 깨달은 듯했다. 이쟈의 눈이 신경질적으로 가늘어졌고 씩 웃은 입꼬리가 떨

에게 고발한다. 스탈린은 즉시 의사들에 대한 조사를 명했고, 스탈린의 주치의를 비롯하여 아홉 명의 의사가 체포되었다. 그리고 사건에 연루된 이들 중 여섯 명이 유대인이라는 사실을 안 스탈린은 수백 명의 유대인을 총살하는데, 스탈린 사후 이 사건은 그의 자작극이었음이 드러난다. 한편, 티마슈크는 이 일로 레닌훈장을 받았으며 조국 앞에 동료들을 저버릴 수밖에 없었던 애국심이 투철한 인물로 선전되었으나 스탈린 사후 사건 조사가 완결되고 나서 레닌훈장을 박탈당했다.

렸다.

"자, 피조사자님." 안드레이가 잘 다듬은 건조한 목소리로 말했다. "상황을 악화시키고 싶지 않다면 수사 중 처신을 똑바로 하라고 당부하고 싶군요."

이쟈가 미소를 거뒀다.

"알겠습니다. 그렇다면 내 혐의를 제시하고 날 연행한 근거가 된 법 조항을 밝히길 요청하는 바입니다. 변호사도 요청합니다. 지금 이 순간부터 변호사 없이는 한 마디도 하지 않겠습니다."

안드레이는 속으로 비웃었다.

"당신은 자유 상태로 두면 사회적 위험을 야기할 수 있는 인물을 선제적으로 체포할 수 있음을 명시하는 형사소송법 제12조에 의거해 연행되었습니다. 당신은 적대적인 요소들과 불법적인 연관이 있다는 혐의, 그리고 연행 당시에 소지하던 물적증거를 숨기거나 제거한 혐의를 받고 있고…… 또한 공중 보건상 이유로 도시 경계 이탈을 금지한다는 자치구 규정을 어긴 혐의를 받고 있습니다. 당신이 주기적으로 어기던 규정이지요…… 변호사에 관해서는, 검찰은 억류 후 사흘이 지난 후에야 변호사를 선임해 줄 수 있습니다. 이 역시 형사소송법 제12조에 따른 것이고요…… 또, 설명드리지요. 당신은 이의를 제기할 수 있고 탄원서를 내거나 소를 제기할 수 있지만,

사전 조사의 질문에 성실하게 답한 후에만 가능합니다. 역시 같은 법의 제12조에 따른 것입니다. 다 이해하셨습니까?"

그는 이쟈의 표정을 면밀히 주시했고, 이쟈가 전부 이해했음을 알았다. 틀림없이 이쟈는 질문에 대답한 후 사흘이 지나가길 기다릴 것이다. 이쟈는 이 이삼일을 상기하며 꽤나 숨김없이 숨을 골랐다. 아주 좋다……

"이제, 설명을 다 들었으니," 안드레이가 말하면서 다시 펜을 들었다. "계속해 봅시다. 가족 관계는?"

"독신." 이쟈가 말했다.

"집 주소는?"

"응?" 이쟈는 다른 생각을 하고 있었던 것이 분명했다.

"집 주소는 어떻게 됩니까? 어디 사십니까?"

"두번째왼쪽길, 19번지, 7호."

"혐의에 대해 하실 말씀이 있습니까?"

"글쎄," 이쟈가 입을 열었다. "적대적인 요소들이라니, 완전히 미친 소리예요. 적대적인 요소 같은 게 있다는 얘기는 처음 들어 봤고 그건 수사부의 선동적인 상상이라 생각합니다. 물적증거라니…… 나는 그 어떠한 물적증거도 소지하지 않았고 소지할 수도 없었습니다. 그 어떠한 범죄도 저지른 적 없으니까요. 그러니 나는 숨길

것도 제거할 것도 없었습니다. 자치구 규정을 말했는데, 나는 이전에 도시의 문서 보관소에서 일했기 때문에 사회를 위한 봉사 차원에서 계속 그 일을 하는 거고 모든 고문서 자료에, 즉, 도시 경계 밖에 있는 자료에도 마찬가지로 접근 권한이 있습니다. 이상입니다."

"**붉은 건물** 내에서는 뭘 했습니까?"

"그건 사적인 일입니다. 사적인 일에까지 참견할 권리는 없지요. 우선 그게 어떻게 범죄 요소와 관련이 되는지부터 증명하시지요. 형사소송법 제14조에 나와 있어요."

"당신은 **붉은 건물**에 한 번 이상 가 보았습니까?"

"그렇습니다."

"거기서 만났던 사람들의 이름을 댈 수 있겠습니까?"

이쟈는 한껏 이를 드러내고 씩 웃었다.

"댈 수 있지요. 하지만 수사에는 도움이 안 될 겁니다."

"그 사람들 이름을 대십시오."

"그러죠. 현대의 인물 중에는 페탱, 크비슬링, 왕징웨이, 빌랴크……"

안드레이가 손을 들었다.

"우선 우리 도시 시민들부터 말씀해 주시지요."

"그런데 대체 왜 그게 수사에 필요한가요?" 이쟈가 공격적으로 물었다.

"당신에게 설명할 의무는 없습니다. 질문에 대답하십시오."

"멍청한 질문에는 대답하고 싶지 않군요. 당신은 하나도 이해하지 못하고 있어요. 당신은 내가 거기서 누군가를 만났다면, 그 사람이 실제로 거기 있었다고 생각하겠지요. 그런데 그렇지 않거든요."

"이해가 안 되는군요. 설명해 보시지요."

"나 자신도 이해가 안 됩니다만." 이쟈가 말했다. "꿈 비슷한 겁니다. 겁먹은 양심의 환영이라고요."

"그렇습니까. 꿈 비슷한 것이라. 당신은 오늘 **붉은 건물**에 갔습니까?"

"갔지요."

"당신이 들어갈 시점에, **붉은 건물**은 어디에 있었습니까?"

"오늘요? 오늘은 그곳, 시너고그 근처였습니다."

"당신은 그 안에서 나를 봤습니까?"

이쟈가 또다시 씩 웃었다.

"당신은, 그 건물에 들어갈 때마다 보지요."

"오늘도 마찬가지였습니까?"

"마찬가지였습니다."

"나는 뭘 하고 있었습니까?"

"추잡한 행위요." 이쟈가 만족스레 대답했다.

"구체적으로 말하자면?"

"보로닌 씨, 당신은 성교 중이었어요. 그것도 여러 여자와 동시에 성교를 하면서 고자들에게 숭고한 원칙을 설파하고 있었지요. 자신의 만족을 위해서가 아니라 인류 전체를 위해 그 행위를 해야 한다고 부추기고 있더군요."

안드레이가 이를 악물었다.

"당신은 뭘 하고 있었습니까?" 그는 잠시 입을 다물었다가 물었다.

"그건 말하지 않겠습니다. 그럴 권리는 있지요."

"거짓말을 하고 있군요." 안드레이가 말했다. "당신은 거기서 나를 보지 않았습니다. 당신이 직접 이렇게 말했지요. '너 몰골을 보니, **붉은 건물**에 다녀왔구나……'라고요. 즉, 거기서 나를 보지 못했다는 얘기죠. 도대체 왜 거짓말을 하는 겁니까?"

"거짓말이라기보다는," 이쟈가 가볍게 말했다. "그저 내가 당신이 너무 부끄러워서 거기서 당신을 보지 못한 척하기로 했던 거예요. 물론 지금은 상황이 바뀌었고요. 이제 나는 진실만을 말해야 하니까요."

안드레이는 등을 한껏 기대앉아 한 팔을 등받이 뒤로 넘겼다.

수사관

"꿈 비슷한 거라고 말했잖습니까. 그렇다면 당신이 그 꿈에서 날 봤든 안 봤든 뭐가 다릅니까? 보지 못한 척 할 이유가 뭡니까……?"

"아니요. 그저 내가 종종 당신 생각을 한다고 말하기가 부끄러웠던 거예요. 그런데 괜히 부끄러워했네요." 이쟈가 말했다.

안드레이는 의혹을 거두지 않고 고개를 끄덕였다.

"뭐, 좋습니다. 그러면 서류철도 **붉은 건물**에서 갖고 나왔습니까? 말하자면, 꿈에서요?"

이쟈의 얼굴이 굳었다.

"무슨 서류철요?" 그가 신경질적으로 말했다. "대체 무슨 서류철 얘기를 자꾸 하는 겁니까? 나는 그 어떠한 서류철도 갖고 있지 않았습니다."

"집어치우세요, 카츠만." 안드레이가 나른하게 눈을 감으며 말했다. "서류철을 나도 봤고, 경찰관도 봤고 그 늙은이…… 판 스투팔스키도 봤습니다. 법정에서는 어쨌든 설명을 하셔야 할 테니…… 일 키우지 마십시오!"

이쟈는 굳은 얼굴로 벽들을 따라 눈을 굴렸다. 그는 아무 말이 없었다.

"서류철이 **붉은 건물**에서 갖고 나온 게 아니라고 칩시다." 안드레이가 말을 이었다. "그렇다면, 그걸 도시 경계 밖에서 얻으셨다는 얘기군요? 누구한테서요? 누가 그걸 당신에게 준 겁니까, 카츠만?"

이쟈는 아무 말도 하지 않았다.

"그 서류철에는 뭐가 있었습니까?" 안드레이는 일어서서 뒷짐을 지고 사무실을 돌아다녔다. "어떤 사람이 서류철을 들고 있었습니다. 그 사람은 연행됐고요. 그 사람은 검찰청에 가는 길에 서류철을 처리했습니다. 그것도 몰래. 왜 그랬을까요? 아마 서류철에 그 사람을 고발할 수 있을 만한 문서들이 있었던 것 아닐까요…… 사고의 흐름을 좇아오고 있습니까, 카츠만? 서류철을 도시 경계 밖에서 구했다고요. 도시 경계 밖에서 구한 어떤 문건이 우리 도시의 시민을 고발할 수 있을까요? 어떤 문건입니까? 카츠만, 말해 주시지요."

이쟈는 목의 사마귀를 마구 쥐어뜯으며 천장을 바라봤다.

"빠져나갈 생각일랑은 마십시오, 카츠만." 안드레이가 경고했다. "헛소리할 생각도 마십시오. 난 당신을 꿰뚫어 보고 있으니. 서류철에는 뭐가 있었습니까? 목록? 주소록? 지침서?"

이쟈가 돌연 손바닥으로 무릎을 쳤다.

"이 멍청이!" 그가 고함쳤다. "무슨 말도 안 되는 소리를 지어내는 거야? 이 단순한 영혼아, 누가 너한테 그런 생각을 주입했어? 무슨 목록? 무슨 주소록? 네가 무슨 입이 거친 프로닌 소령*이야 뭐야! 넌 날 3년이나 알고 지냈고 내가 폐허를 뒤지고 다닌다는 것도, **도시**의 역사를 연구한다는 것도 알고 있으면서. 그동안 나한테 웬 머저리 같은 첩자 짓을 덮어씌우고 있었던 거야? 여기서 누가 첩자 짓을 할 수나 있을지 생각 좀 해 보지 그래? 뭣하러 그 짓을 하겠어? 누구를 위해 하겠느냐고?"

"서류철에 뭐가 들어 있었습니까?!" 안드레이가 온 힘을 다해 호통쳤다. "변명은 그만하고 제대로 답하십시오! 서류철 안에는 뭐가 들었습니까?"

그때 이쟈는 이성을 잃었다. 그의 두 눈이 휘둥그레지더니 핏발이 섰다.

"그 서류철인지 뭔지 갖고…… 지옥으로 꺼져!" 그는 가성으로 외쳤다. "너한텐 아무 얘기도 안 하겠어! 바보 자식, 멍청한 놈. 헌병 같은 낯짝을 하고는……!"

그가 끽끽대며 침을 튀기고 욕설을 퍼붓고 모욕적인 몸짓을 해 보이는 동안 안드레이는 깨끗한 종이 한 장을 가져와 상단에 이렇게 썼다. '피조사자 이오시프 카츠만의 진술. 소지하고 있다가 흔적도 없이 사라져 버린 서류

◆ 소비에트 작가 레프 세르게예비치 오발로프(1905~1997)의 연작 작품의 주인공 수사관이다. 언제나 위험한 상황에 빠지나 무사히 탈출하면서 문제를 해결한다. 소비에트 시기의 우스운 일화들에 자주 등장한다.

철에 관하여.' 안드레이는 이쟈가 조용해지기를 기다렸다가 상냥하게 말했다.

"자, 이쟈. 비공식적으로 얘기할게. 네가 연루된 사건은 쓰레기야. 넌 이 사건에 경솔하게, 너의 그 우매한 호기심 때문에 끼어들었겠지. 궁금할지 모르겠는데, 우리는 벌써 반년째 널 주시하고 있었거든. 조언 하나 하지. 여기 앉아서 있는 그대로 써. 너한테 많은 걸 약속할 수는 없지만, 내 힘이 닿는 범위에서는 널 위해 할 수 있는 모든 걸 할게. 앉아서 써. 나는 30분 후에 돌아올 테니."

안드레이는 무력감으로 조용해진 이쟈를 쳐다보지 않으려 애쓰며, 자신의 위선에 스스로 반감을 느끼며, 이번 일은 의심할 여지 없이 목적이 수단을 정당화한다고 자신을 추스르며 책상 서랍을 잠그고 일어나 나갔다.

복도에서 그는 당직자의 보조를 손짓으로 불러다가 문가에 서 있도록 하고 구내식당으로 향했다. 속은 찝찝했고 입안은 텁텁한 데다 마치 똥을 잔뜩 처먹은 듯 역했다. 신문은 편향되었으며 확신이 결여되어 있었다. **붉은 건물** 가설을 완전히, 전적으로 헛짚었다. 지금 그것과 연결시켜서는 안 됐는데. 서류철을—유일하게 실재적인 실마리를!—굴욕스럽게 놓쳤다. 이런 실수들 때문에 검찰에서 수치스럽게 쫓겨나도 할 말이 없다…… 프리츠였다면 놓치지 않았을 거고, 프리츠였다면 어떤 부분이

수사관

문제인지 바로 알아차렸을 거다. 망할 감상에 젖어서는. 함께 마시고 함께 실없는 얘기를 나누던, 우리 소비에트 사람을 내가 어떻게 하느냐는…… 한 번에 모조리 쓸어 버릴 기회였는데! 부장도 참. 소문에 유언비어라니…… 여기, 코앞에서 아주 촘촘한 망이 짜이고 있는데 나는 소문의 출처나 찾아야 하고……

안드레이는 진열대로 가 보드카 잔을 들고는 꺼림칙한 기분으로 다 마셨다. 도대체 어디에 서류철을 숨긴 걸까? 설마 포장도로에 그냥 버린 건가? 그럴지도…… 먹었을 리는 없잖은가. 사람을 보내 찾게 할까? 늦었다. 광인에 원숭이에 관리인도 있고…… 아니, 우리의 업무가 너무나, 너무나 이상하게 돌아가고 있다! 어째서 **반도시**가 존재한다는 그런 중요한 정보를 수사관들한테까지 비밀로 해야 하는가? 물론, 매일같이 신문에서 보도하거나 길가에 현수막으로 걸어 놓을 필요야 없겠지만 가시적인 절차에 포함되어 있어야 하지 않는가! 그랬더라면 저 카츠만 자식을 진작 털었을 텐데…… 다른 한편으로는 물론, 나도 정신을 똑바로 차리고 있어야 한다. **실험**처럼 대대적인 과업에는 다양한 계급과 정치적 신념을 가진 사람들이 모여들기 마련이고 이는 즉, 분열과…… 반목…… 유동적인 반목이라고는 하지만…… 적대적인 투쟁을 피할 수 없다는 의미니…… **실험** 반대자, 계급적으로 **실험**에 동의하지 않는 사람들이 등장하는 건 시간 문제고, 그들이 자기편으로 끌어들이는 자들, 비계급적인 인자들, 도덕적으로 해이하고 정신적으로 흐트러진 자들, 카츠만 같은…… 코즈모폴리턴들의 등장은 당연한 수순이다. 이 모든 것이 어떻게 진행될지 내가 스스로 생각해 볼 수도 있었을 텐데……

작고 단단한 손바닥이 그의 어깨에 닿았고 그는 뒤돌아봤다. 《도시신문》의 형사사건 담당 기자 겐시 우부카타였다.

"수사관, 무슨 생각을 그렇게 해?" 겐시가 물었다. "얽힌 사건을 푸는 중이야? 대중에게도 좀 알려 주라고. 대중은 복잡한 사건들을 좋아하거든, 응?"

"안녕, 겐시." 안드레이가 지친 목소리로 말했다. "보드카 마실래?"

"정보를 준다면, 좋지."

"보드카 말고는 아무것도 안 줄 거야."

"알았어. 그럼 정보 말고 보드카만 줘."

그들은 한 잔씩 마시고는 시들시들해진 피클을 먹었다.

"방금 너희 부장을 보고 오는 길이야." 겐시가 피클 꼭지를 뱉고서 말했다. "너희 상사는 아주 융통성 있는 사람이더군. 곡선 하나는 위로 가고 다른 곡선은 아래로 가고, 독방에 변기 설치 작업이 끝나 가고 있다면서 내가 궁금해하는 사건에 관해서는 단 한 마디도 하지 않았어."

"네가 관심 있어 하는 사건이 뭔데?" 안드레이가 멍하니 물었다.

"지금은 실종 사건들에 관심이 있어. 지난 15일간 도시에서 열한 명이 흔적도 없이 사라졌거든. 혹시 그 사건에 대해 뭐 아는 거 있어?"

안드레이는 어깨를 으쓱해 보였다.

"사라졌다는 건 알지. 찾지 못했다는 것도 알고."

"그 사건 누구 담당이야?"

"그게 하나의 사건일 리 없잖아." 안드레이가 말했다. "부장한테 물어보는 게 나을 텐데."

"최근 들어 수사관 나리들이 나를 너무 자주 부장한테, 혹은 가이거한테 보낸단 말이지…… 우리의 자그마한 민주 공동체에 너무나 많은 비밀이 생겨 버렸다고. 혹시 너희 그새 비밀경찰로 바뀐 건 아니지?" 겐시는 빈 잔을 흘끗 보더니 불평을 늘어놓기 시작했다. "수사관 친구들이 있으면 뭐 해. 정보를 알아내는 데 아무런 도움도 안 주는데?"

"우정은 우정이고 업무는 업무니까."

그들은 얼마간 말이 없었다.

"그건 그렇고, 왕이 체포됐어. 내가 분명 경고했는데

그 고집불통이 듣지를 않았지." 겐시가 말했다.

"괜찮아. 내가 다 해결했어." 안드레이가 말했다.

"어떻게?"

안드레이는 자신이 얼마나 쉽고 빠르게 일을 처리했는지 기꺼이 들려주었다. 질서를 바로잡았다고. 정의를 재정립했다고. 이 지독하게 불운한 하루의 유일하게 성공적이었던 일을 말해 주고 나니 흡족했다.

"흠." 겐시가 끝까지 듣더니 말했다. "흥미롭군……
'외국에 갈 때면,' 그가 인용했다. '그곳의 법이 좋은지 나쁜지는 절대 묻지 않는다. 나는 그저 그게 이행되고 있는지 묻는다.'"

"무슨 말이 하고 싶은데?" 안드레이가 얼굴을 찌푸리며 물었다.

"내가 아는 한, 다양한 노동을 할 권리에 관한 법은 그 어떠한 예외도 두지 않아."

"그러니까, 왕을 습지대로 보내야 한다는 거야?"

"법이 그렇게 하라면, 그래야지."

"하지만 그건 정말 멍청한 짓이잖아!" 안드레이가 흥분하여 말했다. "**실험**에 좋은 관리인 대신 나쁜 공장장이 필요한, 그런 빌어먹을 이유가 대체 뭐냐고?"

"다양한 노동을 할 권리에 관한 법은……"

"그 법은," 안드레이가 말을 잘랐다. "**실험**에 이로우라고 쓰인 거지 **실험**에 해가 되라고 쓰인 게 아냐. 법이 모든 상황을 예상할 수는 없다고. 그러니 우리가, 법을 집행하는 사람들이 정신을 똑바로 차리고 있어야지."

"난 법의 집행을 조금 다르게 생각해." 겐시가 건조하게 말했다. "그리고 어찌 되었건, 이런 문제들은 네가 아니라 재판정이 결정해야지."

"재판정은 왕을 습지대로 보내 버릴 거야." 안드레이가 말했다. "왕에겐 부인과 아이가 있는데."

"Dura lex, sed lex."◆ 겐시가 말했다.

"그 금언은 관료들이 만들었지."

"이 금언은," 겐시가 단호히 말했다. "다종다양한 자유민들의 일관된 공생 원칙을 지키고자 노력했던 사람들이 만들었어."

"그래, 다양성 말이야!" 안드레이가 말꼬리를 잡았다. "모두를 위한 일관된 법은 없고 있을 수도 없어. 착취자와 피착취자를 동시에 만족시킬 수 있는 일관된 법은 없다고. 게다가 왕이 기관장이었다가 관리인이 되기를 거부하는 상황을 상상해 봐……"

"법을 해석하는 건 네 일이 아니야. 그 일을 하라고 재판정이 있는 거고." 겐시가 냉정하게 대꾸했다.

◆   라틴어로 '악법도 법이다'.

"하지만 재판정은 나만큼 왕을 알지 못하고, 알 수도 없잖아!"

겐시는 비죽 웃으며 머리를 흔들었다.

"맙소사, 우리 검찰청에 아주 대단한 전문가들이 있었군!"

"그래, 알았어." 안드레이가 투덜댔다. "기사로 써 보지 그래. 머저리 수사관이 범죄를 저지른 관리인을 풀어 줬다고."

"쓸 수도 있겠지만, 왕이 안됐거든. 너 같은 바보는 조금도 안되지 않았지만."

"나도 왕이 안됐던 거라고!" 안드레이가 말했다.

"하지만 너는 수사관이잖아." 겐시가 반박했다. "나는 아니야. 법과 관련 있는 일을 하는 것도 아니고."

"너 말이야," 안드레이가 말했다. "제발 부탁이니 날 좀 내버려 둬. 너 말고도 신경 쓸 일이 많아서 머리가 핑핑 돌 지경이거든."

겐시는 눈을 들고는 웃음을 터뜨렸다.

"그래, 그런 것 같네. 이마에 쓰여 있는걸. 현장 급습이라도 했어?"

"아니." 안드레이가 말했다. "그냥 넘어진 거야." 그가 시계를 슬쩍 봤다. "한 잔 더 할래?"

"고맙지만, 괜찮아." 겐시가 일어서며 말했다. "수사관들을 만날 때마다 그렇게 많이씩 마실 수는 없거든. 난 정보를 주는 사람이랑만 마셔."

"그래, 그럼 이제 꺼져." 안드레이가 말했다. "저기 차추아가 나타났네. 저 사람한테 '추락하는 별들' 사건에 대해 물어봐. 그 사건 수사에 대단한 진척이 있다고 오늘 어찌나 뻐기던지…… 이거 하나만 명심해. 아주 겸손한 사람이라 아마 할 말이 없다고 할 거야. 그래도 포기하지 말고 제대로 그를 쥐어짜면 자료들을 어마어마하게 받을 수 있을 테니 어서 가 봐!"

겐시는 의자들을 밀치며 부실한 커틀릿 위로 음울하게 몸을 숙이는 차추아를 향해 돌진했고 안드레이는 복수의 미소를 띠고 서둘러 출구로 갔다. 기다렸다가 차추아가 고함치는 광경을 봤더라면 좋았을 텐데. 그가 생각했다. 시간이 없어서 아쉽군…… 뭐, 카츠만 씨는 잘 쓰고 있으려나? 카츠만 씨, 부디 이번에는 헛소리를 안 했기를 바라. 내가 용납하지 않을 테니까, 카츠만 씨……

36호 방에는 등이란 등이 모조리 켜져 있었다. 카츠만 씨는 활짝 열린 금고에 어깨를 기대고 서서는 습관대로 사마귀를 쥐어뜯으면서 무슨 이유에선지 이를 한껏 드러내고 웃으며 사건 기록지를 정신없이 넘기고 있었다.

"제기랄!" 안드레이가 이성을 잃고 소리쳤다. "누가

허락했어? 이게 무슨 짓이야. 젠장⋯⋯!"

이쟈는 멍한 눈으로 그를 올려다보고는 더 활짝 웃으며 말했다.

"**붉은 건물**에 관해서 이렇게 잔뜩 써 놓았을 줄이야."

안드레이는 그에게서 서류철을 낚아채 쾅 울리도록 금고의 철문을 닫고는 이쟈의 어깨를 잡아 등받이 없는 의자로 밀었다.

"앉으십시오. 카츠만." 안드레이는 온 힘을 다해 자제하며 말했다. 그의 눈이 분노로 이글거렸다. "다 썼습니까?"

"있지." 이쟈가 말했다. "이곳에서 일하는 너희는 그저 등신들이구나⋯⋯! 너처럼 덜떨어진 놈들이 150명 앉아서는 아직도 이해를 못⋯⋯"

안드레이는 이미 그를 보고 있지 않았다. '피조사자 이오시프 카츠만의 진술⋯⋯'이라고 적힌 종이를 보고 있었다. 종이에는 그 어떠한 진술도 쓰여 있지 않았고 실제 크기의 남성 생식기만 깃펜으로 그려져 있었다.

"개자식." 안드레이가 흥분하여 씩씩댔다. "짐승 새끼."

그는 수화기를 홱 들고는 덜덜 떨리는 손가락으로 번호를 눌렀다.

"프리츠? 보로닌이야⋯⋯" 그는 수화기를 잡지 않은

손으로는 옷깃을 풀었다. "네가 꼭 도와줬으면 하는데. 지금 당장 와 줘."

"무슨 일인데 그래?" 가이거가 불만스럽게 물었다. "난 집에 가려던 참인데."

"부탁 좀 한다니까!" 안드레이가 언성을 높였다. "내 방으로 와 달라고!"

그는 수화기를 내려놓고 이쟈를 바라봤다. 안드레이는 이쟈를 볼 수 없다는 것을 곧 깨닫고는 그를 관통해 응시하기 시작했다. 이쟈는 자기 의자에 앉아 꼴깍거리며 킥킥댔고 손바닥을 비비면서 쉴 새 없이 말을 했다. 뭔가에 대해, **붉은 건물**에 대해, 양심에 대해, 멍청한 수사관들에 대해 그 혐오스럽고 자족적이고 건방진 태도로 헛소리를 늘어놓았다. 안드레이는 이쟈가 하는 말에 귀 기울이지 않았다. 아무 소리도 들리지 않았다. 자기 자신이 내린 결정이 그를 공포와 일종의 악마적인 즐거움으로 채웠다. 그 안의 모든 것이 흥분하여 날뛰었다. 안드레이는 문이 벌컥 열리고 음울하고 화가 난 프리츠가 들어와서 저놈의 혐오스럽고 자족적인 표정이 공포로, 수치스러운 두려움으로 뒤틀리는 순간을 기다렸으나 도무지 채 기다릴 수 없었다…… 프리츠가 루머랑 함께 오면 더 좋겠지. 루머의 외양만으로도, 짐승 같은 털북숭이 상판과 짓눌린 코만으로도 충분할 텐데…… 안드레이는 갑자기 등에 한기를 느꼈다. 몸이 식은땀으로 푹 젖어 있었다. 아직은 돌이킬 수 있다. 아직은 이렇게 말할 기회가 있다. "다 정리됐어, 프리츠. 전부 해결했어. 걱정 끼쳐 미안해……"라고 말할 기회가.

문이 활짝 열리더니 음울하고 대단히 불만스러운 표정의 프리츠 가이거가 들어왔다.

"그래, 무슨 일인데?" 프리츠는 문자마자 이쟈를 발견했다. "어라, 안녕!" 그가 웃으며 말했다. "너희 오밤중에 무슨 작당이야? 잘 시간이라고. 곧 아침인데……"

"프리츠! 그게 말이야," 이쟈가 기쁨에 겨워 소리쳤다. "이 머저리한테 네가 좀 설명해 봐! 네가 여기서는 더 높은 사람이잖아……"

"피조사자는 조용히 하십시오!" 안드레이가 주먹으로 책상을 쾅 내려치며 고함쳤다.

이쟈는 입을 다물었고 프리츠는 순간 몸을 움찔했다가 좀 전과는 전혀 다른 눈빛으로 이쟈를 보기 시작했다.

"이 개새끼가 수사를 모욕하고 있어." 안드레이가 떨리는 온몸을 진정시키려 애를 쓰며 잇새로 말했다. "이 개새끼가 입을 안 열어. 프리츠, 이놈을 데려가서 질문에 대답하게 만들어 줘."

프리츠의 투명한 북유럽적인 눈동자가 커졌다.

"저 자식한테 뭘 물어보면 되는데?" 그가 사무적으로

즐거워하며 물었다.

"그건 중요하지 않아." 안드레이가 말했다. "저놈한테 종이를 주고 스스로 쓰게 해. 그리고 서류철에 뭐가 들어 있었는지 실토하게 해 줘."

"알았어." 프리츠가 대답하고는 이쟈를 돌아봤다.

이쟈는 아직 상황을 파악하지 못하고 있었다. 이쟈는 믿을 수 없었다. 그는 천천히 손바닥을 비비며 어색하게 씩 웃었다.

"그럼 우리 유대인 친구, 가 볼까?" 프리츠가 상냥하게 말했다. 그의 얼굴에서 음울하거나 불만스러운 기색은 이제 찾아볼 수 없었다. "움직이라고, 친구!"

이쟈가 계속 주춤거리자 프리츠가 그의 목깃을 잡아 몸을 돌린 다음 문으로 밀쳤다. 이쟈는 중심을 잃고 문설주를 잡았다. 그의 얼굴이 창백했다. 그는 상황을 파악했다.

"애들아," 이쟈가 잠긴 목소리로 말했다. "애들아, 잠깐만……"

"우리는 지하에 있을 테니 무슨 일 있으면 그리로 와." 프리츠가 부드러운 목소리로 가르랑거리듯 말하고는 안드레이에게 미소를 보냈고 이쟈를 복도 쪽으로 걸어챘다.

됐다. 속에서 역겹고 혐오스러운 한기가 느껴졌고 안

드레이는 사무실을 서성이며 쓸데없이 켜져 있던 등을 껐다. 됐다. 그는 의자에 앉아 손바닥에 머리를 파묻은 채 얼마간 있었다. 그는 졸도하기 직전처럼 식은땀으로 흠뻑 젖었다. 귓가에서는 웅웅대는 소리가 들렸고 그 소음 사이로 계속 나지막하게 공허하고 음울하고 절망적인, 이쟈의 잠긴 목소리가 들렸다. "얘들아, 잠깐만…… 얘들아, 잠깐만……" 그리고 웅장하게 울부짖는 음악과 마루에 울리는 발걸음 소리와 비질하는 소리, 식기 소리, 잘 알아들을 수 없게 중얼거리는 목소리가 들렸다. "퀴아소 한 단이랑 바인애-플……!" 그는 얼굴에서 손을 떼고는 멍하니 남성 생식기 그림을 봤다. 그는 그 종이를 들어 길고 가느다랗게 찢은 다음 면발 같은 종잇조각들을 쓰레기통에 넣고 다시 양손에 얼굴을 파묻었다. 됐다. 기다려야 했다. 인내심을 그러모아 기다려야 했다. 그러면 모든 게 정당화될 것이다. 찝찝한 기분이 해소되고 안도의 한숨을 내쉴 수 있을 것이다.

"그래요, 안드레이. 때로는 그런 길도 가야 하는 법이지요." 귀에 익은 차분한 목소리가 들렸다.

몇 분 전까지만 해도 이쟈가 앉아 있던 등받이 없는 의자에는 이제 우울하고 지친 표정의 **인도자**가 다리를 꼰 채 가느다랗고 창백한 손가락으로 깍지를 껴서 무릎을 감싸고 앉아 안드레이를 응시하고 있었다. 그는 가만히 고개를 끄덕였고 그의 양 입꼬리는 음울하게 내려가 있었다.

"실험을 위해서요?" 안드레이가 갈라지는 목소리로 물었다.

"실험을 위해서도 그렇지요." 인도자가 말했다. "하지만 그보다도, 자기 자신을 위해서겠지요. 우회하는 길은 없습니다. 그걸 지나서, 통과해 가야 해요. 우리에게 모든 사람이 필요한 건 아닙니다. 우리에겐 특별한 부류의 사람들이 필요해요."

"어떤 부류요?"

"그건 우리도 모릅니다." 인도자가 조용히 안타까워하며 말했다. "우리는 그저 어떤 사람이 우리에게 필요치 않은지를 알 뿐이지요."

"카츠만 같은 사람들 말씀이신가요?"

인도자는 눈빛으로 대답했다. 그래요.

"그럼 루머 같은 사람들은요?"

인도자가 웃음을 터뜨렸다.

"루머 같은 사람들은, 사람이라고 할 수도 없어요. 그들은 살아 있는 도구예요, 안드레이. 루머 같은 자들을 이용해서 왕이나 유라 삼촌 같은 자들을 위하고 또 그들이 잘되도록 하는 거죠…… 무슨 말인지 알겠습니까?"

"네. 저도 그렇게 생각해요. 게다가 다른 길은 없잖아요. 그렇죠?"

"맞습니다. 우회하는 길은 없어요."

"그럼 **붉은 건물**은요?" 안드레이가 물었다.

"그게 없어서는 안 되지요. 그게 없다면 모든 사람이 자기도 모르는 새에 루머처럼 되고 말 겁니다. 설마 **붉은 건물**이 꼭 필요하다는 걸 아직 못 느꼈습니까? 지금의 당신이 아침의 당신과 정말 같은 사람일까요?"

"카츠만은 **붉은 건물**이 겁먹은 양심의 환영이라더군요."

"카츠만이 똑똑하기는 하지요. 동의하지 않는 건 아니겠지요?"

"당연하죠. 바로 그렇기 때문에 그가 위험하다는 거예요." 안드레이가 말했다.

인도자는 이번에도 눈으로 대답했다. 그래요.

"맙소사." 안드레이가 고뇌에 차 입을 열었다. "**실험의 목적**이 무엇인지 정확히 알 수 있었더라면요! 이렇게 쉽게 엉키고 이렇게 모든 게 뒤섞였는데…… 저와 가이거, 겐시…… 때로는 우리 사이에 공통의 무언가가 있다는 생각이 들지만, 때로는 이 관계들이 막다른 골목에 와 있다는, 다 말도 안 된다는 생각이 들어요…… 전에 파시스트였던 가이거만 해도 지금은…… 지금도 그는 극도로 불쾌한 인물이에요. 인간적으로라기보단 그런 부류는 마치…… 겐시도 마찬가지예요. 겐시는 사회민주주의자긴 하고 평화주의자에 톨스토이주의자지만…… 아니요, 모르겠어요."

"**실험**은 **실험**이니까." **인도자**가 말했다. "당신에게는 이해가 아니라 전혀 다른 것이 요구됩니다."

"그게 뭔데요?!"

"그걸 알았더라면 좋겠죠……"

"그래도 이 모든 게 다수를 위한 거긴 하잖아요?" 안드레이가 거의 절망적으로 물었다.

"물론," **인도자**가 말했다. "어둡고, 억압당하고, 그 어떠한 죄도 없고 무지한 다수를 위해서지요……"

"우리가 이해해야 할 다수," 안드레이가 끼어들었다. "우리가 계몽시키고 땅의 주인으로 만들어야 할 다수 말이죠! 맞아요. 그건 저도 알아요. 그걸 위해서라면 많은 것들을 감수할 수 있어요……" 그는 성가시게 달아나는 생각들을 그러모으느라 잠시 입을 다물었다. "그리고 **반도시**라는 게 있죠." 그가 주저하며 말을 꺼냈다. "그건 위험하잖아요, 그렇죠?"

"매우 그렇습니다." **인도자**가 말했다.

"그렇다면, 제가 카츠만에 관해 완전히 확신했던 건 아니지만, 그래도 제 행동이 맞았던 거겠죠. 우리에게는 위험을 감수할 권리가 없으니까요."

"말할 필요도 없지요!" **인도자**가 말했다. 그는 미소 지었다. 그는 안드레이를 보며 흐뭇해했고, 안드레이는 그것을 느꼈다. "아무것도 하지 않는 사람만이 아무런 실수도 하지 않을 수 있습니다. 실수는 위험하지 않아요. 위험한 건 수동적인 태도, 그리고 허황된 무결함과 낡은 계율에 대한 믿음입니다! 낡은 계율이 우리를 어디로 인도할까요? 낡은 세계로 인도하겠지요."

"맞아요!" 안드레이가 흥분해 말했다. "무슨 말씀인지 너무나 잘 알겠어요. 그게 바로 우리 모두가 취해야 하는 태도겠지요. 개별 인격이 대체 뭡니까? 공동체의 단위입니다! 아무것도 아니지요. 단위가 아닌 공동체의 선을 이야기해야 합니다. 공동체의 선을 위해 우리는 자신의 낡은 계율에 얽매인 양심에 어떤 짐이든 짊어져야 하고, 성문법이든 불문법이든 어겨야만 합니다. 우리에게 법은 하나예요. 공동체를 위한 선."

인도자가 일어섰다.

"성장하고 있군요, 안드레이." 그는 자못 엄숙하게 말했다. "느리지만, 어쨌든 성장하고 있어요!"

그는 인사하듯 한 손을 들더니 소리 없이 방을 지나 문밖으로 사라졌다.

한동안 안드레이는 아무 생각 없이 앉아 있었다. 등받이에 기대어 담배를 피우며 천천히 천장 아래 노란 알전구 주위를 도는 푸르른 연기를 지켜봤다. 그는 자신이 웃고 있다는 것을 알아차렸다. 그는 더 이상 피곤함을 느끼지 않았고 저녁부터 그를 괴롭히던 졸음도 가셨다. 움직이고 싶고 일을 하고 싶었으나 나중에 녹초가 되지 않으려면 어쨌든 지금 몇 시간이라도 자러 가야 한다는 생각이 들어 우울해졌다.

그는 성급히 전화기를 가져와 수화기를 들었지만 곧 지하실에는 전화기가 없다는 사실을 기억해 냈다. 그는 일어나 금고를 잠그고 책상 서랍들이 잠겨 있는지 확인한 후 복도로 나섰다.

복도는 텅 비어 있었고 당직 경찰관이 자기 책상에 앉아 코를 꾸벅거리고 있었다.

"근무 중에 잠을 자다니!" 안드레이가 그를 지나치며 꾸짖듯 내뱉었다.

건물은 태양이 켜지기까지 몇 분 남은 이 시간이면 으레 그렇듯 먹먹한 적막에 잠겨 있었다. 잠이 덜 깬 청소부가 잿빛 걸레로 시멘트 바닥을 대충 밀었다. 복도 창들은 활짝 열려 있었고 수백 명의 몸뚱이가 내뿜는 악취 나는 가스가 흩어져 어둠 속으로 흘러나가고 차가운 아침 공기가 들어왔다.

안드레이는 미끄러운 철제 계단에 요란한 굽 소리를 내며 지하로 내려갔고 당직 경비가 벌떡 일어나자 건성으로 손을 한 번 흔들어 자리에 앉힌 다음 낮은 철문을 열어젖혔다.

프리츠 가이거는 점퍼를 벗고 셔츠 소매를 걷어 올린 채 어디서 들은 듯한 행진곡 가락을 휘파람으로 흥얼거리면서 녹슨 세면대 앞에 서서 털이 수북하고 뼈가 굵은 팔에 화장수를 바르고 있었다. 방 안에는 그 말고 아무도 없었다.

"아, 왔구나." 프리츠가 말했다. "잘됐네. 안 그래도 네 사무실로 올라가 보려 했거든…… 담배 좀 줘, 내 건 다 떨어졌어."

안드레이가 그에게 담뱃갑을 내밀었다. 프리츠는 한 개비 꺼내서 주물러 부드럽게 만들고는 입에 물고 비웃 듯 안드레이를 쳐다봤다.

"그래서?" 안드레이가 참지 못하고 물었다.

"그래서, 라니?" 프리츠는 담배에 불을 붙이고 음미하며 깊이 한 모금 빨아들였다. "그래서, 라니. 네가 알아듣지 못하게 말을 했잖아. 그는 절대 첩자가 아니야. 그 비슷한 것도 아니고."

"어떻게 그럴 수가 있어?" 안드레이가 충격에 빠져 말했다. "서류철은?"

프리츠는 커다란 입의 가장자리에 담배를 물고 너털웃음을 터뜨리더니 넓은 손바닥에 화장수를 한 번 더 따

수사관

랐다.

"우리 귀여운 유대인 녀석은 도가 지나친 호색가더군." 그가 타이르듯 말했다. "그 서류철에는 연애편지가 들어 있었어. 여자와 헤어질 때 그가 욕설을 퍼붓고 연애편지를 도로 뺏어 왔거든. 그런데 그는 자기 과부를 죽기보다도 무서워한단 말이야. 그래서 알다시피, 바보가 되지 않으려고, 틈이 생기자마자 그 서류철을 없애려고 한 거지. 오는 길에 맨홀에 버렸다던데…… 아주 불쌍하지 뭐야!" 프리츠가 더더욱 단호히 이야기를 이었다. "그 서류철을 보로닌 수사관이 바로 압수해야 했는데, 그럼 일급 고발 자료를 손에 넣고 우리 유대인 녀석을 이걸로 가둬 놨겠지……!" 프리츠가 턱짓으로 그들의 유대인을 가둬 둘 명분이 될 수도 있었을 문서를 가리켰다. 그의 손가락 마디에 갓 생긴 상처들이 보였다. "어쨌든, 이쟈가 우리한테 이렇게 진술서를 써 줬으니 소득이 있기는 한 셈이야……"

안드레이는 손으로 더듬어 의자를 찾아 앉았다. 그는 두 다리로 지탱하고 서 있을 수 없었다. 그는 다시 주위를 둘러보았다.

"너는 그러니까……" 프리츠가 말아 올리고 있던 소매를 내리고 소매 단추를 채우며 말했다. "보니까, 이마에 상처가 있네. 의사한테 가서 그 상처를 기록으로 남겨 뒤. 루머는 이미 내가 코를 부러뜨려서 의무실로 보냈지. 만일에 대비해서야. 피조사자인 카츠만이 조사 중에 보로닌 수사관과 신입 수사관 루머를 공격했고 신체적 상해를 가했다. 그래서 어쩔 수 없이 방어를 해야 했던 그들은…… 뭐 그런 이야기야. 알아들었지?"

"알아들었어." 안드레이가 자기도 모르게 상처를 더듬으며 중얼거렸다. 그는 다시 한번 주위를 둘러보았다. "그런데 이쟈는…… 어디 있어?" 그가 힘겹게 물었다.

"글쎄 루머, 그 고릴라 자식이 또 선을 넘었지 뭐야." 프리츠가 점퍼를 잠그며 불쾌하다는 듯 말했다. "이쟈의 팔을 분질렀어. 여기 이 부위를…… 그래서 이쟈는 병원으로 보내야 했지."

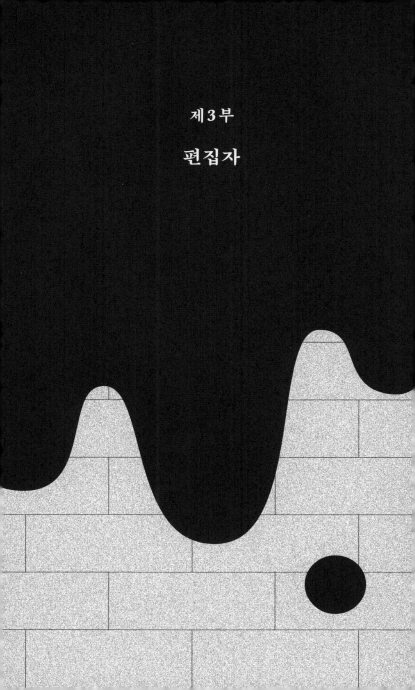

제 3 부

편집자

제1장

도시에는 이전부터 네 개의 일간지가 발간되고 있었고 안드레이가 제일 처음 집어 든 것은 '애굽의 암흑'*이 닥치기 불과 2주 전부터 나오기 시작한 다섯 번째 일간지였다. 아주 얇은 2면짜리 일간지로, 신문이라기보다는 사실 전단지에 가까웠으며 급진 정당의 좌익이 떨어져 나와 창당한 급진부흥당이 발행했다. 이 전단지《급진부흥의 기치 아래》는 신랄하고 공격적이고 화가 나 있었으나 발간하는 사람들은 항상 대단히 많은 정보에 훤했고 으레 그렇듯 **도시** 전반, 특히 정부에서 무슨 일이 벌어지

♦   성경에 묘사된, 이집트에 내려진 열 가지 재앙 중 아홉 번째 재앙이다.

고 있는지 아주 잘 알았다.

안드레이는 헤드라인을 봤다. 「프리드리히 가이거의 경고 : 너희는 **도시**를 어둠에 빠뜨렸지만, 우리는 자지 않는다!」「급진부흥당—부패에 대항하는 유일하고도 실질적인 방안」「그런데 시장님, 도시 창고에 있던 곡식이 어디로 사라진 겁니까?」「어깨를 나란히 하고 앞으로! 프리드리히 가이거와 농민당 지도자들의 회동」「주철 공장 노동자들의 의견 : 곡물 수매자를 가로등에 목매달아야 한다!」「이대로 갑시다, 프리츠! 우리가 당신과 함께합니다! 주부 에르비스트들의 시위」「원숭이들, 다시 출몰하나?」캐리커처 : 엉덩이가 커다란 시장이 곡물 더미에 앉아서—도시 창고에서 사라진 바로 그 곡물인 듯하다—범죄자 상㯨의 음울한 사람들에게 무기를 나눠 주고 있다. 캐리커처 설명 : '그러니까, 곡물이 어디로 사라진 건지 설명해 보시오!'

안드레이는 신문을 책상 위로 던지고 턱을 쓸었다. 프리츠는 대체 어디서 그렇게 많은 돈이 생겨서 벌금을 낼 수 있었을까? 제기랄, 전부 지긋지긋하다! 그는 일어서서 창가로 가 밖을 내다봤다. 가로등 빛이 드문드문한 짙고 눅눅한 어둠 속에서 짐마차들이 털털거리며 지나갔고 욕설을 내뱉는 목쉰 소리, 담배 연기에 괴로워하는 기침 소리, 말들이 크게 히힝대는 소리가 간간이 들려왔다. 어

편집자

둠에 휩싸인 도시에 농부들이 도착한 지 하루가 지났다.

노크 소리가 들리더니 비서가 교정지 뭉치를 들고 왔다. 안드레이는 성가시다는 듯 손을 휘저었다.

"겐시 우부카타한테. 우부카타한테 가져가세요……"

"우부카타 씨는 검열국에 가 있어서요." 비서가 조심스럽게 이의를 제기했다.

"거기서 자고 오진 않을 거 아닙니까. 돌아오거든 전달하세요……" 안드레이가 짜증스럽게 말했다.

"하지만 조판공이……"

"그만!" 안드레이가 험악하게 말했다. "가 보세요."

비서가 사라졌다. 안드레이는 하품을 하고 목뒤에 통증을 느껴 인상을 찌푸리고는 책상으로 돌아가 담배에 불을 붙였다. 머리가 깨질 듯이 아팠고 입안은 역했다. 모든 것이 역하고 어둡고 질퍽였다. '애굽의 암흑'이라니…… 어딘가 멀리서 총소리가 들려왔다. 말라붙은 나뭇가지들이 힘없이 바스러지는 듯한 소리였다. 안드레이는 다시 인상을 쓰면서 열여섯 쪽 지면으로 발간되는 관영지 《실험》을 집어 들었다.

에르비스트들을 향한 시장의 경고 : 정부는 깨어 있다, 정부는 모든 것을 보고 있다!

실험은 실험이다. 태양 현상들에 관한 본지 과학면 논설위원의 사설.

어두운 길들과 어두운 사람들. 프리드리히 가이거의 최근 연설에 대한 자치구 정치 자문 위원의 논설.

공정한 선고. 알로이스 텐더, 무기 소지로 총살형을 선고받다.

"그들은 어딘가 망가졌다. 고치면 된다." 고등 전기 기술자 시어도어 U. 피터스 발언.

원숭이들을 소중히 대합시다. 원숭이들은 당신의 다정한 이웃입니다! 동물 보호 단체의 회의 결의문.

우리 사회의 튼튼한 근간, 농부. 시장과 농민당 지도자들의 회동.

절벽 연구소에 등장한 마법사들. 무조광 환경에서의 식물 재배에 관한 최신 연구 동향.

또다시, '추락하는 별들'인가?

우리에겐 장갑차가 있다. 경찰청장과의 인터뷰.

클로렐라, 진통제가 아닌 만병통치약.

에런 웹스터가 웃습니다, 에런 웹스터가 노래합니다! 탁월한 희극인의 열다섯 번째 자선 공연……

안드레이는 이 종이 뭉치를 모두 그러모아 구겨서 뭉친 다음 구석으로 내던졌다. 이 모든 것이 비현실적이었다. 실재는 12일째 **도시**를 잠식한 어둠과 창 아래에서 덜컹거리는 불길한 바퀴 소리, 빨갛게 타오르는 궐런 불빛,

편집자

시골 사륜마차의 방수포 밑에서 절그럭절그럭 울리는 쇳소리였다. 총격이 실재였다. 비록 지금까지 아무도 누가 누구에게 쏘는 건지 제대로 알 수 없었지만…… 그리고 가장 불쾌한 실재는 숙취로 인한 가여운 머릿속의 둔탁한 울림과 커다랗고 까끌까끌한, 입안에서 겉돌아 뱉어 버리고 싶은 혀였다. 치즈를 곁들인 포트와인. 그들은 그것에 환장했지만, 그것 말고는 아무것도 없었다! 그녀는 그러니까, 침대에서 뒹굴며 부족한 잠을 보충하는데 나는 여기 있어야 하고…… 이 모든 게 어서 지옥에나 처박혔으면…… 이렇게 의미 없이 사는 건 지쳤으니 그들이 자신들의 그 실험들과 인도자들, 에르비스트들, 시장, 농부들, 악취 나는 곡물과 함께 똥구멍으로 꺼져 버렸으면 좋겠다…… 태양 빛도 보장하지 못하는 놈들이 위대한 실험가들이라니. 퍽이나. 오늘은 감옥에 가서 이쟈에게 사식을 넣어 줘야겠다…… 이쟈가 얼마나 더 감방에 있어야 하지? 4개월이었나…… 아니, 6개월이다. 프리츠 개자식, 그의 에너지가 평화적인 목적에 쓰이도록 해야 했는데! 이제는 전혀 침울해하지 않는다. 모든 게 그에게 좋은 쪽으로 풀렸다. 검찰청에서 해고당하더니 정당을 만들고 정책안들을 수립하고 부패와의 전쟁을 치르고 부흥 만세를 외치고 시장에 맞섰다…… 그가 당장이라도 시청으로 가서 시장 나리의 희끗희끗한 곱상한 목덜미를 잡아 그 면상을 책상에 내리치고는 "염병할 놈, 빵은 어 됐어? 왜 태양은 안 켜지는 거야?"라고 말한 뒤 발로 엉 덩이를 차고, 차고, 또 차 주면 좋겠는데……

문이 벌컥 열려서 벽에 쾅 부딪치더니 키가 작고 의욕 적인 겐시가 들어왔다. 눈을 가느다랗게 뜨고 자잘한 이 를 한껏 드러내고 새카만 머리털이 곤두서 있는 것으로 미루어 한눈에 분노한 상태임을 알 수 있었다. 안드레이 는 속으로 끙 신음했다. 또 누군가와 싸우는 데 날 끌어 들이겠군. 그가 우울하게 생각했다.

겐시가 다가와 안드레이 앞 책상에 빨간 색연필로 밑 줄이 쫙쫙 그어진 교정지 뭉치를 패대기쳤다.

"난 이따위 것은 간행하지 않을 거야! 이건 태업이 야!" 그가 선언했다.

"또 무슨 일인데 그래?" 안드레이가 우울하게 물었다. "검열관이랑 싸우기라도 했어?" 그는 교정지를 집어 들 고 뚫어져라 쳐다봤지만, 아무것도 이해할 수 없었다. 사 실 빨간 줄과 삐뚤빼뚤한 빨간 글씨 말고는 아무것도 보 이지 않았다.

"독자 투고란도 편지 하나만 뽑아서 만들라더군!" 겐 시가 분통을 터뜨렸다. "사설은 어조가 지나치게 날카로 워서 안 된다. 시장 연설에 대한 논평은 지나치게 선동적 이어서 안 된다. 농부들과의 인터뷰는 민감한 문제인 데

편집자

다 시의적절하지 않아서 안 된다…… 난 이렇게는 일할 수 없어, 안드레이. 네 의지에 달렸어. 네가 뭐라도 해야 해. 그들이, 그 개자식들이 신문을 죽이고 있다고!"

"잠깐만…… 잠깐만, 생각 좀 정리할게……" 안드레이가 인상을 쓰며 말했다.

녹슨 커다란 나사가 갑자기 그의 목뒤로, 두개골 중앙의 파인 곳으로 파고들었다. 그는 눈을 감고 조용히 신음했다.

"신음해 봤자 문제가 해결되지 않는다고!" 겐시가 내방객을 위한 소파에 몸을 던지고서 신경질적으로 담배에 불을 붙였다. "너도 신음하고 나도 신음하지만, 신음해야 하는 건 그 개자식이지 우리가 아니라고……"

문이 또다시 벌컥 열렸다. 살집이 있고 온몸에 붉은 반점이 올라온 검열관이 땀에 흠뻑 젖어 숨을 헐떡거리며 방 안으로 발을 내디뎠다. 그는 문간부터 귓가가 울리도록 소리쳤다.

"저는 이런 여건에서는 일 못 합니다! 편집장님, 전 애가 아니에요! 전 국가공무원이란 말입니다! 자기만족을 위해 이곳에 있는 게 아닙니다! 전 편집장님 부하 직원들에게 파렴치한 욕을 듣고 있을 생각이 없습니다! 모욕적인 별명도요……!"

"그러니까 당신을 모욕적인 이름으로 부를 게 아니라

아예 죽여 버려야 한다고!" 소파에 앉아 있던 겐시가 뱀처럼 눈을 빛내며 쉿쉿거렸다. "당신은 태업자지 공무원이 아니야!"

검열관은 뻣뻣하게 굳어서는 겐시를 보던 핏발 선 눈을 안드레이에게 돌렸다가 다시 겐시에게 돌렸다. 그러더니 갑자기 아주 차분하게, 장엄하다고까지 할 수 있는 목소리로 말했다.

"편집장님! 저는 정식으로 항의하는 바입니다!"

그때 안드레이는 마침내 어마어마한 노력을 기울여 화를 억누른 다음 손바닥으로 책상을 내려치고 이렇게 말했다.

"모두들 조용히 해 주십시오. 모두! 파프리카키 씨, 앉으시지요."

파프리카키 씨는 겐시 맞은편에 앉았고 이제는 아무도 보지 않은 채 주머니에서 커다란 격자무늬 손수건을 꺼내 땀이 흥건한 목과 뺨, 뒷덜미, 울대뼈를 닦기 시작했다.

"그러니까……" 안드레이가 교정지를 골라내며 말했다. "우리는 편지 열 통을 선정해 독자 투고란을 구성했습니다만……"

"편향된 선정이었습니다!" 파프리카키 씨가 잽싸게 선언했다.

겐시도 벌컥 화를 냈다.

"우리는 어제만 해도 빵에 대한 편지를 900통 받았습니다!" 그가 고함쳤다. "전부 비슷한 내용이었고 어조가 더 험악했으면 험악했다고요……!"

"잠깐!" 안드레이가 언성을 높이고 또다시 책상을 손바닥으로 내리쳤다. "제 말 안 끝났습니다! 조용히 있기 싫으면 둘 다 복도로 나가서 싸우세요…… 그러니까, 파프리카키 씨, 편지 선정은 편집부로 온 편지들을 면밀히 분석해 진행하고 있습니다. 우부카타 씨 말이 전적으로 맞습니다. 우리가 싣는 사설들은 더 신랄하고 절제되지 않은 내용들을 담고 있지요. 하지만 반대로 편지를 선정할 때는 가장 온건하고 절제된 편지를 골랐어요. 배고프거나 겁에 질린 사람들의 편지뿐 아니라 상황의 복잡성을 이해하고 있는 사람들의 편지 말입니다. 그뿐만 아니라, 노골적으로 정부를 지지하는 편지도 한 통 골라 넣었는데, 우리가 받은 7천 통의 편지 중 유일하게……"

"그 편지를 반대하는 건 절대 아닙니다." 검열관이 끼어들었다.

"어련하겠어요. 당신이 직접 쓴 편지일 텐데요." 겐시가 말했다.

"아닙니다!" 검열관이 꽥 소리치자 녹이 슨 나사가 또다시 안드레이의 뒷덜미에 파고들었다.

"뭐, 당신이 아니라면 당신네 패거리 중 다른 사람이 썼겠지요."

"당신이야말로 협박꾼이야!" 또다시 반점이 오른 검열관이 빽 소리쳤다. 이 이상한 외침 때문에 한동안 적막에 휩싸였다.

안드레이가 교정지에서 몇 장 뽑았다.

"이제까지 우리는 당신과 꽤 잘해 왔습니다. 파프리카키 씨." 그는 어르듯 말했다. "지금은 우리가 일종의 타협점을 찾아야 한다고 확신하……"

검열관이 양 볼을 흔들었다.

"보로닌 씨!" 그가 쟁쟁한 목소리로 소리쳤다. "왜 저한테 뭐라고 하십니까? 우부카타 씨는 쉽게 흥분하는 사람이에요. 그저 화를 분출할 기회나 엿보지 그 대상이 누가 되든 중요하지 않습니다. 그리고 편집장님도 제가 지시받은 지침을 엄격히 지키며 일한다는 것은 이해하시지요. 도시에 폭동의 분위기가 고조되고 있습니다. 농부들은 언제든 학살을 시작할 준비가 되어 있고요. 경찰력은 믿을 만하지 않습니다. 편집장님은, 피를 보길 원하시는 겁니까? 화재가 일어나기를요? 전 자식들이 있고, 그런 일은 절대 일어나지 않기를 바랍니다. 당신들도 그걸 원하는 건 아니지 않습니까! 이런 시기에 언론은 사태를 부추길 게 아니라 누그러뜨려야 합니다. 그게 지침이고요.

분명히 말씀드리는데, 저는 그 지침에 전적으로 동의합니다. 동의하지 않더라도 어쨌든 저는 따라야만 하고 그게 제 의무입니다…… 바로 어제만 해도《익스프레스》지의 검열관이 불온한 요인들을 묵과하고 방조한 혐의로 체포되었고……"

"당신 입장을 너무나 잘 이해합니다, 파프리카키 씨." 안드레이가 최대한 공감하는 어조로 말했다. "하지만 당신도 보시다시피 편지 선정은 상당히 온건했습니다. 그리고 힘든 시기이기 때문에 우리는 정부에 동의할 수 없다는 걸 이해해 주셔야 합니다. 비계급적인 분자들과 농부들의 봉기는 위협이 되기 때문에, 바로 그렇기 때문에 우리는 정부가 정신을 차리도록 최선을 다해야 합니다. 우리는 우리의 의무를 따를 뿐입니다, 파프리카키 씨!"

"독자 투고란을 승인하지 않겠습니다." 파프리카키가 조용히 말했다.

겐시는 욕설을 읊조렸다.

"당신의 승인 없이 신문을 발간할 수밖에 없겠군요."

"훌륭하네요." 파프리카키가 우수에 차서 말했다. "정말 대단해요. 그저 대단하다고 할 수밖에요. 신문사에는 벌금이 부과될 테고 저는 체포되겠죠. 그날 발행된 신문들도 다 압수당할 테고요. 당신들도 체포될 겁니다."

안드레이는《급진부흥의 기치 아래》를 집어 들고서

검열관의 코앞에 흔들었다.

"그러면 어째서 프리츠 가이거는 체포하지 않는 겁니까?" 그가 물었다. "이 조그만 신문사의 검열관들은 몇이나 체포됐고요?"

"모릅니다." 파프리카키가 조용히 절망하며 대답했다. "제가 어떻게 거기에까지 신경을 씁니까? 가이거도 언젠가 체포될 거예요. 경솔함이 도를 지나치니……"

"겐시," 안드레이가 말했다. "우리 금고에 돈이 얼마나 있지? 벌금을 낼 만큼 있던가?"

"직원들한테 모아 보지." 겐시가 사무적으로 말하고는 일어섰다. "조판 팀에 인쇄 시작하라고 할게. 어떻게든 해 보자고……"

겐시가 문으로 다가갔고 검열관은 울적하게 그의 뒤를 바라보며 한숨을 쉬고 코를 풀었다.

"당신들한테는 심장이 없군요……" 검열관이 중얼거렸다. "이성도 없고요. 머리에 피도 안 말라서는……"

겐시가 문가에 멈춰 섰다.

"안드레이." 그가 말했다. "내가 너였으면 그래도 시청에 가서 뭐가 됐든, 지렛대가 될 만한 걸 놔두었을 거야."

"거기에 무슨 지렛대를 놓겠어……" 안드레이가 음울하게 말했다.

편집자

겐시가 즉시 방향을 되돌려 책상으로 갔다.

"정책자문부 차장한테 가 봐. 그도 결국 러시아인이니까. 너 그 사람이랑 보드카도 마셨잖아."

"그 사람 면상을 날렸었지." 안드레이가 침울하게 말했다.

"괜찮아. 속 좁은 사람 아니야." 겐시가 말했다. "그리고 난 그가 찔러주면 받을 거라 확신해."

"시청에서 찔러주는 걸 안 받는 사람이 어디 있겠어?" 안드레이가 말했다. "그게 문제야?" 그는 한숨을 쉬었다. "좋아. 가 볼게. 어쩌면 뭔가 알게 될 수도 있고…… 파프리카키 씨는 어쩌지? 당장 전화하러 달려갈 텐데…… 바로 달려갈 거죠?"

"달려갈 겁니다." 파프리카키가 별 의욕 없이 수긍했다.

"내가 지금 당장 묶어다가 옷장에 처박아 두지 뭐!" 겐시가 만족스럽다는 듯 이를 환하게 번쩍거리며 말했다.

"아니 왜……" 안드레이가 말했다. "왜 바로 그렇게 되는 거야. 묶겠다, 처박겠다…… 문서 보관소에 감금해 두자고. 거기에는 전화기가 없으니."

"그건 폭력입니다." 파프리카키가 의연하게 말했다.

"당신을 체포하는 건 폭력이 아닙니까?"

"그걸 부정하는 건 아닙니다!" 파프리카키가 말했다. "그저 저는 짚고 넘어가려고⋯⋯"

"어서 가 봐, 안드레이." 겐시가 조급히 말했다. "너 없어도 전부 처리해 놓을 테니까 걱정 말고."

안드레이는 끙차 소리를 내며 일어섰고 발을 끌면서 옷걸이로 가 트렌치코트를 들었다. 베레모가 어디로 사라졌는지 보이지 않았다. 그는 아래쪽 옛 호시절에 내방객들이 잊어버리고 간 덧신들 사이를 뒤져 봤지만 찾을 수 없자 쌍욕을 내뱉고는 응접실로 나갔다. 깡마른 비서가 겁먹은 회색 눈을 안드레이에게 던졌다. 닳고 닳은 창녀 같으니. 이 여자의 이름이 뭐더라⋯⋯?

"시청사에 다녀오겠습니다." 그가 음울하게 말했다.

편집부는 평소와 다를 바 없는 듯 돌아가고 있었다. 누군가는 전화기에 대고 고함을 쳤고 누군가는 책상 끄트머리에 걸터앉아 글자를 적었고 누군가는 마르지 않은 사진들을 들여다보고, 누군가는 커피를 마셨고 소년 사환들이 서류철과 문서들을 들고 왔다 갔다 했다. 담배 연기가 자욱했고 쓰레기가 널려 있었으며 문학부 부장은, 안도라공국과 비슷한 웬 준국가에서 제도사였던, 금빛 코안경을 쓴 세상에 다시없을 그 바보 천치는 우울에 빠진 작가에게 과장된 수사를 써 가며 얘기하고 있었다. "선생님께서는 이 부분에 너무 힘을 주셨어요. 어떤 부분은 수치에 대한 감각이 좀 부족해 보이고요. 물질이 선생님보다 더 단단하고 유연한 것 같군요……" '발로 차 줘야 하는데, 차고, 또 차 줘야 하는데.' 안드레이는 지나가며 생각했다. 문득 바로 얼마 전까지만 해도 이 모든 것이 진심으로 사랑스럽고 어찌나 새롭고 매력적이었는지, 어찌나 유망하고 필요하고 또 중요해 보였는지 떠올랐다…… "편집장님, 잠시만요." 투고란 담당자인 데니 리가 소리치며 쫓아왔지만, 안드레이는 뒤돌아보지 않고 무시한 채 앞으로 나아갔다. '발로 차 줘야 하는데, 차고, 또 차 줘야 하는데……'

현관 입구로 나간 그는 잠시 멈춰 트렌치코트 깃을 세웠다. 길에는 전과 마찬가지로 짐마차가 털털거리며 지나가고 있었다. 모두 한 방향으로, 도시 중심부로, 시청사로 가고 있었다. 안드레이는 주머니에 손을 더 깊숙이 찔러 넣고는 구부정하게 걸으면서 그들과 같은 방향으로 움직였다. 2분 후, 그는 사람 키 높이의 못생긴 사륜마차가 바로 옆에 있다는 것을 알아차렸다. 사륜마차는 먼 여정으로 지친 기색이 완연한 덩치 큰 말 두 마리가 끌고 있었다. 마차의 짐칸 옆면이 높이 가로막혀 짐은 보이지 않았으나 앞좌석에 앉은 마부는 아주 잘 보였고 그보다도 더 잘 보이는 것이, 그가 입은 삼각 두건이 달린 커다란 우비였다. 마부의 얼굴에서는 앞으로 삐쭉 튀어나온

턱수염만 보였다. 바퀴 삐걱대는 소리와 말발굽 소리 사
이로 그가 내는, 알 수 없는 소리가 들렸다. 말들을 독려
하는 소리인지 시골 특유의 무신경한 태도로 가스를 방
출하는 소리인지 알 수 없었다.

이 마차도 도시로 가는군, 안드레이가 생각했다. 대
체 왜? 이들 모두가 도시에서 필요로 하는 것이 대체 뭐
길래? 이곳으로 온들 빵 한 조각도 못 얻겠지만, 그들은
빵을 원하는 게 아니다. 그들에겐 이미 빵이 있다. 사실
그들은 우리, 도시인들에게 없는 것까지도 다 갖고 있다.
무기마저도. 정말 마흐노 반란* 같은 학살이라도 일으킬
셈인가? 그럴지도 모르겠다. 그런데 그로 인해 얻는 이
익이 뭘까? 아파트들이라도 약탈할 생각인 걸까……?
전혀 모르겠다.

그는 농부들을 대상으로 진행했던 인터뷰와 그 인터
뷰에 겐시가 절망했던 일을 떠올렸다. 본인이 시청 앞 광
장에서 쉰 명 가까운 농부들에게 물어 가면서 직접 진행
한 인터뷰였음에도 말이다. "우리도 민중을 따라 그러는
것뿐이오." "습지대에만 있는 게 지겨워져서 한번 가 보
자, 생각했소이다……" "이봐요. 민중이 뭣 하러 가느냐
고, 어디로 가느냐고, 왜 가느냐고 묻지 마시오. 놀라게
될 테니……" "내가 보니까, 다들 도시로 가더군. 그래서
나도 도시로 향했소이다. 내가, 뭐, 그렇게 유별난 인간

　　　　　　　　　　　　　　편집자

은 아니니 말입니다?" "……기관총이 뭐 어쨌단 거요? 우리가 기관총 없이 어떻게 삽니까? 우리는 기관총 없이는 한 발짝도 안 나갈 거요……" "아침에 암소 젖을 짜러 나왔는데 보니까 사람들이 마차를 타고 가고 있는 거야. 숌카 코스틸린도 가고, 프랑스인 자크도 가고, 그, 누구 더라…… 제기랄, 이름을 맨날 까먹는다니까…… 이가 들끓는언덕 너머에 사는 그 누구야…… 그자도 가더군! 내가 물었지. 이보시오들, 어디 갑니까? 그랬더니 태양이 이레째 안 켜졌다고, 도시로 가야 한다더군……" "당신이 지도층에 좀 물어보시오. 지도층은 다 알 거 아니오……" "자율 주행 트랙터를 줄 거라고 했단 말이오! 집에 앉아서 허리나 긁고 있으면 트랙터가 나 대신 일을 할 수 있게…… 3년째 약속하고 있는데……"

말을 돌리는 것 같기도 하고 애매하며 불분명하다. 불길하다. 그저 교묘하게 구는 건지, 본능 같은 것에 따라 한곳에 결집한 건지, 아니면 잘 위장한 어떤 비밀 조직인지…… 만일 그렇다면 자크리의 난**이 일어나나? 탐보프 반란***이 일어나는 걸까……? 한편으로는 저들이 이

◆ 러시아 내전 시기에 우크라이나 지역에서 일어난 농민반란이다. 뛰어난 기동성을 자랑한 마차 부대로 유명했으며, 우크라이나의 정강주의 아나키스트 네스토르 이바노비치 마흐노(1888~1934)가 주도했다.

해가 된다. 태양은 12일째 없고 작물은 죽어 가고 있으며 앞으로 어떻게 될지도 불분명하니. 바로 이런 상황이 그들로 하여금 살던 곳을 박차고 나오도록 했다……

안드레이는 정육점 앞에 늘어선 그리 길지 않은 조용한 줄을 지나갔고 그다음에는 빵 가게 앞에 늘어선 또 다른 줄을 지나갔다. 주로 여성들이 줄을 서 있었는데 많은 이들이 팔에 웬 하얀 붕대를 감고 있었다. 물론 안드레이는 바로 성 바르톨로메오 축일 학살의 밤을 떠올렸지만,♦♦♦♦ 지금은 밤이 아닌 낮, 오후 1시였거니와, 그러고 보니 이 시간까지 상점들이 문을 열지 않았다. 구석에는 야간 카페 '퀴시사나'♦♦♦♦♦의 네온사인 간판 아래 경찰관 셋이 옹기종기 서 있었다. 그들의 분위기는 어딘가 이상했다. 주저하는 것처럼 보였다고 할까? 안드레이는 걸음을 늦추고 그들의 얘기를 엿들었다.

"그러니까 지금 우리더러, 싸움에 끼어들라고 명령하시는 겁니까? 저들 수가 우리보다 배나 많은데요……"

"가서 이렇게 말합시다. 저기로 지나가지 마십시오, 여기에 계십시오, 라고요."

"그러면 저들은 이렇게 말할 겁니다. '어떻게 안 지나갈 수 있겠습니까? 당신은 경찰이군요.'"

"경찰인 게 뭐 어쨌단 말입니까? 우리가 경찰이긴 한데 저들은 민병대란 말입니다……"

편집자

민병대라니, 그건 또 무슨 말이지. 안드레이가 지나가며 생각했다. 웬 민병대란 말인가…… 그는 늘어선 줄을 또 하나 지나 중앙로로 꺾었다. 앞에는 벌써 중앙광장의 밝은 수은등이 보였고 광장의 넓은 공간은 증기도 아니고 연기도 아닌 흔들리는 잿빛의 뭔가로 차 있었다. 그때 사람들이 그를 멈춰 세웠다.

키가 큰 청년이, 사실 청소년, 아니 나이 많은 학생처럼 보이는 이가 챙이 바로 눈을 가리도록 헌팅캡을 쓴 채 길로 나와 조용히 물었다.

"선생님, 어디 가시는 길입니까?"

그는 양손으로 허리를 붙잡고 있었고 양팔에는 하얀

♦♦ 백년전쟁 중 프랑스 북부에서 발생한 농민반란으로, '자크리'는 농민을 이르는 '자크'를 집합명사화한 호칭이다. 14세기는 흑사병과 기근, 전란으로 농민 경제가 혼란하고 봉건적 반동 기풍이 강화된 시기였다.

♦♦♦ 러시아 내전 시기에 탐보프에서 일어난 농민반란이다. 1920년 지독한 가뭄이 탐보프를 덮쳤는데, 이해 8월 붉은군대에 의한 곡물 강제 몰수가 집행되었고 이에 대한 저항으로 시작되었다. 지도자였던 알렉산드르 스테파노비치 안토노프(1889~1922)의 이름을 따서 안토노프의 난으로도 불린다.

♦♦♦♦ 성 바르톨로메오 축일 학살의 밤, 위그노 학살을 감행한 가톨릭교도들은 하얀 끈으로 모자에 십자가 표식을 해 밤중에 서로 알아보았다고 한다.

♦♦♦♦♦ 20세기 전반기 상트페테르부르크에 있던 레스토랑 이름이기도 하다. 문학 인사들이 자주 모였다.

붕대가 감겨 있었으며 그의 뒤, 벽 쪽에는 다양한 행색의 사람들이 몇 명 더 있었는데 모두 팔에 하얀 붕대를 감고 있었다.

안드레이는 시야 끄트머리에서 우비를 입은 남성이 아무런 제지도 받지 않고 사륜마차를 몰고 가는 것을 봤다.

"시청에 가는 길입니다." 어쩔 수 없이 멈춰 선 안드레이가 말했다. "무슨 일입니까?"

"시청에 가는 길요?" 젊은이가 큰 목소리로 똑같이 말하고는 어깨 너머로 동료들을 돌아보았다. 두 명이 벽에서 떨어져 나와 안드레이에게 다가왔다.

"그럼 시청에는 뭐 때문에 가시는지 좀 여쭤봅시다." 면도를 하지 않은 얼굴에 기름기 묻은 작업복을 입고 'G'와 'M'이라 적힌 야구 모자를 쓴 땅딸막한 자가 물었다. 에너지 넘치는 우락부락한 얼굴에 탐색하는 듯한 우호적이지 않은 눈빛이었다.

"당신들은 대체 누구입니까?" 안드레이가 불안한 시기라는 이유로 벌써 사흘째 들고 다니는, 주머니 속의 구리 막자를 만지작거리며 물었다.

"우리는 자원 민병대입니다." 땅딸막한 자가 대답했다. "시청에는 무슨 용무로 가시는 겁니까? 당신은 누구시죠?"

편집자

"나는 《도시신문》의 편집장입니다." 안드레이가 막자를 꼭 쥐며 화를 냈다. 대화가 오가는 동안 젊은이가 그의 왼쪽으로 가고 세 번째 자원 민병이, 역시 청년으로 딱 봐도 건강한 그가 오른쪽 귓가에서 색색대는 이 상황이 아주 불쾌했다. "검열에 항의하려고 시청사에 가는 길입니다."

"아." 땅딸막한 자가 알 수 없는 감탄사를 내뱉었다. "알겠습니다. 그런데 뭣 하러 시청으로 가는 겁니까? 검열관을 잡아 두고 당신네 신문을 그냥 발행하면 될 텐데요."

안드레이는 계속 뻔뻔하게 나가기로 했다.

"날 가르치려 들지 마세요. 당신네 조언을 듣기 전에 벌써 검열관을 잡아 뒀으니까요. 길 좀 지나갑시다."

"언론사 대표라……" 오른쪽 귓가에서 색색대던 자가 중얼거렸다.

"뭐 어때? 지나가게 하자고." 왼쪽의 젊은이가 경멸조로 얘기했다.

"그러지." 땅딸막한 자가 말했다. "지나가게 두지. 나중에 우리를 원망만 안 했으면 좋겠는데…… 무기는 있습니까?"

"없습니다." 안드레이가 말했다.

"그럼 안 될 텐데요." 땅딸막한 자가 옆으로 물러나며 말했다. "지나가시죠……"

안드레이는 그들을 지나쳤다. 등 뒤에서 땅딸막한 자가 수탉처럼 갈라지는 목소리로 말했다. "재스민은 멋진 꽃이지! 향기가 아주 좋다네……" 민병대원들이 웃음을 터뜨렸다. 그 시의 의미[*]를 알고 있던 안드레이는 뒤돌아 화내고 싶은 마음이 치밀었지만 발걸음을 재촉할 뿐이었다.

중앙로에는 사람들이 제법 많았다. 주로 벽 앞에 서 있거나 건물 진입로에 모여 있었고 다들 하얀 붕대를 감고 있었다. 몇몇은 길 중간에 툭 튀어나와서는 지나가는 농부들에게 다가가 뭐라고 말했고 농부들은 가던 길을 계속 갔다. 가게는 전부 문을 닫았고 주위로 늘어서던 줄도 이제는 없었다. 빵 가게 옆에 나이가 지긋한 민병대원이 홀로 서 있는 노파를 향해 울퉁불퉁한 지팡이를 휘둘렀다. "부인, 내가 똑똑히 말씀드리겠소이다. 가게들은 오늘 문을 안 엽니다. 부인, 내가 바로 건식료품점 주인이라 알고 있소만……" 노파는 째지는 목소리로 여기서, 이 계단에서 죽고 말지 줄 서기를 포기하지는 않겠다고 했다……

점점 커지는 불안과 주위에 펼쳐진 비현실성에 대한 감각을—모든 게 마치 영화 같았다—애써 억누르며 안드레이는 광장까지 나아갔다. 광장으로 난 중앙로의 좁

편집자

은 길목에 짐마차, 짐수레, 이륜마차, 포장마차, 달구지가 빽빽이 들어차 있었다. 말의 땀 냄새, 신선한 비료 냄새가 진동했고 생김새가 저마다 다른 말들이 머리를 흔들어 댔으며 습지의 아들들이 쩌렁쩌렁 소리를 질렀고 궐련 불빛이 빛났다. 연기가 흘러왔다. 어딘가 멀지 않은 곳에서 장작을 태우고 있었다. 아치 진입로 아래에서 카우보이모자를 쓰고 콧수염이 덥수룩한 뚱뚱한 자가 옷을 잠그며 나오다가 안드레이를 칠 뻔했고 아름답게 욕설을 퍼붓더니 달구지들 사이를 헤치고 나아가면서 으르렁대는 목소리로 시도르란 자를 불러 댔다. "여기로 와, 시도르! 마당으로 오면 된다고! 빠지지 않게 발밑을 잘 보고……!"

안드레이는 입술을 깨물고 계속해서 나아갔다. 광장 입구가 가까워지자 짐마차들이 인도에까지 올라와 있었다. 말들은 대부분 마구는 풀리고 다리는 도망칠 수 없게 묶여서는 경중경중 주변을 돌아다니면서 음울하게 아스팔트 냄새를 맡고 있었다. 짐마차 위에서는 사람들이 자고 담배를 피우고 먹었고 식욕을 돌게 하는, 콸콸 술 따르는 소리와 쩝쩝 입맛 다시는 소리가 들렸다. 안드레이는 한 건물의 현관 계단에 올라 이 야영지를 내려다보았

♦　민병이 읊은 시구의 단어 첫 문자만 연결하면 욕설이 된다.

다. 시청까지 50보였지만, 미로였다. 장작이 타닥거리면서 연기를 내며 타올랐고 수은등의 푸른 연기가 짐수레와 사륜마차 위로 늘어져 거대한 굴뚝을 타고 가듯 중앙로를 따라 길게 뻗어 갔다. 웬 벌레가 위잉 소리를 내며 안드레이의 뺨에 돌진해 착 달라붙었는데, 마치 옷핀이 파고드는 것만 같았다. 안드레이가 혐오스러워하며 손바닥으로 때려잡자 그 커다랗고 뾰족뾰족한 무언가가 파사삭 부서지더니 이내 축축해졌다. 습지대에서 별걸 다 대동하고 왔군. 그는 화가 치밀었다. 살짝 열린 현관으로부터 암모니아 냄새가 선명하게 흘러나왔다. 안드레이는 인도로 뛰어내려 말과 짐마차의 미로를 향해 결연히 나아갔는데, 발을 딛자마자 부드럽게 바스러지는 뭔가를 밟았다.

　둥그런 형태의 육중한 시청 건물은 5층 높이의 요새처럼 광장 위로 우뚝 서 있었다. 거의 모든 창이 깜깜했고 몇몇 창에만 불빛이 비쳤으며 외벽에 설치된 승강기 통로는 여전히 흐릿하게나마 누런빛을 발하고 있었다. 농부들의 야영지가 시청 건물을 빙 둘러쌌는데 짐마차들과 시청사 사이에는 화려한 쇠기둥 위의 가로등 조명을 받아 환한 빈 공간이 있었다. 가로등 아래에는 농부들이 모여 있었고 대부분 무기를 들었으며 그 맞은편 시청사 입구에는 경찰들이 횡대로 늘어서 있었다. 계급장으로 미루어 주로 경사와 경관이었다.

안드레이가 무장한 군중 사이를 다 빠져나갈 즈음 그를 부르는 소리가 들렸다. 안드레이는 멈춰 서서 고개를 돌렸다.

"그래, 여기야, 여기!" 낯익은 목소리가 울렸고 안드레이는 곧 유라 삼촌을 발견했다.

유라 삼촌은 성급히 손을 뻗어 악수를 청하며 절뚝절뚝 다가왔다. 여전히 같은 군복 웃옷에 군모를 비스듬히 썼고 안드레이가 전에 본 적 있는 낯익은 기관총을 넓은 벨트에 매달아 어깨에 걸치고 있었다.

"잘 지냈나, 안드류하, 도시의 영혼!" 그가 자신의 거친 손바닥으로 안드레이의 손바닥을 철썩 마주치고는 물었다. "내가 여기저기에서 자넬 찾아다녔네. 난리는 났지, 자네는 없지. 그럴 리가. 우리 안드류하가 없을 리 없는데! 안드류하는 바쁘게 여기저기 돌아다니는 청년이니 틀림없이 여기 어딘가에서 서성이고 있을 텐데 싶었지……"

유라 삼촌은 거하게 취한 상태였다. 그는 어깨에서 기관총을 빼더니 목발 짚듯 총신을 겨드랑이 아래 끼고 기대어 서서는 여전히 열띤 목소리로 말을 이어 갔다.

"내가 여기도 가 보고 저기도 가 봤는데 안드류하가 없는 거야. 이런 젠장맞을, 어떻게 이럴 수가? 자네 친구, 밝은 금발의 프리츠는 여기 있는데. 농부들 사이를 돌아다니면서 연설도 하고…… 그런데 자네는 아무 데도 없는 거야!"

"잠깐만요, 유라 삼촌." 안드레이가 말했다. "여기는 대체 뭐 하러 온 거예요?"

"권리를 쟁취하려고 왔지!" 유라 삼촌이 비죽 웃었다. 그의 턱수염이 빗자루처럼 펼쳐졌다. "딱 그 목표로 왔는데 보아하니 우리는 여기서 아무것도 얻지 못할 것 같군." 그는 침을 퉤 뱉고는 커다란 장화로 문질렀다. "민중은 머저리야. 뭣 하러 왔는지 자기들도 모르지. 요청을 하러 온 건지 요구를 하러 온 건지, 어쩌면 둘 다 아니라 그저 도시의 삶이 그리웠던 건지. 여기 서서는 자네들의 도시를 더럽히고 다시 집으로, 돌아가는 걸세. 똥같은 민중이야. 그렇지……" 그는 뒤돌아보더니 누군가에게 손을 흔들었다. "자, 일례로 내 벗 스타시 코발스키는…… 스타시! 스타시, 제길…… 좀 와 보라고!"

스타시가 다가왔다. 마르고 구부정한 사내로 콧수염이 음울하게 걸려 있고 머리숱이 듬성듬성한 사내였다. 그에게서 밀주 냄새가 진동했다. 그는 전적으로 본능에 의존해 두 다리로 서 있다가 시시때때로 용맹하게 머리를 쳐들고서 목에 걸고 있는 이상하고 짧은 자동소총을 붙잡고는 대단히 힘겹게 눈꺼풀을 들고 위협적으로 주위

편집자

를 둘러보았다.

"자, 스타시……" 유라 삼촌이 말을 이었다. "스타시, 자네 참전했었지, 싸웠지 않나. 어서 말해 보게! 아니, 말로 해 보라고! 전쟁에 참가했나?" 유라 삼촌이 스타시의 양어깨를 꽉 잡고는 그와 함께 비틀거리며 대답을 재촉했다.

"헤! 호……!" 스타시는 참전했다고, 그러나 어떻게 싸웠는지 표현할 말이 없다고 온몸으로 표현했다.

"지금 술에 취해서." 유라 삼촌이 설명했다. "이 친구는 태양이 없으면 자제를 못 하거든…… 내가 무슨 말을 하고 있었더라? 그래! 자네가 이 바보에게 여기서 서성대는 이유가 대체 뭐냐고 좀 물어보게. 무기도 있고 무장한 애들도 있는데. 그러니까, 대체 뭐냐고?"

"잠깐만요." 안드레이가 말했다. "뭘 원한다고 하셨죠?"

"지금 말하고 있지 않나!" 유라 삼촌이 진지하게 말하며 스타시를 놔줬고 그는 멀리 반원을 그리면서 멀어졌다. "내가 지금 알아듣게 설명하고 있지 않나! 더러운 자식들에게 한 방 먹이는 거, 그거면 되네! 그들에겐 기관총이 없으니! 군홧발로 짓밟은 다음 모자를 날리며 환호하는 거야……" 유라 삼촌은 갑자기 입을 다물었고 다시 기관총을 등에 멨다. "가지."

"어디로요?"

"마시러. 뒈질 때까지 마시고 다시 집으로 가야지. 아니, 뭣 하러 시간을 허비하나? 저기서 내 감자들이 썩고 있는데…… 가지."

"전 못 가요, 유라 삼촌." 안드레이가 미안해하며 말했다. "지금은 못 가요. 시청에 가야 하거든요."

"시청에? 그리로 가지! 스타시! 스타시, 이런 제기랄……"

"아니 잠깐만요, 유라 삼촌! 삼촌은…… 그러니까…… 들여보내 주지 않을 거예요."

"나를 들여보내지 않는다고?" 유라 삼촌이 두 눈을 번뜩이며 고함을 쳤다. "됐으니까 가지! 누가 날 안 들여보내는지 한번 보자고. 스타시……!"

유라 삼촌은 안드레이의 어깨를 잡고서 조명이 밝은 텅 빈 공간을 지나 경찰 횡대 앞으로 데려갔다.

"자네가 이해하게." 유라 삼촌이 움직이지 않으려는 안드레이의 귀에 대고 뜨거운 숨을 내쉬며 말했다. "나는 두려워. 알겠나? 아무에게도 말하지 않았지만, 자네에게는 말해 주지. 난 끔찍하게 두렵다네! 만일 그게 앞으로 다시는 켜지지 않으면 어떡하지? 우리를 여기로 데려와 놓고는 내팽개쳤어…… 아니, 설명하게 해야지. 진실을 말하게 해야지. 그 개자식들에게. 이렇게 살 수는 없으니 말일세. 나는 잠을 못 자게 되었네. 알겠나? 최전방에 있을 때도 이렇지는 않았는데…… 자네는 내가 취했다고 생각하나? 나는 좆만큼도 취하지 않았어. 이건 공포야, 공포가 나에게 침투하고 있다고……!"

그 열띤 중얼거림을 듣자 안드레이는 등에 소름이 돋았다. 그는 횡대에서 5보 떨어진 곳에 멈추고서(광장이 완전히 고요해졌고 다들, 경찰들도 농부들도 자신을 바라보는 것만 같았다) 최대한 간곡히 말하려 노력하며 입을 열었다.

"이렇게 해요, 유라 삼촌. 지금 제가 들어가서 제 신문사 문제 하나만 해결하고 올 테니 삼촌은 여기서 절 기다려요. 그런 다음 우리 집으로 가서 그 모든 것에 대해 제대로 대화해 보자고요."

유라 삼촌은 턱수염을 세차게 흔들었다.

"아니, 자네와 함께 가겠네. 나도 여기서 해결할 문제가 하나 있거든……"

"삼촌을 들여보내지 않을 거라니까요! 삼촌이 있으면 저도 들여보내지 않을 거고요!"

"가 보자고, 가 봐……" 유라 삼촌이 말했다. "어떻게 안 들여보낼 수가 있겠나? 어째서? 우리는 조용하고 교양 있는 사람들인데……"

그들은 벌써 횡대와 아주 가까워졌고 멋진 제복 차림

에 왼쪽 허리춤의 총집이 열려 있는 건장한 총경이 다가
와 차갑게 물었다.

"신사분들, 어디로 가십니까?"

"전 《도시신문》 편집장입니다." 안드레이는 들러붙는
유라 삼촌을 슬쩍 밀며 말했다. "정책자문부장과 만나야
합니다."

"서류를 보여 주십시오." 그는 부드러운 가죽 장갑에
싸인 손바닥을 안드레이에게 내밀었다.

안드레이는 신분증을 꺼내 총경에게 주고 유라 삼촌
을 흘긋 봤다. 놀랍게도 유라 삼촌은 이제 차분하게 서서
는 코를 훌쩍이며 기관총을 멘 어깨띠를 연신 바로잡고
있었다. 그럴 필요가 전혀 없었는데도. 취한 기색이 전혀
없는 그의 두 눈이 찬찬히 횡대를 훑었다.

"들어가셔도 좋습니다." 총경이 신분증을 돌려주며
정중히 말했다. "그런데 말입니다……" 그는 말을 끝맺
지 않고 유라 삼촌을 돌아봤다. "당신은 누구십니까?"

"제 동행입니다." 안드레이가 서둘러 말했다. "대
표 같은 분인데요…… 그러니까…… 농민들의 대표랄
까……"

"신분증을 보여 주십시오!"

"농민한테 무슨 신분증이 있겠소?" 유라 삼촌이 씁쓸
하게 말했다.

"신분증이 없으면 들어가실 수 없습니다."

"신분증이 없으면 왜 안 된다는 거요?" 유라 삼촌은 몹시 흥분했다. "거지 같은, 그따위 종이 쪼가리가 없으면, 내가 사람도 아니라는 거요?"

누군가 안드레이의 뒷덜미에 더운 숨을 내쉬었다. 스타시 코발스키였다. 그는 아직도 씩씩하게 뒷발길질을 하고 비틀거리며 움직이더니 뒤쪽에 가서 섰다. 조명이 비추는 공간으로 몇몇 사람들이 천천히, 내키지 않는 듯 들어오고 있었다.

"신사 여러분, 여러분. 몰려들지 마십시오!" 총경이 신경질적으로 말했다. "신사분은 어서 들어가세요!" 그가 안드레이를 보고 화를 내며 소리쳤다. "신사 여러분, 뒤로 가세요! 몰려드는 건 금지입니다……!"

"그러니까, 나한테 그 거지 같은, 휘갈겨 쓴 종이 쪼가리가 없으면," 유라 삼촌이 통탄했다. "걸어오든 뭘 타고 오든 통과시키지 않는다고……"

"저자의 낯짝을 갈겨!" 뒤에서 불쑥 스타시가 또렷하게 말했다.

총경이 안드레이의 트렌치코트 소매를 잡아 휙 끌어당겼고 안드레이가 정신을 차려 보니 횡대의 뒤편이었다. 횡대는 빠르게 촘촘히 붙어 총경 앞에 모여든 농부들로부터 그를 가렸다. 안드레이는 상황이 진행되는 것을 더 지켜보지 않고 조명이 거의 없는 음울한 현관 계단 앞으로 발걸음을 재촉했다. 등 뒤에서 웅웅대는 목소리들이 들렸다.

"우리가 이놈들에게 빵도 주고, 고기도 주는데 어디 좀 가려고만 하면……"

"밀려오지 마십시오……! 당신들 체포권도 있습니다……"

"왜 우리 대표를 통과시키지 않는 건데, 엉?"

"태양! 이 개새끼들아, 태양은 언제 돌려줄 거야?"

"이보십시오, 신사분들! 그게 왜 제 탓입니까?"

안드레이 맞은편 하얀 대리석 계단에서 경찰관들이 뒷굽을 울리며 와르르 쏟아져 내려왔다. 그들은 총검을 꽂은 소총으로 무장하고 있었다. 저음의 강한 목소리가 명령을 내렸다. "가스 폭탄들을 준비하라!" 안드레이는 계단 끝까지 올라가 뒤를 돌아봤다. 조명이 비추는 공간은 이제 사람들로 빼곡했다. 농부들이, 누구는 천천히, 누구는 달려서 야영지를 벗어나 점점 불어나는 까만 무리로 모여들었다.

안드레이는 힘껏 문을—동을 입힌 무겁고 높은 문이었다—당긴 다음 로비로 들어갔다. 이곳도 어두웠고 병영에서 나는 냄새가 선명하게 코를 찔렀다. 고급스러운 팔걸이의자와 소파 위, 그리고 바닥에는 경찰들이 외투

　　　　　　　　　편집자

를 몸으로 감싼 채 여기저기 널브러져 자고 있었다. 천장 아래, 로비의 세 벽면으로부터 흐릿한 조명이 비추는 회랑에는 어떤 형체들이 어른거렸다. 안드레이는 그들이 무기를 지니고 있는지는 파악할 수 없었다.

그는 부드러운 카펫을 따라 언론 담당국이 있는 2층으로 뛰어 올라갔고 널찍한 복도를 지났다. 갑자기 뭔가 이상하다는 생각이 들었다. 오늘 이 거대한 건물이 지나치게 고요했다. 평소에는 사람들이 아주 많이 돌아다니고 타자기 치는 소리가 들리고 전화벨 소리가 울리고 대화와 상사의 고함 소리로 꽉 차 있던 곳인데 지금은 그런 소리가 하나도 들리지 않았다. 일부 집무실은 활짝 열려 있었고 안은 컴컴했으며 복도의 전등도 세 개 건너 하나씩만 켜져 있었다.

예감은 틀리지 않았다. 정책자문부 사무실은 닫혀 있었고 차장의 집무실에는 처음 보는 사람 둘이 똑같은 회색 외투를 턱까지 올려 잠그고 똑같은 중산모를 챙이 눈을 가리도록 쓰고 있었다.

"실례합니다." 안드레이가 언짢은 목소리로 말했다. "정책자문부장님이나 차장님은 어디 가야 뵐 수 있습니까?"

중산모를 쓴 머리 둘이 그를 향해 휙 고개를 돌렸다.

"무엇 때문에 그러십니까?" 키가 더 작은 쪽이 물었

다.

안드레이는 문득 그 사람의 얼굴이 그리 낯설지 않다
는 생각을 했다. 목소리도 그렇고. 이 사람이 이곳에 있
다는 사실이 왜인지 불쾌하고, 또 이상했다. 이자는 여기
서 할 일이 없을 텐데…… 안드레이는 인상을 쓰고는 절
도 있게 단호히 말하려 노력하면서 자신이 누구고 무슨
일로 왔는지 설명했다.

"들어오십시오." 어디선가 본 듯한 사람이 말했다.
"왜 문간에서 그러고 서 계십니까?"

안드레이는 안으로 들어가 주위를 돌아보았지만, 아
무것도 볼 수 없었다. 매끈하게 면도한 그 고자 같은 얼
굴만이 눈앞에 어른거렸기 때문이다. 내가 이 사람을 어
디서 봤더라? 왠지 불쾌하고…… 위험한 인물인데……
괜히 이리로 왔군. 시간만 낭비했어.

중산모를 쓴 키 작은 사람도 안드레이를 빤히 쳐다보
고 있었다. 고요했다. 높이 난 창들이 무거운 커튼에 가
려 있어 외부의 소음은 거의 들어오지 않았다. 중산모를
쓴 키 작은 사람이 가볍게 일어서더니 안드레이에게 바
짝 다가섰다. 속눈썹이 없다시피 한 그의 잿빛 눈이 깜빡
였고 외투의 맨 위 단추 부근에서 연골이 도드라진 커다
란 울대뼈가 턱 아래까지 튀어 올랐다가 다시 내려갔다.

"편집장이시라고요……?" 키 작은 사람이 입을 열자,

안드레이는 마침내 그의 정체를 알아차렸고 힘이 쭉 빠지는 불안감을 느끼며 다리의 감각을 잃었고 그자도 자신을 알아봤다는 것을 깨달았다.

고자 같은 얼굴이 입을 쩍 벌리자 듬성듬성 못난 이들이 드러났다. 이 키 작은 자가 살짝 몸을 낮추자 안드레이는 마치 속에서 뭔가가 터지는 듯 배에 엄청난 통증을 느꼈고 구역질 나게 괴로운 와중에 어느새 왁스 칠을 한 바닥을 보고 있었다…… 달아나야 한다, 달아나야…… 그의 머릿속에서 폭죽이 쉴 새 없이 터졌고 그 위로 여기저기 금이 간 어둡고 높은 천장이 흔들리다가 천천히 뒤집혔고…… 덮쳐 오는 축축한 어둠 속에서 하얗게 달궈진 창들이 튀어나와 갈비뼈 사이를 파고들었다…… 날죽일 거야…… 죽일 거야……! 갑자기 머리가 팽창하여좁고 악취 나는 구멍에 귀를 쓸려 가며 처박혔고 우레 같은 목소리가 천천히 울렸다. "진정해, 꼬리뼈. 진정하라고…… 모든 게 당장 되는 건……" 안드레이는 온 힘을 다해 비명을 질렀고 따뜻하고 걸쭉한 토사물이 목을 메워 캑캑거리다가 전부 뱉어 냈다.

방 안에는 아무도 없었다. 커다란 커튼은 활짝 젖혀져 있고 창도 활짝 열려 있어 눅눅하고 차가운 공기가 들어왔고 멀리서 포효가 들려왔다. 안드레이는 간신히 몸을 일으켜 벽을 따라 기었다. 문으로 가야 한다. 이곳을 빠져나가야 한다……

복도에서 그는 한 번 더 토했다. 그는 철저한 무력감을 느끼며 얼마간 엎드려 있다가 두 발로 서려고 시도했다. 괴롭다. 그가 생각했다. 아, 이렇게 괴롭다니. 그는 주저앉아 얼굴을 더듬었다. 얼굴은 축축하고 끈적거렸으며 순간 한쪽 눈만 보인다는 것을 깨달았다. 갈비뼈가 아파 숨쉬기가 힘들었다. 턱뼈도 아팠고 아랫배는 끔찍한, 도저히 참을 수 없는 통증으로 욱신거렸다. 개자식, 꼬리뼈 새끼. 그놈이 나를 불구로 만들다니…… 안드레이는 눈물을 터뜨렸다. 그는 텅 빈 복도 바닥에 앉아 넘실대는 금박 무늬에 등을 기대고 눈물을 흘렸다. 아무것도 할 수가 없었다. 그는 울면서 트렌치코트 앞자락을 열고는 벨트 아래로 손을 넣었다. 끔찍하게 고통스러웠는데, 만진 부위보다 좀 더 위쪽이 문제였다. 배 전체가 아팠다. 팬티는 흠뻑 젖어 있었다.

누군가 복도 멀리서 둔탁하게 부츠 굽 소리를 울리며 달려오더니 그의 위편에 멈춰 섰다. 웬 경찰관이었는데 벌겋고 땀범벅에 경찰모는 쓰지 않았고 눈에는 초점이 없었다. 그는 망설이듯 몇 초간 서 있다가 돌연 전속력으로 달려 나갔고 복도 멀리에서 금방 또 다른 사람이 제복 상의를 벗으면서 뛰어왔다.

그 순간 안드레이는 그들이 달려온 곳에서 나는, 울부

짖는 여러 목소리들을 들었다. 그래서 벽을 잡고 힘을 내어 일어서서는 그 소리가 나는 방향으로 겨우 몸을 옮겼고 그러면서도 끊임없이 흐느끼고 두려워하며 얼굴을 더듬었고 시시때때로 멈춰 서서 몸을 구부려 배를 부여잡았다.

안드레이는 계단까지 도달해 미끌미끌한 대리석 난간을 붙잡았다. 아래층 넓은 로비에는 걸쭉한 인간 죽이 빙빙 돌아가고 있었다. 무슨 일이 벌어지는 것인지 짐작도 할 수 없었다. 회랑을 따라 설치된 프로젝터 등이 차갑고 눈부신 빛으로 군중을 비추어서 각양각색의 턱수염과 제복모, 경찰 어깨 줄의 금사 장식, 총검, 쫙 벌어진 다섯 손가락, 창백한 대머리가 어른거렸다. 이 모든 것들이 내뿜는 습하고 뜨끈한 악취가 천장으로 올라왔다.

안드레이는 이 모든 것을 보지 않으려고 눈을 감고서 더듬더듬 한 손씩 난간을 짚으며 열심히 옆으로, 뒤로 내디디면서 내려갔다. 자신이 대체 왜 그러고 있는지 본인도 이해하지 못한 채. 그는 몇 번이나 멈춰 서서 숨을 고르고 신음을 내뱉었으며 눈을 떠서 아래를 보고는 또다시 그 광경에 힘이 쭉 빠져 다시 얼굴을 찌푸렸고 다시 한 손 한 손 난간을 짚어 나갔다. 밑에 거의 도달했을 즈음에는 팔에 힘이 풀려 난간을 놓쳤고 마지막 계단 단들을 굴러 거대한 청동 타구들로 장식된 대리석 층계참으로 떨어졌다. 웅성대는 소리와 고통 속에서 갑자기 갈라지는 목소리로 쥐어짜 내는 듯한 외침을 들었다. "저것봐, 안드류하 아냐……! 여보게들, 저기 우리 편을 죽이고 있어……!" 안드레이가 눈을 떴더니 유라 삼촌이 산발에 상의는 다 해지고 눈은 툭 튀어나올 듯 사납게 치뜨고 턱수염은 쩍 벌어진 모습으로 코앞에 와 있었다. 그리고 유라 삼촌이 양손을 뻗어 기관총을 들어 올리고는 황소처럼 울부짖으며 회랑과 프로젝터, 두 층으로 난 창을 향해 연발하는 것을 보았다……

그다음은 단편적인 기억들로만 남았다. 통증과 구역질이 밀려왔다가 빠져나갈 때마다 동시에 의식도 돌아왔다가 빠져나갔기 때문이다. 처음 정신을 차렸을 때는 로비 중앙이었다. 그는 축축하고 차가운 것들에 손이 미끄러져 가며 움직이지 않는 몸뚱이들을 비집고 멀리 활짝 열린 문을 향해 아득바득 기어가고 있었다. 누군가 바로 옆에서 "오, 신이시여, 신이시여, 신이시여……"라고 중얼거리며 단조로운 신음을 내뱉었다. 카펫에는 유리창 파편과 탄피들, 시멘트 조각들이 잔뜩 떨어져 있었다. 활짝 열린 문으로 불타오르는 횃불을 든 웬 무시무시한 사람들이 고함을 내지르며 곧장 그가 있는 방향으로 들이닥쳤다……

잠시 후 정신을 차렸을 때는 현관 밖 계단이었다. 그

편집자

는 손바닥으로 차가운 돌바닥을 짚고서 다리를 쩍 벌리고 앉아 있었으며 무릎에는 안전장치가 해제된 소총이 놓여 있었다. 이제 막 피어오른 듯한 연기 냄새가 났고 어딘가 의식의 끝자락에서 기관총 굉음과 말들이 미친 듯이 히힝대는 소리가 들렸고 그는 스스로를 납득시키듯 확신에 찬 어조로 단조롭게 읊조렸다. "그들이 날 짓밟을 거야, 그놈들이 여기서 날 짓밟고 말 거야……"

하지만 그는 짓밟히지 않았다. 잠시 후 정신을 차렸을 때는 계단 옆 포장도로 위였다. 그는 거칠거칠한 화강암 바닥에 볼을 대고 쓰러져 있었고 그의 위로 수은등이 빛났다. 소총은 없었고 육체도 존재하지 않는 듯 화강암에 볼만 딱 붙은 채 허공에 매달려 있는 느낌이었고 눈앞의 광장은 무대가 되어 야만적인 비극이 상연되고 있었다.

그는 장갑차 한 대가 광장을 둘러싼 가로등을 따라, 둥그렇게 늘어선 수레와 짐마차들을 따라 절그럭대며 시끄럽게 달리는 광경을, 장갑차에 장착된 기관총이 이쪽 저쪽 돌아가면서 빗발치듯 총탄을 발사해 반짝반짝하는 빛의 곡선이 온 광장을 휩쓰는 광경을, 장갑차 앞에 말 한 마리가 끊어진 고삐를 끌며 머리를 쳐들고 날뛰는 광경을 보았다…… 짐마차들이 모여 있는 곳에서 돌연 방수포에 싸인 대형 마차가 장갑차 쪽으로 굴러갔다. 아까 그 말은 미친 듯이 다른 쪽으로 뛰어가다가 가로등에 부딪쳤고 장갑차는 급히 멈춰 서며 미끄러졌다. 그 순간 까만 옷을 입은 키 큰 자가 트인 공간으로 달려 나오더니 팔을 크게 휘두른 다음 아스팔트로 풀썩 쓰러졌다. 장갑차 아래에서 불길이 치솟더니 어마어마한 폭발음이 울렸고 그 커다란 쇳덩이가 육중하게 뒤로 넘어갔다. 까만 옷을 입은 자가 다시 뛰기 시작했다. 그는 장갑차를 돌다가 운전석으로 통하는 감시용 구멍에 뭔가를 쑤셔 넣은 다음 옆으로 뛰어 피했고 그때 안드레이는 그가 프리츠 가이거라는 것을 알아차렸다. 감시용 구멍 안에서 불이 붙어 장갑차 내부로부터 폭발하는 소리가 들렸고 감시용 구멍에서는 그은 불길이 길게 뿜어져 나왔다. 프리츠는 살짝 다리를 굽혀 몸을 앞으로 내밀고는 땅까지 닿는 기다란 팔을 벌리고 게처럼 옆으로 걸어 장갑차 주위를 돌았다. 순간 장갑차 문이 활짝 열리더니 불길에 휩싸인 북슬북슬한 타래가 째지는 듯한 비명을 지르면서 떨어져 불꽃을 흩뿌리며 뒹굴기 시작했다.

그다음에는 막이 내린 듯 다시 정신을 잃었고 광포한 목소리들과 인간이 내는 것 같지 않은 비명, 수많은 발소리가 들렸다. 불타오르는 장갑차에선 달궈진 쇠와 벤진 냄새가 났다. 프리츠 가이거는 팔에 하얀 붕대를 감은 사람들에 둘러싸여 있었는데 그들보다 머리 하나만큼 더 커서 우뚝 솟아 있는 모양새였다. 그는 큰 소리로 명령했고 절도 있게 이곳저곳 가리키면서 기다란 팔을 흔들어 댔으며 그의 얼굴과 헝클어진 밝은 금발은 검댕에 뒤덮여 있었다. 하얀 붕대를 감은 또 다른 무리가 시청 입구 쪽 가로등 주위에 우르르 몰려 있다가 무슨 이유에서인지 가로등 기둥에 올라가서는 바람에 나부끼는 기다란 밧줄들을 묶어 늘어뜨렸다. 다리를 떨며 몸부림치는 누군가를 계단으로 끌고 갔고 누군가는 쉴 새 없이 여자처럼 높은 목소리로 귀를 막아 버릴 기세의 비명을 질러 댔다. 순간 계단 전체가 사람들로 꽉 차더니 까맣고 수염이 무성한 얼굴들이 어른거렸고 무기가 절그럭거리는 소리가 들렸다. 비명이 그쳤고 가로등을 따라 까만 몸통이 경련하듯 떨고 꿈틀대며 올라갔다. 군중이 일제히 사격했고 경련을 일으키던 다리는 맥이 풀려 축 늘어지고 까만 몸통이 허공에서 천천히 돌아가기 시작했다.

다음에는 끔찍한 진동으로 인해 정신이 들었다. 안드레이의 머리에는 거칠고 냄새나는 끈이 동여매여 있었는데 어딘가로 가는, 그러니까, 실려 가는 중이었다. 낯익은 목소리가 분개하여 소리쳤다. "이랴! 이랴! 이런 빌어먹을……! 가자!" 그의 눈앞에서는 새카만 하늘을 배경으로 시청이 불타오르고 있었다. 창문들에서는 뜨거운 불길이 비어져 나와 어둠에 불꽃을 날렸고 가로등에 매달려 기다랗게 늘어진 시체들이 어렴풋이 흔들렸다.

제2장

몸을 씻고 옷을 갈아입은 안드레이는 오른쪽 눈에 붕대를 감고 소파에 비스듬히 앉아, 유라 삼촌과 마찬가지로 머리에 붕대를 감은 스타시 코발스키가 김이 피어오르는 냄비에서 바로 걸쭉한 죽 같은 것을 게걸스레 떠먹는 모습을 음울하게 바라보았다. 한바탕 눈물을 쏟은 셀마는 안드레이 옆에 앉아 경련하듯 숨을 떨며 계속 그의 손을 잡으려 하고 있었다. 머리카락은 다 헝클어졌고 양볼에는 마스카라 번진 눈물 자국에 얼굴은 퉁퉁 부어 온통 붉은 반점이 올라와 있었다. 비눗물에 앞이 다 젖어 문란하게 속이 비치는 가운이 야만스러워 보였다.

"……그놈이 자넬 조져 버리고 싶었던 거야." 스타시

편집자

가 계속 후루룩대며 말했다. "일부러 자네를 그렇게, 세심히 때려 준 거라고. 오랫동안 고통받도록. 내가 그걸 알지. 하늘색 경기병들도 날 바로 그런 방식으로 팼거든. 나는 모든 과정을, 그러니까, 다 겪었다고. 그놈들이 날 발로 짓밟기 시작했는데, 바로 그때 하늘이 도우셔서 그들이 찾던 사람이 내가 아니라는 게 밝혀졌지……"

"코가 부러진 건 일도 아닐세." 유라 삼촌이 힘주어 말했다. "코는 그렇게 치명적이진 않거든…… 부러진 부위도 회복될 거고…… 그런데 갈비뼈는……" 그가 숟가락을 든 손을 흔들어 댔다. "나도 몇 번이나 부러졌는지 몰라. 갈비뼈들 말일세. 중요한 건, 내장이 멀쩡한지 간이랑 비장이 멀쩡한지지……"

셀마가 덜덜 떨며 숨을 내쉬고는 또다시 안드레이의 손을 잡으려 했다. 그는 그녀를 쳐다보며 말했다.

"그만 울어. 가서 옷 좀 갈아입고 오고. 정말이지……"

셀마는 고분고분 일어서더니 다른 방으로 갔다. 안드레이는 혀로 입안을 훑었는데 뭔가 딱딱한 게 느껴져 손가락에 꺼내 보았다.

"충치 때운 게 떨어졌네요." 안드레이가 말했다.

"그래?" 유라 삼촌이 깜짝 놀랐다.

안드레이는 떨어진 조각을 보여 줬다. 유라 삼촌이 들

여다보더니 머리를 흔들었다. 스타시 역시 머리를 흔들더니 이렇게 말했다.

"드문 경운데. 그런데 나는 말이야, 앓아누워 있을 때 세상에, 석 달이나 회복해야 했는데, 그때 계속 이빨을 뽑아 냈다니까. 여편네가 매일매일 갈비뼈를 찜질해 줬지. 여편네는 얼마 후에 죽었는데 나는 보다시피 살았어. 그것도 멀쩡히 살아 있지."

"석 달 갖고!" 유라 삼촌이 무시했다. "옐냐 지역에서 내 엉덩이가 뜯겨져 나갔을 때는 말이야, 반년 동안 병원을 전전했다고. 형제, 볼기짝이 떨어지는 건 정말 끔찍한 일일세. 거기, 볼기짝에는 중요한 혈관들이 모두 모인다고. 그런데 그리로 쇳덩이를 날린 거야……! 이보게들, 내가 하나 묻겠네. 엉덩이가 대체 뭘까, 엉덩이가 대체 어디 있는가? 나는 말일세, 부츠가 있는 데까지 바지가 아주 깨끗하게 잘려 나갔네. 마치 바지가 있었던 적이 없는 것처럼…… 종아리가 있어야 할 곳에는 아직 뭔가가 남아 있는데 그 위로 아무것도 없는 거야……!" 그가 숟가락을 핥았다. "페디카 체파레프는 그때 머리가 날아갔고." 그가 말을 이었다. "같은 쇳덩이 때문에 날아갔지……"

스타시도 숟가락을 핥았고 한동안 그들은 말없이 앉아 냄비를 응시했다. 조금 뒤 스타시가 조심스럽게 재채

편집자

기를 하더니 다시 숟가락을 김이 나는 냄비에 넣었다. 유라 삼촌도 그를 따랐다.

셀마가 돌아왔다. 안드레이는 그녀를 봤다가 눈길을 돌렸다. 멍청한 여자가 지나치게 빼입었다. 자신의 그 커다란 귀걸이를 끼고 어깨가 드러나고 가슴 부분이 파인 옷을 입고 이번에도 화장을 두껍게 했다. 창녀처럼…… 창녀가 맞기는 하지…… 그는 그녀를 쳐다볼 수가 없었다. 눈길도 줄 수 없었다. 처음에는 현관에서 느꼈던 수치심, 그다음에는 화장실에서 그녀가 목 놓아 울면서 그의 푹 젖은 팬티를 벗겨 낼 때 자신의 배와 양 옆구리에 생긴 검푸른 반점을 보고 다시 자기 연민과 무력감에 눈물을 흘리며 느꼈던 수치심 때문이었다…… 물론 그녀는 술에, 이번에도 술에 취해 있었다. 그녀는 매일 취해 있었으며 방금 옷을 갈아입으면서도 분명 병나발로 마셨을 거다……

"그 의사 말일세……" 유라 삼촌이 생각에 잠겨 말했다. "그 왜, 방금 왔다 간 머리가 벗어진 의사 말이야. 내가 그 사람을 어디서 봤지?"

"우리 집에서 봤을 거예요." 셀마가 매혹적인 미소를 띠고 말했다. "옆 통로에 사는 사람이에요. 그가 지금은 무슨 일을 하더라, 안드레이?"

"지붕공." 안드레이가 음울하게 대답했다.

셀마는 분별없이 그 대머리 의사와 잤고, 온 아파트가 그 사실을 알았다. 특히 의사 쪽이 그것을 숨기지 않았다. 사실 아무도 숨기지 않았다.

"아니 어떻게 그래? 지붕공이라니." 스타시가 숟가락을 가져오다 콧수염 밑에서 멈추고 말했다.

"그런 거지요." 안드레이가 말했다. "지붕도 메꿔 주고 여자도 메꿔 주고……" 그는 끙 신음하며 일어섰고 서랍장을 열어 담배를 꺼냈다. 이번에도 두 갑이 사라져 있었다.

"여자들이야 그렇다 치는데……" 깜짝 놀란 스타시가 냄비 위에서 숟가락을 흔들어 대며 중얼거렸다. "지붕은 어떻게? 미끄러지기라도 하면? 그래도 의사인데……"

"그들은 언제나 **도시**에 무언가를 생각해 내니까." 유라 삼촌이 불쾌해하며 말했다. 그는 숟가락을 장화 목에 찔러 넣으려다가 퍼뜩 정신을 차리고는 식탁 위에 올려놓았다. "전쟁 직후에 티모페옙카에서 정치 지도원이었던 자를 어느 집단농장에 조지아인 대표로 보냈을 때 같군……"

전화벨이 울렸고 셀마가 수화기를 집어 들었다.

"네." 그녀가 말했다. "그래…… 아냐, 지금 아파서 갈 수 없을 거야……"

"수화기 이리 내." 안드레이가 말했다.

"신문사야." 셀마가 습관적으로 송화구를 손으로 가리며 속삭였다.

안드레이가 손을 뻗었다.

"수화기 이리 내!" 그가 언성을 높여 반복했다. "다른 사람을 대신해 말하는 것도 그만두고!"

셀마는 그에게 수화기를 넘겨주고 담뱃갑을 잡았다. 그녀의 손이 떨렸다. 입술도.

"보로닌입니다." 안드레이가 말했다.

"안드레이?" 겐시였다. "어디로 사라진 거야? 내가 널 얼마나 찾아다녔는데. 어떡하지? 도시에서 파시스트들이 쿠데타를 일으켰어."

"파시스트라니, 그게 무슨 말이야?" 안드레이가 깜짝 놀랐다.

"지금 편집부로 올 거지? 아니면 정말로 아파?"

"갈 거야. 당연히 가야지." 안드레이가 말했다. "네가 설명을……"

"우리한테 명단이 있어." 겐시가 황급히 말했다. "특파원 명단이나 뭐 그런 것들…… 문서 보관소도 있고……"

"알아들었어." 안드레이가 말했다. "그런데 너는 어째서 파시스트들의 쿠데타라 생각하는 거야?"

"생각하는 게 아니라 아는 거야." 겐시가 서둘러 말했다.

안드레이는 끙 신음하며 이를 꽉 물었다.

"잠깐만." 그가 흥분하여 말했다. "너무 서두르다 그
르치지 말자고……" 그는 필사적으로 머리를 굴렸다.
"좋아. 네가 전부 준비해 놔. 지금 당장 나갈 테니까."

"그래." 겐시가 말했다. "그리고 평소보다 조심해서
오고."

안드레이는 수화기를 내려놓고 농부들을 돌아보았
다.

"여러분, 제가 지금 가 봐야 해요. 편집부까지 태워 주
시겠어요?"

"뭐 그런 걸 묻고 그러나. 당연히 태워 주지……" 유
라 삼촌이 대답했다. 그는 이미 식탁에서 일어나 걸어가
면서 궐련을 말아 붙이고 있었다. "가자고, 스타시. 일어
나. 여기 앉아 있어 봐야 뭣 하나. 자네랑 나랑 여기 앉아
있는 동안 말일세, 그들이 저기서 권력을 탈취하고 있다
고."

"그래." 스타시도 일어서며 애달프게 말했다. "말도
안 되는 상황이 펼쳐졌지. 윗대가리들을 모조리 쳐냈는
데, 전부 목매달았는데 태양은 아직 코빼기도 안 보인다
니…… 이런 제기랄, 내가 총을 어디 놔뒀더라……?"

그는 자신의 그 못난이 자동소총을 찾아 온 구석을 뒤

지고 다녔고 유라 삼촌은 궐련 연기를 내뿜으며 천천히 상의 위로 해진 솜옷을 입었다. 안드레이는 옷을 갈아입기 위해 일어나자마자 셀마를 맞닥뜨렸다. 셀마는 그의 길을 막고 서 있었다. 몹시 창백했고 몹시 단호했다.

"나도 가겠어!" 셀마는 욕설을 퍼부을 때 나오는 특유의 뻔뻔하고 높은 목소리로 선언했다.

"비켜." 안드레이가 자신의 건장한 손으로 셀마를 밀치려 애쓰며 말했다.

"아무 데도 안 보낼 거야." 셀마가 말했다. "날 데리고 가든가 집에 남아 있어!"

"비키라고! 멍청아, 넌 거기 가 봐야 아무런 도움이 안 돼!" 안드레이가 못 참고 소리쳤다.

"안-보내-줄 거야!" 셀마가 증오심 어린 목소리로 소리쳤다.

그러자 안드레이는 외면하는 대신 아주 힘껏 셀마의 뺨을 쳤다. 적막이 엄습했다. 셀마는 미동도 하지 않았고 굳게 입을 다문 창백한 얼굴에는 다시 붉은 반점들이 피어올랐다. 안드레이가 정신을 차렸다.

"미안." 그가 이를 악물고 말했다.

"안 보내 줄 거야……" 셀마가 들릴 듯 말 듯 한 목소리로 반복했다.

유라 삼촌이 헛기침을 몇 번 하고는 벽에 대고 이야기

하듯 말했다.

"사실 말일세, 이런 때 여자를 집에 혼자 두는 건……
좋지 않을 거야……"

"그건 분명하지." 스타시가 말을 받았다. "지금 혼자
있는 건 좋지 않고 우리랑 있으면 아무도 안 건드릴 거
야. 우리는 농부들이니……"

안드레이는 계속 셀마 앞에 서서 그녀를 바라보고 있
었다. 그는 이제라도 조금이나마 이 여자를 이해해 보려
고 애썼으나 언제나 그랬듯 아무것도 이해할 수 없었다.
그녀는 창녀였다. 타고난 창녀였고, 진정한 창녀였다. 그
건 이미 알고 있다. 아주 오래전부터 알았다. 그녀는 그
를 사랑했다. 첫날부터 사랑했다. 그것도 알고 있었고 그
사실이 그녀에게 아무런 제약이 되지 않는다는 것도 알
았다. 그리고 지금 집에 혼자 남게 되든 말든 그녀로서는
별 상관 없으며 그녀는 한 번도 뭘 무서워한 적이 없다.
그것도 너무나 잘 알았다. 자신에 대해서도, 그녀에 대해
서도 파편적으로는 전부 알고 이해했지만, 전부 한데 합
치면……

"알았어. 옷 입어." 그가 말했다.

"갈비뼈는 괜찮은가?" 유라 삼촌이 될 수 있는 한 멀
리 떨어진 화제로 돌리려 애썼다.

"괜찮아요." 안드레이가 퉁명스럽게 답했다. "참을 만

해요. 그럭저럭 갈 수 있어요."

그는 아무하고도 눈을 마주치지 않으려 애쓰며 주머니에 담배와 성냥을 찔러 넣은 다음 찬장 앞에 멈춰 섰다. 구석진 곳에 쌓여 있는 냅킨과 수건들 아래 도널드의 권총이 놓여 있었다. 가져가느냐 마느냐? 그는 권총이 쓸모 있을 만한 여러 장면과 상황을 상상해 보다가 가져가지 않기로 결심했다. 제기랄, 그런 상황은 어떻게든 피해야지. 최소한 나는 아무하고도 싸울 생각이 없다……

"그럼 이제 가 볼까?" 스타시가 말했다.

그는 이미 문가에 서서 붕대를 새로 감은 머리에 닿지 않도록 조심하며 기관총 벨트를 채우고 있었다. 셀마는 자신의 그 기다랗고 헐렁한 스웨터를 가슴이 파인 옷 바로 위에 걸쳐 입고 그의 옆에 서 있었다. 손에는 트렌치코트가 들려 있었다.

"가지." 유라 삼촌이 기관총 개머리판을 바닥에 내리치며 지휘했다.

"귀걸이는 빼고 가." 안드레이가 셀마에게 거칠게 말하고는 계단으로 갔다.

그들은 계단을 내려가기 시작했다. 층계참마다 어둠 속에서 소곤거리던 거주민들이 무장한 그들을 발견하고는 겁을 먹고 입을 닫고선 흩어졌다. 누군가 말했다. "보로닌 씨잖아……" 그 즉시 그를 부르는 소리가 들렸다.

"편집장님, 도시에 무슨 일이 일어나고 있는 겁니까?"

안드레이는 대답할 새가 없었다. 사방에서 질문자를 향해 쉿 조용히 하라고 했고 누군가 불길하게 속삭였기 때문이다. "멍청아, 사람 패 놓은 거 안 보여……!" 셀마는 히스테릭하게 킥킥거렸다.

그들은 마당으로 나가 짐마차에 탔고 셀마는 안드레이의 어깨에 트렌치코트를 걸쳐 주었다. 유라 삼촌이 갑자기 말했다. "조용!" 모두 귀를 기울였다.

"어딘가에서 총을 쏘고 있군." 스타시가 작은 목소리로 말했다.

"그것도 꽤 길게 말이지." 유라 삼촌이 덧붙였다. "탄환도 아끼지 않고 써 대고…… 어디서 났을까? 탄약 열개에 밀주 반 리터였는데 그걸 저렇게 쏘아 대다니…… 이랴!" 그가 소리쳤다. "너무 오래 서 있었군!"

짐마차가 덜컹거리며 진입로의 아치 천장 밑으로 굴러갔다. 관리실 계단에 작은 왕이 빗자루와 쓰레받기를 들고 서 있었다.

"봐. 와냐잖아!" 유라 삼촌이 탄성을 질렀다. "워어, 워! 안녕한가, 와냐! 여기서 뭐 하고 있나, 응?"

"비질 중이에요. 안녕하세요." 왕이 미소를 지으며 대답했다.

"집어치우게, 비질은 집어지우라고!" 유라 삼촌이 말

했다. "자네 정말 뭔가! 우리랑 가세, 우리가 자네를 장관으로 만들어 주지. 실크 옷을 입고 다니게 될 걸세. '포베다'◆를 타고 다니게 될 거야!"

왕은 공손하게 웃었다.

"됐어요, 유라 삼촌. 가요. 가자고요⋯⋯!" 안드레이가 재촉했다.

그는 옆구리가 너무 아파 짐마차에 앉아 있기 불편했다. 그냥 걸어갈 걸 그랬다고 벌써 후회 중이었다. 그는 자기도 모르게 셀마에게 기댔다.

"그래, 와냐. 싫으면 안 가도 되네." 유라 삼촌이 정해 줬다. "그래도 장관직은 말이야, 준비하고 있으라고! 머리도 빗고 목도 닦아 두고⋯⋯" 그는 고삐를 흔들었다. "이랴!"

짐마차가 요란한 소리를 내며 중앙로로 나갔다.

"이 짐마차 누구 건 줄은 알아?" 불쑥 스타시가 물었다.

"알 게 뭔가." 유라 삼촌이 돌아보지도 않고 대답했다. "말은 그 속 좁은 놈 건데⋯⋯ 왜, 절벽 근처에 살던 그 빨강 머리 곰보 있잖나⋯⋯ 캐나다인이던가⋯⋯"

"그래? 욕을 퍼붓겠구먼." 스타시가 말했다.

◆ 소련 시절 대량 생산된 첫 승용차.

"아닐세." 유라 삼촌이 말했다. "그는 살해됐어."

"그래?" 스타시는 입을 다물었다.

중앙로는 텅 비었고 밤의 무거운 안개에 잠겨 있었다. 오후 5시였음에도. 전방에 펼쳐진 불그스름한 안개가 불안하게 어른거렸다. 때때로 프로젝터나 그 정도로 밝기가 센 등으로 인해 자잘한 하얀 불빛들이 확 밝아졌고 그곳, 안개 너머에서 때때로 바퀴 덜컹이는 소리와 말굽 딛는 소리 위로 먹먹한 총소리가 들려오곤 했다. 뭔가가 일어나고 있었다.

길 양옆으로 늘어선 건물의 무수한 창문으로부터 빛이 흘러나왔다. 대부분 위층, 3층 위편에서였다. 문 닫은 상점과 가판대 주위에는 줄이 없었으나 건물 진입로와 현관 입구에 사람들이 무리 지어 서 있는 게 보였다. 그들은 조심스럽게 밖을 내다보다가 다시 몸을 숨겼고 가장 절망한 자들은 인도로 나와 빛이 반짝이며 떨리는 안개 속을 응시했다. 도로 곳곳에 까만 자루 같은 것들이 가만히 놓여 있었다. 안드레이는 그게 뭔지 바로 알아차리지 못했으나 얼마 후 그게 죽은 원숭이들이라는 것을 깨닫고는 충격에 빠졌다. 어둑한 학교 맞은편의 작은 공원에서 말 한 마리가 외로이 풀을 뜯고 있었다.

짐마차가 덜컹덜컹 흔들렸고 모두 말이 없었다. 셀마가 조심스럽게 안드레이의 손을 만졌고 그는 통증과 피

편집자

로를 억누르며 셀마의 따뜻한 스웨터에 몸을 완전히 기대고 눈을 감았다. 고통스럽다. 그는 생각했다. 너무나 고통스럽다…… 겐시는 대체 왜 그렇게 허둥지둥했으며 파시스트들의 쿠데타는 또 뭔가……? 모두들 공포에 질려, 화를 못 이겨, 절망하여 광포해졌을 뿐이다…… **실험**은 **실험**인데.

그때 갑자기 짐마차가 빠르게 나아갔고 바퀴가 덜컹이는 소리 너머로 웬 야만스럽고 째지는 듯한 비명이 들려와 안드레이는 퍼뜩 정신을 차렸다. 순식간에 온몸이 땀범벅이 된 그는 일어서서 정신없이 사방을 둘러보았다.

유라 삼촌이 격렬히 욕을 내뱉고는 있는 힘껏 고삐를 잡아당겨 옆으로 튀어 나가려는 말을 진정시켰다. 왼쪽 인도에서 뜨거운 뭔가가 비인간적이면서도 지극히 인간적인, 고통과 두려움으로 가득 찬 비명을 지르며 불씨를 남기고 불꽃 덩어리 같은 것을 흩날리면서 내달렸다. 안드레이가 정신을 차리고 이해하기도 전에 스타시가 짐마차에서 급히 뛰어내리더니 배 앞에 자동소총을 들고 그 살아 있는 횃불을 향해 두 차례 쐈다. 진열장 유리가 흔들리는 소리가 났다. 불에 휩싸인 까만 덩어리는 몸부림치며 인도를 굴러다녔고 애처로운 단말마의 비명을 지른 후 죽었다.

"끔찍하게 고통스러웠을 거야, 가여운 것." 스타시가 쉰 목소리로 말했고 안드레이는 그제야 그게 원숭이였다는 것을, 불에 타는 원숭이였다는 것을 깨달았다. 이런 말도 안 되는 일이…… 원숭이는 인도에 몸을 걸치고 도로에 누워 천천히 탔고 그로부터 무거운 악취가 흘러나와 온 거리에 퍼졌다.

유라 삼촌이 다시 말을 몰았고 짐마차가 굴러갔으며 스타시는 손을 마차의 판자에 얹은 채 옆에서 걸어갔다. 안드레이는 목을 빼고 앞을, 아주 밝은 분홍빛으로 반짝이는 안개를 바라보았다. 그렇다. 저기서 어떤 일이, 전혀 알 수 없는 어떤 일이 일어나고 있었다. 저기서 울부짖는 소리가, 총소리가, 모터가 우르릉 울리는 소리가 들려왔고 때때로 밝은 선홍색 불빛이 확 일었다가 바로 꺼졌다.

"스타시," 유라 삼촌이 돌아보지 않고서 불쑥 말했다. "형제, 앞으로 좀 달려가서 무슨 일이 벌어지는 건지 봐보게. 난 자네 뒤를 천천히 따라갈 테니……"

"알겠어." 스타시가 말하고는 자신의 멋진 자동소총을 옆구리에 끼고 건물 벽으로 붙어 종종걸음으로 뛰어갔다. 그의 뒷모습은 반짝이는 안개 속으로 금세 사라졌고 유라 삼촌은 말이 완전히 멈출 때까지 계속 고삐를 당기며 진정시켰다.

편집자

"더 편하게 앉아." 셀마가 속삭였다.

안드레이가 한쪽 어깨를 휙 움츠렸다.

"네가 생각하는 것 같은 일은 없었어." 셀마가 속삭임을 이어 갔다. "점검하고 관리하는 사람이잖아. 그 사람은 온 아파트를 돌아다니면서 무기를 숨기고 있지는 않은지 물었고……"

"닥쳐." 안드레이가 잇새로 말했다.

"정말이야." 셀마가 속삭였다. "그 사람은 아주 잠깐 들어왔던 거였어. 막 나가려던 참이었……"

"바지도 안 입고 나가려고 했다고?" 안드레이가 불쾌한 기억을 떨쳐 내려 절박하게 애쓰며 차갑게 물었다. 유라 삼촌과 스타시의 부축을 받으며 축 처진 상태로, 자기 집 현관에서 웬 밝은색 눈동자의 땅딸막한 남자를, 그 남자가 조심스레 가운을 여미는 모습을 봤다. 그의 가운 아래로 플란넬 속바지가 언뜻 보였다. 그다음에는 그 땅딸막한 남자의 어깨 뒤로 술에 취한 셀마의 끔찍할 만큼 무구한 얼굴이 보였다. 마치 무고하다는 듯한 그 표정은 충격으로 그다음에는 절망으로 바뀌었다.

"하지만 그 사람은 그렇게 입고서, 가운을 입고서 아파트를 돌아다녔단 말이야!" 셀마가 속삭였다.

"좀 닥쳐." 안드레이가 말했다. "제발 닥쳐 달라고. 난 네 남편이 아니고 너도 내 아내가 아닌데 그게 다 나랑

대체 무슨 상관이야……?"

"난 널 사랑한단 말이야, 내 사랑!" 셀마가 처연하게 속삭였다. "난 오직 너만을……"

유라 삼촌이 크게 헛기침을 했다.

"누군가 오는군." 그가 말했다.

안개가 자욱한 앞에서 커다랗고 어두운 실루엣이 나타나더니 이쪽으로 다가오다가 갑자기 전조등을 켰다. 화물차, 그중에서도 대형 덤프트럭이었다. 덤프트럭은 엔진을 탈탈거리며 짐마차에서 20보 떨어진 곳에 멈춰 섰다. 지시를 내리는 쨰지는 목소리가 들렸고 웬 사람들이 덤프트럭 옆면으로 뛰어내려서는 음울한 표정으로 도로에 흩어져 섰다. 차량의 문이 쾅 닫히더니 또 다른 까만 형체가 화물차에서 나와 얼마간 서 있다가 찬찬히 짐마차 쪽으로 다가왔다.

"여기로 온다." 유라 삼촌이 말했다. "자넨 말일세, 안드레이…… 자넨 대화에 끼어들지 말게. 이야기는 내가 할 테니."

그 사람이 짐마차까지 왔다. 기장이 짧은 외투를 입고 양팔에는 하얀 붕대를 감고 있는, 소위 민병인 듯했다. 어깨에는 총구를 아래로 한 소총을 메고 있었다.

"아, 농부들이군." 민병이 말했다. "안녕하시오, 여러분들."

"안녕하오, 농담이 아니라면 말이지만." 유라 삼촌이 잠시 말없이 있다가 대답했다.

민병은 머뭇거리듯 고개를 돌리며 우물쭈물하더니 민망해하면서 입을 열었다.

"파는 빵은 없나?"

"빵 없소." 유라 삼촌이 말했다.

"그럼 혹시 고기라든가 감자라든가……"

"감자를 원하다니." 유라 삼촌이 말했다.

민병은 대단히 부끄러워하면서 코를 쿵쿵대고는 한숨을 쉬고서 자기 덤프트럭 쪽을 보더니 갑자기 안도감 같은 것이 묻어나는 어조로 소리쳤다. "저기! 저쪽에 또 쓰러져 있잖나! 눈은 어디 달고 있는 거야! 저기서 타고 있잖아!" 그러더니 자리를 박차고는 평발을 요란하게 구르며 포장도로를 뛰어갔다. 그가 팔을 휘두르며 명령을 내리는 모습이 보였고, 음울한 자들은 작은 목소리로 잘 들리지 않게 투덜대면서 시커먼 뭔가를 끌고 가 힘껏 들어 올려서 덤프트럭 화물칸으로 내던졌다.

"감자를 달라고 하다니." 유라 삼촌이 투덜거렸다. "고기를 달라고 하다니……!"

덤프트럭이 움직이더니 바로 옆을 지나쳐 갔다. 불에 탄 털 냄새와 익힌 고기 냄새가 훅 끼쳤다. 화물칸은 가득 차 있었고 끔찍하게 구부러진 실루엣들이 미약한 불빛이 비치는 건물 벽에 떠다녔다. 안드레이는 불현듯 오한을 느꼈다. 이 끔찍한 더미에서 손가락을 쫙 펼친, 도드라지게 하얀 사람 팔 하나가 튀어나와 있었던 것이다. 화물칸 속에 있는 음울한 자들은 운전칸 주위에 모여 화물칸 옆면과 서로를 잡고 지탱하며 있었다. 모자를 쓴, 교양 있어 보이는 부류 대여섯 명이었다.

"장례 담당들인가 보군." 유라 삼촌이 말했다. "그래야지. 이제 그들을 쓰레기장으로 데려가서는, 그래야지 뭐…… 어허, 저기 스타시가 손을 흔드네! 이랴!"

앞쪽, 조명이 비치는 안개 속에 스타시의 길고 볼품없는 형체가 보였다. 짐마차가 그를 따라잡았고 유라 삼촌은 앞자리에서 불쑥 몸을 굽혀 그의 얼굴을 흘끗 보더니 화들짝 놀라 물었다.

"대체 왜 그러나, 형제? 무슨 일인가?"

스타시는 대답하지 않았고 짐마차 옆으로 뛰어올라 타려다가 떨어져 이를 부드득 갈았다. 그러고 나서는 양손으로 짐마차 옆을 잡고 가라앉은 목소리로 뭐라고 중얼대기 시작했다.

"스타시가 왜 저러죠?" 셀마가 속삭여 물었다.

짐마차는 모터가 요란하게 털털대고 사격 소리가 점점 더 크게 빗발치는 곳을 향해 천천히 굴러갔고 스타시는 유라 삼촌이 몸을 굽혀 끌어 올려서 마부석에 태울 때까지 사고가 정지된 듯 양손으로 짐마차를 잡고 걸어갔다.

"대체 왜 그러나?" 유라 삼촌이 큰 소리로 물었다. "가도 괜찮겠나? 뭐라고 중얼대는 건지. 좀 알아듣게 말해 보게!"

"신이시여." 스타시가 분명한 목소리로 말했다. "대체 왜 그런 짓을 하는 거지? 대체 누가 그런 명령을 내렸지?"

"워어!" 유라 삼촌이 온 도시가 울리도록 말에게 소리쳤다.

"아니야, 멈추지 말고 가자. 가자고." 스타시가 말했다. "가도 돼. 보지만 않으면…… 파니," 그가 셀마를 돌아봤다. "당신은 절대 보지 말아요. 고개를 돌리거나…… 아니, 그냥 눈을 감고 있어요."

안드레이는 목이 콱 막혔다. 흘끗 셀마 쪽으로 시선을 돌리자 얼굴을 뒤덮을 것처럼 커진 두 눈이 보였다.

"가자고, 유라, 어서 가자고……" 스타시가 퉁명스럽게 웅얼댔다. "빨리 좀 몰아, 이런 망할 말 같으니, 왜 이렇게 꾸물대는 거야! 빨리 가자고! 달려! 어서 달려……!" 그가 소리쳤다.

말이 빠르게 달려 나가기 시작했다. 왼편에는 더 이상 건물이 보이지 않았고 안개도 갑자기 멀어지며 옅어지더니 원숭이가로수길이 나왔다. 소음의 진원지는 분명 이곳이었다. 공회전을 하는 화물차 대열이 가로수길을 반원으로 둘러싸고 있었다. 화물차 위, 그리고 화물차들 사이에는 하얀 붕대를 감은 자들이 서 있었고 가로수길에서는 나무와 관목이 불타오르는 가운데 혼비백산한 원숭이들과 줄무늬 잠옷을 입은 사람들이 절규하고 비명을 지르며 뛰어다녔다. 서로 부딪치고 넘어지고 나무 위로 기어오르고 나뭇가지에서 떨어지고 관목에 몸을 숨기려 해 보았으나 하얀 붕대를 감은 사람들이 소총과 기관총으로 끊임없이 쏴 댔다. 움직이지 않는 수많은 몸뚱이들이 가로수길에 가득했고 그중 몇몇은 연기를 피우며 타고 있었다. 화물차 한 대가 길게 쉬익 소리를 내면서 까만 연기가 피어오르는 불줄기를 뿜어내자 원숭이들이 까맣게 다닥다닥 붙어 있던 나무 한 그루가 거대한 횃불처럼 확 불붙었다. 누군가 이 모든 소음을 덮으며 높은 가성으로 절박하게 비명을 질렀다. "나는 건전해! 착오가 있어! 나는 정상이라고! 이건 실수야······!"

이 모든 것들은 갈비뼈에 찌르는 듯한 통증을 선사하고 더운 열기를 내면서 타오르고 악취를 내뿜고 귀를 먹먹하게 만들고 눈을 세게 때리며 떨고 뛰어 오르면서 빠르게 지나갔고 몇 분 후에는 뒤에 남았다. 흐릿하던 안개가 다시 짙어졌지만, 유라 삼촌은 절박하게 소리치고 고

편집자

삐를 흔들며 그 후로도 한참 더 말을 몰았다. 알 게 뭔가. 안드레이는 힘없이 셀마에게 기댄 채 멍하니 스스로에게 되뇌었다. 젠장, 알 게 뭐냐고! 그들은 미쳤고 피를 보고는 정신이 나갔다…… 미친놈들이, 피 묻은 미친놈들이 **도시**를 차지했다. 이제 모든 게 끝이다. 그들은 멈추지 않을 테니까. 그들은 이제 우리를 처단할 테니까……

짐마차가 갑자기 멈췄다.

"안 되겠군." 유라 삼촌이 몸을 돌려 말했다. "이럴 때 필요한 건……" 그는 짐마차에 실린 자루들을 뒤적거리더니 커다란 병을 꺼내 이로 뚜껑을 연 다음 바닥에 뱉어 버리고 병째 마셨다. 그런 다음 병을 스타시에게 건네고 입을 훔치고는 말했다. "뿌리 뽑겠다는 건가…… **실험**을…… 좋아." 그는 가슴팍 주머니에서 돌돌 말린 신문을 꺼내 조심스럽게 구석을 찢어서 담배를 말기 시작했다. "잘하는 짓일세. 어찌나 대단한지! 정말 대단하지 않은가……!"

스타시가 안드레이에게 병을 내밀었으나 안드레이는 고개를 저었다. 셀마가 병을 건네받아 두 번 홀짝인 다음 스타시에게 돌려줬다. 모두들 말이 없었다. 유라 삼촌은 연기를 내뿜으며 타닥타닥 궐련을 태웠고 커다란 수캐처럼 목을 그르렁대더니 몸을 앞으로 휙 돌리고는 다시 고삐를 잡았다.

변기길로 꺾어지는 곳까지 한 블록밖에 안 남은 시점에 앞의 안개가 다시 불빛으로 밝아지더니 여러 목소리가 들쭉날쭉하게 웅성대는 소리가 들려왔다. 길 중앙 사거리에서는 프로젝터 조명을 받은 수많은 군중이 우글거리고 웅웅대며 동요하고 있었다. 사거리는 사람들로 꽉 차서 지나갈 수가 없었다.

"시위인가 보군." 유라 삼촌이 몸을 돌리며 말했다.

"그렇겠지." 스타시가 음울하게 동의했다. "사람들에게 총을 쏘면, 곧 시위도 일어나게 마련이니…… 돌아서 갈 수는 없나?"

"형제, 기다려 봐. 우리가 뭣 하러 돌아가야 하나?" 유라 삼촌이 말했다. "사람들이 무슨 말을 하는지 들어 봐야지. 어쩌면 태양 얘기를 할 수도 있고…… 봐, 우리 쪽 사람들이 아주 많은걸."

웅성임이 잦아들더니 군중 위로 우렁차고 서슬 퍼런 목소리가 확성기에서 쩌렁쩌렁 울렸다.

"……다시 한번 말합니다. 무자비하게! 우리는 **도시**를 청소할 겁니다……! 더러운 놈들을……! 불결한 놈들을……! 기생충 놈들을 한 마리도 빠짐없이 청소할 겁니다……! 도둑을 가로등에 매답시다……!"

"와아아아!" 군중이 포효했다.

"뇌물을 처먹은 놈들도 가로등에……!"

편집자

"와아아아!"

"민중에 반하는 놈들을 가로등에 매답시다!"

"와아아아!"

이제 안드레이는 연설하는 사람을 봤다. 군중 한가운데에 웬 군용차의 철제 측면이 우뚝 솟아 있었고 그 위로 프로젝터의 푸른빛을 한 몸에 받으면서 차체 측면을 양손으로 꽉 잡은 전 독일 국방군 하사관이자 현 급진부흥당 당수인 프리드리히 가이거가 소리치느라 목이 쉰 입을 한껏 열고 기장이 짧은 까만 외투를 걸친 기다란 몸을 앞뒤로 흔들며 서 있었다.

"이건 시작일 뿐입니다! 우리는 **도시**에 우리를 위한, 진정 민중을 위한, 진정 인간을 위한 질서를 세울 겁니다! 우리에게 그깟 **실험**들 따위는 중요하지 않습니다! 우리는 기니피그가 아닙니다! 우리는 토끼가 아닙니다! 우리는 사람입니다! 우리의 무기는 이성과 양심입니다! 우리는 우리의 운명을 휘두르는 걸! 그 누구에게도 허락하지 않겠습니다! 우리 스스로가 우리 운명의 주인이어야 합니다! 민중의 운명을, 민중의 손에! 사람의 운명을, 사람의 손에! 민중은 운명을 나에게 맡겼습니다! 자신의 권리를! 자신의 미래를 맡겼습니다! 그리고 나는 맹세합니다! 그 신뢰에 보답하겠다고……!"

"와아아아!"

"나는 무자비할 것입니다! 민중의 이름으로! 나는 잔혹할 것입니다! 민중의 이름으로! 나는 그 어떠한 반목도 용납하지 않겠습니다! 사람들끼리 싸우는 건 이제 멈춰야 합니다! 공산주의자들은 이제 없습니다! 사회주의자들도 없습니다! 자본주의자들도! 파시스트들도 없습니다! 서로 반목해 싸우는 건 이제 멈춰야 합니다! 서로를 위하여 싸워야 합니다⋯⋯!"

"와아아아!"

"정당도 없습니다! 민족도 없습니다! 계급도 없습니다! 반목을 조장하는 자는 모두, 가로등에 매달겠습니다!"

"와아아아!"

"가난한 자가 계속 부유한 자에 맞서 싸운다면! 공산주의자들이 계속 자본주의자들에 맞서 싸운다면! 흑인들이 계속 백인들에 맞서 싸운다면! 우리는 짓밟힐 겁니다! 우리는 파괴될 겁니다⋯⋯! 하지만 우리가! 어깨를 나란히 한다면! 손에 무기를 꼭 쥐고! 잭해머를 쥐고! 쟁기 손잡이를 쥐고 선다면! 그럼 우리를 쓰러뜨릴 것은 아무것도 없습니다! 우리의 무기는, 단합입니다! 우리의 무기는, 진실입니다! 얼마나 무거운 진실이 되었든! 그렇습니다! 그들은 우리를 덫에 걸려들게 했지만! 그랬지만! 신을 걸고 맹세하건대, 그 덫으로 잡기에, 우리는 지

편집자

나치게 거대한 맹수입니다……!"

"아!" 군중이 포효하려다 말고 깜짝 놀라 입을 다물었다. 태양이 일순간에 켜졌다.

12일 만에 처음으로 태양이 갑자기 켜지더니 금빛 디스크가 늘 있던 자리에서 활활 타오르며 눈부신 빛을 내뿜었고 회색 빛바랜 얼굴들을 덥히고 참을 수 없이 밝은 빛을 창문 유리에 반사해 수백만 가지 색채를 되살리고 타오르게 했다. 멀리 지붕 위로 피어오르는 까만 연기, 시들시들한 녹색 나무, 떨어진 회칠 아래 붉은 벽돌까지……

군중이 야만스럽게 울부짖었고 안드레이도 모두와 함께 소리를 질러 댔다. 뭔가 이해할 수 없는 일이 벌어졌다. 하늘로 모자들이 날렸고 사람들이 서로 부둥켜안고 눈물을 흘렸고 누군가는 허공에 총을 쐈고 누군가는 대단히 흥분하여 벽돌을 프로젝터에 던졌고 프리츠 가이거는 이들 모두의 위에 서서 "빛이 있을지니"라 말한 신처럼 길고 까만 손으로 태양을 가리키면서 눈을 굴리며 턱을 자랑스레 치켜들었다. 그의 목소리가 다시 한번 군중 위에 울렸다.

"보고 있습니까?! 그들은 이미 겁먹었습니다! 그들은 여러분을 두려워하고 있습니다! 우리를 말입니다! 늦었어요, 신사분들! 늦었다고요! 당신들은 또다시 덫을 놓고 싶겠지요? 하지만 사람들은 이미 빠져나왔습니다! 인류의 적들에게! 사기꾼들에게! 기생충들에게! 민중의 선을 착취하는 자들에게 자비란 없습니다! 태양이 다시 우리와 함께합니다! 우리가 태양을 그 더러운 자들의 손에서 빼앗아 왔습니다! 인류의 적들로부터! 그리고 우리는 다시는! 그걸 내주지 않을 겁니다! 다시는! 아무에게도……!"

"와아아아!"

안드레이가 퍼뜩 정신을 차렸다. 스타시가 짐마차에 없었다. 유라 삼촌은 다리를 쩍 벌리고 마부석에 서서 기관총을 흔들어 댔고 목뒤에 핏줄이 서 있는 것으로 보아 역시 알아들을 수 없는 말을 외치고 있는 듯했다. 셀마는 주먹으로 안드레이의 등을 두드리며 울었다.

제법인걸, 안드레이가 냉정하게 생각했다. 우리한테는 더 안 좋은 일이지만. 내가 여기 앉아서 뭘 하는 거지? 나는 달려가야 하는데 이렇게 앉아서는…… 그는 옆구리의 통증을 애써 참고 일어나 짐마차 밖으로 뛰어내렸다. 주위에서 군중이 울부짖으며 움직였다. 안드레이는 무모하게 그 속으로 들어갔다. 처음에는 팔꿈치로 몸을 보호하려 노력하며 조심했는데, 이런 난리 통에서는 조심하는 게 불가능했다……! 그는 통증과 밀려오는 욕지기로 땀범벅이 된 채 비집고 들어가고 밀치고 다리를 밟

편집자

아 가며, 심지어는 머리로 들이받아 가며 마침내 변기골목으로 나왔다. 그러는 내내 가이거의 목소리가 그의 뒤에서 울려 대고 있었다.

"혐오! 혐오는 우리를 죽입니다! 거짓된 사랑은 이제 그만둡시다! 유다의 키스는 그만둡시다! 인류의 배신자들도 이제 없어야 합니다! 나는 직접, 성스러운 혐오가 무엇인지 보이고 있습니다! 나는 피 묻은 헌병들의 장갑차를 폭파시켰습니다! 당신들의 눈앞에서! 나는 강도와 폭력단들을 목매달라고 명령했습니다! 당신들의 눈앞에서! 나는 철로 만든 빗자루로 우리의 **도시**에서 쓰레기와 인간이 아닌 것들을 쓸어버리겠습니다! 당신들의 눈앞에서! 나는 나를 가여워하지 않았습니다! 그랬기에 나는 다른 자들을 가여워하지 않을 성스러운 권리를 부여받았습니다……!"

안드레이는 온몸으로 편집부 현관 입구를 쿵 들이받았다. 문은 잠겨 있었다. 그는 문을 발로 과격하게 찼고 유리가 흔들리는 소리가 났다. 그는 험악한 욕설을 읊조리며 온 힘을 다해 문을 두드렸다. 문이 열렸다. 문간에는 **인도자**가 서 있었다.

"들어오세요." 그가 비켜서며 말했다.

안드레이가 들어갔다. **인도자**는 문을 닫고 빗장을 걸고는 돌아섰다. 그의 얼굴은 대단히 창백했고 눈 밑에는 다크서클이 드리웠다. 그는 끊임없이 입술에 침을 묻히고 있었다. 안드레이는 가슴이 죄어들었다. **인도자**가 이렇게 압박받는 모습을 본 적이 없었다.

"그 정도로 상황이 나쁜가요?" 안드레이가 가라앉은 목소리로 말했다.

"그렇습니다……" **인도자**가 창백하게 웃었다. "좋을 게 뭐 있겠어요."

"태양은요? 왜 태양을 껐죠?" 안드레이가 물었다.

인도자는 양손을 꼭 맞잡고는 로비를 앞뒤로 서성였다.

"우리가 태양을 끈 게 아닙니다!" 그가 고통스럽게 말했다. "사고였어요, 계획 자체에서 벗어난. 아무도 예상치 못했지요."

"아무도 예상하지 못했다니……" 안드레이가 씁쓸하게 되뇌었다. 그는 트렌치코트를 겨우 벗어 먼지투성이 소파에 던졌다. "태양이 꺼지지만 않았어도 이런 일은 일어나지 않았을 거예요……"

"**실험**이 통제에서 벗어났어요……" **인도자**가 뒤돌며 중얼거렸다.

"통제에서 벗어났다니……" 안드레이가 또다시 되뇌었다. "**실험**이 통제에서 벗어날 수 있으리라고는 생각도 못 했는데요."

인도자가 그를 곁눈질로 바라보았다.

"글쎄…… 일반적으로는 당신 말이 맞지요…… 이렇게 볼 수도 있습니다…… 통제에서 벗어난 **실험** 역시 **실험**이라고. 물론 어떤 부분은 조금 바꾸고…… 새로 설정해야겠지만. 그러니까 돌이켜 보면, 돌이켜 보면 다 그랬지요! 그 애굽에 내린 암흑도 **실험**에서 빼놓을 수 없는, 계획의 일부로 여겨질 겁니다."

"돌이켜 보면, 이라니……" 안드레이가 또다시 되뇌었다. 그는 공허한 화에 사로잡혔다. "그럼 지금 우리더러 어쩌라는 거죠? 살아남으라고요?"

"그래요, 살아남으세요. 그리고 구해 주십시오."

"누구를 구해요?"

"구할 수 있는 이들은 모두. 아직 구할 수 있는 모두를. 아무도, 아무것도 구하지 않을 수는 없지 않습니까!"

"우리는 살아남고, 프리츠 가이거는 **실험**을 진행하고요?"

"**실험**은 **실험**입니다." **인도자**가 발끈했다.

"그래요." 안드레이가 말했다. "원숭이들에서 프리츠 가이거까지요."

"그래요. 프리츠 가이거까지, 그리고 프리츠 가이거 이후에도, 그리고 프리츠 가이거가 있음에도 불구하고. 프리츠 가이거 때문에 머리에 총을 쏠 수는 없지 않습니까! **실험**은 계속되어야만 합니다…… 프리츠 가이거가 있음에도 불구하고 삶은 계속되지 않습니까. **실험**에 절 망했다면 삶을 위한 투쟁을 생각하세요……"

"삶을 위한 투쟁요." 안드레이가 비죽 웃으며 말했다. "이 앞에 무슨 삶이 있다고 그러세요!"

"그건 당신들한테 달렸지요."

"당신들한테는요?"

"우리한테 달린 건 많지 않아요. 당신들한테 달린 건 많습니다. 여기서 모든 걸 결정하는 건 당신들이지 우리 가 아닙니다."

"전에는 다른 말씀을 하셨는데요." 안드레이가 말했 다.

"전에는 당신도 다른 사람이었습니다!" **인도자**가 대 꾸했다. "당신도 다른 말을 했고요!"

"제가 바보짓을 했을까 봐 두려워요." 안드레이가 천 천히 말을 이었다. "제가 그저 바보였을까 봐 두려워요."

"두려운 게 그것만은 아닐 텐데요." **인도자**가 어딘가 교활한 목소리로 지적했다.

안드레이는 꿈에서 추락할 때처럼 심장이 굳는 것 같 았다. 그는 사납게 말했다.

"그래요, 전 두려워요. 전부 두려워요. 겁먹은 까마귀 처럼 말이죠. 당신은 부츠에 사타구니를 걷어차인 적이 없잖아요⋯⋯" 새로운 생각이 떠올랐다. "그리고 당신 스스로도 두렵잖아요. 그렇지 않습니까?"

"당연하지요! 내가 말하지 않았나요. **실험**이 통제에서 벗어났다고⋯⋯"

"이런, 그 말은 집어치워요! 말끝마다 **실험**, **실험**⋯⋯ **실험**이 문제가 아니라고요. 처음에는 원숭이들, 그다음에는 우리, 그다음에는 당신들 차례잖아요⋯⋯?"

인도자는 아무런 대답도 하지 않았다. 가장 끔찍한 것은 **인도자**가 이 문제에 대해 한 마디도 안 했다는 것이었다. 안드레이는 계속 기다렸지만 **인도자**는 그저 말없이 로비를 서성대고 의미 없이 소파를 이리저리 밀어 옮기고 소매로 탁자의 먼지를 훔치면서도 안드레이 쪽은 보지 않았다.

문 두드리는 소리가 났다. 처음에는 주먹으로 두드리다가 곧 발로 찼다. 안드레이가 빗장을 풀자 셀마가 서 있었다.

"넌 날 버리고 갔어! 겨우 왔잖아!" 그녀가 흥분해 말했다.

안드레이는 머뭇거리며 뒤를 돌아보았다. **인도자**는 사라지고 없었다.

"미안." 안드레이가 말했다. "너까지 신경 쓸 정신이 없었어."

그는 말하기가 힘들었다. 그는 외로움과 스스로를 지킬 수 없다는 불안감에서 오는 끔찍한 감정을 억누르려 애썼다. 그는 문을 쾅 닫고는 재빨리 빗장을 걸었다.

편집자

제3장

편집부는 텅 비어 있었다. 직원들은 시청 근처에서 총격이 시작되자마자 달아난 듯했다. 안드레이는 집무실들을 돌아다니며 널브러진 종이들, 쓰러져 뒹구는 의자들, 먹다 만 샌드위치가 담긴 그릇과 마시다 만 커피가 남은 찻잔들을 무심히 둘러보았다. 편집부 구석에서 당당한 음악 소리가 우렁차게 들려오는 것이 기이했다. 셀마는 그의 소매를 잡고 뒤따랐다. 셀마가 계속 뭐라 뭐라 종알댔지만 안드레이는 듣지 않았다. 내가 뭣 하러 여기로 왔을까. 그가 생각했다. 전부 사이좋게, 한마음이 되어 내뺐는데. 사실 옳은 선택이긴 하다. 지금 집에 있었다면, 침대에 누워 있었다면, 가여운 내 옆구리를 쓰다듬고 졸면서 이 모든 것에 신경 쓰지 않을 수 있었더라면 좋았을 텐데……

도시의 문서 보관소로 들어간 그는 이쟈를 발견했다.

처음에는 이쟈인 줄 몰랐다. 멀리 구석진 자리에 있는 책상에 활짝 펼쳐진 신문철 위로 단추가 없는 수상쩍은 회색 클라미스를 걸치고 들쭉날쭉하게 머리를 깎은 꾀죄죄한 외부인이 양손을 넓게 벌려 책상을 짚고 서 있었는데, 잠시 후에야, 그자가 갑자기 낯익은 모습으로 이를 드러내며 씩 웃고 목의 사마귀를 잡아 뜯는 익숙한 몸짓을 하기 시작한 후에야 안드레이는 눈앞에 있는 사람이 이쟈라는 것을 깨달았다.

얼마간 안드레이는 문간에 서서 그를 바라보았다. 이쟈는 그가 들어오는 소리를 못 들었다. 이쟈는 아무것도 듣지 못하고 눈치채지 못했다. 첫째, 그는 읽는 중이었고 둘째, 그의 머리 바로 위에 설치된 확성기에서 승리의 행진곡이 금속성 소리를 내며 우레처럼 울리고 있었기 때문이다. 조금 뒤 셀마가 요란한 비명을 질렀다. "이쟈잖아!" 그러더니 안드레이를 밀치고 돌진했다.

이쟈는 얼른 고개를 들더니 더 크게 씩 웃으며 양팔을 벌렸다.

"아하!" 그가 반갑게 소리쳤다. "너희 왔구나……!"

이쟈가 셀마를 포옹하고 소리 내어 그녀의 양 볼과 입

술에 쪽쪽거리며 뽀뽀를 하는 동안, 셀마가 기쁨에 겨워 또 알아듣지 못하게 종알대며 그의 우스꽝스러운 머리카락을 헝클어뜨리는 동안 안드레이는 날카롭게 찌르는 듯한 불편함을 극복하려 애쓰면서 그들에게 다가갔다. 그 날 아침 지하실에서 자신을 무너뜨릴 뻔했던 강렬한 죄책감과 배신감이 작년 한 해 동안 무뎌져서 거의 잊혔는데 지금 다시 그를 파고들었다. 그는 가까이 다가가 손을 내밀어도 될지 몇 초간 망설였다. 그는 이쟈가 자신이 내민 손을 모른 체하거나 경멸하는 말이나 무시하는 말을 해도 그럴 만하다고 생각했을 것이다. 자신이라면 그렇게 행동했을 테니. 하지만 이쟈는 셀마와 포옹을 마치고는 안드레이의 손을 뜨겁게 마주 잡아 악수를 했고 아주 궁금해하며 물었다.

"넌 어디서 그렇게 멍이 든 거야?"

"맞았어." 안드레이가 짧막하게 대답했다. 그는 이쟈의 행동에 놀랐다. 이쟈에게 하고 싶은 말이 너무나 많았지만 그저 이렇게 물었다. "너는 어떻게 여기에 와 있어?"

이쟈는 대답하지 않고 신문철을 몇 장 넘겨 보더니 과장된 몸짓과 격앙된 어조로 읽기 시작했다.

"'……그 어떠한 이성의 논거로도 급진부흥당을 향한 관영 신문의 분노는 설명되지 않는다. 하지만 바로 에르비스트들이—이 소규모 신생 조직이—모든 부패 사건에 대해 그 누구보다도 단호한 태도를 보인다는 점을 생각해 보면……'"

"그만해." 안드레이가 얼굴을 찌푸리며 말해도 이쟈는 목소리를 높일 뿐이었다.

"'그리고 위법행위, 행정상의 아둔함과 무력함에 타협 없는 태도를 보였다는 점을 생각해 보면, 게다가 바로 에르비스트들이야말로 "과부 버튼 사건"을 제기한 장본인이라는 점을 생각해 보면, 에르비스트들이 제일 먼저 정부에 습지대에 부과되는 세금의 무용성을 경고했다는 점을 생각해 보면……' 벨린스키! 피사레프! 플레하노프네! 이 기사 네가 직접 쓴 거야? 아니면 너의 멍청한 기자들 작품?"

"됐어, 그만해……" 벌써 화가 난 안드레이는 이쟈에게서 신문철을 빼앗으려 했다.

"아니, 잠깐만!" 이쟈가 손가락으로 위협하며 신문철을 끌어당기더니 소리쳤다. "여기 또 주옥같은 구절이 있네……! 어디였지? 여기 있다. '우리 **도시**에는, 노력가들이 살고 있는 여느 도시와 마찬가지로 정직한 사람들이 무척 많다. 하지만 정계에서는 프리츠 가이거만이 고위직에 언급될 만하다……'"

"그만하라고!" 안드레이가 소리쳤지만, 이쟈는 그에

편집자

게서 신문철을 다시 뺏어 들고서 즐거워하는 셸마의 뒤로 달려가 숨어서는 색색대고 침을 튀겨 가며 마저 읽었다.

"'……말이 아닌 행동에 관해 얘기하겠다! 프리츠 가이거는 정보부 장관직을 고사했다. 프리드리히 가이거는 공훈을 인정받은 검찰청 인사들이 어마어마한 혜택을 받을 수 있도록 하는 법안에 반대표를 던졌다. 프리드리히 가이거는 그 자신이 조직 내 높은 지위를 약속받았음에도 상비군 창설에 공개적으로 반대하고 나선 유일한 인물이다……'" 이쟈는 신문철을 책상에 던지고는 손바닥을 비볐다. "너는 정치와 관련해서는 언제나 참 대단한 멍청이였지! 그런데 최근 몇 달은 정말 재앙 수준으로 멍청해졌구나. 당연히 주위 사람들은 네게 듣기 좋은 말만 늘어놓았겠지! 그래, 한쪽 눈은 멀쩡하고?"

"한쪽 눈은 멀쩡해." 안드레이는 찬찬히 대답했다. 그제야 그는 이쟈가 왼손을 어딘가 불편하게 움직이고 있으며 왼손의 손가락 세 개가 전혀 구부러지지 않는다는 사실을 눈치챘다.

"제발 그거 좀 꺼!" 겐시가 문가에 나타나 말했다. "아, 안드레이. 벌써 왔구나…… 잘됐어. 안녕, 셸마!" 그는 방을 성큼성큼 가로지르더니 확성기의 플러그를 콘센트에서 뽑아 버렸다.

"왜 빼는데?" 이쟈가 소리쳤다. "나는 내 지도자들의 연설을 듣고 싶다고! 군가 좀 울리는 게 어때서……!"

겐시는 눈을 부라리며 그를 쏘아볼 뿐이었다.

"안드레이, 가자. 우리가 뭘 하고 있었는지 얘기해 줄 테니." 겐시가 말했다. "앞으로 어떻게 할지도 생각해 봐야 해."

겐시의 얼굴과 손은 검댕으로 뒤덮여 있었다. 그는 편집부 안쪽으로 빠르게 나아갔고 안드레이는 그의 뒤를 따랐다. 그제야 공간을 가득 채운 종이 타는 냄새를 알아차릴 수 있었다. 이쟈와 셀마도 따라갔다.

"사면 조치였어!" 이쟈가 쉭쉭대고 꿀꺽거리며 말하기 시작했다. "위대한 지도자가 감옥 문을 열었지! 새로운 수감자들을 넣을 공간이 필요했거든……" 그는 한숨을 내쉬며 끙 신음했다. "모든 범죄자들을 한 명도 빠짐없이 방출했고, 알다시피 나도 범죄자잖아! 무기징역수까지 사면해 줬다니까……"

"살이 많이 빠졌어." 셀마가 안쓰러워했다. "옷이 완전히 헐렁하잖아, 정말 초췌해졌어……"

"마지막 며칠은, 그러니까, 사흘 동안은 먹을 것도 안주고 씻지도 못하게 하더라고……"

"그럼 뭘 좀 먹고 싶겠네?"

"아니야. 전혀. 여기 와서 실컷 먹었어……"

편집자

그들은 안드레이의 집무실로 들어갔다. 이곳은 끔찍하게 더웠다. 태양이 유리창 정면에서 내리쬐고 벽난로가 뜨겁게 타올랐다. 난로 앞에는 겐시처럼 지저분한 몰골을 한 창녀 같은 비서가 쪼그려 앉아 열심히 부지깽이로 문서 더미를 뒤적이는 중이었다. 집무실은 온통 검댕과 까만 종이 부스러기로 뒤덮여 있었다.

비서가 안드레이를 발견하고는 벌떡 일어서더니 깜짝 놀란 얼굴로 아첨하듯 웃어 보였다. 이 여자가 남아 있을 줄은 몰랐는데. 안드레이가 생각했다. 그는 자기 자리에 앉아서는 죄책감을 느낀 듯, 억지로 그녀에게 고개를 끄덕이고 미소로 답했다.

"……특파원 명단이랑 편집위원 명단과 주소," 겐시가 사무적인 목소리로 열거했다. "모든 정치면 기사의 원본, 주간 논평 원본이랑……"

"뒤팽이 쓴 기사도 태워야 해." 안드레이가 말했다. "우리 중 가장 에르비스트들에 반대했던 것 같은데……"

"이미 태웠어." 겐시가 황급히 말했다. "뒤팽 것도 태우고 혹시 몰라 필리모노프 것도……"

"왜 이렇게 난리 법석이야?" 이쟈가 즐겁다는 듯 말했다. "아니, 너희를 아주 귀하게 대접해 줄 텐데!"

"그럴지도 모르지." 안드레이가 우울하게 말했다.

"'그럴지도 모르지'라니? 내기할까? 딱밤 100대를 걸고?"

"이봐, 이쟈!" 겐시가 말했다. "제발 10분만이라도 입 다물고 있어……! 시장이랑 주고받은 쪽지는 내가 다 없 앴고 가이거랑 주고받은 건 남겨 뒀어……"

"편집위원들이 제출한 보고서!" 안드레이가 퍼뜩 생 각해 냈다. "지난달 것이……"

그는 서둘러 책상 아래 서랍을 열고 서류철을 꺼내 겐 시에게 내밀었다. 겐시가 이죽거리며 몇 장 들춰 보았다.

"그래……" 겐시가 머리를 흔들며 말했다. "내가 이걸 잊고 있었네…… 뒤팽의 연설문이 들어 있었군……" 그 는 난로로 가 서류철을 불길에 내던졌다. "뒤적여요, 뒤 적여!" 그는 입을 헤벌리고 상사들의 대화를 듣던 비서에 게 화가 난 목소리로 지시했다.

문가에 독자 투고란 담당자가 땀으로 범벅되어 매우 흥분한 상태로 나타났다. 그는 서류철들을 높이 쌓아 턱 으로 고정해 들고 있었다.

"여기요……" 그는 난로 옆에 쿵 하고 서류철들을 내 려놓으며 헉헉댔다. "사회면 설문 조사지가 있는데 뭔지 보지도 못했어요…… 보니까 성이랑 주소가 있어서…… 세상에, 편집장님, 무슨 일 있으셨어요?"

"안녕하시오, 데니." 안드레이가 말했다. "남아 줘서 고맙군요."

"눈은 잘 보이세요?" 데니가 이마의 땀을 닦으며 물었다.

"멀쩡해요, 멀쩡해……" 이쟈가 데니를 안심시켰다. "당신들은 엉뚱한 걸 없애고 있어요." 그가 단언했다. "아무도 당신들을 안 건드릴 텐데요. 당신들은 옐로페이퍼에 가까운 자유주의 야권 성향의 신문이잖아요. 앞으로는 그저 야당도 자유주의도 아니게 될 뿐이지요……"

"이쟈." 겐시가 말했다. "마지막 부탁이야. 헛소리 그만해. 안 멈추면 내쫓아 버릴 테니까."

"헛소리가 아니라니까!" 이쟈가 불쾌해했다. "말 좀 끝까지 할게! 당신들은 편지, 편지들을 없애야 해요! 똑똑한 사람들이 당신네한테 투고한 게 남아 있을 거 아니에요……"

겐시는 그를 뚫어져라 쳐다보았다.

"제기랄!" 겐시가 목쉰 소리를 내고는 집무실에서 뛰어 나갔다. 데니도 얼굴과 목의 땀을 훔치며 서둘러 뒤를 따랐다.

"하나도 이해를 못 하고 있구먼!" 이쟈가 말했다. "여기 있는 너희 모두, 등신들이잖아. 위협은 똑똑한 사람들이나 받는 거지……"

"등신이긴 하지……" 안드레이가 말했다. "그건 네 말이 맞아."

"그래! 조금은 똑똑해졌구나!" 이쟈가 불구가 된 손을 흔들며 탄성을 질렀다. "똑똑해질 필요 없어. 위험하다고! 바로 거기서 모든 비극이 시작되거든. 지금 아주 많은 사람들이 똑똑해지고 있지만, 충분히 똑똑해지고 있지는 않지. 지금이 바로 바보인 척해야 할 때란 걸 그들은 미처 깨닫지 못할걸……"

안드레이는 셸마를 쳐다봤다. 셸마는 황홀한 표정으로 이쟈를 보고 있었다. 비서도 황홀한 표정으로 이쟈를 보고 있었다. 그리고 면도도 안 한 지저분하고 후줄근한 이쟈는 감옥에서 신던 신발로 다리를 쩍 벌리고 서 있었다. 셔츠는 바지 위로 튀어나오고 바지 앞섶의 단추는 떨어지고 없었다. 언제나처럼, 조금도 변하지 않은 흉한 몰골로 서 있었다. 그러고는 헛소리를 지껄이고 설교를 늘어놓았다. 안드레이는 의자에서 일어나 난로 앞 비서 옆에 쪼그려 앉아 부지깽이를 뺏어 들고는 내키지 않는다는 듯 타오르는 종이를 파헤치고 뒤적였다.

"……그러므로," 이쟈가 설교를 이어 갔다. "없애야 할 건 우리의 지도자를 욕하는 글들이 전혀 아니라고. 욕도 다양하게 할 수 있잖아. 없애야 하는 건 똑똑한 사람들이 쓴 글이야……!"

집무실로 겐시가 들어오더니 소리쳤다.

"저기, 누구든 좀 도와줘야겠어…… 숙녀분들, 왜 여

편집자

기서 빈둥거리는 겁니까. 어서 날 따라와요!"

비서는 즉시 일어서서 돌아간 짧은 치마를 바로잡으며 달려갔다. 셀마는 자신을 멈춰 세우길 기대하듯 잠시 서 있다가 재떨이에 꽁초를 꾸욱 누르고 나갔다.

"……너흰 아무도 안 건드릴 거라고!" 이쟈는 짝짓기하려는 들꿩처럼 아무것도 듣지 않고 아무것도 보지 않은 채 말을 늘어놓았다. "오히려 너희에게 고마워할 거고 발행 부수를 늘리라고 종이도 더 공급해 줄걸. 임금도 올려 주고 인원도 늘려 줄 거고…… 만약 너희가 갑자기 반항할 마음이라도 먹게 되면 그때는 너희를 강도 높게 추궁할 테고 틀림없이 모든 걸, 너희의 그 뒤팽이라든가 필리모노프라든가 너희가 쓴 모든 자유주의 야권 성향의 헛생각들을 상기시켜 주겠지…… 그런데 너희가 반항할 이유가 뭐가 있겠어? 반항할 생각은 절대 하지 말아야지……!"

"이쟈." 안드레이가 불을 바라보며 말했다. "그때 왜 나에게 서류철에 뭐가 들었는지 말해 주지 않았어?"

"뭐……? 무슨 서류철……? 아, 그거……"

이쟈는 돌연 바로 조용해져서는 벽난로로 다가가 안드레이 옆에 쪼그려 앉았다. 한동안 둘은 아무 말도 하지 않았다. 잠시 후 안드레이가 입을 열었다.

"물론, 그때 난 멍청이였어. 구제할 길 없는 머저리였지. 하지만 그렇다고 내가 음모가거나 헛소리꾼이었던 건 아니잖아. 네가 그걸 그때도 이해했더라면……"

"첫째로, 너는 머저리가 아니었어." 이쟈가 말했다. "그 이상이었지. 뇌가 없는 것 같았어. 너랑은 인간적인 대화가 불가능했거든. 나 자신도 오랫동안 그런 사람이었기에 아는 거야…… 그리고 음모라니? 너도 알다시피 평범한 시민들은 그런 것들을 알 길이 없어. 그러니까 젠장, 모든 게 어떻게 흘러가도 이상하지 않지……"

"뭐? 네 연애편지 때문에……?" 안드레이가 혼란스러워했다.

"연애편지라니?"

얼마간 그들은 깜짝 놀라 서로의 눈을 마주 보았다. 조금 뒤 이쟈가 씩 웃었다.

"맙소사, 당연히 그랬겠지…… 나는 대체 왜 그가 너한테 전부 말했으리라 생각했을까? 그걸 그가 뭣 하러 얘기했겠어? 그는 우리의 독수리, 지도자인데! 정보를 지배하는 자가 세계를 지배할지니. 그가 그거 하나는 나한테 아주 잘 배웠다니까……!"

"도대체 무슨 소리야." 안드레이가 절망에 가까운 목소리로 웅얼거렸다. 그렇지 않아도 역겨운 사건의 더 역겨운 일면을 알게 된 것 같았다. "도대체 무슨 소리야? 그가 누군데? 가이거 말이야?"

"가이거 말이야, 가이거." 이쟈가 고개를 끄덕였다. "우리 위대한 프리츠 말이야…… 그러니까, 내 서류철에 연애편지가 있었다고 했단 말이지? 아니면 수치스러운 사진이라든가? 질투가 많은 과부와 호색한 카츠만이라…… 그래, 내가 그런 내용의 조서에 서명해서 그에게 줬었지……"

이쟈는 끄응 신음하며 일어서서는 손바닥을 비비고 킥킥대면서 집무실을 오락가락하기 시작했다.

"그래." 안드레이가 말했다. "프리츠가 그렇게 말했어. 질투 많은 과부와의 연애편지라고. 그러니까, 그게 거짓말이었단 말이야?"

"당연하지. 너는 어떻게 생각했는데?"

"난 믿었어." 안드레이가 짤막하게 대답했다. 그는 이를 갈며 분노에 차 난로의 부지깽이를 돌렸다. "실제로는 뭐가 들어 있었는데?" 그가 물었다.

이쟈는 아무 말도 하지 않았다. 안드레이가 그를 돌아봤다. 이쟈는 천천히 손을 비비며 서서 굳은 미소를 띠고는 초점 없는 눈빛으로 안드레이를 보고 있었다.

"재미있게 됐네……" 그가 망설이듯 말했다. "혹시 그저 잊어버린 건 아닐까? 그러니까, 말 그대로 잊었다는 것은 아니고……" 이쟈는 갑자기 걸음을 옮겨 다시 안드레이 옆으로 가 쪼그려 앉았다. "저기, 난 너에게 아무것도 얘기하지 않을 거야. 알겠어? 만일 너에게 물어보면 이렇게 대답해. 아무것도 말하지 않았다고. 말하길 거부했다고. 그저 **실험**의 거대한 비밀 하나와 연관된 일이라고만 했다고. 그 비밀을 알게 되면 위험하다고 했다고. 그리고 봉한 봉투를 몇 개 보여 주더니 눈짓을 하면서 그걸 믿을 만한 사람들한테 주겠다고 했다고, 그 봉투가 개봉되는 건 그가, 카츠만이 체포되었을 때나 혹은, 그러니까, 예기치 않게 죽었을 때뿐이라고 말했다고 해. 알겠지? 믿을 만한 사람들이 누군지는 알려 주지 않았다고 하고. 누가 물어보면 그렇게 대답해."

"알았어." 안드레이가 난롯불을 응시하며 천천히 대답했다.

"그러면 될 거야……" 이쟈도 난롯불을 응시하며 말했다. "그런데 만일 루머가 널 폭행하면…… 루머는, 알다시피 개자식이어서……" 이쟈가 몸서리쳤다. "아무도 물어보지 않을 수도 있고. 나도 모르겠다. 모든 경우를 다 생각해 둬야 해. 막상 닥치면 생각할 수 없다고."

그는 입을 다물었다. 안드레이는 빨간 불에 뒤덮인 뜨거운 문서 더미를 뒤섞었고 얼마 후 이쟈가 난로에 또 종이 뭉치를 넣기 시작했다.

"서류철은 넣지 마." 안드레이가 말했다. "봐 봐. 잘 안타잖아…… 그런데 그 서류철이 발견될까 봐 겁나지는 않아?"

"내가 겁날 게 뭐 있어?" 이쟈가 말했다. "가이거가 겁
내야지…… 그리고 그때 바로 못 찾았다면 이제 와서 찾
을 수도 없어. 난 그걸 맨홀 아래로 던진 다음 생각했지.
손에 들어가거나 안 들어가거나, 라고…… 그런데 너는
어쩌다 얻어맞은 거야? 너는 프리츠랑 아주 좋은 관계였
던 것 같은데……"

"프리츠 짓이 아냐." 안드레이가 내키지 않아 하며 말
했다. "그저 운이 없었어."

겐시와 여자들이 요란한 소리를 내며 들어왔다. 그들
은 트렌치코트를 넓게 펼쳐서 그 위에 편지 더미를 쌓아
옮겨 왔다. 그들 뒤로 데니가 여전히 땀을 닦으며 들어왔
다.

"이게 다인 것 같아요." 데니가 말했다. "아니면 혹시
뭐 또 생각난 거 있습니까?"

"자, 넣자고!" 겐시가 지시했다.

트렌치코트가 벽난로 옆에 놓였고 모두들 편지를 불
속으로 던지기 시작했다. 이내 벽난로가 웅웅댔다. 이쟈
는 형형색색으로 쓰인 종이 더미로 커다란 손을 쑥 넣더
니 편지 하나를 꺼내 들고 씩 웃고는 맹렬히 읽어 내려갔
다.

"원고는 불타지 않는다고 누가 그랬죠?"◆ 데니가 숨

을 크게 내쉬며 말했다. 그는 의자에 앉아 담뱃불을 붙였다. "잘만 타는 것 같은데요…… 뜨거워라. 문이라도 좀 열까요?"

비서가 난데없이 비명을 지르면서 벌떡 일어나더니 "깜빡했어, 완전히 깜빡했다고……!"라며 달려 나갔다.

"저 여자 이름이 뭐였지?" 안드레이가 얼른 겐시에게 물었다.

"아말리아!" 겐시가 퉁명스럽게 답했다. "백번은 말해 줬을 거야…… 그건 그렇고, 내가 방금 뒤팽한테 전화를 해 봤는데……"

"그랬는데?"

비서가 노트를 한아름 안고 돌아왔다.

"이것들 모두 편집장님의 지시 사항이에요." 아말리아가 높은 목소리로 재잘대듯 말했다. "이것들을 완전히 잊고 있었어요. 역시 태워야겠죠?"

"물론입니다, 아말리아." 안드레이가 말했다. "기억해 줘서 고마워요. 태워요, 아말리아, 태워 버려요…… 그래서, 뒤팽한테 전화했더니?"

"나는 언질을 주고 싶었거든." 겐시가 말했다. "아무 문제 없다고, 모든 흔적은 제거했다고. 그랬더니 엄청 놀라는 거야. 흔적은 무슨 흔적이냐더라니까? 자기가 언제 문제가 될 만한 글을 쓴 적이 있느냐면서 말이야. 자기는

편집자

방금 막 영웅적인 시청 돌격 건에 대해 상세한 보도 기사를 쓴 참이고 지금은 「프리드리히 가이거와 민중」이란 제목으로 사설을 작성 중이라더군."

"개자식이네." 안드레이가 힘없이 말했다. "그런데 우리 모두 개자식이긴 해……"

"너나 그렇지!" 겐시가 으르렁댔다.

"미안." 안드레이가 귀찮은 듯 말했다. "맞아. 전부 개자식은 아니지. 대부분이 그렇지."

이쟈가 갑자기 킥킥댔다.

"이것 봐, 똑똑한 사람이야!" 그가 종잇장을 팔랑대며 선언했다. "'자명하게도,'" 그는 편지를 읽기 시작했다. "'프리드리히 가이거 같은 사람들은 어떤 커다란 불행을, 짧은 기간일지라도 체감할 만한, 평형의 붕괴를 기대합니다. 그래야 공포심을 조장하고 혼란을 틈타 수면 위로 떠오를 수 있기 때문입니다.' 누가 썼을까?" 이쟈는 뒷면을 봤다. "아, 그럼 그렇지……! 난로행이네, 난로행!" 그는 종잇장을 구깃구깃 뭉쳐서 난로 속으로 던졌다.

"그런데 안드레이." 겐시가 말했다. "이제 미래에 대해 생각해야 할 때 아니야?"

♦ 미하일 아파나시예비치 불가코프의 소설 『거장과 마르가리타』(1940)
   에서 악마 볼란드가 한 말.

"생각할 게 뭐 있어." 안드레이가 부지깽이를 휘저으며 퉁명스럽게 말했다. "어떻게든 살아 내고 그럭저럭 목숨을 부지하는 거지……"

"우리의 미래 말고!" 겐시가 말했다. "신문의 미래, **실험**의 미래 말이야……!"

안드레이는 깜짝 놀라 그를 쳐다봤다. 겐시는 언제나와 같은 모습이었다. 마치 아무 일도 없었던 것처럼. 구역질 나는 지난 몇 달간 아무 일도 일어나지 않은 것처럼. 심지어 평소보다도 더 싸울 태세인 것 같기까지 했다. 당장에라도 법과 이상을 위해 투쟁할 것 같았다. 격발장치를 준비시킨 총처럼. 어쩌면 그는 실제로 아무 일도 겪지 않은 걸까……?

"너 네 **인도자**랑 얘기해 봤어?" 안드레이가 물었다.

"얘기해 봤지." 겐시가 도전적으로 말했다.

"그랬는데?" **인도자**들에 관해 이야기할 때면 으레 느끼게 되는 불편함을 억누르며 안드레이가 물었다.

"다른 사람이랑은 관계없는 얘기였고 아무런 의미도 없어. 여기서 갑자기 왜 **인도자** 얘기가 나오는데? 가이거한테도 **인도자**가 있어. **도시**의 모든 강도들한테도 **인도자**가 있지. 그렇다고 한들 자기 머리로 생각을 못 하는 건 아니잖아."

안드레이는 담뱃갑에서 담배를 빼 주무른 다음 열기

편집자

에 인상을 쓰며 달궈진 부지깽이로 담뱃불을 붙였다.

"이 모든 게 지겨워." 그가 조용히 말했다.

"뭐가 지겨운데?"

"전부 다…… 내 생각엔 겐시, 여기서 달아나야 할 것 같아. 그놈들이 다 어떻게 되든 알 게 뭐야."

"달아나다니? 그게 무슨 말이야?"

"너무 늦기 전에 손을 떼고 습지대로, 유라 삼촌에게로, 이 모든 난리 통에서 가능한 한 멀리 떨어진 곳으로 가야 할 것 같아. **실험**은 통제에서 벗어났고 우리는 그걸 되돌려 놓을 수 없으니 여기서 할 일도 없어. 습지대에 가면 최소한 무기는 생길 거야. 무력이 생길 거라고……"

"나는 습지대로 안 가!" 불쑥 셀마가 선언했다.

"너한테 같이 가자고 한 사람 없어." 안드레이가 돌아보지도 않고 말했다.

"안드레이. 그건 도피잖아." 겐시가 말했다.

"너한텐 도피일지 몰라도 나한테는 이성적인 방안이야. 하지만 원하는 대로 해. 나한테 미래를 어떻게 생각하느냐고 물었지. 지금 답할게. 여기서는 내가 할 일이 아무것도 없어. 편집부는 이러나저러나 해체될 거고 우리는 죽은 원숭이들을 치우러 보내지겠지. 그것도 호송해서 말이야. 그런데 그것도 가장 잘 풀렸을 때 얘기고……."

"여기 똑똑한 사람이 한 명 더 있어!" 이쟈가 감격에
겨워 소리쳤다. "들어 봐. '나는 귀 신문사의 오랜 구독자
고, 대체로 귀 신문사의 노선을 인정합니다. 그런데 어
째서 당신네 신문사는 항상 F. 가이거를 옹호합니까? 혹
시 정보가 부족한 건 아닙니까? 제가 아주 분명히 알기
로, 가이거는 **도시**의 몇몇 주요 인물에 관한 사건 파일
을 갖고 있습니다. 그의 사람들이 모든 시 기관에 침투해
있어요. 어쩌면 당신네 신문사에도 있을지 모르겠습니
다. 확신하는데, 에르비스트들은 당신들이 생각하는 것
처럼 그렇게 적지 않습니다. 그들은 무기도 갖고 있다는
데……'" 이쟈는 편지의 반대쪽을 보았다. "이런, 누군가
했더니…… '내 이름은 공개하지 말아 주십시오……'라
는군. 난로행이네, 난로행!"

"누가 보면 도시의 똑똑한 사람들을 다 아는 줄 알겠
어." 안드레이가 말했다.

"근데 그렇게 많지는 않아." 이쟈가 또다시 종이 더미
에 손을 쑥 넣으며 대꾸했다. "똑똑한 사람들은 대부분
신문사에 투고하지 않는다는 사실은 말할 것도 없고."

모두 침묵했다. 담배를 다 피운 데니는 벽난로로 가서
종이들을 한아름 안아 불길에 넣기 시작했다.

"뒤섞으세요, 뒤섞어요, 편집장님!" 그가 말했다. "더

힘차게! 부지깽이 이리 줘 보세요……"

"내 생각에 그건 겁쟁이 짓이야. 지금 도시에서 내빼다니." 셀마가 대들듯 말했다.

"지금은 정직한 사람 한 명 한 명이 중요해." 겐시가 말을 잘랐다. "우리가 가 버리면 누가 남겠어? 뒤팽 같은 놈들한테 신문사를 넘겨줘?"

"넌 남아 있어. 여기 셀마를 신문사에 영입해도 되고…… 이쟈라든가……" 안드레이가 지친 목소리로 말했다.

"너는 가이거랑 잘 아는 사이였잖아." 겐시가 말을 잘랐다. "네 영향력을 활용할 수도 있다고."

"난 그에게 아무 영향력도 없어. 있다고 해도 그걸 이용하고 싶지 않고. 나는 그런 짓을 못 하고 용납할 수도 없어." 안드레이가 말했다.

다시 모두들 침묵했고 벽난로에서 불길이 웅웅대는 소리만 났다.

"올 거면 빨리 왔으면 좋겠는데 말이죠." 데니가 불길로 마지막 편지 뭉치를 던져 넣으며 투덜댔다. "뭘 좀 마시고 싶네요. 힘이 하나도 없는데 마실 건 없고요……"

"그렇게 금방 오지는 않을 겁니다." 이쟈가 바로 대꾸했다. "처음에는 전화를 돌리지요!" 그는 읽은 편지를 난로에 던져 넣고는 집무실을 돌아다녔다. "데니, 당신은 그걸 모르고 또 이해하지 못하는군요. 이건 의식이에요! 절차, 세 국가에서 합의하고 대단히 세심하게 다듬고 검토한 절차란 말입니다…… 여성분들, 여기 뭐 먹을 거 없나요?" 그가 갑자기 물었다.

깡마른 아말리아가 얼른 일어서며 새된 소리로 외쳤다. "잠시만요, 잠시만 기다리세요……!" 그러더니 응접실로 사라졌다.

"그건 그렇고," 안드레이의 머릿속에 잊고 있던 것이 문득 떠올랐다. "검열관은 어딨지?"

"그는 이곳에 몹시 남아 있고 싶어 했어요." 데니가 말했다. "하지만 우부카타 씨가 내쫓아 버렸죠. 그는, 그 검열관은 고래고래 소리 질렀어요. '저더러 어디로 가란 말입니까? 당신들은 절 죽이는 겁니다!'라면서요. 그가 다시 못 들어오게 빗장까지 걸어야 했다니까요. 처음에는 온몸을 문에 부딪치더니 나중에는 포기하고 가 버렸지요…… 아무래도 창문을 열어야겠어요. 너무 더워서 힘이 없네요……"

비서가 돌아왔고 화장기 없는 창백한 입술로 수줍은 듯 미소를 지으며 이쟈에게 파이가 든 기름 묻은 종이봉투를 내밀었다.

"음!" 이쟈가 탄성을 지르고는 바로 쩝쩝거리며 먹기 시작했다.

편집자

"갈비뼈는 괜찮아?" 셀마가 안드레이의 귀에 대고 조용히 물었다.

"괜찮아." 안드레이가 짧게 대답하고는 일어서서 셀마를 밀치고 책상으로 갔다. 그 순간 전화벨이 울렸다. 모두 고개를 돌려 하얀 기계에 시선을 고정했다. 전화벨이 계속 울렸다.

"안드레이!" 겐시가 재촉하듯 말했다.

안드레이가 수화기를 들어 올렸다.

"네."

"《도시신문》편집부입니까?" 사무적인 목소리가 질문했다.

"그렇습니다." 안드레이가 대답했다.

"보로닌 씨를 바꿔 주십시오."

"접니다."

수화기 너머로 숨 쉬는 소리가 들리더니 조금 뒤 연결 종료음이 울렸다. 안드레이는 두방망이질하는 가슴을 부여잡고 조심스럽게 수화기를 내려놓았다.

"그들이야." 안드레이가 말했다.

이쟈는 격렬하게 고개를 끄덕이며 뭔가 알아들을 수 없는 말을 웅얼거렸다. 안드레이는 자리에 앉았다. 다들 그를 쳐다봤다. 긴장해 웃음 짓는 데니와 이마를 찡그린 산발의 겐시, 가여울 정도로 놀란 아말리아와 창백해져서 몸을 웅크리고 있는 셀마까지. 이쟈는 우물거리다가 씩 웃더니 기름 묻은 손가락을 점퍼 앞자락에 닦으며 그를 봤다.

"왜 그렇게 뚫어져라 보는 거야?" 안드레이가 화를 냈다. "다들 여기서 나가."

아무도 자리를 뜨지 않았다.

"왜 그렇게 겁내는데?" 이쟈가 마지막 파이를 먹을까 말까 고민하며 말했다. "모두 조용하고 평화롭게 진행될 거야, 유라 삼촌이 말했듯이. 조용하고 평화롭게, 공정하고 선하게…… 자극적인 행동만 안 하면 돼. 코브라 다루듯 말이지……"

창문 밖에서 자동차 엔진이 탈탈대다가 끼익하고 정차하는 소리가 들리더니 쩽한 목소리가 명령을 내렸다. "카이저, 벨리첸코는 나와 간다! 미로비치는 여기에 남는다……!" 곧 아래에서 주먹으로 문 두드리는 소리가 났다.

"제가 가서 열게요." 데니가 말했고 겐시는 난로로 뛰어가 연기를 내뿜는 잿더미를 힘껏 뒤적여 댔다. 재가 온 방에 흩날렸다.

"자극적인 행동은 하지 말아요!" 이쟈가 데니의 등에 대고 소리쳤다.

아래층 문이 덜컹거리고 유리가 애처롭게 쟁그랑거

편집자

렸다. 안드레이는 일어서서 뒷짐을 지고 온 힘을 다해 손을 꽉 쥔 채 방 중앙에 섰다. 일전의 끔찍한 구역감이 또다시 그를 덮쳤고 다리에 힘이 풀렸다. 아래층에서 문 두드리는 소리와 문이 흔들리던 소리가 멈추고 불만에 찬 목소리들이 들리더니 무수한 발들이 텅 빈 공간을 쿵쿵 울려 댔다. 대대가 통째로 오기라도 한 것 같군. 이런 생각이 안드레이의 머릿속을 스쳤다. 무릎이 심하게 떨렸다. 날 때리게 두지는 않겠어. 그가 절망감에 휩싸여 생각했다. 차라리 죽이라지. 내가 권총을 안 가져왔네······ 괜히 안 가져왔군······ 아니면 안 가져와서 다행이려나······?

그의 맞은편 문으로 질 좋은 외투를 입고 양팔에는 하얀 붕대를 감고 표식이 달린 거대한 베레모를 쓴 통통하고 키 작은 사람이 거침없이 들어왔다. 그는 광채가 나도록 닦아 놓은 부츠를 신었고 외투 위로는 넓은 혁대를 느슨하고 보기 흉하게 찼으며 혁대 왼쪽에는 노란 새 총집이 무겁게 달려 있었다. 그의 뒤로 몇 명 더 있었지만 안드레이는 그들을 보지 못했다. 안드레이는 절망에 빠진 표정으로 윤곽이 흐릿하고 부어오른 창백한 얼굴과 흐리멍덩한 작은 눈을 바라보았다. 결막염에라도 걸린 걸까. 의식의 끝자락에 그런 생각이 스쳤다. 게다가 반들반들하게 빛이 날 정도로 면도를 했군······

베레모를 쓴 사람이 빠르게 방을 훑더니 안드레이에게 시선을 고정했다.

"보로닌 씨?" 그가 높고 쨍한 목소리에 질문 조로 말했다.

"네." 안드레이가 양손으로 책상 끝을 꼭 잡고서 겨우겨우 내뱉었다.

《도시신문》편집장이시고요?"

"그렇습니다."

베레모를 쓴 사람은 능숙하지만 성의 없이 두 손가락으로 경례를 했다.

"보로닌 씨, 제가 영광스럽게도," 그가 과장된 어투로 말했다. "당신에게 프리드리히 가이거 대통령의 개인 서한을 전달하게 되었습니다!"

분명 그는 유려하게 가슴팍에서 개인 서한을 꺼낼 생각이었던 것 같지만 뭔가가 안에서 걸리는 바람에 마치 벌레 때문에 애를 먹듯이 오른쪽 옆구리를 살짝 구부린 채로 제법 한참 동안 외투 안을 뒤적여야 했다. 안드레이는 죽음을 앞둔 듯한 표정으로 그를 바라보았고 아무것도 이해하지 못했다. 어쩐지 모든 게 이상했다. 이런 건 예상하지 않았다. 어쩌면 무사히 지나갈 수도 있겠다는 생각이 머릿속을 스쳤으나 부정이라도 탈까 두려워 얼른 그 생각을 몰아냈다.

편집자

드디어 서한이 나왔고 베레모를 쓴 사람은 불만스럽고 또 조금 화난 표정으로 안드레이에게 그것을 내밀었다. 하늘색 바탕에 작은 새의 날개로 장식된 하트가 멋스럽게 그려진 기다랗고 평범한 편지 봉투였다. 봉투에는 낯익은 굵은 필체로 이렇게 쓰여 있었다. 《도시신문》 편집장 안드레이 보로닌에게, 사적인 기밀. 대통령 프리드리히 가이거.' 안드레이는 봉투를 열어 테두리가 하늘색인 평범한 편지지를 꺼냈다.

'친애하는 안드레이! 우선, 결정적인 시기였던 지난 몇 달간 네 신문사를 통해 언제나 느낀 지지와 도움에 진심으로 고마움을 표하지. 이제 보다시피 상황이 근본적으로 바뀌었어. 새로운 용어와 몇몇 불가피한 경우의 폭력 행사가 네 마음을 괴롭히지는 않으리라 믿어. 언어와 방식은 바뀌었어도 목적은 전과 같아. 넌 신문사를 장악해. 너를 전권을 가진 상임 주간이자 발행인으로 임명했어. 기자들을 직접 고용하고 규모를 키우고 새 조판 기계를 요청해. 네게 모든 걸 위임하지. 이 편지를 갖고 전달한 자는 신임 보좌관인 라이몬드 치비리크야. 네 신문사에 내 정보부의 정치 분과 대표로 가 있게 될 거야. 너도 알게 되겠지만, 머리가 그리 비상하지는 않아도 자기 일은 잘하는 친구야. 특히 초반에는 네가 정치권 전반을 파악하는 데 도움이 될 거고. 혹시 마찰이 생기거든 물론 나에게 직접 말하면 돼. 건승을 빌어. 저 침흘리개 자유주의자 놈들에게 어떻게 일해야 하는지 보여 주자고. 우정을 담아, 프리츠.'

안드레이는 개인적이고 비밀스러운 내용이 담긴 서한을 두 번 읽고 난 뒤 편지를 든 손을 내리고 주위를 둘러보았다. 이번에도 모두가 그를 바라보고 있었다. 창백하고 결연하고 긴장한 모습이었다. 이쟈만이 윤을 낸 사모바르*처럼 눈을 빛내며 다른 사람들 몰래 허공에 딱밤을 날리고 있었다. 신임 보좌관(제기랄, 이 단어를 어디서 들어 본 것 같은데…… 보좌관이라. 보좌관…… 역사서에서 봤던가…… 아니, 『삼총사』에서 봤나……)인 라이몬드 치비리크도 안드레이를 보고 있었다. 엄격한 보호자가 지을 법한 표정이었다. 문간에서는 팔에 하얀 붕대를 감고 카빈총을 든, 알 수 없는 자들이 양발에 번갈아 무게중심을 옮겨 가며 안드레이를 바라보고 있었다.

"그러니까……" 안드레이가 편지를 접어서 봉투에 넣어 숨긴 후 입을 열었다. 어떻게 말을 시작해야 할지 몰랐다.

신임 보좌관이 말문을 뗐다.

"보로닌 씨, 당신의 동료들인가요?" 그는 손으로 살짝 주위를 가리키며 사무적인 목소리로 물었다.

"그렇습니다." 안드레이가 말했다.

"흠……" 라이몬드 치비리크가 이쟈를 콕 찍어 응시하며 의혹을 내비치는데 바로 그때 겐시가 불쑥 날 선 목소리로 질문을 던졌다.

"그러는 당신은 대체 누굽니까?"

라이몬드 치비리크 씨는 그를 흘끗 보더니 놀랍다는 듯 안드레이를 돌아보았다. 안드레이가 헛기침을 했다.

"여러분." 안드레이가 말했다. "신임 공동 보좌관인 치비리크 씨를 소개하겠습니다."

"보좌관입니다!" 치비리크가 화를 내며 정정해 줬다.

"네……? 아, 그렇죠. 보좌관입니다. 공동 보좌관이 아니라 그냥 보좌관입니다…… (셀마가 별안간 불쑥 일어나더니 자기 입을 손바닥으로 막았다.) 신임 보좌관이고 우리 신문사의 정치 분과 대표입니다. 오늘부터요."

"무슨 대표라고?" 겐시가 인정할 수 없다는 듯 물었다.

안드레이가 다시 봉투에 손을 넣으려는데 치비리크가 더욱 화가 난 어조로 선언했다.

"정보부의 정치 분과 대표입니다!"

"관련 서류를 보여 주시지요!" 겐시가 날카롭게 말했다.

♦   러시아에서 전통적으로 사용하던 찻물 끓이는 주전자.

"뭐라고요?!" 치비리크 씨의 흐리멍덩한 눈들이 흥분해 깜빡였다.

"서류랑 임명장 말입니다. 바보 같은 권총집 말고 서류도 뭐가 됐든 갖고 있을 것 아닙니까?"

"이자는 누굽니까?! 이자는 뭐 하는 사람입니까?!" 치비리크가 다시 안드레이를 돌아보며 쩌렁쩌렁 소리를 질렀다.

"이쪽은 겐시 우부카타 씨입니다." 안드레이가 황급히 말했다. "부편집장입니다…… 겐시, 임명장 같은 건 필요 없어. 프리츠가 쓴 편지를 전해 줬잖아……"

"프리츠는 또 뭐야?" 겐시가 까탈스럽게 말했다. "여기 프리츠란 사람 얘기가 왜 나오는데?"

"자극적인 행동은 안 돼!" 이쟈가 경고했다. "제발 부탁이니 자극적인 행동은 자제하라고!"

치비리크는 이쟈와 겐시를 번갈아 쳐다보았다. 그의 얼굴은 더 이상 빛나지 않았고 서서히 붉어지고 있었다.

"보로닌 씨, 제가 보니까 말입니다." 마침내 그가 입을 열었다. "당신의 동료들은 오늘 대체 무슨 일이 있었는지 잘 모르는 것 같군요……! 아니면 그 반대든가요!" 그가 더 목소리를 높였다. "알기는 아는데 조금 이상하게, 왜곡해서 알고 있나 봅니다! 불에 탄 종이와 음울한 표정들은 보이는데, 일할 준비가 된 자세는 안 보입니다. 오후

1시에, 온 **도시**와 온 민중이……"

"이자들은 또 뭡니까?" 겐시가 그의 말을 자르고 카빈총을 든 사람들을 가리켰다. "뭡니까, 새 직원이에요?"

"그렇습니다! 전 부편집장님! 이쪽은 새 직원들입니다. 제가 장담은 못 하겠네요. 이 사람들이……"

"그건 두고 보도록 하지요." 겐시가 그답지 않게 갈라지는 목소리로 말하고는 치비리크에게 성큼 다가갔다. "당신은 무슨 권리로……"

"겐시!" 안드레이가 무력한 목소리로 말렸다.

"당신은 무슨 권리로 여기서 화를 내고 있는 겁니까?" 겐시가 안드레이는 눈곱만큼도 신경 쓰지 않은 채 말을 이어 갔다.

"당신이 대체 누구길래? 당신은 어떻게 감히 이렇게 행동하는 겁니까? 어째서 서류를 보여 주지 않습니까? 당신들은 여기를 털러 들어온 무장 강도에 지나지 않……!"

"이 볼기짝 누런 새끼야, 닥쳐!" 치비리크가 권총집에 손을 가져다 대며 버럭 소리쳤다.

안드레이가 그들 사이에 서려고 몸을 움직이는 찰나 어깨가 세게 밀쳐지더니 치비리크 앞에는 어느새 셀마가 서 있었다.

"이 개자식, 어떻게 여자들 앞에서 그따위 표현을 쓸

수 있어!" 그녀가 소리쳤다. "염병할 돼지 새끼! 강도 자식!"

안드레이는 또다시 혼란에 빠졌다. 치비리크와 겐시와 셀마가 동시에 바락바락 소리를 질러 댔다. 안드레이는 어렴풋이 문가에 있던 자들이 주춤거리며 눈짓을 주고받더니 카빈총을 장전하는 것을 봤고, 그들 옆으로 불쑥 데니 리가 좌석 부분이 철제로 되어 무거운 편집장실 의자의 다리를 잡아 들고서 나타난 것을 봤다. 더욱 무섭고 더욱 믿을 수 없었던 것은 죽은 사람처럼 핼쑥한 얼굴에 기다랗고 하얀 이를 무시무시하게 드러낸 창녀 아말리아가 맹수처럼 몸을 구부리고선 김이 피어오르는 부지깽이를 골프채처럼 오른쪽 어깨에 지고 살금살금 치비리크에게 다가가는 광경이었다…… "내가 네놈을, 빌어먹을 개새끼를 기억하지!" 겐시가 맹렬히 소리 질렀다. "넌 학교에 쓸 예산을 훔쳐 가곤 했어, 이 거지 같은 자식, 이제는 공동 보좌관이 되셨다고?!" "네놈들 모두 똥통에 처넣어 주겠어! 똥이나 처먹고 살게 될 거야! 이 인류의 적들 같으니……!" "닥쳐, 이 거지 같은 놈아! 아직 사지 성할 때 닥치고 있으라고……!" "자극적인 행동은 안 된다고 했잖아! 제발 그만……!" 안드레이는 절망에 빠져 움직일 힘도 없이 김이 피어오르는 부지깽이를 눈으로 좇았다. 그는 무언가 끔찍하고 돌이킬 수 없는 일이 일어나

편집자

리라는, 그리고 그 끔찍한 일을 이제는 막을 수 없으리라는 것을 예감했다. 아니, 알았다.

"네놈들을 전부 가로등에 매달아 주겠어!" 얼굴에 피가 몰린 신임 보좌관이 커다란 자동 권총을 휘두르며 맹렬히 소리 질렀다. 더러운 말들과 소음이 난무하는 가운데 그는 어느새 자신의 권총을 뽑아 들고는 대책 없이 흔들어 대며 쉴 새 없이 고래고래 소리쳤고 그때 겐시가 달려 나가 그의 외투 깃을 잡았으나 곧 양손으로 밀쳐졌으며 돌연 총성이 울리더니 곧 두 번째, 세 번째 총성이 이어졌다. 공기 중에 부지깽이가 소리 없이 어른거렸고 모두 그 자리에서 굳었다.

치비리크만이 집무실 중앙에 서 있었고 붉었던 그의 얼굴이 빠르게 잿빛으로 변했다. 한 손으로는 부지깽이에 맞은 어깨를 문질렀고 다른 손은, 떨리는 상태로 아직 앞으로 뻗은 채였다. 권총이 바닥에 떨어져 나뒹굴었다. 문가에 있던 자들은 모두 입을 쩍 벌린 채 카빈총을 떨구고 서 있었다.

"그러려던 게 아니었어요……" 치비리크가 덜덜 떨리는 목소리로 말했다.

데니의 손에 들려 있던 의자가 큰 소리를 내며 바닥으로 떨어졌고 안드레이는 그제야 다들 어디를 보고 있는지 알아차렸다. 다들 겐시를 보고 있었다. 어딘가 부자연스럽게 양손으로 가슴 밑 부분을 부여잡고 천천히 천천히 앞으로 고꾸라지는 겐시를.

"그러려던 게 아니었어요……" 치비리크가 울먹이며 반복했다. "신이 아시겠지만, 그러려던 게 아니었어요……!"

겐시의 다리가 구부러지더니 부드럽게, 거의 아무런 소리도 내지 않고 그가 난로 옆 잿더미와 검은 먼지 위로 풀썩 쓰러져서는 알아들을 수 없는 괴로운 소리를 내며 힘겹게 무릎을 배 쪽으로 끌어당겼다.

그때 셀마가 끔찍한 비명을 지르면서 치비리크의 통통하고 기름진 불결한 흰 얼굴을 손톱으로 쥐어뜯었고 나머지 사람들은 발소리를 내며 쓰러진 자에게 뛰어가서 그를 에워싸고 그 위로 몸을 굽혔다. 조금 뒤 이쟈가 일어서더니 안드레이를 돌아보고 깜짝 놀라 눈썹이 한껏 올라간, 기이하게 일그러진 표정으로 중얼거렸다.

"숨을 쉬지 않아…… 죽었어……"

전화벨이 울렸다. 안드레이는 마치 꿈을 꾸는 듯 아무런 사고도 하지 못한 채 손을 뻗어 수화기를 들었다.

"안드레이? 안드레이!" 오토 프리자의 전화였다. "너 무사히 살아 있지? 진짜 다행이야. 내가 널 얼마나 걱정했다고! 이제는 전부 잘될 거야. 이제는 무슨 일이 생기면 프리츠가 우리 뒤를 봐줄 테니까……"

편집자

오토는 또 다른 얘기를, 소시지와 기름 얘기를 늘어놓았으나 안드레이는 그의 말을 더 이상 듣고 있지 않았다.

셀마는 쪼그려 앉아 양손으로 머리를 감싼 채 오열했고 신임 보좌관 라이몬드 치비리크는 잿빛 뺨의 깊게 파인 상처에서 흐르는 피를 문지르며 고장 난 기계처럼 했던 말을 하고 또 했다.

"그러려던 게 아니었어요…… 신께 맹세컨대, 그러려던 게 아니었어요……"

제 4 부

고문관

제1장

흘러나오는 물은 미지근하고 불쾌한 맛이 났다. 샤워기는 부자연스러울 정도로 높이 달려 있어 손이 닿지 않았고 시들시들한 물줄기는 필요한 데만 빼고 모든 곳으로 흘러내렸다. 하수구는 평소처럼 막혀 발아래 격자 철제 망 위로 물이 찰박거렸다. 기다릴 수밖에 없는 이 상황이 너무나 싫었다. 안드레이는 귀를 기울여 보았다. 탈의실에서는 아직도 웅성거리는 소리가 들렸다. 자신의 이름이 나온 것도 같았다. 안드레이는 비죽 웃고는 등에 물줄기가 닿도록 움직이다가 미끄러져 거칠거칠한 콘크리트 벽을 잡았고 작은 소리로 욕설을 내뱉었다. 그놈들을 족쳐야 하는데. 어쨌든 공무원용 샤워실을 따로 설치

할 수도 있었는데 말이다. 이 더러운 곳에서 이게 무슨 꼴인가……

코앞의 문에는 글귀가 새겨져 있었다. '오른쪽을 보시오.' 안드레이는 바로 오른쪽을 봤다. 거기에는 이렇게 쓰여 있었다. '다시 왼쪽을 보시오.' 안드레이는 퍼뜩 정신이 들었다. 그거군, 그거야. 학교 다닐 적 이런 장난을 배웠고 내가 직접 쓴 적도 있었다…… 그는 샤워기를 껐다. 탈의실이 조용했다. 그는 조심스럽게 문을 열고 안을 들여다봤다. 다행히도 모두 나갔군……

그는 까탈스럽게 손가락을 오므리고는 지저분한 타일을 절뚝거리며 지나 탈의실로 들어간 다음 자기 옷이 있는 쪽으로 향했다. 시야 끄트머리에 탈의실 구석의 움직임이 감지되어 곁눈질을 했더니 검은 털이 수북이 난 여윈 궁둥이가 눈에 들어왔다. 한 사내가 알몸으로 벤치 위에 무릎으로 서서 여자 탈의실로 난 구멍을 들여다보는, 뻔한 광경이었다. 그자는 보는 데 열중해 온몸이 한껏 굳어 있었다.

안드레이는 수건을 들고 물기를 닦기 시작했다. 석탄산 냄새가 밴 싸구려 공용 수건은 물기를 흡수하지 않고 피부에 바르는 것 같았다.

그러는 동안 알몸의 사내는 계속 엿보고 있었다. 그의 자세는 목매달린 사람처럼 부자연스러웠다. 벽의 구멍을

고문관

어린아이가 뚫어 놓았는지 위치가 낮고 불편했기 때문이다. 잠시 뒤 저쪽에 더 이상 볼일이 없어진 모양이었다. 그는 요란하게 숨을 고르더니 다리를 내리고 앉다가 안드레이를 발견했다.

"다 입어 버렸어요. 예쁜 여자였는데." 그가 말했다.

안드레이는 아무 말도 하지 않았다. 그는 바지를 입고 구두를 신기 시작했다.

"또 물집이 터졌네요……" 알몸의 사내가 자기 손바닥을 보며 또 입을 열었다. "벌써 몇 번째인지." 그는 수건을 펼쳐서는 못 미덥다는 듯 앞뒤로 살펴보았다. "도저히 이해가 안 돼요." 그가 수건으로 머리를 말리며 말을 이었다. "여기로 굴착기를 오게 하면 되는 거 아닙니까? 우리가 다 달려들어 봐야 굴착기 한 대만 못할 텐데요. 삽으로 깨작깨작 작업해 봐야……"

안드레이는 어깨를 으쓱해 보이고는 스스로도 알아듣기 힘들게 중얼거렸다.

"뭐라고요?" 알몸의 사내가 수건에 덮여 있던 귀를 드러내며 물었다.

"**도시**에 굴착기는 단 두 대뿐이라고 했습니다." 안드레이가 짜증스럽게 말했다. 오른쪽 구두끈이 풀리는 바람에 이제 대화에서 벗어날 수 없게 됐다.

"제 말이 그겁니다. 한 대를 여기로 보내면 되잖아

요!" 알몸의 사내가 자신의 빈약하고 덥수룩한 가슴을 힘차게 닦으며 반박했다. "이렇게 삽으로는…… 삽으로 일을 하려면 일단 삽을 다룰 줄 알아야 할 텐데 도시계획위원회에서 일하는 우리가 어떻게 그걸 알겠습니까?"

"굴착기들은 다른 곳에 필요합니다." 안드레이가 통명스럽게 대꾸했다. 망할 구두끈이 영 안 묶였다.

"다른 곳 어디요?" 도시계획위원회에서 왔다는 알몸의 사내가 바로 말꼬리를 잡았다. "제가 알기로는 바로 여기서 **위대한 건설**이 진행 중인데요. 그런데 굴착기가 대체 어디 있다는 겁니까? **더 위대한 건설**에라도 갔답니까? 그런 얘기는 듣지 못했는데요."

제기랄, 말싸움을 하자고 걸고넘어지다니. 안드레이는 화가 났다. 내가 뭣 하러 저자랑 말싸움을 한단 말인가? 저자의 말에 동조해야지 말싸움을 해서는 안 된다. 저자에게 몇 번 고개를 끄덕여 주면 떨어져 나가겠지…… 아니, 그래 봐야 저놈은 안 나가고 헐벗은 여자 얘기를 시작할 거다. 여자들에게 홀려 있는 편이 저에게 유익하기는 하겠지. 등신 자식.

"그런데 왜 그렇게 불평을 하는 겁니까?" 안드레이가 몸을 일으키며 물었다. "하루에 딱 한 시간만 일하라는데 누가 똥구멍에 연필을 쑤셔 넣기라도 한 듯 칭얼대시다니요…… 물집이 터졌다니, 세상에나! 산업재해로군요······"

도시계획위원회에서 왔다는 알몸의 사내는 얼이 **빠**져 입을 떡 벌린 채 안드레이를 쳐다봤다. 그는 깡마르고 털이 덥수룩했으며 다리는 통풍에 걸린 듯 부어 있고 배는 옆으로 처져 있었다······

"자기 자신을 위한 일 아닙니까!" 안드레이가 사나운 동작으로 넥타이를 매며 말을 이었다. "남의 집 삼촌을 위해서가 아니라 자기 자신을 위해 일해 달라고 요청한 겁니다! 물론, 그래도 불만스러울 테고, 그래도 모든 게 어렵겠지만요. **대변혁** 전까지는 똥이나 치우고 있었을 사람이 이제는 도시계획위원회에서 일을 하게 됐거늘 계속 우는소리나 하시고 말입니다······"

안드레이는 재킷을 입은 다음 작업복을 둘둘 말았다. 그때 도시계획위원회에서 왔다는 자가 마침내 목소리를 냈다.

"저기요, 신사 양반!" 기분이 상한 그가 소리쳤다. "제 말은 그게 아니잖습니까! 저는 그저 합리성, 효율성 얘기를 한 거예요······ 이상하단 말입니다! 그리고 말입니다, 전 직접 시청 장악에 참여하기도 했어요······! 이게 **위대한 건설**이라면 가장 좋은 것들이 전부 이리로 와야 한다고 말하는 거고요······ 그리고, 저한테 소리 지르지 마십시오······!"

"아아, 당신과 대화하기란 정말이지……" 안드레이는 이렇게 말하고는 신문지로 작업복을 싸면서 탈의실을 나섰다.

셀마는 벌써 조금 떨어진 벤치에 앉아 그를 기다리는 중이었다. 습관대로 다리를 꼬고 앉아 구덩이 쪽을 바라보며 골똘한 표정으로 담배를 피우고 있었다. 샤워 직후라 싱그럽고 발그레했다. 아까 그 털북숭이 머저리가 침을 질질 흘리며 구멍 너머로 본 여자가 바로 셀마라는 생각이 안드레이를 불쾌하게 쿡쿡 찔러 댔다. 안드레이는 셀마에게 다가가 옆에 멈춰 서서 그녀의 서늘한 목에 손바닥을 대 보았다.

"갈까?"

셀마가 눈을 들어 그를 보더니 미소 지었고 그의 손에 자신의 뺨을 비볐다.

"마저 피우고." 셀마가 말했다.

"그러자." 그는 동의하고 앉아 같이 담배를 피우기 시작했다.

구덩이에서는 수백 명이 우글거렸고 삽에서 흙이 날렸으며 연마된 쇳덩이를 태양이 밝게 비추었다. 맞은편 언덕에는 흙을 가득 실은 달구지들이 줄지어 서 있었고 콘크리트 판 더미들 옆에는 다음 교대조가 모여들었다. 바람이 불그스름한 모래를 일으켜 소용돌이를 만들고 시멘트 기둥의 확성기에서 나오는 행진곡을 드문드문 실어다 주었으며 빛바랜 표어들이 쓰인 거대한 현수막들을 흔들었다. '가이거가 말했다. 해야 한다! **도시**는 답했다. 하겠다!' **위대한 건설**, 비인간들에게 가하는 일격!' '**실험**. 실험가들을 대상으로 한 **실험**!'

"오토가 그러는데 오늘 카펫이 들어온대." 셀마가 말했다.

"잘됐네. 제일 큰 걸로 사. 응접실에 깔자." 안드레이가 기뻐했다.

"당신 서재에 놓으려 했는데. 벽에 걸면 어떨까 했지. 작년에 우리가 입주하자마자 내가 한 얘기 기억해⋯⋯?"

"서재에?" 안드레이가 곰곰이 생각하며 말했다. 그는 머릿속에 자신의 서재와 카펫, 그리고 무기들을 떠올려 보았다. 훌륭했다. "그런 말을 했었지. 아주 좋네. 서재에 걸자."

"루머한테 전화하는 거 잊으면 안 돼. 사람을 보내라고 해 줘." 셀마가 말했다.

"당신이 전화하면 되잖아." 안드레이가 말했다. "난 시간이 없을 텐데⋯⋯ 아니다, 알았어. 내가 전화할게. 어디로 보내면 돼? 집?"

"아니. 창고로 바로 보내라고 해. 당신 점심 즈음에 올 거야?"

"아마 갈 수 있을 거야. 그건 그렇고, 이쟈가 한참 전부터 우리 집에 오고 싶다고 하던데."

"아주 좋지! 당장 오늘 저녁에 부르자. 우리가 다 모인 지 100년은 된 것 같아. 왕도 불러야 하고. 아, 메이링이랑 같이……"

"그렇지." 안드레이가 말했다. 어째서인지 그는 왕을 부를 생각은 없었다. "이쟈 말고 우리 중에 또 누구를 부르면 좋을까?" 그가 조심스레 물었다.

"우리가 만나던 사람들 중에? 대령을 부를 수도 있고……" 셀마가 머뭇거렸다. "참 멋진 사람이잖아…… 어쨌든, 만나는 사람 중에 누군가를 부른다고 한다면, 우선 돌푸스 부부지. 그쪽 집에는 두 번이나 갔잖아. 마음이 불편해."

"부인을 안 데려오면 딱 좋을 텐데……" 안드레이가 말했다.

"남편만 초대할 수는 없지."

"저기 말이야," 안드레이가 말했다. "돌푸스 부부한테는 아직 전화하지 마. 저녁에 생각해 보자고." 왕과 돌푸스 부부가 전혀 어울리지 못하리라는 것은 불 보듯 뻔했다. "차추아를 부르면 어떨까?"

"천재적이야!" 셀마가 말했다. "차추아에게 돌푸스 부인을 맡기자. 그편이 모두에게 좋을 거야." 셀마가 꽁초를 던졌다. "갈까?"

구덩이에서는 **위대한 인부**들이 먼지를 일으키며 샤워
실로 향하고 있었다. 주철 공장에서 온 일꾼들로 땀에 흠
뻑 젖어서는 큰 소리로 말하고 우렁차게 웃었다.

"가자." 안드레이가 말했다.

그들은 막 심은 피나무가 드문드문 양옆으로 이어지
고 사람들이 사방에 침을 뱉어 놓은 모랫길을 따라 버스
정류장으로 나갔다. 칠이 다 벗겨진 버스 두 대가 승객들
을 삐곡히 싣고선 출발하지 않고 있었다. 안드레이가 손
목시계를 흘끗 봤다. 출발 시간까지 7분 남았다. 앞 버스
에서는 얼굴이 빨개진 여자들이 웬 취객을 밀어내고 있
었다. 취객이 새된 소리로 고래고래 목청을 높였고 여자
들도 히스테릭한 고음으로 고함을 질렀다.

"교양 없는 사람들이랑 같이 타고 갈까, 아니면 걸어
갈까?" 안드레이가 물었다.

"시간은 있어?"

"있어. 가자. 절벽 위로 지나가자고. 그쪽이 더 선선할
거야."

셀마가 그의 팔짱을 꼈고 그들은 왼쪽으로 돌아 숲에
둘러싸인 오래된 5층 건물의 그림자로 들어가서 절벽으
로 향하는 좁은 자갈길을 걷기 시작했다.

덩그러니 버려진 지역이었다. 안이 휑하게 빈, 다 쓰

러져 가는 건물들이 들쑥날쑥 비스듬히 서 있었고 도로에는 잡초가 무성했다. 이곳은 **대변혁** 전까지, 그리고 그 직후에는 밤뿐 아니라 낮에도 위험했다. 여기저기 범죄자 소굴과 조직의 본거지, 훔친 물건을 쌓아 두는 창고들이 있었고 밀주 장사꾼과 훔친 물건을 파는 자, 전문 금 사냥꾼, 매춘부에 포주를 비롯해 온갖 범죄자들이 살았다. 후에 이들은 소탕됐다. 일부는 붙잡혀 습지대로 보내져 농부들 밑에서 살게 되었고 다른 잔챙이들은 그저 되는대로 쫓겨났고 그 난리 통에 누군가는 벽 앞에 세워져 총살되었다. 또한 이곳에서 발견된 값나가는 것들은 족족 도시의 재산으로 몰수됐다. 이 지역은 완전히 비워졌다. 초기에는 여기까지 순찰을 돌았지만 얼마 후 필요 없다는 이유로 순찰 지역에서 제외됐고 바로 얼마 전에는 이 폐허촌을 헐고 이 자리에, 절벽을 따라 도시 경계선까지 공원 지대를 조성하고 종합 오락 단지를 만들겠다는 계획이 공표됐다.

셀마와 안드레이는 다 쓰러져 가는 마지막 폐허를 지나 무릎까지 오는 촉촉한 풀들을 헤치면서 절벽을 따라 걸었다. 서늘한 곳이었다. 절벽 아래로부터 차갑고 축축한 공기가 물씬 밀려왔다. 셀마가 재채기를 하자 안드레이가 그녀의 어깨를 감싸 안았다. 이곳에는 화강암으로 만든 난간이 설치되어 있지 않아 안드레이는 본능적으로 절벽 가장자리에서 되도록 멀리, 대여섯 걸음 떨어져 있으려 노력했다.

절벽 위에서는 누구나 이상한 기분을 느꼈다. 이곳에 서면 아마 모두가 똑같은 느낌을, 여기서 바라보면 세상이 마치 정확히 둘로 나뉜 것 같다는 느낌을 받을 것이다. 서쪽은 끝없이 펼쳐진 푸르스름한 녹색 빛깔 공허였다. 바다도, 하늘도 아닌 푸르스름하고 녹색이 섞인 공허. 푸르른 녹색의 **무언가**다. 한편 동쪽에는 끝없이 수직으로 우뚝 솟은 노란 표면이 있었다. 그 면에 일직선으로 좁은 단차가 들어가 있고 그곳을 따라 **도시**가 펼쳐져 있었다. **노란 벽**. 노랗고 절대적인 **표면**이었다.

서쪽의 무한한 **공허**와 동쪽의 무한한 **표면**. 이 두 무한을 이해하기란 절대 불가능할 것 같았다. 그저 익숙해지는 것만이 가능했다. 익숙해지고 싶지 않거나 익숙해질 수 없는 사람들은 절벽에 가까이 가지 않았기에 이곳에서 누군가를 마주치는 일은 몹시 드물었다. 지금은 사랑에 빠진 연인들만, 그것도 주로 밤에 오곤 했다. 밤이 되면 절벽 아래에서 희미한 녹색이 빛을 발했는데 마치 그곳, 심연에서 뭔가가 고요히 수백 년 동안 썩고 있는 것 같았다. 그 빛 속에 무성한 듯한 절벽의 까만 윤곽이 절경이었다. 이곳은 어디에나 풀들이 놀라울 정도로 길고 또 부드럽게 자라나 있었으니……

"비행선을 만들면 말이야," 셀마가 불쑥 입을 열었다. "그럼 우리는 위로 올라가려나, 아니면 이 절벽 아래로 내려가려나?"

"무슨 비행선?" 안드레이가 멍하니 물었다.

"무슨, 이라니?" 셀마가 깜짝 놀라자 안드레이는 퍼뜩 정신이 들었다.

"아, 에어십 말이구나!" 그가 말했다. "아래지. 당연히 아래로 가야지. 절벽 아래로."

매일 한 시간씩 **위대한 건설** 노동을 하는 대다수 도시인들 사이에서는 대형 비행선 공장을 짓는 게 아닌가 하는 추측이 퍼져 있었다. 가이거는 이런 추측에 확답을 줄 필요는 없되 일단은 지지해 주는 편이 좋겠다는 입장이었다.

"어째서 아래로인데?" 셀마가 물었다.

"글쎄, 생각해 봐…… 우리는 열기구를, 물론 사람은 태우지 않고 올려 보냈어. 그런데 위에서 무슨 일이 일어나서는 알 수 없는 이유로 터져 버리곤 했지. 열기구가 1킬로미터 위로 올라간 적이 이제까지 한 번도 없어."

"그럼 저 아래에는 뭐가 있을까? 어떻게 생각해?"

안드레이는 어깨를 으쓱했다.

"전혀 모르겠네."

"이런, 배웠다는 사람이! 고문관님이잖아."

셀마는 풀 사이에서 구부러지고 녹슨 못이 박혀 있는 낡은 판자 조각을 줍더니 아래로 던졌다.

"누군가의 대가리에 맞을지도 모르겠네." 셀마가 중얼거렸다.

"말썽 피우지 마." 안드레이가 온화하게 말했다.

"내가 원래 이런 사람이잖아." 셀마가 대꾸했다. "잊었어?"

안드레이는 그녀를 내려다보았다.

"아니, 잊지 않았어." 그가 말했다. "지금 당장 풀밭에서 할까?"

"그럴까." 셀마가 말했다.

안드레이가 주위를 둘러보았다. 가장 가까운 폐허 지붕에 헌팅캡을 쓴 두 사람이 다리를 내려뜨리고 앉아 담배를 피우고 있었다. 그리고 그 옆의 쓰레기 더미에는 비스듬한 각도로 삼각대가 기대어 서 있고 삼각대에는 쇳덩이가 울퉁불퉁한 사슬로 묶여 있었다.

"보는 눈이 많네." 그가 말했다. "안타깝군. 제대로 보여 줄 수 있었는데, 고문관 부인."

"어서 여자를 자빠뜨리지 뭐 하러 시간 낭비를 하고 앉았어!" 지붕에서 꽥꽥대는 소리가 들렸다. "이거 완전히 숙맥 아냐……!"

안드레이는 못 들은 척했다.

"바로 집으로 가?" 그가 물었다.

셀마가 시계를 봤다.

"미용실에 들러야 해." 그녀가 말했다.

안드레이는 문득 낯설고 혼란스러운 기분을 느꼈다. 불현듯 자신이 고문관이라는 것을, 대통령 직속 기구에서 막중한 직책을 맡은 존경받는 사람이라는 것을, 자신에게 아름다운 아내가 있고 집은 부유하여 부족함이 없다는 것을, 지금 그의 아내는 저녁에 손님을 맞이하기 위해 미용실에 갈 것이며 저녁 모임은 마구 술에 취해 주정을 부리는 자리가 아니라 수준 높은 자리가 될 것이고 손님으로는 아무나가 아니라 모두 견실하고 중요한 직책에 있는, 도시에 없어서는 안 될, 필수 불가결한 인물들이 오리라는 것을 어쩐지 대단히 선명하게 인식했다. 뜻밖의 순간에 인식한 성숙함, 자신의 중요성과 책임감에 대한 감각이라고나 할까. 그는 장성한 인간이었고 꽤 특출했으며 자립에 성공했고 가정적이었다. 그는 자신의 두 다리로 굳건히 서 있는 성숙한 남성이었다. 자식들만 있었더라면 완벽했을 텐데. 그것 말고는 장성한 성인이 갖추는 모든 것들을 갖췄는데……

"안녕하십니까, 고문관님!" 존경 어린 목소리가 울렸다.

셀마와 안드레이는 어느새 방치된 지역을 다 지났다.

왼쪽으로 화강암으로 만든 난간이 설치되어 있고 발밑에는 무늬가 있는 콘크리트 판이 깔렸으며 오른쪽과 앞쪽으로 어마어마한 규모의 하얀 유리관館이 펼쳐졌다. 그들이 지나가는 길에는 하늘색 외부 경비 제복을 입은 젊고 단정한 흑인 경찰관이 두 손가락을 제복모 챙에 대고 꼿꼿이 서 있었다.

안드레이는 정신없이 그에게 고개를 끄덕이고는 셀마에게 말했다.

"미안, 다른 생각을 하느라 못 들었어……"

"루머한테 전화하는 거 잊지 말라고 했어. 이제는 카펫 말고 다른 이유로도 사람이 필요해졌잖아. 와인을 가져와야 하고 보드카도…… 대령은 위스키를 좋아하고 돌푸스는 맥주를 좋아하니까…… 상자째 사야겠어……"

"그래! 화장실 등도 바꾸게 하고! 당신은 뵈프 부르기뇽을 만들어 줘. 아말리아라도 보내 줄까?" 안드레이가 말했다.

그들은 유리관으로 향하는 가로질러 놓인 길 앞에서 헤어졌다. 셀마는 가던 길을 계속 따라갔고 안드레이는 (기쁜 마음으로) 그녀를 눈으로 배웅한 후 돌아서서 서문으로 향했다.

건물 주위로 콘크리트 판이 깔린 광활한 광장에는 아무것도 없었으며 하늘색 제복을 입은 경비만 드문드문

보였다. 광장을 에워싼 울창한 나무들 아래에는 언제나처럼 갓 이 세계로 온 구경꾼들이 삐죽삐죽 튀어나와 권력의 정점을 게걸스레 눈에 담았고 그 옆에서는 지팡이를 짚은 연금 생활자들이 설명을 해 주고 있었다.

입구에는 벌써 돌푸스의 차가 서 있었다. 언제나처럼 보닛이 열려 있었으며 반짝이는 크롬 가죽에 감싸인 운전사의 다리가 엔진 쪽에서 불쑥 튀어나와 있었다. 순간 그는 농지용으로 보이는 화물차에서 더러운 냄새가, 습지대에서 나는 듯한 악취가 풍겨 오는 것을 알아차렸다. 차체 위로 표면이 다 벗겨진 푸르뎅뎅하고 붉은 소고기 끄트머리들이 지저분하게 비어져 나와 있었다. 소고기 위로는 파리들이 날아다녔다. 화물차 주인인 농부는 문 앞에서 경비와 실랑이를 벌이는 중이었다. 보아하니 꽤 한참 전부터 그러고 있었던 것 같았다. 이미 당직인 경비 책임자와 경찰관 셋이 와 있었는데 거기에 더해 경찰관 두 명이 천천히 광장 계단을 올라 다가가는 중이었다.

안드레이는 그 농부를 어디선가 본 적이 있는 것 같았다. 멀대처럼 키가 크고 콧수염이 늘어진 깡마른 사내로 땀과 벤진, 술 냄새를 풍겼다. 안드레이는 통행증을 보이고 로비로 들어서면서, 그 사내가 가이거 대통령을 개인적으로 만나야 한다고 하자 경비가 여기는 직원용 출입구이므로 건물을 돌아 접수처로 가서 본인의 운을 시험

고문관

해 보라고 하는 것을 들었다. 실랑이를 벌이는 목소리가 점점 커졌다.

안드레이는 승강기를 타고 5층으로 올라가 현판에 검은색과 금색으로 '과학기술 부문 대통령 직속 기구'라 쓰인 문으로 들어갔다. 그가 들어가자 문 근처에 앉아 있던 사환들이 일어나 일제히 연기가 피어오르는 담배꽁초를 등 뒤로 숨겼다. 넓고 하얀 복도에는 그들 말고 아무도 없었지만, 문들 안쪽에서는 언젠가 편집부에서 그랬던 것처럼 전화벨 소리와 사무적으로 지시하는 목소리들, 타자기 소리가 흘러나왔다. 직속 기구는 한창 바삐 돌아가는 중이었다. 안드레이는 '고문관 A. 보로닌'이란 명패가 달린 문을 벌컥 열고 자신의 응접실로 들어섰다.

여기에서도 사람들이 그를 보자마자 일어섰다. 뚱뚱하고 항상 땀을 흘리는 측지학부장 케하다와 백색에 가까운 눈동자를 가진 둔하고 음울하게 생긴 인사부장 바레이키스, 경리부 소속의 주책맞은 중년 여사원과 자기소개를 하러 온 신참으로 보이는, 운동을 할 것같이 생긴 초면의 청년이었다. 그리고 타자기가 놓인 창가 쪽 책상에서 그의 개인 비서 아말리아가 미소를 보내며 얼른 일어섰다.

"안녕하십니까. 안녕하십니까, 여러분." 안드레이가 최대한 인자한 미소를 띠고 우렁차게 인사했다. "미안합니다! 망할 버스들이 꽉 차 있어서 건설 현장부터 겨우겨우 걸어올 수밖에 없었네요……"

그는 사람들과 악수를 나누었다. 케하다의 땀투성이 앞발과 바레이키스의 흐물흐물한 지느러미, 경리부 아주머니(이 여자가 대체 왜 날 만나러 왔을까? 여기서 대체 뭘 얻을 수 있다고?)의 앙상한 손과 인상 쓴 신입의 삽 같은 손을 맞잡았다.

"여성분을 먼저 들어오게 하는 편이 좋겠군요…… 부인, 들어오시죠……" 경리부 아주머니에게 한 말이었다. "내가 급히 봐야 할 것이 있습니까?" 목소리를 낮추고 아말리아에게 한 말이었다. "고마워요……" 그는 자신에게 내밀어진 전보를 받아 들고서 집무실 문을 활짝 열었다. "들어가시죠, 부인. 들어가세요……"

그는 책상으로 걸어가며 전보를 열어 흘끗 보고는 아주머니에게 손으로 소파 자리를 권하고 자신도 앉아 전보를 앞에 놓았다. 첫마디부터 무슨 말을 하려는지 뻔히 보였다.

"실례지만," 1분 30초가 지나자 그가 말을 끊었다. "무슨 말씀인지 알겠습니다. 사실 우리는 소개로 사람을 고용하지 않습니다. 하지만 부인의 경우에는, 분명 예외로 할 수도 있겠군요. 따님이 우주학에 관심이 깊어 학교 다닐 때부터 혼자 공부할 정도라니 말입니다…… 우리

고문관

인사부장한테 전화해 보세요. 내가 얘기해 두겠습니다."
그는 일어섰다. "젊은 친구들의 열정은 언제나 환영하고
독려해 마땅하지요……" 그는 문까지 안내했다. "새 시
대의 정신 그 자체로군요…… 고마워하실 필요 없습니
다, 부인. 나는 그저 해야 할 일을 했을 뿐이니까요. 살펴
가십시오……"

그는 책상으로 돌아와 전보를 다시 읽었다. '대통령
께서 보로닌 고문관을 14:00시에 집무실로 호출하셨습
니다.' 다른 내용은 없었다. 무슨 일로? 왜? 뭘 챙겨 가야
하나? 이상하다…… 프리츠는 그저 날 보고 싶고 그저
얘기나 나누고 싶은 걸 수도 있지. 점심시간이니까. 그러
니까, 점심을 대통령과 먹겠군…… 그는 내선 전화기를
들었다.

"아말리아, 케하다를 들여보내요."

문이 열리고 케하다가 운동선수처럼 생긴 젊은이의
소매를 잡아 데리고 들어왔다.

"고문관님, 소개해 드리고 싶은 사람이 있습니다." 케
하다가 문간을 넘자마자 입을 뗐다. "이 젊은 친구인데
요…… 더글러스 캐처라고 합니다…… 이 사람은 신입
으로 불과 한 달 전에 이 세계로 왔고 한곳에만 앉아 있
기 따분하답니다."

"글쎄," 안드레이가 웃으며 말했다. "누구나 한자리에

만 앉아 있으면 따분하지요. 만나서 대단히 반갑군요, 캐처. 어디서 태어났습니까? 어떤 시간대에서 왔고요?"

"텍사스주 댈러스에서 왔습니다." 젊은이는 수줍게 웃으며 의외의 낮은 음으로 말했다. "1963년에서 왔습니다."

"대학은 졸업했고요?"

"평범한 전문대를 나왔습니다. 졸업하고는 지질학자들이랑 많이 돌아다녔고요. 석유 시추를 하러 다녔습니다."

"훌륭하군요." 안드레이가 말했다. "딱 우리에게 필요한 경력이네요." 그는 연필을 빙빙 돌렸다. "캐처, 아마 모를 수도 있겠습니다만, 여기서는 처음 온 사람들에게 왜 왔느냐고 물어보는 게 일반적이에요. 도망친 겁니까? 아니면 모험을 추구한 건가요? 아니면 **실험**에 관심이 있습니까……?"

더글러스 캐처는 인상을 찌푸리고는 오른손으로 왼손 엄지손가락을 말아 쥐고서 창밖을 바라보았다.

"도망쳤다고도 할 수 있겠지요." 그가 웅얼거렸다.

"이 친구의 대통령이 피살되었다고 합니다." 케하다가 손수건으로 얼굴을 닦으며 설명했다. "바로 그가 살던 도시에서 일어난 일이었고요……"

"그런 일이 다 있었군요!" 안드레이가 이해한다는 듯

말했다. "당신이 혐의를 받게 됐습니까?"

젊은이가 고개를 흔들자 케하다가 설명했다.

"아니, 그런 문제가 아니었어요. 긴 이야기입니다만. 사람들은 그 대통령에게 큰 기대를 걸었고, 그 대통령은 사람들의 우상이었거든요…… 한마디로, 정신적인 문제죠."

"망할 나라예요." 젊은이가 끼어들었다. "구제할 길이 없어요."

"그래요, 그렇군요." 안드레이가 이해한다는 듯 고개를 끄덕거렸다. "그런데 우리가 이제 **실험**을 인정하지 않는다는 건 알고 계십니까?"

젊은이는 건장한 두 어깨를 으쓱해 보였다.

"저로서는 별 상관 없습니다. 저는 여기가 마음에 들어요. 그저 한자리에만 앉아 있는 게 싫을 뿐입니다. 제게 도시는 좀 지루해서요. 그러던 중 케하다 씨가 탐사를 가 보는 건 어떻겠느냐고 하셨고요……"

"저는 이 친구를 손 팀의 선발대로 보내고 싶습니다. 체구가 건장하고 유사한 경험도 있는 데다 정글에서 일할 사람을 구하기가 얼마나 힘든지 아시지 않습니까." 케하다가 말했다.

"그렇군요. 캐처, 만나서 정말 반갑습니다. 당신이 마음에 듭니다. 앞으로도 그렇길 바라지요." 안드레이가 말했다.

캐처는 어색하게 고개를 끄덕이고는 일어섰다. 케하다 역시 일어서며 큰 숨을 내쉬었다.

"또 한 가지." 안드레이가 손가락을 치켜들며 말했다. "하나 말해 두고 싶은 게 있습니다, 캐처. **도시**와 유리관은 당신이 공부하기를 바랍니다. 그저 주어진 일을 이행하기만 하는 사람은 필요치 않습니다. 그런 사람들은 충분히 있거든요. 우리는 고급 인력이 필요해요. 당신이 훌륭한 석유 시추 기술자가 될 수 있다고 믿습니다…… 케하다, 이 친구 지수가 어떻게 됩니까?"

"87입니다." 케하다가 조소를 띠고 말했다.

"그럴 줄 알았습니다…… 믿을 근거가 있다니까요."

"분발하겠습니다." 더글러스 캐처가 중얼거리며 케하다를 쳐다봤다.

"저희 용건은 여기까지입니다." 케하다가 말했다.

"나도 할 말은 다 했습니다." 안드레이가 말했다. "건승을 빌지요…… 그리고 바레이키스를 들여보내 주십시오."

늘 그렇듯 바레이키스는 집무실로 들어오는 게 아니라 열린 문 사이로 끊임없이 흘끔흘끔 뒤를 살피며 조금씩 조금씩 안으로 이동했다. 그러고 나서 문을 꼭 닫더니 조용히 절뚝이며 책상 쪽으로 와 앉았다. 그의 얼굴에는 애환이 더 선명해졌고 양쪽 입꼬리가 축 처졌다.

"잊기 전에 말해 둡니다만," 안드레이가 말했다. "경리부 여자가 왔었는데……"

"압니다. 딸 문제지요." 바레이키스가 조용히 말했다.

"그렇습니다. 그러니까, 나는 반대하지 않습니다."

"케하다에게로요." 바레이키스가 질문도 아니고 선언도 아닌 듯한 어조로 말했다.

"아니, 연산 팀에 보내는 게 좋을 것 같습니다."

"알겠습니다." 바레이키스가 대답하고는 재킷 안주머니에서 노트를 꺼냈다. "지침 0-17입니다." 그가 몹시 작은 목소리로 말했다.

"그렇습니까?"

"정기 테스트가 마무리됐습니다. 직원 여덟 명의 지능지수가 기준치인 75 이하로 밝혀졌습니다." 바레이키스가 여전히 조용조용 말했다.

"75라니요? 지침에 따른 하한선은 67일 텐데요."

"대통령 직속 기구 인사과의 설명에 따르면," 바레이키스의 입술이 간신히 달싹거리며 말했다. "대통령 직속 과학기술 기구 직원의 하한 지능지수는 75입니다."

"아, 이런……" 안드레이가 정수리를 긁적였다. "흠…… 뭐, 말이 되는군요."

"게다가," 바레이키스가 말을 이었다. "여덟 명 중 다섯 명은 67에도 못 미칩니다. 여기 그 명단입니다."

안드레이는 명단을 받아 들고 보았다. 반은 아는 이름과 성이었으며 남자 둘에 여자 여섯이었다……

"잠깐만요," 그가 인상을 쓰고 말했다. "아말리아 토른…… 내 아말리아 아닙니까! 이게 대체 무슨 말도 안 되는 일입니까?"

"58입니다." 바레이키스가 말했다.

"지난 테스트에서는 어땠습니까?"

"지난번에는 여기 제가 아직 없었습니다."

"아말리아는 비서예요!" 안드레이가 말했다. "내 비서. 내 개인 비서란 말입니다!"

바레이키스는 음울한 표정으로 아무런 말이 없었다. 안드레이는 다시 명단을 살펴보았다. 라시도프…… 측지학자인 것 같은데…… 누군가 이 사람을 칭찬했었다. 아니, 욕했던가……? 타티야나 포스트니크. 기계 조작 담당자다. 곱슬곱슬한 머리카락에 귀여운 얼굴이었고 케하다랑 뭔가가 있었는데…… 아니, 그건 다른 여자였나……

"알겠습니다." 안드레이가 말했다. "이 건은 내가 파악한 후에 다시 얘기합시다. 비서라든가 기계 조작 담당자 같은…… 보조 인력과 관련한 설명도 요청해 주면 좋겠습니다. 그 사람들한테 연구원과 같은 기준을 요구할 수는 없으니까요. 게다가 사환도 직원으로 치지 않습니까……"

"알겠습니다." 바레이키스가 말했다.

"또 할 이야기가 있습니까?" 안드레이가 물었다.

"네. 지침 0-0-3입니다."

안드레이가 인상을 썼다.

"기억이 안 나는군요."

"**실험** 프로파간다에 관한 지침입니다."

"아," 안드레이가 말했다. "그래서요?"

"이 인물들에게서 체계적인 징후가 보입니다."

바레이키스는 안드레이 앞에 또 한 장 내려놓았다. 명단에는 세 명의 이름이 적혀 있었다. 전부 남자였고 세명 모두 부서 책임자들이었다. 기초과학 부서인 우주학, 사회심리학 그리고 측지학 부서 책임자인 설리번과 부츠, 케하다였다. 안드레이는 손가락으로 명단을 톡톡 쳤다. 이렇게 운이 없어서야. 그가 생각했다. 또다시 이런 사태가 벌어지다니. 일단, 진정하자. 너무 심각하게 생각하면 안 된다. 우리는 어디 숨을 수도 없고, 이 머저리 같은 놈은 무엇으로도 구슬릴 수 없을뿐더러 이놈과 계속 일을 해야 하니까……

"불쾌하군요." 안드레이가 말했다. "대단히 불쾌합니다. 확인된 정보입니까? 오해가 있는 건 아니고요?"

"여러 차례 교차 확인한 정보입니다." 바레이키스가 색채 없는 목소리로 말했다. "설리번은 **도시**에서 **실험**이 계속되고 있다고 주장합니다. 그의 말에 따르면, 유리관은 자신의 의지와 상관없이 일종의 **실험**을 계속 이행하고 있습니다. **대변혁**은 **실험**의 한 단계일 뿐이라고도 확언하고요……"

신성한 말이로군. 안드레이가 생각했다. 이쟈도 정확히 같은 말을 하곤 했고 프리츠는 그 얘기를 아주 싫어했다. 다만, 이쟈는 해도 되고 불쌍한 설리번은 하면 안 된다.

"케하다의 경우에는," 바레이키스가 말을 이었다. "부하 직원들이 있는 자리에서 가상의 실험가들이 대단한 과학기술 역량을 지녔다며 감탄합니다. 대통령과 대통령위원회 활동의 가치를 폄훼합니다. 그는 직속 기구의 활동을 쥐들이 신발 상자 속에서 일으키는 소동에 두 차례나 비유했습니다……"

안드레이는 눈길을 떨구고 들었다. 그의 표정이 굳었다.

"마지막으로 부츠입니다. 대통령 개인을 적대적으로 평가합니다. 술에 취한 상태에서 그는 현 정권 지도층을 바보들 위에 군림하는, 대단할 것 없는 독재 정권이라 했습니다."

안드레이는 참지 못하고 신음 소리를 냈다. 이런 제기랄. 뭣 하러 저따위 얘기를 하고 다닌단 말인가. 그는 화를 내며 명단을 밀어냈다. 엘리트라는 사람들이 자기 머리에 똥 맞기를 자초하는 꼴이라니……

"어떻게 이런 것들을 다 알고 계시는군요." 안드레이가 바레이키스에게 말했다. "이 모든 것들이 당신에게 알려지고요……"

이 말은 하지 않는 편이 나았다. 어리석었다. 바레이키스는 미동도 없이 음울한 표정으로 안드레이의 얼굴을 정면으로 쳐다봤다.

"일을 아주 잘하시는군요, 바레이키스." 안드레이가 말했다. "당신 덕분에 아주 든든합니다…… 아마 그 정보는," 그가 손톱으로 명단을 톡톡 두드렸다. "벌써 통상적인 채널로 전달됐겠지요?"

"오늘 전달될 예정입니다. 저는 우선 고문관님께 보고해야 할 의무가 있습니다." 바레이키스가 말했다.

"훌륭하군요." 안드레이가 호탕하게 말했다. "전달하십시오." 그는 두 장 다 핀에 꽂아 '대통령 보고용'이라 쓰인 파란 서류철에 넣었다. "이 일을 우리의 루머가 어떻게 처리하는지 봅시다……"

"이런 종류의 정보가 처음은 아니라는 점을 고려해 보면, 루머 씨는 이 사람들을 주요 직책에서 제외하라고 권고할 것 같습니다." 바레이키스가 말했다.

안드레이는 초점을 바레이키스 등 뒤로 멀리 잡으려 노력하며 그가 있는 방향을 바라보았다.

"어제 나는 신작 영화를 관람했습니다." 안드레이가 입을 열었다. "〈헐벗은 맨발의 사람들〉이란 제목이었지요. 그 영화를 우리가 승인했으니 곧 일반 대중 대상으로 상영될 겁니다. 그 영화를 꼭, 꼭 보세요. 영화에서는, 그러니까……"

안드레이는 바레이키스에게 그 끔찍하고 천박한 영화의 줄거리를 느긋하고도 상세하게 늘어놓기 시작했다. 프리츠는 실제로 이 영화를 아주 마음에 들어 했고, 그만 그런 것도 아니었다. 바레이키스는 아무 말 없이 듣다가 때때로, 가장 부적절한 순간에 마치 정신이 퍼뜩 든 듯 고개를 끄덕였다. 그의 얼굴에는 이전과 마찬가지로 우울과 절망뿐이었다. 벌써 오래전에 흐름을 놓쳐서 아무것도 이해하지 못하는 게 분명했다. 줄거리가 클라이맥스에 다다랐을 때, 바레이키스가 이제는 끝까지 들을 수밖에 없겠구나 체념했을 때 안드레이는 이야기를 뚝 끊고는 대놓고 하품을 하며 온화하게 말했다.

"뭐 그 후로도 그런 식으로 진행됩니다. 꼭 보도록 하세요…… 그건 그렇고, 캐처라는 청년을 어떻게 생각하십니까?"

고문관

바레이키스는 화들짝 놀라며 몸을 떨었다.

"캐처 말입니까? 아직까지는 아무 문제 없는 것 같습니다."

"나도 같은 생각입니다." 안드레이가 말했다. 그가 수화기를 집어 들었다. "더 얘기할 것이 남았나요, 바레이키스?"

바레이키스가 일어섰다.

"없습니다." 그가 말했습니다. "다 얘기했습니다. 가봐도 되겠습니까?"

안드레이는 상냥하게 고개를 끄덕이고는 송화구에 대고 말했다.

"아말리아, 또 누가 남아 있지요?"

"엘리자우어가 기다리고 있습니다. 고문관님."

"엘리자우어라니요?" 안드레이가 바레이키스가 조심스럽게 조금씩 집무실 밖으로 이동하는 것을 보며 물었다.

"교통 부서 부담당자입니다. '아콰마린' 건으로 오셨다고 합니다."

"조금 더 기다리라고 합시다. 우편 가져오세요."

1분 후 아말리아가 문가에 나타났고 그동안 안드레이는 끙끙거리며 이두근을 주무르고 허리를 흔들고 있었다. 한 시간 동안 삽을 들고 열심히 일한 뒤에는 온몸이 기쁨에 겨운 비명을 질렀다. 그는 주로 앉아서 생활하는 사람에게는 그 노동이 정말 참 좋은 운동이라고 언제나처럼 대충 생각했다.

아말리아가 문을 꼭 닫고서 높은 굽으로 바닥을 또각거리며 걸어와 안드레이 옆에 서서는 우편물이 든 서류철을 내려놓았다. 그는 습관대로 한 손으로는 서늘한 실크 스타킹을 신은 그녀의 탄탄한 허벅지를 손바닥으로 두드렸고 다른 손으로는 서류철을 열었다.

"그러니까, 어떤 내용이 있지요?" 그가 호쾌하게 말했다.

아말리아는 그의 손바닥 아래에서 녹아내려 숨 쉬는 것조차 멈추고 있었다. 개처럼 우습고도 충성스러운 여자다. 일이 어떻게 돌아가는지 알고. 그는 아말리아를 올려다보았다. 애무를 할 때면 늘 그렇듯 얼굴이 창백해져서는 깜짝 놀란 표정이었다. 서로 눈이 마주치자 아말리아는 머뭇거리며 자신의 자그맣고 뜨거운 손바닥을 그의 귀 아래 목에 가져다 댔다. 그녀의 손가락이 떨렸다.

"그럼 어떻게 할까, 자기?" 그가 부드럽게 물었다. "이 종이 더미에 뭔가 중요한 게 있나? 아니면 이제 문을 잠그고 자세를 바꿔 볼까?"

소파나 카펫에서 즐기자는, 그들만의 암호였다. 그는 아말리아가, 그녀가 침대에서 어떤지는 말할 수 없었다.

침대에서 한 적은 한 번도 없었으니까.

"여기에는 예산안이 있고요……" 아말리아가 들릴 듯 말 듯 한 목소리로 말했다. "그리고 여러 가지 요청문이랑…… 개인 편지들이에요. 그것들은 제가 열어 보지 않았어요."

"잘했군." 안드레이가 말했다. "혹시라도 예쁜 여자가 보낸 게 있을 수도 있으니……"

그는 그녀를 놓아주었고 그녀는 얕은 숨을 내뱉었다.

"앉아 있어. 금방 볼 테니까 나가지 말고." 그가 말했다.

안드레이는 손에 처음 잡힌 편지 봉투를 연 다음 빠르게 훑어보고는 인상을 찌푸렸다. 조종 기사 옙세옌코가 자신의 직속상관인 케하다에 대해 '지도층과 고문관에 관한 얘기를 하고 다닌다'고 썼다. 안드레이는 이 옙세옌코라는 자를 아주 잘 알았다. 드물게 이상하고 드물게 운이 없는 자였다. 그는 일이 잘 풀리는 법이 없었다. 언젠가는 1942년 레닌그라드 근교에서 전쟁이 벌어지던 시절을 찬양하여 안드레이를 충격에 빠뜨리기도 했다. "그때 참 좋았지요." 그의 목소리에서는 황홀감마저 묻어났다. "아무 생각 없이 살기만 하면 되고 필요한 게 있으면 군인들한테 말하면 가져다줬고요……" 전쟁이 끝났을 시점에 그는 대위였고 전쟁 내내 단 한 사람만을 죽였는데, 바로 자신의 정치 지도원이었다. 그들이 포위에서 빠져나갔을 때였다. 옙세옌코는 독일군이 자신의 정치 지도원을 잡아 주머니를 뒤지는 것을 목격했다. 그때 그는 수풀 속에서 총을 쏴 정치 지도원을 사살한 다음 도망쳤다. 그는 이 행동을 스스로 대견하게 여겼다. 자기가 죽이지 않았다면 독일인들이 그의 정치 지도원을 고문했을 거라며. 이 멍청이를 어쩌겠는가? 벌써 여섯 번째 밀고서다. 루머도, 바레이키스에게도 아니고 나에게만 쓴다. 우습기 짝이 없는 심리적 괴벽이랄까. 바레이키스나 루머에게 썼으면 케하다가 호출됐을 것이다. 하지만 나는 케하다를 건드리지 않는다. 나는 그에 관한 것을 다 알아도 건드리지 않는다. 그의 능력을 높이 평가해 용서하기 때문이고 내가 이런다는 것을 모르는 사람은 없다. 그러니 시민으로서의 의무는 이행하되 사람을 죽이지는 않게 되는 셈이다…… 그래도 뭐 이런 머저리 같은 놈이 다 있는지……!

안드레이는 편지를 구겨 쓰레기통에 던져 버리고는 다음 편지를 집어 들었다. 봉투 윗면에는 어디서 본 듯한, 대단히 개성적인 글씨체가 쓰여 있었다. 뒷면에는 주소가 적혀 있지 않았다. 봉투 안에는 종이가 한 장 들어 있었고 기계로 인쇄한 복사본이었는데, 첫 번째 복사본도 아니었으며 본문 아래에는 손으로 쓴 추신이 덧붙어 있었다. 안드레이는 편지를 읽었으나 아무것도 이해하지 못하고 다시 한번 읽었고 온몸이 차게 식어 시계를 보았다. 그는 하얀 전화기를 황급히 들고는 번호를 눌렀다.

"루머 고문관요, 급한 일입니다!" 그가 자기 목소리가 아닌 듯한 목소리로 거칠게 말했다.

"루머 고문관님은 바쁘십니다."

"보로닌 고문관입니다! 아주 급한 일입니다!"

"죄송합니다, 고문관님. 루머 고문관님은 지금 대통령 각하와……"

안드레이는 수화기를 집어 던지고는 당황한 아말리아를 밀치고 문 쪽으로 뛰어갔다. 플라스틱 손잡이를 잡았을 때 그는 이미 늦었음을, 어쨌든 시간에 못 맞추리라는 것을 깨달았다. 물론 편지의 내용이 전부 사실일 때의 얘기지만. 그게 멍청한 장난이 아닐 때의 얘기지만……

그는 천천히 창가로 다가가 벨벳으로 감싼 난간을 꼭 잡고 광장을 내다봤다. 언제나처럼 텅 비어 있었다. 하늘색 제복이 어른거렸고 나무 아래 그늘에는 구경꾼들이 삐죽 튀어나와 있었고 한 노파가 유아차를 밀며 비틀비틀 걸어 다녔다. 자동차 한 대가 지나갔다. 안드레이는 난간을 꼭 잡고 기다렸다.

아말리아가 뒤로 다가와 가만히 어깨를 건드렸다.

"무슨 일이에요?" 속삭이듯 물었다.

"가 있어." 그가 뒤돌아보지 않고 말했다. "소파에 앉아."

아말리아는 사라졌다. 안드레이는 다시 시계를 봤다. 그의 시계에 의하면 이미 정해진 시간이 지났다. 그럼 그렇지. 그가 생각했다. 그럴 리 없지. 멍청한 장난이다. 아니면 협박인가…… 그 순간 나무들 아래에서 어떤 사람이 나오더니 빠른 속도로 광장을 가로질렀다. 높이와 거리 때문에 그 사람은 아주 조그맣게 보였고 안드레이는 그를 알아보지 못했다. 안드레이의 기억에 그는 깡마르고 호리호리했는데 저자는 몸이 무겁고 부어 있는 것 같았기 때문이다. 마지막 순간에야 그 이유를 깨달았다. 안드레이는 인상을 쓰고 창가에서 물러섰다.

광장에서 굉음이 울렸다. 크고 짧게. 창틀이 흔들리며 덜컹거렸고 아래층에서는 불길한 쨍그랑 소리와 함께 유리창이 산산조각 났다. 아말리아는 억눌린 목소리로 소리쳤고 아래 광장에서는 숨넘어갈 것 같은 목소리들이 비명을 질러 댔다……

한 손으로는 자신에게, 혹은 창가로 다가오는 아말리아를 막고서 안드레이는 억지로 눈을 뜨고 보았다. 사람이 있던 곳에서는 누런 연기 기둥이 피어올랐고 기둥 뒤로 아무것도 보이지 않았다. 사방에서 하늘색 제복을 입은 이들이 뛰어왔으며 현장에서 조금 떨어진 나무 아래로 군중이 빠르게 증가하고 있었다. 상황 종료였다.

안드레이는 다리의 감각을 느끼지 못한 채 책상으로 돌아가 앉아 다시 편지를 집어 들었다.

'이 더러운 세상의 모든 강자들에게!

나는 거짓을 증오하지만, 당신들의 진실은 거짓보다 못하다. 당신들은 **도시**를 잘 지은 축사로 바꿔 버렸고 **도시**의 시민들을 배부른 돼지들로 바꿔 놓았다. 나는 배부른 돼지가 되고 싶지 않고 그렇다고 돼지치기가 되고 싶은 것도 아닌데, 당신들의 쩝쩝대는 세계에 세 번째 선택지는 없다. 당신들의 정의 속에서 당신들은 자만하며 무능하다. 한때는 당신들 중 많은 이가 진짜 인간이기는 했다. 당신들 중 내 친구였던 자들도 있고, 나는 그들에게 가장 먼저 편지를 보낸다. 당신들에게 말은 통하지 않으므로 나는 죽음으로써 내 의지를 관철하고자 한다. 당신들은 부끄러워할 수도 있겠다. 어쩌면 두려울지도, 어쩌면 그저 당신들의 돼지 축사가 조금 불편해질 뿐일지도 모른다. 그것들이 내가 기대할 수 있는 전부다. 신이 당신들의 권태를 벌하리니! 이 문구는 나의 말이 아니지만, 벅차오르는 마음으로 그 아래 서명을 남긴다. 데니 리.'

본문은 전부 타자기로 쳐서 인쇄한 것으로, 세 번째, 혹은 네 번째 복사본이었다. 그 아래에는 손으로 쓴 추신이 이어졌다.

'친애하는 보로닌, 잘 있게! 나는 오늘 13시 정각에 유리관 앞 광장에서 폭탄 자살을 감행할 걸세. 편지가 늦지 않는다면 자네가 그 광경을 볼 수 있겠지. 하지만 날 방해하지는 말게. 쓸데없는 희생자만 생길 테니. 한때는 자네 친구였고 자네 신문사의 독자 투고란 담당이었던 데니.'

안드레이가 눈을 들자 아말리아가 앞에 있었다.

"데니 기억나나?" 그가 말했다. "독자 투고란 담당이었던 데니 리……"

아말리아는 조용히 고개를 끄덕였고 조금 뒤 얼굴이 갑자기 공포로 구겨지는 듯했다.

"그럴 수가. 그럴 리 없어요……" 아말리아가 갈라지는 목소리로 말했다.

"자폭했어……" 안드레이가 힘겹게 입술을 움직여 말했다. "다이너마이트를 몸에 감고 있었던 모양이야. 재킷 안쪽에."

"어째서요?" 아말리아가 말했다. 그녀는 입술을 깨물었고 눈에 눈물이 차오르더니 하얗고 작은 얼굴을 따라 흘러내려 턱에 맺혔다.

"이해가 안 되는군." 안드레이가 무력하게 말했다. "전혀 이해가 안 돼……" 그는 멍하니 편지를 응시했다. "얼마 전에 만났는데…… 데니는 비난했고, 그러니까 우리는 논쟁을 했었지……" 그는 다시 아말리아를 쳐다봤다. "혹시 나에게 면담을 청하러 온 적이 있나? 혹시 내가 거부했나?"

아말리아는 양손으로 얼굴을 가리고 머리를 흔들었다.

순간 안드레이는 악의를 느꼈다. 아니, 악의라기보다는 오늘 샤워 후 탈의실에서 경험한 것과 동일한 광적인 분노였다. 이런 제기랄! 그놈들은 또 뭐가 부족하단 말인가?! 대체 저 쓸모없는 놈들한테 뭐가 부족하단 말인가……? 머저리 자식! 그는 뭘 증명한 건가? 돼지가 되기 싫고, 돼지치기가 되기 싫다는 것인가…… 심심했던 거다! 심심해서 이런 미친 짓을 저질렀다……!

"그만 울어!" 그가 아말리아에게 소리쳤다. "콧물 닦고 정신 차려."

그는 종잇장을 집어 던지고 벌떡 일어서서는 다시 창가로 다가갔다.

광장에는 군중이 까맣게 몰려 있었다. 군중의 중앙에는 하늘색 제복으로 둘러싸인 회색 빈 공간이 있었고 그곳에서 하얀 가운을 입은 사람들이 꿈틀거렸다. 구급차가 사이렌을 격렬하게 울려 대며 길을 터 보려 했다……

……그래서 너는 대체 뭘 증명했나? 우리와 살아가기 싫다는 것? 하지만 도대체 그걸 왜, 누구에게 증명한

단 말인가? 우리를 증오한다는 것? 그런 쓸데없는 짓을. 우리는 해야 하는 모든 일들을 하고 있을 뿐이다. 그들이 돼지인 게 우리 탓은 아니다. 그들은 우리가 오기 전에도 돼지였고 우리 이후에도 돼지일 것이다. 우리는 그저 그들을 먹이고 입히고 동물적인 고통에서 벗어나도록 도와줄 수 있을 뿐이다. 그들에게 정신적인 고통은 날 때부터 없었고 있을 수도 없다. 우리가 그들을 위해 한 일이 부족했단 말인가? 도시가 어떻게 변했는지 보라. 청결해지고 질서가 잡혔으며 전과 같은 난장판은 눈 씻고 찾아도 없고 먹을 것도 입을 것도 풍족하다. 시간만 더 주면 곧 볼거리도 풍부해질 것이다. 그런데 뭐가 부족해서 그런단 말인가……? 그러는 넌, 너는 무얼 했길래? 지금 미화원들이 아스팔트에 붙은 네 내장을 긁어내고 있다. 그게 바로 네가 한 일이다. 하지만 우리는 끊임없이 노동하며 기계 전체를 움직인다. 이제까지 우리가 이룬 것은 시작일 뿐이기에 그 모든 것을 계속 지키면서, 친구여, 지키면서 확장해야 하기 때문이다…… **지구**에는 인간 위에 신도 악마도 아마 없겠지만, 이곳에는 있기 때문이다…… 네놈은 악취 나는 민주주의자이고 인민의 편을 자처하는 기회주의자이며 내 형제들의 형제다……

안드레이의 눈앞에는 여전히 데니가 있었다. 한두 달 전 마지막으로 만났을 때의 모습으로, 아픈 사람처럼 바짝 마르고 퀭한 눈에는 비밀스러운 공포를 숨긴 모습으로. 두서없고 난잡한 논쟁 끝에 데니는 벌떡 일어서더니 구깃구깃한 종이를 은쟁반에 집어 던졌다. "맙소사. 내 앞에서 대체 뭘 그렇게 자랑스러워하는 건가? 그자는 자신을 희생하고 있어…… 대체 무얼 위해? 사람들을 배불리 먹이기 위해서지! 그런데 그런 게 과연 과제가 될 수 있을까? 낡아 빠진 덴마크에서는 이미 수년 동안 그러고 있는데. 그래. 자네 말대로, 나에겐 모두를 대신해 십자가에 못 박힐 권리가 없는지도 모르지. 하지만 다른 사람들은 몰라도 우리는, 사람들에게 필요한 건 그게 아님을 잘 알지 않나. 그런 방식으로는 진정으로 새로운 세계를 만들지 못한다는 걸 알고 있지 않나……!" "제기랄, 그럼 도대체 어떻게 그걸 만들라는 말이야? 어떻게?!" 안드레이는 결국 소리를 질렀지만 데니는 그저 손을 흔들고는 더 이상 말하지 않았다.

하얀 전화기가 울렸다. 안드레이는 힘겹게 책상으로 몸을 돌려 수화기를 들었다.

"안드레이? 가이거네."

"안녕한가, 프리츠."

"그와 아는 사이였나?"

"응."

"넌 이 일에 대해 어떻게 생각하지?"

"신경증이 있는 자라고 생각해." 안드레이가 이를 악물고 말했다. "하찮은 인간이었어."

가이거는 아무 말이 없었다.

"그에게서 편지를 받았나?"

"그래."

"이상한 사람이군." 가이거가 말했다. "뭐, 좋아. 2시에 보지."

안드레이가 수화기를 내려놓자 다시 전화벨이 울렸다. 이번에는 셀마였다. 셀마는 대단히 흥분해 있었다. 폭발에 관한 소문이 벌써 백색동棟까지 퍼졌고, 전달 과정에서 당연히 알아볼 수 없을 정도로 왜곡되었으며 이제 백색동은 조용한 혼돈에 뒤덮여 있었다.

"멀쩡해, 전부 멀쩡하다고." 안드레이가 말했다. "나도 멀쩡하고 가이거도 멀쩡하고 유리관도 멀쩡하고…… 루머한테는 전화해 봤어?"

"지금 루머가 문제야?" 셀마가 화를 냈다. "나는 정신없이 미용실에서 뛰쳐나왔어. 돌푸스 부인이 문을 박차고 들어와 가이거를 암살하려는 시도가 있었다고, 유리관의 반절이 날아갔다고 새하얗게 질려서는 분이 다 들뜰 정도로 비명을 지르는데……"

"그래. 내가 지금 시간이 없어서." 안드레이가 급히 말했다.

고문관

"무슨 일이 있었던 건지 얘기해 줄 수는 없어?"

"한 편집증 환자가······" 안드레이는 갑자기 정신이 들어 하던 말을 멈췄다. "웬 머저리가 광장을 가로질러 폭탄을 옮기다가 떨어뜨린 것 같아."

"암살 시도가 아닌 거 확실해?" 셀마가 강경하게 물었다.

"내가 어떻게 알아! 루머 담당이고 나는 아무것도 모른다고!"

셀마는 전화기에 대고 한숨을 내쉬었다.

"거짓말만 하는구나, 고문관님." 셀마는 이렇게 말하고 전화를 끊어 버렸다.

안드레이는 책상을 둘러 창가 쪽으로 돌아갔다. 이미 군중은 거의 흩어지고 없었다. 미화원들도, 구급차도 없었다. 경찰관 몇 명만이 소화전 호스로 콘크리트가 파인 곳에 물을 뿌리고 있었다. 반대편에서는 노파가 아기를 태운 유아차를 밀며 비틀비틀 걸어갔다. 그들이 전부였다.

그는 문으로 가 응접실을 내다보았다. 아말리아는 자기 자리에 앉아 있었다. 엄격하게 입을 꼭 다문 모습이 쉽사리 접근할 수 없는 분위기를 풍겼다. 손가락은 평소처럼 대단히 빠른 속도로 자판 위를 날아다녔고 얼굴에는 눈물이나 콧물 같은 다른 감정의 흔적이 조금도 남아

있지 않았다. 안드레이는 부드러운 눈길로 그녀를 바라
보았다. 일을 잘하는 여자라니까. 그가 생각했다. 엿이
나 먹어라. 그는 속으로 바레이키스를 향해 악의에 찬 욕
설을 내뱉었다. 빠른 시일 안에 네놈을 지옥 같은 곳으로
쫓아내 주마…… 갑자기 시야에서 아말리아가 가려졌
다. 안드레이가 시선을 올렸다. 위쪽, 비인간적으로 높은
곳에서 교통부 엘리자우어의 양옆으로 퍼진 얼굴이 알랑
거리듯 어른거렸다.

"아," 안드레이가 말했다. "엘리자우어…… 미안합니
다만, 오늘은 면담을 할 수 없겠습니다. 내일 아침에 다
시 와 주세요."

엘리자우어는 한 마디도 하지 않고 꾸벅 몸을 반으로
접어 인사하고는 사라졌다. 아말리아는 벌써 수첩과 연
필을 준비하고 서 있었다.

"고문관님?"

"잠시 들어오세요." 안드레이가 말했다.

그가 책상으로 돌아가자마자 하얀 전화기가 울렸다.

"보로닌?" 담배 연기를 머금어 탁한 콧소리가 들렸
다. "루머야. 거긴 좀 어떤가?"

"아주 좋지." 안드레이가 아말리아에게 손짓으로 금
방 끝나니 나가지 말고 기다리라고 신호를 보냈다.

"부인은 잘 지내고?"

고문관

"아주 잘 지내. 너한테 안부를 전해 달라더군. 그건 그렇고 오늘 셀마한테 시설관리국에서 두 명만 보내 줘, 집에 손볼 데가 있어서……"

"두 명? 알았어. 어디로 보낼까?"

"셀마한테 전화해 보라고 해. 셀마가 말해 줄 테니까. 지금 당장 전화하라고 해."

"알았어." 루머가 말했다. "그렇게 하지. 어쩌면 당장은 안 되겠지만, 전화하라고 할게…… 나는 말이야, 그 쓰레기 자식 때문에 완전히 곤란해졌다고. 대외용 설명은 알고 있어?"

"그걸 내가 어떻게 알아?" 안드레이가 화를 냈다.

"그러니까, 이런 얘기야. 폭탄 사고지. 폭발물을 운반하다가 일어난 일. 운송 중에 말이야. 자세한 내막은 밝혀지는 중이고."

"알겠어."

"그러니까, 그래, 폭발물을 다루는 담당자가 그 폭발물을 가져가다가…… 이렇게 하자. 어딘가로 실어 가다가…… 그래, 그 사람은 술에 취해 있었어."

"알았어, 알았다고." 안드레이가 말했다. "잘 생각해 냈네. 잘했어."

"그렇지." 루머가 말했다. "그러다가 그 사람이 넘어져서…… 어쨌든, 자세한 이야기는 밝혀지는 중이라 해.

책임자들은 벌을 받을 거고. 이제 그 정보에 살이 붙어서 너에게도 전달될 거야. 내가 전화한 용건은 따로 있어. 너 편지 받았지? 네 집무실에서 너 말고 또 누가 그걸 읽었어?"

"아무도."

"비서는?"

"말했잖아. 아무도 안 읽었다고. 사적인 편지는 언제나 내가 직접 열어 봐."

"잘하는 거야." 루머가 인정해 주듯 말했다. "질서가 아주 잘 잡혀 있네. 어떤 사람은, 세상에 편지 때문에 아주 난리를 치렀다니까…… 그걸 읽은 사람이…… 아무튼, 네 집무실에서는 아무도 안 읽었다는 거지. 아주 좋아. 그 편지 잘 숨기고 있어. 00등급 기밀로. 너한테 지금 내 말단 직원 하나가 갈 거니까 그 친구한테 전해 주고. 알았지?"

"왜 그래야 하는데?" 안드레이가 물었다.

루머는 난처해했다.

"그걸 어떻게 말해야 할지……" 그가 웅얼댔다. "쓸모가 있을 수도 있거든…… 너 그 사람이랑 알고 지냈잖아……?"

"누구?"

"그러니까, 그 사람 말이야…… 그 담당자…… 폭발

물을 들고 있던……" 루머가 킥킥댔다.

"아는 사이였지."

"어쨌든, 전화로 할 얘기는 아니니까 내 말단이 갈 거고 너에게 질문 몇 가지를 할 텐데 대답 좀 해 줘."

"말단을 상대하고 있을 시간 없어. 프리츠가 불렀다고." 안드레이가 화를 내며 말했다.

"5분이면 돼." 루머가 애원했다. "그게 얼마나 걸린다고 그래…… 질문 두 개에도 대답을 못 해 줘……"

"알았어, 알았다니까." 안드레이가 못 참고 말했다. "용건은 그게 끝이야?"

"내가 사실 말단을 이미 보내 놔서 1분 후면 도착할 거야. 성은 치비리크야. 상급 보좌관이고……"

"알았어, 알았다고. 그렇게 할게."

"고작 질문 두 개야. 시간 빼앗지 않을 거야……"

"용건은 그게 끝이지?" 안드레이가 다시 물었다.

"끝이야. 다른 고문관들한테도 전화를 돌려야 해서."

"셀마한테 사람 보내는 거 잊지 말고."

"안 잊어. 벌써 할 일 목록에 적어 놨어. 끊는다."

안드레이는 수화기를 내리고 아말리아에게 말했다.

"넌 아무것도 못 보고 못 들은 척해."

아말리아는 겁먹은 표정으로 그를 바라보고는 말없이 손가락으로 창 쪽을 가리켰다.

"바로 그 일 말이야." 안드레이가 말했다. "넌 그 어떠한 이름도 모르고 무슨 일이 일어났는지도 모르는 거야……"

문이 살며시 열리더니 집무실로 침울한 눈빛에 어렴풋이 기억이 날 듯한 창백한 얼굴이 들어왔다.

"잠깐 기다리세요!" 안드레이가 날카롭게 말했다. "내가 부르겠습니다."

얼굴이 사라졌다.

"이해했어?" 안드레이가 물었다. "창밖에서 쾅 하는 소리가 들렸고 넌 그 이상 아무것도 모르는 거야. 대외용 설명은 이래. 술에 취한 담당자가 절벽에서 폭발물을 가져와 옮기다가 벌어진 사건이며 책임자를 색출 중에 있다." 그는 잠시 생각에 빠져 아무 말이 없었다. "내가 저 면상을 어디서 봤지? 성도 들어 본 것 같은데…… 치비리크라…… 치비리크……"

"대체 왜 그랬을까요?" 아말리아가 조용히 물었다. 그녀의 의혹에 찬 두 눈이 다시 촉촉해져 있었다.

안드레이는 인상을 썼다.

"지금 그 얘기는 하지 말지. 나중에. 나가서 방금 그 말단 직원이란 자 들여보내."

제2장

그들이 자리에 앉자 가이거가 이쟈에게 말을 건넸다.

"많이 드시게, 우리 유대인. 많이 들어. 우리 귀한 친구."

"난 네 유대인이 아닌데." 이쟈가 자기 접시에 샐러드를 덜며 대꾸했다. "이미 백번은 말했듯이, 나는 온전히 나 자신에 속한 유대인이거든. 네 유대인은 여기 있잖아." 그가 포크로 안드레이를 가리켰다.

"토마토 주스는 없어?" 안드레이가 식탁을 둘러보더니 퉁명스럽게 물었다.

"토마토 주스가 마시고 싶어?" 가이거가 말했다. "파커! 여기 고문관에게 토마토 주스 좀 갖다 주게!"

식당 입구에 키가 크고 발그레한 잘생긴 청년이 나타났다. 대통령의 개인 부관이었다. 그는 경쾌하게 뒷굽을 울리며 식탁으로 다가오더니 가볍게 인사하고는 안드레이 앞에 물방울이 맺힌 토마토 주스 병을 내려놓았다.

"고마워요, 파커." 안드레이가 말했다. "괜찮습니다. 직접 따를게요."

가이거가 고개를 끄덕이자 파커는 사라졌다.

"잘 길들였네!" 이쟈가 입에 음식을 가득 물고 알아듣기 힘들게 말했다.

"잘생긴 청년이군." 안드레이가 말했다.

"만주로한테 가면 점심에 보드카를 주더라고." 이쟈가 말했다.

"이 밀고자!" 가이거가 꾸짖었다.

"내가 밀고자라고?" 이쟈가 깜짝 놀랐다.

"만주로가 업무 시간에 보드카를 마신다는 걸 알면 나는 그를 처벌할 수밖에 없단 말이야."

"모든 사람을 총살할 수는 없는데." 이쟈가 말했다.

"사형제는 폐지됐어." 가이거가 말했다. "아니, 정확히는 모르겠군. 차추아에게 물어봐야 해……"

"그런데 차추아의 전임자한테는 무슨 일이 생긴 거야?" 이쟈가 무구하게 물었다.

"순전히 우연이었어." 가이거가 말했다. "총격은."

"아무튼 훌륭한 직업인이었지." 안드레이가 말했다. "차추아도 일을 잘하지만, 부장은…… 비범한 사람이긴 했어!"

"그래, 우리가 그때 실수를 참 많이 했지……" 가이거가 생각에 잠겨 말했다. "새파랗게 젊었고……"

"끝이 좋으면 다 좋은 거야." 안드레이가 말했다.

"아직 아무것도 끝나지 않았는데!" 이쟈가 반박했다. "뭘 보고 모든 게 다 끝났다고 하는 거야?"

"적어도 총격은 멈췄잖아." 안드레이가 웅얼거렸다.

"진짜 총격은 시작도 안 했어." 이쟈가 설명했다. "프리츠, 너 암살 시도 받아 본 적 있어?"

가이거가 얼굴을 찡그렸다.

"그게 무슨 바보 같은 생각이야? 당연히 없지."

"앞으로는 받을 거야." 이쟈가 단언했다. "마약이 폭발적으로 성행할 테고 배부른 자들의 폭동이 시작되겠지. 히피는 이미 생겼으니 그 얘기는 하지 않겠어. 사람들이 저항의 의미로 자살을 할 거야. 분신할 테고 폭탄 자살을 감행하겠지…… 어쨌든, 그들은 이미 있어."

가이거와 안드레이가 눈빛을 주고받았다.

"그럴지도." 안드레이가 불쾌해하며 말했다. "이미 아는 것 같군."

"도대체 어떻게 알았는지 궁금한데?" 가이거가 실눈

을 뜨고 이쟈를 쳐다봤다.

"내가 뭘 안다는 거야?" 이쟈가 재빨리 물었다. 그러
더니 포크를 내려놓았다. "잠깐……! 아! 그러니까, 그
사건이 저항의 의미로 감행한 자살이었구나? 아, 난 대
체 무슨 터무니없는 소린가 했지? 술 취한 폭발물 관리
자가 다이너마이트를 들고 다녔다니 말이야. 그런데 그
거였구나! 아, 난 솔직히 암살 시도라고 생각했는데……
이제 알겠네…… 그래서, 누구였는데?"

"데니 리라는 사람이야. 안드레이와 아는 사이였지."
가이거가 잠시 입을 다물고 있다가 말했다.

"리……" 이쟈가 무심결에 마요네즈 소스를 재킷 앞
깃에 문지르며 생각에 잠겨 되뇌었다. "데니 리…… 잠
깐만, 그 깡마른 기자……?"

"네가 아는 그 사람 맞아." 안드레이가 말했다. "내 신
문사에서 봤던 거 기억하지……"

"그럼, 그럼, 그럼!" 이쟈가 외쳤다. "그래, 그 사람!
기억났어."

"제발 부탁이니 입조심하기 바라." 가이거가 말했다.

언제나처럼 굳은 미소를 띠고서 이쟈는 목의 사마귀
를 잡아 뜯기 시작했다.

"그러니까 그 사건이, 그가……" 이쟈가 중얼거렸다.
"알겠네…… 알겠어…… 그러니까, 폭발물을 몸에 감고

서 광장을 가로질렀겠지…… 그 괴짜는 편지도 모든 신문사에 보냈을 거야…… 그래. 그래, 그거였군…… 그래서 앞으로 어쩔 셈이야?" 이쟈가 가이거에게 물었다.

"이미 조치를 취했어." 가이거가 말했다.

"당연히 그랬겠지, 어련하겠어!" 이쟈가 재빨리 말했다. "전부 비밀에 부치고 공식적으로 거짓말을 전했겠지. 루머를 고삐에서 풀어놨을 테고. 그런데 난 그런 조치를 물어본 게 아니야. 너는 이 일에 대해서 어떻게 생각하지? 이게 우연인 것 같아?"

"아니. 우연이라고 생각하지 않아." 가이거가 천천히 말했다.

"천만다행이군!" 이쟈가 탄성을 질렀다.

"그러는 넌 어떻게 생각하는데?" 안드레이가 이쟈에게 물었다.

이쟈는 안드레이 쪽을 획 돌아보았다.

"너는?"

"나는 질서 잡힌 공동체에는 언제나 편집증 환자들이 있다고 생각해. 그들의 철학적 근간에 어떤 커다란 변화가 있었던 게 틀림없어. 그리고 당연하게도, 도시에 그런 사람이 데니만은 아니겠지……"

"데니가 뭐랬어?" 이쟈가 대단히 궁금해했다.

"데니는 지루하댔어. 데니는 우리가 진정한 목표를

찾지 못했다고 했어. 데니는 삶의 질을 높이려는 우리의 모든 노력이 헛되다고, 아무것도 해결하지 못한다고 했어. 말은 많이 했지만, 본인도 쓸 만한 방법은 단 하나도 내놓지 못했지. 편집증이야. 신경증 환자라고."

"그래서 그자가 바랐던 게 결국 뭔데?" 가이거가 물었다.

안드레이는 손을 저으며 말했다.

"특별할 것 하나 없는 인민주의적 헛소리지. '모든 것을 가져오리니. 넓고, 밝은 길도……'♦"

"이해가 안 되는걸." 가이거가 말했다.

"그러니까, 그는 계몽된 사람들의 과제는 민중을 자신이 계몽된 수준까지 끌어올리는 것이어야 한댔어. 하지만 어떻게 할 수 있을지는 본인도 몰랐고."

"그런 이유로 자살을 했다고……?" 가이거가 믿기지 않는다는 듯 말했다.

"말했잖아. 편집증이라고."

"네 생각은 어때?" 가이거가 이쟈에게 물었다.

이쟈는 일말의 고민도 없이 말했다.

"편집증 환자란 말이 해결될 수 없는 문제에 매달리는 사람을 일컫는다면, 그래, 그는 편집증 환자였지. 그리고 넌," 이쟈가 손가락으로 가이거를 가리켰다. "그를 이해하지 못할 거야. 너는 오직 해결되는 문제에 매달리는 사람들이랑만 교류하잖아."

"그런데 생각해 보면," 안드레이가 말했다. "데니는 자신이 말하는 그 문제가 해결될 수 있다고 굳게 믿었어."

이쟈가 안드레이에게 손사래를 쳤다.

"둘 다 눈곱만큼도 이해 못 하고 있군." 그가 선언했다. "너희는 스스로를 산업 역군이라고, 엘리트라고 생각하지. 너희에게 민주주의자란 소리는 욕이고. 한낱 메뚜기도 분수를 알거늘 말이야. 너희는 민중을 대단히 무시하면서 자신들이 무시한다는 걸 또 대단히 자랑스러워하지. 그런데 사실 너희는 그 민중의 진정하고도 완전한 노예들이거든! 너희가 무얼 하든, 그건 민중을 위한 행동이야. 너희가 무슨 문제에 머리를 싸매든 그 문제는 전부, 그 누구보다도 바로 민중에게 중요한 문제고. 너희는 민중을 위해 사는 거야. 민중이 사라져 버리면 너흰 삶의 의미를 잃게 될걸. 너희는 가엾고 가난한 실용주의자들이야. 바로 그렇기 때문에 너희 중에선 편집증 환자가 나올 수 없어. 민중에게 필요한 것은 전부, 비교적 어렵지 않게 구할 수 있으니까. 그렇기에 너희의 모든 과제는,

♦   니콜라이 알렉세예비치 네크라소프의 시 「철길」(1864)의 한 구절. 러시아 농민의 삶과 노동의 잔인한 현실을 노래했다.

틀림없이 해결될 수 있는 것들이야. 너희는 저항의 의미로 스스로 목숨을 끊는 사람들을 절대 이해하지 못할 거고⋯⋯."

"우리가 왜 이해를 못 하는데?" 안드레이가 흥분해 반박했다. "이 문제에서 이해할 게 뭐가 있어? 물론 우리는 대다수가 바라는 걸 할 거야. 그리고 우리는 그 대다수에게 모든 걸 주거나, 주려고 노력할 거고. 프티치예몰로코*만 빼고. 어차피 대다수는 그걸 달라고 하지도 않을 테지만 언제나 프티치예몰로코만을 원하는 극소수가 있지. 그게 그들의 머릿속에 고정되어 있는 거야. 머릿속이 고장 난 거지, 뭐. 오로지 프티치예몰로코만 원해! 다른 이유가 있어서가 아니라, 프티치예몰로코는 구할 수 없기 때문에. 이렇게 사회적 편집증 환자들이 생겨나는 거야. 그런데 여기서 이해하고 못할 게 뭐가 있어? 아니면 이 가축 놈들을 모두 엘리트로 만들 수 있다는 말이야?"

"내 얘기를 하는 게 아니야." 이쟈가 씩 웃으며 말했다. "나는 내가 대다수의 노예, 즉 민중의 종이라고 생각하지 않아. 나는 그들을 위해 일한 적 없고 내가 그들에게 그래야 할 의무가 있다고 생각하지도 않거든⋯⋯"

"그래, 그래." 가이거가 말했다. "네가 제멋대로 산다는 건 누구나 알지. 우리의 자살자들 얘기로 돌아갈까. 그러니까, 넌 우리가 어떤 정책을 펼치든 자살하는 사람들이 생기리라는 건가?"

"그들은 너희가 꽤 분명한 정책을 펼치기 때문에, 바로 그렇기 때문에 생겨날 거야!" 이쟈가 말했다. "갈수록 많아질걸. 너희가 사람들에게서 절실한 빵 걱정을 빼앗고는 대체할 건 아무것도 주지 않으니 말이야. 사람들은 불편하고 지루해질 거야. 그래서 자살을 할 거고 마약을 할 거고 성 혁명을 일으키든가 별것 아닌 일로 멍청한 폭동을 일으키겠지……"

"그게 대체 무슨 말이야!" 안드레이가 분개했다. "무슨 말을 하고 있는 건지 생각 좀 하고 말하라고, 이 더러운 실험가 자식! '저 사람의 인생에 후추를 좀 치자, 후추!'야, 뭐야? 억지로 결핍을 만들라는 거야? 네 말이 뭘 의미하는지 좀 생각해 보라고……!"

"내 말뜻은 그게 아니야." 이쟈가 소스가 든 냄비를 잡기 위해 굽은 팔을 식탁 위로 가로질러 뻗었다. "너희가 하는 말이 바로 그런 의미지. 너희는 대체할 걸 아무것도 줄 수 없어. 이게 사실이야. 너희가 말하는 그 위대한 건설은 헛소리고. 실험가들을 대상으로 한 실험이라니, 그

◆ 폴란드에서 최초로 출시된 초콜릿 상품으로, 1967년 소련 식품부 장관이 이것을 맛본 뒤 모스크바 과자 공장에 가서 똑같은 제품을 만들어 내라고 명령했다고 한다. 폴란드어로는 '프타시에믈레치코'이다.

건 거짓말이고 모두들 신경도 쓰지 않아…… 그리고 날 공격할 것 없어. 나는 너희를 비난하는 게 아니거든. 그냥 우리의 물적 조건이 그렇다는 거야. 모든 인민주의자의 운명이 그렇고. 그들은 산업 역군이자 자선가의 토가를 입거나, 혹은 민중에게 일종의 이상을 심어 주려 애쓰지…… 자기 딴에는 그 이상 없이는 민중이 살 수 없으리라 생각하며…… 동전의 양면이야. 문양이냐, 숫자냐. 결과적으로는 배고픈 폭동, 혹은 배부른 폭동이니 취향에 맞게 고르면 돼. 너희는 배부른 폭동을 고른 셈이니 잘해 보라고. 그런데 그걸 왜 나한테 따지는 거야?"

"식탁보에 소스 흘리지 마." 가이거가 화를 냈다.

"파르동……" 이쟈가 식탁보에 생긴 웅덩이를 냅킨으로 정신없이 닦았다. "산술적으로 봐도 분명해." 그가 말했다. "불만인 자들을 딱 1퍼센트라고 해 보자. 도시 인구가 100만 명이라면, 1만 명이 불만을 갖고 있다는 얘기겠지. 0.1퍼센트라고 쳐도 말이야, 불만을 가진 자가 천 명이라고. 이들 천 명이 창밖에서 소란을 일으키기 시작하면 어떻게 되겠어……! 그리고 말이야, 아무런 불만이 없는 사람은 없어. 아무것도 만족스럽지 않은 자들만이 있을 뿐. 이는 즉, 누구나 뭔가는 부족하다고 여긴다는 의미야. 다른 모든 건 만족스러워도 자가용이 없어서 불만이야. 왜? **지구**에서 자가용을 타고 다니는 데 익숙해졌는데 여기엔 그게 없는 데다, 뭣보다도, 생길 기미가 없거든…… 이런 사람이 **도시**에 몇 명이나 될 것 같아?"

이쟈는 말을 뚝 끊더니 마카로니에 소스를 가득 붓고 허겁지겁 먹어 대기 시작했다.

"정말 맛있단 말이지." 그가 말했다. "내 수입으로는 유리관에 왔을 때나 제대로 먹을 수 있다니까……"

안드레이는 그가 음식을 먹고 콧김을 내뿜고 토마토 주스를 따르는 모습을 지켜보았다. 이쟈는 다 마시고 담배에 불을 붙였다. 그는 언제나 종말을 얘기한다…… 분노의 일곱 대접이니 최후의 일곱 재앙이니……◆

그들이 가축인 건 맞는다. 그들은 당연히 폭동을 일으킬 거고, 우리는 그에 대비해 루머를 데리고 있는 거다. 사실, 배부른 자들의 폭동이라니, 새로운 듯하면서도 모순인 듯하다. **지구**에서는 아마 아직 일어난 적이 없는 것 같고. 적어도 내가 있을 때까지는 그랬다. 고전 작품에서도 그 비슷한 얘기는 전혀 없었고…… 그래도 폭동은 폭동이지…… **실험**은 **실험**이고, 축구는 축구고…… 제기랄!

안드레이는 가이거를 쳐다봤다. 프리츠는 소파에 몸을 푹 묻고 앉아 산만하면서도 열중해서 손가락으로 이

◆ 『요한묵시록』15~16장.

를 쑤시는 중이었고 갑자기 단순한, 무서울 정도로 단순한 생각이 안드레이를 내리쳤다. 고작 독일 국방군의 하사관이었던 자 아닌가. 저 무식한 군인이, 배운 것도 없고 평생에 제대로 된 책 열 권도 채 읽지 않은 자가 결정권자라니……! 차라리 내가 결정을 하는 게 낫겠다. 안드레이가 생각했다.

"우리가 처한 상황에서," 안드레이가 이쟈에게 말했다. "제대로 된 사람에겐 선택의 여지가 없어. 사람들은, 아이들과 노인들, 여성들은 굶주렸고 학대를 당했고 공포와 육체적 고통을 경험했다고…… 살기 좋은 환경을 만드는 게 바로 우리의 의무였어……"

"그래, 맞는 말이야. 맞는 말이지." 이쟈가 말했다. "다 이해해. 측은지심, 동정심, 그 비슷한 것들이 너희를 움직였겠지. 그런데 그런 얘기를 하자는 게 아니야. 여자와 배가 고파 울고 있는 아이들을 가여워하는 건 어렵지 않아. 누구나 할 수 있는 일이지. 그런데 너희가 건강하고 배부른 남자들을 가여워할 수 있겠어? 이런—이쟈가 손짓을 했다—성기를 달고 있는 남자들을? 지루하다고 칭얼대는 남자들을? 데니 리는 그럴 수 있었던 것 같은데, 너흰 그럴 수 있겠어? 아니면, 그런 놈들은 바로 채찍형에 처하려나……?"

발그레한 파커가 하얀 앞치마를 두른 귀여운 아가씨

둘과 함께 식당으로 들어오는 바람에 이쟈는 입을 다물었다. 그들이 식탁을 치우고 커피와 휘핑크림을 내왔다. 이쟈는 곧바로 그것들을 입 주변에 묻혀 가며 먹더니 고양이같이 혀를 귀에 닿을 듯 길게 빼 핥았다.

"그러니까 말이야, 어떤 생각이 드는지 알아?" 이쟈가 골똘히 생각하다 입을 열었다. "공동체가 어떤 문제를 해결하면 그 즉시 전과 비슷한 수준의 문제가 생기는 거야." 그는 신이 나 말하기 시작했다. "여기서 말이야, 아주 재미있는 결론 하나가 도출되지. 결국 공동체는 인간의 힘으로는 해결할 수 없을 정도로 복잡한 문제에 직면하리라는 것. 그 말은 즉, 발전의 중단을 의미하고."

"헛소리." 안드레이가 말했다. "인류는 자신이 해결할 수 없는 것을 문제로 설정하지 않아."

"인류가 설정한 문제 얘기가 아니야." 이쟈가 반박했다. "인류 앞에 있는 문제들을 말하는 거야. 스스로 존재하는 문제들. 기아는 인류가 설정한 문제가 아니잖아. 그저 굶주리고 있었을 뿐……"

"그만!" 가이거가 말했다. "이제 됐어. 쓸데없는 말 그만하지. 우리가 일은 안 하고 입만 움직이는 것처럼 보이겠어."

"우리가 일을 해야 해?" 이쟈가 놀랐다. "지금 점심시간인데……"

"마음대로 해. 네 탐사 얘기를 해 볼까 했는데. 물론 미뤄도 되지만 말이야." 가이거가 말했다.

이쟈는 커피포트를 든 채로 굳었다.

"잠깐." 이쟈가 엄하게 말했다. "어째서 나중으로 미룬다는 거야? 벌써 몇 번을 미뤘는데 또 미룬다니……"

"그럼 쓸데없는 말은 뭣 하러 하는 거야?" 가이거가 말했다. "도저히 들어 줄 수가 없다고."

"탐사라니? 고문서들을 찾으러?" 안드레이가 물었다.

"북으로의 위대한 탐사지!" 이쟈가 선언하듯 말했으나 가이거가 커다랗고 하얀 손바닥을 들어 그를 제지했다.

"미리 얘기 좀 해 보자는 것뿐이야." 가이거가 말했다. "그래도 탐사대를 파견하기로 이미 결정했고 예산도 편성해 뒀어. 3~4개월 후면 운송 수단도 준비될 테고. 지금은 가장 포괄적인 목표와 계획을 정해야지."

"그러니까, 종합 탐사대를 파견하는구나?" 안드레이가 물었다.

"그래. 이쟈는 고문서들을 얻을 테고 너는 태양 관측을 할 텐데, 그것 말고도 네가 거기 가서 해 줘야 할 일이 있지……"

"다행이야! 드디어 하는군." 안드레이가 말했다.

"그런데 너희에겐 목표가 적어도 하나 더 있어." 가이거가 말했다. "원거리 정찰. 탐사대는 북부 깊숙이 파고 들어야 해. 최대한 깊숙이. 연료와 물이 허락하는 한. 그러므로 탐사대는 특별한 방식으로 아주 신중하게 선발해야 하지. 자원자만, 자원자들 중에서도 가장 우수한 자들만 넣을 거야. 그곳 북부에 대체 뭐가 있는지는 아무도 몰라. 너희는 거기서 고문서나 찾고 망원경만 들여다보는 게 아닐 수 있어. 총을 쏴야 할 일이 생길 수도 있고 너희가 포위를 하거나 포위를 돌파해야 할 일 또한 충분히 일어날 수 있지. 그러니 탐사대에는 군인도 포함시킬 예정이야. 몇 명, 누구를 넣을지는 앞으로 정할 거고⋯⋯"

"아, 최소한으로 해야 해!" 안드레이가 인상을 쓰며 말했다. "내가 너희 군인들을 좀 아는데, 일하기가 아주 힘들어질 거라고⋯⋯" 그는 화를 내며 커피 잔을 밀었다. "솔직히 전혀 이해가 안 돼. 대체 왜 군인을 넣어야 하는지 이해가 안 된다고. 거기서 도대체 무슨 총격전이 일어날 수 있다는 거야⋯⋯ 그곳엔 사막과 폐허뿐일 텐데 웬 총격전이야?"

"형제. 거기서는 말이야, 무슨 일이든 일어날 수 있어." 이쟈가 즐거운 듯 말했다.

"무슨 일이든, 이라니. 그게 대체 무슨 말이야? 유령이 우글댈 수도 있으니 사제라도 데려가자고 할 셈인가?"

"어쩌면. 그런데 말을 끝맺게 해 주겠어?" 가이거가 요청했다.

"말해 봐." 안드레이가 혼란에 빠져 말했다.

항상 이런 식이다. 안드레이는 생각했다. 원숭이 발처럼 말이다. 바람이 이뤄졌다 싶으면 이렇게 혹을 달고 와서 차라리 아무것도 이루어지지 않는 편이 나았겠다 싶다. 아니지. 그건 아니다. 나는 이 탐사대를 장교 나리들에게 넘기지 않겠다. 탐사대장은 케하다여야 한다. 과학 연구의 책임자도, 탐사대의 총책임자도. 그렇게 안 되면 전부 엎을 테다. 네놈은 우주학 연구를 못 할 거다. 네놈의 그 중사들은 이쟈만 지휘하라지. 이번 탐사는 과학 탐사이므로 총지휘관도 과학자여야 한다…… 그때 안드레이는 케하다가 그다지 믿음직스럽지 않다는 사실을 상기하고는 화가 나 그만 가이거의 말을 놓치고 말았다.

"뭐라고?" 안드레이가 몸을 부르르 떨면서 물었다.

"너한테 질문했어. 도시에서 얼마 떨어진 곳에 세상의 끝이 있을까?"

"더 정확하게는, 시작이겠지." 이쟈가 끼어들었다.

안드레이는 기분이 상한 듯 어깨를 으쓱였다.

"내 보고서를 읽기는 하는 거야?"

"읽지." 가이거가 말했다. "네가 북쪽으로 갈수록 태양이 지평선 쪽으로 기운다고 써 놓았잖아. 분명 북부 어딘가에서 지평선 너머로 넘어가 시야에서 완전히 사라질 거라 했지. 그 대목과 관련해 묻는 거야. 그곳까지 거리가 어느 정도냐고. 대답할 수 있나?"

"내 보고서들을 안 읽는구나." 안드레이가 말했다. "읽었더라면 바로 그 세상의 시작이 어딘지 밝히기 위해 내가 그 탐사를 구상했다는 걸 알 수 있었을 텐데."

"그건 나도 알아." 가이거가 서둘러 말했다. "대략적인 수치가 어떠냐는 거지. 대략으로라도 말할 수 없겠어? 그러니까 천 킬로미터쯤 되나? 10만 킬로미터? 100만……? 우리는 탐사 목표를 설정해야 하잖아? 만일 100만 킬로미터를 간다고 하면, 그건 이미 목표가 될 수 없지. 하지만……"

"알겠어, 그래." 안드레이가 말했다. "그럼 진작 그렇게 말했어야지. 그러니까, 보자…… 문제는 우리가 세상의 곡률도, 태양까지의 거리도 모른다는 거야. 우리가 **도시** 경계선 전체를 따라 관측을 많이 했더라면, 이해해? 지금의 도시 말고 처음부터 끝까지, 그랬더라면 그 수치를 알 수 있었을 거야. 커다란 호가 필요해. 무슨 말인지

♦ 영국의 단편소설, 희곡 작가 W. W. 제이컵스의 대표작 「원숭이 발The Monkey's Paw」(1902) 속 '원숭이 발'을 의미한다. 작중에서 신묘한 '원숭이 발'은 세 개의 소원을 들어주지만 소원을 빈 사람은 아주 큰 대가를 치러야 한다.

알겠어? 최소 몇백 킬로미터여야 해. 그런데 우리는 50 킬로미터 규모의 자료만 갖고 있지. 그래서 정확성도 떨어져."

"최소 예상치와 최대 예상치를 말해 봐." 가이거가 말했다.

"최대치는 무한이야." 안드레이가 말했다. "세상이 평평할 때 얘기지. 최소치는 약 천 킬로미터고."

"네놈들은 식충이들이라니까." 가이거가 혐오스럽다는 듯 말했다. "내가 돈을 얼마나 쏟아부었는데 하는 말이라고는……"

"집어치워." 안드레이가 말했다. "난 2년 내내 탐사를 하자고 했어. 우리가 어떤 세상에 살고 있는지 알고 싶으면 돈을 써야 한다고, 교통수단을 달라고, 사람을 고용해 달라고…… 안 그러면 아무것도 알아내지 못할 거라고 했잖아. 우리에게 필요한 건 딱 500킬로미터 크기의 호야. 중력도 재고, 빛의 밝기 변화도 재고, 높이 변화도 잴수 있는……"

"알았어." 가이거가 그의 말을 끊었다. "지금 그 얘기는 하지 말지. 세부 사항이니까. 탐사의 목적 중 하나가 세상의 시작점에 도달하기라는 것만 머릿속에 넣어 둬. 넣었어?"

"넣었어." 안드레이가 말했다. "그런데 네가 왜 그걸 알고 싶어 하는지는 모르겠네."

"난 그곳에 뭐가 있는지 알고 싶어." 가이거가 말했다.
"거기에 무언가가 있기는 해. 많은 것을 좌지우지할 수도
있는 무언가가."

"예를 들면?" 안드레이가 물었다.

"예를 들면, **반도시**."

안드레이가 코웃음 쳤다.

"**반도시**라니…… 설마 아직도 그걸 믿는 거야?"

가이거는 일어서더니 뒷짐을 지고 식당을 서성이기
시작했다.

"믿고 안 믿고 간에……" 그가 말했다. "난 분명히 알
아야겠어. 그게 존재하는지, 안 하는지."

"개인적으로 나는 말이야, **반도시**는 옛 지도부의 작
품일 뿐이라는 걸 옛날 옛적에 이미 분명히 알게 됐는
데……" 안드레이가 말했다.

"**붉은 건물**처럼 말이지." 이쟈가 킥킥대며 조용히 말
했다.

안드레이는 인상을 썼다.

"여기서 왜 **붉은 건물** 이야기가 나와. 가이거도 옛 지
도부가 군사독재를 준비했다고, 그러기 위해 외부로부터
의 위협이 필요했다고 확인해 줬어. 그리고 그게 바로 **반
도시**였던 거고."

가이거가 안드레이 앞에 멈춰 섰다.

"그런데 너는 대체 왜 세상의 끝에 도달하는 걸 그토록 반대하지? 너도 거기에 뭐가 있는지 엄청 궁금할 텐데? 신이시여, 나에게 이런 자들을 고문관이라고 보내셨습니까!"

"그곳엔 아무것도 없으니까!" 안드레이는 약간 이성을 잃고 소리쳤다. "그곳은 추워. 영원한 밤과 얼음장 같은 사막이 이어지고…… 달의 뒷면이라고. 알아들어?"

"내가 입수한 정보와는 다르군." 가이거가 말했다. "**반도시**는 존재해. 그곳에 얼음장 같은 사막은 없고, 있더라도 지나갈 수 있어. 그곳에는 우리와 비슷한 도시가 있어. 거기서 무슨 일이 일어나는지 우리는 모르고, 그들이 무엇을 원하는지 역시 우리는 모르지. 예를 들면, 그쪽은 우리와 모든 게 반대라는 얘기도 있어. 우리 상황이 좋으면 그쪽 상황은 안 좋다고……" 그가 갑자기 말을 끊더니 다시 식당을 서성이기 시작했다.

"맙소사. 그게 무슨 헛소리야……?" 안드레이가 말했다.

그는 이쟈를 슬쩍 보고는 바로 말문을 닫았다. 이쟈는 넥타이가 귀 바로 아래로 돌아간 채 한 손을 의자 뒤로 넘기고 앉아 기름칠이라도 한 듯 반짝이며 의기양양한 표정으로 안드레이를 보고 있었다.

고문관

"그럼 그렇지." 안드레이가 말했다. "너는 그 정보를 어디서 알아냈는데?" 그가 이쟈에게 물었다.

"친구, 출처는 언제나 같아." 이쟈가 말했다. "역사는 위대한 과학이라고. 그리고 우리 **도시**에서 역사는 특히나 많은 것을 품고 있지. 그게 우리 도시의 특별한 장점 아니겠어? 이곳의 고문서들은 왜인지 파손되지 않거든! 전쟁도 없고 침략도 없고. 깃펜으로 쓰인 것은 도끼로 파괴되지 않고……"

"네 고문서들은……" 안드레이가 분개했다.

"잠깐! 여기선 프리츠가 거짓말을 용납하지 않을 테니까 하는 말인데, 석탄을 찾은 게 누구더라? 지하 저장고에 있던 석탄 3천만 톤을 누가 찾았느냐고! 네 지질학자들이 찾았던가? 아니지. 이 카츠만이 찾았지. 그것도 집무실에서 한 발짝도 나가지 않고……"

"정리하자면," 가이거가 다시 자기 소파에 앉으며 말했다. "과학은 과학이 할 일을 하고, 고문서는 고문서가 할 일을 하자고. 내가 알고 싶은 건 첫 번째로 우리 후방에는 무엇이 있는가야. 거기서 살 수 있는가? 거기서 빼올 만한 유용한 무언가가 있는가? 두 번째. 그곳에 누가 사는가? 모든 지역을 망라해서 말이야. 바로 여기서부터 ─그는 손톱으로 책상을 톡톡 쳤다─세상의 끝, 혹은 세상의 시작까지, 혹은 어디든 도달하는 지점까지…… 있다면, 뭐 하는 사람들인가? 사람이긴 한가? 그들은 왜 그곳에 있는가? 어떻게 그리로 갔는가? 어떻게 먹고사는가……? 그리고 세 번째는 너희가 **반도시**에 대해 알게되는 모든 것. 이건 내가 너희에게 제시하는 정치적 목적이야. 또한 탐사의 진정한 목적이지. 안드레이, 넌 그점을 명심해야 해. 네가 이 탐사대를 이끌고 가서 내가말한 모든 걸 밝혀내. 그리고 결과를 나에게 여기서, 바로 이 방에서 보고해."

"뭐?" 안드레이가 말했다.

"여기서 개인적으로 보고하라고."

"날 그리로 보내려고?"

"당연하지! 너는 대체 뭘 생각한 거야?"

"잠깐만……" 안드레이는 혼란스러웠다. "도대체왜……? 나는 아무 데도 갈 생각이 없었는데…… 일이턱 아래까지 찰 정도로 많은데 그걸 다 누구한테 넘기고가……? 그리고 난 아무 데도 가고 싶지 않다고!"

"가고 싶지 않다니, 그게 무슨 말이야? 나랑 장난하자는 거야? 네가 아니면 누굴 보내겠어?"

"세상에." 안드레이가 말했다. "누구를 보내든 그거야네 마음이지! 케하다를 책임자로 해…… 가장 경험이 많으니까…… 아니면, 예를 들면, 부츠도 있고……"

가이거가 쏘아보자 안드레이는 입을 다물었다.

"케하다나 부츠 얘기는 하지 말자고." 가이거가 작은 목소리로 말했다.

안드레이가 대답할 말을 찾지 못해 침묵이 내려앉았다. 잠시 후 가이거가 다 식은 커피를 자기 잔에 따랐다.

"이 도시에서," 그가 여전히 조용조용 말했다. "내가 신뢰하는 사람은 딱 두세 명이야. 그 이상은 아니지. 그중 탐사대에 보낼 수 있는 건 너밖에 없어. 왜냐하면 나는 네게 끝까지 가라고 지시하면 네가 끝까지 가리라 확신할 수 있거든. 네가 도중에 돌아오지 않을 거고 도중에 아무도 돌아가게 두지 않을 거라고 확신하거든. 네가 보고서를 제출하면 나는 그 보고서를 믿을 수 있고. 이쟈가 쓴 보고서도 믿을 수 있지만, 이쟈는 행정가로서는 아무 짝에도 쓸모가 없고 정치가로서는 구제 불능이라서. 내 말 이해해? 그러니까 정해. 네가 탐사대를 이끌든지, 탐사대 파견을 아예 없던 일로 하든지."

다시 침묵이 엄습했다. 이쟈는 불편해하며 말했다.

"호호호…… 행정관 나리들, 나 나가 있어도 돼?"

"앉아 있어." 가이거가 그쪽을 돌아보지도 않고 말했다. "여기서 파이나 먹고 있어."

안드레이는 급히 생각을 정리해 봤다. 전부 포기해야 한다. 셀마도. 집도. 순탄하고 평온한 생활도…… 대체 왜 내게 이런 일이. 아말리아도 포기해야 한다. 어딘가로

간다니. 더위에 비위생적인 환경에 먹을 것은 형편없을 테고…… 내가 늙기라도 한 걸까? 몇 년 전만 해도 저런 제안을 들으면 들떴을 텐데. 지금은 가기 싫다. 가고 싶은 마음이 조금도 들지 않는다…… 이쟈를 매일 봐야 한다니. 그것도 엄청나게 자주 봐야 한다니. 군인들, 군인 나부랭이들도 포함된다니. 게다가 천 킬로미터를 다 걸어서 가지 않겠나. 걸어서, 그것도 어깨에 자루를 지고. 그 자루는 비어 있지도 않을 테고. 제기랄, 가득 차 있겠지…… 무기도 챙겨야 할 테고. 아니, 이런 제기랄. 그곳에서 총을 쏴야 할 수도 있다니……! 총알들이 날리는 가운데에 서 있을 수도 있다니, 그게 무슨 말인가? 그게 무슨 불운한 상황이란 말인가? 차라리 늑대가 조끼를 입고 있는 광경이 더 현실성 있겠다. 그 조끼는 덤불에 다 쓸리겠지만…… 유라 삼촌을 꼭 데려가야겠다. 군인이란 놈들은 눈곱만큼도 못 믿겠으니…… 더위에 물집에 악취를 겪을 테고…… 게다가 최북단의 추위는 끔찍하겠지…… 가는 내내 태양이 뒤에서라도 비추면 다행인데…… 케하다도 데려가야 한다. 케하다 없이는 가지 않겠다. 케하다를 전적으로 신뢰할 수 없다는 건 별로 중요치 않다. 케하다가 함께라면 연구 부분은 마음을 놓을 수가 있으니…… 여자 없이는 얼마나 지내게 될까. 정말 미칠 노릇 아닌가. 나는 이미 여자 없이 살던 때가 기억도

고문관

안 나는데. 네놈은 제대로 보상해 줘야 할 거다. 첫째로, 네놈은 직속 기구에 정직원을 배정해 줘야 할 거다. 사회 심리 부서에…… 그리고 측지학을 방해하지 않아야 하고…… 둘째, 바레이키스를 혼내 줘야 한다. 그리고 그 모든 사상적인 제한을, 내 연구에 그 제한을 걸지 않아야 할 거다. 다른 기구 일은 마음대로 하라지. 나와는 상관 없으니…… 망할, 그곳엔 물도 없지 않나! 도시가 계속 남쪽으로 내려가는 데는 이유가 있다. 북부의 수원이 마르고 있어서다. 그럼 물도 운반해 가라고 할 셈인가? 천 킬로미터를……?

"그러니까, 나더러 등에 물을 지고 가라는 거야?" 안드레이가 흥분해 물었다.

가이거는 깜짝 놀라 눈썹을 추켜세웠다.

"물이라니?"

안드레이가 퍼뜩 정신을 차렸다.

"뭐, 알았어. 다만 군인들은 내가 직접 선발하지. 군인들이 포함돼야 한다고 네가 그렇게 고집한다면 말이야. 안 그러면 아주 다양한 머저리들로 채워질 테니…… 그리고 단독 관리 체제여야만 해!" 안드레이가 손가락을 추켜올리며 엄중히 말했다. "우두머리는 나야!"

"너야. 너고말고." 가이거가 달래듯 말했다. 그는 미소를 띠고서 소파로 기대앉았다. "네가 거의 전원을 선발하면 돼. 내가 지정하는 사람은 단 한 명, 이쟈밖에 없어. 나머지는 네 선택에 맡길게. 재주 좋은 기계 기술자들을 신경 써서 선발해. 의사들도 데려가야 할 테고……"

"그건 그렇고, 운송 수단이 있기는 할 예정이야?"

"있을 거야." 가이거가 말했다. "제대로 된 운송 수단이 제공될 예정이야. 이곳엔 아직 없었던 걸로. 직접 지고 가야 할 짐은 없을 거야. 무기는 얘기가 좀 다르지만…… 그런 건 신경 쓰지 마. 전부 자잘한 문제들이잖아. 그건 네가 분과장들을 뽑은 다음 따로 논의할 사항이고…… 너희가 신경 써 줬으면 하는 문제는 이거야. 기밀! 이 문제는 너희가 약속해 줘야겠어. 물론 이 정도 규모의 기획을 완전히 숨길 수는 없을 테니 거짓 정보를 뿌려야겠지. 석유를 캐러 간다고 하거나. 240킬로미터를 간다고 하거나. 그렇지만 이 탐사의 정치적 목적은 너희가 알고 있어야 해. 약속할 수 있겠지?"

"알았어." 안드레이가 걱정스러운 듯 대답했다.

"이쟈, 특히 너에게 하는 말이야. 듣고 있어?"

"으흥." 이쟈가 입안 가득 우물거리며 대답했다.

"그런데 뭐 하러 그렇게까지 기밀을 유지하려는 거야? 우리가 기밀로 할 만한 활동을 하기는 해?" 안드레이가 물었다.

"모르겠어?" 가이거가 비웃으며 물었다.

고문관

"모르겠는데. 뭐가 그렇게 체제에 위협이 될 만한 지…… 전혀 모르겠어." 안드레이가 말했다.

"멍청해 갖고는. 체제에 대한 위협을 말하는 게 아니야." 가이거가 말했다. "너한테! 너한테 위협이 된다고! 우리가 그들을 두려워하듯 그들도 우리를 두려워한다는 걸 정말 모르겠어?"

"그들이 누군데? 네가 말하는 그 **반도시**의 시민들?"

"당연하지! 마침내 우리가 정찰을 보내기로 한 마당에 그들이라고 진작 정찰을 안 보냈을지 어떻게 알아? **도시**가 그들의 첩자로 가득하다고 생각 못 할 이유가 어디 있느냐고? 웃지 마. 웃지 말라고, 이 멍청아! 농담이 아니야! 그들이 매복이라도 하고 있으면 너희 모두를 병아리 밟아 죽이듯 죽일 수 있을 거라고……"

"그래." 안드레이가 말했다. "설득됐어. 아무 말도 안 할게."

가이거는 미심쩍은 눈빛으로 얼마간 안드레이를 쳐다보다가 다시 입을 열었다.

"좋아. 그러니까, 목표는 이해했지. 기밀 유지 관련해서도 이해한 거고. 즉, 다 이해했네. 오늘 너를 작전 책임자로 임명한다는 명령서에 서명할 거야…… 작전명은 음…… 어디 보자……"

"'어둠과 안개'." 이쟈가 순진하게 눈을 굴리며 끼어들었다.

"뭐? 아니야…… 너무 길어. 어디 보자…… '지그재
그'. '지그재그' 작전. 괜찮지 않나?" 가이거가 가슴팍 주
머니에서 노트를 꺼내 뭔가를 적었다. "안드레이, 바로
준비에 착수해도 좋아. 아직은 연구와 관련해서만. 사람
을 뽑고 탐사 목표를 구체적으로 정해…… 도구랑 장비
도 주문하고…… 네 주문은 문제없이 처리되게 해 주지.
너희 부책임자가 누구지?"

"직속 기구 말이야? 부츠."

가이거가 인상을 썼다.

"뭐 좋아." 그가 말했다. "부츠로 두지. 그에게 직속
기구의 일을 전부 넘기고 너는 '지그재그' 작전에 전념
해…… 그리고 네 부하 직원 부츠에게 입조심 좀 하라고
경고하고!" 그가 갑자기 으르렁댔다.

"그래, 바로 그 문제 말이야. 오늘 얘기 좀 해 보
자……" 안드레이가 말했다.

"아니, 싫어!" 가이거가 말했다. "지금은 그 주제로 이
야기하고 싶지 않아. 네가 무슨 말을 하려는지 알아! 하
지만 생선은 머리부터 썩는다고, 고문관님. 그런데 너
는 네가 관리하는 직속 기구에서 뭘 키우는 건지…… 제
길!"

"자코뱅파들이지." 이쟈가 끼어들었다.

"유대인 자식, 네놈은 닥쳐!" 가이거가 외쳤다. "너희 모두를 그냥 두는 게 아니었어, 이 입만 산 녀석들……! 무슨 말을 하고 있었는지 완전히 까먹었잖아…… 내가 무슨 얘기를 하고 있었지?"

"그 주제에 대해 얘기하기 싫다고 했지." 이쟈가 말했다.

가이거는 어이없다는 표정으로 이쟈를 뚫어져라 봤고 그때 안드레이가 일부러 차분한 어조로 말했다.

"제발 부탁인데 프리츠. 사상을 위한다는 명목으로 자행되는 그 멍청한 짓거리에서 내 직원들을 해방시켜 줘. 내가 직접 뽑은 사람들이고 나는 그 사람들을 믿어. 네가 진정으로 **도시**에서 과학 연구가 이뤄지길 바란다면 내버려 둬."

"그래, 알았어. 알았다고. 오늘 그 얘기는 하지 않겠어……" 가이거가 퉁명스럽게 말했다.

"아니, 해야 해." 스스로에 도취된 안드레이가 짧게 대답했다. "너도 나 알잖아. 난 완전히 네 사람이라고. 이해해 줘. 이 사람들은 불평을 늘어놓지 않을 수 없는 거야. 그냥 그렇게 생겨 먹은 사람들이야. 불평을 안 하면 아무도 아니게 될걸. 그러니까 그냥 불평을 하게 내버려 둬! 사상적 윤리는 내가 내 기구에서 어떻게든 주시하고 있을 테니 안심해도 돼. 그리고 우리 착한 원숭이 루머한테

517

도 똑똑히 알려 줘, 만일……"

"최후통첩 하듯 말하지 않을 수 없나?" 프리츠가 거만하게 물었다.

"있지." 안드레이가 아주 짤막하게 대답했다. "뭐든 가능하지. 최후통첩을 안 할 수도 있고, 과학 발전을 안 할 수도 있고, 탐사를 안 할 수도 있지……"

가이거는 넓어진 콧구멍으로 색색 숨을 내쉬며 안드레이를 비난하듯 쳐다보았다.

"나는 지금 그 문제를 이야기하고 싶지 않다고!" 그가 말했다.

안드레이는 오늘은 이 정도면 충분하다는 것을 깨달았다. 게다가 이 문제들은 사실 직접 대면하고 말하는 게 훨씬 나았다.

"이야기하기 싫으면 안 해도 돼." 안드레이가 유보적인 태도로 말했다. "말이 나온 김에 여기까지 온 거야. 오늘 바레이키스의 보고를 들었거든…… 질문이 있어. 내가 가져갈 수 있는 화물량이 얼마나 되지? 대략적으로라도 말이야."

가이거는 그 후로도 몇 번 더 힘차게 콧김을 내뿜더니 이쟈를 흘끗 보고서 다시 소파에 등을 기대고 앉았다.

"5톤, 6톤 정도 예상하면 돼…… 어쩌면 그 이상일 수도 있고." 그가 말했다. "만주로에게 물어봐…… 그가 현 정부의 네 번째 실세기는 하지만 탐사의 진짜 목적에 대해서는 전혀 모른다는 건 염두에 두고. 운송 수단은 그가 책임질 거야. 자세한 사항은 그에게 들어."

안드레이가 고개를 끄덕였다.

"좋아. 그리고 군인 중에는 누굴 데려가고 싶은 줄 알아? 대령이야."

가이거가 화들짝 놀랐다.

"대령? 네가 사람 보는 눈이 있구나! 그런데 그럼 난 누구랑 남으라고? 사령부 전체가 그에게 의존해 돌아가는데……"

"그것참 잘됐네." 안드레이가 말했다. "그러니까, 대령은 심도 있는 군사 정찰도 하게 되겠군. 말하자면 작전 무대가 될 수도 있는 곳을 개인적으로 공부하는 거지. 나와 관계도 괜찮고…… 아 참, 오늘 내가 작은 모임을 열려고 해. 뵈프 부르기뇽도 나올 거고. 시간 어때?"

가이거의 얼굴에 바로 난처한 기색이 떠올랐다.

"음…… 오늘? 친구, 잘 모르겠어. 확답은 못 해…… 말 그대로 알 수가 없어서. 어쩌면 잠깐 들를 수 있을지도 모르지."

안드레이가 한숨을 내쉬었다.

"알았어. 그런데 네가 안 온다고 저번처럼 루머를 대신 보내지는 마. 나는 말이지, 대통령 각하가 아니라 프리츠 가이거를 초대하는 거라고. 공식적인 대리인은 보내지 않아도 돼."

"음, 두고 보자. 두고 보자고……" 가이거가 말했다. "한 잔씩 더 할까? 시간이 남았으니. 파커!"

발그레한 파커가 문간에 나타나 이상적으로 가르마를 탄 머리를 숙였고 커피를 내오라는 지시를 듣고는 섬세한 목소리로 말했다.

"루머 고문관님이 전화해 대통령 각하를 바꿔 달라고 합니다."

"호랑이도 제 말 하면 온다더니……" 가이거가 투덜대며 일어났다. "실례 좀 할게. 금방 다녀올 테니."

그가 나가자마자 하얀 앞치마를 두른 아가씨들이 들어왔다. 그들은 신속하고 소리 없이 두 번째 커피를 세팅하더니 파커와 함께 사라졌다.

"너는 올 거야?" 안드레이가 이쟈에게 물었다.

"기꺼이." 이쟈가 색색거리고 입맛을 다시며 커피를 홀짝였다. "또 누가 오는데?"

"대령이 올 거고. 돌푸스 부부도 올 거야. 아마 차추아도…… 누가 왔으면 좋겠는데?"

"솔직히 돌푸스 부인은 안 왔으면 좋겠어."

"괜찮아. 부인은 차추아에게 맡길 테니까……"

이쟈가 고개를 끄덕이더니 불쑥 이렇게 말했다.

"오랫동안 안 모였었네, 그렇지?"

"그래, 형제. 일이 많았으니……"

"거짓말을 하는군, 거짓말. 너한테 무슨 일이 그렇게 많았다고…… 앉아서 수집품이나 하염없이 닦고 있었겠지…… 그러다 발사될 수도 있으니 조심히 닦아…… 아! 그러고 보니 내가 너 주려고 권총 하나를 어렵게 구했어. 진짜 스미스앤드웨슨이야. 초원에서 가져온……"

"정말?!"

"그런데 녹이 슬어 있기는 해, 완전히 녹슬어서는……"

"절대 닦지 마!" 안드레이가 벌떡 일어서며 소리쳤다. "그대로 가져와. 안 그러면 완전히 망가질 거야. 네 손만 닿으면 다 망가지니까……! 그리고 그건 그냥 권총이 아니라 리볼버라고! 어디서 찾았어?"

"찾아야 할 곳에서 찾았지." 이쟈가 말했다. "한번 보자고. 탐사만 가면 엄청 찾을 수 있을걸. 집에 다 가져오지도 못할 정도로……"

안드레이는 커피 잔을 내려놓았다. 탐사에 그런 측면이 있을 수도 있다는 건 생각도 못 했기에 순간 특별한 권총들을 떠올리며 몹시 들떴다. 콜트, 브라우닝, 마우저, 나강, 파라벨룸, 자우어, 발터…… 그리고 더 멀리, 더 오래전으로 거슬러 올라가서 결투에 쓰인 르포쇠

와 르파주…… 배에서 싸울 때 쓰이던, 총검이 달린 커다란 권총들…… 극서 지방의 위대한 발명품들…… 그것들 모두 기적적으로 **도시**에 흘러든, 백만장자 브루너의 개인 소장품 목록과 카탈로그를 읽고 또 읽으며 감히 꿈꿔 볼 생각도 못 한 총기들이었다. 작은 보관함과 상자와 무기고…… 운이 좋으면 소음기가 장착된 '체코조병창'♦ 총을 발견할 수도 있다…… '아스트라 900모델'을 발견할 수도 있고…… 어쩌면 맙소사, '9A-91'이나 '마우저 08' 같은 희귀품을 찾을지도 모른다…… 그래……

"혹시 대전차용 지뢰는 수집하지 않아? 야전포라든가?" 이쟈가 물었다.

"아니." 안드레이가 즐거운 듯 미소 지었다. "나는 개인용 화기만 수집해……"

"바주카의 경우엔 말이야," 이쟈가 말했다. "별로 안 비싸더라고. 고작 200투그릭♦♦이더군."

"바주카 얘기는, 형제, 루머한테 해 봐." 안드레이가 말했다.

"고마워. 루머한테는 벌써 가 봤지." 이렇게 말하는 이쟈의 미소가 굳었다.

아차, 제기랄. 안드레이가 민망해했으나 바로 그 순간 다행히도 가이거가 돌아왔다. 만족스러운 표정이었다.

"자, 대통령한테 커피 좀 따라 줘." 그가 말했다. "너희는 무슨 얘기 중이었어……"

"문학과 예술에 대해서." 이쟈가 말했다.

"문학?" 가이거가 커피를 홀짝였다. "오오, 내 고문관들이 문학에 대해 대체 무슨 얘기를 나눴을까?"

"헛소리야." 안드레이가 말했다. "문학이 아니라 내 수집품 얘기를 하던 중이었어."

"그런데 웬일로 문학에 관심을 보이지?" 이쟈가 궁금하다는 듯 가이거를 보며 물었다. "언제나 실용주의자 대통령이었는데……"

"실용주의자이기에 관심이 생긴 거야." 가이거가 말했다. "봐 봐." 그가 이야기하며 손가락을 구부리기 시작했다. "도시에는 문학잡지가 두 개 있고 신문사 네 곳이 문학 부록을 내고 시시한 모험물 시리즈가 최소 열 개 발간되지…… 이게 끝인 것 같군. 1년에 신간이 열다섯 권 정도 출판되고. 그런데 그중에서 볼 만한 게 하나도 없어. 내가 문학을 좀 아는 사람들이랑 얘기를 해 봤거든. **대변혁** 전에도 그 후에도 **도시**에는 위대한 문학작품이

♦ 체코의 군수업체. 이곳에서 생산된 총기는 체코의 국방과 외화벌이에 큰 역할을 하고 있으며 용병, 수렵 사냥꾼, 수집가들 사이에서 상당한 인지도를 얻고 있다.

♦♦ 몽골의 화폐단위.

등장한 적이 없다는 거야. 전부 종이 쓰레기들이지. 왜 이렇게 된 걸까?"

안드레이와 이쟈는 눈빛을 교환했다. 그래, 정말이지 가이거는 언제나 사람을 놀라게 할 줄 알았다.

"그래도 여전히 이해가 안 되는데." 이쟈가 가이거에게 말했다. "너랑 그게 대체 무슨 상관이야? 일대기를 써 줄 작가라도 찾는 거야?"

"농담은 관두는 게 어때?" 가이거가 참을성 있게 말했다. "도시의 인구가 100만이야. 그중 천 명 이상이 문학가고. 전부 재능이 없어. 그러니까, 내가 직접 읽은 건 당연히 아니고……"

"재능이 없지. 재능이 없는 건 맞아." 이쟈가 고개를 끄덕였다. "제대로 알고 있구나. 톨스토이도 도스토옙스키도 없어. 레프 톨스토이는커녕 알렉세이 톨스토이도 없지……"

"그런데 정말 궁금해서 그러는데, 그게 뭐가 문제야?" 안드레이가 물었다.

"뛰어난 작가가 없어." 가이거가 말을 이었다. "화가도 없고. 작곡가도 없고. 그 뭐야…… 조각가도 없어."

"건축가도 없지. 영화쟁이도 없고……" 안드레이가 말을 받았다.

"그런 자들이 전혀 없어." 가이거가 말했다. "인구가

고문관

100만인데! 처음에는 그저 놀라웠는데, 나중에는 솔직히 불안하더군."

"어째서?" 이쟈가 얼른 물었다.

가이거는 주저하듯 입술을 잘근잘근 씹었다.

"설명하기는 어려운데." 그가 털어놓았다. "솔직히 개인적으로는 그런 자들이 왜 있어야 하는지 모르겠어. 그렇지만 모든 정상적인 공동체에는 항상 있다고 들었거든. 그러니까, 우리에게 없다면, 즉 뭔가 정상이 아니라는 의미 아닌가…… 난 그렇게 생각했어. 뭐, 좋아. **대변혁** 전까지 도시의 삶은 힘겨웠고 난장판이었지. 그러니까 아마 섬세한 예술을 할 여유가 없었을 거야. 하지만 이제는 삶이 웬만큼 편해졌는데……"

"아니." 안드레이가 골똘히 생각하다 그의 말을 끊었다. "그 둘은 아무런 상관이 없어. 내가 아는 한, 세계의 대가들은 바로 그렇게 끔찍한 난리 통에서도 작업을 했거든. 아무런 상관관계가 없다고. 대가는 가난뱅이일 수도 있고, 광인일 수도, 술꾼일 수도 있고 어쩌면 먹고사는 문제가 없는, 심지어 부유한 사람일 수도 있어. 투르게네프처럼…… 그러니까, 모르겠어."

"어쨌든," 이쟈가 가이거에게 말했다. "네가 이를테면, 문학가들의 삶의 질을 획기적으로 개선해 줄 생각이라면……"

"그래! 이를테면 그런 방법을 써 보자는 거야!" 가이 거가 커피를 홀짝이고는 혀로 입술을 핥고 실눈으로 이 쟈를 쳐다보기 시작했다.

"그래 봐야 아무런 성과도 안 나올걸." 이쟈가 어쩐지 만족스러운 듯 말했다. "나올 리가 없지!"

"잠깐." 안드레이가 말했다. "어쩌면 재능이 있는 창 조적인 사람들이 그저 **도시**로 안 오는 건 아닐까? 여기로 오겠다고 하지 않는다거나?"

"아니면 그들에게 제안을 안 해서일 수도 있지." 이쟈 가 말했다.

"그게 뭐 어쨌다는 거야." 가이거가 말했다. "**도시** 인 구의 50퍼센트가 젊은이야. **지구**에서 그들은 아무도 아 니었다고. 그런데 어떻게 그들이 창조적인지 아닌지 알 수 있었겠어?"

"어쩌면 바로 그걸 알 수 있었을지도 모르지." 이쟈가 말했다.

"그렇다고 쳐." 가이거가 말했다. "**도시**에는 여기서 태 어나고 자란 사람이 수만 명이야. 그들은 어떻게 설명할 셈이지? 아니면, 재능도 언제나 유전인가?"

"확실히 이상하긴 하네." 안드레이가 말했다. "**도시**에 는 꽤 훌륭한 기술자들이 있지. 아주 뛰어난 학자들도 있 고. 멘델레예프 수준은 아니지만 그래도 세계에 내놓을

고문관

만하다고. 부츠만 해도 그렇고…… 재능 있는 사람들이 오기는 해. 개발자라든가 행정가라든가 수공업자들이라든가…… 다 실용적인 분야네……"

"바로 그거야. 바로 그게 놀라운 점이야." 가이거가 말했다.

"근데 가이거," 이쟈가 말했다. "뭐 하러 일부러 문제를 만들어? 재능 있는 작가들이 나온다고 해도, 자신들의 천재적인 작품 속에서 널 가차 없이 비판할 텐데. 너와 네가 만든 질서, 그리고 너의 고문관들까지 비판하겠지…… 넌 가장 불미스럽고도 불쾌한 일들을 겪을 거야. 처음에는 그들을 회유하려 들다가 나중에는 위협할 테고 그러다가 감옥에 넣을 수밖에 없을걸……"

"어째서 그들이 날 가차 없이 비판할 거라고 단언해?" 가이거는 기분이 상했다. "어쩌면 그 반대로, 칭송할 수도 있잖아?"

"아니." 이쟈가 말했다. "칭송할 일 없어. 오늘 안드레이가 과학자들에 대해 설명해 줬지. 위대한 작가들도 마찬가지로 언제나 투덜댄다고. 그게 그들의 기본 상태야. 왜냐하면 그들은 어쩌면, 공동체가 전혀 자각하지 못하는, 앓는 양심이거든. 지금 공동체의 상징은 너니까 깡통들이 너한테 가장 먼저 날아들겠지……" 이쟈가 킥킥댔다. "그들이 너의 루머를 어떻게 처단할지 눈에 그려지는

군!"

가이거가 한쪽 어깨를 으쓱했다.

"루머에게 부족한 점이 있다면 물론 진정한 작가가 그걸 표현해야겠지. 종양을 치료하기 위해 있는 게 작가니까……"

"작가들은 절대 그 어떤 종양도 치료하지 않아." 이쟈가 반박했다. "앓는 양심은 그저 아파할 뿐이고 모든 건……"

"어쨌든, 중요한 건 그게 아니야." 가이거가 말을 끊었다. "그냥 이 질문에만 대답해 봐. 지금 상황이 정상인 것 같아? 아닌 것 같아?"

"정상이 뭔데? **지구**의 상황은 정상이라고 할 수 있나?" 이쟈가 물었다.

"말장난을 하는군! 말장난!" 안드레이가 인상을 썼다. "단순하게 묻는 거잖아. 창조적인 재능이 없는 공동체도 존재할 수 있는가? 라고 말이야. 내가 제대로 이해한 거 맞지, 프리츠?"

"내가 더 명확히 질문해 주지." 가이거가 말했다. "100만 명이 **지구**에서든 여기에서든, 수십 년 동안 단 하나의 창조적인 재능도 내놓지 못하는 게 정상인가?"

이쟈는 입을 다물고서 산만하게 목의 사마귀를 잡아당겼다. 안드레이가 말했다.

고문관

"고대 그리스였다면 아주 비정상적인 상황일 거야."

"그럼 대체 왜 이런 상황이 발생했지?" 가이거가 물었다.

"**실험**은 **실험**이잖아. 하지만 몽골을 생각하면 우리는 아무런 문제도 없는 거라고." 이쟈가 말했다.

"그러니까, 무슨 말이 하고 싶은 거야?" 가이거가 미심쩍은 눈빛으로 물었다.

"걱정할 일 아니라는 뜻이야." 이쟈가 화들짝 놀라 설명했다. "몽골 인구도 100만 명이야. 더 많을 수도 있고. 또, 그러니까 한국도 그렇고…… 아랍 국가 대부분이 그렇고……"

"집시도 예로 들지 그래." 가이거가 불만스럽게 말했다.

안드레이가 갑자기 생기를 띠었다.

"그런데 친구들, **도시**에 집시들이 있던가?"

"너희 당장 내 눈앞에서 사라져!" 가이거가 화를 냈다. "네놈들이랑은 도무지 진지한 얘기를 할 수 없다니까……"

그는 뭐라고 더 덧붙이고 싶어 했으나 문간에 발그레한 파커가 나타나자 바로 시계를 봤다.

"시간이 다 됐군." 프리츠가 일어서며 말했다. "어서 움직이지……!" 그는 한숨을 쉬더니 제복 재킷 단추를 잠그기 시작했다. "각자 자기 위치로! 자기 위치로 가라고. 고문관들 제자리로!" 그가 말했다.

제3장

오토 프리자의 말은 거짓이 아니었다. 카펫은 검붉은 빛깔에 중후하고 고급스러운 색조였다. 카펫이 서재 창문 맞은편 왼쪽 벽면을 가득 채우자 방이 자못 특별해 보였다. 놀랍도록 아름다웠고 우아했으며 압도적이었다.

안드레이는 날아갈 듯한 기분으로 셀마의 뺨에 키스했다. 셀마는 다시 부엌으로 가 하녀에게 지시를 내렸고 안드레이는 서재를 거닐면서 카펫을 모든 방향에서, 정면에서도 보고 측면에서도 보고 곁눈질로도 본 다음 귀중품장을 열고는 견고한 마우저 자동 권총을 꺼냈다. 마우저 무기 제조사의 특수 부서에서 탄생한, 열 발을 장전할 수 있는 이 괴물 같은 총은 러시아 내전 당시, 먼지 낀 군모를 쓴 적위군 장교들과 목 부분에 개털을 덧댄 외투를 입은 일본 제국군 장교들이 애용한 총으로도 유명했다.

깨끗하게 관리된 마우저 권총의 까만 칠에 빛이 반사되었고 겉보기에는 바로 전투에 들고 가도 아무 문제 없을 것 같았으나 애석하게도 공이 부분이 매끈하게 마모되어 있었다. 안드레이는 두 손으로 잡고 무게를 가늠하더니 홈이 난 둥그런 손잡이를 쥐고 아래로 내렸다가 눈높이까지 들어 창밖의 사과나무 기둥을 조준했다. 가이거가 사격 연습장에서 그러듯이.

그러고 나서 다시 카펫으로 돌아선 그는 권총을 어디에 걸지 잠시 고민했다. 걸어 둘 위치는 금방 찾았다. 안드레이는 구두를 벗어 던지고 벤치형 소파를 딛고 올라서서 봐 둔 곳에 마우저 권총을 갖다 댔다. 그는 한 손으로 카펫에 권총을 대고 몸을 최대한 뒤로 빼서 감상했다. 근사했다. 그는 바닥으로 뛰어내려 양말만 신은 채 현관으로 잽싸게 뛰어가서는 벽장에서 공구함을 꺼내 카펫 앞으로 돌아왔다.

그는 마우저 권총을 걸었다. 그러고 나서 조준경이 달린 루거 권총(**대변혁** 마지막 날, 꼬리뼈가 경찰 둘을 쏴 죽일 때 썼다)을 걸고 1906년형 브라우닝 권총—자그마하고 정사각형에 가까운 형태다—의 위치를 잡고 있는

고문관

데 등 뒤에서 익숙한 목소리가 들렸다.

"조금 더 오른쪽으로, 안드레이. 약간만 더. 그리고 1센티미터 아래로 내려요."

"이렇게요?" 안드레이가 뒤돌아보지 않고 물었다.

"그렇게요."

안드레이는 브라우닝 권총을 고정시키고 벤치형 소파에서 뒤로 뛰어내린 다음 자신의 작품을 감상하며 책상에 닿을 때까지 뒷걸음쳤다.

"멋지군요." **인도자**가 칭찬했다.

"멋지지만, 부족해요." 안드레이가 한숨을 내쉬었다.

인도자는 조용히 귀중품장으로 가 쪼그려 앉더니 안을 뒤져 군대식 리볼버를 꺼냈다.

"이건 어떤가요?" 그가 물었다.

"손잡이의 나무 부분이 떨어져 있어서요." 안드레이가 안타까워했다. "항상 주문한다고 해 놓고 까먹네요……" 그는 구두를 신은 다음 의자 가까이에 있는 창턱에 앉아 담배를 피우기 시작했다. "상단에는 결투용 무기들을 전시할 거예요. 19세기 전반기 무기들요. 가장 아름다운 무기들이 만들어지던 시기죠. 은에 무늬를 새긴 것도 있고 형태도 가장 놀랍고요. 이렇게 조그만 것부터 커다란 것까지, 총신이 기다란 것까지 있죠……"

"르파주가 그렇지요." **인도자**가 말했다.

"아니에요. 르파주는 작은 편이에요…… 그리고 하단에는요, 소파 바로 위에는 17세기에서 18세기경의 군용 무기들을 걸 거예요……"

안드레이는 얼마나 근사할지 상상하며 입을 다물었다. **인도자**는 쪼그려 앉아 귀중품장을 뒤지고 있었다. 창밖 멀지 않은 곳에서 잔디깎이 소리가 들려오고 새들이 찌르륵 쨱쨱 울었다.

"좋은 생각이군요." **인도자**가 일어서며 말했다. 그는 주머니에서 손수건을 꺼내 손을 닦았다. "다만 나라면 플로어스탠드를 저쪽 구석, 전화기 옆에 두었을 텐데. 그리고 전화기도 흰색이어야겠지요."

"하얀 전화기는 제게 주어지지 않아서요." 안드레이가 한숨을 쉬며 말했다.

"괜찮습니다." **인도자**가 말했다. "탐사를 마치고 돌아오면 하얀 전화기가 생기겠지요."

"그러니까, 제가 가기로 한 게 옳은 결정이란 말씀이시죠?"

"확신이 없었나요?"

"네." 안드레이가 말하고는 재떨이에 꽁초를 눌러 껐다. "첫째로, 별로 가고 싶지 않았어요. 그냥 가고 싶지가 않았어요. 집에 있는 게 좋고 인생도 편해졌고 할 일도 많고요. 두 번째로는, 솔직히, 조금 두려웠어요."

"그럴 리가." **인도자**가 말했다.

"아니, 정말이에요. 제가 거기서 뭘 마주칠지 아세요? 그것 보세요! 완전한 미지의 영역이죠…… 이쟈가 말한 무시무시한 전설 수십 개와 완벽한 미지의 영역이 있을 뿐이에요…… 게다가 야외 생활에 따른 온갖 장점들이 더해질 거고요. 제가 그런 탐사들이 어떤지 좀 알거든요! 고고학 탐사와 또 다른 탐사에도 참여해 본 적이 있고……"

그러자 그의 예상대로 **인도자**가 흥미를 보이며 물었다.

"그런 탐사들의…… 이걸 어떻게 표현하면 좋을지…… 그러니까, 어떤 점이 가장 두렵다고 할까, 가장 불쾌한가요?"

안드레이가 너무나도 좋아하는 질문이었다. 그 대답은 아주 오래전에 생각해 두었으며 일기장에 적어 두기까지 하고는 이런저런 여자들과의 대화에서 몇 번 써먹었었다.

"가장 두려운 거요?" 그가 뜸을 들이며 반복했다. "가장 두려운 건 이거죠. 상상해 보세요. 텐트가 쳐져 있고 밤이에요. 주위로는 사막이고 사람은 없고 늑대들은 울부짖고 우박에 폭풍우에……" 그는 잠시 말을 멈추고는 자신의 말을 듣느라 온몸을 앞으로 기울인 **인도자**를 보았다. "우박요. 아시겠어요? 비둘기 알만 한 우박이 내리는 거예요…… 그럼에도 어쩔 수 없이 나아가야 하죠."

인도자의 얼굴에서 긴장해 대답을 기다리던 표정이 조금 혼란스러운 미소로 바뀌더니 조금 뒤 그가 큰 소리로 웃었다.

"재밌군요." 그가 말했다. "직접 지어냈나요?"

"직접 지어냈죠." 안드레이가 자랑스레 말했다.

"멋지군요. 아주 웃깁니다……" **인도자**는 또다시 머리를 흔들며 웃었다. 그러더니 소파에 앉아 정원을 내다보았다. "집이 참 좋군요. 백색동이라니." 그가 말했다.

안드레이도 뒤돌아 정원을 바라보았다. 햇빛이 드리운 녹음에 꽃 위로 날아다니는 나비들, 굳건한 사과나무들, 200미터 떨어진 곳 라일락 관목 뒤로 옆집의 하얀 벽과 붉은 지붕이 보였다…… 그리고 긴 흰색 셔츠 차림으로 느긋하고 평화로이 잔디깎이를 미는 왕과 바로 옆에서 그의 바짓가랑이를 잡고 있는 그의 어린 아들이 있었다……

"그래요, 왕은 평화를 얻었군요." **인도자**가 말했다. "**도시**에서 가장 행복한 사람일지도 모르겠습니다."

"정말 그럴지도 모르겠어요." 안드레이가 동의했다. "적어도 제가 아는 다른 사람들보다는 행복해 보여요."

"그런데 당신이 알고 지내는 사람들은 참 대단하지 않

습니까." **인도자**가 대꾸했다. "그들과 왕을 비교할 수는 없지요. 다른 부류의 사람이라고까지 할 수 있어요. 당신 부류가 아니에요."

"그렇-죠." 안드레이가 곰곰이 생각하며 말을 늘였다. "예전에는 함께 쓰레기를 나르고 같은 식탁에 앉고 같은 잔으로 술을 마셨는데 말이에요……"

인도자가 어깨를 으쓱해 보였다.

"누구나 분수에 맞게 누리는 법이지요."

"쟁취한 것을 누리는 거죠." 안드레이가 중얼거렸다.

"그렇게 얘기할 수도 있겠지요. 같은 얘기니까. 왕은 언제나 가장 아래에 있고 싶어 합니다. 동양은 동양이니까요. 우리는 이해할 수 없을 겁니다. 바로 거기서 당신들의 길이 갈라졌던 거지요."

"제일 웃긴 게 뭐냐면요," 안드레이가 말했다. "저와 왕의 관계가 전처럼 좋다는 거예요. 저희는 언제나 얘깃거리가 있고 추억할 거리도 있어요…… 왕과 함께 있으면서 불편했던 적이 없어요."

"그도 그럴까요?"

안드레이는 잠시 생각해 보았다.

"모르겠어요. 왕은 불편해했던 것도 같네요. 때때로 그가 온 힘을 다해 저와 거리를 두려 한다는 느낌을 받거든요."

인도자는 몸을 쭉 펴며 손가락을 우두둑 꺾었다.

"그게 중요한가요?" 그가 말했다. "왕이 당신과 보드카 병을 두고 앉아 있을 때면 당신들은 그 모든 일들을 회상할 테고 왕은 맞장구를 치며 휴식을 취하겠지요. 그렇지요? 그런데 당신이 대령과 스카치위스키 한 병을 놓고 앉아 있을 때면 그게 둘 중 누구에게라도 휴식이던가요?"

"쉬기는요." 안드레이가 투덜거렸다. "뭐랄까…… 대령은 저에게 그저 필요한 사람일 뿐이에요. 저도 그에게 그런 사람이고요."

"가이거와 점심 식사를 할 때는 어떻습니까? 돌푸스와 맥주를 마실 때는? 차추아가 당신에게 전화를 걸어 새로 알게 된 우스운 이야기를 할 때는……?"

"맞아요." 안드레이가 말했다. "그러네요. 맞아요."

"오로지 이쟈와의 관계만 이전과 같지요. 어쨌든."

"바로 그거예요. 어쨌든." 안드레이가 말했다.

"아니에요. 그건 얘기할 필요도 없는 문제입니다!" **인도자**가 단호하게 말했다. "한번 상상해 보시지요. 여기 대령이, 군 사령부의 부책임자이자 유수한 가문의 늙은 영국 귀족이 앉아 있습니다. 그리고 여기에는 돌푸스가, 건설 부문 고문관이자 한때 빈에서 유명한 기술자였던 자가 앉아 있고요. 그리고 그 부인은 프러시아의 남작 영애지요. 그리고 그 반대편에 왕이, 관리인이 앉아 있습니다."

"그러네요." 안드레이가 말했다. 그가 목뒤를 긁으며 웃었다. "격이 안 맞네요……"

"아니, 아닙니다! 그런 사무적인 격 이야기가 아니에요. 그런 건 아무 상관 없습니다. 이런 상황에서 왕의 기분이 어떨지 상상해 보세요. 어떨 것 같습니까……"

"아, 알겠어요……" 안드레이가 말했다. "알겠어요…… 그래요, 다 무슨 소용이에요! 왕은 내일 부르죠, 뭐. 왕이랑 둘이 앉아 있고 메이링한테는 셀마와 함께 뭔가 맛있는 밥을 만들어 달라 해야겠어요. 그 집 꼬마에게는 '불도그'♦를 선물하고요. 공이가 빠진 게 하나 있으니……"

"술을 마시세요!" **인도자**가 말을 받았다. "서로 인생 얘기를 나누세요. 그도 당신에게 얘기할 게 있고 당신은 괜찮은 이야기꾼인 데다 그는 판자켄트나 하르바스강에 대해선 아는 게 없지 않습니까…… 아주 재미있을 겁니다! 약간 질투마저 나는군요."

"그럼 당신도 오세요." 안드레이가 이렇게 말한 다음

♦ 19세기 후반에서 20세기 전반까지 널리 사용된 주머니 크기 리볼버의 별칭이다.

웃음을 터뜨렸다.

인도자도 웃음을 터뜨렸다.

"정신적으로는 당신들과 함께하겠습니다." 그가 말했다.

그때 초인종이 울렸다. 안드레이가 시계를 봤다. 8시 정각이었다.

"대령일 거예요." 그가 이렇게 말하며 벌떡 일어섰다. "가 봐도 될까요?"

"물론이지요!" **인도자**가 말했다. "그리고 부디 잊지 마세요. 왕 같은 자들은 **도시**에 수만 명이지만 고문관들은 다 합해 봐야 스무 명이라는 사실을 말입니다……"

정말로 대령이었다. 그는 언제나 약속한 시간에 딱 맞춰 왔고, 따라서 언제나 가장 먼저 도착했다. 그를 현관에서 맞이한 안드레이는 악수를 한 뒤 서재로 안내했다. 대령은 사복 차림이었다. 밝은 회색 양복이 마치 마네킹에 입혀 있듯 그의 몸에 걸쳐져 있었고 드문드문 남은 그의 흰머리는 단정히 빗겨져 있었으며 구두는 반짝였고 매끈하게 면도한 볼도 빛났다. 키는 그리 크지 않았으며 호리호리했는데 자세가 잘 잡혀 있는 듯하면서도 약간 풀어져 있었고 군대에 차고 넘치던 독일 장교들의 특징인 촌티는 찾아볼 수 없었다.

서재에 들어간 대령은 카펫 앞에 멈춰 서더니 건조하

고 하얀 손을 뒷짐 진 채 한동안 아무 말 없이 검붉은빛의 아름다운 카펫과 그 위에 걸린 무기들을 감상했다. 그러더니 입을 열었다. "오!" 그는 인정한다는 듯한 표정으로 안드레이를 쳐다봤다.

"앉으시죠, 대령님." 안드레이가 말했다. "시가를 피우시겠어요? 위스키는요?"

"고맙소." 대령이 앉으며 말했다. "기운을 북돋는 걸 몇 모금 마시는 것도 괜찮겠지요." 그가 주머니에서 파이프를 꺼냈다. "오늘은 정말 정신이 없었소." 그가 설명했다. "광장에서 대체 무슨 일이 있었던 거요? 병영에 경계 경보를 발령하라는 명령이 떨어졌소이다만."

"웬 바보가 말입니다." 안드레이가 바에서 음료를 준비하며 말했다. "창고에서 다이너마이트를 받아 갖고는 넘어지기 딱 좋은 장소를 찾은 거죠. 제 창문 아래 말입니다."

"아, 그러니까 암살 시도 같은 게 아니었소?"

"그럴 리가요, 대령님!" 안드레이가 위스키를 따르며 말했다. "그럼요. 여기가 팔레스타인은 아니지 않습니까."

대령은 웃더니 안드레이에게서 잔을 받아 들었다.

"맞는 말이오. 팔레스타인에서는 그런 사고가 일어나도 아무도 놀라지 않소이다. 예멘에서도 마찬가지고……"

"그러니까, 경계경보가 발령되었다고요?" 안드레이가 자기 잔을 들고 맞은편에 앉으며 물었다.

"그러게 말이오." 대령은 잔을 홀짝이더니 눈썹을 치켜뜨고 잠시 생각하다가 조심스럽게 술잔을 옆의 전화기 협탁에 내려놓고 파이프를 채우기 시작했다. 은빛 털이 수북한 그의 손은 나이 든 티가 났지만 떨리지는 않았다.

"그래서 군의 준비 상태는 어떻던가요?" 안드레이도 잔을 홀짝이며 물었다.

대령은 다시 웃음을 터뜨렸고 안드레이는 순간 질투심을 느꼈다. 자신도 저렇게 웃을 수 있었으면 좋겠다고 생각했다.

"군사기밀입니다만," 대령이 말했다. "말씀드리지요. 내가 그런 꼴은 예멘에서도 못 봤소이다. 아니, 예멘까지 갈 것도 없어요! 우간다에서 흑인 놈들을 훈련시킬 때도 그런 꼴은 본 적이 없지요……! 병영에 있던 병사 반은 아예 나타나질 않더군. 나머지 반의 반은 경보음을 듣고서 무기도 없이 나타났고 말이오. 무기를 들고 온 자들에겐 탄약이 없었소. 탄약고 책임자가 열쇠를 갖고서 **위대한 건설**에 할당 시간을 채우러 가 버렸기 때문이오……"

"설마, 농담이겠지요." 안드레이가 말했다.

대령은 파이프를 한 모금 피우고는 손바닥으로 연기

를 날리고 색채 없는 눈으로 안드레이를 바라보았다. 그의 눈가에 주름이 잔뜩 진 것을 보니 웃는 듯했다.

"사실, 내가 좀 과장했을 수도 있지요." 그가 말했다. "그렇지만 고문관, 한번 생각해 보시오. 우리 군대는 딱히 명확한 목적도 없이 창설되었소. 왜냐하면 우리 둘 다 아는 그 사람이 군대 없는 국가조직은 상상하지 않았기 때문이지. 하지만 분명, 실재하는 적 없이는 그 어떤 군대도 정상적으로 작동할 수 없소이다. 잠재하는 적이라도 있어야지요…… 사령부 책임자부터 말단 취사병까지, 현재 우리 군대는 이게 그저 흐리멍덩한 병정놀이일 뿐이라고 굳게 확신하고 있소."

"그래도 잠재하는 적이 실제로 존재한다면요?"

대령이 다시 꿀 향기 나는 연기에 휩싸였다.

"그럼 정치가분들께서 어디 한번 말해 보시지요!"

안드레이는 다시 잔을 홀짝이고는 곰곰이 생각하다 물었다.

"그럼 말입니다, 대령님. 총사령부에 외부 침략에 대비한 작전 계획이 있기는 한가요?"

"글쎄…… 지금 있는 걸 진짜 작전 계획이라고는 할 수 없겠소이다. **지구**의 당신네 러시아 총사령부라도 떠올려 보시지요. 그 총사령부에, 말하자면, 화성인의 침략에 대비한 작전 계획이 있소이까?"

"글쎄요." 안드레이가 말했다. "그래도 그 비슷한 건 충분히 있을 수 있다고 생각하는데요……"

"'그 비슷한 것'은 우리한테도 있소이다." 대령이 말했다. "우리는 위로부터의 침략도, 아래로부터의 침략도 예상하지 않소. 우리는 남부가 심각한 위협이 될 가능성도 없다고 생각하고…… 물론 시골에서 노역 중인 범죄자들이 폭동을 일으킬 수도 있지만, 그런 사태에는 대비가 되어 있소이다…… 북부가 남았군. 우리가 알기로, **대변혁** 당시, 그리고 그 이후에 꽤 많은 이전 체제의 지지자들이 북부로 도망쳤소. 전략적 관점에서 우리는, 그들이 조직을 구축해 분리를 하거나 심지어는 복권을 시도할 수도 있다고 생각하오……" 그는 색색거리며 파이프를 길게 한 모금 빨아들였다. "하지만 이 경우에도 군대가 필요하겠소? 이런 위협들은 루머 고문관이 이끄는 특수 경찰이면 분명 충분할 거고 전술적으로는 가장 진부한 국경 전술이면 되오……"

안드레이는 잠시 기다렸다가 물었다.

"그러니까, 대령님 말씀은, 총사령부가 북부로부터의 대대적인 침략에는 대비가 안 되어 있다는 거죠?"

"화성인 침공을 말씀하시는 거요?" 대령이 곰곰이 생각하며 말했다. "그렇소. 대비되어 있지 않소이다. 무슨 말을 하려는지는 알겠소. 하지만 우리한테는 정찰병도 없소. 그런 침략 가능성은 이제껏 아무도 진지하게 검토하지 않았지요. 그를 위한 자료도 전혀 없고. 우리는 유리관으로부터 50킬로미터 떨어진 곳에서 무슨 일이 벌어지는지 모르오. 북부 지역 지도도 없고……" 대령이 길고 누런 이를 드러내며 웃었다. "도시의 고문서 관리자인 카츠만 씨가 그 지역의 지도라 할 만한 것을 총사령부에 전달하긴 했지요…… 직접 그린 지도 같더군. 그 훌륭한 문서는 내 금고에 보관 중이오. 상당히 인상적이게도, 카츠만 씨는 그 지도를 작성할 때 뭔가를 먹는 중이었는지 종이에 몇 번이나 샌드위치를 떨어뜨리고 커피를 흘렸더군……"

"아니, 대령님." 안드레이가 나무라듯 말했다. "저희 기구도 대령님께, 제 생각에는 꽤 괜찮은 지도를 드렸는데요!"

"물론이지요. 틀림없이 그랬소이다, 고문관. 하지만 그건 주로 **도시**의 거주 지역과 남부 변방을 표시한 지도 아니오. 기본 규정에 따르면 군대는 무질서 상황에 대비되어 있어야 하고 무질서는 방금 말한 지역에서 일어날 수 있소. 그러니, 고문관의 작업은 꼭 필요했고 고문관 덕분에 우린 무질서 사태에는 대비되어 있소이다. 하나 침략에 관해서라면……" 대령은 고개를 저었다.

"제가 알기로는, 저희 기구가 총사령부로부터 북부

지역 지도 작업을 의뢰하는 요청문을 받은 적이 전혀 없는데요." 안드레이가 엄숙하게 말했다.

대령이 얼마간 안드레이를 쳐다봤고 그의 파이프가 꺼졌다.

"우리는 그런 요청문을," 그가 천천히 입을 열었다. "대통령에게 개인적으로 전달했소. 솔직히, 그에 대한 답변은 꽤 애매했지만……" 그는 다시 입을 다물었다. "그러니까, 고문관. 과업을 위한다면 그 요청문을 당신에게 제출했어야 한다는 말이오?"

안드레이가 고개를 끄덕였다.

"오늘 대통령과 점심을 함께했습니다." 안드레이가 말했다. "그 주제로 많은 이야기를 나누었지요. 북부 지역 지도화 문제는 사실상 해결되었습니다. 하지만 군사 전문가분들이 더욱 적극적으로 참여해 주셔야만 합니다. 경험이 많은 실무자도요…… 그러니까, 제 말을 분명 이해하시겠죠."

"이해하오." 대령이 말했다. "그건 그렇고, 고문관. 저런 마우저 권총은 어디서 구하셨소? 내가 저런 무기를 마지막으로 본 게, 기억이 맞는다면, 1918년 바투미에서였소이다만……"

안드레이가 어디서 어떻게 그 마우저를 얻게 됐는지 이야기를 시작하자마자 현관문에서 다시 초인종이 울렸다. 안드레이는 양해를 구하고 손님을 맞으러 나갔다.

안드레이는 카츠만이기를 바랐으나 모든 예상을 벗어나 초대한 적도 없는 오토 프리자가 와 있었다. 왜인지 그는 까맣게 잊혔었다. 안드레이는 언제나 오토 프리자를 까맣게 잊곤 했지만, 그는 유리관의 보급품 책임자로서 상당히 유용하고 심지어 대체 불가한 인물이었고 셀마는 그 사실을 단 한 번도 잊은 적이 없었다. 지금도 그녀는 오토에게서 섬세한 고급 아마 냅킨으로 싸인 정갈한 바구니와 작은 꽃다발을 바로 받아 들었으며 오토는 부드럽게 그녀의 손등에 키스했다. 그는 뒷굽을 맞부딪쳐 경례를 했고, 귀를 붉히는 것으로 보아 틀림없이 행복해하고 있었다.

"아, 내 친구, 왔구나! 네가 올 줄이야!" 안드레이가 말했다.

오토는 언제나 똑같았다. 왜인지 문득 안드레이는 오토가 오랜 친구들 중 가장 변하지 않았다는 생각을 했다. 사실 하나도 변하지 않았다. 여전히 가녀린 목과 커다랗게 튀어나온 귀에 주근깨 가득한 얼굴의 늘 불안한 표정. 그리고 또각또각 울리는 구두 굽까지. 그는 하늘색 특수 경찰 제복을 입고 네모난 '공훈' 치하 메달을 달고 있었다.

"카펫 진짜 고마워." 안드레이가 그의 어깨를 감싸 안아 서재로 데려가며 말했다. "곧 내 서재에 걸어 놓은 걸 볼 텐데…… 넋을 놓을걸. 배도 아플 거고……"

하지만 서재에 들어간 오토 프리자는 넋을 놓지 않은 것은 물론이거니와 배 아파 하지도 않았다. 대령을 발견했기 때문이다.

상등병 오토 프리자는 세인트제임스 대령에게 경외 비슷한 감정을 느꼈다. 대령과 한자리에 있게 된 그는 말하는 법을 완전히 잊어버리고 철제 나사로 미소를 고정시킨 것 같았다. 그는 끊임없이 벅차오르는 기운을 모아 언제든 뒷굽을 맞부딪쳐 인사할 수 있도록 준비했다.

오토는 멋진 카펫을 등지고 돌아서서 '차렷' 자세로 가슴을 내밀고 손바닥을 허벅지에 붙이고는 팔꿈치는 벌린 채 목뼈가 우두둑 꺾이는 소리가 온 서재에 울릴 정도로 절도 있게 고개 숙여 경례했다. 대령은 느긋하게 미소 지으며 그를 향해 일어서더니 한 손을 내밀었다. 다른 손에는 잔이 들려 있었다.

"만나서 대단히 반갑소……" 대령이 입을 열었다. "어서 오시오. 그러니까…… 음……"

"상등병 오토 프리자입니다, 대령님!" 그는 환희에 찬 새된 소리를 내고는 몸을 반으로 굽히다가 대령의 손가락에 닿았다. "뵙게 되어 영광입니다……!"

"오토, 오토!" 안드레이가 나무라듯 말했다. "관등을 따지는 자리가 아니라고!"

오토는 애처롭게 킥킥 웃더니 손수건을 꺼내 이마를 닦다가 곧바로 화들짝 놀라서는 손수건을 도로 쑤셔 넣으려고 주머니를 찾아 더듬었다.

"알라마인에 있었던 때가 생각나는구려." 대령이 인자하게 말했다. "내 부하들이 내게 독일 중사 하나를 데려왔는데……"

현관문에서 또 초인종이 울리자 안드레이는 다시 양해를 구하고는 불운한 오토를 영국 사자의 먹잇감으로 두고 나갔다.

이쟈였다. 그가 셸마의 양쪽 뺨에 키스하고 셸마의 요청에 따라 구두 밑창을 닦고 양복 솔로 솔질하는 동안 차추아와 돌푸스 부부가 동시에 밀려들었다. 차추아는 돌푸스 부인의 팔짱을 끼고 에스코트하며 그녀를 우스운 이야기로 압도하고 있었고 돌푸스는 창백한 미소를 띠고서 뒤따라왔다. 열정적인 사법기관 책임자와 함께 서 있으니 그의 낯이 특히나 더 잿빛에 생기 없고 보잘것없어 보였다. 그는 양팔에 서늘한 밤에 대비해 챙겨 온 따뜻한 트렌치코트를 얹고 있었다.

"식탁으로 오세요, 식탁으로요!" 셸마가 손뼉을 치며 낭랑한 목소리를 울렸다.

"자기!" 돌푸스 부인이 낮은 목소리로 난색을 표했다.

"내가 옷매무새를 좀 정돈해야 하는데……!"

"뭐라고요?" 차추아가 충혈된 눈을 휘둥그레 굴리며 화들짝 놀랐다. "이렇게 아름다우신데 뭘 또 정돈한다고요? 형법 제218조에 따라 허용할 수 없겠습니다……"

언제나처럼 왁자지껄해졌다. 안드레이는 미소 지을 틈도 없었다. 그의 왼쪽 귓가에서는 이쟈가 목이 들끓고 꼴깍대는 소리를 내며 오늘 군의 경계경보가 울렸을 때 병영에서 일어난 끔찍한 소동을 얘기했고 오른쪽 귓가에서는 돌푸스가 아무 예고도 없이 불쑥 오물통에 가까운 중앙 하수도와 변소에 관해 웅얼거리고 있었다…… 이내 모두 식당으로 밀려갔다. 안드레이는 손님들을 들여보내 자리에 앉히면서 일부러 재치 있는 말과 칭찬을 남발했고 시야 끄트머리에서 서재 문이 열리더니 미소를 띤 대령이 파이프를 옆 주머니에 넣으며 나오는 것을 봤다. 그는 혼자였다. 안드레이의 심장이 철렁 내려앉았다. 하지만 바로 그때 상등병 오토 프리자가 모습을 드러냈다. 그저 계급이 높은 사람 뒤를 따를 때는 간격을 5미터로 하라는 대열 규정을 지켰을 뿐인 듯했다. 큰 소리로 뒷굽을 맞부딪치며 경례하는 소리가 나기 시작했다.

"어디 한번 마시며 놀아 봅시다……!" 차추아가 걸걸한 목소리를 울리며 소리쳤다.

나이프와 포크가 절그럭댔다. 무리 없이 셀마와 돌푸

고문관

스 부인 사이에 오토를 앉힌 안드레이는 자기 자리에 앉아 식탁을 보았다. 나무랄 데가 없었다.

"자기야, 생각해 봐. 카펫에 이렇게 구멍이 뚫려 있던 거야! 프리자 씨, 당신이 그런 거죠! 이런 나쁜……!"

"대령님, 듣자하니 저쪽에서는 대열 앞에서 누군가를 총살하셨다고요?"

"제 말을 명심하세요. 하수로 정비 사업, 바로 하수로 정비 사업 때문에 우리 도시는 망할 겁니다……!"

"그렇게 아름다우시면서 그렇게 작은 잔을 쓴다고요……?!"

"오토, 당신 그 뼛조각 내려놔요…… 여기 실한 고기가 있잖아요……!"

"아니, 카츠만. 그건 군사기밀이오. 팔레스타인에서 유대인들에게 시달렸던 그 안 좋은 기억들을 그만 상기시키시지요……"

"고문관님, 보드카 드릴까요?"

"감사합니다. 고문관님!"

그리고 식탁 아래에서 굽을 맞부딪치는 소리가 났다.

안드레이는 보드카 두 잔을 연달아 마셨고—숨을 돌리기 위해서였다—흡족한 기분으로 애피타이저를 먹은 다음 차추아가 늘어놓는 끝없이 길고 환상적으로 이상한 건배사를 모두와 함께 들었다. 마침내 이 사법부 고문관이 작디작은 잔을 들어 올리고, 크나큰 감정을 실어 읊은 건배사의 결론이 자신이 언급한 그 모든 성적 편향을 동석자들에게 북돋는 게 아니라 고작 "내가 일평생 싸워 왔으나 내게 일평생 패배만 안겨 주었던 가장 악하고 무자비한 내 적들, 아름다운 여성들을 위하여……!"라는 게 밝혀지자 안드레이는 안도하며 모두와 함께 웃음을 터뜨렸고 세 번째 잔을 들이켰다. 돌푸스 부인은 완전히 힘이 빠져서는 냅킨으로 가린 채 구구거리며 목 놓아 울었다.

모두들 어쩐지 대단히 빨리 난장판에 돌입했다. "그래! 오, 그래!" 식탁 끝에서 익숙한 소리가 들려왔다. 차추아는 움찔대는 자신의 코를 돌푸스 부인의 눈부신 파인 옷 위에 드리운 채 한시도 쉬지 않고 떠들었다. 돌푸스 부인은 지쳐 구구거리며 극적인 몸짓으로 그에게서 멀찍이 떨어졌고 자신의 넓은 등판을 오토에게 기댔다. 오토는 벌써 두 번째로 포크를 떨어뜨렸다. 안드레이 옆에 꼭 붙어 있던 돌푸스가 드디어 하수처리 시설 얘기를 멈추는가 싶더니 때와 장소에 맞지 않게 자신의 일에 대한 열정에 휩싸여 분별없이 국가 기밀을 늘어놓기 시작했다. "자치 지구라니요!" 그가 위협적으로 웅얼댔다. "자치…… 자치…… 자치 지구의 핵심은 클로렐라입니다……! **위대한 건설**……? 웃기지들 말라 그래요. 웬, 빌어먹을 비행선은 무슨? 클로렐라라고!" "고문관님, 고문관님!" 안드레이가 그를 만류했다. "제발 좀! 그건 모두가 전혀 알 필요 없는 얘기란 말입니다! 차라리 연구단지 상황이나 말해 보세요……" 하녀가 지저분한 접시들을 가져가고 깨끗한 접시들을 내왔다. 애피타이저는 이미 치워지고 뵈프 부르기뇽이 차려져 있었다.

"내가 이 작디작은 잔을 들고 건배사를 하겠습니다!"

"오, 그래요!"

"요 발칙한 귀염둥이! 어떻게 당신을 사랑하지 않을 수 있겠어요?"

"이쨔, 대령님을 내버려 둬! 대령님, 제가 옆에 앉을까요?"

"클로렐라 14제곱미터는…… 그건 제로라고…… 자치 지구라니!"

"고문관, 위스키 드릴까요?"

"스릉합니다, 고문관님!"

흥에 겨운 열기가 고조되었을 때 갑자기 식당에 발그레한 파커가 등장했다. "대통령 각하께서 사과의 말씀을 전하셨습니다." 그가 발표했다. "긴급회의가 잡혔습니다. 보로닌 씨와 보로닌 부인, 그리고 모든 참석자들에게 따뜻한 안부를 전하는 바이며……" 사람들이 파커에게 보드카를 마시게 했다. 이를 위해 저돌적인 차추아가 나서야 했다. 대통령과 대통령이 계획한 일의 성공을 기원한다는 건배사가 울렸다. 소란이 조금 가라앉았고 자리에는 어느새 아이스크림과 리큐어를 곁들인 커피가 놓여 있었다. 오토 프리자는 울먹울먹 실패한 사랑 얘기를 털어놓으며 한탄했다. 돌푸스 부인은 차추아에게 사랑스러운 도시 쾨니히스베르크 얘기를 늘어놓았고 차추아는 코를 끄덕이며 열정적으로 반응했다. "당연하죠! 기억합니다…… 체르냐홉스키 장군이…… 닷새 내내 대포로 부쉬 댔지요……" 파커는 사라졌고 창밖은 벌써 어두웠다. 돌푸스는 허겁지겁 커피를 마시더니 안드레이를 앞에 두고 가히 환상적이라 할 만한 북부 재건 계획을 발전시켜 나갔다. 대령이 이쟈에게 말했다. "그는…… 말썽을 피운 죄로 10일형을 선고받고 국가 및 군사 기밀을 누설한 죄로 노역 10년형을 선고받았소이다." 이쟈가 침을 튀기고 꼴깍대며 대답했다. "그건 구식입니다, 세인트제임스! 우리는 흐루쇼프 때나 그런 얘기를 했다고요……!" "또 정치 이야기라니!" 셸마가 화를 내며 소리쳤다. 셸마는 이쟈와 대령 사이로 억지로 비집고 들어갔고 늙은 군인은 자애롭게 그녀의 무릎을 쓰다듬었다.

안드레이는 돌연 우울해졌다. 그는 허공에 대고 양해를 구한 다음 일어나 굳은 다리를 움직여 자기 서재까지 갔다. 거기서 그는 창턱에 걸터앉아 담배를 피우며 정원을 내다보았다.

정원은 까맣디까맸고 라일락 관목의 까만 나뭇잎 사이로 이웃집 창이 밝은 빛을 발했다. 밤공기는 따뜻했고 풀밭에서는 반딧불이들이 흔들렸다. 내일은 어쩌지? 안드레이가 생각했다. 그래, 그 탐사를 가는 거야. 그래, 정찰을 하고…… 무기들도 잔뜩 가져와서 손질하고 장식으로 걸어 둬야지…… 그럼 그다음은?

식당에서 왁자지껄 떠드는 소리가 들려왔다. "대령님, 그거 아세요?" 이쟈가 소리쳤다. "연합 본부가 차파예프의 머리에 2만을 걸었다고요……!" 안드레이는 그 뒤에 이어질 문장을 바로 떠올렸다. "연합 본부는, 각하, 훨씬 더 많이 줬을 수도 있습니다. 그들 뒤에는 구리예프가 있는데, 구리예프에는 석유가 있지 않습니까. 헤헤헤." "……차파예프?" 대령이 물었다. "아, 당신네 기병이군요. 그런데 그를 총살한 것 같소이다만……?"

셸마가 갑자기 고음을 길게 뽑았다. "아침에 카탸를…… 엄마가 깨웠지…… 일어나거라, 일어나거라, 카탸. 배가 왔단다……" 그때 차추아의 부드럽게 울리는 목소리가 그녀의 노래를 중간에 끊었다. "당신에게 꽃을 가져왔다네…… 아, 어찌나 아름다운 꽃이었나……! 당신은 그 꽃을 받지 않았다네…… 어째서 받지 않았는가……?"

안드레이가 눈을 감자 불현듯 날카로운 애수와 함

께 유라 삼촌이 떠올랐다. 식탁에 왕도 유라 삼촌도 없
다…… 저기에 돌푸스란 작자가 있어야 할 이유가 대체
뭔가……? 유령들이 그를 에워쌌다.

벤치형 소파에 자신의 해진 카우보이모자를 쓴 도널
드가 앉아 있었다. 그는 다리를 꼬고 손가락 깍지를 단단
히 껴서 뾰족한 무릎을 감싸고 있었다. 기뻐하며 오지 말
고 슬퍼하며 가지 마라…… 책상에는 옛 경찰 제복을 입
은 겐시가 앉아 있었다. 팔꿈치를 책상에 대고 주먹 위에
턱을 괴고 있었다. 안드레이를 비난하는 눈은 아니었으
나, 따스한 기색이 있는 것도 아니었다. 유라 삼촌은 왕
의 어깨를 치며 이렇게 이야기하곤 했다. "괜찮아, 와냐,
우울해할 것 없어. 우리가 자네를 장관으로 만들어 주지.
'포베다'를 타고 다니게 될 거야……" 그리고 익숙하고도
참을 수 없을 정도로 역한 마파초 냄새와 건강한 땀 냄
새, 그리고 술 냄새가 났다. 안드레이는 힘겹게 숨을 골
랐고 굳은 뺨을 쓸어내리고는 다시 정원을 내다보았다.

정원에 **건물**이 서 있었다.

그것은 나무들 사이에 굳건하고도 자연스럽게, 마치
오래전부터 이곳에 언제나 있었다는 듯, 세상이 끝날 때
까지 있겠다는 듯 서 있었다. 붉은 벽돌로 지어진 이 4
층 건물은 그때와 같은 모습이었다. 아래층 창문은 덧창
으로 막혀 있었고 지붕은 아연도금을 한 주석으로 덮였

으며 현관 앞으로 네 단 높이의 돌계단이 놓여 있었고 딱 하나 있는 굴뚝 옆에는 기묘한 십자가 모양의 안테나가 솟아 있었다. 다만 지금은 모든 창이 깜깜했고 아래층들의 창문 중에는 덧창이 없는 데도 있었다. 창유리들은 물이 흐른 흔적과 금 때문에 지저분했고 어떤 곳은 유리 대신 흰 합판으로 막혀 있었으며 또 어떤 창은 종이가 가위표로 붙어 있었다. 웅장하고 음울한 음악도 이제는 들려오지 않았다. 무겁고 부드러운 고요가 보이지 않는 안개가 되어 **건물**에서 흘러나왔다.

안드레이는 일말의 고민도 없이 창턱으로 다리를 넘긴 뒤 정원으로, 촘촘하고 부드러운 잔디로 뛰어내렸다. 그리고 **건물**로 다가갔다. 반딧불이들을 놀라게 하고 숨막히는 고요 속으로 점점 더 깊숙이 들어가는 내내 그는 투박한 문의 낯익은, 다만 이제는 색이 탁해지고 군데군데 녹색 얼룩이 진 황동 손잡이에서 눈길을 떼지 않았다.

그는 현관 계단을 올라가 뒤를 돌아보았다. 환히 빛나는 식당 창가에 그림자가 기괴하게 뒤틀리며 즐겁게 날뛰었다. 어렴풋이 춤곡이 들려왔고 어째서인지 또 나이프와 포크 소리가 울렸다. 그는 이 모든 것을 등지고 조각이 새겨진 눅눅한 황동 손잡이를 잡았다. 현관 로비는 어둑하고 습했으며 매캐한 냄새가 났고 한쪽 구석에는 사방으로 갈라진 옷걸이가 말라비틀어져 죽은 나무처럼 헐벗고 있었다. 대리석 계단에는 카펫이 깔려 있지 않았고 철제 난간대들도 없었다. 녹색으로 변색된 난간대의 둥근 접합부와 계단 단마다 널린 오래된 누런 꽁초와 알아볼 수 없는 쓰레기들뿐이었다. 힘겹게 발을 내디디며, 자신의 발소리와 자신의 숨소리만을 들으며 안드레이는 천천히 위층으로 올라갔다.

오래전에 꺼진 벽난로에서 묵은 탄내와 암모니아 냄새가 풍겼고 그곳으로부터 뭔가가 꿈틀대고 바스락거리고 발을 구르는 듯한 소리가 희미하게 들려왔다. 커다란 홀은 여전히 추웠으며 다리 사이로 바람이 지나갔다. 끝이 보이지 않는 천장에는 먼지가 들러붙은 까만 천 조각들이 매달려 늘어져 있었다. 지저분하고 수상한 얼룩으로 어둑하게 변한 대리석 벽에 습기가 남은 물 자국이 반짝였고 금빛과 자줏빛 벽 장식이 떨어져 있었으며 거만하면서도 수줍음을 타는 반신상들, 석고, 대리석, 동, 금으로 만든 반신상들은 먼지가 잔뜩 앉은 거미줄 다발 너머에서 맹목적이고 구슬프게 이쪽을 응시하고 있었다. 한 발 한 발 내디딜 때마다 발아래 마루가 갈라지는 소리를 내며 아래로 꺼졌고 쓰레기투성이 바닥에는 네모난 달빛이 누워 있었다. 앞쪽 멀고 깊숙한 곳으로 웬 회랑이 뻗어 있었는데 안드레이는 그리로 한 번도 가 본 적이 없었다. 갑자기 그의 발밑에서 쥐 떼가 솟구치더니 삑삑거리고 타닥타닥 발소리를 내며 회랑을 내달려 어둠으로 사라졌다.

　모두들 어디 있는 거지? 안드레이가 회랑을 배회하며 정신없이 생각했다. 그들에게 무슨 일이 생긴 거지? 그가 요란하게 울리는 철제 계단을 따라 매캐한 내부로 내려가며 생각했다. 어떻게 이런 일이 일어날 수 있지? 그가 이 방 저 방 돌아다니며 생각하는 동안 발밑에서는 떨어져 나온 회칠이 바스락대고 깨진 유리 조각이 으스러졌으며 곰팡이가 잔뜩 피어 형성된 무성한 둔덕이 서걱거렸다…… 무언가 부패하는 달짝지근한 냄새도 났고 어디에선가 똑똑 물방울이 떨어졌다. 벽지가 다 벗겨진 벽에는 커다란 그림들이 견고한 액자에 걸려 있었는데 까맣게 변해 조금도 알아볼 수가 없었다……

　앞으로 이곳은 언제나 이런 모습일 것이다. 안드레이가 생각했다. 내가 뭔가를, 우리 모두가 뭔가를 저질렀기에 앞으로 이곳은 언제나 이런 모습일 것이다. 더 이상 움직이지 않고 언제나 이곳에 남아 있을 것이며 평범한 낡은 집이 그러하듯 썩어 무너지리라. 끝내는 쇠망치로 부순 다음 쓰레기를 태우고 불에 그슨 벽돌들을 쓰레기장으로 옮기겠지…… 그 어떤 목소리도 들리지 않으니! 정말이지, 아무런 소리도 나지 않는다. 구석마다 절망에 사무친 비명을 지르는 쥐들뿐……

그는 셔터식 문이 달린 거대한 장롱을 보았고 순간 바로 그렇게 생긴 장롱이 그의 좁은 방에도, 우물 같은 안마당으로 뚫린 유일한 창을 가졌던, 부엌 옆 6제곱미터짜리 방에도 있었다는 기억이 떠올랐다. 장롱 위에는 오래된 신문과 아버지가 전쟁 전까지 수집하던 돌돌 말린 포스터들과 종이 쓰레기들이 있었다…… 언젠가는 커다란 쥐가 쥐덫에 얼굴을 물렸는데 그 상태로 어떻게 장롱 위로 올라가서는 그곳에서 오래도록 바스락거리며 꿈틀댔다. 안드레이는 매일 밤 그 쥐가 자신의 머리 위로 떨어질지도 모른다는 공포에 시달렸고 어느 날은 쌍안경을 들고 멀리, 창턱에 앉아 종이들 틈에서 무슨 일이 벌어지는지 관찰했다. 그리고 튀어나온 양쪽 귀, 잿빛 머리통, 얼굴이 있어야 할 자리에 있는, 래커 칠이라도 한 듯이 빛나는 무시무시한 거품을 봤다. 아니, 봤다고 착각한 걸까? 그것은 너무도 끔찍한 장면이었기에 그는 방에서 튀어 나가 무력감과 치미는 메스꺼움을 느끼며 얼마간 복도에서 여행 가방 위에 앉아 있었다. 그는 집에 혼자 있었기에 부끄러워할 상대가 아무도 없었는데도 자신이 느낀 공포가 부끄러웠고 결국에는 몸을 일으켜 큰방으로 가서 휴대용 축음기로 〈리오 리타〉˙를 틀었다…… 그리고 며칠이 지나자 그의 작은방에서는 바로 여기서 나는 냄새와 같은, 달짝지근하고도 역한 냄새가 나기 시작했

고문관

다……

아치형 천장이 우물처럼 깊은 공간에서는, 거대한 오르간의 납빛 파이프들이 일제히 기묘하고도 예기치 않은 빛을 반사했다. 이미 오래전에 죽어 차갑게 식은, 소리를 못 내는 오르간은 잊힌 음악의 무덤 같았다. 오르간 근처 연주자의 의자 옆에는 해진 카펫에 둘둘 말린 사람이 몸을 웅크린 채 쓰러져 있었고 머리맡에서는 빈 보드카 병이 반짝였다. 모든 것이 정말로 끝났음을 깨달은 안드레이는 서둘러 출구로 향했다.

그는 현관 계단에서 자신의 정원으로 내려가다가 이쟈를 발견했다. 이쟈는 평소보다도 취한 상태로 몰골이 특별히 더 엉망이었으며 머리는 헝클어져 있었다. 그는 휘청거리며 한 손으로 사과나무를 잡고 서서 **건물**을 쳐다봤다. 어둠 속에서 활짝 웃어 드러난 그의 이가 반짝였다.

"끝이야." 안드레이가 그에게 말했다. "다 끝났어."

"겁먹은 양심의 환영이야!" 이쟈가 알아듣기 힘들게 말했다.

♦ 스페인 출신의 독일 작곡가 엔리크 산테우기니의 작품으로, 1937년 소비에트 연방에 들어와 엄청난 인기를 누렸던 전간기戰間期의 상징 같은 곡이다.

"쥐들만 뛰어다녀." 안드레이가 말했다. "썩고 있고."

"겁먹은 양심의 환영이야……" 이쟈는 같은 말을 반복하며 킥킥거렸다.

제 5 부

연속성의 단절

제1장

안드레이는 경련을 억누르고 멀건 죽의 마지막 한 숟가락을 꿀꺽 넘긴 후 혐오스럽다는 듯 행군용 죽 통을 밀어 치우고 컵으로 손을 뻗었다. 차는 아직 뜨거웠다. 안드레이는 손바닥 위에 컵을 올려놓고 쉭쉭대는 석유램프에 시선을 고정한 채 조금씩 홀짝였다. 차는 지나치게 오래 우렸는지 텁텁했고 빗자루 냄새가 났으며 첨가된 맛이 느껴졌다. 820킬로미터 지점에서 얻은 물에서 냄새가 나기 때문인지, 케하다가 또 모든 대원들의 차에 자신의 설사약을 섞었기 때문인지, 혹은 그저 컵을 제대로 닦지 않아서인지 모르겠다. 오늘따라 컵에서 특히 더 기름기가 묻어났고 끈적였다.

창밖 아래에서 군인들이 냄비를 쟁그랑대는 소리가
들렸다. 재치꾼 테보샨이 **미므라**를 놓고 뭔가 속된 말을
했고 군인들이 크게 웃으려던 찰나 포겔 중사가 프러시
아적인 목소리로 소리쳤다. "이 양서류 놈들! 자기 위치
로 가겠다는 거냐, 아니면 여자 이불 속에 파고들겠다는
거냐! 왜 맨발이지? 이 헐거인 놈들! 군화는 어디 됐어?"
음울한 목소리가 발이 속살이 보일 정도로 다 까졌고 어
떤 부분은 뼈까지 보인다며 대꾸했다. "아가리 닥쳐! 이
암소 새끼! 당장 군화를 신는다. 그리고 각자 자기 위치
로! 실시……!"

안드레이는 책상 아래에서 맨발가락을 기분 좋게 꼼
지락댔다. 발이 서늘한 바닥에 닿아 벌써 약간 숨이 트이
는 기분이었다. 차가운 물 한 바가지만 있으면 좋을 텐
데…… 발을 거기에 넣으면…… 그는 컵을 흘끗 봤다.
차는 아직 반 정도 남아 있었다. 안드레이는 의식적으로
모든 것에 신경을 끄고는 충동적으로 남은 차를 입안 가
득씩 세 모금 만에 다 마셔 버렸다. 배 속에서 바로 꾸르
륵거리는 소리가 났다. 안드레이는 얼마간 배 속에서 무
슨 일이 일어나는지 주의 깊게 듣고 있다가 컵을 내려놓
고 손등으로 입을 닦은 다음 서류가 든 철제 함을 바라보
았다. 어제 자 보고서를 봐야 하는데. 보고 싶지 않았다.
나중에 봐도 될 거다. 지금 누우면 좋을 텐데. 몸을 쭉 펴

연속성의 단절

고 점퍼를 덮고 눈을 잠시만 붙이면 좋을 텐데. 최소 600
분……

창밖에서 트랙터 엔진이 갑작스럽고도 맹렬히 털털
거리기 시작했다. 창문틀에 남아 있는 유리가 덜컹거렸
고 석유램프 옆으로 천장의 회칠 파편이 떨어졌다. 빈 컵
은 덜그럭거리며 책상 끝으로 움직였다. 안드레이는 얼
굴을 팍 찌푸리고 일어서서는 맨발로 쿵쿵대며 창가로
가 밖을 내다보았다.

아직 채 식지 않은 도로의 열기와 코를 찌르는 배기가
스 냄새, 뜨거운 기름의 역한 악취가 얼굴에 훅 끼쳤다.
트랙터 전조등의 먼지 낀 빛 속에 수염 덥수룩한 사람들
이 도로에 주저앉아 숟가락으로 맥없이 죽 통과 물통을
뒤적이는 모습이 보였다. 모두들 맨발이었고 거의 모두
가 윗도리를 허리까지 내리고 있었다. 땀에 젖은 하얀 몸
통이 반짝였고 얼굴은 까맸고 손목은 장갑이라도 낀 듯
새카맸다. 안드레이는 문득 자신이 그들 중 아무도 못 알
아본다는 것을 깨달았다. 알아볼 수 없는 알몸의 원숭이
무리라…… 빛의 원 안으로 포겔 중사가 거대한 알루미
늄 찻주전자를 들고 들어가자 원숭이들이 즉시 몸을 움
직이며 동요했고 들썩거리면서 자기 컵들을 찻주전자 쪽
으로 들이밀었다. 중사는 주전자를 들지 않은 손으로 컵
들을 밀어내며 고함쳐 댔지만, 엔진 울리는 소리에 묻혀

거의 들리지 않았다.

안드레이는 책상으로 돌아와 철제 함 뚜껑을 확 열어
젖히고는 일지와 어제 자 보고서를 꺼냈다. 천장에서 회
칠 파편 하나가 또 책상으로 떨어졌다. 그가 위를 올려다
보았다. 천장이 높은 방이었다. 4미터, 아니 다 해서 5미
터쯤 되려나. 천장의 조형 장식은 중간중간 떨어지고 어
떤 부분은 판자가 노출되어 있었는데, 그 판자는 훌륭하
게 우린 투명한 차, 투명하고 얇은 찻잔에 담긴 차와 그
에 곁들여 잔뜩 내오던 과일 절임 파이의 달콤한 추억으
로 그를 인도했다. 차에는 레몬도 곁들였었지. 빈 컵을
들고 부엌에 가서 깨끗하고 찬 물을 실컷 마실 수만 있어
도 좋겠는데……

안드레이는 머리를 흔들며 다시 일어서서는 방을 가
로질러 커다란 책장으로 갔다. 책장 문에 유리는 남아 있
지 않을뿐더러 책도 없었다. 텅 비어 먼지가 내려앉은 선
반뿐이었다. 안드레이는 이미 그 사실을 알았으나 그래
도 다시 한번 살펴봤고 심지어는 손으로 어두운 구석을
더듬어 보기까지 했다.

방은 꽤 잘 보존되어 있었다. 안에는 준수한 상태의
소파 두 개와 앉는 부분이 해진, 한때는 고급스러웠을 무
늬가 찍힌 가죽 소파 하나가 남아 있었다. 창문 맞은편
벽 앞에는 의자 몇 개가 늘어서 있었으며 방 중앙에는 다

연속성의 단절

리가 짧은 탁자가 있고 그 위에는 까맣게 말라 버린 흔적이 남은 크리스틸 꽃병이 놓여 있었다. 벽지는 벽에서 들뜨고 군데군데 완전히 떨어졌으며 바닥은 바짝 말라 들려 있었으나 그래도 방의 상태가 나쁜 것은 아니었다. 얼마 전까지 사람들이 살던 곳 같았다. 10년 전쯤. 그 이상은 아니었다.

안드레이가 이 정도로 잘 보존된 집들을 본 것은 500킬로미터 만이었다. 완전히 불에 타 새카만 석탄 같은 사막으로 변한 지역 수 킬로미터, 밤색 가시 식물에 뒤덮인 폐허와 그 사이로 오래전에 마루들이 무너지고 낡아 흔들리는 텅 빈 다층 건물들이 우스꽝스럽게 군데군데 솟은 지역 수 킬로미터, 동쪽의 **노란 벽**에서 서쪽의 절벽 끝까지 단층이 다 보이는, 지붕도 없이 뒤틀린 목재들만 박혀 있는 허허벌판 수 킬로미터를 다 지나고 나서야 거의 멀쩡하게 보존된 지역과 자갈 깔린 도로가 나온 것이다. 이곳 어딘가에는 사람이 있을지도 몰랐다. 대령은 만일에 대비해 보초 인원을 배로 늘렸다.

대령은 어쩌고 있을지 궁금하군. 그 노인네는 최근 어쩐지 기력이 쇠했다. 사실 최근에는 모두가 기력이 없었다. 12일 만에 처음으로 하늘 아래가 아니라 지붕 아래서 잠을 자게 된 지금 특히 더 그랬다. 이곳에서 물을 찾았더라면, 그랬더라면 긴 휴식을 취할 수도 있었을 텐데.

하지만 이곳에서도 물은 찾을 수 없을 것 같았다. 적어도 이쟈는 여기서 물을 찾을 수 없을 것이라고 했다. 이 무리 중 정상적인 대화가 가능한 사람은 이쟈와 대령뿐이었다……

탈탈거리는 엔진 소음 때문에 문 두드리는 소리가 겨우 들렸다. 안드레이는 서둘러 자리로 가 점퍼를 걸치고 일지를 펼친 다음 소리쳤다.

"들어오십시오!"

고작 다간이었다. 호리호리한 이 늙은이의 매끈하게 면도한 얼굴과 단정하게 모든 단추를 다 잠근 모습은 그가 모시는 대령과 잘 어울렸다.

"정리해 드려도 괜찮겠습니까, 각하?" 그가 소리쳐 물었다.

안드레이는 고개를 끄덕였다. 세상에. 그가 생각했다. 이 난리 통에서 저 정도로 자기 관리를 하려면 얼마나 많은 노력을 쏟아야 할까…… 이쟈는 장교도 아니고 중사도 아니고 겨우, 일개 졸병일 뿐인데. 허드렛일을 담당한.

"대령은 어쩌고 계신가?" 그가 물었다.

"죄송합니다, 각하?" 다간이 뼈가 튀어나온 기다란 귀를 안드레이 쪽으로 돌리고는 더러운 식기를 든 채로 멈췄다.

연속성의 단절

"대령 몸은 괜찮으시냐고?!" 안드레이가 크게 소리쳐 물었으나 순간 창밖의 엔진 소리가 멈췄다.

"차를 마시고 계십니다!" 고요가 도래한 가운데 다간이 소리치더니 바로 목소리를 낮추고 정신없이 덧붙였다. "죄송합니다, 각하. 대령님은 만족스러우신 상태입니다. 저녁을 다 드시고 나서 차를 마시고 계십니다."

안드레이는 대충 고개를 끄덕이고는 일지를 몇 쪽 넘겼다.

"또 지시 사항이 있으십니까, 각하?" 다간이 물었다.

"아니, 고맙네." 안드레이가 말했다.

다간이 나가고 안드레이는 드디어 어제 자 일지를 쓰기 시작했다. 어제 그는 아무것도 기록하지 못했다. 속이 좋지 않아 저녁 보고 시간까지 겨우 앉아 있다가 새벽까지 진을 뺐기 때문이다. 그는 길 한복판에 맨엉덩이로 야영지 쪽을 보고 쪼그려 앉아서, 한 손에는 권총을, 다른 손에는 손전등을 들고 긴장 상태로 주위를 살피고 귀를 쫑긋 세운 채 있어야 했던 것이다.

'28일 차', 그는 깨끗한 면에 이렇게 쓰고는 두꺼운 밑줄을 두 번 그었다. 그러다가 케하다의 보고서를 집어 들었다.

'28km 이동. 태양 고도 63° 51′ 13″. 2(978km). 평균 기온 : 응달 +23°C, 양달 +31°C. 풍속 2.5㎧. 습도

0.42. 중력 0.998. 979㎞, 981㎞, 986㎞ 지점에서 시추 시행. 물 발견 못 함. 연료 소비량······' 그는 기름 묻은 손가락에 잡혔던 흔적이 있는 엘리자우어의 보고서를 집어 들었고 그의 삐뚤빼뚤한 글자들을 오래 걸려서 해독했다.

'연료 소비량 : 기준치의 1.32배. 28일 종료 시점 기준 잔여량 : 3,200㎏. 엔진 상태 : 1번 엔진─상태 좋음, 2번 엔진─막대가 노쇠했고 실린더에 문제가 있음······'

실린더에 무슨 문제가 생겼다는 것인지, 안드레이는 램프 빛에 종이를 가까이 가져다 대고 봐도 알 수 없었다.

'개인 상태 : 신체─거의 모든 탐사대원이 다리에 찰과상을 입음. 전원 설사가 그치지 않고 있으며 페르먀크와 팔로티의 어깨 발진 심화. 부상자 없음. 사고 없음. 특기할 사건 없음. 상어늑대가 두 번 출몰했으나 발포하여 쫓음. 탄약 사용량 : 12개. 물 사용량 : 40ℓ. 28일 종료 시점 기준 잔여량 : 1,100㎏. 식량 소비량 : 기준치의 20배. 28일 종료 시점 기준 잔여량 : 기준치의 730배······'

창밖에서 **미므라**가 찢어지는 듯한 소리를 질렀고 담배 연기로 가득한 목소리들이 걸쭉하게 웃어 젖히는 소리가 들렸다. 안드레이는 고개를 들고 귀를 기울였다. 알게 뭔가. 그가 생각했다. 어쩌면 저 여자가 우리와 얽힌게 나쁘지 않을지도 모른다. 뭐가 됐든 군인들에게는 오

락거리니까…… 저 여자를 놓고 싸우는 일이 생기긴 했
지만 말이다.

다시 문 두드리는 소리가 났다.

"들어오세요." 안드레이가 불만스레 말했다.

포겔 중사가 들어왔다. 몸집이 크고 낯빛이 붉은 그의
군복 웃옷 겨드랑이 아래로 넓고 까만 땀자국이 얼룩처
럼 퍼져 있었다.

"중사 포겔, 고문관님께 말씀드릴 사항이 있어 왔습
니다!" 그는 군대식으로 손바닥을 허벅지에 딱 붙이고 팔
꿈치를 벌린 채 우렁차게 말했다.

"말해 보시오, 중사." 안드레이가 말했다.

중사는 창문을 흘끗 봤다.

"기밀로 말씀드리려고 합니다." 그가 목소리를 낮추
고 말했다.

이건 또 새롭군. 안드레이가 불쾌한 기분을 느끼며 생
각했다.

"들어오시지요. 앉으십시오." 그가 말했다.

중사는 발꿈치를 들고 책상 쪽으로 다가와 소파 가장
자리에 걸터앉아서는 안드레이에게로 몸을 굽혔다.

"사람들이 더 가고 싶어 하지 않습니다." 그가 작은 목
소리로 말했다.

안드레이는 의자 등받이에 몸을 기댔다. 그래, 그렇

단 말이지. 살다 살다 이런 꼴을 다 보는군…… 멋지기도 하지…… 축하하네, 고문관……

"원하지 않는다니, 그게 무슨 말입니까? 누가 그들에게 물어보기라도 했답니까?" 안드레이가 말했다.

"다들 지쳤습니다, 고문관님." 포겔이 신중히 말했다. "담배도 거의 다 떨어졌고 설사에 시달리고요. 그리고 무엇보다도, 두려워하고 있습니다. 고문관님. 그들은 두려워합니다."

안드레이는 아무 말 없이 그를 바라보았다. 뭔가 해야만 했다. 당장. 하지만 그는 대체 뭘 해야 할지 알지 못했다.

"10일째 사람이 없는 곳을 지나고 있습니다, 고문관님." 포겔이 거의 속삭이다시피 했다. "고문관님도, 사람이 없는 곳에서 13일째가 되면 전부 끝날 거라고 경고받았던 것 기억하시죠. 딱 이틀 남았습니다, 고문관님……"

안드레이가 입술에 침을 묻혔다.

"중사." 그가 말했다. "부끄럽습니다. 노련한 군인이 여편네들 소문이나 믿다니요. 그럴 줄 몰랐습니다!"

포겔은 아래턱을 움직여 표정을 일그러뜨리고는 비죽 웃었다.

"그런 게 아닙니다, 고문관님. 저는 겁먹지 않아요. 저

기에 말입니다—그가 굽은 엄지손가락으로 창밖을 가리
켰다—저기에 제가 독일인들만 데리고 있거나 최소한 일
본인들을 데리고 있었더라면 이런 얘기는 하지 않았을
겁니다, 고문관님. 하지만 저기엔 인간쓰레기들이 있습
니다. 이탈리아인, 아르메니아인들이라……"

"그만하십시오, 중사!" 안드레이가 언성을 높였다.
"부끄럽습니다. 규율을 모르십니까! 왜 지시에 따라 보고
하지 않습니까? 이게 무슨 기강 해이입니까, 중사? 일어
나 차렷!"

포겔은 힘겹게 일어서서 '차렷' 자세를 취했다.

"앉으십시오." 안드레이가 잠시 있다가 말했다.

포겔은 다시 힘겹게 앉았고 그들은 잠시 아무 말 없이
앉아 있었다.

"왜 나에게 보고하는 겁니까? 대령님이 아니라?"

"죄송합니다, 고문관님. 대령님께도 보고했습니다.
어제 말씀드렸습니다."

"그랬는데요?"

포겔은 망설이며 눈길을 피했다.

"대령님께서는 제 보고를 참고하려 하지 않으십니다,
고문관님."

안드레이가 피식 웃었다.

"그거 보십시오! 제기랄. 중사. 당신이 부하들을 관리

하지 못한다는 게 말이 됩니까? 그들이 두려워한다고요! 어린놈들이…… 그들은 당신을 두려워해야지요, 중사! 당신을 말입니다! 열세 번째 날이 아니라!" 안드레이가 소리쳤다.

"독일인들이면 몰라도……" 포겔이 음울하게 또 시작했다.

"그건 또 무슨 말입니까?" 안드레이가 야비한 목소리로 말했다. "탐사대 책임자인 내가, 덜떨어진 애송이 가르치듯 아랫사람이 들고일어나면 어떻게 해야 하는지까지 당신에게 가르쳐야 합니까? 부끄럽군요, 포겔! 모르겠으면 규율을 읽어 보세요. 내가 아는 한 거기 전부 쓰여 있으니."

포겔은 다시 아래턱을 움직이며 비죽 웃었다. 규율에 그런 경우는 명시되지 않았나 보다.

"당신을 더 높이 평가했었습니다, 포겔." 안드레이가 날카롭게 말했다. "훨씬 높이! 명심하세요. 당신의 책임하에 있는 사람들이 원하는가 원하지 않는가에는 아무도 관심 없습니다. 우리 모두 지금 집에 있고 싶지 이 난로 속을 돌아다니고 싶지 않단 말입니다. 모두 목이 마르고 모두 지쳐 있습니다. 그런데도 모두 자기 의무를 다하고 있습니다, 포겔. 알아들었습니까?"

"알겠습니다, 고문관님." 포겔이 투덜거리듯 말했다.

연속성의 단절

"가 봐도 되겠습니까."

"가 보십시오."

중사는 바짝 마른 마루를 군홧발로 가차 없이 밟아 대며 멀어졌다.

안드레이는 점퍼를 벗어 던지고 다시 창가로 다가갔다. 소란은 잦아든 후였다. 조명이 비치는 원 속에 키가 커도 너무 큰 엘리자우어가 툭 튀어나와서는 몸을 굽히고 지도로 추정되는 종잇장을 보고 있었다. 그 종이는 넓고 육중한 케하다가 그의 앞에서 들고 있었다. 어둠 속에서 맨발에 반쯤 헐벗고 머리는 덥수룩한 군인 하나가 허리춤에 자동소총을 들고 불쑥 나오더니 그들을 지나 건물로 들어갔다. 군인이 나온 곳에서 누군가의 목소리가 어둠 속에 울려 퍼졌다.

"코쟁이! 이봐, 테보샨!"

"왜 그러는데?" 빨간 반딧불이들이 빛을 발하고 담뱃불들이 잦아드는 곳, 보이지 않는 트레일러에서 대답하는 소리가 들렸다.

"이쪽으로 빛 좀 비춰 줘! 빌어먹을, 좆도 안 보인다고……"

"빛이 뭐 하러 필요해? 깜깜한 데서는 못 싸겠어?"

"이미 사방이 똥밭이야…… 어딜 디뎌야 할지 모르겠어……"

"보초한테는 그러면 안 되는데." 가교에서 새로운 목소리가 끼어들었다. "그냥 서 있는 데서 싸!"

"제기랄, 빛 좀 비춰 달라고! 엉덩이 움직이기가 그렇게 힘들어? 응?"

기다란 엘리자우어가 몸을 펴더니 두 걸음 만에 트랙터 근처로 가 길 쪽으로 프로젝터를 돌렸다. 안드레이는 보초를 발견했다. 그는 반쯤 내린 바지를 잡고서 사거리에 놓인 그 거대한 철제 동상 옆에서, 도대체 어떤 괴짜들이 인도에 놓을 생각을 했는지 모를 그 동상 옆에서 엉거주춤 발을 움직이고 있었다. 동상은 매끈하게 면도한 두꺼비 같은 면상에 토가 같은 것을 걸친 땅딸막한 형상이었다. 프로젝터 빛 속에서 동상은 까맣게 보였다. 동상의 왼손은 하늘을 가리켰고 오른손은 땅 위로 손가락을 쫙 펴고 있었다. 그리고 지금 왼팔에는 자동소총이 걸려 있었다.

"됐어, 고마워들!" 보초가 기쁨에 겨워 소리치고는 쪼그려 앉아 안정적으로 자리를 잡았다. "이제 꺼도 돼!"

"얼른 싸, 얼른!" 트레일러에서 그를 응원하는 소리가 들렸다. "무슨 일이 생길 수도 있으니까 우리가 빛을 비춰 주지."

"이봐들, 불 좀 꺼 달라고!" 변덕스러운 보초가 애원했다.

"기술자 양반, 빛 치우지 말아요." 트레일러에서 조언을 건넸다. "보초가 농담하는 거예요. 규율상으로도 그럼 안 되고……"

그럼에도 엘리자우어는 어쨌든 빛을 거뒀다. 트레일러에서 부산스럽게 움직이며 웃어 젖히는 소리가 들렸다. 그러더니 두 사람이 화음을 맞춰 웬 행진곡을 휘파람으로 불기 시작했다.

모든 게 평소와 같군. 안드레이가 생각했다. 심지어 오늘은 평소보다 즐거워 보이는데. 어제도 그제도 저렇게 장난치는 소리는 들은 적이 없다. 집이 나와서 그런가……? 그래서일 확률이 매우 높지. 사막에 사막이 계속되다가 드디어 어쨌든 집이 나왔으니. 최소한 늑대 걱정 없이 평온히 잘 수 있으니…… 그런데 포겔이 괜한 말을 하는 자는 아닌데. 아니다. 그는 그런 부류가 아니다…… 안드레이는 문득 내일 자신이 행군하라는 명령을 내렸을 때 저들이 무리 지어 자동소총으로 경계 태세를 취한 다음 "우리는 가지 않습니다!"라고 말하는 장면을 상상해 보았다. 어쩌면 그래서 저들이 지금 즐거운지도 모른다. 자기들끼리 얘기를 다 끝내고 내일 돌아가기로 결정했기에("저 모지리, 더러운 관리 자식이 뭘 어쩌겠어……?") 저들에겐 이제 뭐가 어떻게 되든 상관없는 것이다. 제기랄, 그들에겐 세상 모든 일이 관에 들어간

걸로 보이겠지…… 케하다, 그 개자식도 저들과 한패다. 그놈은 벌써 며칠 전부터 더 가 봐야 의미 없다고 징징댔다…… 어제 보고 시간에는 날 잡아먹을 듯 노려보기도 했고…… 내가 아무런 소득 없이 물에 빠진 닭 꼴로 가이거에게 돌아가면 마냥 즐거워할 놈이다……

안드레이는 한기에 어깨를 움츠렸다. 내 잘못이다. 침흘리개, 고삐를 놓아 버린 몹쓸 민주주의자, 인민주의자인 내 잘못이다…… 그때 그 더러운 자식, 빨강 머리 흐노이페크를 벽 앞에 세워 총살했어야 했다. 그 한 번으로 이 못된 놈들을 모두 압박할 수 있었을 텐데. 그럼 지금쯤 내 지시에 순순히 따를 텐데! 무엇보다도, 그럴 만한 이유가 있었다! 그들이 집단 폭행, 그것도 야만스러운 집단 폭행을 토착민, 그것도 미성년인 토착민 여자아이에게 저질렀다…… 게다가 그 흐노이페크 자식은 어찌나 뻔뻔하게 비웃던지. 뻔뻔하고 거리낌 없이 혐오스럽게. 내가 그놈들에게 고함을 치자…… 내가 권총을 뽑아 들자 그들 모두의 낯빛이 파리해졌고…… 아, 대령님, 대령님! 당신이 군 장교가 아닌 자유주의자였다니! "아니, 뭣 하러 바로 총을 쏩니까, 고문관? 다른 방법이 있지 않소이까……" 아닙니다, 대령님. 저런 흐노이페크 같은 놈들에게는, 보시다시피, 다른 방법이 없습니다…… 그 후 모든 게 엉망진창으로 흘러갔다. 부대에 웬

연속성의 단절

여자가 들러붙었는데 나는 그 상황을 부끄럽게도 방기했고(너무 놀라서였을까?) 그 후로는 그 여자 때문에 몸싸움과 말다툼이 일어나기 시작했다…… 그러니 다시, 첫 번째 싸움이 났을 때 개입해서 누구라도 벽에 세우고 여자는 떼어 내 병영 밖으로 멀리 내쫓았어야 했다…… 그런데 어디로 내쫓는단 말인가? 불에 탄 지역이 나오기 시작했고 물은 없고 늑대들이 출몰했는데……

밑에서 갑자기 고함치며 화를 내고 욕설을 퍼붓는 소리가 들리더니 무언가 우당탕 굴러떨어졌고 현관에서 흘러나오는 빛의 원 안으로 완전히 벌거벗은 원숭이 한 마리가 뒷걸음쳐 나와서는 엉덩방아를 세게 찧으며 먼지 뭉텅이를 날렸다. 그가 다리를 가눌 새도 없이 같은 현관에서 또 다른 원숭이가, 역시 완전히 벌거벗은 원숭이가 뛰어들어 그를 덮치더니 서로 엉켜 돌로 포장된 도로를 굴러다니면서 울부짖고 고함치고 새된 소리를 내고 침을 뱉고 온 힘을 다해 치고받았다.

안드레이는 한 손으로는 창턱을 꼭 잡고 다른 손으로는 총집이 소파에 뒹굴고 있다는 것도 잊고 멍청하게 허리춤을 더듬었다. 그때 어둠 속에서 포겔이 땀에 젖은 먹구름이 폭풍우를 몰고 오듯 튀어나와 달려가서는 그 파렴치한들을 내려다보며 섰다. 그러고 나서 즉시 한 명은 머리채를, 한 명은 턱수염을 잡고 들어 올려 둘을 맞부딪치더니 강아지 떼어 놓듯 양쪽으로 내던졌다.

"아주 잘했네, 중사!" 대령의 연약하면서도 굳건한 목소리가 울렸다. "말썽을 일으킨 자들을 밤 동안 침대에 묶어 두고 내일은 하루 종일 맨 앞에서 열외로 가게 하게."

"알겠습니다, 대령님." 중사가 가쁜 숨을 헉헉대며 대답했다. 그는 오른쪽의 벌거벗은 원숭이가 일어서려고 자갈길에서 꿈틀거리며 애쓰는 모습을 보더니 머뭇거리면서 덧붙였다. "대령님. 죄송합니다만, 한 명은 저희 소관이 아닙니다. 지도 제작자 룰리에입니다."

안드레이는 목을 풀기 위해 머리를 흔들었고, 평소와는 다른 목소리로 크게 외쳤다.

"지도 제작자 룰리에는 완전군장을 갖추고 사흘간 선두에 서서 간다! 한 번 더 몸싸움이 일어나면 둘 다 현장에서 총살이다!" 목에서 뭔가가 터져 고통스러웠다. "감히 몸싸움을 하는 더러운 놈들은 전부 그 자리에서 총살하겠다!" 그가 갈라지는 목소리로 외쳤다.

안드레이는 이미 자기 책상에 앉아 있었다. 늦은 것 같다. 자신의 지저분한 손가락이 덜덜 떨리는 것을 멍하니 보며 생각했다. 늦었다. 더 일찍 이렇게 나갔어야 했는데…… 그래도 네놈들은 모두 내 밑에서 가게 될 거다! 내 명령을 따를 수밖에 없을 것이다! 절반이 되는 한

연속성의 단절

이 있더라도 총살하라 명령하겠다…… 아니, 직접 쏘겠다…… 그럼 나머지 절반은 고분고분 내 말을 따르겠지. 그거면 충분하다…… 충분해! 무슨 상황이 펼쳐지든 흐노이페크를 제일 먼저 죽일 테다. 제일 먼저……!

그는 등 뒤를 더듬어 총집이 달린 혁대를 찾아 권총을 꺼냈다. 총신에는 먼지가 잔뜩 끼어 있었다. 격발장치를 당겨 보았다. 격발장치는 빽빽하게 반쯤 당겨지더니 그 상태로 멈췄다. 제기랄, 완전히 껴 버렸군. 사이에 먼지가 들어차서는…… 창밖은 고요했고 그저 보초들이 멀리서 자갈길을 밟는 소리, 그리고 아래층에서 누군가 코를 푸는 소리, 누군가 잇새로 크게 쉿 하는 소리가 났다.

안드레이는 문가 복도를 내다봤다.

"다간!" 그가 목소리를 낮추고 불렀다.

구석에서 무언가가 움직였다. 안드레이가 화들짝 놀라 쳐다보았다. **벙어리**였다. 그는 언제나와 같은 자세로, 희한하게 다리를 교차하여 앉아 있었다. 어둠 속에서 그의 눈이 촉촉이 빛났다.

"다간!" 안드레이가 조금 더 큰 소리로 불렀다.

"갑니다, 각하!" 집 구석에서 그가 대답하더니 발걸음 소리가 들려왔다.

"자네는 왜 여기 앉아 있나?" 안드레이가 **벙어리**에게 물었다. "방으로 들어가게."

벙어리는 꿈쩍도 안 하고 넓적한 얼굴을 들어 그를 쳐다봤다.

안드레이는 책상으로 돌아갔고 다간이 노크하며 방 안을 들여다보자 말했다.

"내 권총 좀 정비해 주게."

"알겠습니다, 각하." 다간이 공손히 대답한 후 권총을 챙겨 가다가 문가에서 방으로 들어오는 이쟈에게 길을 내주었다.

"아하, 석유램프가 있군!" 이쟈가 곧장 책상으로 직진하며 말했다. "안드레이, 우리 이런 램프 더 없어? 손전등은 이제 못 쓰겠어. 벌써 눈이 아프다고……"

요 근래 이쟈는 살이 쪽 빠졌다. 그의 옷이 전부 헐렁해졌고 전부 해졌다. 게다가 그에게서는 늙은 염소에게서 나는 듯한 악취가 났다. 사실 모두가 그런 냄새를 풍겼다. 대령만 빼고.

안드레이는 이쟈가 아무것도 개의치 않고 의자를 잡아 앉은 다음 자기 쪽으로 램프를 끌어다 놓는 모습을 봤다. 이쟈는 가슴팍에서 꾸깃꾸깃하고 오래된 종이 뭉치를 꺼내더니 앞에 늘어놓았다. 그리고 여느 때와 같이 의자 위로 가볍게 뛰어올라 앉아 눈으로 그 모두를 한 번에 다 읽는 듯 종이를 훑었고 종종 자신의 사마귀를 잡아당겼다. 사마귀를 잡기가 지금의 그에게는 조금 힘든 일이

연속성의 단절

었는데, 곱슬머리가 볼과 목, 심지어는 귀까지 뒤덮으며 수북이 자라 있었기 때문이다.

"저기, 그래도 면도는 하는 게 어때." 안드레이가 말했다.

"뭣 하러?" 이쟈가 성의 없이 물었다.

"탐사대원들 모두 면도는 한다고. 너만 허수아비 몰골로 다니지." 안드레이가 화를 냈다.

이쟈는 고개를 들더니 수염 사이로 오랫동안 닦지 않은 누런 이를 드러내며 잠시 안드레이를 봤다.

"그래?" 그가 말했다. "그런데 너도 알다시피 나는 꾸미고 다니는 사람이 아니잖아. 봐 봐, 내 점퍼 상태가 어떤지."

안드레이가 봤다.

"그 점퍼도 기울 수 있을 텐데. 직접 못 하겠으면 다간에게 줘."

"다간은 내가 아니더라도 일이 많은 것 같던데…… 그건 그렇고, 누굴 총살할 생각인데?"

"총살해야 할 사람." 안드레이가 음울하게 말했다.

"저런 저런." 이쟈는 말하고 나서 읽기에 몰두했다.

안드레이가 시계를 흘끗 봤다. 벌써 10분 전이었다. 안드레이는 한숨을 내쉬며 책상 밑에서 발을 더듬어 구두를 찾아 그 속에서 어제도 신었던 양말을 꺼내 슬쩍 냄새를 맡아 본 다음 오른발을 빛이 비치는 쪽으로 빼서 살이 까진 발꿈치를 보았다. 상처는 약간 아물기는 했으나 여전히 아팠다. 그는 인상부터 쓰고는 뻣뻣하게 굳은 양말을 조심조심 신고서 발바닥을 움직여 보았다. 그는 한껏 인상을 쓰고 구두를 신기 시작했다. 구두를 다 신은 다음에는 빈 권총집이 달린 혁대를 차서 위치를 조정하고 점퍼를 입었다.

"자." 이쟈가 말하면서 책상 위로 잔뜩 휘갈긴 종이 뭉치를 밀었다.

"이게 뭔데?" 안드레이가 별 흥미 없다는 듯 물었다.

"종이."

"아……" 안드레이는 종이들을 모아 점퍼 주머니에 넣었다. "고마워."

이쟈는 벌써 다시 읽는 중이었다. 기계처럼 빨랐다.

안드레이는 자신이 얼마나 이쟈를 탐사대로 데려오기 싫어했던가를 떠올렸다. 밭에 서 있는 허수아비 같은 우스꽝스러운 행색에 유대인의 특징이 뚜렷한 도발적인 얼굴과 뻔뻔스럽게 킥킥대는 웃음이 싫었고, 힘겨운 육체노동을 할 때 하등 도움이 안 될 것임은 분명했다. 이쟈가 합류하면 여러 성가신 일이 생길 게 뻔했고 행군이 되어 버린 이 탐사에서 고문서 관리자가 줄 수 있는 이점이 거의 없다고 생각했었다. 그런데 그렇지 않았다.

　　　　　　　　　　연속성의 단절

사실, 그렇기는 했다. 이쟈는 가장 먼저 발에 찰과상을 입었다. 양발에 모두. 이쟈는 저녁 보고 때마다 자신의 그 멍청하고 부적절한 농담을 했고 아무도 청하지 않은 친근함을 발휘하는 통에 참아 주기 힘들 지경이었다. 3일째에는 용감무쌍하게 웬 물 저장 탱크에 빠지는 바람에 전 부대가 나서서 그를 꺼내야 했다. 5일째에는 정신을 놓고 몇 시간 동안이나 일장 연설을 했다. 340킬로미터 지점에서 전투가 일어났을 때에는 지상 최고의 머저리처럼 굴었고 그가 살아남은 것은 그저 요행이었다. 군인들은 그를 비웃었고 케하다는 그와 끊임없이 말다툼을 벌였다. 엘리자우어는 알고 보니 급진적인 유대인 혐오자였기에 이쟈와 관련해 특별히 충고를 해야만 했다…… 그랬다. 정말로 그랬다.

그런데 이 모든 것들에도 불구하고 이쟈는 상당히 빨리, 탐사대에서 아마 대령을 제외하고는 가장 인기 있는 사람이 되었다. 일반적인 의미에서는 더 인기 있다고도 할 수 있었다. 첫째로 그는 물을 찾았다. 지질학자들은 여러 차례 꼼꼼히 수원을 찾고 절벽을 뚫어 보고 땀 흘려 일하고 전체 휴식 시간에도 힘겨운 행군을 감행했다. 이쟈는 그저 트레일러 위에서 직접 만든 우산 아래 쪼그려 앉아 벌써 몇 함께 모은 오래된 문서들을 뒤적였을 뿐이었다. 그렇게 해서 그는 어디서 물 저장 탱크를 찾게 될지 네 차례 예언했다. 한 탱크는 이미 물이 말라 있었고 두 번째 탱크는 물이 완전히 썩어 있었으나 탐사대는 훌륭한 물을 두 번 찾을 수 있었다. 이쟈의, 오직 이쟈만의 공로였다.

두 번째로, 이쟈는 솔라유 저장고를 찾았다. 그 이후 엘리자우어의 반유대주의가 상당히 두루뭉술해졌다. "나는 유대인 놈들을 증오해." 그가 자신의 책임 엔진 기술자에게 말했다. "세상에 유대인 놈들보다 나쁜 건 없어. 하지만 난 단 한 번도 유대인을 차별한 적 없다고! 일례로, 난 카츠만을……"

게다가 이쟈는 모두에게 종이를 공급해 줬다. 처음 배앓이가 탐사대를 휩쓴 후 화장지 재고가 다 떨어졌을 때였는데, 이때 이쟈의 인기는, 우엉 잎은 고사하고 풀조차 찾을 수 없는 이 나라에서 유일하게 종이를 보유하고 보관하는 이쟈의 인기는 절정에 달했다.

모두가 이쟈를 좋아하고 있다는 것을 안드레이가 깨닫고 약간의 질투심을 느낀 지 2주가 채 지나지 않았다. 모두가 그를 사랑했다. 여기에 심지어 군인들까지 포함된다는 것을 도무지 믿을 수 없었다. 그들은 휴식 시간에 이쟈 주위로 모여들어 입을 헤벌리고는 그가 하는 헛소리에 귀를 기울였다. 그들은 자발적으로 기꺼이 이쟈의 문서 보관용 철제 함들을 옮겨 주었다. 그들은 이쟈에게 고충을 토로하고 그의 앞에서 우쭐댔다. 마치 좋아하는 선생님 앞에 선 중학생들처럼. 그들은 포겔은 증오했고 대령은 경외했고 과학자들과는 싸웠으며 이쟈와는 웃었다. 이쟈를 비웃은 게 아니라 그와 함께 웃었다……! "카츠만, 그거 아십니까." 어느 날은 대령이 이렇게 말했다. "나는 늘 군대에 뭣 하러 정치위원이 필요한지 모르겠다고 생각했습니다. 내 밑에는 정치위원이 있었던 적이 단 한 번도 없지만, 당신이라면 내가 정치위원으로 데리고 다녔을 것 같소이다……"

이쟈는 첫 번째 종이 뭉치를 다 본 다음 가슴팍에서 두 번째 뭉치를 꺼냈다.

"뭔가 흥미로운 내용이라도 있어?" 안드레이가 물었다. 정말로 궁금해서 물었다기보다는 그저 우스꽝스럽고 이상하고 보기에 불쾌한 이 인간에게 어떻게든 친절함을 표하고 싶어졌기 때문이었다.

이쟈가 고개를 저으며 막 대답하려는 찰나였다. 문이 활짝 열리더니 세인트제임스 대령이 방으로 들어섰다.

"들어가도 되겠소이까, 고문관?" 그가 물었다.

"들어오시지요, 대령님." 안드레이가 일어서며 말했다. "별일 없으시지요."

이쟈는 벌떡 일어나 대령에게 소파를 밀어 주었다.

"아주 친절하시구려, 정치위원." 대령이 말하면서 천

천히 소파 좌석 두 칸을 차지하고 앉았다. 그는 평소와 같아 보였다. 곧고 깔끔했으며 화장수와 고급 담배 냄새가 났다. 그저 최근 들어 볼이 약간 들어가고 눈두덩이 꽤 깊이 파였다. 그리고 이제는 독특한 승마용 채찍 대신 기다란 검은 지팡이를 들고 다녔으며 서 있어야 할 때면 지팡이에 의지하는 티가 역력했다.

"창밖에서 일어난 그 교양 없는 몸싸움 말이오……내 군인에 대해 사과를 하는 바요, 고문관." 대령이 말했다.

"그게 마지막 싸움이었길 바라 봅시다." 안드레이가 음울하게 말했다. "앞으로는 그런 일을 참아 줄 생각이 없으니까요."

대령이 건성으로 고개를 끄덕였다.

"군인들은 늘상 싸웁니다." 그는 별일 아니라는 듯 말했다. "영국군에서는 사실 장려하기도 했소이다. 군의 사기랄까 사나운 공격성이랄까 그런 것과 연관이 되니……그래도 물론, 고문관 말이 맞소이다. 이렇게 힘겨운 행군을 이어 가는 상황에 용납할 수 없는 일이지요." 그는 소파에 등을 기대고 앉아 파이프를 꺼내 채우기 시작했다. "그런데 아직까지 잠재하는 적은 안 보이지 않소이까, 고문관!" 그가 유머러스하게 말했다. "그와 관련해서는 우리 불쌍한 총사령부가 꽤 고초를 겪으리라 예상하오. 물

연속성의 단절

론 정치가들도. 솔직히 말하자면 말이지만⋯⋯"

"그 반대지요!" 이쟈가 소리쳤다. "이제 우리 모두에게 있어 최고로 첨예한 나날들이 펼쳐질걸요! 진정한 적은 존재하지 않으므로 만들어 내야 하니까요. 그리고 세계의 경험에 빗대어 보면 가장 무시무시한 적은 만들어 낸 적이었지요. 장담하건대 믿기지 않을 만큼 끔찍한 괴물일 겁니다. 군대를 배로 증대해야 할걸요."

"그 정도요?" 대령이 여전히 유머러스하게 말했다. "누가 그 적을 만들어 낼지 궁금하군요? 정치위원, 혹시 당신은 아니오?"

"대령님이죠!" 이쟈가 장엄히 말했다. "일단 대령님이 하셔야죠." 그는 손가락으로 꼽기 시작했다. "첫째로 총사령부에 정치 선전 부서를 만드셔야 할 거고요⋯⋯"

문 두드리는 소리가 났고 안드레이가 대답도 하기 전에 케하다와 엘리자우어가 들어섰다. 케하다는 우울한 기색이었고 엘리자우어는 천장 바로 밑에서 애매한 미소를 띠었다.

"앉으시지요, 여러분." 안드레이가 그들에게 차갑게 말했다. 그는 손가락뼈로 책상을 톡톡 두드리며 이쟈에게 말했다. "카츠만, 이제 시작할 거야."

이쟈는 하던 말을 멈추더니 준비가 되었다는 듯 안드레이를 돌아보며 한 손을 의자 등받이 뒤로 넘겼다. 대령은 다시 몸을 꼿꼿이 펴고 지팡이 손잡이 위에 손바닥을 얹었다.

"케하다, 시작하십시오." 안드레이가 말했다.

과학 연구 부문 책임자는 안드레이의 바로 앞에 가랑이가 축축해지지 않도록 역도 선수같이 두꺼운 다리를 쩍 벌리고 앉아 있었고 엘리자우어는 늘 그렇듯 그의 뒤에 자리 잡고서는 너무 튀어나와 보이지 않도록 몸을 한껏 수그리고 있었다.

"지질학과 관련해서는 새로운 게 없습니다." 케하다가 우울하게 말했다. "여전히 진흙과 모래입니다. 물의 흔적은 전혀 없습니다. 이곳의 수로는 오래전에 말랐고요. 어쩌면 바로 그 때문에 그들이 이곳을 떠났는지도 모르겠습니다…… 태양과 풍속 그리고 그 외 정보는 여기……" 그는 가슴께의 주머니에서 종이쪽지들을 꺼내 안드레이 쪽으로 툭 던졌다. "일단 제 보고는 여기까지입니다."

안드레이는 그 '일단'이란 말이 상당히 거슬렸지만 고개를 끄덕이고 엘리자우어를 봤다.

"수송 부문은요?"

엘리자우어가 허리를 꼿꼿이 펴고 케하다의 머리 위에서 말하기 시작했다.

"오늘은 38킬로미터를 이동했습니다. 2번 트랙터의

엔진을 대대적으로 수리해야 합니다. 고문관님, 대단히 유감입니다만……"

"그러니까," 안드레이가 입을 열었다. "대대적인 수리라는 게 무슨 의미입니까?"

"이삼일 걸립니다." 엘리자우어가 말했다. "접합부를 교체해야 하고 다른 부분들을 살펴봐야 합니다. 어쩌면 4일 걸릴지도 모르겠습니다. 아니면 5일요."

"아니면 열흘이겠군요." 안드레이가 말했다. "보고서를 줘 보십시오."

"아니면 열흘이겠지요." 엘리자우어가 계속 애매하게 웃으며 수긍했다. 그는 일어서지 않은 채 케하다의 어깨 너머에서 자신의 보고서를 내밀었다.

"농담하는 겁니까?" 안드레이가 차분히 말하려 애썼다.

"무슨 말씀이십니까, 고문관님?" 엘리자우어가 겁에 질렸다. 혹은 겁에 질린 척하는 것뿐이거나.

"사흘 아니면 열흘이라니요, 책임자?"

"정말 죄송하지만 고문관님……" 엘리자우어가 칭얼댔다. "정확히 말씀드리기가 어렵습니다…… 저희가 지금 차고에 있는 것도 아니고 제 부하 직원 페르먀크가…… 지금 발진 같은 걸 앓고 있는 데다 하루 종일 토했습니다…… 그가 제 책임 엔진 기술자여서요, 고문관님……"

"당신은 뭘 합니까?" 안드레이가 말했다.

"제가 최선을 다하겠습니다만…… 저희 여건에서
는 또 얘기가 달라져서…… 그러니까, 야외 현장에서는
요……"

엘리자우어는 얼마간 엔진 기술자들에 대해, 가져오
지 않은 기중기에 대해 말을 늘어놓았다. 자신이 필요할
거라고 경고하지 않았느냐며…… 그러더니 이곳에 없
고, 안타깝게도 있을 수도 없는 드릴 기계에 대해, 또다
시 엔진 기술자에 대해, 그리고 피스톤과 피스톤 핀에 대
해 얘기했다…… 그의 목소리는 점점 작아졌고 점점 알
아들을 수 없게 되어서는 마침내 완전히 사라졌고 그러
는 내내 안드레이는 눈길을 돌리지 않고 그의 눈을 응시
했다. 이 겁 많은 꺽다리 협잡꾼은 거짓말만 늘어놓고 있
었다. 그 자신도 이를 알고 있었으며 다들 거짓말임을 안
다는 것을 눈치채고는 어떻게든 빠져나가려 해 보았으
나, 그럴 수 없으니 승리의 순간까지 자신의 거짓말을 굳
건히 고수할 셈이었다.

안드레이는 조금 뒤 눈길을 떨구고 엘리자우어가 건
넨 보고서를, 성의 없이 몇 줄 괴발개발 갈겨쓴 보고서
를 봤으나 아무 글자도 알아볼 수 없었고 아무것도 이해
할 수 없었다. 말을 맞췄군, 거지 같은 놈들. 그가 조용히

절망하며 생각했다. 이놈들도 말을 맞췄다. 이제 이놈들을 어떻게 하지? 권총이 없어서 아쉽군…… 엘리자우어를 한 대 칠까…… 아니면 바지에 실례할 정도로 겁을 줘 볼까…… 아니, 케하다가 문제다. 케하다, 이놈이 그들의 주동자다. 이놈은 언제나 나에게 전부 덮어씌우려 했지…… 그 모든 썩은 악취 나는 음모를 나 하나에게 다 뒤집어씌우려 했지…… 더러운 놈, 뚱뚱한 도둑놈…… 안드레이는 고함을 치고 온 힘을 다해 주먹으로 책상을 내려치고 싶었다.

침묵이 견딜 수 없는 수준에 이르렀다. 이쟈는 갑자기 신경질적으로 의자 위에서 들썩이더니 투덜대기 시작했다.

"솔직히 뭐가 문제입니까? 사실 우리는 급할 게 전혀 없다고요. 잠시 쉬어 가면 되지…… 건물들 안에 고문서들이 있을 수도 있고…… 물은 이곳에 정말로 없지만, 물을 가지러 팀을 꾸려 먼저 보낼 수도 있는 거고……"

그때 케하다가 이쟈의 말을 끊었다.

"쓸데없는 일입니다." 그가 날카롭게 말했다. "여러분, 얘기는 할 만큼 했습니다. 결론을 내려 보잔 말입니다. 탐사는 실패했습니다. 우리는 물을 찾지 못했어요. 석유도요. 이 정도 규모의 지질학 탐사대도 찾을 수가 없었어요. 우리는 미친 사람들처럼 나아갔고, 사람들은 지쳤고 운송 수단은 너덜너덜해졌습니다. 부대에 규율은 개뿔, 길거리 여자를 먹이고 웬 소문 퍼뜨리는 자들을 데리고 다니지요…… 희망은 오래전에 상실했고 모두들 될 대로 되라는 식이에요. 사람들은 더 가고 싶어 하지 않고 왜 가야 하는지 모르며 우리는 그들에게 해 줄 말이 없습니다. 우주학 지식들도 아무짝에도 쓸모가 없는 걸로 밝혀졌지요. 극지의 추위에 대비했는데 실제로는 불타오르는 사막을 지났지 않습니까. 탐사대 선발도 형편없이, 마구잡이로 진행됐습니다. 의료 여건도 형편없고요. 그 결과 우리는 그 대가를 치르고 있지요. 도덕적 해이, 기강 해이에 숨겨진 반항심, 그리고 오늘내일하는 폭동까지요. 그게 전부입니다."

케하다가 입을 다물고는 담뱃갑을 꺼내 담배에 불을 붙였다.

"그러니까, 케하다 씨, 무슨 말이 하고 싶은 겁니까?" 안드레이가 꽉 눌린 목소리로 물었다. 눈앞에서 어떤 불확실한 선으로 엮인 거미줄에 굵은 콧수염을 단 증오스러운 얼굴이 떠다녔다. 정말로 후려치고 싶었다. 램프로. 바로 저 콧수염을……

"진부한 질문이네요." 케하다가 경멸 조로 내뱉었다. "빈손으로 돌아갈 수밖에요. 당장, 아직 무사할 때 말입니다."

연속성의 단절

진정하자. 안드레이가 스스로를 다잡았다. 지금은 그저 진정해야 한다. 되도록 적게 말해야 한다. 무슨 일이 있어도 언쟁을 피해야 한다. 아무렇지도 않은 듯 듣고 아무 말도 하지 않아야 한다. 아, 저놈을 한 대 칠 수만 있다면……!

"사실이 그렇습니다." 엘리자우어가 목소리를 가라앉혔다. "대체 언제까지 갈 수 있겠습니까? 제 부하 직원들이 계속 물어봅니다. 기술자님, 대체 어떻게 돼 가고 있는 겁니까? 라고요. 태양이 지평선 너머로 갈 때까지 가자고 했지요. 그런데 그게 도리어 떠오르는 겁니다. 그래서 그 다음에는 태양이 가장 높은 곳에 닿을 때까지 가자고 했습니다…… 그랬더니 이번에는 태양이 올라가지 않는 겁니다. 최고점에 닿지는 않고 위로 갔다 아래로 갔다……"

언쟁은 안 된다. 안드레이가 자신을 굳게 다잡았다. 마음대로 지껄이라지. 이놈들이 무슨 말을 지어낼지 궁금하기까지 하군…… 대령은 배신하지 않을 거다. 군대가 전부 해결해 줄 것이다. 군대가……! 설마 이놈들이, 이 거지 같은 놈들이 포겔까지 꾀어낸 건 아니겠지?

"그래서 뭐라고 했나요?" 이쟈가 엘리자우어에게 물었다. "당신은 뭐라 했죠?"

"제가 뭘요?"

"부하 직원들이 당신에게 물은 건 이해가 갑니다……

그래서 당신은 그들에게 뭐라고 대답했죠?"

엘리자우어는 어깨를 으쓱하더니 얼마 남지 않은 눈썹을 움찔거렸다.

"이상한 질문이군요······" 그가 중얼거렸다. "제가 그들에게 뭐라고 대답했느냐니요? 바로 제가 알고 싶은 게 그 대답인데요. 제가 뭐라고 답해야 합니까? 제가 그걸 어떻게 압니까······?"

"그러니까 그들에게 아무런 대답도 안 하셨다는 건가요?"

"제가 뭐라고 대답합니까? 뭐라고요?! 위에서는 저보다 더 잘 알 거라고 했지요······"

"그걸 대답이라고!" 이쟈가 무시무시하게 눈을 부라리며 말했다. "그런 대답으로는 불행한 운전사들이 아니라 군대도 통째로 와해할 수 있겠네요····· 여러분, 나는 지금 당장 돌아갈 준비가 되어 있지만 저 짐승 같은 지휘관이 그냥 두지 않을 겁니다, 라는 말을 하신 것 아닙니까····· 당신은 우리가 왜 가고 있는지는 이해하고 있습니까? 당신은 자원자였잖아요? 아무도 당신에게 억지로 시킨 적 없는데요!"

"잠깐만요, 카츠만······ 일 얘기를 합시다!" 케하다가 끼어들려고 했다.

이쟈는 그를 쳐다보지도 않았다.

"엘리자우어, 당신은 힘들리라는 걸 알았습니까? 알았겠지요. 과자를 먹으러 가는 여행이 아니라는 걸 알았습니까? 알았겠지요…… **도시**에 이 탐사가 필요하다는 걸 알았습니까? 알았겠지요. 당신은 교육받은 사람이고 기술자니…… 물과 연료가 충분히 있는 동안은 계속 나아가라는 명령을 받은 것도 알고 있었습니까? 아주 잘 알고 있었지요. 엘리자우어!"

"그걸 부정하지는 않겠습니다!" 완전히 겁에 질린 엘리자우어가 황급히 말했다. "제가 방금 설명했듯이, 제 설명이…… 그러니까 그들에게 뭐라고 해야 할지 분명치 않다는 겁니다. 왜냐하면 저에게 물어 대는데……"

"변명은 그만하세요, 엘리자우어!" 이쟈가 단호히 말했다. "모든 게 이보다 자명할 수 있습니까. 당신은 더 가기 겁이 나 도덕적 태업을 감행하고 있고 자신의 부하 직원들을 와해하더니 이제는 여기로 달려와서 한탄을 하는군요…… 그런데 말입니다, 당신은 걸어서 행군한 적도 없어요. 항상 차를 타고 다니면서……"

잘한다, 이쟈. 잘한다. 귀여운 녀석. 안드레이가 감격에 겨워 생각했다. 저 비열한 놈을 아주 박살 내 버리라고……! 저놈은 이미 지렸을 테니 이제 변소에 가겠다고 하겠지……

"그리고 전혀 이해가 안 되는군요. 도대체 왜 이 모든 혼돈이 일어나는 건지 말입니다." 이쟈가 여전히 단호한 목소리로 말을 이었다. "지질학 부문의 성과가 우릴 실망시켰습니까? 아니 지질학은 그냥 둡시다, 지질학이 없어도 되니까요. 우주학은 말할 것도 없고요…… 우리의 가장 중요한 일이 탐사, 정보 수집이라는 걸 설마 몰랐단 말입니까. 개인적으로는 오늘만 해도 탐사 성과가 아주 많다고, 더 많아질 수도 있다고 생각하는데요. 트랙터가 망가졌다고요? 큰일 아닙니다. 여기서 고치게 하지요. 이틀이나 열흘 동안요. 다른 트랙터를 이용해 천천히 나아가면 됩니다. 물을 찾으면 멈춰서 나머지 사람들을 기다리면 되고요. 이렇게 간단하지 않습니까. 복잡할 게 하나도 없어요……"

"그럼요. 물론 모든 게 간단하기 짝이 없습니다, 카츠만." 케하다가 날 선 목소리로 말했다. "등에 총알을 맞고 싶지는 않으십니까? 이마에는 어떠십니까? 당신은 당신의 고문서들에 지나치게 열중해 주위는 하나도 못 보고 있습니다…… 군인들은 더 나아가지 않을 겁니다. 제가 알아요. 그들이 그러기로 결정하는 걸 들었습니다……"

엘리자우어가 불쑥 케하다의 등 뒤에서 움직이더니 알아들을 수 없는 사과의 말을 웅얼거리고는 모두에게 잘 보이도록 배를 부여잡고 방에서 나갔다. 쥐새끼, 안드레이가 고소해하며 생각했다. 겁 많은 개자식. 똥싸개 자

연속성의 단절

식……

케하다는 아무것도 알아차리지 못한 척 말을 이었다.

"저희 지질학자들 중에 제가 믿을 수 있는 사람은 단 한 명밖에 없습니다. 군인들과 운전사들에게 뭘 기대할 수는 없어요. 물론 위협용으로 한두 명 총살할 수도 있겠지만…… 어쩌면 효과가 있을 수도 있지요. 모르겠습니다. 효과가 있을 리 없어요. 게다가 전 당신들에게 그렇게 행동할 도덕적 근거가 있는지도 모르겠습니다. 그들은 자신들이 속았다고 생각해서 더 가고 싶어 하지 않는 겁니다. 그들은 이 탐사로 얻은 게 하나도 없고 이제는 뭘 얻고 싶지도 않거든요. 카츠만 씨가 기발하게 지어낸 그 훌륭한 전설, 수정궁◆에 관한 전설도 효력을 다했습니

◆ 1851년 영국 런던 만국박람회가 개최된 수정궁은 주철과 유리로 만들어진 건물로, 그 외양과 기술력으로 당시 큰 반향을 일으켰다. 수정궁은 과학기술에 기반한 미래의 상징과도 같았고 러시아 작가들에게 큰 충격을 주었다. 니콜라이 가브릴로비치 체르니솁스키는『무엇을 할 것인가』(1863)에서 수정궁을 유토피아로 그렸다. 반대로 표도르 미하일로비치 도스토옙스키의『지하 생활자의 수기』(1864)에서 수정궁은 부정적인 미래, 이성과 과학이 지배하는 비인간적인 미래였다. 또 예브게니 이바노비치 자먀틴이『우리들』(1924)에서 묘사한 미래 디스토피아의 거주 공간은 수정궁을 닮은, 사방이 투명해서 모든 것이 다 보이는 곳이었고 블라디미르 예브그라포비치 타틀린 등의 당대 건축가들은 미래 도시를 설계할 때 수정궁을 닮은 사방이 다 보이는 건물들을 유토피아적 공간으로 상상했다.

다. 카츠만 씨, 아시는지 모르겠지만 다른 전설들에 덮였
어요⋯⋯."

"그게 무슨 헛소립니까?" 이쟈가 분개해 말을 더듬거
렸다. "난 아무것도 지어낸 적 없습니다⋯⋯!"

케하다는 관대하다 할 만한 표정으로 그의 말을 넘겼
다.

"됐어요, 됐습니다. 이제 그건 아무런 의미도 없어요.
이제 수정궁은 나오지 않으리라는 게 분명하니 그 얘기
를 할 필요도 없겠지요⋯⋯ 여러분, 당신들이 이끄는 자
원자의 4분의 3이 채굴을 하러, 오로지 채굴만 바라보고
왔다는 걸 너무나 잘 아시지 않습니까. 그런데 그들이 채
굴 대신 뭘 얻었습니까? 피가 묻어나는 설사에 밤 유흥
을 위한, 이가 들끓는 멍청한 여자를 얻었지요⋯⋯ 더 심
각한 문제는 따로 있어요. 그들은 절망했지만, 그보다도
겁먹고 있다는 게 문제입니다. 카츠만 씨에게 고맙지요.
우리가 그토록 친절하게 탐사대 내에 먹을 것과 잘 곳을
제공했던 박 씨에게도 고맙고요. 이분들이 애써 주신 덕
에 사람들은 우리가 계속 나아가면 어떻게 될지 지나치
게 많은 것들을 알게 되었거든요. 사람들은 13일째 되
는 날을 두려워합니다. 사람들은 말하는 늑대를 두려워
합니다⋯⋯ 상어늑대들로는 부족했는지 말하는 늑대까
지 나올 거라더군요⋯⋯! 사람들은 머리가 철로 된 인간

들을 두려워합니다. 게다가 그들은 이미 봤지 않습니까. 혀가 잘린 벙어리들을, 버려진 강제수용소들을, 야만인이 되어 수원을 내려 달라고 기도하는, 그리고 쉴 새 없이 여기저기서 총을 쏘는 잘 무장한 백치들을 보지 않았습니까…… 오늘만 해도 여기서, 이 건물들의 봉쇄된 아파트 안에서 뼈들을 보지 않았습니까…… 너무나 훌륭하고 인상적인 조합 아닙니까! 어제는 군인들이 포겔 중사를 세상에서 가장 무서워했다면 오늘 그들에게 포겔은 아무도 아닙니다. 그들에게는 더 큰 공포가 생겼으니까요……"

케하다는 마침내 입을 다물었고 숨을 고르며 그의 뚱뚱한 얼굴을 흠뻑 적신 땀을 닦았다. 그때 대령이 빈정대듯 한쪽 눈썹을 올리더니 이렇게 말했다.

"나는 케하다 씨, 당신이 특히 겁먹었다는 인상이 드오만. 아니면 내가 잘못 본 거요?"

케하다는 빨간 한쪽 눈으로 대령을 흘끗 봤다.

"제 걱정은 안 하셔도 됩니다, 대령님." 그가 퉁명스럽게 말했다. "제가 두려운 게 있다면, 그건 어깨뼈 사이에 박힐 총알들이니까요. 정말 말도 안 되는 이유로, 그것도 제가 가엽게 생각하는 사람들에게 맞을 총알 말입니다."

"그렇소이까?" 대령이 의아해했다. "그렇다면야…… 나는 이번 탐사의 중요성을 판단할 생각도 없고 탐사대

책임자에게 어떻게 행동하라고 지시할 생각도 없소이다. 내 일은 명령을 이행하는 거니까 말이오. 하지만, 폭동이라든가 불복종에 대한 당신 생각은 완전히 헛된 망상으로 보인다는 점을 꼭 말해 둬야겠소. 케하다 씨, 내 군인들을 데려와 보십시오! 당신이 믿지 못한다는 당신네 지질학자들을 내 앞에 데려와도 좋소이다. 내 기꺼이 그들을 처리하지요…… 그런데 보십시오, 고문관." 대령은 그 놀랍도록 친절한 낯을 안드레이 쪽으로 돌리며 말을 이었다. "오늘 이 자리에서 군인들에 대한 이야기를 너무나 많이들 하고 있군요. 그것도, 군인들과 그 어떠한 공식적인 관계도 없는 사람들이 말이오……"

"군인들에 대해서 말하는 사람들은," 케하다가 화를 내며 대령의 말을 끊었다. "하루 종일 그들과 함께 일하고 이동하고 옆에서 자는 사람들입니다……"

침묵이 엄습한 가운데 가죽 소파가 작은 소리로 삐걱거렸다. 대령이 한껏 곧추앉았다. 얼마간 그는 아무 말도 하지 않았다. 문이 살며시 열리더니 엘리자우어가 위선적인 미소를 띠고 살짝 몸을 굽힌 채 자기 자리로 쏙 들어가 숨었다.

어서요. 안드레이가 온 눈빛으로 대령을 보며 재촉했다. 자, 저자를 때리십시오! 콧수염을! 저놈의 낯짝을! 얼굴을!

　　　　　　　　　　　　연속성의 단절

대령이 마침내 입을 열었다.

"그리고 고문관, 꼭 말하고 싶은 것이 있소이다. 오늘 지휘부의 일부가 하급 군인들의, 충분히 이해는 되고 또 일상적이나 절대 용인할 수는 없는 기조에 동조하고, 그걸 묵과마저 하고 있다는 사실이 밝혀졌지요. 고위 장교로서 말하겠소. 만일 방금 말한 것과 같은 묵과라든가 동조가 어떤 실질적인 형태를 갖게 되면, 나는 묵과한 자들과 동조한 자들을 전시 상황과 동일하게 처리하겠소. 아울러 한마디 더 하자면 말이오, 고문관. 군대는 앞으로도 당신의 그 어떤 지시도 이행할 각오가 되어 있다고 확실히 말씀드릴 수 있어 영광이라는 점을 강조하고 싶소이다."

안드레이는 조금씩 숨을 고르고는 만족스러운 표정으로 케하다를 쳐다봤다. 케하다는 일그러진 미소를 띠고 피우던 담배꽁초로 새 담배에 불을 붙였다. 엘리자우어는 전혀 보이지 않았다.

"전시 상황에서는 묵과하는 자들과 동조하는 자들을 어떻게 처리하는데요?" 역시 아주 만족스러운 표정의 이쟈가 대단히 궁금하다는 듯 물었다.

"대개는 교수형에 처하오." 대령이 건조하게 대답했다.

다시 침묵이 찾아왔다. 이렇게 되는 거다. 안드레이

가 생각했다. 케하다 씨, 부디 다 알아들었길. 혹은 또 뭔가 질문이 있으려나? 질문은 무슨 질문인가……! 군대가 있는데! 귀여운 놈들. 군대가 전부 해결한다고…… 그런데 전혀 이해가 안 되기는 한다. 안드레이가 생각했다. 대령은 어떻게 그렇게 확신에 차 있을 수 있을까? 혹은 대령님, 그저 가면인 겁니까? 나 또한 지금 대단히 확신에 찬 것처럼 보이겠지. 최소한 그렇게 보이기라도 해야 한다…… 반드시.

그는 곁눈질로 대령을 보았다. 대령은 잇새에 꺼진 파이프를 물고 여전히 아주 곧은 자세로 앉아 있었다. 그리고 대단히 창백했다. 그저 화가 나서인지도 모른다. 그저 화가 나서일 뿐이길…… 제기랄, 제기랄. 안드레이가 혼란에 빠져 생각했다. 긴 휴식기를 가져야 한다! 당장! 그리고 카츠만더러 물을 가져오라 하자. 많은 물을. 대령을 위해. 대령만을 위해. 그리고 당장 오늘 밤부터 대령에게는 물 배급량을 배로 늘려 줘야겠다……!

엘리자우어가 잔뜩 얼굴을 찌푸리고 케하다의 큼지막한 어깨 뒤에서 불쑥 나오더니 불쌍하게 갈라지는 목소리로 말했다.

"죄송합니다만…… 제가 또…… 화장실에……"

"앉으십시오." 안드레이가 말했다. "지금 끝낼 겁니다." 그는 소파에 기대앉아 팔걸이를 잡았다. "내일 일정

연속성의 단절

을 발표하겠습니다. 장기 휴식기를 갖겠습니다. 엘리자우어! 전력으로 트랙터를 고치십시오. 사흘 기한을 줄 테니 수리를 끝내십시오. 케하다, 내일은 하루 종일 아픈 자들을 돌보십시오. 모레에는 나와 함께 심층 탐사를 준비할 겁니다. 카츠만, 당신은 우리와 함께 갑니다⋯⋯ 물을 찾으러!" 그가 손가락으로 책상을 톡톡 쳤다. "카츠만, 물을 찾아 주십시오⋯⋯! 대령님! 내일은 휴식을 명합니다. 모레부터는 야영지를 통솔하실 테니까요. 이상입니다. 해산하세요."

제2장

안드레이는 손전등으로 발밑을 비추며 서둘러 위층 —벌써 5층인 듯했다—으로 올라갔다. 제기랄, 도저히 더 못 올라가겠다…… 그는 멈춰 서서는 강렬한 생리작용을 억누르느라 온몸에 힘을 주었다. 배 속이 요란하게 울리며 요동치더니 약간 나아졌다. 개자식들, 온 계단에 똥을 싸 놔서 디딜 곳이 없다. 그는 겨우 다음 층까지 올라가 눈앞에 보이는 문을 밀었다. 문이 끼익 열렸다. 안드레이는 안을 들여다보며 냄새를 맡아 보았다. 괜찮은 것 같은데…… 손전등을 비추어 보았다. 문 옆, 바짝 마른 마루 위의 뻣뻣해진 천 조각 사이로 하얀 뼛조각들이 드러났고 머리카락이 뭉텅이로 달라붙어 있는 해골의 이

연속성의 단절

가 번뜩였다. 알 만하군. 들여다보고는 겁을 집어먹었겠지. 안드레이는 부자연스럽게 다리를 움직이며 복도를 뛰다시피 지났다. 여기는 응접실이고…… 제길, 침실 같은데…… 이 집에는 화장실이 대체 어딨지? 아, 여기로군……

잠시 후 제법 진정이 된 안드레이는 배의 욱신거림이 완전히 사라지지는 않았고 온몸이 차갑고 끈적이는 땀으로 덮여 있긴 했지만, 다시 복도로 나와 어둠 속에서 단추를 다 잠근 후 주머니에서 다시 손전등을 꺼냈다. **벙어리**가 당연하다는 듯 와 있었다. 그는 대단히 높고 반들반들한 옷장에 어깨를 기대고 서서 커다랗고 흰 손은 넓은 혁대 밑으로 찔러 넣고 있었다.

"경비 서는 건가?" 안드레이가 그에게 건성이긴 하지만 친절히 말했다. "경비를 서게, 서. 그런데 누가 구석에서 날 뭔가 둔탁한 걸로 때리면 어떻게 하려고……?"

안드레이는 자신이 큰 개를 대하듯 이 이상한 인간에게 말을 거는 습관이 들었다는 것을 깨닫고는 마음이 불편해졌다. 그는 **벙어리**의 서늘한 맨어깨를 친근하게 두드리고 나서 손전등으로 좌우를 비추며 재빨리 집 안을 살폈다. 뒤에서, 가까워지지도 뒤처지지도 않는 **벙어리**의 부드러운 발소리가 들렸다.

이 집은 더 호화로웠다. 방도 많을뿐더러 방마다 무

겁고 고풍스러운 가구들이 가득했고 커다란 샹들리에가 달려 있었으며 까맣게 변한 커다란 그림들이 미술관 액자에 걸려 있었다. 그런데 가구들은 거의 망가져 있었다. 소파 팔걸이는 떨어졌고 의자들은 다리와 등받이 없이 뒹굴고 있었으며 옷장의 문짝이 다 뜯겨 나갔다. 가구로 불이라도 뗀 건가. 안드레이가 생각했다. 이 더위에? 이상하군……

사실 이 아파트는 이상한 구석이 많았다. 군인들이 충분히 이해되었다. 몇몇 집들은 문이 활짝 열려 있었는데 내부는 텅 비어 거의 아무것도 남지 않았고 벽에도 아무것도 안 걸려 있었다. 또 어떤 집들은 안에서 잠겨 있었는데 가구로 가로막힌 경우도 있었다. 부수고 들어가 보면 바닥에 사람 뼈가 널브러져 있었다. 옆 아파트의 사정도 마찬가지였고 이 지역의 다른 건물들도 똑같으리라 짐작할 수 있었다.

이 모든 것들은 하나도 연결되지 않았다. 왜 어떤 거주민들은 챙겨 갈 수 있는 것을 거의 다, 책까지 지고 도망쳤으며 또 어떤 거주민들은 자기 집을 꽁꽁 틀어막고, 보아하니 그 안에서 더위와 배고픔으로, 아니면 설마 추위로—몇몇 집에서 철 난로 비슷한 것들이 발견되었고 또 어떤 집은 바닥인지 아니면 아마 지붕에서 뜯긴 녹슨 철판인 것에 불길이 번진 듯한 모양새였다—죽은 걸까.

연속성의 단절

이쟈 카츠만도 말이 되는 설명을 생각해 낼 수 없었다.

"자네는 이곳에서 무슨 일이 일어났는지 아나?" 안드레이가 **벙어리**에게 물었다.

그는 천천히 고개를 저었다.

"자네는 이곳에 와 본 적이 있나?"

벙어리가 고개를 끄덕였다.

"여기서 살았나?"

'아니요.' **벙어리**가 표현했다.

"그렇군……" 안드레이가 까맣게 변한 그림이 뭘 그린 것인지 파악하려 애쓰며 중얼거렸다. 초상화 같은데. 여자 같기도 하고……

"여긴 위험한 곳인가?" 안드레이가 물었다.

벙어리는 눈의 움직임을 멈추고서 안드레이를 쳐다봤다.

"질문은 이해했나?"

네.

"대답할 수 있나?"

아니요.

"어쨌든, 고맙네." 안드레이가 생각에 잠겨 말했다. "그럼 아무것도 아닐 수도 있겠군. 좋아. 집으로 가지."

그들은 2층으로 돌아갔다. **벙어리**는 자신의 구석에 머무르고 안드레이는 자기 방으로 향했다. 한국인 박이 이쟈와 뭔가를 논의하며 그를 기다리고 있었다. 박은 안드레이를 발견하고는 일어섰다.

"앉으세요, 박 씨." 안드레이가 말하고 자신도 앉았다.

박은 멈칫하고는 살며시 자리에 앉아 양손을 무릎 위에 올렸다. 그의 누리끼리한 얼굴은 평온한 표정이었고 졸음이 가시지 않는 두 눈은 살짝 부은 눈꺼풀 틈새로 촉촉하게 빛났다. 안드레이는 늘 그가 마음에 들었다. 어쩐지 어렴풋이 겐시를 떠오르게 했기 때문이다. 늘 단정하고 예의 바르며 모두에게 친절하지만 친근하게 구는 일은 결코 없고 말수가 적지만 깍듯하고 사교성이 있어서인지도 모른다. 박은 늘 약간은 자기 세계에 있었고 늘 사람들과 미묘한 거리를 두었다…… 어쩌면 바로 그가, 박이 340킬로미터 지점에서의 그 황당한 전투를 중단시켰기 때문인지도 몰랐다. 총격전이 최고조에 이르렀을 때 박이 폐허에서 나오더니 맨손바닥을 보이게 들고 총알이 빗발치는 곳으로 천천히 걸어왔었다……

"박 씨, 제가 깨운 건 아닙니까?" 안드레이가 물었다.

"아닙니다, 고문관님. 아직 자지 않고 있었습니다."

"배가 아파서요?"

"다른 이들보다 심하지는 않습니다."

"그렇다고 덜하지도 않겠지요……" 안드레이가 짚었

　　　　　　　　　　　연속성의 단절

다. "발은 어떻습니까?

"다른 이들보다는 낫습니다."

"그것참 다행이군요." 안드레이가 말했다. "몸 상태는 전반적으로 어떻습니까? 많이 지치셨습니까?"

"전 괜찮습니다. 감사합니다, 고문관님."

"그것참 다행이군요." 안드레이가 했던 말을 다시 했다. "박 씨, 제가 이렇게 당신을 부른 이유를 말씀드리지요. 내일 장기 휴식기가 발표될 겁니다. 그러나 모레에는 특별 편성 팀과 소규모 탐사를 가려고 합니다. 50~70킬로미터쯤 가 보려고요. 저희는 물을 찾아야 해요, 박 씨. 아마 짐은 챙기지 않고 서둘러 다녀올 것 같습니다."

"그렇군요, 고문관님. 저도 함께 가고 싶습니다." 박이 말했다.

"고맙습니다. 바로 그걸 부탁드리려고 했습니다. 그럼 모레 아침 6시에 바로 출발하지요. 마른 식량과 물은 중사에게 받으시면 됩니다. 그럼 그렇게 정한 거지요? 또 물어볼 것이 있는데 말입니다…… 우리가 물을 찾을 수 있으리라 보십니까?"

"그럴 겁니다." 박이 말했다. "제가 이 지역에 대해 들은 얘기가 있습니다. 이곳 어딘가에 분명히 수원이 있습니다. 소문으로는 과거에 아주 큰 수원이었다고 합니다. 이제 양은 좀 줄었겠지요. 그래도 탐사대가 쓰기에는 충분할 겁니다. 한번 봐야겠지만요."

"완전히 말라 버렸을 수도 있지 않습니까?"

박이 고개를 흔들었다.

"그럴 수도 있긴 하지만, 가능성이 낮습니다. 수원이
완전히 말라 버렸다는 얘기는 들은 적이 없습니다. 나오
는 물의 양이 줄어들 수는 있지요. 대폭 줄었을 수도 있
지만, 완전히 마르는 일은 없는 것 같습니다."

"문서에서는 아직 쓸 만한 걸 찾지 못했어." 이쟈가 말
했다. "수도관으로 도시에 물을 공급했는데 지금 그 수도
관은 말라 있다는군. 어떻게…… 어떻게 된 일인지는 모
르겠고."

박이 잠시 입을 다물었다.

"이 지역들에 관해 또 들은 얘기가 있습니까?" 안드레
이가 박에게 물었다.

"이런저런 얘기들을 듣긴 했는데 다소 이상했습니
다." 박이 말했다. "일부는 지어낸 것이 분명했고 나머지
는……" 그는 어깨를 으쓱했다.

"예를 들면 어떤 이야기들입니까?" 안드레이가 온화
하게 말했다.

"사실 전부 일전에 말씀드리긴 했습니다, 고문관님.
예를 들면 이런 소문입니다. 여기서 멀지 않은 곳에 '철
인들의 도시'라 불리는 곳이 있다고 합니다. 하지만 그 철

연속성의 단절

인들이 대체 어떤 인간들인지는 알 수가 없고요…… 핏빛 폭도 있다는데 그건 아마 더 떨어진 곳에 있다는 것 같습니다. 아마 붉은 광물층을 씻어 내리는 폭포 얘기일 겁니다. 적어도 그곳에는 물이 많겠네요…… 말하는 동물에 관한 전설도 있습니다. 여기서부터는 믿기 어려운 이야기가 시작되는 경계지요. 그 경계 밖에 있는 이야기들은 말씀드릴 필요가 없을 것 같습니다…… 다만, **실험**은 **실험**이라서요."

"아마 이런 질문들이 지겨우시겠지요." 안드레이가 웃으며 말했다. "똑같은 얘기를 스무 번 반복하다 보면 참 지겨우실 것 같습니다. 그래도 박 씨, 이해해 주셔야 합니다. 우리 중에선 당신이 가장 많이 아니까요."

박은 이번에도 어깨를 으쓱해 보였다.

"유감스럽게도 제 정보의 가치는 그리 높지 않습니다." 그가 건조하게 말했다. "대부분의 소문은 확인되지 않았거든요. 반대로 제가 단 한 번도 들어 보지 못한 것들을 꽤나 많이 마주치고 있기도 하고요…… 질문들이라고 하셨으니 말입니다만, 고문관님. 일반 탐사대원들이 소문들을 지나치게 잘 알고 있다는 생각 안 드십니까? 저는 개인적으로, 지휘부가 물어볼 때에만 그런 질문에 답하고 있습니다. 고문관 님, 저는 군인들이나 일반 탐사대원들이 이 소문들을 다 아는 것이 바람직하지 않다고 생각합니다. 도덕적으로 해롭습니다."

"전적으로 동의합니다." 안드레이가 눈길을 피하지 않으려 애쓰며 말했다. "이왕 소문이 돌 거면, 우유가 흐르는 강이나 젤리가 묻힌 강둑에 대한 소문이 더 많았더라면 좋았을 텐데요."

"그렇죠. 그래서 군인들이 저에게 물어볼 때면 불편한 화제를 피하려 노력하고 주로 수정궁에 관한 전설을 과장해 얘기하곤 합니다…… 그런데 최근 들어서는 그 얘기를 듣고 싶어 하지 않더군요. 다들 대단히 겁먹어선 집으로 돌아가고 싶어 합니다." 박이 말했다.

"당신도 그렇습니까?" 안드레이가 다 이해한다는 듯 물었다.

"전 집이 없습니다." 박이 차분하게 말했다. 그의 표정은 꿰뚫을 수 없었고 두 눈은 졸음에 잠겨 있었다.

"음, 그렇군요……" 안드레이가 손가락으로 책상을 톡톡 쳤다. "그럼, 박 씨. 다시 한번 고맙습니다. 이제 쉬시지요. 좋은 밤 되십시오."

안드레이는 바랜 하늘색 서지 점퍼를 걸친 등을 눈으로 배웅했고 문이 닫힐 때까지 기다리다가 입을 열었다.

"그런데 참 궁금하단 말이야. 저자가 대체 뭣 하러 우리에게 붙었을까?"

"뭣 하러라니 그게 무슨 뜻이야?" 이쟈가 화들짝 놀랐다. "그들은 직접 탐사를 조직할 수 없으니 너한테 부탁했지……"

"그러니까 그들한테 탐사가 대체 왜 필요하냐고?"

"글쎄, 친구. 모두가 너처럼 가이거의 치세가 맞는 건 아니니까. 전에 그들은 시장 밑에서 살고 싶어 하지 않았는데, 그건 별로 안 놀라워? 이제는 대통령 각하 밑에서 살고 싶지 않은 거라고. 그들은 마음대로 살고 싶은 거야. 이해해?"

"이해해." 안드레이가 말했다. "그저, 아무도 그들 마음대로 사는 걸 막을 생각이 없는데, 라는 생각이 들어서."

"그건 네 생각이고. 넌 대통령이 아니지."

안드레이는 철제 함을 뒤져 술이 든 플라스크를 꺼내서 뚜껑을 돌려 열었다.

"설마," 이쟈가 말했다. "가이거가 자기 옆구리에다 제대로 무장한, 견고한 부락을 그냥 두고 보리라 생각하는 건 아니지? 단련된, 산전수전 다 겪은 사내 200명이 유리관에서 고작 300킬로미터 떨어진 곳에 있는데…… 당연하게도 가이거는 그들을 못살게 굴겠지. 그럼 그들은 더 북쪽으로 가야겠지? 그게 어디겠어?"

안드레이는 술을 양손에 끼얹고는 힘껏 손바닥을 비벼 댔다.

"어찌나 더러운 게 싫어졌는지……" 그가 지긋지긋하다는 듯 투덜댔다. "넌 상상도 못 할 거야……"

"그래, 더러움이라……" 이쟈가 건성으로 말했다. "더러운 게 좋지는 않지…… 그런데 말이야, 도대체 왜 항상 박을 걸고넘어져? 그의 무엇이 네 비위를 거슬렀는데? 나는 박을 오랫동안, 거의 첫날부터 알고 지냈어. 그는 내가 아는 가장 정직하고 교양 있는 사람이라고. 그런 박을 대체 왜 걸고넘어져? 지식인에 대한 너의 그 동물적인 증오만이 그 한없이 유대인스러운 신문을 설명할 수 있겠지만 말이야. 소문을 퍼뜨리는 자가 누구인지 그토록 알아내고 싶으면 네 정보원들에게나 물어보라고. 박은 아무런 관련이 없으니……"

"난 정보원들 없어." 안드레이가 차갑게 대꾸했다.

그들은 잠시 아무 말도 하지 않았다. 조금 뒤 안드레이가 스스로도 예상치 못한 말을 했다.

"솔직히 말해 줘?"

"뭔데?" 이쟈가 얼른 물었다.

"이런 거야, 친구. 최근 나는 누군가 우리의 탐사를 중단시키고 싶어 한다는 느낌을 받았어. 완전한 중단 말이야. 알겠어? 그저 우리가 빈손으로 돌아가는 게 아니라, 집으로 돌아가는 게 아니라 우리를 끝내고 싶어 해. 제거하려 한다고. 우리가 행방불명이 되도록. 무슨 말인지 알아들어?"

"맙소사, 형제여……!" 이쟈가 말했다. 그의 손가락이 삐걱거리며 사마귀를 찾아 턱수염을 뒤지고 있었다.

"그래, 그래! 그리고 나는 그게 누구한테 이익이 되는 일일지 계속 고민해 봤어. 그리고 그게 네 친구 박에게 유리한 일이라는 결론을 냈지! 닥쳐! 끝까지 말하게 놔두라고! 우리가 행방불명이 되면 가이거는 아무것도 알아낼 수 없겠지. 부락에 대해서도, 그 무엇에 대해서도 전혀 모를 거 아냐…… 2차 탐사대를 금방 조직할 수도 없을 거야. 그러면 그들은 북으로 더 가지 않아도 되고 정착해 살던 곳을 떠나지 않아도 되잖아. 내가 바로 그런 생각에 이른 거라고. 알겠어?"

"너 정신이 나간 것 같다." 이쟈가 말했다. "대체 어디서 그런 느낌을 받은 건데? 빈손으로 돌아가고 싶어 한다는 얘기라면, 그건 느낌이라고 할 것도 없어. 실제로 다들 돌아가고 싶어 하니까…… 그런데 우리를 제거하고 싶어 한다니, 그건 어디서 난 생각이야?"

"나도 몰라!" 안드레이가 말했다. "말했잖아. 느낌이라고……" 그가 입을 다물었다. "최소한 모레 박을 데려가기로 한 건 잘한 결정이야. 내가 없으면 그도 이 야영지에서 할 일이 없을 테니……"

"그게 박이랑 무슨 상관인데?!" 이쟈가 소리쳤다. "그 멍청한 머리로 생각을 좀 하라고! 박이 우리를 제거하면, 그다음에는? 800킬로미터를 걸어서 돌아가? 물도 없이?!"

"그걸 내가 어떻게 알아?" 안드레이가 사납게 소리쳤다. "트랙터를 몰 줄 알 수도 있잖아."

"**미므라**도 의심하지 그래." 이쟈가 말했다. "그 뭐야…… 도돈왕 이야기의…… 샤마히 여왕일 수도 있잖아.♦"

"그래…… **미므라**가 있지……" 안드레이가 골똘히 생각에 잠겼다. "그 여자도 수상해…… 그리고 **벙어리**도…… 그는 대체 누구지? 어디서 왔지? 어째서 어딜 가나 개처럼 내 뒤를 따라다니지? 화장실까지 따라온다고…… 그건 그렇고, 그거 알아? **벙어리**가 이 장소들에 온 적이 있다던데?"

"그것참 대단한 걸 알아냈군!" 이쟈가 빈정거렸다. "난 그 사실을 오래전에 깨달았지. 그 혀 없는 자들이 북부에서 왔다는 걸 말이야……"

"혹시 여기서 그들의 혀가 잘린 걸까?" 안드레이가 작은 목소리로 말했다.

이쟈는 그를 바라보았다.

"저기, 술이나 마시자." 이쟈가 말했다.

"곁들일 게 없어."

"그럼 **미므라**라도 데려다줘?"

"집어치워……" 안드레이가 인상을 쓰고 일어서더니 구두를 신은 상처 난 발을 움직였다. "좋아, 난 어떻게들 있나 살펴보러 갈 거야." 그가 자신의 빈 총집을 톡톡 치며 물었다. "너 권총 갖고 있어?"

"어딘가 있겠지. 왜?"

"됐어. 이대로 가지 뭐." 안드레이가 말했다.

그는 걸으면서 손전등을 꺼내어 복도로 나갔다. **벙어리**가 그를 향해 일어섰다. 오른쪽, 집 안 깊숙한 곳, 살짝 열린 문 뒤에서 크지 않은 목소리들이 들려왔다. 안드레이는 잠시 서 있었다.

"……카이로에서 말이네. 카이로에서, 다간!" 대령이 위압적인 목소리로 말하고 있었다. "다간, 이제 보니 다 잊었군. 요크셔 사격수들로 구성된 21연대였고 당시 늙은 빌이, 스트렛퍼드 남작가의 다섯째 아들이 그들을 지휘하고 있었는데."

"대령님, 죄송합니다만," 다간이 공손히 반박했다. "대령님께서 쓰셨던 일지를 보고 확인할 수도 있습니

◆　도돈왕과 샤마히 여왕 모두 알렉산드르 세르게예비치 푸시킨의 서사시 『황금 수탉』(1835)에 등장하는 인물들이다. 정체가 묘연한 샤마히 여왕은 도돈왕을 현혹해 아들들의 죽음을 잊게 하고 왕 또한 죽음에 이르게 한다.

다……"

"아니, 일지 같은 것 볼 필요 없네, 다간! 자네 권총이나 손질하게. 아 그리고 밤에 내게 책을 읽어 주기로 했지……"

안드레이는 층계참으로 나가다가 전신주처럼 서 있는 엘리자우어에게 부딪쳤다. 엘리자우어는 난간에 기댄 채 몸을 숙여 담배를 피우는 중이었다.

"자기 전 마지막 담배입니까?" 안드레이가 물었다.

"그렇습니다, 보좌관님. 지금 자러 들어가려고 합니다."

"자러 가세요, 자러 가." 안드레이가 지나가며 말했다. "이런 말도 있지 않습니까. 잠을 더 잘수록 죄를 덜 짓는다."

엘리자우어는 그의 등에 대고 공손히 웃었다. 꺽다리자식, 안드레이가 생각했다. 사흘 안에 못 고치기만 해봐라. 네놈에게 트레일러를 매어 끌게 해 주마……

일반 탐사대원들은 아래층에서 묵었다. (하지만 똥은 위층에서 쌌다.) 이곳에서는 대화 소리가 들리지 않았다. 모두, 혹은 대부분이 이미 잠든 듯했다. 홀에 연결된 집들이 환기를 위해 활짝 열어 놓은 문 너머로 다양한 음색의 코 고는 소리와 잠에 취해 쩝쩝대는 소리, 잠꼬대하는 소리, 담배를 많이 피워 갈라지는 기침 소리가 들려왔다.

　　　　　　　연속성의 단절

안드레이는 먼저 왼쪽 집을 들여다봤다. 군인들이 쓰는 집이었다. 창이 없는 작은 방에서 빛이 새어 나왔다. 포겔 중사가 제복모를 뒤로 돌려 쓰고 팬티만 입은 채 책상에 앉아 웬 보고서 서식을 부지런히 채우고 있었다. 군대에는 질서가 잡혀 있었다. 방문들이 활짝 열려 있어서 아무도 몰래 들어오거나 나갈 수 없었다. 발걸음 소리에 중사가 고개를 획 들고는 램프 빛으로부터 얼굴을 가리며 소리가 나는 쪽을 보았다.

"납니다, 포겔." 안드레이가 작은 목소리로 말하며 들어갔다.

중사는 재빨리 안드레이에게 의자를 내주었다. 안드레이는 앉아서 뒤를 돌아봤다. 그랬다. 군대는 질서가 잡혀 있었다. 사용한 물 세 통이 모두 이곳에 놓여 있었다. 내일 아침에 쓸 통조림과 갈레트가 든 상자도 벌써 준비되어 있었다. 담배가 든 상자도 그렇고. 책상 위에는 아주 깨끗하게 닦인 중사의 권총이 놓여 있었다. 방 안의 분위기는 무겁고 남성적이었으며 행군 중인 티가 역력했다. 안드레이는 등받이 뒤로 팔을 넘겼다.

"내일 아침은 뭡니까, 중사?" 그가 물었다.

"평소와 같습니다, 고문관님." 포겔이 깜짝 놀라 말했다.

"평소와 다른 걸 생각해 봅시다." 안드레이가 말했다.

"그러니까, 설탕을 넣은 쌀죽이란 말이군요…… 과일 통조림은 남아 있습니까?"

"건자두를 곁들인 쌀죽으로 바꿀 수도 있습니다." 중사가 제안했다.

"건자두 죽으로 하지요…… 아침에는 물을 두 배씩 주도록 하세요. 그리고 초콜릿을 반쪽씩 주고…… 초콜릿은 남아 있습니까?"

"조금 있습니다." 중사가 떨떠름하게 말했다.

"그러면 배급하세요…… 담배는 이게 마지막 상자입니까?"

"그렇습니다."

"뭐, 어쩔 수 없군요. 내일은 평소대로 주고 모레부터는 배급 기준량을 줄이도록 하세요…… 아, 그리고 말입니다. 대령에게는 오늘부터 계속 물을 배로 배급하도록 하세요."

"감히 말씀드리자면……" 중사가 말을 하려 했다.

"압니다." 안드레이가 그의 말을 끊었다. "내 명령이었다고 하세요."

"알겠습니다…… 고문관님 요청에 따라…… 아나스타시스! 어딜 가나?"

안드레이가 뒤를 돌아보았다. 복도에 잠기운으로 멍한 군인 하나가 한 손으로 벽을 잡고 허약한 다리로 서서 흔들리는 모습이 보였다. 역시 팬티만 입고 군화를 신고 있었다.

"죄송합니다, 중사님……" 그가 웅얼거렸다. 아무것도 파악하지 못하는 듯했다. 잠시 후 그의 양팔이 부동자세로 떨어졌다. "중사님! 화장실에 다녀와도 되겠습니까?"

"종이는 필요 없나?"

군인이 얼굴을 움직이며 입술을 달싹였다.

"전혀요. 그러니까……" 그는 주먹에 꼭 쥐고 있는 종이 뭉치를 보였다. 이쟈가 준 고문서인 듯했다. "가 봐도 되겠습니까?"

"가 보게…… 죄송합니다, 고문관님. 밤새도록 달려간다니까요. 어쩔 때는 그냥…… 자기 자리에 싸기도 하고…… 전에는 과망간산칼륨을 먹으면 도움이 됐는데 이제는 아무것도 효과가 없습니다…… 보초들을 확인할까요, 고문관님?"

"아닙니다." 안드레이가 일어서며 말했다.

"제가 동행할까요?"

"아닙니다. 여기 있으세요."

안드레이는 다시 홀로 나왔다. 이곳도 덥긴 했으나 어쨌든 악취는 덜했다. 옆에서 소리 없이 **벙어리**가 일어섰다. 위층 계단에서 아나스타시스 일병이 발을 헛디뎌 넘

625

어지고는 잇새로 씩씩대는 소리가 들렸다. 화장실까지 못 가고 바닥에 싸겠군. 안드레이가 혐오감을 느끼며 생각했다.

"자, 이제 그럼 민간인들은 어떻게 지내는지 보러 갈까?" 그가 작은 목소리로 **벙어리**에게 말했다.

그는 홀을 가로질러 반대편 집 문을 열고 들어갔다. 이곳에서도 행군의 분위기가 났지만 군대와 같은 질서는 없었다. 약하게 빛을 발하는 램프가 방수포에 씌워진 채 복도에 번갈아 놓인 장비와 무기들, 속이 뒤죽박죽 더러운 배낭, 벽 옆에 널브러진 행군용 물통과 컵들을 흐릿하게 비추었다. 안드레이는 램프를 들고서 가장 가까이 있는 방으로 들어갔고 들어서자마자 누군가의 신발이 발에 채였다.

운전사들이 자는 방이었다. 알몸에 땀을 흘리며 구겨진 방수포 위에 쓰러져 자고 있었다. 요도 안 폈군…… 뭐, 요가 방수포보다 더러웠다고 봐야겠지. 운전사 한 명이 갑자기 일어나 앉더니 눈도 뜨지 못하고 어깨를 벅벅 긁었고 알아듣기 힘든 말을 웅얼거렸다. "사냥하러 가자고, 목욕탕 말고…… 사냥. 알겠어? 물이 누런데…… 눈(雪) 밑은 누렇다고, 알겠어?" 그는 여기까지 말하더니 다시 잠에 빠져 옆으로 돌아누웠다.

안드레이는 네 명 모두 자리에 있는 것을 확인하고는

연속성의 단절

다음 방으로 갔다. 이곳에는 지식인들이 자고 있었다. 접이식 침대에 잿빛 요를 깔고서 역시 불편하게 어디 아픈 듯 코를 골며 자고 있었다. 끙끙대고 이를 갈았다. 지도 제작자 둘이 한방을 쓰고 지질학자 둘이 옆방을 썼다. 지질학자들의 방에서 안드레이는 낯선 달짝지근한 향을 느꼈고 곧 지질학자들이 대마초를 피운다는 소문이 돌던 게 떠올랐다. 그저께는 포겔 중사가 테보샨 일병에게서 마리화나가 든 담배를 압수하고 그의 이를 박박 닦은 다음 최전방에서 고생시켜 주겠다고 위협한 일도 있었다. 대령은 그 사건을 유머러스하게 들어 넘겼으나 안드레이는 그 모든 게 대단히 불쾌했다.

이 큰 집의 나머지 방들은 비어 있었고 부엌에는 머리부터 웬 누더기를 덮은 **미므라**가 자고 있었다. 간밤 내내 시달린 모양이었다. 더러운 누더기 아래로 깡마른 맨다리가 튀어나와 있었는데 다리는 여기저기 긁힌 상처에 점투성이였다. 여기 우리가 자초한 화가 있군. 안드레이가 생각했다. 샤마히의 여왕이라. 망할 여자 같으니. 더러운 창녀다…… 이 여자는 어디서 왔지? 대체 누구란 말인가? 알 수 없는 언어로 알 수 없는 말을 중얼댄다…… 어째서 **도시**에 이해할 수 없는 언어가 있지? 어떻게 그럴 수가 있단 말인가? 이쟈도 그 여자가 말하는 것을 듣고는 충격받았다. **미므라**. 이쟈가 이 여자를 그

렇게 부르기 시작했다. 제대로 불렀다. 아주 잘 어울리니. **미므라.**[♦]

안드레이는 운전사들이 쓰는 방으로 돌아가 머리 위로 램프를 들고는 **벙어리**에게 페르먀크를 비춰 주었다. **벙어리**는 잠든 사람들 사이를 소리 없이 지나 페르먀크 위로 몸을 굽혀 양 손바닥으로 그의 귀를 잡았고 그러자 그가 몸을 일으켰다. 페르먀크는 이미 한 손으로는 바닥을 짚고 다른 손으로는 잠결에 흘린 입가의 침을 닦으며 앉아 있었다.

그의 시선과 마주친 안드레이는 고갯짓으로 복도를 가리켰고 페르먀크는 얼른 일어서더니 가볍게 아무 소리도 내지 않고 움직였다. 그들은 집 안쪽의 빈방으로 들어갔고 **벙어리**는 능숙하게 문을 닫은 다음 등을 기댔다. 안드레이는 앉을 곳을 찾다가 방에 아무것도 없었기에 그냥 바닥에 앉았다. 페르먀크는 안드레이의 앞에 쪼그려 앉았다. 램프 빛에 비친 그의 곰보 얼굴이 지저분했고 이마로 내려온 헝클어진 머리카락들 사이로 삐뚤빼뚤하게 '흐루쇼프의 노예'라 새겨진 문신이 까맣게 보였다.

"마실 텐가?" 안드레이가 작은 목소리로 물었다.

페르먀크가 고개를 끄덕였다. 그의 얼굴에 낯익은 교활한 웃음이 떠올랐다. 안드레이는 뒷주머니에서 바닥에 물이 찰랑거리는 플라스크를 꺼내 내밀었다. 그러고는 페르먀크가 마시는 모습을 보았다. 그는 코로 요란하게 숨을 쉬고 거칠거칠한 울대뼈를 움직이며 조금씩 아껴 마셨다. 물은 이내 땀이 되어 몸 밖으로 배출되었다.

"미지근하네요……" 페르먀크가 빈 플라스크를 건네며 목쉰 소리로 말했다. "차가웠으면 좋았을 텐데요…… 바로 받은 물 말이에요…… 에휴!"

"엔진은 무슨 문제지?" 안드레이가 플라스크를 다시 주머니에 넣으며 말했다.

페르먀크는 손바닥을 쫙 펼치고 얼굴의 땀을 닦았다.

"엔진이 아주 불량품이더라고요." 그가 말했다. "두 번째로 공급받은 건데 사용 기한도 다 못 채웠고요…… 여기까지 버틴 것만 해도 기적이죠."

"고칠 수는 있나?"

"고칠 수 있어요. 이삼일 헤매다 보면 고칠 겁니다. 그래 봐야 오래 안 가겠지만요. 200킬로미터 더 가면 또 과열될 겁니다. 질이 아주 낮은 엔진이에요."

"알겠네." 안드레이가 말했다. "자네 혹시 한국인 박이 군인들 주위를 배회하는 건 못 봤나?"

페르먀크는 유감스럽다는 듯 그 질문에 손을 내저었다. 그는 안드레이에게 바짝 다가가서는 귀에 대고 말했

♦ 러시아어로 '미므라'는 '음울한 여자'라는 의미이다.

다.

"오늘 점심시간에 군인들이 더 나아가지 않기로 단합했습니다."

"그건 이미 알고 있네." 안드레이가 이를 꽉 깨물며 말했다. "주동자가 누군지 알고 있나?"

"전혀 모르겠어요, 대장님." 페르먀크가 색색거리며 속삭였다. "가장 말이 많은 건 테보샨인데, 원체 수다쟁이여서요. 그리고 최근에는 아침마다 흥분해서……"

"뭐라고?"

"흥분한 상태라고요…… 그러니까, 술에 취해 잔뜩 담배를 피우고서요…… 아무도 그의 말을 듣지 않아요. 그러니 진짜 주동자가 누구인지 알 수 없어요."

"흐노이페크는 어떤가?"

"누가 알겠어요. 흐노이페크일 수도 있지요. 권위가 있는 자니…… 운전사들도 찬성할걸요. 그러니까, 더 가지 말자는 것에요. 엘리자우어 씨는 어떤지 전혀 모르겠어요. 그 사람은 머저리처럼 킥킥거리기나 하고, 그러니까 모두에게 환심을 사려고 그러는 거예요. 즉, 겁이 나는 거죠. 그러면 저는 뭘 할 수 있느냐고요? 저는 그저 군인들을 믿어서는 안 된다, 그들은 우리 운전사들을 싫어한다고 주입하는 것밖에는요. 우리는 차를 타고 가고 그들은 걸어가서 그렇다고 해요. 군인들은 식량도 군대식으로 먹지만 우리는 과학자 선생들과 똑같이 먹으니……
군인들이 우리를 좋아하겠느냐고 하죠. 이렇게 말하면
예전에는 잘 먹혔는데 이제는 왜인지 잘 안 먹히더라고
요. 지금 사람들에게 중요한 게 뭔지 아세요? 13일째 되
는 날이 모레라는 거예요……"

"과학자들은 어쩌고 있지?" 안드레이가 그의 말을 잘
랐다.

"누가 알겠어요. 무시무시한 말들을 내뱉으며 욕을
퍼붓는데 누굴 따르는지는 모르겠어요. 매일 군인들이랑
미므라를 놓고 싸우기나 하고…… 케하다 씨는 뭐라는
줄 아십니까? 대령이 오래 못 버틸 거라고 하더군요."

"그 말을 누구한테 하던가?"

"모두에게 말하고 다니는 것 같았어요. 그가 부하 지
질학자들에게 그렇게 말하면서 무기를 몸에서 떼어 놓지
말라고 지시하는 걸 직접 들었거든요. 그때에 대비해야
한다면서요. 담배는 없으세요, 안드레이 미하일로비치?"

"없네." 안드레이가 말했다. "중사는?"

"중사한테는 안 가는 게 나아요. 그 인간한테 말해 봐
야 되는 게 없거든요. 걸림돌이라니까요. 사람들이 중사
를 제일 먼저 죽일걸요. 그를 아주 싫어하니까."

"그렇군." 안드레이가 말했다. "그런데 그 한국인은
어떤가? 군인들을 선동하지는 않나?"

"그런 장면은 못 봤어요. 그는 언제나 혼자 떨어져 있어서요. 물론 원하신다면 그를 특별히 더 주시하겠지만, 잘못짚으신 것 같은데요……"

"이렇게 하게." 안드레이가 말했다. "내일부터 장기 휴식이야. 할 일은 사실상 없네. 트랙터만 고치면 되지. 그러니 군인들은 그저 퍼져서 수다나 떨겠지. 그러니까 이렇게 하게, 페르먀크. 그들 중 우두머리가 누군지 밝혀 내게. 그게 자네의 최우선 과제네. 뭔가 방법을 생각해 보게. 어떻게 하면 될지 자네가 더 잘 알 테니……" 그가 일어섰고 페르먀크도 벌떡 일어섰다. "자네 오늘 정말로 토했나?"

"네. 완전히 탈진했었지요…… 지금은 좀 나아졌습니다."

"뭐 필요한 것 있나?"

"아뇨, 괜찮습니다. 담배가 있으면 좋겠지만……"

"알겠네. 트랙터를 고치게. 상을 줄 테니. 가 보게."

페르먀크가 물러선 **벙어리**를 지나 문밖으로 빠져나갔고 안드레이는 창가로 가 창턱을 잡고는 미리 정해 놓은 5분이 지나가기를 기다렸다. 움직이는 횃불의 탁한 빛 속에서 트레일러와 두 번째 트랙터의 윤곽이 어렴풋이 까맣게 보였고 맞은편 건물의 시커먼 창문에 남아 있는 유리가 빛났다. 오른쪽 어둠 속에서 보이지 않는 보초가

연속성의 단절

뒷굽을 울리며 앞뒤로 오가면서 휘파람으로 우울한 곡조를 불었다.

괜찮다. 안드레이가 생각했다. 우리는 헤쳐 나갈 것이다. 주동자를 찾아야 했는데…… 안드레이는 자신의 명령에 따라 중사가 군인들을 무기 없이 일렬로 세워 놓고 자신이, 탐사대의 책임자인 자신이 권총 든 손을 아래로 내린 채 천천히 그 일렬 앞을 지나가며 털이 덥수룩하게 난 굳은 얼굴들을 살펴보는 광경을, 그러다가 흐노이 페크의 혐오스러운 주홍빛 상판 앞에 멈추어 서서 재판도 조사도 거치지 않고 그의 배에 한 발, 그리고 또 한 발 쏘는 광경을 상상해 보았다…… 감히 헛생각을 한 뻔뻔한 놈들을, 겁쟁이 놈들을 그렇게 한 명 한 명 처리해야 하는데……

그런데 박 씨는 정말로 아무런 관련이 없나 보군. 그가 생각했다. 좋다. 내일도 아무 일 없을 것이다. 앞으로 사흘은 아무 일 없을 테니 사흘 안에 뭐든 생각해 내야 한다…… 100킬로미터 앞에서 좋은 수원을 찾는다거나…… 물이 있다고 하면 말처럼 달려 나가겠지…… 아, 이곳은 정말 숨이 막히는군. 딱 하루 있었을 뿐인데 벌써 똥 냄새가 사방에서 진동을 하니…… 하지만 시간이란 언제나 지도자의 편이었지 폭동자의 편이 아니었다. 어디에서나 그랬고 언제나 그랬다…… 이 얘길 어디서 들었더라? 이쟈인가? 아니, 아마 나 스스로 생각해 낸 말 같다. 잘 생각해 냈군. 맞는 말이다. 똑똑하다…… 그들은 내일부터 전진하지 않기로 오늘 결정했다. 그리고 내일 아침에 결의에 차서 일어난 그들에게 우리는 며칠 쉬어 간다고 통보할 것이다. 여러분, 아무 데도 가지 않아도 됩니다, 괜히 결의를 다지셨네요…… 그러고는 건자두가 든 죽과 차 두 잔, 초콜릿을 나눠 줄 거다…… 이런 거다, 흐노이페크 씨. 때가 되면 네놈은 내가 반드시 처리하겠다…… 제길. 자고 싶다. 마시고 싶다…… 아, 고문관 나리, 마시는 건 잊고 자야겠군. 조금 있으면 동이 트니까…… 프리츠 자식, 네놈은 네놈의 그 확장 계획이랑 같이 망해 버리길. 이런 거지 같은 황제는 나도 하겠다……

"가지." 그가 **벙어리**에게 말했다.

이쟈는 아직도 책상에 앉아 종이를 뒤적이고 있었다. 최근 그에게는 바보 같은 버릇이 하나 더 생겼는데, 바로 턱수염 씹기였다. 자신의 털을 주먹에 꼭 쥐고 돌려 입에 넣은 다음 씹어 댄다. 뭐 이런 허수아비 같은 놈이 다 있는지…… 안드레이는 간이침대로 가 요를 펴기 시작했다. 요가 풀처럼 끈적끈적하게 손에 들러붙었다.

이쟈가 온몸을 돌리더니 불쑥 말했다.

"들어 봐. 이곳에서 그들은 **가장 인자하고 선량한**

자—참고로 전부 대문자로 시작되어 있어—의 통치를 받으며 살고 있었대. 모든 게 풍족했고 잘 살고 있었지. 그런데 기후가 바뀌기 시작하더니 기온이 급격히 떨어졌어. 그런 다음 또 무슨 일이 일어나 모두 죽었어. 내가 여기서 일기장을 발견했거든. 일기장의 주인은 집을 틀어막고 안에 있다가 기아로 죽은 것 같아. 정확히는 아사가 아니고 목을 매달아 죽었는데, 배고픔 때문에 목을 맨 거지. 정신이 나가서…… 거리에 파문 같은 것이 나타난 이후 시작됐다는데……"

"뭐가 나타났다고?" 안드레이가 구두를 벗다 말고 물었다.

"파문 같은 게 나타났다고. 파문! 그 파문에 휩싸인 사람은 사라졌대. 때로는 소리 지를 새라도 있었지만, 때로는 소리도 지르지 못하고 공기 중에 증발해 버리곤 끝이었던 거야."

"그게 무슨 말도 안 되는……" 안드레이가 웅얼거렸다. "그래서?"

"집에서 나간 사람들은 모두 그 파문에 휩싸여 죽었다는군. 겁을 먹고 상황이 심상치 않다고 판단한 이들은 초반에는 살아남았지. 처음에는 전화로 소식을 주고받을 수 있었는데 나중에는 점차 죽었어. 먹을 게 없고 거리는 춥고 장작도 마련해 두지 않은 데다 난로도 작동되지 않았고……"

"그 파문은 어디로 사라졌는데?"

"그것과 관련해서는 아무것도 써 놓은 게 없어. 내가
말했잖아. 마지막에는 미쳤다니까. 마지막 일기는 이래.
'더 이상 못 하겠다. 게다가 무엇을 위해? 때가 됐다. 오
늘 아침 **인자하고 선량한 자**가 거리에 나와 내 창 안을 들
여다보았다. 그건 미소였다. 때가 됐다.' 여기까지야. 참
고로 그의 집은 5층이었어. 그는, 이 불쌍한 자는 천장
등에 밧줄을 매달았지…… 그 밧줄은 아직도 걸려 있
어."

"그래, 정말 미쳤었나 보다." 안드레이가 침대에 누우
며 말했다. "분명 배고파서였을 거야. 그런데 물과 관련
된 정보는 아무것도 없어?"

"아직 아무것도. 내일 수도관 끝까지 가 봐야 할 것 같
아…… 벌써 자게?"

"그래. 너도 자 두는 게 좋을 거야." 안드레이가 말했
다. "램프 끄고 나가."

"잠깐만." 이쟈가 애처롭게 말했다. "난 조금만 더 읽
고 싶단 말이야. 네 방 램프가 좋기도 하고."

"네 건 어딨는데? 너도 똑같은 걸로 있잖아."

"내 건 깨졌어. 트레일러에서…… 내가 그걸 함에 세
워 뒀거든. 그랬는데 그만……"

"머저리." 안드레이가 말했다. "알았어. 램프 갖고 나가."

이쟈는 분주히 종이를 바스락대며 의자를 움직이더니 이렇게 말했다.

"맞다! 여기 다간이 네 권총을 가져왔어. 그리고 대령의 말을 전했는데 뭐였는지 까먹었네……"

"알았으니 권총 이리 내." 안드레이가 말했다.

그는 권총을 베개 밑에 놓고는 옆으로 누웠다. 이쟈를 등지고.

"내가 편지 하나 읽어 줄까?" 이쟈가 간드러지는 목소리로 물었다. "여기 살던 사람들은 글쎄, 다처제 같은 거였나 봐……"

"꺼져." 안드레이가 차분히 대꾸했다.

이쟈가 킥킥댔다. 안드레이는 눈을 감고서 이쟈가 움직이고 부스럭거리고 바짝 마른 마루를 삐걱대며 걸어가는 소리를 들었다. 그러더니 문이 끼익 열렸고 안드레이가 눈을 떴을 때에는 이미 깜깜했다.

파문이라…… 그래. 뭐, 어떻게 되려나. 우리와는 상관없는 일 아닌가. 우리와 상관이 있는 일만 생각해야 한다…… 레닌그라드에 파문 같은 건 없었다. 추위가, 살을 에는 듯한 광포한 추위가 있었고 추위에 덜덜 떠는 사람들이 얼어붙은 현관에서 절규했다. 그 소리는 점점 작아져 잦아들었지만, 오랫동안, 몇 시간이나 이어졌다…… 그는 누군가의 비명을 들으며 잠이 들었다가 바로 그 절망에 찬 비명을 들으며 깨어났다. 공포스러웠다기보다 차라리 역했다. 아침에 물을 받기 위해 눈 밑까지 싸매고는 양동이를 위에 고정시킨 썰매를 끄는 엄마 손을 잡고 사방에 똥이 얼어붙은 계단을 내려갔다. 소리를 지르던 자는 아래층 승강기 철문 옆에 쓰러져 있었다. 어제 넘어진 상태 그대로인 듯했다. 스스로 일어서거나 기어갈 수 없었거니와 그 누구도 그의 상태를 살펴보러 나오지 않았던 것이다…… 그 어떠한 파문도 필요치 않았다. 우리가 살아남은 것은 그저 엄마가 여름이 아닌 이른 봄에 장작을 사 놓곤 했기 때문이었다. 장작이 우리를 살렸다. 그리고 고양이들이. 성묘 열두 마리와 아기 고양이 한 마리가 있었는데 아기 고양이는 내가 쓰다듬으려고만 하면 내 팔에 달려들어 게걸스럽게 손가락을 물 정도로 굶주려 있었다…… 네놈들을, 너희 개자식들을 거기로 보냈어야 하는데. 군인들을 향한 악의가 불쑥 솟아났다. 그건 **실험**이 아니었다…… 그 도시는 그보다 더 끔찍했다. 그곳에서 난 분명 미쳤을 거다. 내가 아이라는 것이 날 살렸다. 아이들은 그저 죽을 뿐이었으니……

그런데도 여전히 도시를 넘기지 않았지. 안드레이가 생각했다. 남은 사람들도 점점 죽었다. 남은 자들을 장작

연속성의 단절

창고에 수북이 쌓아 놓고는 그중에 산 자들을 빼내려는 시도와도 같았다. 권력은 여전히 작동하고 있었고 삶도 자기 방식대로 흘러가고 있었다. 기이하고 꿈같은 삶이었다. 누군가는 그저 조용히 죽었다. 누군가는 영웅적인 행동을 했고 그 후에 역시 죽었다. 누군가는 마지막까지 공장에서 열심히 일하다 때가 되어 죽었다…… 누군가는 이 모든 상황에서도 살이 쪘다. 그는 빵 한 조각을 내고 보석과 금, 진주, 귀걸이를 잔뜩 사들였고, 후에 역시 죽었다. 사람들이 그를 네바강으로 끌고 내려가 총으로 쏴 죽인 다음 아무하고도 눈을 마주치지 않고, 편편한 등에 소총을 메고 올라왔다…… 누군가는 골목길에서 도끼를 들고 사냥했고 인육을 먹었고 심지어는 인육을 거래하려고 했지만, 결국엔 역시 죽었다…… 그 도시에서 죽음보다 일상적인 것은 없었다. 하지만 권력은 남아 있었고 권력이 남아 있는 동안에는 도시가 있었다.

궁금하긴 하다. 그들은 우리를 가여워했을까? 아니면 우리 생각은 전혀 안 했을까? 그들은 그저 명령을 이행했을 뿐이며, 명령서에는 도시만 언급되고 우리는 전혀 언급되지 않았던 걸까. 물론 우리 얘기도 있긴 했지만, '5번' 항목에서야 나왔다…… 핀란드 역, 시릴 정도로 추웠던 청명한 하늘 아래 간이 건물 같은 열차 화물칸들이 서 있었다. 내가 탄 칸은 나처럼 열두 살쯤 되어 보이는 아이들로 꽉 차 있어 고아원이 따로 없었다. 기억나는 게 거의 없다. 창밖의 태양과 입에서 흘러나오던 김, 아이들의 목소리만이, 무력하고 화가 나 칭얼대는 어조로 같은 말을 반복하던 목소리만이 기억난다. "여기서…… 나가!" 그리고 또다시 "여기서…… 나가!"라고 되뇌던……

잠깐. 이걸 회상하려던 게 아닌데. 명령과 연민, 이 문제를 생각하고 있었다. 이를테면, 나는 군인들이 불쌍하다. 나는 군인들을 아주 잘 이해하고 또 그들에게 공감한다. 우리가 자원자들 중에 선발하긴 했다. 그리고 당연하게도 우리의 안정적인 도시를 지루하고 역하다고 여기는, 뱃머리로 갈 기세의 모험가들부터 선발했다. 새로운 장소를 보는 것을, 유사시 자동소총 쓰는 것을, 폐허를 뒤지는 것을 조금도 꺼리지 않는 자들이었고, 돌아가서는 주머니 한가득 보상금을 채우고 막 받은 계급장을 달고서 여자들 앞에서 거드름을 피우고 싶어 하던 자들이었다…… 그런데 정작 그들이 얻은 건 설사병과 피투성이 물집에 웬 무시무시한 악령 이야기였으니…… 그러니 들고일어나는 거다!

그런데 나는? 나라고 뭐 더 편할 줄 아는가? 나라고 설사병을 얻자고 여기에 왔겠나? 나 또한 더 나아가고 싶지 않고 나 또한 이제는 더 가 봐야 좋을 게 없다고 생각한다. 제기랄. 나도 나 나름대로 희망을 가졌었다. 그

연속성의 단절

러니까, 지평선 너머에 있는 나의 수정궁 같은 걸 상상했단 말이다! 어쩌면 나는 지금 이렇게 명령하고 싶은지도 모르겠다. 대원들 전원 빈손으로 방향을 돌린다, 라고……! 나 또한 더러움이 지긋지긋하고 나 또한 절망했으며 나 또한, 제기랄, 웬 악한 파문이니 머리가 철로 된 인간들이니 하는 것들이 두렵단 말이다. 어쩌면 그 혀 없는 자들을 봤을 때 이미 내 안의 모든 게 터져 버렸는지도 모르겠다. 그건 바로 나에게 보내는 경고라고. 멍청한 놈, 더 나아가지 말고 돌아가라는 의미라고…… 늑대들은 또 어떻고? 네놈들이 전부 겁먹어서 옷에 똥을 싸는 바람에 나 혼자 뒤떨어져 걸어갈 때, 나는 뭐 좋았는 줄 아는가? 늑대가 먼지 속에서 튀어 올라 엉덩이 반쪽을 물더니 어느새 사라졌고…… 그런 거다, 멍청한 놈들, 이 친애하는 개자식들아, 너희만 힘든 게 아니란 말이다. 나도 갈증으로 속이 완전히 말라 쩍쩍 갈라졌다……

뭐, 그래. 그가 자기 자신에게 말을 걸었다. 넌 대체 왜 나아가는가? 내일 당장 명령만 내리면, 바람같이 달려가면 한 달 후에는 집에 도착할 거다. 그럼 가이거의 발치에 이 대단한 권한을 집어던지며 말해야지. 형제, 이런 제기랄. 그렇게 확장을 하고 싶으면, 그렇게 한곳에 있기가 좀이 쑤시면 직접 가라고…… 아니, 꼭 문제를 일으킬 필요가 있을까? 어쨌거나 우리는 900킬로미터를 지나왔고, 지도를 만들었고 고문서를 열 함 분량 찾았다. 그거면 충분하지 않은가? 이 앞에는 아무것도 없는데! 발에 얼마나 더 물집이 잡힐 수 있겠는가? 이곳은 **지구**가, 구체가 아니지 않나…… 이곳엔 석유도 물도 대규모 정착지도 없다…… **반도시** 같은 것도 당연히 없고, 그건 이제 완벽히 자명하다. 이곳에서 그 누구도 거기에 관한 소문을 듣지 못했다…… 어쨌든, 변명거리가 있기는 있다. 변명이라…… 그래, 그건 변명이다!

그런데 뭐가 문제인가? 끝까지 가기로 했고 끝까지 가라는 명령을 받았다는 점이 문제다. 네가 그랬던가? 그랬다. 지금 시점에서 더 가는 게 가능한가 묻는다면? 가능하다. 먹을 것도 있고 연료도 있고 무기도 정비되어 있으니…… 물론 사람들이 지치긴 했지만 모두들 성하고 부상이 없긴 하다…… 사실 **미므라**를 밤마다 귀찮게 구는 걸 보면 그다지 지치지도 않았을 것이다…… 아니다, 형제여. 네 말은 앞뒤가 안 맞는다. 가이거는 너더러 형편없는 책임자라고, 널 잘못 봤다고 하겠지! 가이거의 한쪽 귀 옆에는 케하다가, 다른 쪽 귀 옆에는 페르먀크가 있을 테고 엘리자우어는 이미 대기하고 있으리라……

안드레이는 마지막에 든 생각을 몰아내려 노력했지만 이미 늦었다. 지금 고문관 각하라는 직위가 상당히 큰 역할을 하고 있음을, 자신의 직위가 갑자기 바뀔 수도 있

연속성의 단절

다는 생각이 불쾌했음을 깨닫고는 끔찍한 기분이 들었다.

바뀔 테면 바뀌라지. 그가 방어적으로 생각했다. 이 직위가 아니라면 내가 굶어 죽기라도 하나? 어디 한번 보자고! 케하다 씨를 내 자리에 앉히고 나를 그의 자리로 보내든가. 그렇다고 위업에 차질이라도 생길까? 맙소사, 그가 불현듯 생각했다. 아니 위업은 무슨 위업인가? 이 멍청이, 너는 대체 무슨 헛소리를 하는 건가? 이제 어리지도 않거늘 세상의 운명이나 염려하고…… 아는지 모르겠지만, 세상의 운명은 너 없이도, 가이거 없이도 잘 돌아간다…… 모두가 자기 자리에서 자신의 할 일을 해야 한다고? 그래, 반박하지 않겠다. 너야말로 자기 자리에서 자기 일을 할 준비를 해라. 자기 자리에서. 바로 자신의 자리에서. 권력을 가진 자의 자리에서. 그런 거다, 고문관 나리……! 그런데 대체 왜? 대체 어째서, 패배한 군대의 하사관이 100만 명 인구가 사는 도시를 지배할 권리를 갖고 있는 마당에 내가, 박사 학위를 딸 뻔했던, 고등교육을 받고 공산주의청년동맹원이었던 내가 과학부서를 지배할 권력도 갖지 못한단 말인가? 그러니까, 내가 그보다 못하다는 건가? 어째서……?

'권리가 있느니 권리가 없느니' 다 헛소리다…… 권력에 대한 권리는 권력을 가진 자에게 있다. 더 정확히는, 이렇게 말할 수 있겠다. 권력에 대한 권리는 권력을 실현하는 자에게 있다고. 거느릴 수 있는 자에게 권력에 대한 권리가 있다. 그럴 수 없는 자라면 미안하지만……!

그리고 네놈들은 내 밑에서 갈 것이다. 이 더러운 놈들! 그가 잠을 자는 탐사대를 향해 내뱉었다. 내가 먼 미지의 땅으로 가고 싶어 하는 그 털북숭이 원숭이 놈처럼 절박해서 네놈들이 내 명령에 따르는 게 아니다. 너희가 내 명령에 따라 가는 이유는 내가 가라고 명령했기 때문이다. 내가 너희 거지 같은 놈들, 게으름뱅이 놈들, 똥싸개 용병들에게 명령을 내리는 이유는 **도시**에 대한 의무나, 제기랄, 가이거에 대한 의무 때문이 아니다. 나에게 권력이 있고 나는 그 권력을 계속 확인시켜 줘야 하기 때문이다. 너희 같은 비열한 놈들에게, 그리고 나 자신에게 확인시켜 줘야 하기 때문이다. 가이거에게도 확인시켜 줘야 하고…… 너희에게 확인시켜 주지 않으면 나를 잡아먹을 테니. 가이거에게 확인시켜 주지 않으면 날 내쫓고도 남을 테니. 그리고 나 자신에게 확인시켜 줘야 하는 이유는…… 그거 아는가. 그 많은 왕들과 군주들은 시기를 잘 타고났다. 그들의 권력은 신이 직접 내린 것이었고, 권력이 없는 자신들의 모습을 그들은 물론이고 그들의 백성들도 상상하지 못했다. 그렇다고 그들이 하품이

나 할 정도로 태평했던 건 아니지만. 하지만 우리, 작은 사람들은 신을 믿지 않는다. 우리는 왕으로 추대되지도 않는다. 우리는 스스로를 챙겨야 한다…… 아는지 모르겠는데, 우리 세상에서는 용기를 내는 자가 차지한다. 우리에게 참칭자는 필요 없다. 내가 지휘할 테니. 네가 아니라. 그나 그들이나 그녀가 아니라. 내가 할 것이다. 그리고 군대는 나를 지지할 것이다……

내가 무슨 쓸데없는 생각을 하고 있는지. 그는 불편함마저 느끼며 생각했다. 그는 돌아누워서는 더 편한 자세를 잡기 위해 손을 베개 밑으로 넣었다. 그곳은 서늘했다. 그의 손가락이 권총에 닿았다.

……고문관 나리, 도대체 어떻게 그 계획을 실현시킨다는 겁니까? 그러려면 총을 쏴야 한단 말입니다! 상상 속에서 총을 쏘는 게 아니라("일병 흐노이페크는 앞으로……!") 정신적 수음을 즐기는 게 아니라 이렇게 총을 쥐고서, 살아 있는 인간을, 그것도 어쩌면 무기가 없을, 어쩌면 아무런 의심도 하지 않을, 심지어는 무고한 인간을 쏘아야 하는데…… 아니, 그게 다 무슨 상관인가! 살아 있는 사람을, 그의 복부를, 말랑한 몸을, 장기를 쏜다니…… 아니, 난 그럴 수 없다. 그런 짓을 한 적도 없으며, 제길, 상상 속에서도 못 하겠다…… 340킬로미터 지점에서는 물론 모두와 함께 총을 쏴 대긴 했지만, 아무것

도 이해하지 못한 채 공포심에서 쐈을 뿐이다…… 그곳에서 나는 아무도 보지 못한 데다가 그곳에서는 나를 향해서도, 제기랄, 총을 쐈단 말이다……!

좋다. 그가 생각했다. 그래, 저쪽 세계에는 휴머니즘이 있었고 그런 것에 익숙지 않았기 때문이다…… 그런데 저놈들이 어쨌거나 나아가지 않는다면? 내가 저놈들에게 명령을 내렸더니 형씨, 그렇게 좀이 쑤시면 당신이나 가라, 고 대답한다면……

그것도 괜찮지 않나! 안드레이가 생각했다. 그 게으름뱅이들에게 물을 좀 나눠 주고 돌아가는 길에 먹을 식량도 주고 망가진 트랙터는 알아서 고치라고 하는거다…… 가라고, 너희 없이도 괜찮다고 하며 말이다. 이 얼마나 황홀한가. 단숨에 똥통에서 벗어날 수 있다니……! 하지만 순간 안드레이는 그 같은 제안을 들었을 때 대령이 지을 표정을 떠올릴 수 있었다. 흠, 그렇다. 대령은 이해 못 하겠지. 그는 그런 부류가 아니다. 그는 하필 그…… 왕족 부류니까. 불복종이 가능하다는 생각 자체가 머릿속에 없을 것이다. 최소한 그런 생각을 하며 괴로워하지는 않을 테지…… 뼛속까지 군사 귀족이다. 그야 좋았겠지. 그의 아버지도 대령이었고 할아버지도 대령이었으며 증조할아버지도 대령이었다. 그들이 어떤 제국을 세워 놓았나 보라. 그 과정에서 민중이 얼마나 핍박

받았을지…… 그러니 총을 쏴야 한다면 그더러 쏘라 하자. 결국 그의 사람들 아닌가. 나는 그의 일에 참견할 생각이 없다…… 제기랄. 전부 지긋지긋하다! 썩은 지식인씩이나 되는 놈이 대가리 속에 지저분한 상상의 나래나 펼치고……! 가야 한다, 타협은 없다! 나는 명령을 이행하는 것이니 네놈들도 부디 이행하기를. 내가 명령을 어기면 날 봐주지 않을 거고, 제기랄, 너희도 무사하지 않을 테다! 그뿐이다. 될 대로 되라지. 이런 헛생각이나 하느니 여자 생각을 하는 게 낫겠다. 권력의 철학은 무슨……

안드레이는 몸에 깔린 요를 휘감으며 또다시 방향을 바꿔 눕고는 정신을 집중해 셀마를 떠올렸다. 라일락빛 실내복을 입은 셀마가 침대 위로 몸을 굽혀 협탁에 커피가 놓인 쟁반을 내려놓았다…… 그는 셀마와 함께하면 어떨지 세세하게 상상해 보았는데 갑자기—이미 긴장은 모두 풀렸다—근무시간의 집무실로 배경으로 바뀌더니 커다란 소파에 겨드랑이까지 짧은 치마가 말려 올라간 아말리아가 있었다…… 그때 그는 상상이 지나치게 멀리 갔음을 깨달았다.

그는 요를 치우고 나서 간이침대 모서리가 엉덩이를 찌르는 위치에 일부러 불편하게 자리를 잡고 앉아서는 얼마간 흐릿하고 뿌연 불빛에 비친 창 꼭짓점을 눈을 부릅뜨고 응시했다. 조금 뒤 시계를 봤다. 벌써 자정을 넘긴 시각이었다. 지금 일어나야겠다. 안드레이는 생각했다. 1층으로 내려가서…… 그 여자가 어디서 자더라. 부엌이던가? 전에는 이런 생각이 늘 엄청난 혐오감을 안겼다. 지금은 그렇지 않았다. 그는 **미므라**의 지저분한 맨다리를 떠올렸고, 거기서 멈추지 않고 시선을 위로 옮겼다…… 문득 그 여자가 벗은 모습이 궁금해졌다. 어쨌든 여자는 여자 아닌가……

"맙소사!" 그가 크게 소리쳤다.

그 즉시 문이 끼익 열리더니 문간에 **벙어리**가 나타났다. 어둠 속의 어두운 그림자였고 흰자위만 반짝였다.

"뭣 하러 왔나?" 안드레이가 우울하게 말했다. "가서 자게."

벙어리는 사라졌다. 안드레이는 신경질적으로 하품을 한 다음 다시 옆으로 누웠다.

그는 공포감 속에서 완전히 젖은 채 잠에서 깼다.

"……잠깐, 누구냐?" 창밖에서 보초가 다시 외쳤다. 째지는 듯 절망에 찬 목소리가 마치 도움을 청하는 것 같았다.

안드레이는 곧 무거운 것이 무언가를 바스러뜨리며 내리치는 소리를 들었다. 거대한 사람이 거대한 망치를 규칙적으로 내리쳐 돌을 부수는 것만 같았다.

"발포하겠다!" 보초가 전혀 인간의 것 같지 않은 목소리로 절규하듯 외치더니 총을 쏘기 시작했다.

정신을 차리고 보니 안드레이는 창가에 와 있었다. 오른편 어둠에서 총탄으로부터 튀는 주황빛들이 경련하듯 반짝였다. 길 앞쪽으로 육중하고 알 수 없는 움직임을 하는 무언가의 윤곽이 불빛에 반사되었고 그것으로부터 녹색 빛발이 튀며 사방으로 흩어졌다. 안드레이는 무슨 일이 벌어지고 있는 것인지 이해할 새가 없었다. 보초의 총알이 다 떨어지자 순간 적막이 엄습했다. 조금 뒤 그가 어둠 속에서 다시 심하게 끽끽 울부짖고─마치 말 같았다─발을 구르며 쿵쾅거리더니 불쑥 바로 창가 아래의 빛 속에서 나타났다. 그는 달려간 자리에서 총알이 남지 않은 자동소총을 흔들며 정신없이 움직이더니 비명을 멈추지 않으면서 트랙터로 몸을 던져 캐터필러 아래 까만 그림자 속으로 들어갔고 허리춤에서 예비 탄약을 빼려고 애를 써 봤지만 아무리 애를 써도 뺄 수 없었다…… 그때 또다시 손 망치로 돌을 산산조각 내는 소리가 들렸다. 쾅, 쾅, 쾅……

안드레이가 바지도 없이 점퍼만 걸친 채 끈이 다 풀린 구두를 신고 권총을 들고 튀어 나갔을 때는 이미 사람들이 잔뜩 모여 있었다. 포겔 중사가 우렁차게 소리쳤다.

"테보샨, 흐노이페크! 오른쪽으로! 사격 준비! 아나

스타시스! 트랙터, 운전석 뒤로! 주시하면서 사격 준비……! 어서! 죽은 돼지 새끼들……! 바실렌코! 왼쪽으로! 엎드려서 간다…… 왼쪽으로 가라고, 이 덜떨어진 슬라브인 자식! 엎드려서 주시한다……! 팔로티! 이 흐물거리는 파스타 같은 자식, 어디로 가는 거냐……!"

그는 정신없이 뛰어가는 이탈리아인의 목깃을 잡더니 엉덩이를 발로 힘껏 걷어차 트랙터 쪽으로 밀었다.

"운전석 뒤로 가 이 짐승 새끼……! 아나스타시스, 길에 프로젝터를 비춰라……!"

누군가 안드레이의 등과 옆구리를 쳤다. 그는 이를 악물고 아무것도 이해하지 못한 채, 뭔가 의미 없는 말을 힘껏 소리치고 싶은 참을 수 없는 욕망과 싸우며 애써 두 다리로 지탱하고 서 있었다. 그는 벽에 붙어 앞으로 권총을 들고는 궁지에 몰린 동물처럼 주위를 살폈다. 어째서 모두들 저기로 뛰어가는 거지? 뒤에서 공격당하면 어쩌려고? 지붕 위에서 공격을 해 오거나? 아니면 맞은편 건물에서 공격하면……?

"운전사들!" 포겔이 소리쳤다. "운전사들은 트랙터로……! 이 머저리 놈들, 누가 총을 쏘는 건가?! 발포 중지……!"

안드레이의 머릿속이 조금씩 맑아졌다. 상황이 그렇게까지 나쁘지는 않았다. 군인들은 지시받은 위치에 엎

연속성의 단절

드려 있었고 더 이상 우왕좌왕하지 않았으며 드디어 누군가가 트랙터의 프로젝터를 돌려 길을 비추었다.

"저기 있습니다!" 억눌린 목소리가 외쳤다.

자동소총들이 잠시 발포되다가 금세 잦아들었다. 안드레이는 그저 건물들보다 약간 낮은 거대한 무언가를, 장식물과 징이 잔뜩 박혀 있는 기이한 무언가를 얼핏 봤을 뿐이다. 그 무언가는 길에 끝이 보이지 않는 그림자를 드리웠으며 두 블록 저편에서 갑자기 모퉁이를 돌았다. 시야에서 사라진 후로는 무겁게 망치를 내려치며 돌을 부수는 소리가 점점 작아졌고 곧 더 줄어들더니 이내 완전히 사라졌다.

"무슨 일이 일어난 겁니까, 중사?" 안드레이의 머리 위로 대령의 차분한 목소리가 울렸다.

대령은 단추를 모두 채우고 창가에 서서 창턱을 잡고는 몸을 살짝 앞으로 숙이고 있었다.

"보초가 경보를 울렸습니다, 대령님." 포겔 중사가 대답했다. "터먼 일병입니다."

"터먼 일병을 불러오시오." 대령이 말했다.

군인들이 고개를 돌렸다.

"일병 터먼!" 중사가 소리쳤다. "대령님 앞으로!"

프로젝터의 흔들리는 불빛 속에서 터먼 일병이 덜덜 떨면서 캐터필러 아래에서 낑낑대며 빠져나오는 모습이 보였다. 저 불쌍한 자는 거듭해서 뭔가가 거기 걸리는 것 같았다. 그는 온 힘을 다해 빠져나온 다음 일어서서 목이 쉰 닭처럼 소리쳤다.

"일병 터먼, 대령님의 명에 따라 나왔습니다!"

"이런 몰골이 다 있나! 단추를 채우게." 대령이 까탈스럽게 말했다.

바로 그때 태양이 켜졌다. 전혀 예상하지 못한 일이었기에 야영지 위로 사람들이 조용히 웅성거리기 시작했다. 많은 이들이 손바닥으로 눈을 가렸다. 안드레이는 눈을 찌푸렸다.

"왜 경보를 울렸나, 터먼 일병?" 대령이 물었다.

"외부인이었습니다, 대령님!" 터먼이 절망이 묻어나는 목소리로 빠르게 말했다. "응답을 하지 않았습니다. 곧장 저를 향해 왔습니다. 땅이 흔들렸습니다……! 저는 규정에 따라 두 차례 경고했고 그 후에 발포를 시작했습니다……"

"그렇군. 아주 잘했네." 대령이 말했다.

밝은 빛 속에서는 모든 것이 5분 전과 달라 보였다. 야영지는 이제 야영지 같았다. 지긋지긋한 트레일러와 더러워진 연료용 철통들, 먼지를 뒤집어쓴 트랙터들…… 이 일상적이고 지겨울 대로 지겨워진 장면을 배경으로, 무장한 사람들이 반쯤 헐벗고 머리는 산발에 얼굴은 찌죄죄하고 턱수염은 헝클어진 몰골로 자기 기관총이나 자동소총을 들고 엎드리거나 쪼그려 앉아 있는 모습이 기이하고 우스꽝스러웠다. 안드레이는 자신도 바지를 안 입고 있으며 구두끈은 풀어진 채라는 사실을 깨닫고는 불편해졌다. 그는 슬금슬금 문으로 뒷걸음쳤으나 그곳에는 운전사들과 지도 제작자들, 지질학자들이 모여 있었다.

"실례를 무릅쓰고 말씀드립니다." 그때 조금 기운을 차린 터먼이 말했다. "그건 인간이 아니었습니다, 대령님."

"그럼 뭐였나?"

터먼 일병이 머뭇거렸다.

"차라리 코끼리에 가까웠습니다, 대령님." 포겔이 권위 있는 목소리로 말했다. "아니면 태곳적 괴물이라든가요."

"스테고사우루스에 가장 가까웠습니다." 테보샨이 목소리를 가라앉혔다.

대령은 테보샨에게 눈길을 주더니 잠시 흥미롭다는 듯 그를 빤히 보았다.

"중사." 대령이 마침내 입을 열었다. "어째서 자네 부하들은 허락도 구하지 않고 입을 여는 건가?"

누군가 고소하다는 듯 킥킥댔다.

"이런 입도 주체 못 하는 놈들······!" 중사가 무시무시한 목소리로 속삭였다. "대령님, 지금 징계를 내려도 되겠습니까?"

"내 생각에는······" 대령이 말을 하려는 순간 그의 말이 끊겼다.

"아아아······ 아······ 아······" 조용히, 하지만 점점 커지는 목소리로 누군가 울부짖었고 안드레이는 누가 왜 울부짖는지 알아내기 위해 야영지를 훑었다.

다들 깜짝 놀라 몸을 들썩였고 모두 고개를 돌렸다. 잠시 후 안드레이는 아나스타시스가 트랙터 운전석 뒤에 서서 손가락으로 어딘가 앞을 가리키고 있는 것을 발견했다. 새하얗게 질린 얼굴에 초록빛마저 띠고는 단 한 마디도 잇지 못하고 있었다. 안드레이는 미리 모든 것에 마음의 준비를 한 다음 그가 가리키는 곳을 보았으나 거기에는 아무것도 없었다. 길은 텅 비어 있었다. 길의 끝에서는 벌써 뜨거운 아지랑이가 흔들렸다. 조금 뒤 중사가 갑자기 우렁차게 헛기침을 하더니 제복모를 앞으로 돌렸고 누군가 조용히 절망에 찬 욕설을 내뱉었다. 안드레이는 아직도 무슨 일인지 이해하지 못하다가 누군가의 낯선 목소리가 그의 귓가에서 갈라지는 목소리로 "세상에, 맙소사······!"라고 했을 때에야 겨우 알아차렸다. 목뒤의 털이 움찔거렸고 다리에 힘이 풀렸다.

연속성의 단절

골목에 동상이 없었다. 두꺼비 같은 얼굴을 하고 손을 쫙 펴고 있던 거대한 강철 인간이 사라졌다. 사거리에는 군인들이 어제 동상 주위로 싸 놓은 말라붙은 똥만 남아 있었다.

제3장

"그럼 다녀오겠습니다, 대령님." 안드레이가 일어서며 말했다.

대령도 일어나더니 곧 지팡이로 힘겹게 몸을 지탱했다. 오늘 그는 평소보다 창백했고 얼굴은 쪼글쪼글한 것이 완벽한 노인이었다. 심지어 군인다운 자세의 흔적도 찾을 수 없었다.

"잘 다녀오시오, 고문관." 대령이 입을 열었다. 그의 탁한 눈에 죄책감이 어린 것만 같았다. "빌어먹을. 사실 사전 조사는 내 일인데 말이오……"

안드레이가 책상에 놓여 있던 자동소총을 들고 벨트를 어깨에 둘렀다.

"글쎄요, 잘 모르겠습니다……" 안드레이가 말했다. "사실 저는 제가 모든 걸 대령님께 내던지고 도망치는 기분이 들거든요…… 그리고 몸이 안 좋으시지 않습니까, 대령님."

"그렇소. 맙소사, 내가 오늘은……" 대령은 하려던 말을 멈췄다. "어두워지기 전에는 돌아오겠지요?"

"그보다 훨씬 일찍 돌아올 겁니다." 안드레이가 말했다. "이 충동적인 탐사를 사전 조사라고 생각하지도 않습니다. 그저 저 겁 많은 바보들에게 이 앞에 무서워할 게 없다는 걸 보여 주고 싶었을 뿐이에요. 걸어 다니는 동상이라니요. 맙소사……!" 그는 퍼뜩 정신이 들었다. "그렇다고 제가 대령님의 군인들을 비난하는 건 아닙니다……"

"신경 쓰지 마시오……" 대령이 비쩍 마른 손을 약하게 흔들었다. "고문관의 말이 전적으로 옳소이다. 군인들은 언제나 겁쟁이들이지요. 생에 단 한 번도 용맹한 군인을 본 적이 없소. 하긴 그들이 어떻게 용맹할 수 있겠소?"

"글쎄요." 안드레이가 미소를 띠었다. "만약 이 앞에 우리를 기다리는 것이 그저 적의 전차라면……"

"전차 말입니까!" 대령이 말했다. "전차는 또 다른 이야기지요. 하지만 나는 한 낙하산 부대가 근방에서 유명한 마법사가 사는 마을에 진입하지 않겠다고 한 사건은 아주 잘 기억하고 있소이다."

안드레이는 웃음을 터뜨리고는 대령에게 손을 내밀었다.

"잘 계십시오." 그가 말했다.

"잠시만 기다리시오." 대령이 그를 멈춰 세웠다. "다간!"

다간이 은빛 망사에 싸인 플라스크를 들고 방으로 들어왔다. 책상 위에 은제 쟁반이 놓였고 쟁반 위에도 역시 은제 술잔이 놓였다.

"드시지요." 대령이 말했다.

그들은 술을 마시고 악수를 했다.

"잘 계십시오." 안드레이가 반복했다.

그는 홀로 악취가 나는 계단을 내려가 각도계처럼 생긴 도구를 갖고 바닥에서 뭔가를 하고 있는 케하다에게 차갑게 고개를 끄덕이고는 폭염에 타오르는 바깥으로 나갔다. 그의 짧은 그림자가 먼지가 내려앉고 금이 간 인도에 드리웠고 잠시 후 옆에 두 번째 그림자가 나타났다. 그제야 안드레이는 **벙어리**를 기억했다. 그가 뒤를 돌아봤다. **벙어리**는 평소와 같은 자세로, 무시무시한 마체테가 달린 넓은 혁대에 손바닥을 찔러 넣고 서 있었다. 그의 굵고 까만 머리카락은 곤두서 있었고 갈색 피부는 기름을 바른 듯 반짝였으며 쩍 벌리고 선 발에는 아무것도 신겨 있지 않았다.

"그래도 자동소총을 가져가는 게 어떤가?" 안드레이가 물었다.

'아니요.'

"뭐, 원하는 대로……"

안드레이가 주위를 돌아보았다. 이쟈와 박이 트레일러 그늘에 앉아 지도를 펼쳐 놓고 도시의 구조를 검토하고 있었다. 군인 두 명이 목을 쭉 빼고 그들의 머리 너머에서 슬쩍 보고 있었다. 그중 한 명이 안드레이의 시선을 눈치채고는 서둘러 눈길을 거두고 옆 사람의 옆구리를 쩔렀다. 두 군인은 얼른 물러나 트레일러 저편으로 사라졌다.

2번 트랙터 옆에는 엘리자우어를 중심으로 운전사들이 모여 꾸물대고 있었다. 운전사들은 사복을 입었고 엘리자우어의 자그마한 두개골 위에서는 거대하고 챙이 넓은 모자가 자태를 뽐내고 있었다. 군인도 두 명 튀어나와 있었는데 툭하면 사방에 침을 뱉으며 충고를 하는 중이었다.

안드레이는 길을 따라 시선을 올렸다. 길은 텅 비어 있었다. 달궈진 공기가 자갈길 위로 흔들렸다. 아지랑이였다. 100미터 밖은 이미 아무것도 알아볼 수 없었다. 마치 물속에 있는 것 같았다.

"이쟈!" 그가 불렀다.

이쟈와 박이 뒤돌아보더니 일어섰다. 한국인은 보도에 놓여 있던, 자신이 직접 만든 작은 자동소총을 겨드랑이에 꼈다.

"벌써 출발이야?" 이쟈가 씩씩하게 물었다.

안드레이가 고개를 끄덕이고는 앞으로 나아갔다.

모두들 그를 쳐다보았다. 태양 빛에 눈살을 찌푸린 페르먀크, 조금 아둔한 웅게른, 늘 살짝 벌어진 입을 깜짝 놀란 듯 동그랗게 오므린 음울한 고릴라 잭슨, 리넨 뭉치에 천천히 손을 닦고 있는…… 엘리자우어. 엘리자우어는 운동장에 난 더러운 상처투성이 버섯 같은 모습으로 두 손가락을 모자챙에 대고는 최대한 장엄하게 안타깝다는 표정을 짓고 있었다. 침을 뱉어 대던 군인들은 침 뱉기를 멈추고 들리지 않게 잇새로 말을 주고받더니 사이좋게 먼지를 일으키며 멀어졌다. 더러운 놈들, 겁을 집어먹었군. 안드레이는 복수심에 사로잡혀 생각했다. 네놈들을 불러 세워 웃음거리로 만들어 봐야 바지에 똥이나 싸겠지……

그들은 재빨리 '차렷' 자세를 취하는 보초를 지나 자갈길을 걸어갔다. 안드레이는 앞장서서 자동소총을 어깨에 메고 있었고 그 바로 뒤에는 **벙어리**가 통조림 네 개와 갈레트 한 봉지, 물 두 병이 든 배낭을 메고 따랐으며 그 뒤로 10보 떨어져서 이쟈가 다 떨어진 구두를 철썩철썩 끌면서 따라갔다. 그는 등에 텅 빈 배낭을 메고 한 손에 는 도면을 들고 다른 손으로는 뭔가 잊은 게 없는지 확인 하듯 정신없이 주머니를 두드렸다. 맨 뒤에는 한국인 박 이 총신이 짧은 자동소총을 겨드랑이에 끼고 약간 발을 저는 듯한, 장기 행군에 익숙해진 걸음걸이로 가볍게 걸 어갔다.

길은 뜨겁게 달궈져 있었다. 태양이 어깨와 어깨뼈를 사정없이 내리쳤다. 건물들의 벽에서 열기가 넘실대며 흘러나왔다. 오늘은 바람 한 점 없었다.

야영지 뒤쪽에서 온갖 고초를 겪은 엔진이 울리는 소 리가 들렸다. 안드레이는 뒤돌아보지 않았다. 갑자기 해 방감이 그를 삼켰다. 그의 인생에서 귀한 몇 시간 동안 도무지 이해가 안 될 정도로 심리가 단순하고 악취 나는 군인들이 사라진 것이다. 속이 빤히 보이는, 그래서 더 싫은 모략가 케하다가 사라졌다. 타인의 찰과상 입은 발, 타인의 말썽이나 싸움이 사라졌다. 누군가 토했다는데, 중독은 아닌가? 누군가의 똥에 특히 피가 많이 묻어난다 니, 이질은 아닌가? 이런 온갖 지긋지긋한 걱정들이 없 어졌다. 완전히 사라지면 좋을 텐데. 안드레이가 환희마 저 느끼며 되뇌었다. 네놈들을 앞으로 영영 안 보고 싶다. 네놈들이 없으니 이렇게 좋은 것을……!

그때 그는 의뭉스러운 한국인 박을 떠올렸고 잠시 동안의 해방감에 따른 빛나는 환희가 새로운 걱정과 의혹으로 흐릿해지려는 찰나 황급히 그런 생각을 몰아내 버렸다. 지극히 한국인다운 한국인이다. 차분하며 절대 불평하는 법이 없다. 극동의 이오시프 카츠만이라고나 할까…… 불쑥 안드레이는 형이 언젠가 그에게 극동에서 모든 민족이, 특히 일본인이 한국인을 대하는 태도가 모든 유럽인, 특히 러시아인과 독일인이 유대인을 대하는 태도와 꼭 닮아 있다고 말했던 게 생각났다. 새삼 생각해보니 우스웠고, 왜인지 겐시가 떠올랐다…… 그래. 겐시가 같이 왔더라면 좋았을 텐데. 유라 삼촌도. 도널드도…… 그렇다…… 탐사를 가자고 유라 삼촌을 설득하는 데 성공했더라면 지금 모든 게 달랐을 텐데……

안드레이는 출발하기 일주일 전 특별히 몇 시간을 겨우 빼서는 가이거에게 방탄유리가 장착된 리무진을 빌려 유라 삼촌에게 갔었다. 깨끗하고 밝고 박하 향과 가정집 특유의 연기와 갓 구운 빵 냄새가 향긋했던 커다란 2층 집에서 술을 마셨다. 밀주를 마셨고, 새끼 돼지탕과 안드레이가 마지막으로 먹은 게 언제였는지 기억도 안 나는, 소금을 살짝 친 아삭한 오이를 안주로 먹었다. 그들은 양 갈비를 뜯고 마늘 향을 입힌 소스에 고기를 찍어 먹었다. 조금 뒤 살이 오른 네덜란드 여자 마르타가, 벌써 세 번째 임신 중인 유라 삼촌의 아내가 쉿쉿거리는 사모바르를 들고 왔는데, 언젠가 유라 삼촌이 빵과 감자를 잔뜩 주고 바꿔 온 것이었다. 그리고 그들은 생전 처음 보는 잼을 곁들여 오랫동안 진지하게, 원칙적으로 차를 마셨다. 땀이 났고 숨을 크게 내쉬었으며 자수가 놓인 깨끗한 수건으로 축축해진 얼굴을 닦았다. 그러는 내내 유라 삼촌은 웅얼거렸다. "괜찮아. 다들 이제 꽤 살 만해…… 매일 나한테 수용소에서 웬 건달 놈들을 다섯 명씩 보내고 나는 그들을 열심히, 최선을 다해서 키우지…… 일이 있으면 바로 주먹으로 패긴 하지만. 그래도 우리 집에서 그 녀석들은 실컷 먹는다고. 내가 먹는 걸 그들에게도 똑같이 주거든. 나는 수탈자 같은 게 아닐세……" 헤어질 무렵, 안드레이가 이미 차에 탔을 때 유라 삼촌은 물집 덩어리로 변해 버린 것만 같은 자신의 커다란 앞발로 그의 손을 감싸고는 시선을 구하며 입을 열었다. "이해해 주게, 안드류하, 나도 알아…… 전부 버릴 수 있고, 내 아내도 버릴 수 있지만…… 저 녀석들은 도저히 버려둘 수가 없네. 스스로 용납이 안 돼……" 그러더니 어깨 뒤로 엄지손가락을 내밀어 현관 뒤쪽에서 들리지 않게 조용히 치고받는 중인 밝은 머리카락의 연년생 남자아이 둘을 가리켰다.

안드레이가 뒤를 돌아보았다. 야영지는 이미 아지랑이에 가려 보이지 않았다. 엔진이 탈탈거리는 소리가 숨을 통과해 전달되는 듯이 겨우 들렸다. 이쟈는 이제 박과 나란히 걸으며 박의 코앞에 도면을 흔들었고 축척 같은 것에 대해 말하면서 목청을 높였다. 박은 딱히 반박하지 않았다. 박은 그저 미소를 짓고 있었으며 이쟈가 도면을 펼쳐 놓고 전부 확실히 보여 주기 위해 갑자기 멈춰 섰을 때에도 조심스럽게 그의 팔꿈치를 잡고는 앞으로 이끌었다. 진중한 사람임은 분명하다. 다른 비슷한 상황이었다면 의지했을 만한 사람이다. 그들은 대체 뭐가 가이거와 안 맞았던 걸까……? 전혀 다른 사람들인 것은 분명한데……

박은 케임브리지에서 수학했고 철학박사 학위 소지자였다. 남한으로 돌아간 뒤에는 정권에 반대하는 학생 시위에 가담했고 이승만은 그를 감옥에 넣었다. 감옥에 있던 그는 1950년 북한군에 의해 풀려났고 그의 사연은 이승만과 미국 제국주의자 도당을 증오하는 진정한 한민족의 아들 이야기가 되어 신문에 실렸다. 그는 대학의 부총장이 되었으나 그로부터 한 달 후 또다시 감옥에 갇혔고 자신의 죄목도 모르는 채, 인천 상륙 작전 당시 동북아를 향해 맹렬히 돌진한 제1기병 군단 일부가 감옥을 공격할 때까지 갇혀 있었다. 서울은 지옥 그 자체였다. 살

연속성의 단절

아남을 수 있으리라는 기대를 더는 하지 않게 되었을 바로 그때 박은 **실험**에 참가하겠느냐는 제안을 받았다.

그는 안드레이보다 한참 전에 **도시**로 왔고 스무 개의 직업을 경험했으며 익히 알다시피, 시장 나리와 싸웠고 당시에는 가이거의 행보를 지지하던 지식인들의 지하조직에 가입했다. 그러다가 그들과 가이거 사이에 어떤 사건이 발생했다. 어쨌든 그 거대한 지하조직은 **대변혁**이 일어나기 2년 전 비밀리에 도시를 떠나 북부로 갔다. 그들은 운이 좋았다. 350킬로미터 지점에서 '타임캡슐'을 발견한 것이다. 그 거대한 금속 저장 탱크에는 다양한 문화와 기술이 잔뜩 들어 있었다. 위치도 좋았다. 물이 있었고 **벽**과 인접한 토지는 비옥했으며 멀쩡한 건물도 많았다. 그들은 그곳에 그대로 정착했다.

그들은 도시에서 무슨 일이 일어나는지 전혀 모르고 있다가 방탄 철판을 두른 탐사대 트랙터가 등장한 순간, 자신들을 잡으러 온 것이라 확신했다. 천만다행히도, 잠시 이어졌던 광포하고 우스운 전투에서 희생된 사람은 단 한 명에 그쳤다. 박이 자신의 오랜 친구인 이쟈를 알아봤고 뭔가 착오가 있었다는 것을 깨달은 덕분이다…… 후에 박은 안드레이에게 동행하게 해 달라고 부탁했다. 호기심 때문이라고. 이미 오래전부터 북부로 가고 싶었지만 이주민들에게는 그럴 자금 여력이 없다고

했다. 안드레이는 그의 말을 다 믿지는 않았지만 데려가 기로 했다. 박의 지식이 쓸모 있을 것 같아서였다. 그리 고 박은 실제로도 쓸모가 있었다. 그는 탐사 활동에 최선 을 다했고 안드레이에게 언제나 친절하고 정중했으며 이 쟈에게는 더욱 친절하고 정중했다. 하지만 그의 마음을 터놓게 할 수는 없었다. 앞으로의 여정에 대한 미신적이 고 실제적인 정보를 박이 어떻게 그렇게 많이 아는지, 대 체 뭘 위해 탐사에 참여한 것인지, 가이거를, **도시**를, **실 험**을 대체 어떻게 생각하는지는 안드레이도 이쟈도 전혀 알 수 없었다…… 박은 비현실적인 주제로는 절대 대화 하지 않았다.

안드레이는 잠시 멈추고 뒤따라오는 자들을 기다리 다가 물었다.

"그래, 특별히 관심이 가는 곳은 이야기해 봤습니까?"

"특별히 관심 가는 곳?" 이쟈가 마침내 자신의 도면을 펼쳤다. "봐 봐……" 그는 거무튀튀한 손가락으로 한 곳 을 가리켰다. "우리는 지금 여기에 있어. 그러니까 하나, 둘…… 여섯 블록을 지나면 광장이 나오지. 여기에 큰 건물이 하나 있는데 아마 정부 건물일 거야. 여기는 꼭 가 봐야 해. 그리고 뭐, 가다가 흥미로운 게 보이면…… 맞다! 여기도 가 보면 좋을 것 같아. 조금 멀기는 한데 축척이 부정확해서 잘 모르겠어. 어쩌면 전부 근방일지도…… 봐, 이렇게 쓰여 있어. '**판테온**'. 내가 판테온을 참 좋아하거든."

"그래……" 안드레이가 자동소총을 바로 멨다. "물론 거기에도 가 볼 수 있지…… 그러니까 오늘은 물을 찾지 않는 거지?"

"물까지는 멉니다." 박이 조용히 말했다.

"그래, 형제……" 이쟈가 박의 말을 받았다. "형제, 물까지는…… 봐, 여기 이렇게 쓰여 있어. 급수탑이라고…… 이게 여긴가?" 그가 박에게 물었다.

박은 어깨를 으쓱해 보였다.

"모르겠네. 하지만 이 지역에 물이 남아 있다고 한다면 이곳밖에 없겠지."

"그으으래……" 이쟈가 말을 늘였다. "좀 멀어. 30킬로미터니까 하루 만에 돌아올 수는 없어…… 정말이지, 축척이 어떻게 되는 건지…… 물을 꼭 오늘 찾아야 해? 물은 합의했던 것처럼 내일 찾으러 가자고…… 정확히는, 차를 타고 가자고."

"좋아. 그럼 가지." 안드레이가 말했다.

이제 그들은 나란히 걸었고 모두 한동안 말이 없었다. 이쟈는 냄새를 맡듯 쉴 새 없이 고개를 돌렸지만 오른쪽에서도 왼쪽에서도 흥미로운 것은 발견하지 못했다. 3층 건물과 4층 건물들이 있었고 어떤 건물들은 상당히 아름다웠다. 창유리는 깨져 있었고 일부 창들은 흰 합판으로 막혀 있었다. 발코니의 화단은 반쯤 박살 나 있었으며 많은 건물이 먼지가 잔뜩 쌓인 억센 담쟁이에 덮여 있었다. 커다란 가게가 있었는데 안이 보이지 않을 정도로 먼지가 낀 커다란 진열창은 어째서인지 멀쩡했고 문은 부서져 있었다…… 이쟈가 갑자기 종종거리며 뛰어가더니 안을 들여다보고서 다시 돌아왔다.

"비어 있어." 그가 말했다. "완전히 파괴되었다고."

극장도 아니고 연주회장도 아니고 영화관도 아닌 공공건물이 나왔다. 얼마 후에는 가게가 하나 더 나왔는데 이번에는 진열창이 다 깨져 있었다. 길 맞은편에도 가게가 하나 더 보였다…… 이쟈가 돌연 멈춰 서더니 요란하게 코를 들이마시며 지저분한 손가락을 치켜올렸다.

"오!" 그가 말했다. "여기 어딘가에 있어!"

"뭐가?" 안드레이가 뒤돌아보며 물었다.

"종이." 이쟈가 짤막하게 대답했다.

그는 아무도 쳐다보지 않은 채 확신에 차 길 오른편에 있는 건물로 돌진했다. 그 건물은 주변 건물과 전혀 다르지 않은, 특별할 것 없는 평범한 건물이었다. 다만 입구 현관이 조금 더 화려했고 전체적인 모양새에서 고딕 양식이 느껴졌다. 이쟈는 입구 뒤로 사라졌고 그들이 길을 건너기도 전에 다시 고개를 내밀더니 열띤 목소리로 소

연속성의 단절

리쳤다.

"박! 여기로 와! 도서관이야⋯⋯!"

안드레이는 감격하여 머리를 흔들 뿐이었다. 잘한다, 이쟈!

"도서관이라고?" 박이 걸음을 재촉하며 말했다. "그럴 수가⋯⋯!"

노란 더위로 불타오르던 야외에 있다가 현관 로비에 들어서니 서늘하고 어둑한 느낌이었다. 높은 고딕풍 창들은 실내 정원으로 나 있는 듯했으며 스테인드글라스로 장식되어 있었다. 바닥에는 문양 타일이 깔렸고 하얀 돌로 된 계단은 오른쪽과 왼쪽으로 갈라져 있었다⋯⋯ 왼쪽으로 이미 이쟈가 달려 나갔고 박이 가볍게 그를 따라잡았다. 그들은 세 단씩 올라가더니 시야에서 사라졌다.

"우리야 저기까지 굳이 갈 필요가 있나?" 안드레이가 **벙어리**에게 말했다.

그도 동의했다. 안드레이는 앉을 곳을 찾다가 서늘한 흰 계단에 앉았다. 자동소총은 옆에 내려놓았다. **벙어리**는 벌써 벽 앞에 쪼그려 앉아 두 눈을 감은 채 길고 큰 손으로 무릎을 잡고 있었다. 고요한 가운데 위층에서 알아들을 수 없는 목소리로 웅얼대는 소리만이 들려왔다.

지겹다, 안드레이는 화가 치밀었다. 죽은 지역들이라면 지긋지긋하다. 그 첨예한 침묵이라니. 그 수수께끼라니…… 사람이라도 찾을 수 있었더라면, 그들과 잠시 지낼 수 있었더라면, 그들에게 물어볼 수 있었더라면 좋았을 텐데…… 뭘 대접받았을 수도 있고…… 구역질 나는 귀리죽만 아니면 되는데 말이다…… 그리고 차가운 와인! 원하는 만큼 많이 마시고…… 맥주도 좋다. 배 속에서 요란한 소리가 났고 그는 깜짝 놀라 그 소리에 귀를 기울이며 몸을 긴장시켰다. 아니다. 괜찮다. 오늘은, 퉤,˙ 아직 한 번도 화장실로 달려간 적이 없으니 그것만으로도 감사한 일이다. 발꿈치도 얼추 아문 것 같고……

위층에서 뭔가가 둔탁하게 부서지듯 굉음을 내며 쓰러졌다. 이쟈가 알아들을 수 있는 목소리로 외쳤다. "아니, 어디로 가는 거야. 세상에……!" 웃음소리가 울려 퍼지더니 다시 목소리들이 웅성거렸다.

뒤져라, 마음껏 뒤져 봐라. 안드레이가 생각했다. 너희만이 희망이다. 너희만이 뭔가 쓸 만한 걸 찾을 수 있다…… 이 불운한 탐사 기획에서 남는 거라곤 내 보고서와 이쟈가 찾은 함 스물네 개 분량의 문서뿐이겠지……!

그는 다리를 펴고 팔꿈치로 지탱하며 계단에 몸을 기댔다. **벙어리**가 난데없이 재채기를 했고 그 소리가 쩌렁쩌렁 울리는 메아리가 되어 돌아왔다. 안드레이는 고개를 젖혀 높은 아치 천장을 봤다. 잘 지었군. 아름답다. 우리 것보다 낫네. 보아하니 풍족하게 살았던 것 같다. 그런데도 사라졌다…… 이 모든 것들은 절대 프리츠의 마음에 들지 않을 것이다. 그는 당연히 잠재적인 적이 있는 편을 더 좋아했을 것이다. 하지만 우리가 알게 된 것은, 사람들이 살았고 건물을 지었고 자신들의 가이거를…… **인자하고 선량한 자**를 칭송했으나…… 결과적으로는 아무것도 안 남았다는 사실이다. 애초에 아무도 없었던 듯이 사라졌다. 뼈만 남아 있는데 그마저도 이 정도 규모의 거주 지역치고는 적다…… 이런 거다, 대통령 나리! 사람이 의도를 가진들 신이 파문 같은 걸 보내면 전부 물거품이 된다……

안드레이도 재채기를 하고는 콧물을 들이마셨다. 어쩐지 서늘하군…… 돌아가거든 케하다를 재판정에 세우면 좋겠는데…… 그의 사고는 금방 익숙한 궤도로 돌아갔다. 어떻게 하면 찍소리 낼 틈도 주지 않고 케하다를 궁지에 몰 수 있을지, 어떻게 하면 가이거가 일목요연하게 알아보도록 문서화할지…… 그는 이런 생각들을 모두 몰아냈다. 이런 것들을 생각할 시간도 장소도 아니었다. 지금은 그저 내일 일만 생각해야 했다. 물론 오늘 일을 생각해도 되고. 예를 들면, 동상이 도대체 어디로 사

◆ 미신의 일종이다. 지금 상황이 좋다고 말하면 도리어 좋지 않은 일이 생길까 우려하여 침 뱉는 시늉을 한다.

라졌는가 말이다. 뿔이 달린 무언가가, 웬 스테고사우루스가 와서는 동상을 겨드랑이에 끼고 끌고 갔다니…… 뭣 하러? 게다가 그 동상은 무게가 50톤인데. 그런 괴물은 마음만 먹으면 트랙터도 들고 갈 수 있겠지…… 우리는 여기서 벗어나야 한다. 대령이 없었더라면 오늘 우리는 이곳에 와 있지 않았을 것이다…… 그는 대령에 대해 생각하다가 문득 어떤 소리를 감지했다.

멀리서 어떤 불분명한 소리가 들려오기 시작했다. 사람의 목소리는 아니다. 목소리는 여전히 위에서 웅웅대고 있다. 아니, 저쪽, 거리에서, 현관의 살짝 열린 높은 문 너머에서 들려오는 소리였다. 스테인드글라스의 알록달록한 유리들이 확연히 흔들렸고 팔꿈치와 엉덩이 아래의 돌계단이 확연히 진동했다. 가까운 곳에 있는 철로로 지금 막 열차가, 무거운 화물열차가 지나가는 것만 같았다. **벙어리**가 갑자기 눈을 크게 뜨더니 귀를 기울이며 조심스럽게 고개를 돌렸다.

안드레이는 살살 다리를 끌어당긴 다음 자동소총을 허리춤에 붙여 들고 일어섰다. **벙어리**도 한쪽 눈으로 곁눈질을 하며 바로 일어서서는 계속 귀를 기울였다.

자동소총을 언제든 쏠 수 있는 자세로 들고서 안드레이는 조용히 문으로 뛰어가 조심조심 밖을 내다봤다. 먼지 긴 더운 공기가 그의 얼굴에 혹 끼쳤다. 길은 여전히

연속성의 단절

노랗고 뜨겁게 달궈져 있었으며 텅 비어 있었다. 무기력한 적막만이 더 이상 없었다. 멀리서 거대한 망치가 음울하고 일정하게 길을 내리치는 소리가 들렸고 그 소리는 분명 가까워지고 있었다. 육중하게 내리치며 도로의 자갈들을 바스러뜨리는 소리였다.

건너편 건물의 진열창이 쨍그랑 소리를 내며 부서져 내렸다. 안드레이는 예기치 않은 상황에 넋을 잃었으나 곧 정신을 가다듬고는 입술을 깨물고 자동소총 격발장치를 당겼다. 대체 날 왜 여기로 이끈 건가. 의식의 끄트머리에서 이런 생각이 들었다.

망치 소리가 점점 가까워졌으나 어느 방향에서 나는지는 도무지 알 수 없었다. 그러나 점점 무겁고 점점 크게 내리치는 그 소리에는 막을 수 없고 돌이킬 수도 없는 승리에 대한 확신 같은 것이 내포되어 있었다. 운명의 발걸음이다. 안드레이의 머릿속에 그런 생각이 어른거렸다. 그는 혼란에 빠져 **벙어리**를 돌아봤다.

안드레이는 충격을 받았다. **벙어리**는 벽에 어깨를 대고 서서 자신의 마체테로 왼손 새끼손가락 손톱을 자르는 데 열중해 있었다. 그의 모습은 평온 그 자체에 심지어는 권태로워 보였다.

"뭐 하는 거지?" 안드레이가 갈라지는 목소리로 물었다. "자네는 대체……?"

벙어리는 안드레이를 쳐다봤고 고개를 끄덕이고 나서 다시 손톱을 손질했다. 이제는 지척에서 쾅, 쾅, 쾅 소리가 들렸고 발밑이 진동했다. 그러다 돌연 정적이 찾아왔다. 안드레이는 다시 밖을 내다보았다. 그는 보았다. 가까운 사거리에 머리가 3층 높이까지 닿는 어두운 형체가 우뚝 서 있었다. 그것은 동상이었다. 오래된 철제 동상이었다. 얼마 전에 본, 그 두꺼비 같은 낯짝을 한 동상이었다. 지금은 넓적한 턱을 당기고 팽팽히 몸을 펴고 서서는 한 손은 뒷짐을 지고 다른 한 손은 위협하듯, 혹은 하늘을 가리키듯 위로 올려 집게손가락을 치켜들고 있다는 점만이 달랐다……

안드레이는 악몽을 꾸는 듯 굳은 채 그 믿기지 않는 괴물을 바라보았다. 그러나 꿈이 아니라는 것을 알았다. 동상은 동상이었다. 멍청하고 구제할 길 없는 금속 조형물이었다. 녹이나 검은 산화물에 뒤덮인, 우스꽝스럽고 장소에 어울리지도 않는 조형물…… 길에서 올라오는 열기에 동상의 윤곽이 흔들렸다. 길을 따라 선 건물들의 윤곽이 흔들리는 실루엣과 정확히 똑같이.

안드레이는 어깨에 손이 닿는 것을 느끼고 돌아보았다. 벙어리가 미소를 지으며 진정시키듯 고개를 끄덕였다. 쾅, 쾅, 쾅. 다시 거리에서 소리가 울렸다. 벙어리는 계속 안드레이의 어깨를 잡고 있었다. 다독이고 쓰다듬

연속성의 단절

고 부드러운 손가락으로 근육을 주물렀다. 안드레이는 날카롭게 몸을 빼고는 다시 밖을 내다보았다. 동상은 더 이상 보이지 않았다. 다시 적막뿐이었다.

안드레이는 **벙어리**를 밀치고 힘이 풀린 다리로, 여전히 아무 일도 없다는 듯 목소리가 웅웅대는 곳을 향해 계단을 뛰어 올라갔다.

"이제 그만!" 그가 도서관 홀로 뛰어들며 소리쳤다. "여기서 나가야 해!"

그의 목소리는 완전히 가라앉아 있었다. 그들은 그의 소리를 듣지 못했거나 듣고도 신경 쓰지 않았다. 그들은 바빴다. 커다란 공간은 어디로 연결되는 것인지 알 수 없는 곳으로 깊숙이 이어져 있었으며 책으로 꽉 채워진 책장들이 소리를 가로막고 있었다. 책장 하나가 쓰러져 책이 산더미처럼 쌓여 있었는데 그 더미를 이쟈와 박이 뒤지고 있는 모습이 보였다. 둘 다 대단히 즐거운 듯했고 흥분했으며 땀을 흘리면서 열중해 있었다…… 안드레이는 책들을 지나 그들에게 다가가서 목깃을 잡고 일으켜 세웠다.

"여기서 나가자고. 그만해. 가자." 그가 말했다.

이쟈는 흐릿한 눈빛으로 그를 보면서 몸부림을 쳐 **빠**져나왔고 곧 정신을 차렸다. 이쟈의 눈이 재빨리 안드레이를 머리부터 발끝까지 훑었다.

"무슨 일이야?" 그가 물었다. "무슨 일 있어?"

"아무 일도 없어." 안드레이가 화를 내며 말했다. "뒤질 만큼 충분히 뒤졌다고. 어디 가야 한다고 했었지? 판테온이라고 했던가? 당장 판테온으로 가지."

그에게 여전히 목깃이 잡혀 있는 박이 조심스레 어깨를 움직이더니 헛기침을 했다. 안드레이가 박을 놓아주었다.

"우리가 여기서 뭘 찾은 줄 알아……?" 이쟈가 열정적으로 입을 열었다가 바로 말을 끊었다. "잠깐, 왜 떨고 있어?"

안드레이는 이미 이성을 찾았다. 저기 아래층에서 있었던 모든 일이 여기서는, 이 엄숙하고 숨 막히는 홀에서는, 이쟈의 유심한 눈빛과 나무랄 데 없이 정확한 박 앞에서는 우습기 그지없고 불가능해 보였다.

"가는 곳마다 이렇게 시간을 쓸 수는 없어. 우리에겐 고작 하루뿐이야. 가자." 안드레이가 인상을 찌푸리며 말했다.

"도서관은 날마다 나오는 건물이 아니라고!" 이쟈가 얼른 반박했다. "탐사 중에 처음 발견한 도서관인데…… 저기, 얼굴이 말이 아니잖아. 대체 무슨 일인데 그래?!"

안드레이는 말을 할 결심이 도무지 서지 않았다. 어떻게 말문을 떼야 할지 알 수 없었다.

연속성의 단절

"가자." 안드레이가 퉁명스럽게 말하고 몸을 돌려 책을 지나 출구로 걸음을 옮겼다.

이쟈는 그를 따라잡아 팔을 잡고는 옆에서 걸었다. 문가에 있던 **벙어리**가 물러서며 그들에게 길을 터 주었다. 안드레이는 어떻게 말을 꺼내야 할지 전혀 알 수 없었다. 모든 서두와 모든 단어들이 바보 같았다. 잠시 후 그는 일기장을 떠올렸다.

"네가 어제 나한테 일기를 읽어 줬잖아……" 안드레이가 입을 열었다. 그들은 벌써 계단을 내려가는 중이었다. "그 왜…… 목매달아 자살한……"

"그런데?"

"그런데라니!"

이쟈가 멈춰 섰다.

"파문?"

"정말 아무 소리도 못 들었어?" 안드레이가 절망적으로 물었다.

이쟈는 턱수염을 감았고 박은 작은 목소리로 대답했다.

"아마 몰두하고 있었을 테니까요. 말싸움도 했고요."

"편집증 환자들이군……" 안드레이가 말했다. 그는 덜덜 떨며 숨을 고르고는 **벙어리**를 돌아보았고 마침내 털어놓았다. "동상이야. 동상이 왔다가 갔어…… 산 사람처럼 도시를 배회하는 동상이……"

그는 입을 다물었다.

"그랬는데?" 이쟈가 재촉하듯 말했다.

"그랬는데, 라니? 그게 다야!"

이쟈의 긴장한 얼굴에 큰 실망이 떠올랐다.

"그래서 그게 다라고?" 그가 말했다. "글쎄, 동상은…… 밤에도 혼자 배회했는데, 그게 어쨌다는 거야?"

안드레이는 입을 쩍 벌렸다가 다시 닫았다.

"머리가 철로 된 사람들," 박이 목소리를 낮췄다. "그 전설이 바로 여기서 생겼나 보군요……"

한 마디 내뱉을 힘도 없는 안드레이는 이쟈에게서 박으로, 다시 박에서 이쟈에게로 시선을 옮겼다. 이쟈는 이해한다는 듯—드디어 거기까지 갔구나!—입을 내밀고는 계속 안드레이의 팔을 잡아끌려 했고 박은 필요한 설명은 다 해 주지 않았느냐는 표정을 하고선 어깨 너머 도서관 문을 몰래 흘끗흘끗 봤다.

"그러니까……" 안드레이가 마침내 목소리를 쥐어짜 냈다. "대단한걸. 그러니까, 너와 박은 그 전설을 듣자마자 믿었단 말이지……?"

"저기 말이야, 진정해." 이쟈가 계속해서 그의 소매를 잡으며 말했다. "당연히 믿었지. 믿지 못할 게 뭐 있어? **실험**은 어쨌거나 **실험**이잖아. 우리가 설사랑 싸우는 통에 까먹고 있었지만 사실 그렇잖아…… 젠장, 이상할 게 뭐 있어? 그러니까, 동상들이 걸어 다닌다고…… 하지만 여기엔 도서관이 있어! 게다가 얼마나 흥미로운 사실이 밝혀진 줄 알아. 여기에 살던 사람들은 우리 동시대인들, 20세기 사람들이었어……"

"그렇군. 손 놔." 안드레이가 말했다.

이제는 너무나 분명해졌다. 자신이 바보짓을 했다. 하지만 이 2인조는 아직 실제로 동상을 본 적이 없다. 보거든 어떻게 우는지 한번 두고 보겠다. 그런데 사실, **벙어리**의 반응도 어쩐지 이상하긴 했다……

"날 설득하려 애쓸 거 없어." 안드레이가 말했다. "지금은 이 도서관에 할애할 시간이 없거든. 트랙터를 타고 와서 트레일러에 가득 실어 가자고. 하지만 지금은 가야 해. 해가 지기 전까지 돌아가기로 했어."

"알았어, 알았어. 그럼 가자. 가자고." 이쟈가 진정시키듯 말했다.

그래. 안드레이가 서둘러 계단을 뛰어 내려가며 생각했다. 어떻게 내가 그럴 수 있었을까. 그는 불편한 기분으로 현관문을 벌컥 열고는 아무도 그의 얼굴을 볼 수 없도록 가장 먼저 밖으로 나갔다. 나는 군인도 아니고 운전사 나부랭이도 아닌데. 그는 뜨겁게 달궈진 자갈길을 걸어가며 생각했다. 전부 프리츠 자식 탓이다. 그가 분노했다. 그 자식이 더 이상 그 어떠한 **실험**도 없다고 발표했고 나는 그걸 믿었고…… 그러니까, 물론 완전히 믿은 건 아니고 그저 새로운 사상을 받아들였을 뿐이다. 충성심에서, 또 직업적 의무로…… 아니, 제군들, 그 모든 새로운 사상들은, 그것들은 멍청이들, 군중을 위한 것이다…… 하지만 솔직히 4년을 살았는데 다른 일들로 정신이 없었기에 그 어떠한 **실험**도 기억나지 않았다…… 내가 승진이란 걸 했지. 그가 자조적으로 생각했다. 카펫과 개인 수집용 전시품들을 구했고……

그는 사거리에서 잠시 멈추고는 골목길을 흘끗 보았다. 그곳에 동상이 있었다. 50센티미터의 까만 손가락으로 위협하며, 두꺼비 같은 낯짝으로 불쾌하게 웃으면서 서 있었다. 내가, 네놈들을, 거-지 같은 놈들을……!

"저거야?" 이쟈가 별것 아니라는 듯 물었다.

안드레이는 고개를 끄덕이고 계속 나아갔다.

그들은 걷고 또 걸었다. 더위와 눈을 멀게 하는 빛 때문에 점점 몽롱해지면서 자신의 짧고 우스꽝스러운 그림자를 밟아 나갔다. 땀이 염분을 머금은 막이 되어 이마와 관자놀이에서 굳었고 이쟈조차 자신의 그 탄탄한 가설이 무너졌다고 헛소리하던 것을 멈췄으며 여간해서는 지치지 않는 박도 다리를 절었다. 밑창이 떨어졌기 때문이다. **벙어리**는 때때로 까만 입을 쩍 벌리고는 무시무시한 혓

연속성의 단절

바닥을 내밀고 개처럼 헉헉대며 숨을 쉬었다…… 그리고 아무 일도 일어나지 않았다. 다만 한 번, 안드레이가 무심코 시선을 들었다가 4층의 활짝 열린 창가에서 초점 없는 부푼 눈으로 그를 응시하는 거대한 초록빛 얼굴을 발견하고는 자신을 제어하지 못해서 부르르 떤 일이 있었을 뿐이다. 실로 끔찍한 장면이었다. 4층 창문을 가득 채운, 반점이 피어오른 초록빛 상판이라니.

조금 뒤 그들은 광장에 진입했다.

그들은 이런 광장을 처음 봤다. 마치 벌목한 숲 같았다. 광장에 덩그러니 남아 있는 동상 받침대들이 그루터기 같았다. 원, 사각형, 육각형, 별 모양, 추상적으로 삐죽삐죽하거나 포탑 모양에 심지어는 전설의 동물 같은 형태의 받침대들이 있었고 돌이나 주철, 사암, 대리석, 스테인리스, 심지어는 금으로 만들어진 것도 있었다…… 받침대는 모두 비어 있었는데, 오로지 50미터 앞의 받침대에만 사람 크기의 무릎 아랫부분이 남아 있었다. 아무것도 걸치지 않은 종아리는 범상치 않은 장딴지가 도드라졌으며 맨발은 날개 달린 사자의 머리를 짓밟고 있었다.

광장은 건너편이 흐릿한 아지랑이에 가려 보이지 않을 정도로 광활했다. 오른쪽, 바로 그 **노란 벽** 아래에서는 측면 기둥이 촘촘히 세워진 길고 낮은 건물의 윤곽이 밀려오는 후끈한 공기로 인해 굽이치는 듯 보였다.

"이런, 말도 안 되는!" 안드레이가 자신도 모르게 탄식을 내뱉었다.

이쟈는 알 수 없는 말을 했다.

"어떤 건 동이고 어떤 건 대리석이고 어떤 건 파이프를 들고 있고 또 어떤 건 파이프를 들고 있지 않고……" 그러더니 질문을 던졌다. "정말이지, 도대체 전부 어디로 사라진 걸까?"

아무도 대답하지 않았다. 다들, 심지어 **벙어리**까지도 아무리 봐도 부족하다는 듯 하염없이 광장을 바라보았다. 조금 뒤 박이 입을 열었다.

"우리는 아마 저쪽으로 가야 할 것 같습니다……"

"저게 너와 박이 말한 **판테온**인가?" 안드레이가 무슨 말이든 하기 위해 질문을 던졌고 이쟈는 어쩐지 흥분한 어조로 말했다.

"도저히 모르겠네! 그것들은 대체 왜 모두 도시를 배회하는 거야? 그렇다면 우리는 어째서 그것들을 거의 못 봤을까? 그것들이 이곳에 수천 개는 있을 거라고. 수천 개……!"

"'수천 개 동상들의 도시'." 박이 말했다.

이쟈는 재빨리 그에게 몸을 돌렸다.

"저기, 그런 전설이 있어?"

연속성의 단절

"아니. 하지만 나라면 그렇게 이름 붙였을 거야."

"따란 따라란!" 새로운 생각에 사로잡힌 안드레이가 말했다. "우리가 트랙터를 타고 오면 어떻게 여길 지나가겠어? 폭탄을 터뜨려도 불가능할 것 같군. 이 말뚝들을 뽑기란 불가능해……"

"광장 주위로 길이 나 있을 겁니다. 절벽 위로요." 박이 말했다.

"가 볼까?" 이쟈가 말했다. 그는 이제 조급해하고 있었다.

그들은 동상 받침대 사이를 지나, 자잘하게 조각나고 하얀 먼지로 바스러져 태양에 환하게 반짝이는 자갈길을 따라서 곧장 판테온을 향해 걸어갔다. 때때로 멈춰 서거나 몸을 굽히거나 까치발을 들고 받침대의 비문을 봤는데 글들이 너무나 기괴해 당혹스럽기 짝이 없었다.

웃음의 아홉 번째 날에, 네 볼기근의 축복이 소인들을 구했으니 태양이 솟구치고 사랑의 새벽이 소멸했노라. 하지만. 혹은 그저 이렇게 쓰여 있었다. 언제인가! 이쟈는 크게 웃으면서 끅끅댔고 주먹으로 손바닥을 쳤으며 박은 머리를 흔들면서 미소를 지었고 안드레이는 불편했다. 그는 이렇게 즐거워하는 것이 적절치 않다고, 심지어는 교양 없는 행동이라고 느꼈지만 콕 집어 말할 수 없어서 그저 인내하며 재촉하는 수밖

에 없었다. "그래, 알았어. 알았다고." 그가 반복했다. "가
자. 아니 뭐 하는 거야? 지금 우리는 늦었고, 마음이 불
편하다니까……"

이 바보들을 보고 있자니 화가 치밀었다. 물 만난 고
기들이 따로 없다. 그들은 점점 꾸물거리고 더더욱 꾸물
거리면서 자신의 더러운 손가락으로, 새겨진 문구를 훑
으며 비웃고 뻐겨 댔다. 안드레이는 그들에게서 관심을
거뒀고 그들의 목소리가 멀리 뒤떨어져 무슨 말을 하는
지 알 수 없게 되자 마음이 아주 편해졌다.

훨씬 낫군, 그가 만족스럽게 생각했다. 저 멍청한 수
행원들이 없으니 훨씬 낫다. 기억이 잘 안 나는데, 내가
저들더러 같이 가자고 했던가. 저쪽에서 수행원들과 관
련한 요청 사항이 있었는데 정확히 뭐였더라? 정복 차
림으로 데려오라고 했던가, 아니면 아예 데려오지 말라
고 했던가…… 아, 지금에 와서 그게 다 무슨 의미인가?
뭐, 아래에서 잠깐 기다리고 있으면 되겠지. 박은 이번에
도 여기저기 쏘다닐 테고 이쨔는 갑자기 말꼬리를 붙잡
고 늘어질 테다. 자기 이야기를 시작하지나 않으면 다행
이지…… 정말로, 저들이 없으니 훨씬 낫다. 그렇지 않
나, **벙어리**? 자넨 언제나 내 등 뒤에, 바로 여기 오른쪽에
있게. 잘 좀 보고! 형제여, 정신 팔고 있어서는 안 돼. 잊
지 말게. 우리는 진짜 적들의 진영에 와 있어. 케하다도,

흐노이페크도 없으니 자, 자동소총을 들게. 나는 몸을 자유롭게 움직여야 하고, 또 자동소총을 든 채로 강단에 올라설 수는 없으니…… 다행스럽게도, 내가 가이거는 아니지 않나…… 잠깐, 그런데 내가 발제문을 어디에 뒀더라? 이런 말도 안 되는! 발제문 없이 어떻게 하지……?

판테온이 그의 앞에 우뚝 솟아 있었다. 그의 위로 기둥들과 부서져 이가 나간 계단과 노출되어 녹슨 철근이 보였고 냉랭한 한기가 기둥 뒤로부터 흘러나왔다. 그곳은 깜깜했고 기대와 부패의 냄새가 풍겼다. 거대한 금빛 문이 이미 열려 있었기에 들어가기만 하면 됐다. 그는 넘어지지 않도록—신이여, 도우소서!—모두가 보는 앞에서 엎어지지 않도록 조심스럽게 계단을 한 단 한 단 오른 후 주머니를 뒤져 보았으나 발제문은 어디에도 없었다. 당연하게도, 철제 함에 두고 왔기 때문이었다…… 아니, 새 제복이었나. 새 제복으로 갈아입으려다가 이대로 가는 게 더 효과적이겠다며 생각을 바꿨으니……

……제기랄, 발제문 없이 어떻게 하지? 그가 어두운 로비로 들어서며 생각했다. 내 발제문의 내용이 뭐였더라? 그는 미끌미끌하고 반절이 까만 대리석 바닥을 조심조심 걸어가며 생각했다. 일단, 위대함에 관한 내용이었던 것 같다. 그는 신경을 한껏 곤두세우고 기억을 더듬었다. 얼음장 같은 한기가 그의 셔츠 아래로 스미는 느낌이

었다. 이곳은, 이 로비는 너무나 춥다. 내부는 여름이 아니라고 경고해 줄 수도 있었을 것이다. 바닥에 모래라도 뿌려 놓을 수 있었을 거고. 그런다고 죽는 것도 아닌데. 이렇게 미끄러워서야 언제고 미끄러져 뒤통수를 부딪칠 수 있을 것 같다……

　……그러니까, 어디로 가야 하지? 오른쪽? 왼쪽? 아, 파르동…… 그러니까, 그거다. 첫째, 위대함에 대해서다. 그는 생각을 더듬으며 이제는 완전히 깜깜해진 좁은 복도로 나아갔다. 이렇게 카펫을 달아 놓으니 전혀 달라 보이는군. 그래! 사람들에게 횃불을 들고 서 있게 할 생각은 없었던 거다. 이곳에서 그들은 언제나 그렇게 했다. 횃불 든 사람들을 서 있게 하거나 투광 조명등을 세워 두거나. 하지만 그럼 카펫을 걸 수 없었겠지. 그러니 지금처럼 두는 수밖에…… 어쨌든, 위대함에 관해서였다.

　……위대함에 대해 말할 때 우리는 소위 위대한 이름들을 떠올린다. 아르키메데스. 그렇지! 시라쿠사, 유레카, 목욕탕…… 그러니까, 욕조 말이다. 그는 벌거벗고 있었다. 그다음은 아틸라! 베네치아의 총독. 아니, 잘못 말했다. 베네치아의 총독은 오셀로지. 아틸라는 훈족의 왕이었다. 말을 타고 다니던 자. 무덤처럼 말이 없고 음울한 인물이었다…… 한데 그렇게 멀리서 예를 찾을 이

유가 뭔가? 표트르가 있는데! 위대한 황제. 위대한 인물. 표트르 대제. 그는 1세였다. 표트르 2세와 3세는 위대하지 않았다. 높은 확률로 1세가 아니었기에 위대하지 않았던 것이다. 위대하다는 말과 첫 번째라는 말이 동의어처럼 쓰이는 경우가 지나칠 정도로 많다. 물론…… 여제였던 예카테리나 2세가 있기는 하다. 그녀는 2세였지만, 그럼에도 불구하고 위대한 황제였다. 이 예외를 꼭 짚고 넘어가야 한다. 우리는 이런 예외들을, 그러니까…… 법칙이 있다는 것을 확인시켜 주는 데 그치는 이런 종류의 예외들을 종종 볼 것이다.

안드레이는 뒷짐을 단단히 지고 턱을 가슴께에 닿을 정도로 붙이고 아랫입술을 당기고는 몇 번이나 앞뒤로 왔다 갔다 했고 그때마다 우아하게 자신의 의자를 피해 갔다. 조금 뒤 그는 발로 의자를 치우고 긴장한 손가락으로 탁자를 짚고 눈썹을 추켜세우면서 청중을 주시했다.

위에 아무것도 놓여 있지 않은, 회색 아연으로 도금한 탁자가 그의 앞으로 도로처럼 쭉 뻗어 있었다. 멀리 반대편은 보이지 않았고 노르스름한 안개 저편에서 새어 드는 바람에 촛불들이 흔들렸다. 순간 우울함이 안드레이를 스쳤다. 제기랄, 누군가가 있는데, 이건 규칙에 어긋난다. 누군가가 있다. 그는 저기, 저 탁자 끝에 누가 있는지 볼 수 있어야 했다. 저자를 보는 것이 이놈들을 보는 것보다 훨씬 더 중요한데…… 뭐, 내가 신경 쓸 일은 아니지……

안드레이는 줄지어 앉은 청중을 대충, 거만하게 바라보았다. 그들은 탁자 양옆에 얌전히 앉아 자신의 진중한 얼굴을 안드레이 쪽으로 돌리고 있었다. 돌, 주철, 청동, 금, 황동, 석고, 벽옥으로 만들어진 얼굴들에…… 또 다른 재료로 된 얼굴들도 있었다. 은이라든가. 혹은 연옥이라든가…… 그들의 공허한 눈은 불쾌한 기색을 띠고 있었는데 그도 그럴 것이, 탁자 위로 무릎이 1미터, 혹은 2미터 튀어나온 그 육중한 몸뚱이들에게 기쁠 일이 뭐가 있겠는가. 그들이 말이 없고 움직이지 않아 다행이다. 지금은 그 어떠한 움직임도 용납할 수 없었을 테니. 안드레이는 기꺼움, 심지어는 일종의 쾌감마저 느끼며 자신이 탁월하게 설정한 간극이 끝나 가는 소리를 들었다.

"그런데 무슨 법칙 말인가? 그 내용은 무엇인가? 오로지 그 법칙에만 내재하고 다른 어떤 빈사*에는 없는 실체적 본질이 무엇인가? 유감스럽게도 나는 이 자리에서 조금 낯선 얘기를, 제군들이 듣기에 유쾌할 리 없는 얘기를 해야 할 것 같다…… 바로 위대함에 대해서다! 아아, 위대함은 얼마나 많이 언급되고, 그려지고, 노래로 불리고, 춤이 되었는가! 인류에게 위대함이라는 범주가 없었다면 어떻게 되었겠는가? 흐노이페크 일병조차 고등

연속성의 단절

문명의 정점으로 여겨지는 수준의 벌거벗은 원숭이 도적 떼가 됐을 것이다. 사실이 그렇지 않은가……? 흐노이페크 개개인은 자기 안에 만물의 척도를 갖고 있지 않다.♦♦ 자연 상태의 그는 그저 소화하고 번식하는 법만 배운다. 흐노이페크들은 자신이 하는 그 밖의 다른 행위들을 좋다거나 나쁘다거나 유용하다거나 쓸모없다거나 해롭다고 평가하지 못하며, 바로 이러한 만물의 조건 때문에 흐노이페크들이 다른 행위들을 했을 때 늦든 빠르든 약식 군사재판에, 그의 거취를 완전히 결정할 재판에 넘겨질 수밖에 없다…… 이런 내부 재판정의 부재를 당연하게도, 또한 어쩔 수 없이 외부의 재판정이, 예를 들면 약식 군사재판정 같은 것이 채우게 된다…… 그리고 제군들, 흐노이페크 같은 이들, 또 물론 **미므라** 같은 이들로 이루어진 사회는 외부 재판정을 제대로 신경 쓸 능력 자체가 없다. 그게 약식 군사재판이든 배심원제 재판, 비밀 종교재판, 린치♦♦♦의 재판, 페메 재판,♦♦♦♦ 혹은 소위

♦   명제에서 주어를 규정하는 서술어를 말한다.

♦♦   프로타고라스의 유명한 명제인 '인간은 만물의 척도이다'를 암시한다.

♦♦♦   미국의 치안판사였던 찰스 린치(1736~1796)를 말한다. 미국의 독립 혁명 시기 법적 절차를 생략하고 사형을 구형할 수 있도록 했다.

♦♦♦♦ 중세 독일의 지역 유지들이 관습법에 따라 때로는 비밀리에 열던 재판으로, 그 폐쇄성 때문에 일반 민중에게는 두려움의 대상이었다.

명예재판*이 되었든 말이다. 동무재판이나 그 외의 다른 재판들은 굳이 더 얘기하지 않겠다…… 우리는 앞서 언급한 외부의 재판정들이 그 기능을 일부라도 내부의 재판정으로 넘겨줄 수 있도록 생식기관과 소화기관으로 구성된 호노이페크와 **미므라**의 혼돈을 정리할 수 있는 형식을, 이 난잡한 세상의 형식을 찾아야 했다. 그렇다, 바로 이때 위대함이란 범주가 필요했고 또 유용했다! 제군들, 그런데 문제는 거대하고도 두루뭉술하기 짝이 없는 호노이페크들의 무리, 역시 거대하고도 더더욱 두루뭉술한 **미므라**들의 무리 가운데 인생 목표가 음식 소화나 성행위가 아닌 인격이 간혹 등장한다는 것이다. 그의 욕구를 세 번째 욕구라고 하자! 그런 인격은, 맙소사, 음식을 소화하는 것이나 누군가를 탐미하는 것만으로는 성에 차지 않는다. 그런 인격은, 맙소사, 과거에, 지금까지 없었던 무언가를 창조하고 싶어 한다. 심의 체계라든가 위계 체계 같은 것을 말이다…… 벽에 산양을, 그것도 불알 달린 놈으로 걸어 놓기도 한다. 아프로디테 신화를 지어내고…… 하지만 자신이 왜 이 모든 것을 만들었는지는 스스로도 전혀 모른다. 그리고 사실 거품에서 태어난 아프로디테나 벽에 건 산양이 호노이페크에게 무슨 쓸모가 있겠는가. 불알도 달렸다는데. 물론 그 쓸모를 설명할 가설들이, 그것도 여럿 있기는 하다! 산양은 살코기가 아

연속성의 단절

주 많이 나오는 동물이라든가. 아프로디테 얘기는 굳이
더 하지 않겠다…… 그런데 최대한 솔직하게 터놓고 말
하자면, 이 세 번째 욕구가 어떻게 생겨났는지는 우리의
물질계 과학이 아직 밝혀내지 못했다. 그러나 지금 시점
에 그것을 궁금해해서는 안 될 것이다. 지금 시점에 우리
에게 중요한 것은, 제군들이여, 뭐겠는가? 회색 무리에
서 추잡한 것들에, 귀리죽에, 다리가 다 튼 지저분한 **미므
라**에 만족하지 않는 인격이 돌연 등장한다는 사실이 중
요하다. 그러니까, 그가 누구나 접할 수 있는 리얼리즘에
만족하지 않고 이상을 꿈꾸며 추상적으로 사고하기 시작
했다는 사실이 중요하다. 빌어먹을, 그들은 정신 속에서
귀리죽을 마늘 소스를 곁들인 산양 고기로, **미므라**를 허
벅지가 풍만한 깨끗한 귀부인으로 바꿔 놓기 시작했다.
그리하여 그녀는 바다에서 태어나 그의 품으로 갔다. 물
에서 태어났다, 라니…… 세상에나! 이런 인간은 너무나
귀하다! 이런 인간을 높은 자리에 앉혀 놓고 흐노이페크
라든가 **미므라** 같은 놈들을 한 부대 보내서 그 기생충 같
은 놈들이 자기 위치를 깨닫도록 해야 한다. 여기 너희

♦   소비에트 연방의 스탈린 집권기에 운영되던 기관 내 재판정이다. 공동
    체 안에서 피의자에게 경고하거나 피의자를 정식 수사기관으로 이관하
    는 역할을 했다. 후에 동무재판으로 명칭이 바뀌었다.

도, 더러운 너희도 그처럼 할 수 있겠는가? 라고 말이다. 거기 자네, 자네. 빨강 머리. 이가 득실거리는 자네는 보자마자 먹어 치우고 싶다는 마음을 불러일으킬 만한 커틀릿을 그릴 수 있는가? 아니면 우스운 이야기라도 지어낼 수 있는가? 못 한다고? 너같이 쓸모없는 게 어떻게 감히 그와 어깨를 나란히 하려 했는가? 밭이나 갈러 가라, 밭이나 갈러! 물고기나 낚고 조가비나 양식해라……!"

안드레이는 탁자를 밀치며 일어나더니 고양되어 양손을 비비면서 다시 앞뒤로 오락가락했다. 대단히 멋진 발표였다. 훌륭했다! 발제문 없이도 잘 마쳤다. 이 머저리들 모두 숨죽이고 들었다. 한 명이나 몸을 들썩였을까…… 그래, 내가 이런 사람이다! 물론 난 카츠만이 아니다. 그보다는 말이 없지만, 그래도 자리를 마련해 주면, 나에게 요청하면…… 그래. 저기 탁자의 보이지 않는 맞은편에서도 누군가 이야기를 시작한 것 같다. 웬 유대인이다. 혹시 카츠만이 기어든 걸까? 뭐, 누가 더 잘하는지는 차차 보도록 하자.

"자, 위대함, 범주로서의 위대함은 창조 행위에서 기인했다. 오로지 창조하는 자, 아니, 새로운 것, 이전에 없던 것을 창조하는 자만이 위대하기 때문이다. 그렇다면 제군들, 스스로에게 물어보자. 도대체 누가 그들을 가시밭길로 내몰 텐가? 누가 그들에게, 이 멍청한 놈들아, 어

연속성의 단절

디로 숨는 거냐, 어디를 가는 거냐, 라고 할 텐가? 말하자면, 누가 창조자의—감히 표현하자면—신관이 될 텐가? 그리고 제군들, 신관이 되는 자들은 앞서 말한 커틀릿 혹은, 예컨대 아프로디테를 그릴 능력은 없을지언정 조가비를 양식하기는 죽어도 싫은 자들이다. 창조자들을 관리하는 자, 창조자들을 일렬로 세우는 자, 재능을 강제하거나 바로 그 재능을 나누어 주는 자들이다……! 이때 우리는 역사 속 신과 악마의 역할이라는 문제에 아주 근접한다. 얽히고설킨, 지극히 복잡한 문제로. 우리가 볼 때는 다들 거짓말만 늘어놓는 문제로 직행한다…… 신을 믿지 않는 어린아이도 신은 선인, 악마는 그 반대로 악인이라는 것을 알지 않나. 하지만 제군들, 그거야말로 멍청한 환상이다! 우리가 신에 대해 아는 게 뭔가? 신이 혼돈을 제압하여 질서를 만들 때 악마는 반대로 매일 매시간 그 질서를, 그 형식을 파괴하여 혼돈으로 되돌릴 틈을 엿보고 있다. 그렇지 않나? 그런데 또 다른 측면을 보면, 모든 역사가 가르치듯 개별 인격으로서의 인간은 다름 아닌 혼돈을 지향한다. 인간은 본래의 모습대로 있고 싶어 한다. 인간은 자신이 원하는 것만 하고 싶어 한다. 인간은 언제나 자연으로부터 자유로운 존재라며 시끄럽게 떠들어 댄다. 뭐 하러 멀리서 예를 찾나. 그 유명한 흐노이페크만 봐도 그런데……! 내가 하려는 말을 설마 이해 못 하는 건 아니겠지? 질문 하나 하겠다. 모든 역사를 통틀어 가장 가혹한 폭군들이 뭘 했는지 아는가? 바로 앞서 언급한 혼돈을, 인간 특유의 바로 그 정신없고 추상적인 호노이페크-미므라성[註]을 적절한 방식으로 체계화하고 조직하고 형태를 잡고—웬만하면 일렬로 세우고—한 점에 집중시켜 완전히 근절하려 했다. 더 쉽게 말해, 제거하려 했다. 그리고 그들은 대개 성공했다! 비록 오래가지 않았고 많은 피를 대가로 치러야 했지만…… 이번에는 이렇게 질문해 보겠다. 선인이란 대체 뭔가? 혼돈을, 자유이자 평등이요 박애인 혼돈을 실현하려는 자인가? 혹은 그 호노이페크-미므라성(사회적 엔트로피라고 읽으라!)을 최소한이 되도록 억누르는 자인가? 누구인가? 그게 바로 문제의 핵심이다!"

훌륭한 문장들이었다. 간결하고 정확한 데다 열정적이다…… 그런데 저자는 저기서, 저 끝에서 뭐라고 지껄이는 건가? 맙소사, 웬 교양 없는 놈인가! 다른 사람을 방해하고 정말이지……

안드레이는 문득 경청하는 자들과 나란히 앉은 이들 중 그에게 등을 돌려 뒤통수를 보이는 이들을 몇 명 발견하고는 대단히 불쾌해졌다. 자세히 보았다. 의심의 여지 없이 뒤통수들이었다. 뒤통수가 하나, 둘…… 여섯 개였다! 그는 있는 힘껏 헛기침을 했고 엄격하게 손가락 마

694   연속성의 단절

디로 아연 도금한 상판을 딱딱 두드렸다. 별 효과는 없었다. 그래, 어디 두고 보자. 그가 위협적으로 생각했다. 내가 네놈들을 당장! 라틴어로 뭐라고 하더라……?

"Quos ego!"♦ 그가 호통쳤다. "자신들이 뭐라도 되는 줄 아는가? 우리는 커다랗고 너희는 저기 밑에서 꼬물댄다고 생각하는가? 우리는 돌로 만들어졌고 너희는 부패하는 육신이라고 생각하는가? 우리는 수 세기를 살 테지만 너희는 먼지 한 점, 하루살이라고? 이거나 먹어라!" 그는 그들에게 욕하는 몸짓을 해 보였다. "그런데 누가 네놈들을 기억하겠는가? 진작 잊힌 머저리들에게 떠받들린들…… 아르키메데스라! 그래, 부끄러운 줄도 모르고 발가벗은 채 거리를 뛰어다녔던 이가 있었다…… 그게 뭐 어쨌다는 건가? 문명 수준이 높았더라면 불알 하나를 떼었을 일이다. 그럼 뛰어다니지도 못했겠지. 유레카는 무슨…… 표트르 대제도 마찬가지다. 뭐, 좋다. 차르, 전 루시♦♦의 황제였다…… 우리는 그의 동상을 여기저기서 보곤 했다. 그런데 그의 성이 뭐였는가? 뭐? 기억이 안 난다고? 그런데도 동상들을 많이도 세워 놨구나!

♦ 베르길리우스의 『아이네이스』에 나오는 대사로, 너희를 그냥 두지 않겠다는 위협이다.

♦♦ 현 우크라이나의 수도 키이우(러시아어로 키예프)를 중심으로 한, 러시아의 전신인 동슬라브 공국 키예프 루시를 의미한다.

그를 소재로 작품은 또 얼마나 써 댔는지! 구술시험에서 학생한테 한번 물어보라. 글쎄, 열 명 중 한 명이나 표트르 대제의 성을 기억해 낼까. 위대해 봐야 그렇다……! 그러니 네놈들도 모두 그렇게 되지 않겠는가! 눈을 동그랗게 뜨고는 네놈들을 기억 못 한다고 하거나, 혹은 이름은 기억하는데 성은 모르겠다고 할 거다. 반대로 성만 기억하거나. 칼링가상賞처럼. 이름은…… 이름이 다 뭔가! 그가 뭐 하던 사람인 줄은 아는가? 작가였는지 양모 사기꾼이었는지…… 그런 정보가 대체 누구에게 필요하겠는지 스스로 생각 좀 해 보라. 네놈들을 다 기억해 주다간 보드카 가격을 까먹을 텐데.”

안드레이는 이제 눈앞에 뒤통수들이 열 개 이상으로 늘어나 있는 것을 보았다. 모욕적이었다. 카츠만은 탁자 맞은편 끝에서 점점 더 우렁차게, 더 완고하게, 하지만 여전히 알아들을 수 없게 웅얼대고 있었다.

“기만이다!” 안드레이가 온 힘을 다해 외쳤다. “그게 바로 너희가 추어올리던 위대함이다! 기만! 흐노이페크가 네놈들을 보면 이렇게 생각할 거다. 세상에, 이런 사람들이 살았다니! 이제 술도 끊고 담배도 끊고 나의 **미므라**도 관목마다 자빠뜨리지 말고 도서관에 다니면서 이 모든 걸 다 이루겠노라 결심할 테다…… 내 말은, 흐노이페크라면 응당 그렇게 생각해야 한다는 것이다! 하지

연속성의 단절

만 정작 흐노이페크는 네놈들을 보고서 전혀 다른 생각을 하리라. 네놈들 주위로 네놈들을 보호할 경비병을 세워 두기는커녕 울타리조차 쳐 주지 않을 것이며 그저 주위를 서성이다가 분필로 몇 자 휘갈기고는 다시 자신의 **미므라**에게, 그것도 대단히 만족스러운 기분으로 돌아갈 것이다. 교육적 기능이라고 해 봐야 이렇다! 인류의 기억이라고 해 봐야 이렇다……! 사실 흐노이페크에게 기억이 무슨 빌어먹을 상관인가? 흐노이페크가 무슨 염병할 이유로 네놈들을 기억해야 하는지 나에게 설명해 줄 수 있겠는가? 물론, 네놈들의 모든 정보를 알고 있는 게 긍정적으로 여겨지던 시절도 있었다. 피할 수 없으니 외웠었다. 마케도니아의 알렉산더가 언제 태어나서 언제 죽었다고. 그는 정복자였다고. 그의 말 이름은 부케팔로스였다는 것도. '백작 부인, 그대의 부케팔로스가 지쳤습니다. 한데 저와 동침하고 싶지 않으십니까?' 교양 있고 멀끔하며 사교적이다…… 지금도 물론 학교에서는 외워야 한다. 과두정의 정점을 대표하는 자가 언제 태어났고 언제 죽었는지. 수탈자에 대해 외워야 한다. 대체 누구에게 필요한 일인지 도무지 이해할 수가 없다. 시험만 보고 나면 머릿속에서 완전히 지워질 것을. '마케도니아의 알렉산더 역시 위대한 장군이었는데, 아니 의자는 대체 왜 부수는 건가?'♦ 영화 〈차파예프〉 속 대사다. 본 적 있나?

'동생 미티카가 죽어 가고 있습니다. 미티카는 생선 수프를 먹고 싶댔어요⋯⋯' 이 장면이 나왔던 영화다⋯⋯ 네놈들의 그 알렉산더 대왕을 인용해 봐야 이렇다⋯⋯"

안드레이는 입을 다물었다. 이제껏 한 모든 이야기가 아무짝에도 쓸모없었다. 아무도 그의 얘기를 듣고 있지 않았기 때문이다. 안드레이의 앞에는 뒤통수뿐이었다. 주철이나, 돌, 강철, 연옥으로 만들어진 뒤통수들⋯⋯ 머리를 짧게 깎거나 대머리인, 곱슬머리인, 하나로 묶은, 움푹 파인 뒤통수들이 갑옷과 헬멧, 삼각모에 가려 있었다⋯⋯ 마음에 들지 않는군. 그가 씁쓸하게 생각했다. 진실은 눈을 찌르는 법이다. 찬양과 송가를 듣는 데 익숙해져 있을 테니. 기념비들이란⋯⋯ 그런데, 내가 네놈들에게 못 할 말이라도 했나? 물론 나는 거짓말을 하지 않았고 네놈들에게 비열하게 굴지도 않았다. 생각한 대로 말했을 뿐이다. 위대함을 부정하는 건 아니다. 푸시킨, 레닌, 아인슈타인이 있지 않나⋯⋯ 나는 우상숭배가 싫다. 동상이 아니라 업적을 숭배해야 한다. 어쩌면 업적도 숭배할 필요가 없는지도 모르겠다. 각자 할 수 있는 일을 할 뿐이니. 누구는 혁명을 일으키고 누구는 호각을 분다. 그런데 나에겐 호각을 불 힘조차 없는지도 모른다. 그렇다면 나는 쓰레기인 걸까⋯⋯?

누런 안개 너머에서 목소리가 끊임없이 중얼댔고 이

제는 단어들이 토막토막 끊겨 들렸다. "……보지 못한 것과 비범한 것…… 재앙과도 같은 여건에서…… 그저 너희만이…… 영원한 감사와 영원한 영광을 누릴 자격이 있고……" 나는 바로 이런 걸 도저히 못 참겠다. 안드레이가 생각했다. 영원을 남발하는 걸 보면 정말이지 참을 수 없다. 영원한 형제. 영원한 우정. 언제나 함께. 영원한 영광…… 도대체 이런 것들을 다 어디서 생각해 낸 건가? 영원이 대체 뭐라고 생각하기에?

"거짓말을 멈춰라!" 안드레이가 탁자 너머로 소리쳤다. "양심이 있어야지!"

아무도 안드레이를 신경 쓰지 않았다. 안드레이는 악취가 나는, 분묘와 녹, 산화한 동의 증기를 머금은 바람이 새어 들어 뼛속까지 파고드는 듯한 느낌을 받고는 몸을 뒤로 돌렸다가 다시 앞으로 돌렸다…… 저쪽에서 떠들어 대는 자가 이쟈는 아니지 않나. 안드레이가 기운이 빠져서 생각했다. 이쟈는 태어난 이래 저런 말들을 입에 담은 적이 없다. 내가 괜히 그에게…… 괜히 이리로 왔다. 정말이지 대체 날 왜 이리로 이끈 걸까? 아마도 내가

♦ 니콜라이 바실리예비치 고골의 희곡 『검찰관』(1835)에 나오는 구절로, 감정이 과잉된 상태를 농담조로 지적하는 장면에서 등장한다. 이 구절은 소비에트 영화 〈차파예프〉에서도 인용되었으며 자주 쓰인다.

뭔가를 이해했다는 생각이 들었나 보다. 어쨌든 나도 이미 서른이 넘었으니 이제 뭐가 뭔지 파악할 때도 됐다. 그런데 이 무슨 야만스러운 짓이란 말인가. 동상들에게, 네놈들은 아무에게도 필요 없는 존재라고 설파하다니? 사람들에게 당신들은 아무한테도 필요 없는 존재라고 말하는 것과 마찬가지 아닌가…… 사실이 그럴지도 모르지만, 누가 그걸 믿기는 할까……?

최근 몇 년간 나는 어딘가 변했다. 안드레이가 생각했다. 나는 뭔가를 잃었다…… 목표를 잃었다. 그렇다. 5년쯤 전에는 내가 무얼 위해 이런저런 행동을 하는지 정확히 알고 있었다. 그런데 지금은, 모르겠다. 흐노이페크를 벽에 세워 총살해야 한다는 것은 안다. 그런데 대체 왜 그래야 하는지는 모르겠다. 흐노이페크를 죽이면 일이 훨씬 수월해지리라는 것은 알지만, 어째서 그래야만 하는가. 내가 더 편하게 일하기 위해? 그렇다면 나 하나에게만 필요한 일 아닌가. 자신을 위해서라니. 벌써 몇 년째 자신을 위해 살고 있는데…… 어쩌면 그게 옳을지도 모르겠다. 그 누구도 날 대신해서 살아 주지 않을 테고 나 자신은 스스로 챙겨야 하니까. 하지만 그건 지루하고 울적하고 힘이 빠지지 않는가…… 그러나 선택의 여지가 없다. 안드레이가 생각했다. 내가 이해한 바는 이렇다. 인간은 아무것도 못 하고 아무것도 할 줄 모른다. 단

　　　　　　　　　　　연속성의 단절

한 가지 인간이 할 수 있는 것, 알 수 있는 것은 <u>스스로</u>를 위해 사는 것뿐이다. 이러한 결론이 여지없이 분명하고 또 명백하다는 생각에 그는 이가 갈렸다.

그는 무덤에서 나와서 기둥 그림자로 들어가 인상을 찌푸렸다. 그의 앞에 빈 동상 받침대들이 박혀 있는 노랗게 달궈진 광장이 펼쳐져 있었다. 마치 난로처럼 그것으로부터 열기가 굽이쳐 밀려왔다. 열기와 갈증, 피로⋯⋯ 살아야 하고, 그러므로 행동해야 하는 세상이었다.

이쟈는 그늘진 곳에 두꺼운 책을 펼쳐 놓고 이마를 박은 채 몸을 쭉 펴고 엎드려 자고 있었다. 바지의 엉덩이 부분이 크게 터져 있었고 다 닳은 구두를 신은 발은 부자연스럽게 돌아가 있었다. 멀찍이서부터 그의 땀 냄새가 풍겼다. **벙어리**도 그곳에 있었다. 눈을 감은 채 쪼그려 앉아 기둥에 기대고 있었고 무릎 위에는 자동소총이 얹혀 있었다.

"일어나." 안드레이가 지친 목소리로 말했다.

벙어리가 눈을 뜨고 일어났다. 이쟈는 고개를 들더니 퉁퉁 부은 눈꺼풀 사이로 안드레이를 쳐다봤다.

"박은 어딨어?" 안드레이가 주위를 둘러보며 물었다.

이쟈는 굽은 손가락을 먼지투성이 머리카락에 넣고는 벅벅 긁었다.

"제기랄⋯⋯" 그가 잘 알아들을 수 없게 웅얼거렸다.

"저기, 배가 고파서 참을 수 없는데…… 얼마나 더 있을 거야?"

"지금 갈 거야." 안드레이가 말했다. 그는 계속해서 주위를 살폈다. "박은 어딨는데?"

"오서간에." 이쟈가 입을 쩍 벌려 하품하며 대답했다. "후, 기운이 하나도 없네……"

"어디 갔다고?"

"도서관에 갔어." 이쟈가 벌떡 일어나서는 두꺼운 책을 챙겨 자루에 쑤셔 넣었다. "그가 책을 챙기는 동안 우리가 뭘 하기로…… 지금이 몇 시지? 내 시계는 멈춰서……"

안드레이가 손목시계를 흘끗 봤다.

"3시야." 그가 말했다. "가자."

"먼저 배를 채우고 가는 건 어때?" 이쟈가 우물쭈물 제안했다.

"가면서 먹어." 안드레이가 말했다.

그는 어쩐지 어슴푸레한 불안을 느꼈다. 뭔가 마음에 걸렸다. 뭔가 이상했다. 그는 **벙어리**에게서 자동소총을 받아 들고는 미리 실눈을 뜨고서 달궈진 계단에 발을 디뎠다.

"이것 봐……" 이쟈가 뒤에서 투덜댔다. "이제는 길을 가면서 먹으라네…… 나는 정직한 사람으로서 저 인간을 끝까지 기다렸는데 제대로 먹지도 못하게 하고……

벙어리, 자루 이리 주게……"

안드레이는 뒤돌아보지 않고 빠른 걸음으로 동상 받침대 사이를 지났다. 그 또한 먹고 싶었다. 속에서 먹을 것을 달라고 아우성이었지만 뭔가가 그로 하여금 가도록, 그것도 서둘러 가도록 떠밀었다. 그는 더 편하게 자동소총 벨트를 어깨에 메고는 다시 슬쩍 시계를 봤다. 아직도 3시 1분 전이었다. 그가 손목을 귓가로 들어 올렸다. 시계가 멈춰 있었다.

"이봐, 고문관 나리!" 이쟈가 그를 불렀다. "자."

안드레이는 잠시 멈춰 서서 그에게서 기름진 통조림 돼지고기를 사이에 넣은 갈레트 두 조각을 받았다. 이쟈는 벌써 맛있게 와삭거리며 쩝쩝대는 중이었다. 어디부터 먹어야 더 편할지 샌드위치를 살펴보며 걷던 안드레이가 물었다.

"박은 언제 갔는데?"

"거의 바로 갔어." 이쟈가 입에 음식물을 가득 문 채 말했다. "그 판테온을 같이 봤는데 별로 흥미로운 걸 찾지 못하자 바로 갔지."

"괜한 짓을." 안드레이가 말했다. 그는 무엇이 두려운지 깨달았다.

"괜한 짓이라니?"

안드레이는 대답하지 않았다.

연속성의 단절

제4장

도서관에서는 박의 흔적도 찾을 수 없었다. 당연히 그는 여기로 올 생각이 없었겠지. 책들은 여전히 수북이 쌓여 있었다.

"이상하네." 이쟈가 정신없이 고개를 돌리며 말했다. "사회학 책은 전부 챙길 거랬는데……"

"'박이 이랬고 저랬고……'" 안드레이가 잇새로 말했다. 그는 굽 앞쪽으로 발밑에 엎어져 있는 두꺼운 책을 차고는 계단을 달려 내려갔다. 결국 속였군. 사팔뜨기가 속였다. 극동의 유대인 자식이…… 안드레이 자신도 극동 유대인의 교활함이 뭔지 잘 몰랐지만 온 정신이 일제히 한곳을 가리키고 있었다. 속았다고!

이제 그들은 벽으로 붙어 걸어갔다. 안드레이는 길 오른편에서, 일이 잘못됐다는 것을 이해한 **벙어리**는 왼편에서 갔고 이쟈는 중앙으로 가려고 했다가 안드레이의 고함을 들었다. 고문서 관리자는 재빨리 그에게 다가와 거슬리게 색색대고 비웃듯 콧김을 내뿜으며 뒤에 바짝 따라붙었다. 가시거리는 50미터였고 그 앞으로는 마치 수조 속 같았다. 모든 것이 흐릿하게 흔들렸고 빛이 반사되어 반짝였으며 심지어는 도로 위로 얇은 수초 줄기가 보이는 것만 같았다.

그들이 영화관 옆을 지나갈 때 **벙어리**가 갑자기 멈췄다. 안드레이는 곁눈질로 그를 보고는 역시 멈춰 섰다. **벙어리**는 미동 없이 서 있었다. 마체테를 뽑아 든 손을 내려뜨린 채 귀를 기울이고 있는 듯했다.

"연료 냄새인데……" 뒤에서 이쟈가 조용히 말했다.

안드레이도 즉시 연료 냄새를 느꼈다. 여기 있군, 그가 이를 악물며 생각했다.

벙어리가 마체테를 쥔 손을 들더니 흔들며 길을 따라 나아갔다. 그들은 최대한 몸을 사리면서 20미터 더 나아갔다. 연료 냄새가 짙어졌다. 뜨거운 철과 썩은 누더기, 솔라유 냄새에 더해 달콤하고, 심지어 좋은 냄새가 났다. 저기서 무슨 일이 벌어진 거지? 안드레이가 관자놀이에서 소리가 날 정도로 이를 악물며 생각했다. 그자가 저기서 무슨 일을 벌인 건가? 안드레이는 우울한 기분으로 그의 짓이라 단정했다. 저기서 타는 건 뭐지? 저기서 뭔가가 분명 타고 있는데⋯⋯ 그때 안드레이는 박을 발견했다.

그는 보자마자 박이라고 생각했다. 시체가 낯익은, 바랜 하늘색 서지 점퍼를 입었기 때문이다. 야영지에서 저런 점퍼를 갖고 있는 이는 박뿐이었다. 한국인은 구석에서 다리를 벌리고 고개는 직접 제작한, 총신이 짧은 자동소총 위에 대고 엎어져 있었다. 총신의 방향은 길을 따라 야영지를 향했다. 박은 부풀어 오른 듯 어쩐지 기이하게 뚱뚱했고 그의 손목은 검푸른색으로 반들반들했다.

눈앞에서 보고 있는 광경을 안드레이가 채 이해하지 못한 사이 이쟈가 끄윽 소리를 내며 그를 밀치더니 그의 발을 밟고 사거리로 달려가 시체 옆에 주저앉았다. 안드레이는 침을 삼키고 **벙어리**를 보았다. **벙어리**는 힘차게 고개를 끄덕이고는 마체테로 앞쪽 어딘가를 가리켰고 안드레이는 그가 가리키는 곳, 가시거리의 끄트머리에서 또 한 구의 시체를 보았다. 길 중앙에 누군가가 역시 뚱뚱하고 까맣게 변한 채 쓰러져 있었으며 아지랑이 사이 지붕 위로 굴절된 잿빛 연기 기둥이 올라가는 것이 눈에 들어왔다.

안드레이는 자동소총을 내리고 사거리를 가로질렀

다. 이쟈는 이미 무릎을 일으켜 다가오고 있었는데 안드레이는 어째선지 바로 무슨 일인지 알아차렸다. 하늘색 서지 시체에서 참을 수 없도록 달콤하고도 역겨운 냄새가 풍겼기 때문이다.

"이럴 수가……" 이쟈가 안드레이에게 땀이 흥건한 핏기 없는 얼굴을 돌리며 말했다. "그놈들이 박을 죽였어. 그 비열한 놈들이…… 다 합쳐 봐야 박 하나만 못한 놈들이……"

안드레이는 다리 아래, 발목 뒤쪽 부분에 까만 궤양이 있는 무시무시하게 부푼 인형을 슬쩍 보았다. 흩어진 구리 탄피에 태양 빛이 흐릿하게 반사되었다. 안드레이는 이쟈를 지나쳐 더 이상 몸을 숨기지도 굽히지도 않고 길을 가로질러 또 다른 부푼 인형에게 다가갔다. 벌써 **벙어리**가 그 옆에 쪼그려 앉아 내려다보고 있었다.

그 시체는 누워 있었다. 얼굴이 끔찍할 정도로 부풀고 까맣게 변했지만, 안드레이는 그를 알아볼 수 있었다. 지질학자 중 한 명, 케하다의 촬영 보조인 테드 카민스키였다. 그가 아래에는 팬티만 입고 위에는 왜인지 운전사들이 입고 다니던 솜 조끼를 입고 있다는 점이 특히 무서웠다. 등에 총알을, 그것도 여러 발 관통당했는지 솜 조끼의 가슴께에는 구멍이 잔뜩 났고 구멍에서는 회색 솜뭉치가 비어져 나와 있었다. 5보 떨어진 곳에는 탄창이 떨어진 자동소총이 나뒹굴고 있었다.

벙어리가 안드레이의 어깨를 건드리더니 앞을 가리켰다. 또 한 구의 시체가 길의 오른편 벽에 기대어 웅크리고 있었다. 페르먀크였다. 길 중앙에서 총에 맞았는지 자갈길에는 말라붙은 까만 반점들이 아직 남아 있었다. 그는 고통 속에 끈적끈적하고 까만 흔적을 뒤에 남기면서 벽까지 기어갔고 그곳, 벽 옆에서 괴로워하며 고개를 돌리고 온 힘을 다해 양손으로 총알에 파헤쳐진 배를 끌어안고 죽었다.

그들은 이곳에서 광기 어린 분노에 사로잡혀 서로를 죽였다. 광포해진 맹수들처럼, 분노한 타란툴라들처럼, 배고파서 미친 쥐들처럼. 인간들처럼.

야영지에서 가장 가까운 비포장 골목 한복판의 말라붙은 쓰레기 위에는 테보샨이 엎어져 있었다. 트랙터가 이 골목으로 진입한 다음 엉겨 붙는 흙을 캐터필러로 황급히 짓이기며 절벽으로 달려가는 것을 테보샨이 뒤쫓았던 것이다. 그는 야영지에서부터 총을 쏘아 대며 트랙터를 쫓아갔다. 트랙터에서도 그를 향해 쐈고 바로 이곳, 사거리에서, 그날 밤 두꺼비 얼굴을 한 동상이 서 있던 바로 이곳에서 그를 명중시켰다. 그는 누런 이를 드러내며 쓰러졌다. 먼지와 오물과 피범벅이 된 군복을 입고서. 하지만 죽기 전에, 혹은 죽은 뒤에 그 또한 트랙터를 명

중시켰다. 절벽까지 이어진 길 중간에 캐터필러에 바스러진 흙을 굽은 손가락으로 꼭 쥔 커다랗게 부풀어 오른 포겔 중사의 몸이 볼록 솟아 있었다. 그 뒤로는 트랙터가 포겔 중사 없이 갔을 것이다. 절벽까지, 그리고 아래로, 심연으로.

야영지에서는 트레일러가 느릿느릿 타오르고 있었다. 주홍 불꽃의 혓바닥이 총탄에 어그러지고 열기로 푸르스름하게 까만 옆면을 따라 아직도 흐릿하게 일렁였고, 기름에 전 연기 덩어리가 탁한 하늘로 천천히 올라갔다. 트레일러 위 새카맣게 탄 뭉텅이에서 누군가의 불에 탄 다리가 튀어나와 있었고 그곳으로부터 대단히 군침 도는 냄새가 흘러나와 구역질이 올라왔다.

지도 제작자들이 쓰던 방 창문에 발가벗은 룰리에의 시체가 늘어져 있었다. 그의 털이 수북한 긴 팔은 도로에 닿을 듯 말 듯 했고 도로에는 자동소총이 떨어져 있었다. 창 주위로 온 벽들이 총알에 맞아 부서지고 파여 있었으며 맞은편 길에는 차례로 죽임 당한 바실렌코와 팔로티가 포개어 엎어져 있었다. 그들 주위에 무기는 없었는데 말라붙은 바실렌코의 얼굴에는 어마어마한 충격과 공포가 남아 있었다.

부수석 지질학자와 부수석 지도 제작자, 기술 부관 엘리자우어도 같은 벽 앞에 세워져 총살됐다. 그들은 그렇

연속성의 단절

게 주위로 총탄들이 뚫고 지나간 문 아래 쓰러져 있었다. 엘리자우어는 속바지만 입었고 나머지는 알몸이었다.

악취가 진동하는 이 대학살의 정중앙, 길의 정중앙에는 다리가 알루미늄으로 된 기다란 탁자가 유니언잭으로 싸여 있었는데 그 위에 세인트제임스 대령이 양손을 가슴에 얹고서 평온히 누워 있었다. 정복을 입고 자신의 훈장을 다 달고서. 늘 그랬듯 건조하고 침착하며 심지어는 야유하는 듯한 미소를 띠고서. 옆에는 탁자 다리에 기댄 다간이 잿빛 머리를 도로에 처박고 쓰러져 있었다. 그 역시 정복을 입었으며 양손에는 대령의 부러진 지팡이가 꼭 쥐어져 있었다.

이들이 전부였다. 군인 여섯 명, 호노이페크를 포함한 여섯에 기술자인 케하다, 출신 미상의 **미므라**, 2번 트랙터와 2번 트레일러는 사라졌다. 남은 것은 시체와 산더미처럼 쌓인 지질학 장비들, 피라미드처럼 쌓인 자동소총 몇 정이었다. 그리고 악취, 또 기름 낀 그을음이 남아 있었다. 타들어 가는 트레일러에서 나는, 숨이 막힐 것 같은 구운 고기 악취가 남아 있었다. 안드레이는 자신이 쓰던 방으로 들어가 소파에 쓰러져 신음 소리를 내며 팔에 머리를 묻었다. 전부 끝났다. 영원히. 아픔에 대한 구원도, 부끄러움에 대한 구원도, 죽음에 대한 구원도 없었다.

……내가 그들을 여기로 데려왔다. 내가. 내가 그들을, 여기에 그들만, 겁쟁이들만, 비열한 놈들만 내팽개치고 갔다. 나는 쉬고 싶었다. 나라는 비열한 놈, 결벽한 놈, 침흘리개는 그들의 주둥아리에서 벗어나 쉬고 싶었다…… 대령님, 아, 대령님! 당신은 죽으면 안 됐습니다. 죽으면 안 됐어요……! 내가 가지 않았더라면 그는 죽지 않았겠지. 그가 죽지 않았더라면 그 누구도 감히 찍소리 못 했을 텐데. 짐승 같은 놈들, 짐승들…… 하이에나 같은 놈들! 진작 총살했어야 했다. 총살했어야 했다……!

그는 다시 길게 신음을 내뱉고는 축축한 뺨을 소매로 문질러 댔다. 도서관에서는 쉴 틈이 있었는데…… 동상들에게 연설을 했고…… 칠칠치 못한 자식, 헛소리꾼. 전부 망쳤다. 전부 잃었다…… 그러니 이제 뒈져라, 이 개자식! 아무도 울어 주지 않을 거다. 너 같은 게 대체 누구에게 필요하겠나……? 하지만 두렵단 말이다. 두렵다…… 서로 쫓고 총을 쏘고. 쓰러진 자에게 쏘고 죽은 자에게 쏘고, 욕을 하고 뺨을 때리며 벽 앞에 세워 놓고 쏘고…… 네놈들, 네놈들은 대체 어디까지 간 것인가, 응? 내가 네놈들을 얼마나 몰아붙였기에……? 어째서? 어째서 이런 짓을?!

그는 꼭 쥔 두 주먹으로 책상을 내려치고는 몸을 일으켜 손바닥으로 얼굴을 쓸었다. 창밖에서 이쟈가 무시무시한 목소리로 알아들을 수 없게 소리치고 **벙어리**가 진정시키듯 비둘기처럼 꾸르륵대는 소리가 들렸다. 살고 싶지 않다. 안드레이가 생각했다. 살고 싶지 않다. 이 모든 게 나와 무슨 상관인가…… 그는 책상에서 일어섰다. 저기로, 이쟈에게, 사람들에게 가야지. 그러다가 그는 문득 앞에 펼쳐져 있는 탐사 일지를 발견했다. 그는 혐오스럽다는 듯 밀어 치웠다가 마지막 쪽이 자신의 기록이 아니라는 것을 알아차렸다. 그는 다시 자리에 앉아 읽기 시작했다.

케하다가 쓴 기록이었다.

'31일 차. 어제, 탐사 30일째 되는 날 아침, 보로닌 고문관과 고문서 관리자 카츠만, 이주민 박이 일과가 끝나는 시간까지 야영지로 돌아오는 일정으로 사전 조사에 나섰으나 복귀하지 않았다. 오늘 14시 30분 탐사대의 임시 책임자 직책을 맡은 세인트제임스 대령이 급성 심장마비로 사망했다. 보로닌 고문관이 아직 사전 조사에서 복귀하지 않았기에 본인이 탐사대 지휘권을 갖는다. 서명. 과학 탐사대 부책임자 D. 케하다. 탐사 31일 차. 15시 45분.'

이후로는 식량과 물 소비량, 기온, 풍속을 평소처럼 기록해 놓은 자잘한 정보들이 있었고 포겔 중사를 군부 책임자로 임명했다는 내용과 기술 부관 엘리자우어에게 일의 진척이 더디다고 꾸중한 일, 역시 그에게 전력을 다해 2번 트랙터를 고치라고 지시한 일이 기록되어 있었다. 이어서 케하다는 이렇게 적었다.

'나는 내일 급작스럽게 사망한 세인트제임스 대령의 장례식을 열고 장례식 직후 단단히 무장한 부대를 파견해 보로닌 고문관의 사전 조사 팀을 수색할 계획이다. 사라진 조사 팀을 발견하지 못할 경우 탐사대 철수 명령을 내릴 생각이다. 이 이상 앞으로 가는 것은 이전보다 더 의미가 없기 때문이다.'

'32일 차. 사전 조사 팀은 복귀하지 않았다. 간밤에 일어난 말도 안 되는 몸싸움 건으로 지도 제작자 룰리에와 흐노이페크 일병, 테보샨에게 마지막 경고를 했고 하루 동안 물 배급을 하지 않……'

이후에는 종이에 까만 지그재그와 잉크 튄 자국이 있었고 기록은 여기서 멈췄다. 아마 밖에서 총격이 시작되었을 테고 케하다는 뛰쳐나갔다가 더 이상 돌아오지 못했겠지.

안드레이는 기록을 두 번 읽었다. 그래, 케하다. 네 놈은 그걸 원했지. 원하던 걸 얻었군. 그런데 나는 박에게 모든 걸 뒤집어씌우기나 했고…… 그에게 안식이 있기를…… 눈앞에 바랜 푸른 점퍼를 입은 부풀어 오른 인형이 떠올라 그는 입술을 깨물며 인상을 썼다. 불현듯

　　　　　　　　연속성의 단절

32일 차라고 쓰여 있던 게 떠올랐다. 어떻게 32일 차인가? 30일 차여야 하는데! 어제 내가 28일 차 일지를 썼는데…… 그는 서둘러 일지를 넘겼다. 그래. 28일 차였다…… 그렇다면 그 부풀어 오른 시체들은, 그들은 벌써 여러 날 쓰러져 있는 거고…… 맙소사, 어떻게 된 일이지……? 하루, 이틀…… 오늘이 대체 며칠이지? 우리가 길을 나선 게 오늘 아침인데!

순간 그는 뜨거웠던, 텅 빈 동상 받침대들만이 서 있던 광장과 판테온의 얼음장 같던 어둠, 끝없이 긴 탁자에 앉아 있던 눈먼 동상들을 떠올렸다…… 오래전 일이었다. 아주 오래전이었다. 그래…… 뒤틀린, 그러니까, 악한 힘이 나를 현혹시키고 속이고 의식을 흐리게 만든 것이다…… 나는 그날 돌아올 수도 있었고 살아 있는 대령을 만났을 수도 있고 이런 짓을 용납하지 않았을……

문이 벌컥 열리더니 이쟈가 정신 나간 표정으로 들어왔다. 방금 여자 같은 목소리로 창밖에서 비명을 지르던 사람이 맞나 싶을 정도로 그의 앙상한 얼굴은 바짝 마르고 어둡고 분노에 차 있었다. 그는 구석에 반쯤 빈 자루를 던지고 안드레이의 맞은편 소파에 앉아 입을 열었다.

"시체들은 최소 사흘 이상 됐어. 무슨 일이 일어나고 있는 건지 알겠어?"

안드레이는 말없이 책상 저쪽으로 그에게 탐사 일지

를 밀었다. 이쟈는 획 잡아채서는 단숨에 기록을 읽어 삼
켰고 충혈된 눈을 들어 안드레이를 보았다.

안드레이는 비죽 웃으며 말했다.

"**실험**은 **실험**이지."

"망할, 이런 거지 같은 일이……" 이쟈가 적개심과 혐
오를 담아 말했다. 그는 다시 한번 기록을 훑고는 책상에
일지를 내던졌다. "망할 놈들!"

"내 생각에는 광장에 우리를 묶어 뒀던 것 같아. 동상
받침대들이 있던 광장에……" 안드레이가 말했다.

이쟈가 고개를 끄덕이더니 소파에 등을 기대고 앉아
턱을 치켜들고 눈을 감았다.

"그럼 고문관, 이제 어떻게 할까?" 그가 물었다.

안드레이는 아무 말도 하지 않았다.

"총으로 자살할 생각은 하지도 마!" 이쟈가 말했다.
"내가 널 알지…… 공산주의청년동맹원에…… 매파!"

안드레이는 다시 비죽 웃으며 목깃을 잡아당겼다.

"저기," 안드레이가 입을 열었다. "여기서 나가 어디
로든 가자고……"

이쟈가 눈을 뜨고 그를 응시했다.

"창밖에서 나는 악취를……" 안드레이가 힘겹게 말했
다. "도저히 못 참겠어……"

"내 방으로 가지." 이쟈가 말했다.

　　　　　　　　　　　　　연속성의 단절

복도에서 **벙어리**가 그들을 보고 일어섰다. 안드레이는 아무것도 걸치지 않은 그의 근육질 팔을 잡아 끌어당겼다. 그들은 다 함께 이쟈의 방으로 갔다. 이 방의 창은 다른 쪽 길로 나 있었다. 창밖의 낮은 지붕 위로 **노란 벽**이 높이 솟아 있었다. 여기에서는 전혀 악취가 나지 않았고 왜인지 서늘하기까지 했는데 앉을 곳이 없다는 게 문제였다. 온 바닥과 사방에 종이와 책이 널브러져 있었다.

"바닥에 앉아, 바닥에." 이쟈가 이렇게 말하더니 본인은 어질러져 지저분한 침대에 털썩 앉았다. "생각해 보자고." 그가 말을 이었다. "나는 뒈질 생각 없어. 나는 여기서 할 일이 아직 많이 남았다고."

"생각할 게 있기는 한가?" 안드레이가 음울하게 대꾸했다. "다 마찬가지야…… 물이 없어. 그놈들이 가져갔고 먹을 건 전부 타 버렸어. 돌아갈 길도 없지. 사막을 지날 수는 없으니…… 우리가 그 못된 놈들을 따라잡는다 해도…… 아니지. 어떻게 그놈들을 따라잡겠어. 며칠이나 지났는데……" 그는 잠시 입을 다물었다. "그래도 물을 찾는다면…… 네가 말한 그 급수탑까지 멀어?"

"20킬로미터야." 이쟈가 말했다. "30킬로미터일 수도 있고."

"밤에 움직인다고 치면, 서늘한 곳으로……"

"밤에는 갈 수 없어. 어두워. 늑대도 있고." 이쟈가 말했다.

"여기는 늑대 없어." 안드레이가 반박했다.

"그걸 네가 어떻게 알아?"

"그럼 망할, 총으로 자살하자고." 안드레이가 말했다.

안드레이는 이미 자신이 총으로 자살하지 않으리란 것을 잘 알았다. 그는 살고 싶었다. 이전에는 자신이 이 토록 강렬히 살고 싶어 하는 줄 전혀 몰랐다.

"그래, 알았어." 이쟈가 말했다. "솔직하게 말한다 면?"

"솔직히 말하면 나는 살고 싶어. 그리고 살아 낼 거야. 이제 아무것도 상관없어. 우리는 이제 너와 나 둘뿐이라 고. 이해해? 우리는 이제 함께 살아남아야 해. 그게 다 야. 그리고 그 자식들은 모두 뒈지라지. 우리는 물을 찾 은 다음 그 주위에서 살면 돼."

"그래." 이쟈가 말했다. 그는 침대에 앉아 손을 셔츠 아래로 넣어 긁어 대기 시작했다. "낮에는 물을 마시고 밤에는 널……"

안드레이는 무슨 말인지 이해하지 못한 채 그를 쳐다 봤다.

"또 할 말 있어?" 안드레이가 물었다.

"아직은 없어. 네 말이 다 맞아. 먼저 물을 찾아야지. 물이 없으면 금방 죽을 테니. 그다음 일은 가서 생각해 보자…… 지금 생각은 이래. 상황을 보아하니 그들은 살육이 일어난 직후에 여기서 정신없이 도망쳤을 거야. 두려웠겠지. 그러니 급히 트레일러를 타고 부리나케 갔을 테고! 우리는 건물 안을 뒤져 봐야 해. 여기에서 물이랑 식량을 찾을 수 있을지도……"

이쟈는 더 할 말이 있는 것 같았는데 입을 쩍 벌린 채 멈췄다. 그의 눈동자가 휘둥그렇게 커졌다.

"봐, 보라고!" 그가 공포에 질려 속삭였다.

안드레이는 곧바로 창문 쪽으로 몸을 돌렸다.

처음에는 별다른 점을 눈치채지 못했다. 그저 멀리서 덜컹거리는 소리만 들렸다. 산사태가 난 듯 어디선가 돌들이 쏟아져 내리는 소리 같았다…… 잠시 뒤 그의 눈이 지붕들 위 노란 수직 절벽을 따라 무언가가 움직이는 것을 포착했다.

위쪽, 세계가 사라지는 곳에 있는 푸르스름하고 허연 안개로부터 기이한 삼각 형태의 구름이 꼭짓점을 아래로 향한 채 빠르게 내려오고 있었다. 그 구름은 하염없이 높은 곳에서 내려왔는데 벽의 하단까지는 아직 한참 멀었지만, 너무나 익숙한 윤곽을 가진 육중한 몸체가 돌출부에 부딪쳐 튀어 오를 때마다 앞부분이 맹렬히 회전하는 것이 아주 잘 보였다. 부딪칠 때마다 그 몸체에서 조각이 떨어져 주위로 흩어졌고 돌 부스러기가 사방으로 날렸으며 밝은 먼지 뭉치가 부풀어 오르면서 구름에 끌려 들어가 귀퉁이에 흡수되어 한 덩어리로 합쳐졌는데 그 모습이 쾌속정의 선미에 이는 거품 물결 같았다. 멀리서 우르릉대는 꽹음이 점점 커지더니 여러 충격음들로, 반석들이 쪼개지는 소리와 거대한 지층이 부스럭 움직이는 소리로 갈라졌다……

"트랙터야!" 이쟈가 목소리를 쥐어짜 외쳤다.

안드레이는 마지막 순간에야, 망가지고 너덜너덜해진 기계가 맹렬히 지붕 뒤로 사라졌을 때에야 이쟈의 말을 이해했다. 발밑이 엄청난 충격으로 흔들렸고 붉은 먼지기둥이 회오리를 치면서 올라갔으며 공기 중에 금속판 조각들과 분진 뭉치들이 날아다녔다. 찰나가 지나고 그 모든 것이 누런 흙 사태의 퇴적물 아래로 자취를 감췄다.

그들은 한참 더 아무 말 없이 흔들리고 갈라지고 바스락대고 구르는 소리를 들었고 그러는 내내 발밑이 흔들리고 있었다. 지붕들 위, 이미 움직임이 없는 누런 구름 너머에는 아무것도 보이지 않았다.

"믿을 수 없어!" 이쟈가 말했다. "어떻게 그것들을 저기까지 끌고 갔지?"

"뭘?" 안드레이가 멍하니 물었다.

"우리 트랙터였잖아. 이 멍청아!"

"우리 트랙터? 도망친 트랙터?"

연속성의 단절

이쟈는 입을 다물고는 더러운 손가락으로 힘껏 코를 문질렀다.

"몰라. 아무것도 모르겠군…… 자넨 알겠나?" 이쟈가 **벙어리**를 돌아보며 불쑥 물었다.

그는 평온하게 고개를 끄덕였다. 이쟈는 짜증스럽게 자기 무릎을 내려쳤고 그때 **벙어리**가 기이한 몸짓을 했다. 집게손가락을 앞으로 쭉 내밀고는 큰 동작으로 그것을 바닥으로 내려뜨리더니 허공에 기다란 원을 그리고선 머리 위로 올렸다.

"그래서?" 이쟈가 지푸라기라도 잡듯 물었다. "그래서?"

벙어리는 어깨를 으쓱하고는 같은 동작을 반복했다. 그리고 안드레이는 갑자기 떠올렸다. 떠올리자마자 모든 것을 이해했다.

"'추락하는 별들'이야!" 안드레이가 말했다. "아니 세상에……!" 그는 씁쓸하게 웃음을 터뜨렸다. "맙소사, 그걸 이제 이해했다니……!"

"네가 뭘 이해했는데?" 이쟈가 외쳤다. "무슨 별들?"

안드레이는 계속 웃으며 손을 휘저었다.

"아무것도 아냐." 그가 말했다. "아무것도 아니야, 아니라고! 우리가 지금 그것까지 신경 쓸 수 있겠어? 카츠만, 얘기는 충분히 했어! 우리는 살아남아야 해. 알아들어? 살아남아야 한다고! 이 더럽고 거짓된 세상에서! 카츠만, 우리는 물을 찾아야 해……!"

"잠깐만, 잠깐……" 이쟈가 웅얼거렸다.

"난 더 이상 아무것도 이해하고 싶지 않아!" 안드레이가 주먹을 꼭 쥐고 흔들며 고함쳤다. "난 더 이상 아무것도 이해하고 싶지 않아! 난 아무것도 알고 싶지 않다고……! 카츠만, 저기 시체들이 나뒹굴고 있었어! 시체들……! 그들도 살고 싶었을 텐데! 그런데 이제는 그저 부풀어 올라 썩고 있지!"

이쟈는 턱을 쭉 빼더니 침대에서 내려가 안드레이의 점퍼를 잡아서 억지로 바닥에 앉혔다.

"조용히 하라고!" 이쟈가 엄청나게 색색대며 말했다. "낯짝을 갈겨 줄까? 언제든 말만 해. 이 멍청한 자식!"

안드레이는 이를 갈며 입을 다물었다. 이쟈는 무거운 숨을 내쉬며 침대로 돌아가서는 다시 몸을 벅벅 긁어 댔다.

"그는 시체들을 본 적이 없어……" 그가 중얼거렸다. "그는 이 세상을 본 적이 없다고…… 이 머저리야."

안드레이는 손바닥에 얼굴을 파묻은 채 의미 없고 혐오스러운 외침이 올라오는 것을 억누르고 짓밟았다. 의식의 언저리에서는 자신에게 무슨 일이 일어나고 있는지 이미 이해했고 그게 도움이 됐다. 너무나 두려웠다. 이곳에, 죽은 자들 가운데 있는 것이. 아직은 살아 있지만, 사실은 이미 죽어 있다는 것이…… 이쟈가 뭐라고 말했으나 그는 듣지 않았다. 잠시 후 그는 상념에서 벗어났다.

"뭐라고?" 안드레이가 얼굴에서 손을 떼며 물었다.

"군인들 방을 뒤지러 간다고. 너는 지식인 방을 뒤져봐. 케하다 방도 뒤져 보고. 거기 어딘가 지질학 팀의 비상 구호 물품이 분명 있을 거야…… 표류 말고 동면을 하자고……"

그 순간 태양이 꺼졌다.

"제기랄! 이렇게 안 좋은 때에!" 이쟈가 말했다. "이젠 램프도 찾아야 하네…… 잠깐만, 네 램프가 내 방에 있을 텐데……"

"시계." 안드레이가 힘겹게 내뱉었다. "시계를 맞춰야 해……"

그는 손목을 눈가로 올려서 인광을 내뿜는 시곗바늘을 보며 12시 정각에 맞춰 두었다. 이쟈는 잇새로 욕설을 내뱉으며 어둠 속을 서성거렸고 왜인지 침대를 움직이고 종이를 바스락댔다. 그러더니 칙 하고 성냥불이 켜졌다. 이쟈는 방 중앙에 무릎으로 서서 성냥으로 이곳저곳 비추어 보았다.

"뭐 하고 앉았어, 제기랄……!" 이쟈가 고함쳤다. "램프를 찾으라고! 빨리. 성냥이 세 개밖에 없단 말이야……!"

안드레이는 억지로 일어섰지만 **벙어리**가 이미 램프를 찾아 유리 갓을 열고 이쟈에게 전달했다. 주위가 조금 더 밝아졌다. 이쟈는 집중하여 턱수염을 움찔거리며 심지를 조절했다. 그는 서툴렀고 심지는 말을 듣지 않았다. 땀으로 온몸이 빛나는 **벙어리**는 구석으로 돌아가 쪼그려 앉아서 거기서 어린아이의 것 같은 부은 눈으로 애처롭고 또 충성스럽게 안드레이를 바라보았다. 군대. 박살 난 군대의 파편들……

"램프 이리 내." 안드레이가 말했다.

그는 이쟈에게서 램프를 뺏어 들고 심지를 조절한 다음 명령조로 말했다.

"가자."

그는 대령이 쓰던 방 문을 밀었다. 이곳 창문들은 꽉 닫혀 있었고 유리도 그대로였으며 그 덕에 악취도 전혀 나지 않았다. 담배와 화장수 냄새가 났다. 대령의 냄새였다.

전부 반듯하게 정돈되어 있었다. 꾸려 둔 짐 가방 두 개의 질 좋은 가죽이 빛을 반사했고 이동용 접이식 침대는 주름 하나 없이 놓여 있었으며 머리 높이에 박힌 못에는 총집이 달린 어깨띠와 챙이 큰 제복모가 걸려 있었다. 구석의 육중한 협탁 위 원형 펠트 받침에는 가스램프가

연속성의 단절

세워져 있었고 그 옆에는 성냥갑과 책 뭉치와 쌍안경 함이 놓여 있었다……

안드레이는 자신의 램프를 책상에 놓고 다시 한번 둘러보았다. 텅 빈 선반 위에 물병과 잔들이 뒤집혀 놓여 있는 쟁반이 보였다.

"가져오게." 그가 **벙어리**에게 말했다.

벙어리는 얼른 다가가 쟁반을 꺼내서 책상 위 램프 옆에 놓았다. 안드레이는 잔에 코냑을 따랐다. 잔은 두 개뿐이어서 자기 것은 플라스크 뚜껑에 따랐다.

"마시지." 그가 말했다. "삶을 위하여."

이쟈는 인정한다는 듯 그를 쳐다보고는 잔을 들어 술을 아는 양 향을 맡았다.

"좋은 술인걸!" 이쟈가 말했다. "그러니까, 삶을 위하여라 이거지……? 그런데 이게 삶이긴 한가?" 그는 **벙어리**와 술잔을 부딪치고 나서 단숨에 마셨다. 그의 눈이 촉촉해졌다. "좋네……" 그가 살짝 목쉰 소리로 웅얼거렸다.

벙어리도 마셨다. 물 마시듯 별다른 감흥 없이. 반면 안드레이는 아직 가득 채운 뚜껑을 들고 선 채, 마시기를 서두르지 않았다. 그는 뭔가 더 말하고 싶었지만 스스로도 무슨 말을 하고 싶은지 몰랐다. 또 하나의 중요한 단계가 끝나고 새로운 단계가 시작되었다. 내일 좋은 일이라고는 아무것도 없겠지만 내일은 어쨌든 현실이었다. 그 점이 특별히 와닿았는데 내일이 어쩌면 아주, 아주 조금 남은 생 중 하루일 수도 있다는 생각이 들어서였다. 안드레이로서는 아주 낯설고 아주 강렬한 감각이었다.

그는 무슨 말을 더 해야 할지 생각해 내지 못했다. 그저 했던 말을 다시 했을 뿐이었다. "삶을 위하여." 그러고서 뚜껑을 비웠다.

조금 뒤 안드레이는 대령의 가스램프에 불을 붙인 다음 이쟈에게 건네며 경고했다.

"이것도 한번 깨뜨려 봐. 이 칠칠맞은 턱수염 자식, 모가지를 때려 줄 테니……"

이쟈는 기분이 상해 툴툴거리며 멀어졌고 안드레이는 대충 방을 살펴며 차마 나가지는 못하고 있었다. 당연히 이곳을 뒤져 봐야 한다. 아마 다간이 대령을 위해 숨겨 둔 물품이 있을 것이다. 하지만 이곳을 뒤지는 건 왜인지…… 부끄러웠다고나 할까?

"주저하지 말아요, 안드레이. 주저할 것 없어요." 불쑥 낯익은 목소리가 들렸다. "죽은 자들에게는 아무것도 필요하지 않습니다."

벙어리가 책상 가장자리에 앉아 다리를 흔들고 있었다. 그는 이미 **벙어리**가 아니었다. 정확히는, 절대 **벙어리**가 아니었다. 그는 이전과 마찬가지로 바지만 입었고 두

연속성의 단절

꺼운 혁대에는 마체테를 차고 있었으나 그의 피부는 이제 번들거리지 않고 메말랐으며 얼굴도 동그래졌고 볼에는 건강한 살굿빛 홍조가 돌았다. 자신의 페르소나로 등장한 **인도자**였다. 그리고 안드레이는 **인도자**를 보고서 처음으로 기쁨도, 희망도, 고양감도 느끼지 못했다. 그는 불쾌하고 불편했다.

"또 오셨군요…… 오랜만이네요……" 그가 **인도자**에게 등을 돌리며 퉁명스럽게 말했다.

그는 창가로 가 뜨뜻한 유리에 이마를 대고는 트레일러에서 타오르는 불꽃이 어렴풋이 빛나는 어둠을 바라보기 시작했다.

"우리는 여기에서, 보시다시피 죽으려던 참이에요……"

"왜 죽나요?" **인도자**가 쾌활하게 말했다. "살아야지요! 죽음은 언제라도 늦지 않고 이르기만 하지 않습니까?"

"물을 찾지 못하면요?"

"물을 찾을 수 있을 겁니다. 언제나 찾았고 이번에도 찾을 겁니다."

"좋아요. 찾는다고 쳐요. 평생을 그 옆에서 산다고요? 그럴 거면 뭐 하러 살죠?"

"그럼, 애초에, 왜 사는 걸까요?"

"바로 그걸 생각하는 중이에요. 왜 살죠? 저는 멍청한 일생을 살았어요. **인도자**님. 아주 바보 같았죠…… 언제나 어중간해서는 어쩔 줄을 몰랐어요. 위로도 아래로도 향하지 못했고요. 처음에는 어떤 사상을 위해 투쟁했습니다. 그다음에는 구하기 힘든 카펫을 손에 넣기 위해 투쟁했고, 그다음에는 완전히 제정신이 아니게 되어서…… 이렇게 사람들을 죽였네요……"

"아니, 아니. 그건 그리 중요하지 않습니다." **인도자**가 말했다. "사람들은 언제나 죽어요. 그런데 그게 왜 당신 탓입니까……? 당신은 새로운 단계에 진입하고 있어요, 안드레이. 그리고 내가 볼 때는 아주 중요한 단계죠. 일반적으로는 모든 게, 바로 이렇게 되어서 잘되었다고까지 할 수 있습니다. 늦든 빠르든 이 모든 일들은 반드시 일어나야만 했을 테니. 탐사는 실패할 운명이었지 않습니까. 또한 당신은 이 중요한 경계를 넘지 못하고 죽을 수도 있었어요……"

"그게 대체 무슨 경계인지 궁금한데요?" 안드레이가 비웃으며 말했다. 그는 **인도자** 쪽으로 얼굴을 돌렸다. "사상들이 있었지요. 공공의 선을 둘러싼 터무니없는 이야기나, 혹은 애송이들에게나 먹힐 만한 헛소리 같은 것들요…… 저는 이미 성공을 거뒀으니 됐어요. 고맙게도 지도자 위치에 충분히 앉아 있었고요…… 그런 제게 또 무슨 일이 일어날 수 있단 말입니까?"

"깨달음이죠!" **인도자**가 약간 목소리를 높이며 말했다.

"깨달음이라고요? 뭘 깨닫는데요?"

"깨달음입니다." **인도자**가 되뇌었다. "그게 바로 당신이 한 번도 경험하지 못했던 겁니다. 깨달음!"

"당신이 말하는 그 깨달음은 지금 저한테 차고 넘친다고요!" 안드레이가 자신의 손날로 목울대를 쳤다. "이제 전 세상의 모든 걸 이해해요. 30년이 그 깨달음을 향한 여정이었고 이제 막 도달했어요. 저는 아무에게도 필요치 않은 존재지만, 사람들은 모두들 아무도 필요로 하지 않아요. 제가 있든 없든, 제가 투쟁을 하든 침대에 누워 있든 아무런 차이가 없어요. 그 무엇도 바꾸면 안 되고 그 무엇도 바로잡아선 안 돼요. 그저 존재하는 것만이 가능할 뿐이에요. 더 잘 있든 더 안 좋은 상황에 있든. 모든 게 제멋대로 흘러가는데 제가 무슨 역할을 하겠어요. 당신이 말한 그 깨달음이라는 것도 말이죠, 전 더 이상 깨달을 게 없어요. 차라리 제가 그 깨달음을 어째야 하는지 말해 주시죠? 겨우내 절여 둘까요, 아니면 당장 먹어버릴까요……?"

인도자가 고개를 끄덕였다.

"바로 그거예요." 그가 말했다. "그게 바로 마지막 경계선입니다. 깨달음으로 뭘 할 것인가? 깨달음을 얻은 후에는 어떻게 살 것인가? 어쨌든 살긴 살아야 할 것 아닙니까!"

"깨달음이 없을 때 살아야지요!" 안드레이가 조용히 분노하며 말했다. "깨달음을 얻었으면 죽어야지요! 제가 이 정도로 겁쟁이가 아니었다면…… 그 망할 원형질이 제 안에서 이토록 비명을 지르지만 않았더라면 뭘 해야 할지 알았을 겁니다. 전 밧줄을 들고 아주 세게……"

그는 입을 다물었다.

인도자가 플라스크를 들고는 조심스럽게 잔 하나를 채우고 또 한 잔을 채운 다음 골똘히 생각에 잠긴 채 뚜껑을 돌려 닫았다.

"당신이 겁쟁이가 아니라는 것부터 시작합시다." 그가 말했다. "그리고 당신이 밧줄을 사용하지 않은 건 두려워서가 절대 아니지요…… 당신의 무의식 어딘가 그리 깊지는 않은 곳에 장담컨대 희망이 있습니다. 깨달음을 얻고도 살 수 있다는 확신도 있지요. 그리고, 사는 건 나쁘지 않아요. 재미있죠." 그는 손톱으로 책상 위의 잔 하나를 안드레이 쪽으로 밀었다. "당신의 아버지가 당신에게 『우주 전쟁』을 읽으라고 강요했던 일, 그리고 당신이 그 책을 어찌나 싫어했는지, 몹시 화를 내고 그 망할 책을 소파 밑에 쑤셔 넣은 뒤 다시 삽화로 가득한 『허풍

선이 남작의 모험』을 읽었던 걸 기억합니까…… 당신은
웰스가 지겨웠고 웰스를 역겹다고 생각했고 대체 왜 그
가 당신에게 주어졌는지 몰랐으며 당신 삶에 웰스가 없
길 바랐습니다…… 그러나 얼마 후 당신은 그의 책을 스
무 번 재독하고 통째로 외웠으며 책의 삽화를 그렸고 심
지어는 그 후의 이야기까지 쓰려고 했지요……"

"그게 어쨌다는 겁니까?" 안드레이가 음울하게 물었
다.

"그런 적이 한두 번이 아니었습니다!" **인도자**가 말
했다. "그리고 앞으로도 수차례 그러겠지요. 당신은 방
금 깨달음을 얻었고 그것에 구역질이 날 테고 대체 왜 그
게 주어졌는지 모를 테고 깨달음 없이 살고 싶을 겁니
다……" 그가 자기 잔을 들었다. "지속을 위하여!" 그가
말했다.

안드레이는 책상으로 다가가 잔을 들어 입술에 가져
다 대면서 모든 음울한 의혹들이 다시 사라지고 앞에 무
언가가, 불투명해 보이는 어둠에 무언가가 반짝이고 있
음에 익숙한 안도감을 느꼈다. 이제 마셔야 한다. 그리고
힘차게 빈 잔을 책상에 내려놓아야 하고 뭔가 열의에 찬
씩씩한 말을 해야 하며 일에 착수해야 했다. 하지만 그
때 어떤 제삼자가, 이제까지 항상 아무 말 없던, 30년 내
내 입을 다물고 있던―잠을 자고 있었는지 술에 취해 쓰

러져 있었는지 아니면 그 무엇에도 관심이 없었는지—제
삼자가 갑자기 킥킥거리더니 단 하나의 무의미한 말만을
반복했다. "띠리리, 띠리리……!"

안드레이는 코냑을 바닥에 쏟아 버린 다음 잔을 쟁반
에 던지고 양손을 주머니에 넣고는 이렇게 말했다.

"**인도자님**, 제가 뭘 또 깨달았는데 말입니다…… 당
신은 마시세요. 건강을 위하여 마시세요. 저는 마시고 싶
지 않습니다." 더는 그의 발그레한 얼굴을 보고 있을 수
없었다. 안드레이는 그를 등지고 다시 창가로 갔다. "**인
도자님**, 저한테 너무 오냐오냐하시네요. 뻔뻔스러울 정
도로 너무 오냐오냐하신다고요. 제2의 보로닌 씨, 누런
고무로 만들어진 나의 양심, 이미 쓴 콘돔 같은 양심이군
요…… 보로닌, 당신한테는 문제없는 일입니다. 나의 혈
육, 당신에겐 이 모든 것이 상관없습니다. 중요한 건 우
리 모두는 건강하게 살아 있고 그들은 뒈지도록 놓아두
는 거겠지요. 먹을 게 없으면, 카츠만을 쏴 죽이면 되지
않습니까, 그렇지 않습니까? 그렇고말고요……!"

등 뒤에서 끼익 문소리가 들렸다. 그는 뒤돌아보았
다. 방은 텅 비어 있었다. 잔들도 비어 있고 플라스크도
비어 있고 가슴께도 어쩐지 텅 빈 것 같았다. 마치 커다
랗고 익숙한 무언가를 도려낸 것처럼. 종양이라든가. 심
장이라든가……

　　　　　　　　　　　연속성의 단절

벌써 새로운 감각에 익숙해진 안드레이는 대령의 침대로 가 못에 걸려 있던 권총이 달린 혁대를 빼서 허리에 단단히 채우고는 총집이 앞으로 오도록 돌렸다.

"편히 쉬십시오." 그는 눈처럼 하얀 베개에 대고 우렁차게 말했다.

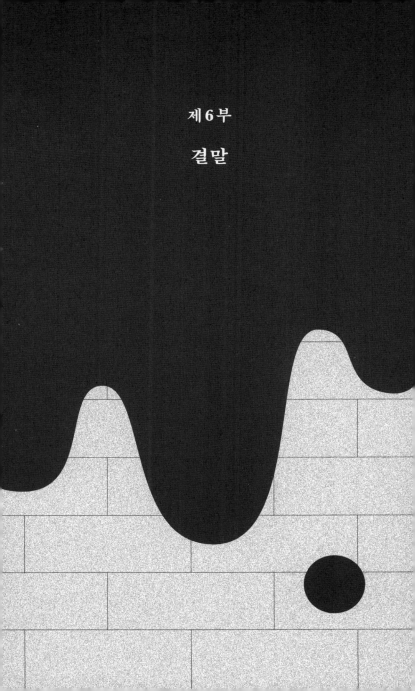

제 6부

결말

해는 가장 높은 곳에 떠 있었다. 먼지 때문에 구릿빛으로 보이는 원판이 부옇고 지저분한 하늘에 매달려 있었고 우스꽝스러운 그림자가 신발 밑창 바로 아래에서 구부러졌다 펴졌다를 반복했다. 그림자는 잿빛을 띠며 구겨진 듯하다가도 갑자기 살아나듯 새카맣게 변하면서 윤곽이 분명해졌는데, 그럴 때면 특히 더 기괴했다. 이곳에는 그 어떠한 길도 없었다. 울퉁불퉁하고 누렇고 칙칙한 진흙이 말라붙어 금이 가서 생명력을 잃은 돌처럼 딱딱하게 굳어 있었으며, 진흙이 나오기 전까지는 도대체 그렇게 많은 양이 어디서 난 것인지 알 수 없는 먼지뿐이었다.

천만다행히 등 뒤에서 바람이 불어왔다. 바람은 어딘가 먼 곳으로부터 막 내린 눈 수 톤을, 끔찍하고 뜨겁게 달궈진 눈가루를 빨아들여 심연과 **노란 벽** 사이, 태양에 달궈진 돌출부로 투박하게 옮겨 와서는 홍염을 일으켜 하늘로 내동댕이치거나, 유연하고도 요염한 백조의 목 같은 회오리바람으로 팽팽하게 말아 올려 보내거나 혹은 그저 피어오르는 둔덕을 만들다가 돌연 광포해져 가시 돋친 밀가루를 등과 머리에 퍼붓고 땀으로 축축한 목 뒤를 야만스럽게 후려쳤으며 팔과 귀를 때렸고 주머니를 가득 채우고 목깃에다 퍼부었다.

이곳에는 아무것도 없었다. 벌써 오래전부터 아무것도 없었다. 어쩌면 언제나 아무것도 없었을 것이다. 태양과 진흙, 바람뿐이다. 그저 간혹 대체 어디에서 왔는지 모를, 뿌리째 뽑힌 관목의 삐죽삐죽한 가지가 얼굴을 찌푸린 광대처럼 뒹굴고 바닥에 튕기면서 바람에 실려 오곤 했다. 물 한 방울도, 삶의 그 어떠한 징후도 없었다. 먼지뿐이었다. 먼지, 먼지, 그리고 먼지뿐이었다……

때로는 발아래 진흙이 어디론가 사라지고 온통 돌 조각만 나오기도 했다. 이곳의 모든 것은 지옥처럼 뜨겁게 달구어져 있었다. 오른편에도 왼편에도, 몰려온 먼지 덩어리 사이로 절벽에서 떨어져 나온 거대한 파편들이 보이기 시작했다. 밀가루가 흩뿌려진 듯한 회색이었다. 파편들은 바람과 열기 때문에 대단히 기이하고도 예상치 못한 윤곽을 갖게 됐고 마치 유령처럼, 돌들의 숨바꼭질이라도 하는 것처럼 나타났다가 사라졌다가 해서 무서웠다. 발밑의 자갈들은 점점 커지다가 갑자기 자잘한 돌들이 사라지고 발밑에 다시 진흙이 찰박대곤 했다.

돌들은 대단히 방종했다. 그것들은 발밑에 울룩불룩 튀어나와서는 더 깊숙이 밑창을 찌르고 파고들어 생살에 닿을 기회를 호시탐탐 엿봤다. 그에 비하면 진흙은 얌전했으나, 그래도 할 수 있는 것을 다 하기는 했다. 갑자기 민둥산처럼 부풀었다가 난데없이 우스꽝스러운 경사면을 만들었고 깊고 험난한 협곡으로 물러났는데, 이 협곡의 밑은 천 년 묵은 열기 때문에 숨을 쉴 수 없는 곳이었다…… 진흙 또한 놀이를 하고 있었다. 진흙은 '그대로 멈춰라'를 하며 자신의 빈약한 상상력을 발휘해 형태를 바꾸었다. 이곳의 모든 것들이 자신만의 놀이를 하고 있었다. 그리고 모두 같은 문으로 향했다……

"이봐, 안드레이!" 이쟈가 목쉰 소리로 불렀다. "안드류하……!"

"왜 그래?" 안드레이가 어깨 너머로 물으며 멈춰 섰다.

수레가 헐거운 바퀴를 비틀거리며 관성에 의해 그가 있는 곳까지 굴러오더니 그의 무릎에 부딪쳤다.

"봐……!"

이쟈는 10보 뒤에 멈춰 서서는 팔을 쭉 뻗어 뭔가를 보여 줬다.

"그게 뭔데?" 안드레이는 별로 궁금하지 않으면서 물었다.

이쟈는 팔을 내리지 않은 채 수레 끈을 힘껏 끌며 안드레이가 있는 곳까지 왔다. 안드레이는 그가 걸어오는 모습을 보았다. 가슴께까지 오는 턱수염에 묻혀 무시무시한 몰골이었다. 먼지 때문에 잿빛이 된 머리털이 곤두서 있었고 엄청나게 닳은 점퍼의 구멍 사이로 털이 잔뜩 난 축축한 몸뚱이가 보였다. 너덜너덜해진 바지는 무릎을 간신히 가렸고, 오른쪽 신발은 먹을 것을 달라고 울부짖으며 까만 발톱이 부서진 지저분한 발가락들을 세상에 내놓고 있었다…… 영혼의 인도자. 영원한 문화 사원의 신관이자 사도라는 자가……

"빗이야!" 이쟈가 가까이 다가오며 감격해 외쳤다.

싸구려 중의 싸구려 빗이었다. 플라스틱제로 이가 다 나간, 빗이라고 하기도 어려운 빗 조각이었다. 이 빗 조각에서 국가 품질 인증 번호 같은 것을 볼 수 있었을지도 모르지만, 플라스틱이 수십 년 동안 태양열에 삭은 데다 표면에 먼지 딱지가 붙어 지독하게 굳어 있었다.

"그럴 줄 알았어." 안드레이가 말했다. "하지만 넌 언제나 이렇게 지껄였지. 우리 전에는 아무도 없었어, 우리 전에는 아무도 없었어, 라고."

"절대 그렇게 말하지 않았어. 좀 앉자고, 응?" 이쟈가 인자하게 말했다.

"그래, 앉자." 안드레이가 별 의욕 없이 동의했고 이쟈는 수레 끈을 내리지 않고 땅 위에 바로 엉덩이를 대고 주저앉아서는 빗 조각을 가슴 주머니에 쑤셔 넣었다.

안드레이는 자신의 수레를 바람이 불어오는 방향으로 마주 세워 두고 수레 끈을 놓은 다음 등과 목뒤를 뜨거운 물통에 대고 앉았다. 즉시 바람이 눈에 띄게 줄었으나 이번에는 낡은 천 조각 너머의 진흙이 엉덩이를 무자비하게 달궜다.

"네가 말한 물 저장 탱크는 대체 어디 있는 거야?" 안드레이가 무시하듯 말했다. "사기꾼 자식."

"찾을 거예요. 찾을 거라고요!" 이쟈가 외쳤다. "분명히 있습니다!"

"그건 또 뭐야?"

"어떤 상인 이야기야." 이쟈가 기꺼이 설명하고 나섰다. "한 상인이 유곽에 갔는데……"

"됐으니 출발하자!" 안드레이가 말했다. "또 여자 얘기야? 도대체 진정하지를 못하는구나, 카츠만. 휴……!"

"스스로를 진정하도록 둘 수도 없어. 나는 바로 첫 번

째 가능성에 대비되어 있어야만 하니까." 이쟈가 설명했
다.

"우리는 여기서 함께 뒈질 거야." 안드레이가 말했다.

"젠장! 그런 생각 좀 하지 마! 머릿속에 떠올리지도
말라고!"

"생각이 아니야." 안드레이가 말했다.

그것은 사실이었다. 생각이, 당연하게도 피할 수 없
는 죽음에 대한 생각이 이제는 아주 가끔만 떠올랐다. 왜
인지는 모르겠지만. 파멸에 대한 날카로운 감각이 이미
완전히 무디어지기도 했거니와 육신이 마를 대로 마르고
무력해져서 더 이상 비명을 지르고 고함치는 것도 멈추
고는 겨우 들릴 듯 말 듯 어디선가 쉰 소리를 내고 있었
다…… 어쩌면 양이 드디어 질로 바뀌었기 때문인지도,
죽음에 거의 초연한 이쟈가 늘 곁에 있어 영향을 받기 시
작했기 때문인지도 모른다. 그러나 죽음은, 언제나 그들
의 주위를 맴돌았으며 몸에 닿을 듯 가까워졌다가 갑자
기 다시 멀어질지언정 그들을 시야에서 놓치는 법은 없
었다…… 어쨌든 이렇게 벌써 며칠째 안드레이가 피할
수 없는 파멸에 대해 얘기하는 것은 그저 죽음을 앞두고
점점 초연해지는 마음을 확인하고, 또 확인하기 위해서
일 뿐이었다.

"뭐라고 했어?" 안드레이가 되물었다.

"이렇게 말했어. 뭣보다도, 여기서 뒈지는 걸 두려워하지 말라고……"

"너는 그 얘기를 벌써 백번은 했어. 난 아주 오래전부터 죽음을 두려워하지 않는데 넌 아랑곳 않고 네 할 말만 하지……"

"그래, 알았어." 이쟈가 평온하게 말했다. 그는 두 발을 쭉 폈다. "밑창을 뭐로 묶으면 좋을까?" 그가 생각에 잠겨 물었다. "당장에라도 떨어질 것 같군……"

"고삐의 끝을 잘라서 묶어 봐…… 칼 빌려줘?"

얼마간 이쟈는 말없이 툭 튀어나온 발가락들을 바라보았다.

"됐어." 마침내 그가 입을 열었다. "완전히 떨어지면, 그때 하지 뭐…… 한 모금 할까?"

"손도 얼고 다리도 얼었는가?" 안드레이가 이렇게 말하고는 곧 유라 삼촌을 떠올렸다. 이제는 유라 삼촌을 떠올리는 것도 힘들었다. 그는 다른 세상 사람이었다.

"진탕 마실 시간이 아닌가?" 이쟈가 활기차게 시구를 이어받으며 뭔가를 바라는 눈빛으로 안드레이를 쳐다봤다.♦

♦ 러시아 출신 미국 시인 조지프 브로드스키(1940~1996)의 「숲의 목가」(1960)의 일부. 안드레이가 브로드스키의 시를 인용하자 이쟈도 그

"헛소리는!" 안드레이가 만족스레 말했다. "네가 뭘 마셔야 되는 줄 알아? 네가 거기 어디에선가 읽었다는 물을 마셔야 한다고. 너, 그 물 저장 탱크 얘기는 새빨간 거짓말이었지? 그렇지?"

안드레이의 예상대로 이쟈가 벌컥 화를 냈다.

"이 거지 같은 자식! 내가 너한테 일일이 다 설명해 줘야겠어?"

"그렇다면, 네가 읽은 기록이 거짓말을 했다는 건데……"

"머저리." 이쟈가 멸시하듯 내뱉었다. "기록은 거짓말 하지 않아. 그건 책이 아니야. 그저 그걸 읽어 낼 수 있어야 하는데……"

"그렇다면, 네가 읽어 낼 줄을 모른다는 말이로 군……"

이쟈는 안드레이를 쳐다보기만 하다가 벌컥 흥분하며 일어섰다.

"이곳이 온통 똥밭이 될 테니……" 그가 퉁명스럽게 말했다. "어서 일어나! 저장 탱크를 찾고 싶어? 그럼 앉아 있으면 안 되지…… 일어나!"

바람이 기쁨에 겨워 쿡쿡 찌르듯 귀를 내리쳤으며 들뜬 개처럼 신이 나서 주위의 매끈한 진흙 위로 먼지를 일으키면서 날뛰었다. 먼지는 잔뜩 긴장한 채 바람에 맞섰고 얼마간은 힘을 그러모아 용감히 행동하는 듯하다가 이내 경사가 되어 흘러내렸다……

악마가 날 대체 어디로 이끄는 건지 제대로 알 수 있다면. 안드레이가 생각했다. 평생 나를 어딘가로 이끌었다. 날, 나 같은 바보를 한자리에 머물도록 두지 않았다…… 중요한 건 이제 아무런 의미도 없다는 사실이다. 이전에는 그래도 늘, 어떤 의미가 있었다. 아주 사소하고 심지어는 허상 같은 의미일지라도 있었다. 말하자면, 면상을 얻어맞으면 나는 언제나 스스로에게 이렇게 말할 수 있었다. 별일 아니라고. 명분을 위한 거라고. 투쟁이라고……

……세상 모든 것의 가치는 똥이라고 이쟈가 말했다. (수정궁에 머물던 때, 압력솥에 익힌 닭고기를 먹은 직후 조명이 비치고 투명한 물이 채워진 수영장 옆, 화려한 합성 매트리스 위에 누워 있을 때였다.) 이 세상 모든 것의 가치는 똥이야. 이쟈가 깨끗이 닦은 손가락으로 이를 쑤시며 말했다. 너희의 온갖 농부들, 온갖 기계공들, 너희의 그 압연기나 크래킹 설비나 줄기가 풍성한 밀이나 레이저나 메이저 전부 말이야. 그 모든 게 똥이고 퇴비라

뒤에 이어지는 시구를 읊어 답한다. '두 손이 얼고 두 다리가 얼었으니, / 우리가 진탕 마실 시간이지 아니한가.'

고. 이 모든 건 지나가리니. 흔적도 없이 영원히 사라지거나, 변해서 사라지거나 둘 중 하나지. 이 모든 게 중요하다고 여겨지는 이유는 다수가 그걸 중요하다고 여기기 때문이거든. 다수가 그걸 중요하다고 생각하는 이유는 최소한의 노력으로 배때기를 채우고 자기 육신을 즐겁게 하는 걸 지향하기 때문이고. 하지만, 그 다수가 무슨 상관이야? 개인적으로 내가 다수를 부정하는 건 아니야. 나 자신도 통상적인 의미에서의 다수에 포함되니까. 하지만 난 다수에 관심이 없어. 다수의 역사에는 시작과 끝이 있지. 처음에 다수는 주어지는 것을 먹어. 끝에 가서는 일생 내내 선택의 문제에 직면하지. 뭘 먹으면 좋을까? 먹어 보지 않은 걸 시도해 볼까……? 라며 말이야. 글쎄, 아직 좀 먼 얘기 같은데. 안드레이는 그렇게 말했었다. 네 생각처럼 그렇게 먼 일이 아니야. 이쟈가 반박했다. 먼 일이라 해도 그게 핵심은 아니야. 중요한 건 시작이 있고 끝이 있다는 거지…… 시작이 있는 모든 것에는 끝도 있는걸. 안드레이가 지적했다. 맞아, 맞는 말이야. 이쟈가 얼른 말했다. 그러나 나는 **세계**적 규모가 아니라 역사적 규모를 얘기하는 거야. 다수의 역사에는 끝이 있어. 하지만 소수의 역사는 이 **세계**와 함께 끝날 뿐이지…… 넌 역겨운 엘리트주의자야. 안드레이는 이쟈에게 느릿느릿 말하고는 시트에서 일어나 수영장에 첨벙 뛰어들었다. 그는 차가운 물속에서 오랫동안 수영을 했고 물을 푸르르 내뱉고는 얼음장 같은 수영장 밑바닥까지 내려가 허겁지겁 물을 마셨다. 마치 물고기처럼……

……아니, 당연히 안 마셨다. 지금 그렇게 마시고 싶다는 말이다. 제기랄, 아주 잘 마실 수 있는데! 수영장 물을 모조리 마실 수 있거늘. 이쟈에게는 남겨 주지 않을 거다. 저놈은 저장 탱크나 찾으라지……

오른쪽의 희끗하고 누런 덩어리 너머로 폐허가 드러났고 먼지 낀 식물들이 달라붙어 거칠거칠한 반쯤 무너져 내린 황량한 벽과 기이한 사각 탑의 잔해가 보였다.

"자, 보라고." 안드레이가 멈추며 말했다. "넌 우리 이전에 아무도 없었다고 했지……"

"난 그런 말을 한 적 없다고, 이 등신아!" 이쟈가 목쉰 소리를 냈다. "내 말은……"

"잠깐, 혹시 저장 탱크가 여기 있는 것 아냐?"

"그럴 가능성이 높겠네." 이쟈가 말했다.

"가서 보자고."

그들은 수레 끈을 내려놓고 폐허까지 천천히 겨우 걸어갔다.

"헤에!" 이쟈가 말했다. "노르만 양식 성벽이네! 9세기 거……"

"물, 물을 찾으라고." 안드레이가 말했다.

"물은 너나 찾아!" 이쟈가 울컥하여 쏘아붙였다. 그는 눈을 동그랗고 커다랗게 뜨고는 오래전에 잊힌 동작, 턱수염에 손을 집어넣고 자기 사마귀를 더듬어 찾기 시작했다. "노르만족이라……" 그가 중얼거렸다. "세상에…… 그들을 어떻게 여기로 꾀어냈을까?"

누더기 같은 옷을 뾰족한 것에 걸려 가며 벽에 난 구멍을 통과했더니 고요한 장소가 나왔다. 매끈한 사각형 광장에 지붕이 주저앉은 저층 건물이 서 있었다.

"검과 분노 연합이라……" 이쟈가 문에 난 구멍을 향해 서둘러 가며 중얼거렸다. "도저히 모르겠네. 대체 무슨 연합인지…… 웬 검인지…… 이게 또 뭐냐고……?"

집 안은 완전히 비어 있었으며 아주 오래된 듯했다. 100년은 지난 것 같았다. 주저앉은 얇은 서까래 기둥들이 썩은 널빤지 조각들과 뒤엉켜 있었다. 널빤지 파편들은 건물 너비만큼 기다란 탁자의 잔해였다. 전부 먼지가 내려앉아 있었고 썩었고 삭아 부스러졌으며 왼쪽 벽 옆에는 역시 먼지가 끼고 썩은 벤치들이 길게 놓여 있었다. 이쟈는 계속 중얼대며 그 썩은 것들 더미를 뒤졌고 안드레이는 밖으로 나가 건물 주위를 돌았다. 이내 그는 언젠가 저장 탱크였던, 석판으로 포장된 거대하고 둥근 저장고를 발견했다. 이제 그 석판은 사막처럼 말라 있었으나 언젠가는 물이 있었던 게 분명했다. 구덩이 주위로 시멘트처럼 딱딱하게 굳은 진흙에 사람 발자국과 개 발자국이 남아 있었다. 상황이 좋지 않군. 안드레이가 생각했다. 일전에 경험한 공포가 그의 가슴을 움켜쥐었다가 곧 놓아주었다. 구덩이의 반대편 진흙 끄트머리에 널따랗고 덥수룩한 '인삼' 잎사귀가 별처럼 납작 붙어 있었던 것이다. 안드레이는 주머니의 칼을 더듬어 찾으면서 종종걸음으로 구덩이를 돌아 뛰어갔다.

몇 분 동안 그는 땀에 흠뻑 젖어 헉헉거리며 돌처럼 굳은 진흙을 칼과 손톱으로 미친 듯이 팠다. 굳은 흙덩어리를 쓸어 내고 파기를 반복했고 얼마 후에는 양손으로 두툼한 뿌리를 잡을 수 있었다. 차갑고 축축했으며 커다랬다. 그는 그것을 힘껏, 신이 보우하사, 중간에서 부러지는 일이 없도록 조심스럽게 당겼다.

엄청나게 큰 뿌리였다. 17센티미터 길이에 주먹 정도의 두께였다. 하얗고 깨끗했으며 윤이 났다. 안드레이는 양손에 들고 뺨에 댄 채 이쟈에게 갔다. 하지만 가는 길에 못 참고 아삭하고 맛있는 과육을 한 입 베어 물었고 한껏 음미하며 씹었다. 서두르지 않으려고 노력하면서 이 경이롭고 시원하고 쌉쌀한 즙을 한 방울도 놓치지 않기 위해 최대한 꼼꼼히 씹었다. 입안 가득, 그리고 온몸에 가득 아침의 숲 같은 상쾌함과 시원함이 퍼졌고 머릿속은 명료해졌으며 더 이상 아무것도 두렵지 않았다. 산이라도 옮길 수 있을 것 같았다……

잠시 후 그들은 건물 문간에 앉아 기쁘게 베어 먹고 와삭와삭 씹고 쩝쩝댔고 입안 가득 물고서 서로 즐거운 눈빛을 주고받았다. 바람이 절망적으로 그들의 머리 위에서 울부짖었지만 그들에게 닿을 수는 없었다. 그들이 다시 바람을 속인 것이다. 매끌매끌한 진흙에서 주사위 놀음을 하도록 두지 않았다. 이제는 다시 힘을 겨룰 수 있었다.

그들은 뜨거워진 물통에서 두 모금씩 마신 다음 자신들의 수레를 끌고 앞으로 나아갔다. 이제는 걷기 수월했다. 이쟈는 더 이상 뒤처지지 않고 옆에서 다 떨어진 밑창을 땅에 철썩거리며 발걸음을 내디뎠다.

"그러고 보니 거기서 한 개 더 보긴 했어." 안드레이가 말했다. "작은 놈이야. 돌아오는 길에……"

"왜 그랬어. 그것도 먹었어야지." 이쟈가 말했다.

"양이 모자랐어?"

"좋은 걸 뭐 하러 놓치냐는 거지?"

"놓친 게 아니야." 안드레이가 말했다. "돌아오는 길에 유용할 거야."

"돌아오는 길 따원 없어!"

"형제, 그건 아무도 모르는 거야." 안드레이가 말했다. "이거나 말해 봐. 물이 또 나올까?"

이쟈는 고개를 들고 태양을 바라보았다.

"최고도네." 그가 말했다. "아니면 거의 최고도. 천문학자 씨, 어떻게 생각해?"

"그런 것 같네."

"곧 최고로 재미있는 일이 시작될 거야." 이쟈가 말했다.

"재미있을 일이 뭐 있어? 그래 봐야, 영점을 지나갈 거고. 그래 봐야, **반도시**로 갈 테지……"

"그걸 네가 어떻게 알아?"

"**반도시** 말이야?"

"아니. 어째서 우리가 이렇게 아무 일 없이 지나갈 수 있으리라 생각하느냐고?"

"난 그런 생각은 좆만큼도 하지 않았어." 안드레이가 말했다. "물 생각을 했지."

"맙소사, 네 의지란! 영점에는 세상의 시작이 있다고. 알아들어? 그런데 물 생각이나 하다니……!"

안드레이는 대답하지 않았다. 또 언덕을 올라야 했고 걷기가 힘들어졌기 때문이다. 수레 끈이 어깨를 파고드는 듯했다. '인삼'은 참 좋다, 안드레이가 생각했다. 내가 그걸 어떻게 알지……? 박이 말했던가? 아마…… 아, 아니다! **미므라**가 야영지에서 몇 뿌리 캐다 먹었고 군인들이 그걸 뺏어서는 자신들도 맛봤다. 그래. 그들 모두 그 후에 기가 살아 다녔고 밤새도록 아침까지 **미므라**를 못살게 굴었다…… 그리고 박이 나중에 그건 '인삼'이라고, 진짜 인삼은 아주 드물다고 알려 줬다. 인삼은 언젠가 물이 있었던 곳에서 자라며 기력이 떨어졌을 때 먹으면 아주 좋다고 했다. 다만 보관은 불가능해서 바로 먹어야 한다고 했다. 한 시간, 혹은 그보다도 빠르게 뿌리가 시들고 약간의 독성마저 띠게 된다고…… **파빌리온** 근처에도 그 '인삼'이 많이, 텃밭 한가득 있었다…… 거기서 우리는 그걸 배불리, 실컷 먹었고 이쟈의 염증들은 하룻밤 만에 다 나았다. **파빌리온**에선 참 좋았다. 이쟈는 문화 건물에 관한 말도 안 되는 이론을 내내 늘어놓았다……

　　……나머지는 사원의 벽 옆에 설치된 비계飛階에 불과하다고 이쟈가 말했다. 인류가 천만 년에 걸쳐 만들어 낸 가장 좋은 것들이, 인류가 깨닫고 마침내 사유하게 된 가장 중요한 것들이 전부 그 사원으로 간다고. 인류는 천년의 역사를 써 내려가며 싸우고 굶주리고 노예가 되고 봉기하고 먹어 대고 성교하고, 사원의 존재에 대한 자각도 없이 자신들이 일으킨 물결의 흐릿한 정점에 그 사원을 세운다고 했다. 인류가 문득 그 사원을 의식하고서 깜짝 놀라기도 하는데 그럴 때면 사원의 벽돌 하나하나를 분해해 부수든가 발작적으로 경배하든가 옆에 다른 사

원을 짓고 비방하지만, 인류는 뭐가 문제인지 절대로 온전히 이해할 수 없다고 했다. 다른 무슨 수를 써도 사원을 대체할 수 없다는 것에 절망하다가 금방, 소위 자신의 원초적인 욕구에 정신이 팔리기 때문이라고. 벌써 서른세 번이나 나눈 것을 다시 나누기도 하고 아무나 발로 차고 아무나 과하게 찬양한다고 했다. 그러는 동안 사원은 아랑곳 않고 한 세기에서 다음 세기로, 천 년에서 다음 천 년으로 넘어가고 또 넘어가며 자라고 또 자라는데 그걸 부수거나 완전히 없애는 건 불가능하다고 했다⋯⋯ 정말 우습게도 그 사원의 벽돌 하나하나가, 모든 영원한 책이, 모든 영원한 곡조가, 모든 다시없을 건축물의 실루엣이 인류 자체의 압축된 경험이자 인류의 사유이고 인류에 관한 사유이며 인류 존재의 목표와 저항에 관한 사상들이라고 이쟈는 말했다. 자신을 좀먹는 돼지들의 근시안적인 흥미와 동떨어진 듯 보여도 언제나 그와 불가분적인 관계이며 그 없이는 만들어질 수 없으므로 그렇다고 했다⋯⋯ 그보다도 더 우스운 것은, 그 사원을 정말 아무도 의식적으로 짓지 않는다는 점이라고 이쟈는 말했다. 종이에 미리 계획을 쓰거나 천재의 뇌 따위로 미리 계획할 수 있는 게 아니라고 했다. 그건 스스로, 인류 역사가 배출한 가장 좋은 것만을 실수 없이 고르며 자란다고 했다⋯⋯ 넌 아마 그 사원의 실제 건설자들은 돼지일 리 없다고 생각하겠지? (이쟈가 골리듯 물었다.) 맙소사, 어떤 돼지들이 포함되어 있는 줄 알고! 비열한 도적놈인 벤베누토 첼리니에, 늘 취해 있는 헤밍웨이, 남색가 차이콥스키, 정신분열증을 앓는 반동분자 도스토옙스키에, 교수형 당한 도둑 프랑수아 비용이 있지…… 맙소사, 그들 중 정상인이 거의 없다고! 하지만 그들은 산호처럼 자신들이 뭘 창조하는지 몰라. 인류도 그래. 세대에서 세대로 넘어가며 먹고 즐기고 약탈하고 죽이고 죽어. 그럼에도 온전한 산호섬으로 자라나지. 어찌나 아름다운지! 그리고 어찌나 견고한지……! 그래, 그렇다 쳐. 안드레이가 그에게 말했다. 그래, 사원이라고 치자고. 유일하게 변하지 않은 가치라고. 좋아. 그럼 우리는 뭔데? 나는 여기서 왜 이러고 있어야 하는데……?

"잠깐!" 이쟈가 고삐 너머에서 그를 붙잡았다. "잠깐만. 돌이야."

정말로, 여기 있는 돌들은 굳은 쇠똥처럼 둥글고 편편하여 걷기 편했다.

"여기에도 사원을 지어 볼까?" 안드레이가 피식 웃으며 말했다.

안드레이는 수레 끈을 내려놓고 그쪽으로 가 가장 가까이에 있는 돌을 잡아 들었다. 기반으로 쓰기에 딱 알맞은 돌이었다. 아랫면은 울퉁불퉁하고 뾰족뾰족했으며 윗면은 먼지와 바람에 마모되어 매끄러웠다. 안드레이는 그 돌을 비교적 자잘한 돌들이 있는 평평한 곳에 놓고는 어깨를 움직여 더 깊고 튼튼하게 고정시킨 다음 돌을 더 가지러 갔다.

기반을 놓으며 그는 일종의 만족감을 느꼈다. 어쨌든 이것은 노동이지 의미 없는 발놀림이 아니었다. 특정한 목적을 갖고 수행되는 노동이었다. 그 목적이 틀렸다고 할 수도 있고 이쟈를 정신이상자에 편집증 환자(물론 실제로 그렇다)라고 할 수도 있겠지만…… 이렇게 돌을 하나하나 가능한 한 평평하게 놓아 기반을 만들 수도 있었다.

이쟈는 옆에서 낑낑대고 끙끙대며 아주 큰 돌들을 갖고 오다가 발을 헛디디는 바람에 밑창이 완전히 떨어졌다. 기반이 완성되자 그는 자기 수레로 뛰어가 넝마들 밑에 깔려 있던 자신의 『여행안내서』 한 권을 꺼냈다.

수정궁에 있을 때, 그들이 북부로 가는 길에 더 이상 아무도 만나지 않으리라는 것을 마침내 깨닫고 거의 확신하게 되었을 즈음 이쟈는 타자기에 앉아 초인적인 속도로 『허구 세계로의 여행안내서』를 썼다. 그러더니 그 『여행안내서』를 신비로운 복사기(수정궁에는 아주 다양하고 놀라운 기계들이 많았다)로 증식시켜 50부 모두 '폴리에틸렌 막'이란 이름의 기이할 정도로 투명하고 대단히 튼튼한 소재로 만들어진 봉투에 직접 넣은 다음 자기 수레에 갈레트 자루 자리만 겨우 남기고 가득 실었다…… 그리고 이제는 그중 열 부밖에 안 남았다. 어쩌면 그보다 적을 수도 있고.

"얼마나 더 남았어?" 안드레이가 물었다.

이쟈는 기반의 중앙에 봉투를 놓고서 건성으로 대답했다.

"누가 알겠어…… 얼마 안 남았어. 돌 좀 줄래."

그들은 다시 돌을 옮기기 시작했고 곧 봉투 위로 1.5미터 높이의 피라미드가 세워졌다. 인적 없는 사막에서 그 피라미드는 꽤나 기이해 보였으나 이쟈는 그게 더욱 기이해 보이도록 **탑**의 지하 창고에서 찾아낸 새빨간 튜브물감을 돌 위에 짰다. 그러고 나서는 수레로 가 앉아 떨어진 밑창을 밧줄 토막으로 감기 시작했다. 그러면서 틈틈이 자신의 피라미드를 흘끗댔고 얼굴의 의심과 불확신은 점차 만족과 커져 가는 뿌듯함으로 바뀌었다.

"허?!" 그는 완전히 거만해져서는 거드름을 피우며 안드레이에게 말했다. "바보 천치도 이걸 그냥 지나치진 않을 거야. 괜히 세워져 있는 게 아니라는 걸 알겠지……"

"그래." 안드레이가 옆에 쪼그려 앉으며 말했다. "바보가 저 피라미드를 파헤치는 게 너한테 퍽 좋은 일이기도 하겠다."

"그게 뭐 어때서." 이쟈가 퉁명스럽게 대꾸했다. "바보도 이성적인 존재야. 스스로 이해는 못 할지언정 다른 사람들에게 이야기하잖아……" 그는 갑자기 생기를 띠었다. "신화들을 예로 들어 보자고! 잘 알다시피 대다수가 바보들이지. 그건 즉, 모든 흥미로운 일들의 목격자가 다름 아닌 바보라는 거야. 에르고,♦ 신화란 바보가 일어난 일을 인식하여 묘사한 후 시인이 가공한 거라고. 그렇지?!"

안드레이는 대답하지 않았다. 그는 피라미드를 바라보았다. 바람이 조심스럽게 피라미드로 다가가 머뭇거리듯 주위에 먼지를 일으켰고 돌들 사이 구멍을 통과하며 약한 휘파람 소리를 냈다. 안드레이는 불현듯 뒤에 남겨진 끝없는 수 킬로미터를, 그 수 킬로미터들을 따라 드문드문 이어지는 바로 이 피라미드 같은 것들이 만든 점선을 아주 선명하게 떠올렸다. 바람과 시간에 굴복한 점선을…… 또 미라처럼 완전히 말라비틀어진, 기아와 갈증으로 죽어 가는 나그네가 겨우겨우 피라미드로 기어가는 모습을 떠올렸다…… 나그네가 미친 듯이, 마지막 힘을 쥐어짜 손톱이 부러져 가며 돌들을 분해하고 무너뜨리는

♦ ergo. 라틴어로 '그러므로'를 의미한다.

광경을, 흥분하여 그곳에, 돌 아래 먹을 것과 물이 있는 비밀 공간이 있다고 앞서 상상하는 모습을 떠올렸다……안드레이는 신경질적인 웃음을 터뜨렸다. 나라면 분명 권총으로 자살할 것이다. 그런 걸 어떻게 견딜 수 있겠는가……

"왜 웃어?" 이쟈가 미심쩍은 듯 물었다.

"아니야, 아무것도. 별거 아냐." 안드레이가 이렇게 말하고는 일어섰다.

이쟈도 일어서서 얼마간 평가하는 시선으로 피라미드를 바라보았다.

"우스울 게 없는데!" 그가 선언했다. 그는 너덜너덜한 밧줄로 동여맨 발을 굴러 보았다. "일단 이 정도면 되겠지." 그가 말했다. "갈까?"

"가자고."

안드레이는 수레 끈을 멨고 이쟈는 결국 유혹을 이기지 못하고 다시 한번 자신이 만든 피라미드 주위를 돌았다. 그는 분명 지금 어떤 광경을 상상하고 있었다. 그 광경은 진정으로 이쟈를 기분 좋게 만들었다. 그는 몰래 미소를 지으며 양손을 비볐고 턱수염 속에서 시끄럽게 색색거렸다.

"네 꼴이 어떤 줄 알아!" 안드레이가 참지 못하고 말했다. "완전히 두꺼비가 따로 없어. 알을 잔뜩 낳고 자랑스러워 정신을 못 차리는 것 같다고. 연어처럼."

"아니야! 게다가 연어는 산란 후 죽는데……" 이쟈가 고삐에 팔을 넣으며 말했다.

"그러니까 말이야." 안드레이가 말했다.

"아니라고!" 이쟈가 위협하듯 말했고 그들은 계속 나 아갔다.

잠시 후 이쟈가 불쑥 물었다.

"연어 먹어 본 적 있어?"

"생으로도 먹었지." 안드레이가 말했다. "보드카에 얼마나 잘 어울리는데? 샌드위치로 차에 곁들여도 좋고…… 근데 그건 왜?"

"그렇군……" 이쟈가 말했다. "내 딸들만 해도 그걸 먹어 보지 못했지."

"딸들?" 안드레이는 깜짝 놀랐다. "너한테 딸이 있어?"

"세 명 있지." 이쟈가 말했다. "그리고 단 한 명도 연 어가 대체 뭔지 몰라. 연어랑 철갑상어 고기는 사멸한 종들이라고 설명해 줬어. 어룡같이 생긴 거라고. 그 애들은 자기 자식들에게 청어를 설명하면서 똑같은 말을 해 주 겠지……"

이쟈는 무언가 더 얘기했지만, 충격에 휩싸인 안드레 이는 그의 말을 듣고 있지 않았다. 아니, 이럴 수가! 딸이 셋이라고! 이쟈한테! 6년을 알고 지냈는데 그 비슷한 생각도 해 본 적이 없다. 도대체 어떻게 여기로 올 생각을 한 걸까? 이쟈도 참…… 세상에는 별의별 사람이 다 있군…… 아니지, 친구들. 그가 생각했다. 다 맞고 또 그럴 법한 일이다. 정상적인 인간이라면 이 피라미드까지 오지 않았을 테니 말이다. 정상적인 인간이라면 수정궁에 도달했을 때 거기서 여생을 보낼 것이다. 거기서 그런 자들을 보지 않았나. 정상적인 인간들을…… 낯짝과 궁둥짝이 구별 안 되던 놈들을…… 아니다, 친구들. 만약 누군가 이곳에 온다면, 제2의 이쟈 같은 인간이 온다면…… 저 피라미드를 파고 봉투를 뜯자마자 모든 걸 잊을 거다. 이곳에서 그렇게 그걸 읽다가 죽을 것이다…… 하긴, 나도 여기로 인도되지 않았는가……? 무엇을 위해? **탑**에서도 좋았는데. **파빌리온**에서는 그보다 더 좋았고. 수정궁에서는…… 수정궁 같은 곳에서는 여태까지 살아 본 적도 없고 앞으로도 살 일이 없을 것이다. 뭐, 좋다. 이쟈. 그는 엉덩이가 쑤셔서 한곳에 머물러 있지를 못한다. 내 옆에 이쟈가 없었다면, 나는 그곳을 벗어났을까, 아니면 남았을까? 모르겠다……!

　……어째서 우리는 앞으로 나아가야만 할까? 이쟈는 **플랜테이션 농장**에서 물었다. 피부가 까맣고 매끈하며 가슴이 큰 여인들이 옆에 평화로이 앉아 우리 얘기를 듣

고 있었다. 왜 우리는, 어쨌든, 그리고 그 무엇에도 불구하고 앞으로 나아가야 하는가? 이쟈는 가까이에 있는 매끈한 무릎을 정신없이 쓰다듬으며 헛소리를 늘어놓았다. 왜냐하면 우리 뒤에 있는 건 죽음, 혹은 권태고, 권태는 곧 죽음이기 때문이지. 설마 이 단순한 고찰에 설명이 더 필요한 건 아니겠지? 우리가 처음이라는 그 의미는 이해해? 단 한 사람도 이 세계를 끝에서 끝까지 통과한 적이 없잖아. 정글에서 습지대로, 영점으로…… 어쩌면 이 모든 것이 오로지 그런 인간의 등장을 위해 기획된 것은 아닐까……? 그 인간이 끝에서 끝으로 통과하도록……? 뭣 하러? 안드레이는 음울하게 물었다. 뭣 하러냐니, 그걸 내가 어떻게 알아? 이쟈는 격분했다. 사원은 뭣 하러 지어지겠어? 사원이 유일하게 가시적인 목적이라는 게 분명하니 뭣 하러, 는 틀린 질문이야. 인간에게는 반드시 목적이 있어. 목적 없이는 아무것도 할 수 없고 그것을 위해 이성이 주어졌다고. 인간에게 목적이 없다면 목적을 만들어 내겠지…… 너만 해도 만들어 냈지. 안드레이가 말했다. 넌 반드시 끝에서 끝으로 가야 한다고 하잖아. 그런 것도 목적이라고……! 난 그런 목적을 만들어 내지 않았어. 이쟈가 말했다. 내 목적은 단 하나야. 선택할 것도 없었어. 목적성, 혹은 무목적성. 이게 바로 너랑 내가 처한 상황이지…… 그런데 넌 대체 왜 그 사원 얘기로 내 머릿속을 채우는 거야. 안드레이가 말했다. 이거랑 네가 말하는 사원인가 뭔가가 무슨 관련이 있는데……? 아주 많이 있지. 이쟈는 마치 그 질문만을 기다렸다는 듯 만족스러운 표정을 짓더니 열띠게 설명하기 시작했다. 나의 친애하는 안드류셰치카, 사원은 그저 영원한 책이나 영원한 음악이 아니야. 그랬더라면 사원은 구텐베르크 활자 발명 이후나 네가 학교에서 배웠듯 이반 표도로프* 이후부터 지어졌겠지. 귀여운 친구야, 그게 아니란다. 사원은 행위만으로도 지어져. 심지어는 행위만으로도 시멘트 처리가 되고 행위에 의해 지탱되고 행위 위에 서 있지. 다 행위에서 비롯된 거야. 처음엔 행위가 있고 그다음이 전설, 나머지 것들은 그다음이야. 당연하게도 내가 말하는 행위는 비범한, 틀에 박히지 않은, 그러니까, 틀로 설명되지 않는 행위를 말해. 바로 거기서, 진부하지 않은 행위에서 사원이 시작된 거라고……! 한마디로, 영웅적 행위 말이구나. 안드레이가 무시하듯 웃으며 지적했다. 그렇다고 치자. 영웅적인 행위에서라고. 이쟈는 관대하게 수긍했다. 그러니까 우리 둘 중에는 네가 영웅인 거고. 안드레이가 말했다. 그러니까, 넌 영웅이 되려고 하겠지. 신드바드나 전능한 오디세우스처럼…… 넌 정말 멍청하구나. 이쟈는 기분을 상하게 할 의도 따위는 전혀 없다는 듯 상냥하게 말했다. 멍청아, 장담하는데

오디세우스는 영웅이 되려고 한 적이 없어. 그는 영웅이
었을 뿐이야. 그는 천성이 영웅이어서 다른 게 될 수 없
었어. 너라면 쓰레기를 먹을 수 없겠지. 구역질이 날 거
야. 하지만 그에게 구역질 나는 일은 볼품없는 이타카의
우두머리로 머무는 거였어. 나는 말이지, 네가 날 불쌍해
하는 걸 알아. 편집증 환자라고, 정신이 나갔다고 생각하
는 걸 알아…… 네 생각이 빤히 보이지. 하지만 날 불쌍
하게 여길 것 없어. 오히려 날 질투해야 마땅하지. 왜냐
하면 난 아주 정확하게 알고 있거든. 사원이 건설되고 있
으며, 역사에 그보다 더 중요한 일은 없다는 걸 말이야.
내 일생의 과제는 단 하나, 그 사원을 보호하고 그 풍요
로움을 키우는 거야. 물론 내가 호메로스나 푸시킨은 아
니니 사원 벽에 벽돌 한 장 못 쌓겠지. 그렇지만 나는 카
츠만이라고! 그리고 그 사원은 내 안에 있어. 다시 말해,
내가 바로 사원의 일부고 내가 그걸 인식함으로써 사원
은 한 사람의 영혼만큼 더 커져. 그것만 해도 근사한 일
이지. 비록 내가 사원 벽에 돌멩이 하나 못 쌓아도 말이
야…… 물론 나는 분명 쌓아 보려고 할 거야. 그래 봐야
아주아주 작은 조각일 테고 심지어 그 자그마한 조각조

♦　16세기 러시아에서 처음으로 책을 인쇄하고 편찬한 인물로 알려져 있
　　다.

차 시간이 흐르면 빠져서 사원에 아무런 도움도 못 될 수 있지만. 그 어떠한 경우에도 나는 내 안에 사원이 있었고 그것이 견고하게 유지되도록 나 또한 기여했다는 것을 알 거야…… 도대체 하나도 이해가 안 되네. 안드레이가 말했다. 그렇게 뒤죽박죽으로 말해서야. 종교같이 사원이니 영혼이니…… 보드카 한 병 얘기도 아니고 고급 매트리스 얘기도 아니라면, 당연히 종교겠지. 넌 왜 그렇게 꽉 막혀 있어? 너야말로 내내 귓가에 대고 징징거렸잖아. 발밑에 디딜 곳이 사라졌다고, 진공의 공간에 매달려 있는 것 같다고…… 맞아, 넌 매달려 있어. 넌 그렇게 되어야 했고. 사유란 걸 조금이라도 하는 인간에게는 끝내 일어날 수밖에 없는 일이거든…… 그러니 내가 너한테 디딜 곳을 제시해 주지. 이 세상에 있을 수 있는 가장 탄탄한 것으로. 원한다면 두 다리로 서고, 원하지 않으면 꺼져 버리라고! 그럼 징징거리지는 않겠지……! 넌 나한테 디딜 곳을 제시하지 못할 거야. 안드레이가 말했다. 넌 나한테 형체 없는 구름이나 들이밀잖아! 좋아. 그래, 네가 말하는 사원을 내가 다 이해했다 쳐. 그런데 그게 뭐 어쨌다는 거야? 나는 네가 말하는 사원의 건설자로는 적당치 않아. 당연하게도, 난 호메로스가 아니니까…… 하지만 네게는 어쨌든, 네 영혼 속에 사원이 있기라도 하고, 넌 그것 없이는 살 수 없잖아. 나는 네가 작은 강아지

결말

처럼 온 세상을 뛰어다니며 모든 것을 게걸스럽게 냄새 맡고 닥치는 대로 핥거나 씹는 걸 봐서 알아! 난 네가 읽는 걸 봐서 알아. 넌 하루 24시간도 읽을 수 있지…… 그것도 읽는 내용을 다 기억하면서…… 난 절대 그럴 수 없어. 읽기를 좋아하지만 그것도 어느 정도여야지. 음악 감상도 그래. 난 음악 듣는 걸 아주 좋아해. 하지만 24시간은 못 듣는다고! 내 기억력은 평범하기 짝이 없어서 내 기억을 인류가 쌓아 온 그 모든 보물들로 채울 수가 없어…… 그 일에만 몰두해도 못 할 거야. 한쪽 귀로 흘러 들어와서 다른 쪽 귀로 흘러나가겠지. 그런 나한테 네가 말하는 사원이 대체 무슨 상관이겠어……? 그래, 맞는 말이야, 네 말이 맞아. 이쟈가 말했다. 반박하지 않겠어. 사원은 누구에게나 주어지는 게 아니지…… 그게 소수의 자산이고 천성에 달린 일이라는 것도 반박하지 않겠어…… 그래도 내가 내 생각을 말해 줄 테니 한번 들어 봐. 사원에는 건설자들이(이쟈가 손가락을 구부리며 세기 시작했다) 있어. 사원을 세우는 사람들이지. 그리고 음…… 퉤, 제길, 단어 고르기가 힘드네. 종교 용어만 떠오르고…… 그래, 뭐. 신관이라고 치자고. 사원을 지닌 자들이야. 사원은 이들의 영혼을 통과하면서 커지고 이들의 영혼 속에 존재하지…… 그리고 소비자들이 있어. 말하자면, 그걸 맛보는 자들 말이야…… 그러니까 소비자는…… 비웃지 마, 이 멍청아! 아주 대단한 거라고! 소비자가 없었더라면 사원은 인간적인 의미를 완전히 잃었을 거야. 이 머저리, 네가 얼마나 운이 좋았는지 생각을 좀 하라고! 너 같은 소비자에게 사원을 부수게 하려면 해에 해를 거듭해 특별한 가공을 해야 하고 정신을 세뇌해야 하며 최고로 간교한 기만의 체계가 필요하지…… 그런데 지금의 너 같은 인간에게는 그런 일을 하게 할 수 없어. 죽음으로 위협하면 또 모를까……! 생각을 좀 해봐, 이 빈대 덩어리 둔탱아. 너 같은 사람들 또한 소수 중의 소수라고! 대부분의 사람들은 신호를 보내자마자, 허락하자마자 환호성을 지르며 사원을 조각조각 부수고, 횃불을 들고서 불태우러 가니까…… 그런 사례가 벌써 여러 번 있었지! 아마 앞으로도 그럴 테고…… 그런데도 너는 한탄이나 하고! 그래도 이런 질문을 하는 게 가능하다면, 무엇을 위해 사원이 존재하는가? 라는 질문이 가능하다면 말이야. 그에 대한 대답은 오로지 하나야. 그건 널 위해 존재해……!

"안드류흐!" 이쟈가 낯익은 그 거북한 목소리로 불렀다. "한 모금 할까?"

그들은 커다란 구릉의 꼭대기에 와 있었다. 절벽이 있는 왼쪽은 미친 듯이 바람에 날려 온 먼지의 흐릿한 막에 완전히 싸여 있었고 오른쪽은 왜인지 시야가 훤해져서는

노란 벽이 보였다. **도시** 경계처럼 고르거나 매끈하지 않았으며, 크게 접혀 있고 주름진 모습이 기괴한 나무 같았다. 아래 앞으로는 탁자처럼 평평한 하얀 돌밭이 펼쳐져 있었다. 돌멩이들이 아니라 커다란 반석이었다. 이 돌 평원은 눈 닿는 곳까지 이어져 있었는데 구릉에서 500미터 떨어진 위치에서 얇은 회오리 기둥 두 개가 흔들리는 게 보였다. 하나는 노랗고 다른 하나는 까맸다……

"이건 또 새롭군." 안드레이가 얼굴을 찌푸리며 말했다. "맙소사, 이게 다 하나의 거대한 돌이라니……"

"그래? 그래, 그렇군…… 저기, 한 잔씩 하자고. 벌써 4시야……"

"그래." 안드레이가 동의했다. "그런데 우선 내려가서."

그들은 구릉에서 내려가 수레 끈을 놓았고 안드레이는 자신의 수레에서 달궈진 물통을 내렸다. 물통이 자동 소총 벨트와 남은 건식량 자루에 걸렸다. 하지만 안드레이는 결국 그것을 빼내 무릎 사이에 끼고 마개를 돌려 열었다. 이쟈는 플라스틱 컵 두 개를 준비하고선 옆에서 가볍게 춤을 추었다.

"소금 좀 가져와." 안드레이가 말했다.

이쟈는 바로 춤을 멈췄다.

"무슨 말이야……" 이쟈가 애원했다. "뭣 하러? 그냥 이대로 마시자고······"

"소금을 가져오지 않으면 안 줄 거야." 안드레이가 지친 목소리로 말했다.

"그럼 그렇게 해." 새로운 생각이 떠오른 이쟈가 말했다. 그는 벌써 돌 위에 컵을 놓고 자기 수레로 돌진하고 있었다. "그럼 나는 내 몫의 소금을 따로 먹고 나서 물을 마실 거야."

"맙소사." 안드레이가 깜짝 놀랐다. "뭐, 그러든가."

그는 뜨겁고 쇳내가 나는 물을 반씩 따랐고 이쟈에게서 소금 주머니를 받은 다음 말했다.

"혀 내밀어."

안드레이는 이쟈가 내민 두꺼운 혓바닥에 소금 한 꼬집을 뿌려 주고는 그가 인상을 쓰고, 참고, 허겁지겁 컵에 손을 뻗어 물을 마시는 모습을 봤고, 자신의 물에는 소금을 섞은 다음 아주 조금씩 아끼면서, 그 어떠한 기쁨도 느끼지 못하고 약 마시듯 마시기 시작했다.

"좋군!" 이쟈가 크으 신음하며 말했다. "양이 적어서 아쉬울 뿐이야. 그렇지?"

안드레이가 고개를 끄덕였다. 흡수된 물이 바로 땀으로 화해 배출되었고 입안은 여전히 조금도 개운하지 않았다. 그는 무게를 가늠하며 물통을 들었다. 아직 며칠은 버티겠지만, 그다음은······ 그다음에는 또 뭔가를 찾겠지. 그가 이를 악물고 자기 자신에게 말했다. **실험**은 **실험**이다. 살도록 두지 않고 죽도록 두지도 않지…… 그는 앞에 펼쳐진, 열기로 부푼 하얀 고원으로 시선을 던졌고 마른 입술을 깨물고는 물통을 다시 수레에 올려놓았다. 이쟈는 앉더니 밑창을 새로 묶기 시작했다.

"그런데 그거 알아." 그가 끙끙대며 말했다. "실제로도 이상한 곳이야…… 이런 건 기억도 나지 않는다고……" 그는 손바닥으로 눈을 가리며 태양을 흘끗 봤다. "최고도군." 그가 말을 이었다. "맙소사, 최고도라니. 무슨 일이 일어날 거야…… 그 쇳덩이는 버려. 뭣 하러 그걸 지고 다니는 거야?"

안드레이가 조심스럽게 자동소총을 물통 옆에 놓던 중이었다.

"이 쇳덩이가 없었으면 **파빌리온**에서 너나 나나 뼈도 못 추렸을걸." 그가 상기시켰다.

"바로 그거야. **파빌리온** 뒤로는 말이지!" 이쟈가 반박했다. "그때 이후로 벌써 5주째 걷고 있는데 파리 한 마리 못 봤단 말이지……"

"됐어." 안드레이가 말했다. "너더러 들어 달라고 안할 테니까…… 가자고."

돌 고원은 놀랍도록 매끈했다. 돌 위에서는 수레가, 그저 바퀴가 삐걱거린다는 것만 제외하면 아스팔트에서처럼 굴러갔다. 그러나 열기는 더욱 끔찍해졌다. 하얀 돌이 태양 빛을 반사해 이제 눈을 둘 곳이 없었다. 신발을 전혀 신지 않은 듯 발꿈치가 타올랐는데, 이상하게도 먼지의 양은 전혀 줄지 않았다. 우리가 여기서 뒈지지 않으면, 그럼 우리는 영원히 살게 되겠지…… 안드레이가 생각했다. 그는 잔뜩 실눈을 찌푸리고 걷다가 아예 눈을 감아 버렸다. 조금 편해졌다. 난 이렇게 가야겠어. 그가 생각했다. 눈은 20보 걸을 때마다 떠야지. 아니면 30보…… 잠깐 보고서 다시 감는 거야……

이것과 아주 비슷한 돌로 **탑**의 지하층이 지어져 있었다. 다만 그곳은 선선했고 어둑했으며 벽을 따라 왜인지 철물이 가득 든 두꺼운 종이 상자가 잔뜩 있었다. 못과 나사못, 다양한 크기의 볼트, 풀이 들거나 물감이 든 병, 다양한 색깔의 래커가 든 병, 목공용 도구와 철공용 도구, 기름종이에 싸인 볼베어링들이 가득 담겨 있었다…… 먹을 것은 하나도 찾지 못했지만, 구석 벽에 튀어나온 녹슨 관의 절단면에서 차갑고 믿을 수 없을 정도로 맛있는 얇은 물줄기가 바닥으로 떨어지고 있었다……

……네가 말한 체계는 다 괜찮아. 안드레이가 스무 번째로 물줄기 밑에 컵을 갖다 대며 말했다. 그런데 하나 마음에 안 드는 게 있어. 나는 사람들을 중요한 사람과 덜 중요한 사람으로 나누는 게 싫어. 그건 옳지 않아. 역

겹다고. 네 말은 사원이 있고 그 주위로 의미 없는 가축들이 우글댄다는 거 아냐. '인간은 육체를 짊어진 영혼이다!'♦ 실제로 그렇다고 쳐. 그래도 여전히 옳지 않아. 이 거지 같은 걸 바꿔야만 해……

　　……내가 언제 바꿀 필요가 없다고 했어? 이쟈가 소리쳤다. 물론 그 질서를 바꾸면 좋겠지. 그런데 어떻게? 이제까지 계속 그 조건을 바꾸려고 해 봤어. 인류의 터전을 고르게 하고 모두를 같은 수준에 세우려고, 모든 게 옳고 또 공정하도록 만들려고 했지. 하지만 그러한 노력들은 사원의 파괴로 끝났어. 그래, 평균 수준 위로 튀어 나온 것들을 잘라 냄으로써 사원이 우뚝 서지 않도록 한 거야. 그뿐이야. 그러고 나면 평평해진 벌판 위로 빠르게, 아주 빠르게, 마치 악성종양처럼 새로운 정치 엘리트의 악취 나는 피라미드가 세워졌지. 이전 것보다 훨씬 더 구역질 나는 피라미드가…… 그래도 다른 방법은 아직 생각해 내지 못했어. 물론 역사의 흐름에 위배되는 그 모든 사건들이 사원을 바꾸거나 완전히 없애지도 못했고. 하지만 탁월한 머리들은 차고 넘치게 베였지……

　　……나도 알아. 안드레이가 말했다. 그래도. 그래도 역겨워. 엘리트는 모두 더러워……

♦　에픽테토스의 『담화록』에 나오는 구절이다.

……미안하지만! 이쟈가 반박했다. 네가 "다른 자들의 운명과 삶을 지배하는 모든 엘리트는 더러워"라고 했다면 네 말에 동의했을 거야. 하지만 엘리트 자체는, 엘리트 자체는 아무 문제도 없잖아? 엘리트가 미친 듯이 흥분하면, 광포해지면! 그렇게 되면 또 다른 얘기지만 말이야. 그런데 흥분하는 것 또한 엘리트의 기능 중 하나긴 하지…… 그리고 온전한 평등은 말이야, 그건 늪이야. 정체라고. 온전한 평등이 불가능하다는 데에 어머니 자연에게 감사해야 한다니까…… 안드레이, 내가 세상을 재구축하는 체제를 제안하는 게 아니잖아. 그런 체제는 알지도 못하고 그런 게 존재한다고 믿지도 않아. 지나치게 많은 온갖 체제들이 시도되었지만 대체로 모든 게 전과 같았어…… 난 그저 존재의 목적을 제시하는 것뿐이야…… 솔직히, 제시한다고도 할 수 없어. 이런, 너 때문에 헷갈리는군. 나는 나를 위해, 내 안에서 목적을 찾았어. 내 존재의 목적을 말이야. 이해해? 나, 그리고 나와 비슷한 사람들의 목적…… 나는 그걸 너에게만, 그것도 지금에야 얘기해 주는 거야. 왜냐하면 네가 불쌍해졌거든. 성숙한 인간이 숭배하던 모든 것을 태워 버리고는 이제 뭘 숭배해야 할지 모르는 걸 보니까 말이야. 넌 숭배하지 않고는 살 수 없잖아. 너는 누군가를, 혹은 무언가를 숭배해야만 한다는 것을 어머니의 젖과 함께 빨아

들였잖아. 죽음도 불사할 만한 사상이 없다면 살 가치도 없다고 주입당했잖아. 그러다가 너처럼 마지막 깨달음에 도달한 이들은 무서운 일들을 저지를 수 있지. 자기 이마를 쏘거나 초월적인 개자식으로, 확신에 찬 개자식으로, 철저하고 사심 없는 개자식으로 변하지. 알겠어……? 아니면 그보다 더 나쁜 놈이 돼. 세상이 있는 그대로고 주어진 사상과 타협하지 않는다며 세상에 복수하려 들거든…… 그런데 말이야, 사원의 사상은 그걸 위해 죽는 게 그저 허용되지 않기 때문에 좋은 것이기도 해. 그걸 위해 살아야 하거든. 매일, 온 힘을 다해, 최선을 다해 살아야 해……

……그럴지도 모르지. 안드레이가 말했다. 모든 게 그럴지도 몰라. 그렇지만 어쨌든 그 사상은 아직 받아들이지 못하겠어……!

안드레이는 멈춰 서서 이쟈의 소매를 꽉 잡았다. 이쟈는 곧장 눈을 휘둥그렇게 뜨고는 공포에 질려 물었다.

"뭐야? 왜 그러는데?"

"조용." 안드레이가 잇새로 말했다.

앞에 무언가가 있었다. 무언가가 움직였다. 회오리 기둥이 휘몰아치는 것도 아니고 돌 위로 바람이 올라가는 것도 아닌 어떤 움직임이 그 모든 것 너머에 있었다. 바로 정면이었다.

"사람들이야, 안드류하. 세상에, 사람이라고!" 이쟈가 환희에 차 말했다.

"닥치라고, 멍청아." 안드레이가 속삭이듯 말했다.

그도 사람들이라는 것은 이미 알고 있었다. 혹은 한 사람이든가…… 아니다, 두 명 같다. 서 있다. 아마 저쪽도 우리를 눈치챘겠지…… 또다시 망할 먼지 때문에 하나도 안 보인다.

"거봐!" 이쟈가 기쁨에 겨워 속삭였다. "넌 계속 우리가 죽을 거라며 끙끙댔지만……"

안드레이는 조심스럽게 어깨에 멘 수레 끈을 내리고는 전방의 알아볼 수 없는 인영에게서 눈을 떼지 않고 자기 수레 쪽으로 뒷걸음쳤다. 제기랄, 대체 몇 명이나 있는 거지? 그리고 얼마나 떨어져 있는 거야? 100미터쯤 되려나? 그보다 가깝나……? 그는 손으로 수레를 더듬어 자동소총을 찾아서 안전장치를 풀고 이쟈에게 말했다.

"수레들을 밀고 그 뒤에 엎드려 있어. 무슨 일 있으면 엄호해 주고……"

안드레이는 이쟈에게 자동소총을 내밀고는 뒤돌아보지 않고 총집에 손을 댄 채 천천히 앞으로 걸어 나갔다. 끔찍했다. 그는 날 쏘겠지. 안드레이는 이쟈를 생각했다. 목뒤에 박아 넣겠지……

이제야 그들 중 한 명 역시 마주 걸어오고 있는 게 보였다. 흐릿하고 길쭉한 실루엣이 휘감아 올라가는 모래 속에 보였다. 저자에게 무기가 있을까? 없을까? 이게 바로 **반도시**다. 누가 상상이나 했겠는가……? 아, 저자의 손 위치가 마음에 들지 않는다……! 안드레이는 조심스럽게 총집을 열고 여기저기 흠집이 난 손잡이를 쥐었다. 엄지손가락이 안전장치에 닿았다. 괜찮다, 다 지나갈 거다. 지나가야만 한다. 중요한 것은 자극적인 행동을 하지 않는 것……

그는 총집에서 권총을 꺼냈다. 권총이 어딘가에 걸려 안 빠졌다. 두려워졌다. 그는 더 힘껏 당겼다. 더 힘껏, 그다음에는 온 힘을 다해서. 그는 자신을 향해 걸어오는 자(키가 크고 남루한 차림이었으며 지쳐 있었고 눈 밑까지 더러운 턱수염에 싸여 있었다)가 자극적인 행동을 하는 것을 또렷이 봤다…… 멍청하군, 안드레이는 방아쇠를 당기며 생각했다. 총이 발사됐고 저쪽에서도 총을 쐈고 이쟈의 비명 소리가—아마도—들렸다…… 그러더니 가슴에 통증이 느껴졌고 그로 인해 태양이 단숨에 꺼졌다……

"자, 이렇게 해서," **인도자**의 환희 어린 듯한 목소리가 들렸다. "첫 번째 굴레를 지났군요, 안드레이."

녹색 유리 갓 아래 램프가 켜졌고 탁자에는 빛의 원

안에 '스탈린 동지를 향한 레닌그라드인들의 사랑은 가없어라'라는 제목이 크게 쓰인 《레닌그랏스카야 프라브다》지가 놓여 있었다. 등 뒤 책꽂이에 있는 수신기가 웅웅거리면서 탈탈 떨렸다. 엄마는 부엌에서 식기를 달그락거리며 옆집 여자와 이야기를 나누고 있었다. 구운 생선 냄새가 났다. 창밖의 우물 같은 안마당에서 아이들이 소리치며 왁자지껄하게 떠드는 소리가 들렸다. 숨바꼭질을 하는 중이었다. 활짝 열린 작은 환기창으로 습하고 따뜻한 공기가 흘러들었다. 1분 전만 해도 모든 것이 지금과 전혀 다른 모습이었다. 훨씬 더 평범하고 일상적이었다. 그것은 미래가 없었다. 더 정확히는 미래와 괴리되어 있었다……

안드레이는 무심코 신문을 흘끗 보고는 이렇게 말했다.

"첫 번째? 어째서 첫 번째라는 거지?"

"왜냐하면 앞으로 아직 많이 남았기 때문이지요." **인도자**의 목소리가 울렸다.

그러자 안드레이는 목소리가 들려오는 쪽을 보지 않으려 노력하며 일어서서는 창가의 책장에 어깨를 기댔다. 창문들의 노란 직사각형 빛을 받아 살짝 밝아진 까만 우물 같은 안마당이 그의 아래에, 그의 위에 있었다. 어딘가 멀리 위에서, 벌써 깜깜해진 하늘에서 베가성이 빛났다. 이 모든 것을 다시 포기하기란 절대로 불가능했다. 그리고 이 모든 것들 사이에 남는 것 또한 절대로—더더욱!—불가능했다. 이제는. 그 모든 것을 겪은 뒤에는.

"이쟈! 이쟈!" 우물에서 여자 목소리가 쩌렁쩌렁 울렸다. "이쟈, 저녁 먹을 시간이란다……! 얘들아, 이쟈 못봤니?"

그리고 아이들의 목소리가 아래에서 외쳤다.

"이쟈! 카츠만! 엄마가 부르셔……!"

안드레이는 몸이 뻣뻣하게 굳어서는 얼굴을 유리에 딱 붙이고 어둠을 응시했다. 그러나 축축하고 까만 우물 바닥에는 이곳저곳 쌓아 놓은 장작들 사이를 돌아다니는 분간할 수 없는 그림자들뿐이었다.

후기

우리가 『저주받은 도시』를 착상한 것은 1967년 3월, 아직 『트로이카 이야기』 작업이 한창인 때였다. 당시 우리는 골리친에 위치한 창작의 집에서 지내고 있었고 자기 전 저녁마다 규칙적으로 마을 산책을 하면서 진행 중인 작업에 관해 이야기하는 만큼이나 미래의 작업에 관해 느긋하게 대화를 나누곤 했다. 그러던 어느 날 산책 중에 당시에는 '새로운 아포칼립스'(이와 관련된 메모가 작업 일지에 남아 있다)라 부르던 작업의 줄거리에 이르게 됐다. 우리가 그때, 그 옛날에 머릿속에 그렸던 『저주받은 도시』의 이미지를 이제 와서 재구성하기란 매우 어렵고, 아마 불가능할 것이다. 최종 완성된 **실험**의 세계관과 비슷한 점이 전혀 없을 가능성도 높다. 1960년대 말 우리가 주고받은 편지를 보면 이 소설의 또 다른 제목인 '우리 형과 나'가 등장한다. 처음에는 이 소설을 상당 부분 자전적 소설로 생각했던 것 같다.

다른 어떤 작품도(이전에도 이후에도) 이렇게 오랫동안, 그리고 이렇게 세세하게 작업한 적이 없었다. 3년 동안 에피소드들과 등장인물의 연대기, 문구들, 짤막한 메모들을 조금씩 모았다. **도시**를, **도시**의 기이성과 **도시**의 생존 법칙을, 이 인공적인 세계의 우주학과 역사를 가능한 그럴싸하도록 설정했다. 정말이지 달콤하고도 매력적인 작업이었다. 실제로 작업을 마친 후인 1969년 6월 우리는 첫 번째 사전 계획을 세운 다음 최종 제목을 정했다. 『저주받은 도시*Град обреченный*(обречённый/obrechyonnyi가 아니라 обречЕнный/obrechEnnyi로 발음해야 한다)』. 이는 흘러나오는 음울한 아름다움과 절망감으로 우리에게 충격을 안겼던 레리흐*의 그림과 같은 제목이었다.

소설의 초고는 여섯 단계에 걸쳐 작업을 마쳤다. (전체 작업 일수는 70일이다.) 2년 하고도 3개월 동안 진행된 작업이었다. 1972년 5월 27일 우리는 마지막 마침표를 찍었고 가벼워진 마음으로 한숨을 내쉰 후 대단히 두꺼운 서류철로 만들어 책꽂이에 놓아두었다. 보관고에.

오랫동안. 영원히. 이 작품에는 그 어떠한 미래도 없을 것이 너무도 자명했다.

전에도, 그러니까 이 소설을 쓰기 시작할 무렵에도 대단한 희망을 갖고 있었던 것은 아니다. 이미 1960년대 말이었고, 1970년대 초에는 이 소설이—아마도 영원히—출판되지 않으리란 게 분명해졌기 때문이다. 적어도 우리가 살아 있는 동안에는 그럴 터였다. 하지만 아주 처음에는 미래에 펼쳐질 일들을 상당히 낙관적으로 상상하고 있었다. 우리는 원고를 마치고 난 뒤 깨끗하게 재출력해서 출판사에 (찔리는 구석이 조금도 없다는 표정으로) 가져가는 모습을 상상했다. 다양한 여러 출판사에 가져가는 모습을 말이다. 그 출판사들은 물론 우리 작품을 거절하겠지만 사전 검토를 위해서는(이야기를 하기 위해서는) 분명 읽어 주리라 생각했다. 출판사마다 한 명도 아니고, 대체로 그러하듯 몇 명이 이 소설을 읽게 될 것이었다. 그리고 대체로 그러하듯 복사본을 만들어 둘 터였다. 그다음에는 지인들에게도 읽어 보라고 하겠지. 그때부터 소설은 존재하기 시작하는 것이다. 우리는 이런 일

♦   니콜라이 콘스탄티노비치 레리흐(1874~1947). 러시아의 화가이자 작가, 신지학자로. 화가로서는 러시아 고대사를 대담하고 화려한 화법으로 재탄생시킨 것으로 유명하다.

을 여러 번 겪었다. 『비탈 위의 달팽이』『트로이카 이야기』『미운 백조들』 때도 그랬다…… 불법적이고 조용하고 비밀스럽게, 있는 듯 없는 듯 할지라도 (투명하겠지만) 존재할 것이다. 문학작품이 존재하려면 반드시 있어야 할, 더 나아가 문학이 존재하려면 반드시 있어야 할, 독자와 문학작품 간의 상호작용이 일어나리라……

하지만 1972년 중반 즈음에는 이미 이 소박한 계획조차 절대 행동에 옮길 수 없을뿐더러 심지어 위험해 보였다. 바실리 그로스만의 탁월한 서사시 소설 『삶과 운명』의 역사, 그 소설의 원고는 당시의 '즈나메냐' 편집부에서 곧장 '기관들'로 보내진 후 그곳에서 자취를 감췄다. (수색과 몰수 이후 기적적으로 단 하나의 복사본이 남았고 나중에 몇 부 더 발견되기는 했으나, 이 소설은 한 번도 세상에 존재한 적이 없었던 것처럼 생명을 완전히 잃을 뻔했다!) 이 사건은 우리에게 아주 잘 알려졌으며 음울한 경고로 작용했다. 집에서 원고를 반출하는 것조차 장려되지 않는 시기가 도래했다. 아는 사람에게 원고를 보이는 것도 위험해졌다. 최선은 아마도 원고의 존재 여부에 대해 입을 다물고 있는 것이었으리라. 위험한 일을 사전에 막으려면 그래야 했다. 그래서 우리는 초고를 아주 가까운 친구들에게만 (집에서 육성으로) 읽어 줬고 소설에 관심을 보이던 다른 사람들은 모두 그 후 오랫동안 '스트루가츠키 형제가 새로운 소설을 쓰고 있고, 이미 오래전에 시작했는데 끝낼 생각이 전혀 없다'고 확신할 수밖에 없었다.

1974년 여름, '하이페츠-옛킨드' 사건♦ 이후, 사냥감을 노리는 사법기관들의 시선이 우리 주위를 훑는 데 그치지 않고 우리 중 한 사람을 뚫어져라 응시하기 시작하자 우리는 전보다 더 큰 위협을 느꼈다. 페테르부르크에서 또 한 번의 '레닌그라드 사건'♦♦이 분명히 벌어지고 있었다. 이론적으로는 어느 때고 '눈에 띈 사람들' 가운데 누구의 집이든 그들이 방문할 수 있었고, 이는 곧 (다른 무엇보다도) 소설의 끝을 의미했다. 왜냐하면 이 소설은 유일무이한 원본 그대로, 그것도 보면 바로 알 수 있는 모습으로 책장에 놓여 있었기 때문이다. 그래서 보리

♦ 미하일 루비모비치 하이페츠(1934~2019)는 소비에트 시기 활동한 유대계 작가로, 조지프 브로드스키의 작품집에 서문을 썼고, 당국이 문제라 판단한 에세이집 사본을 두 부 제작하여 보관하고 세 명에게 소개해 줬다는 이유로 형을 선고받는다. 스트루가츠키 연구가 스베틀라나 페트로브나 본다렌코에 따르면 이 인물이 이쟈 카츠만의 모델이다.
예핌 그리고리예비치 옛킨드(1918~1999)는 소비에트 시기에 활동한 철학가이자 문학사가, 번역가로, 알렉산드르 이사예비치 솔제니친과 연락을 주고받고 『수용소 군도』 사본을 보관했다는 이유로 소비에트작가연맹에서 제명되고 직장을 잃어 파리로 망명한다.

♦♦ 1940년대 말부터 1950년대 초 소련의 당, 혹은 정부의 고위 인사들을 대상으로 진행된 일련의 사법적 조치들을 말한다.

스 나타노비치는 1974년 말 급히 원고의 복사본을 세 부 만들었고(꼭 필요한 교정 작업도 동시에 이뤄졌다) 그중 두 부는 있을 수 있는 모든 예방책을 모조리 동원하여 믿음직한 사람들에게 맡겼다. 모스크바인 한 명, 레닌그라드인 한 명이었다. 일단 완벽하고 무결하게 정직해야 하고, 또 한편으로는 무슨 일이 생겨도 절대 방문받는 일이 없도록 우리와 가까운 사이라고 여겨지지 않는 사람들을 찾아 맡겨야 했다. 천만다행히도 전부 무사히 지나갔고 특별한 사건은 일어나지 않았지만, 두 복사본은 어쨌든 『저주받은 도시』를 출판하게 된 1980년대 말까지 '특수 보관함'에 그대로 있었다.

첫 번째 출판(레닌그라드 잡지 《네바》에서 진행)도 순탄치는 않았으며 예민하고도 긴장 어린 조치들을 동반했다. 소설을 두 권으로 분절하여 첫 권은 예전에 쓰였고 두 번째는 마치 방금 집필을 마친 듯이 보이도록 한 것이다. 어째서인지 그렇게 하는 것이 중요했는데, 이때는 출판사의 목을 틀어쥐고 있지는 않지만 여전히 손톱을 세우고 출판인의 옷 앞섶을 움켜쥔 레닌그라드 주위원회의 주의를 돌리는 데 도움이 되리라(어떻게 그렇게 되는지는 전혀 이해할 수 없었다) 여겼기 때문이다. 그리하여 첫 번째 권은 1988년 말에 발간됐고 두 번째 권은 1989년 초에 발간되었으며 마지막 쪽에는 집필을 마친 날로 터무니없는 날짜가 적혀 있었다······ 페레스트로이카가 이제 막 본격적으로 시행되던 시기였다. 지나치게 많은 것을 약속하는, 하지만 왜인지 믿음이 안 가고 바람 밑 등불처럼 흔들리는, 비현실적인 시대가 도래했다······

현대의 독자는 이 모든 공포와 겁먹은 속임수들을 조금도 이해하지 못하고 체감하기는 더더욱 어려우리라 짐작한다. "도대체 왜요?" 현대의 독자는 합리적으로 오해할 것이다. "뭐 하러 그렇게 귀찮은 일을 했습니까? 프레더릭 포사이스풍 정치 추리소설에나 나올 법한 일을 현실에서 펼치고 있을 만한 뭔가가 당신들의 그 소설에 있다고요?" 고백하건대, 이런 종류의 오해를 풀어 주기가 나로서는 쉽지 않다. 시대가 많이 변했고, 문학에서 무엇을 해도 되고 무엇을 하면 안 되는지에 대한 이해도 그만큼 많이 변했다······

자, 예를 들어 보면, 우리 소설에서는 알렉산드르 갈리치가 인용된다(예언자를 추방했네, 코미 공화국으로). 당연히 별다른 부호 없이 인용했지만, 이렇게 숨겨서 인용하는 것조차 당시에는 절대 그냥 넘어갈 수 없는 사안이었고 심지어는 문자 그대로 위험한 짓이었다. 편집부와 편집장, 출판사에는 폭탄이었다. 권력을 가진 자들이 저 인용이 인쇄된 것을 보고 출판사에 무슨 짓을 할 수 있었을지 상상만으로도 두렵다······

대놓고 유대인인 우리의 이쟈 카츠만은 또 어떤가? 보란 듯이 도발적인 이 유대인은 주요 등장인물인 데다 주인공 러시아인을 남자아이 가르치듯 늘 가르치며, 가르치는 것에 그치지 않고 심지어는 그와의 모든 사상적 충돌에서 주기적으로 이기기까지 한다……

또한 주인공인 안드레이 보로닌, 공산주의청년동맹원이자 레닌주의자, 스탈린주의자, 철저한 공산주의자에 평범한 민중의 행복을 위해 투쟁하는 그가 그토록 쉽게 자발적으로 고위 관리로, 귀족 나리로, 사치에 물든 속좁고 보잘것없는 지도자로, 인간 운명의 결정권자로 변한다는 설정은 또 어떤가……?

이 공산주의청년동맹원 스탈린주의자가 얼마나 쉽고 또 자연스럽게 급진 나치주의자에 히틀러주의자의 다정한 친구가 되었다가 나중에는 그의 전우가 되는가. 사상적으로 양극단에 서 있는 것 같던 이 둘에게 공통점은 또 얼마나 많은가……?

실험과 공산주의 사회 건설의 문제가 연관되어 있을 수도 있다는, 반역과도 같은 등장인물들의 고찰은 어떤가? 사상적인 부분을 전혀 가공하지 않은, **위대한 전략가**가 나오는 장면은? 기념비와 위대함에 대한 주인공의 냉소적이기 그지없는 생각은 또 어떤가……? 의심과 불신, 그리고 찬양하는 것도 선전하는 것도 절대 하지 않겠다는 결의에 찬 분위기가 팽배한 이 소설의 정신은 또 어떠한가?

오늘날에는 소설의 이런 요소들에 그 어떠한 독자도 출판인도 놀라지 않으며 당연히 겁먹지도 않지만 당시, 25년 전 이 소설 작업을 할 때 우리는 서로에게 마치 주문을 외듯 이렇게 말하곤 했다. "출판될 수 없는 소설을 쓰듯이 쓰되, 감옥에 넣을 이유는 없도록 써야 한다." (물론 작가들은 언제든 무슨 이유로든, 예를 들면 도로를 잘못 건넜다는 이유만으로도 사람을 감옥에 넣을 수 있다는 것을 잘 알았으나 그럼에도 '선입견 없는 접근' 상황을 기대했다. 말하자면, 감옥에 넣으라는 명령이 상부에서 내려오지는 않고, 밑에서는 아직 성숙하고 있는 시대라는 상황에 기대를 걸었다.)

소설의 주요 주제는 처음부터 정해 놓지는 않았지만, 대략 이와 같이 형태를 잡아 갔다. 삶이 압박받는 여건에서 한 젊은이의 세계관이 얼마나 근본적으로 변하는가를, 굳건하던 광신도가 어떻게 사상적 진공에, 발밑에 그 어떠한 디딜 자리도 없는 곳에 놓이게 되는가를 보여 주기. 그의 인생 여정은 작가들에게 낯설지 않았으며 극적일뿐더러 교훈적으로 보였다. 이러나저러나 1940년에서 1985년까지, 세대 전체가 그러한 궤적을 따르지 않았던가.

'사상적 진공의 상태에서 어떻게 살 것인가? 어떻게, 그리고 왜 살아야 하는가?' 이 질문이 오늘날에도 유효하기에 『저주받은 도시』는 노골적인 정치성과 뻔한 시의성에도 불구하고 현재의 독자에게도 흥미를 일으킬 수 있었다고 생각한다. 특히나 이런 종류의 문제의식을 가진 독자에게 말이다.

보리스 스트루가츠키

　　스트루가츠키 형제가 소련에서 누렸던 것과 같은 인기를 누렸던 서방, 즉 미국과 유럽 SF 작가는 없다. 1970년대에는 정말로 운이 좋은 사람들만이 딱 50만 부 초판 발행되던 스트루가츠키 형제의 신작을 바로 구해 읽을 수 있었다. 1979년에는 스트루가츠키 형제의 소설 『노변의 피크닉』을 토대로 타르콥스키 감독이 만든 영화 〈잠입자Stalker〉가 마침내 소비에트 인텔리겐치아의 인정을 받았다. 그들의 경이로운 『월요일은 토요일에 시작된다』의 줄거리를 은막으로 옮긴 〈마법사The Enchanters〉(1982)는 많은 이들이 최고로 꼽는 영화가 됐다. 하지만 그보다 훨씬 전부터 초판 발행된 50만 부의 각 권마다 그들의 친지와 친구들, 직장 동료들이 긴 대기 줄을 서곤 했다. 이를 두고 지나치다고 생각하는 사람은 없었다. 우리는 간절히 원하는 것을 얻기 위해 줄을 서서 기다리는 데 익숙했으니. 책 한 권에 한 달, 자동차 한 대에 5년, 아파트 한 채에 10년이었다……

물론 스트루가츠키 형제의 특별함은 단지 얼마나 많은 사람이 그들을 알고 있느냐가 아니었다. 소련의 모든 독자가 스트루가츠키 형제를 알고 있었으나 마찬가지로 모르는 독자가 없는 서방 SF 작가도 있었다.

그들의 특별함은 접근 방식에 있다.

서방에서 SF는 늘 공상가들의 영역에 가까웠다. 서방 SF는 틈새를 파고들어 채웠으며 오늘날에도 매해 좁아지고 있는 그 틈새를 채우는 중이다.

반면 소련에서 SF는 엄연한 주류였다. 공산당과 정부는 사회와 국가와 개개인, 더 나아가 전 세계를 동시에 개조하겠다는 어마어마한 프로젝트를 추진하는 중이었다. 이 프로젝트가 지나치게 허황되다 보니 소설가들의 가장 허황된 발상마저 내일 일에 대한 예상쯤으로 여겨지곤 했다. 스트루가츠키 형제의 초기 산문을 비롯한 전형적인 소비에트 SF는 사상가들이 약속한 미래로 우리를 데려간다. 올바르고 희망찬 미래로. 공산주의가 승리하고 지구에 평화가 찾아온 후 오랜 시간이 흐른 시점이

자 러시아어가 국제 공용어이고 극적인 사건은 지구인들이 진보와 번영을 전달한 머나먼 은하 밖에서 펼쳐지는 미래로.

소련에서 오늘은 언제나 고달팠지만 그 결핍은 타당해 보였다. 우리 모두가 하나의 국가로서 행복한 내일을 기다리는 긴 줄에 서 있을 뿐이었다. SF 작가들은 공산주의 낙원에서, 운명을 파는 반짝이는 계산대에서 무엇이 우리를 기다리고 있는지 보여 줬다. 그들은 우리가 까치발을 들면 줄의 맨 앞에 무엇이 있는지 볼 수 있도록 해 줘야만 했다. 1960년대 초에 흐루쇼프는 1980년 즈음 공산주의가 도래하리라 약속했다. 자동차 한 대에 5년, 아파트 한 채에 10년, 낙원에 20년이었다…… 살아 있기만 하면 그곳에 다다를 수 있을 것 같았다. 낙원은 이성주의와 인본주의가 승리한 곳일 터였다. 그곳에서는 모든 것이 진실하고 공정할 것이었다. 우리에게 설명하기를, 낙원에서는 모든 것이 전적으로 공짜였다. 그곳의 사회는 개개인에게서 능력에 맞게 걷어 가 개개인에게 필요에 맞게 분배할 것이었기 때문이다. 우리가 너무나 믿고 싶었던 미래였다. 우리는 믿기 위해 최선을 다해 노력했다.

스트루가츠키 형제도 노력했다. 전쟁 시기의 레닌그라드에서 성장한 그들은 우리가 승리를 위해 치렀던 대가와 '세기의 건설 계획'을 위해 치렀던 대가를, 그리고 에덴동산으로 향하다가 돌연 멈추거나 나아가기를 거부하는 양 떼에게 양치기가 보여야만 했던 엄격함을 기억했다. 그러나 당시 그런 것들이 무엇을 의미하는지 생각하기에는 그 끝이 무척이나 위대하고 장엄해 보였다.

사실 그러한 생각은 부엌에서, 가족과 친구들과만 할 수 있었다. 흐루쇼프와 브레즈네프 집권기에 들어서자 의심스럽다는 이유만으로 사람들을 쏘지는 않았고 숙청은 비판의 대상이었으며 스탈린 개인에 대한 우상숭배가 폭로되었다. 하지만 폭로하는 일을 허가받은 것은 일간지 《프라브다》나 「고스텔레라디오」(관영 텔레비전 라디오 방송)뿐이었으며, 그것도 정치국의 불도그들이 벌이는 은밀한 내분의 범위 안에서 딱 필요한 만큼만 가능했다.

당연하게도 《프라브다》는 다른 언론들과 마찬가지로 당국의 관리하에 있는 정도가 아니라 당국의 첨병이고 암살단이었다. 순문학이라 불리는 것들 역시 같은 부류의 암살단이었다. 출간되는 장편소설과 단편집들은 정치적 사회적 임무를 소상히 기술했다. 노동과 군 복무를 찬양하고 일상 속의 소비에트적 행복을 묘사했으며 인간관계와 생산관계 간 미묘한 상호 연계성을 서술했다. 그 밖의 것들은—다닐 하름스에서 불가코프까지, 파스테르나

크에서 솔제니친까지—문학으로 간주하지 않았으며 존재하지 않는 듯 취급했다. 작가들은 창조 활동이 아니라 시중들기를 해야 했다. 공산당 사상가들이 끼적인 스케치에 채색해야 했다.

이러한 방면에서 SF는 더 많은 자유를 누렸다. 어쨌거나 SF는 현재를 다루지 않았고 소련을 다루지 않았다. SF는 근미래에 공산주의가 승리하리라는 데에 그 어떠한 의혹도 제기하지 않았다. SF는 작금의 일에 참견하지 않고 확실히 선을 그었으며 언제나 무엇인가 멀고 추상적인 것을 이야기했다. 그랬기에 SF에 지워지는 요구 사항은 달랐으며 보다 온건했다. 물론 요구 사항이 없지는 않았다. SF 역시 지면에 인쇄되는 모든 것들과 함께 검열 대상이었으니 말이다.

시간이 흘렀다. 국가는 아직도 줄에 서서 꾸물댔고 행복과 정의를 파는 상점의 계산대는 뿌연 미래 저편으로 사라졌다. 모두가 살아 있는 동안 공산주의가 도래하리라 약속했던 흐루쇼프가 실각했고 그의 후임자들은 사람들에게 다차♦를 지을 수 있도록 땅을 600제곱미터씩,

---

♦ 통나무로 지은 집과 텃밭이 딸린 주말 별장. 소비에트 주택정책의 일환의 결과, 러시아에서는 도시에 사는 사람 가운데 70퍼센트 이상이 다차를 소유하고 있으며, 주말이나 휴양철에 가족 단위로 이곳에서 휴식을 즐긴다.

땅덩어리 소유권을 나눠 주는 역할을 했을 뿐이다. 내일은 도래하지 않았다. 기술적 어려움을 이유로 계속 다다음 날로 유예됐다. 줄에 선 사람들이 동요하며 수군대기 시작했다. 수군거리는 소리는 국가 지도자들이 늙고 노망들 때마다 점점 커졌다. 우리가 잘못된 줄에 서 있다는 게 분명해지기 시작했다. 무엇보다도 두려웠던 것은 어쩌면 우리가 언제나 잘못된 줄에 서 있었을지도 모른다는 점이었다.

스트루가츠키 형제의 작품에서도 수군거리는 소리는 지구에 도래할 행복한 공산주의 미래를 부르짖는 줄들의 팡파르 사이에서 점점 더 잘 들리게 되었다. 분명 지구상의 모든 것이 아직은 나무랄 데 없이 좋고 모든 것이 공짜였으며 다들 러시아어로 말했으나, 문제적인 은하계 외곽에서 벌어지는 사건들은 《프라브다》의 당시 편집부 논평과는 다르게 읽힐 여지가 있었다.

『저주받은 도시』에서 일련의 사건은 확실히 지구가 아닌, 심지어 다른 행성도 아닌 별개의 세계, 시간과 공간 밖에 존재하는 밀폐된 세계에서 펼쳐진다. 등장인물들은 진짜 삶을 살다가 이곳으로 차출됐다. 그것도 20세기의 다양한 나라와 다양한 시간대에서 왔다. 이 작품에서 우리는 제1차 세계대전을 겪은 고풍스러운 영국 대령과 제2차 세계대전에 참전했던 독일군, 1950년대에서 편입된 '소비에트 인간' 안드레이, 1960년대에서 온 미국인 대학교수를 만난다. 그들은 모두 같은 언어를 구사하는 듯하지만 러시아어를 쓰는 것은 아니다. 이들은 익숙했던 지구에서의 삶과 시간, 문화에서 납치되어 **도시**로 옮겨졌다. 이곳에서 그들은 시작도 끝도 없는 **실험**의 대상이 되는데, 끊임없이 여러 시도의 대상이 되는 이 피실험자들에게 그 목적과 의미는 가려져 있다. 사실 아무도 피실험자들에게 진행 중인 실험에 관해 조언해 줄 의사가 없다. **실험**을 진행하는 자들은 평범한 사람들로 보인다. 공산당 관료들이나 안보국 사건 담당관들이 그랬듯 정중하게 미소 짓고 인내심을 보여 달라며 진솔하게 요청한다. 그리고 **도시**의 거주자들은 다들 인내심을 보인다.

『저주받은 도시』는 1972년에 완성되었으나 16년 후, 페레스트로이카가 시작되고 나서야 전편이 출간되었다. 이때 출간된 것도 놀랍다. 작품 속 소련에 대한 암시가 명백하기 그지없어서 스트루가츠키 형제는 물론이고 이 책의 출판을 허가한 검열관들까지 두려울 만했기 때문이다.

도시 거주자에 러시아 제국민뿐 아니라 외국인도 포함되어 있다는 사실은 중요하지 않다. 그곳의 체제가 몇 차례 바뀌고 어떤 측면에서는 **도시**가 서방을 닮았다는,

어쩌면 소련보다도 서방과 더 비슷하다는 사실도 중요하지 않다. 소련이 이 소설 속에 소련으로 존재하고, 이는 곧 소련이 **도시**가 아니고 **도시**가 소련이 아니라는 것을 증명한다는 사실 또한 중요하지 않다. 이 모든 방어적인 눈속임들은 산 사람들을 대상으로 끊임없이 자행되는 **실험**이란 소재를 썼다는 사실만으로 효력을 잃기 때문이다.

스트루가츠키 형제는 온 국가와 더불어 이 질문들에 대한 답을 찾아 헤맸다. '무엇을 위해?' '무엇을 위해 나에게 이것이 필요한가?' '무엇을 위해 그들은 우리를 이렇게 취급하는가?' 하지만 **실험**의 목표를 기억했을 수도 있는 마지막 피실험자들이 사망하자 답을 얻을지도 모른다는 희망마저 사라졌다. 우리가 감당하는 희생과 결핍은 더 이상 에덴동산행 표를 사 주지 않는다. 의미 있는 행위는 어느 순간 핵심이 빠진 의식이 되었고 화물숭배cargo cult로 변질됐다. 우리는 그저 한가롭게 빙글빙글 원을 돌고 있었을 뿐이다. 우리가 서 있던 줄에는 시작과 끝이 없었다. 그것은 자기 이빨로 자기 꼬리를 꽉 문 우로보로스였다.

여기까지가 내가 스트루가츠키 형제의 작품 가운데 가장 좋아하는 『저주받은 도시』에 대해 한 해 전 쓴 내용이다.

하지만 1년 사이 그들의 고향인 상트페테르부르크에 몇 번 다녀온 후 나는 깨달았다. **도시**는 추상적인 공간이 아니었다. 그것은 이 도시였다. 습지대에, 놀라운 속도로, 사람의 뼈 위에, 황제의 칙령에 따라 건설된 도시로, 수도가 될 운명이었던 레닌그라드-페트로그라드-상트페테르부르크였다. 음울하고 축축한 도시, 사람의 삶을 위해서가 아니라 굳건히 서서 안개와 녹 사이로 끈질기게 빛나라는 명령에 따르기 위해 건설된 도시였다. '혁명의 요람'이자 볼셰비키 쿠데타의 무대, 기나긴 나치의 봉쇄 작전에서 생존한 도시, 경제적인 독일인들이 보급로만 끊고 진군하지는 않아 사람들이 모두 굶주림 속에 죽어 가던 도시였다. 당시 소련군이 다른 곳에서 더 중요한 일을 바삐 처리하고 있었음에도 불구하고 도시 사람들은 살아남았고 때로는 서로를 먹어야 했을지언정 포기하지 않았다. 이는 그들에게 자행된 첫 번째 실험도, 마지막 실험도 아니었다.

이것이 지난해에 한 발견이다. 세 번이나 이름이 바뀐 도시인 상트페테르부르크의 사람들은 요즘도 이 도시를 그냥 '도시'라고 부른다. 그들은 이 도시를 애절하게 사랑한다. 도시를 지키기 위해 고난을 겪을수록 더욱 사랑했다. 스트루가츠키 형제도 이 도시를 사랑했다. 하지만 이런 사랑을 어떻게 진실하게 이야기할 수 있을까?

서방에는 우리에게는 있었던, SF가 존재해야만 하는 필요성 자체가 없었다. SF가 아니더라도 이미 자신들의 나라와 사람들의, 미래와 운명을 논의할 공간이 충분했다. 예를 들면 '순'문학 같은 공간 말이다. 토크쇼는 말할 것도 없겠다. 그러나 대표 일간지의 이름이 진실이고, 거짓이 넘쳐흐르기에 바로 그런 이름이었던 국가에서는 SF가 적어도 어느 지점에서는 상황의 진짜 상태를 넌지시 암시할 수 있는 수단이 된다. 사람들이 스트루가츠키 형제에게 기대했던 것은 진실된 예언이었다. 서방 SF와의 차이는 그저 그들의 책을 읽고자 수백만 명의 사람이 줄을 서 있다는 점뿐만 아니라 그 수백만 명이 스트루가츠키 형제의 소설에서 찾고자 했던 것에 있다. 그들이 찾은 것에 있다.

스트루가츠키 형제의 예언은 종종 실현되기도 했다. 그리고 그들은 감히 그 '도시'가 저주받았다고 종이 위에 쓴 최초의 사람들이 아닐까?

드미트리 글루홉스키

러시아에서는 파시스트 독일군에 맞서 큰 희생을 치르고 조국을 지켜 냈다는 의미로 대조국전쟁이라 부르는 제2차 세계대전이 한창이던 시기, 스트루가츠키 형제는 레닌그라드에서 유년기와 청년기를 보내고 있었다. 독일군은 소련의 서남부를 침공한 후 시시각각 레닌그라드를 향해 진군했고 도시인들은 혼돈 속에서 열심히 전쟁에 대비했다. 일터에서 근무를 마친 후 방공호를 만들었다. 예술품을 대피시키고 공장을 해체해 안전한 지역에 다시 세웠다. 아이들을 부모 없이 피난 보냈다. 그런데 독일군은 레닌그라드를 목전에 두고 더 이상 진격하지 않았다. 비용을 많이 치러야 하는 전면전 대신 도시를 포위한 채 스스로 포기하기를 기다리는 편을 택한 것이다.

독일군은 레닌그라드를 봉쇄한 후 도시 식량 대부분이 저장되어 있던 바다예프 식량 창고를 폭격했다. 이 창고의 식량이 없다면 도시인들이 얼마나 버틸 수 있을지, 얼마 만에 도시를 포기할지 계산하고 실행에 옮긴 폭격이었다. 독일군은 레닌그라드로 들어가는 보급로를 끊고 도시인들이 탈출할 수 없도록 도시 밖에 지뢰를 매설했다. 그러는 동안에도 공습은 계속되었다. 레닌그라드 사람들은 언제 봉쇄가 끝날지, 언제 독일인이 쳐들어올지 모른다는 불안 속에서 말 그대로 도시에 갇혀 살기 시작했다.

레닌그라드 봉쇄는 1941년 9월부터 1944년 1월까지, 2년 넘게 이어진 역사상 가장 긴 포위전으로 기록되어 있는데, 그중 가장 혹독했던 시기가 1941년에서 1942년에 걸친 첫 겨울이었다. 레닌그라드에 닥친 겨울은 너무 추워서 독일군 전투기도 작동이 안 될 정도였다. 덕분에 공습은 멈추었으나 영양부족에 시달리던 도시인들은 이 추위를 버티기 힘들었다. 굶주림, 또는 굶주림에 겹친 병으로 사람이 죽는 일이 속출했다. 거리에서 썰매에 시체들을 묶어 옮기는 광경이 흔했다. 작중 안드레이의 회상을 빌려 오자면, '그 도시에서 죽음보다 일상적인 것은 없었다.'(639쪽)

스트루가츠키 형제는 이 시기에 레닌그라드에 있었다. 도시가 봉쇄되었다고는 하지만 탈출 방법이 아예 없는 것은 아니었다. 레닌그라드의 동부로 탈출해 라도가호湖를 넘어가는 길이 있었다. 그 겨울, 형인 아르카디와 아버지 나탄 스트루가츠키는 도시를 탈출하기로 결정했다. 어린 동생과 어머니는 힘겨운 탈출을 견디지 못할 것이라 보고 형과 아버지만 자신들의 배급표를 남기고 1942년 1월 28일 도시를 탈출했다. 동생 보리스가 회상하는 탈출 직전 아버지의 모습은 유라 삼촌과 닮은 구석이 있다. '커다란 아버지가 까만 수염에 군복 상의를 입고 있었고 아버지의 뒤편, 어렴풋한 그림자 속에 형 아르카디가 있었다.' 보리스는 훗날 형과 아버지가 남기고 간 배급표가 있었기에 그 겨울을 살아남을 수 있었다고 회상했다.

　　아르카디와 아버지는 평소 같으면 두 시간이면 충분했을 거리를 하루 하고도 반나절에 걸쳐 라도가호 직전의 역으로 갔다. 그 후에는 화물차를 타고 언 라도가호를 건너다 얼음이 깨진 곳에 빠지기도 했다. 라도가호 건너편에 도착해서는 난로는 있지만 장작은 없는 열차 칸을 타고 여드레를 가야 했는데, 이 과정에서 같은 열차 칸에 탔던 40명 중 15명만이 살아남았다. 드디어 목적지였던 도시 볼로그다에 도착했나 싶었을 때, 아버지가 사망한다. 이때의 경험은 아르카디가 앞 아파트에 살던 친구에게 보낸 편지에 고스란히 남아 있다. 이 편지는 1942년 8월에야 도착했고, 그 전까지 형과 아버지가 죽은 줄로만 알고 있던 보리스는 형이 살아 있다는 것을 알게 되었다.

형 아르카디의 탈출 경험은 안드레이가 회상하던 열차 장면과 어느 정도 겹쳐 있을 것이다. '내가 탄 칸은 나처럼 열두 살쯤 되어 보이는 아이들로 꽉 차 있어 고아원이 따로 없었다. 기억나는 게 거의 없다. 창밖의 태양과 입에서 흘러나오던 김, 아이들의 목소리만이, 무력하고 화가 나 칭얼대는 어조로 같은 말을 반복하던 목소리만이 기억난다.'(639~640쪽) 레닌그라드 봉쇄에 관한 기억은 형제가 소설가로서 많은 작품을 남기는 동안 세 차례 기록되었다. 『절뚝대는 운명』에서 스쳐 가듯 1941년의 공습 장면이 짧게 언급되고, 보리스가 비티츠키라는 필명으로 쓴 『운명 찾기, 혹은 예절에 관한 스물일곱 가지 정리』에서 주인공이 당시의 배고픔을 떠올리던 장면이 이때의 기억을 품고 있다. 그리고 이 『저주받은 도시』에 나온다.

『저주받은 도시』에서도 형제의 경험은 소설의 주요 사건으로서 그려지거나 서술자를 통해 묘사되는 것이 아니라 등장인물의 기억 속에 잠시 회상될 뿐이다. 위에 언급한 두 소설보다는 길게, 이 긴 소설의 끝자락인 제5부에서 나온다. 그러고 보면 이 소설의 등장인물 대부분이 저마다 전쟁에 대한 경험과 기억을 갖고 있다. 제2차 세계대전 당시 히틀러 휘하에서 참전했던 독일인 프리츠 가이거라든가 전투지가 된 오키나와에 있었던 겐시, 전쟁을 목도한 도널드와 영국군 대령이었던 세인트제임스, 그리고 러시아인인 안드레이와 유라 삼촌. 이들 가운데 서술자가 줄곧 따라다니는 주인공이자 중간중간 속마음과 생각을 직접적으로 독자에게 꺼내 놓으며 서술의 주체가 되는 안드레이가 기억하는 것이 레닌그라드 봉쇄전이다.

안드레이를 중심으로 진행되는 이 소설은 줄곧 대범했던 전개만큼이나 당혹스러운 결말을 선사한다. 안드레이가 총을 맞고 죽은 것만 같던 순간 깨어난 곳, '우물 같은 안마당'(776쪽)이 있는 집은 레닌그라드, 지금의 상트페테르부르크에서도 어렵지 않게 볼 수 있는, 중간에 작은 공간을 주로 네 면이 둘러싼 구조의 건물이다. 안드레이는 이제야 '첫 번째 굴레'를 지났을 뿐이라는 말을 들으며 꿈에서 깨어나거나, 혹은 다시 꿈을 꾸기 시작한다. 안드레이는 역사의 흐름 속에서 무력함을 절감했던 끔찍한 기억을 안고 몇 번이나 다시 살아야 하는 걸까? 『신곡』에서처럼 아홉 굴레를 지나면 연옥으로, 그다음에는 마침내 천국으로 갈 수 있는 것일까?

『저주받은 도시』로 번역한 이 소설의 원제 'Град обреченный'는 직역하면 파멸할 운명의, 파멸이 결정된 도시에 가깝다. 파멸이라고 했을 때 가장 먼저 머릿속에 떠오른 것은 죽음과 그로 인한 완전한 끝이었다. 하지만 제2부 제3장 스투팔스키의 말에서는 사건이 진행되는 소설 속 세계 자체가 죽은 이후의 세계일 수도 있다는 암시가 나온다. 죽음 이후의 죽음이 가능할까? 이런 세계에서는 '유일한 출구'에 언제 도달할 수 있을지 기약이 없다. 실제 인간의 삶과 역사적 사건도 그럴지 모른다. 다수의 역사로서 기록되는 것처럼 시작과 끝이 명확할 수 없다. 누군가의 기억에서 영원히 반복되기도 하고 그 기억을 이어받은 누군가에 의해서 계속 살아남을 수도 있다. 소설에서 이쟈는 "다수의 역사에는 끝이 있어. 하지만 소수의 역사는 이 **세계**와 함께 끝날 뿐"(746쪽)이라고 하는데, 그 세계의 끝은 명확하지 않다. 진행되는 것만이 가능한, 파멸하는 중일 뿐인 세계이다.

마침 번역어 이야기가 나와서 덧붙이자면, 한국어로 옮기면서 잠시 막혔던 단어가 있다. '집으로'라는 뜻의 'домой'이다. 이전에 작업했던 형제의 작품 『신이 되기는 어렵다』에서도 이 단어를 옮기며 이질감을 느낀 경험이 있어 더 눈에 띄었던 것 같다. 지구인인 루마타가 관찰자로 사는 이행성異行星에서 '집'이라는 단어를 쓰는 것

옮긴이의 말

이, 이번 소설에서는 안드레이가 탐사 중에 잠시 머무는 방을 두고 집이라고 하는 것이 이상했다. (고민하다가 결국 원문대로 "집으로 가지"[611쪽]로 옮기기는 했다.) 그후 작중 한국인 박이 탐사대원들 모두 집에 돌아가고 싶어 하는 상황에서 "전 집이 없습니다"(616쪽)라고 딱 잘라 말하는 장면이 나오는 것을 보고 묘한 동질감이 들었다. 하지만 박이 이렇게 말한 것은 집에 대한 사고방식이 한국인인 옮긴이와 같아서는 아니었던 듯하다. 조국이 남과 북으로 나누어져 '집'을 영영 잃은 한국인이었기 때문에 그렇게 말했으리라.

이 소설에는 한국인 말고도 온갖 국적의 사람이 등장하고 이들에 대한 묘사는 상징적이다. 일례로 미국인 도널드에 대한 한 줄 묘사를 보자면 그는 "평생 주머니에 총을 넣고 살아왔고, 그게 익숙한"(55~56쪽) 인물이다. 미국인은 원거리에서 인간을 죽일 수 있는 무기를 소지하고 다니는 데 익숙한 사람이라니, 총기 난사 사건을 목도한 현대인이 이 문장을 어떤 표정으로 읽어야 할까. 이 소설의 주인공 안드레이에 대한 서술들 또한 의미심장하다. 스트루가츠키 형제는 파시스트의 반대편에 서 있다가 파시스트에 가까워진 이 인물을, 우스꽝스럽고 비열한 모습을 보이는 이 인물을 옹호하지도 비웃지도 비난하지도 위로하지도 않는다. 보리스 스트루가츠키가 「후기」에서 밝혔듯이 안드레이의 삶은 과거 소비에트 사람들의 삶과 맞닿아 있으나, 과거에만 그치는 이야기는 아니다.

이보석

옮긴이의 말

스트루가츠키 형제 작품 목록[*]

중장편

1958   외부로부터 *Извне/Izvne*

1959   선홍빛 구름의 나라 *Страна багровых туч/Strana bagrovykh tuch*

1960   아말테아로 가는 길 *Путь на Амальтею/Put' na Amal'teyu*

1961   귀환(정오, 22세기) *Возвращение(Полдень, XXII век)/Vozvrashenie(Polden', XXII vek)*

1962   견습생들 *Стажеры/Stazhyory*

       탈출 시도 *Попытка к бегству/Popytka k begstvu*

1963   머나먼 무지개 *Далекая радуга/Dalyokaya raduga*

1964   신이 되기는 어렵다 *Трудно быть богом/Trudno byt' bogom*

       월요일은 토요일에 시작된다 *Понедельник начинается в субботу/Ponedel'nik nachinaetsya v subbotu*

1965   이 시대의 탐욕스러운 것들 *Хищные вещи века/Khishnye veshi veka*

1966   비탈 위의 달팽이 *Улитка на склоне/Ulitka na sklone* [완전판 1988]

1967   화성인의 제2차 침공 *Второе нашествие марсиан/Vtoroe nashestvie marsian*

1968   트로이카 이야기 *Сказка о Тройке/Skazka o Troike*

1969   유인도 *Обитаемый остров/Obitaemyi ostrov*

1970   죽은 등산가의 호텔 *Отель „У Погибшего Альпиниста"/Otel' "U Pogibshego Al'pinista"*

1971   꼬마 *Малыш/Malysh*

1972   노변의 피크닉 *Пикник на обочине/Piknik na obochine*

1974   지옥에서 온 남자 *Парень из преисподней/Paren' iz preispodnei*

1976   세상이 끝날 때까지 아직 10억 년 *За миллиард лет до конца света/Za milliard let do koncha sveta*

1979	개미집의 딱정벌레*Жук в муравейнике/Zhuk v muraveinike*
1980	우정과 우정 아닌 것에 관한 이야기*Повесть о дружбе и недружбе/Povest' o druzhbe i nedruzhbe*
1985	파도가 바람을 잦아들게 한다*Волны гасят ветер/Volny gashyat veter*
1986	미운 백조들*Гадкие лебеди/Gadkie lebedi* [집필 1967, 러시아어판 독일 발간 1972, 러시아어 완전판 1987]
	절뚝대는 운명*Хромая судьба/Khromaya sud'ba* [완전판 1989]
1987	저주받은 도시*Град обреченный/Grad obrechennyi* [집필 1972]
1988	악의에 짓눌린 사람들, 혹은 40년 후*Отягощенные злом, или Сорок лет спустя/Otyagoshennye zlom, ili Sorok let spustya*
1990	불안*Беспокойство/Bespokoistvo* [집필 1965]

단편

1958	자동반사*Спонтанный рефлекс/Spontannyi refleks*
1959	잊힌 실험*Забытый эксперимент/Zabytyi eksperiment*
	SKIBR의 시험*Испытание СКИБР/Ispytanie SKIBR*
	개인적인 추측들*Частные предположения/Chastnye predpolozheniya*
	성냥개비 여섯 개*Шесть спичек/Shest' spichek*
1960	비상사태*Чрезвычайное происшествие/Chrezvychainoe proisshestvie*
1962	파시피다에서 온 사람*Человек из Пасифиды/Chelovek iz Pasifidy*
1968	첫 번째 배를 타고 온 첫 사람들*Первые люди на первом плоту/Pervye lyudi na pervom plotu* [집필 1963]
1989	가난하고 악한 사람들*Бедные злые люди/Bednye zlye lyudi* [집필 1963]

희곡

| 1989 | 무기 없음*Без оружия/Bez oruzhiya* [완전판 1991] |
| 1990 | 페테르부르크에 사는 수전노들*Жиды города Питера/Zhidy goroda Pitera* |

시나리오

1981 소원기계Машина желаний/Mashina zhelanii

1990 스토커Сталкер/Stalker [영화 1979]

1985 불로장생의 약 다섯 스푼Пять ложек эликсира/Pyat' lozhek eliksira
[영화 1990]

1987 먹구름 Туча/Tucha
일식의 날День затмения/Den' zatmeniya [영화 1988]

2005 마법사Чародеи/Charodei [영화 1982]

S. 야로슬랍체프(아르카디 스트루가츠키 필명)

1974 지옥으로의 탐험Экспедиция в преисподнаою/Ekspedichiya v preispodnuyuu
[완전판 1988]

1984 니키타 보론초프의 생애에 관한 자세한 이야기Подробности жизни
Никиты Воронцова/Podrobnosti zhizni Nikity Voronchova

1993 인간들 사이의 악마Дьявол среди людей/D'yavol sredi lyudei [집필 1991]

S. 비티츠키(보리스 스트루가츠키 필명)

1994 운명 찾기, 혹은 예절에 관한 스물일곱 가지 정리Поиск
предназначения, или Двадцать седьмая теорема этики/Poisk prednaznacheniya, ili
Dvadchat' sed'maya teorema etiki

2003 이 세계의 힘없는 자들Бессильные мира сего/Bessil'nye mira sego

♦ 작품 연도는 잡지 발표일을 기준으로 하되 바로 단행본으로 출간된 것은
단행본 발행일을 기준으로 삼았다. 검열로 인해 집필과 출간의 시차가
있는 경우 따로 표시하였다. 희곡은 작품 발표 없이 공연한 경우, 초연일
을 기준으로 삼았다.

옮긴이 **이보석**

연세대학교 노어노문학과에서 수학 후 한국외국어대학교 통번역대학원 한노과
와 연세대학교 대학원 비교문학 석사 과정을 졸업했다. 옮긴 책으로 스트루가
츠키 형제의 『노변의 피크닉』『신이 되기는 어렵다』와 예브게니 그리시코베츠
의 『셔츠』(공역)가 있다.

저주받은 도시

초판 1쇄 펴낸날 2022년 5월 17일

지은이 아르카디 스트루가츠키 · 보리스 스트루가츠키
옮긴이 이보석
펴낸이 김영정

펴낸곳 (주)현대문학
등록번호 제1-452호
주소 06532 서울시 서초구 신반포로 321 (잠원동, 미래엔)
전화 02-2017-0280
팩스 02-516-5433
홈페이지 www.hdmh.co.kr

© 2022, 현대문학

ISBN 979-11-6790-024-1 03890

• 책값은 뒤표지에 있습니다.
• 파본은 구입처에서 교환해 드립니다.

현대문학 스트루가츠키 형제 걸작선

"모두에게 행복을 드려요! 공짜로 드려요!"
스트루가츠키 형제의 전설적인 고전

노변의 피크닉

시어도어 스터전 서문 | 어슐러 K. 르 귄 추천사 |
이보석 옮김

"이곳에서는 신이 아니라 돼지가 되어야 한다"
스트루가츠키 형제 초기 문학의 패러다임

신이 되기는 어렵다

하리 쿤즈루 추천사 | 이보석 옮김

"나는 상상할 수 있는 모든 것을 믿습니다"

**스트루가츠키 형제의
장르적 스타일리시 하이브리드**

죽은 등산가의 호텔

제프 밴더미어 해제 | 이경아 옮김

"노동, 노동, 그리고 노동, 오로지 노동!"

스트루가츠키 형제의 탈경계적 난장亂場

월요일은 토요일에 시작된다

예브게니 미구노프 삽화 | 애덤 로버츠 해제 |
이희원 옮김